Ein Haus für fünf

SUSAN WIGGS

Ein Haus für fünf

Deutsch von Marion Balkenhol

Weltbild

Originaltitel: *Table for five*
Originalverlag: Mira Books, Ontario, Canada

Besuchen Sie uns im Internet:
www.weltbild.de

Deutsche Erstausgabe 2009
Weltbild Buchverlag –Originalausgaben–

Projektleitung und Redaktion: Dr. Ulrike Strerath-Bolz
Übersetzung: Marion Balkenhol
Schutzumschlag: Zeichenpool, München
Umschlagabbildungen: Shutterstock
Satz: Sabine Müller
Gesetzt aus der AGaramond 12/15,5 pt
Druck und Bindung: Bagel Roto-Offset GmbH & Co. KG, Schleinitz

Gedruckt auf chlorfrei gebleichtem Papier

Printed in the EU

ISBN 978-3-86800-080-1

I

Manches kommt so unverhofft,
dass niemand darauf vorbereitet ist.

Leo Rosten

1

Freitag, 14.45 Uhr

»Hey, Miss Robinson, wollen Sie wissen, wie Sie Ihren Pornostarnamen rauskriegen?«, fragte Russell Clark, der zum Schulbus hüpfte.

»Ich glaube, ich werde den Tag auch ohne diese Information überstehen.« Lily Robinson legte dem Jungen eine Hand auf die Schulter, damit er nicht vom überdachten Bürgersteig in den strömenden Regen sprang.

»Ach, kommen Sie, es ist leicht. Sie sagen den Namen Ihrer Straße und …«

»Nein, danke, Russell«, sagte Lily in dem Tonfall, der ausdrückte »jetzt reicht's«. Sie hoffte nur, dass er in Wirklichkeit nicht wusste, was ein Pornostar war. »Das gehört sich nicht, und du sollst doch heute Nachmittag der Ordner sein.«

»Huch!« Nachdem man ihn an das Privileg erinnert hatte, richtete Russell sich kerzengerade auf und marschierte schnurstracks weiter, um pflichtgemäß dreiundzwanzig Drittklässler unter das Vordach am Parkplatz zu führen. »Ich fahre heute nach Echo Ridge«, sagte er und ging auf den Bus Nummer vier zu. »Ich habe eine Golfstunde.«

»Bei dem Regen?«

»Es klart wieder auf, jede Wette. Wiedersehen, Miss Robinson.« Russell lief zum Bus und hüpfte wie beim Hinkekästchen-Spiel über die Pfützen auf dem Parkplatz.

Lily verabschiedete sich vom Rest ihrer Schulkinder für den Tag und sah ihnen hinterher, wie sie sich, einer Schar aufgescheuchter Hühner gleich, auf Busse und Fahrgemeinschaften verteilten. Charlie Holloway und ihre beste Freundin Lindsey Davenport standen als Letzte in der Reihe, hielten sich an den Händen und schnatterten, während sie darauf warteten, dass Mrs Davenport vorfuhr.

Als Charlie Lilys Blick begegnete, ließ sie den Kopf hängen und schaute zur Seite. Lily hatte Mitleid mit der Kleinen, die sich schmerzhaft bewusst war, dass ihre Eltern nach der Schule zu einer Besprechung kommen würden. Charlie wirkte klein und zerbrechlich und versuchte, sich in ihren gelben Regenmantel zu verkriechen. Lily hätte sie gern beruhigt und ihr gesagt, sie müsse sich keine Sorgen machen.

Aber Charlie gab ihr keine Chance. »Da ist deine Mom«, sagte sie und zog Lindsey an der Hand. »Tschüs, schönes Wochenende!«, rief sie Lily zu, und die Mädchen schossen auf den blauen Volvo-Kombi zu.

Lily lächelte und winkte. Sie bemühte sich, nicht bekümmert zu wirken, doch als sie die beiden so sah, beste Freundinnen, die zusammen wegsprangen, wurde sie an ihre beste Freundin aus der Kindheit erinnert – Charlies Mutter Crystal. Das Elterngespräch würde nicht leicht werden.

»Hey, was ist los?«, fragte Greg Duncan, der Sportlehrer. Nach Schulschluss trainierte er das Golfteam der Highschool, obwohl er dafür bekannt war, im Hauptberuf Schürzenjäger zu sein.

»Du solltest nicht merken, dass irgendetwas los ist«, sagte Lily.

Grinsend sprang er an ihre Seite, ein großer, freundlicher Bernhardiner-Typ, samtbraune Augen, riesige Pranken, eine silberne Trillerpfeife an einer Schnur um den Hals. »Ich weiß genau, was nicht stimmt«, sagte er. »Du bist heute Abend nicht verabredet.«

Da wären wir wieder, dachte Lily. Sie mochte Greg sehr, wirklich, aber er ging ihr mit seiner Aufmerksamkeitsheischerei auf die Nerven. Er war zu sehr Kerl, so wie ein Bernhardiner zu sehr Rüde ist. Zweimal geschieden, hatte er sich mit den meisten Frauen, die sie kannte, verabredet und neuerdings ein Auge auf sie geworfen. »Falsch«, sagte sie und grinste zurück. »Ich habe Pläne.«

»Lügnerin. Du versuchst nur, meine Gefühle zu schonen.«

Schuldig im Sinne der Anklage, dachte Lily.

»Baggert er dich wieder an?« Edna Klein, die Direktorin, trat zu ihnen unter das Vordach. Edna war in den Sechzigern, hatte hüftlanges silbergraues Haar, stechende blaue Augen und glich einer Woodstock-Oma. Sie trug Birkenstock-Sandalen mit Socken, Silberschmuck mit Türkisen und wohnte in einer Gemeinde namens Cloud Mountain. Doch niemand unterstand sich, sie nicht ernst zu nehmen. Neben ihrer äußeren Erscheinung als Urweib hatte sie einen Doktortitel aus Berkeley vorzuweisen, drei Ehen, vier erwachsene Kinder und zehn Jahre Nüchternheit bei den Anonymen Alkoholikern. Wenn es um die Leitung einer Schule ging, war sie ein vollendeter Profi, war den Lehrern eine Hilfe, ermutigte die Schüler und flößte den Eltern Vertrauen ein.

»Belästigung am Arbeitsplatz«, stellte Lily fest. »Ich überlege mir noch, ob ich eine Beschwerde einreiche.«

»Ich bin derjenige, der sich beschweren muss«, sagte Greg. »Seit dem Valentinstag grabe ich diese Frau nun an, und das Einzige, was ich von ihr kriege, ist ein Kinobesuch im Monat.«

»Wenigstens lasse ich dich den Film aussuchen. *Hellraiser III* war für mich ein echter Höhepunkt.«

»Du bist ein herzloses Weib, Lily Robinson«, sagte er und machte sich auf den Weg zur Turnhalle. »Schönes Wochenende, die Damen!«

»Er bellt den falschen Baum an«, sagte Lily zu Edna.

»Stehst du allen Männern so ablehnend gegenüber oder nur Trainer Duncan?«

Lily lachte. »Was ist denn schon dabei, dass ich dreißig werde? Plötzlich scheinen sich alle für mein Liebesleben zu interessieren.«

»Klar, Liebes. Weil wir alle wollen, dass du eins hast.«

Ständig wurde Lily gefragt, ob sie jemanden habe, mit dem sie öfter ausgehe, oder ob sie Kinder haben wolle. Anscheinend wollten alle wissen, wann sie sich niederließ. Sie begriffen nichts. Sie *hatte* sich eingerichtet. Ihr Leben war genau so, wie sie es sich gewünscht hatte. Beziehungen waren Lily unheimlich. Sich auf eine emotionale Beziehung einzulassen, war, als würde man zu einem betrunkenen Fahrer ins Auto steigen. Man hatte eine wilde Fahrt vor sich, die unweigerlich damit endete, dass jemand verletzt wurde.

»Ich mische mich ein, nicht wahr?«, gab Edna zu.

»Kann man so sagen.«

»Ich kann nicht anders. Ich hätte gern, wenn du mit jemandem zusammen wärst, Lily.«

Lily nahm ihre Brille ab und polierte mit einem Zipfel ihres Pullovers die Gläser. Die Welt verwandelte sich in ein schmieriges, verregnetes Graugrün, die übliche Farbskala eines Frühlings in Oregon. »Warum will denn niemand glauben, dass ich zufrieden bin, so wie die Dinge liegen?«

»Zufriedenheit und Glück sind zweierlei.«

Lily setzte die Brille wieder auf, und die Welt wurde wieder klarer. »Wenn ich zufrieden bin, bin ich glücklich.«

»Eines Tages, meine Liebe, wirst du feststellen, dass du mehr willst«, sagte Edna.

»Heute nicht«, entgegnete Lily und dachte an die bevorstehende Besprechung.

Ein paar Schulkinder sammelten sich um sie und verabschiedeten sich. Edna nahm sich die Zeit, jedes Kind persönlich anzusprechen, und alle drehten sich mit strahlendem Lächeln auf dem Gesicht um.

Eine leichte, nagende Unzufriedenheit überfiel Lily. *Zufriedenheit und Glück sind zweierlei.* Schwer genug, sich selbst glücklich zu machen, ganz zu schweigen von einem anderen, dachte sie. Doch wenn sie sich so umsah, musste sie zugeben, dass sie Tag für Tag erlebte, wie andere es machten. Eine Mutter brachte ihr kleines Kind zum Lachen, ein Mann schenkte seiner Frau Blumen, ein Kind öffnete eine Dose für Schulbrote und fand eine liebevolle Notiz von zu Hause.

Doch das Glück war nie von Dauer. Das wusste Lily.

Sie verweilte noch ein paar Minuten, während die Kinder ins Wochenende entlassen wurden. Sie liefen zu ihren Müttern, wurden in die Arme geschlossen, wiesen stolz Papiere oder Kunstwerke vor, und ihr fröhliches Geschnatter erntete liebevolles Lächeln. Während sie ihnen zusah, kam Lily sich vor wie eine Touristin, die eine andere Kultur beobachtet. Diese Menschen waren nicht wie sie. Sie wussten, wie es war, mit einem anderen Menschen verbunden zu sein. Im Gegensatz dazu fühlte Lily sich eigenartig distanziert und unbeschwert, so leicht, dass sie sich wegtreiben lassen konnte.

Während sie auf die Holloways wartete, überprüfte Lily den Konferenztisch, niedrig, rund und glänzend, von winzigen Stühlen umgeben.

Die Pulte standen in geraden Reihen, die Stühle umgekehrt darauf, damit die nächtliche Putzkolonne aufwischen konnte. Der Geruch nach Kreidestaub und Flüssigreiniger und das trockene Aroma oft benutzter Bücher vermischte sich mit dem unbeschreiblichen Geruch kleiner Kinder – wie nach verbranntem Zucker.

Zwei Dinge legte sie auf den Tisch: einen braunen Aktenordner, dick angefüllt mit Stichproben von Charlies Arbeit, und die notwendige Schachtel mit Papiertüchern, die Lily kistenweise bei Costco kaufte. Ein Raum voller Acht- bis Neunjähriger hatte sie für gewöhnlich schnell verbraucht.

Sie ging an der Fensterreihe entlang und richtete die Rollos aus, damit alle gleichmäßig auf halber Höhe hingen. Die Scheiben waren mit Enten in Gummischuhen verziert, die die Kinder aus Papier ausgeschnitten hatten. Auf jeder Ente war eine der täglichen Schreibübungen zu lesen: »April kühl und nass, füllt dem Bauern Scheune und Fass.« Draußen fuhr ein gezackter Blitz über den Himmel und unterstrich das alte Sprichwort.

Sie verzog das Gesicht, drehte sich zum Kalender auf dem

Schwarzen Brett um und zählte still die Freitage ab. Noch neun Wochen bis zum Ende des Schuljahrs. Neun Wochen, dann Sonne und blauer Himmel und die Reise, die sie schon seit Monaten plante. Eine Fahrt nach Europa war für eine Lehrerin in einer Kleinstadt in Oregon ein hochfliegendes, unvernünftiges Ziel, doch vielleicht war es gerade deshalb so reizvoll. Jahr für Jahr sparte Lily Geld und brach in ein neues Land auf, und diese Reise würde ihre ehrgeizigste sein.

Sie riss sich von den Sommergedanken los und konzentrierte sich lieber auf die Vorbereitung eines schwierigen Gesprächs. Sie überprüfte das Klassenzimmer, wie immer vor Elterngesprächen. Lily war sehr daran gelegen, den Leuten den Eindruck zu vermitteln, dass ihre Kinder den Tag in einer sauberen, ordentlichen und reizvollen Umgebung verbrachten.

In der Mitte der Stirnwand des Raums hing eine dunkle Schiefertafel. Man hatte Lily eine Weißwandtafel angeboten, aber sie hatte abgelehnt. Sie schrieb lieber mit festen, beherrschten Zügen auf der glatten, zeitlosen dunklen Oberfläche. Ihr gefiel, wie kühl sich die Tafel unter ihrer Hand anfühlte, wenn sie sie berührte, wie ihre Fingerspitzen einen feuchten Abdruck hinterließen, der sich kurz darauf in nichts auflöste. Das Geräusch von Kreide auf einer altmodischen Tafel erinnerte sie immer an den Ort, an dem sie sich als Kind immer sicher gefühlt hatte – ein Klassenzimmer.

Das war ihre Welt, der Platz, an den sie einfach gehörte. Ein anderes Leben konnte sie sich nicht vorstellen.

Nach einem Blick auf die Uhr ging sie zur Tür und machte sie auf. Auf ihrem Namensschild stand »Ms Robinson – Raum 105«. Es war umringt von den Namen aller Kinder, sauber auf einen gelben Pappstern gedruckt mit einem Foto.

Lily mochte Kinder – die Kinder anderer Leute. Ein Jahr ihres Lebens hatte sie sich um sie zu kümmern und sie zu erziehen, und sie war mit ganzem Herzen dabei. Dank ihres Berufs konnte sie sagen, sie habe Kinder, und zwar gleich vierundzwanzig an der Zahl. Und im Herbst würde sie vierundzwanzig andere bekommen. Sie gaben ihr alles, was sie sich von einer eigenen Familie wünschen konnte – Freude und Lachen, Gefühlsausbrüche und Tränen, Triumph und Stolz. Manchmal brachen sie ihr das Herz, aber meistens gaben sie ihr einen Grund zu leben.

Sie liebte ihre Schulkinder von September bis Juni, und wenn das Schuljahr zu Ende ging, schickte Lily sie zur Tür hinaus und gab sie ihren Familien zurück, schwerer und größer geworden, in Multiplikations- und Divisionstabellen gründlich geschult, im Lesen dem Klassenstand entsprechend oder besser. Im Herbst wandte sie ihre Aufmerksamkeit den nächsten Schulkindern zu. So ging es Jahr für Jahr. Für sie war es die höchste Befriedigung auf Erden, und das Beste war, es bot ihr Sicherheit.

Eigene Kinder zu haben war eher nicht so sicher. Sie waren ewig ein Teil ihrer Eltern und setzten sie höchstem Freudentaumel und tiefsten, bitteren Sorgen aus. Manche Menschen waren für ein solches Leben gemacht, andere nicht. Viele waren nicht dafür geeignet, verliebten sich aber und bekamen trotzdem Kinder. Dann hörte die Liebe für gewöhnlich auf, und jeder, der in Hörweite war, wurde verletzt. Charlie Holloways Eltern waren so ein Fall, überlegte Lily.

»Meine Lieblingssachen« war heute die Aufgabe im Kreativen Schreiben gewesen. Die Kinder hatten drei Minuten Zeit gehabt, möglichst viel aufzuschreiben, was sie am liebsten mochten. Lily machte alle Übungen mit, denn sie nahm ihre Schulkinder stets ernst. Auf diese Weise hielt sie ihr Interesse und ihre Aufmerksamkeit wach. Ihre Liste, hastig, aber ordentlich auf einen großen Flipchart geschrieben, enthielt:

Japanische Satsumas
Schneetage
Physik-Experimente
Singende Kinder
Kurze Serien im Fernsehen
Kriminalromane
Erster Schultag
Ausflugsrestaurants
Besichtigungen
Geschichten, die gut ausgehen

Sie riss das Papier ab und zerknüllte es zu einer Kugel. Es zeigte zu viel von ihr. Dabei würde ihre Liste Crystal Holloway nicht überraschen. Sie kannten sich, seitdem Lily so alt war wie Charlie, vielleicht sogar noch länger. Crystal war damals eine Kaugummi knallende Babysitterin gewesen, zehn oder zwölf Jahre alt.

Ein langer Weg, den wir bisher gemeinsam zurückgelegt haben, dachte Lily. Diese Situation jedoch war neu für sie beide. Eltern mitzuteilen, dass ihr Kind die dritte Klasse nicht schaffen würde, war hart genug. Dass Lily und Crystal beste Freundinnen waren, machte es nur noch schlimmer. Weil sie das Beste für Charlie tun wollte, würde Lily ihrer liebsten Freundin ein paar schwierige Dinge sagen müssen.

Hinzu kam, dass die geschiedenen Holloways sich nicht ausstehen konnten.

Eigentlich war der Gedanke, Crystals Kinder zu unterrichten, höchst erfreulich. Lily war ihre Lieblingstante, und als sie geboren wurden – zuerst Cameron, dann Charlie und zuletzt Ashley –, hatte Lily neben Crystal vor Freude geweint.

Cameron war gescheit, wollte es allen recht machen und begriff theoretische Zusammenhänge ebenso gut wie praktische Tipps für seinen Golfschwung, die ihm sein prominenter, Golf spielender Vater gab. Cameron war inzwischen fünfzehn und der beste Spieler im Golfteam der Highschool.

Mit Charlie war es anders. Seit dem ersten Schultag hatte sie Schwierigkeiten mit Grundbegriffen und verweigerte sich. Das ganze Jahr über hatte Lily sich mit Derek und Crystal getrennt getroffen. Sie hatten eine Nachhilfe organisiert und behaupteten, in der schulfreien Zeit mit Charlie Lesen zu üben. Doch trotz aller Bemühungen hatte Charlie sich nicht verbessert. Anscheinend steckte sie in einer rätselhaften Blockade, die nicht an Lernschwächen oder nachweisbaren Störungen festzumachen war. Sie war einfach ... festgefahren.

Wieder schaute Lily auf die Uhr und strich ihren lila Baumwollpullover über den Hüften glatt. Die Holloways mussten jede Minute kommen.

»Wie wäre es mit einer Flasche Wasser für deine Besprechung?«, fragte Edna und streckte den Kopf zur Tür herein.

»Danke. Ich glaube, sie verspäten sich vielleicht bei dem Wetter.«

Edna schaute auf die Fenster, schüttelte sich übertrieben

und zog sich ihren selbst gestrickten Cowichan-Schal fester um die Schultern. Sie stellte ein Sechserpack Wasser auf den Tisch.

»Um ehrlich zu sein, ich freue mich nicht auf das, was da kommt«, sagte Lily.

Edna betrachtete Charlies Schulfoto in der Mitte ihres gelben Sterns. Sie sah aus wie Pippi Langstrumpf mit ihren rotblonden Zöpfen, den Sommersprossen und einer Zahnlücke vorn. »Sie verkraftet die Scheidung nicht gut, oder?«

»Es war ziemlich chaotisch. Derek und Crystal sind erst seit einem Jahr geschieden, und die Trennung hat alle überrumpelt. Obwohl«, fügte sie hinzu und erinnerte sich an ihre eigene Familie, »eine unglückliche Ehe natürlich nie an den Kindern vorbeigeht.«

Als sie ihr geisterhaftes Spiegelbild in den Fenstern des Klassenzimmers sah, fiel Lily der Tag ein, an dem Crystal ihr vor knapp drei Jahren die Neuigkeit von der Trennung erzählt hatte. Ihr Bauch hatte sich unter der dritten Schwangerschaft gewölbt, und ihre Wangen hatten geglüht. Bis zu dem Zeitpunkt hatte Lily geglaubt, Crystal führe ein zauberhaftes Leben. Sie war eine ehemalige Miss Oregon USA, aus der eine hingebungsvolle Ehefrau und Mutter mit prächtigen Kindern und einem ausgesprochen erfolgreichen Mann geworden war. Ihr Leben sah aus wie ein Traum, weshalb Lily schockiert war, als Crystal ihr verkündete, ihre Ehe sei am Ende.

»Sie haben die Trennung unter den gegebenen Umständen erwartungsgemäß gut über die Bühne gebracht«, fügte sie hinzu und bemühte sich, beiden Eltern gegenüber gerecht zu sein. Crystal hatte das Sorgerecht haben wollen, doch Derek war wegen dieser Sache vor Gericht gegangen und hatte sie gezwungen, dem gemeinsamen Sorgerecht zuzustimmen. Seitdem der Sorgerechtsplan im Vorjahr endgültig festgelegt worden war, sollten die Kinder immer abwechselnd eine Woche bei einem Elternteil verbringen. Der Sommer würde zwischen ihnen aufgeteilt, fünf Wochen bei Crystal, anschließend fünf bei Derek.

Edna zögerte und warf Lily einen prüfenden Blick zu. »Das wird schwer für dich, nicht wahr?«

»Du kennst meine Meinung über Derek als Ehemann. Als Ex macht er sich viel besser, aber ich habe ihn immer für einen guten Vater gehalten. Ich verspreche dir, ich werde das Hauptaugenmerk auf Charlie richten.«

»Wenn du willst, bleibe ich gern zu der Besprechung hier«, schlug Edna vor.

Das war allerdings eine Versuchung. Ruhig, konzentriert und reif wie sie war, brachte Edna immer Ausgeglichenheit und Weisheit mit an den Tisch. Seit Lilys College-Abschluss arbeiteten sie zusammen und hatten eine starke Vertrauensbasis aufgebaut. Dennoch konnte Ednas unbestrittene Autorität auch von Nachteil sein, wenn sie die Rolle der Klassenlehrerin überschattete.

»Danke. Bei dieser Besprechung bin ich wohl besser dran, wenn ich mich allein mit den Eltern beschäftige.« Lily straffte die Schultern.

»Gut. Ich muss noch etwas nachsehen. Auf dem Parkplatz steht ein Wagen mit brennenden Scheinwerfern. Danach bin ich in meinem Büro. Sag Bescheid, wenn du mich brauchst.«

Blitze zuckten vom Himmel und ließen die Lampen flackern, dann folgte ein Donnerschlag, der im Gebäude widerhallte.

Wieder allein in ihrem Klassenzimmer massierte Lily sich die Kehle, doch der Druck dort wollte nicht weichen. Sie fühlte sich zwischen ihrer Loyalität zu einer Freundin und den Bedürfnissen einer Schülerin hin und her gerissen. Ihr Leben lang hatte sie nur eine wahre Freundin gehabt – Crystal. Sie standen sich näher als Schwestern. Crystal war der Grund, warum Lily überhaupt nach Comfort gezogen war. Vor allen anderen hütete sie ihr Herz.

2

Freitag, 15.15 Uhr

Derek Holloway traf zuerst ein, ein Wirbelwind in dunklem Regenmantel und Südwester. »Entschuldige die Verspätung«, sagte er und setzte den tropfnassen Hut ab.

»Gib ihn mir, und den Mantel auch.« Lily hielt die triefenden Kleidungsstücke von sich ab, trug sie in die Garderobe und hängte sie über das Stiefelregal. Die Jacke war laut Etikett aus Goretex, Größe L. Das Markenzeichen – Legends Golf Clubs – war vorn auf die Brust genäht. Vermutlich einer seiner Sponsoren, dachte sie.

Seine Körperwärme und der faszinierende holzige Geruch nach Rasierwasser hingen im Mantelfutter, und sie schalt sich, dass sie es überhaupt bemerkte. Alles nur Biologie, beteuerte sie sich. Derek Holloway war ein Halunke, ein Idiot, der seine schwangere Frau betrogen hatte. Dass er ein stattlicher Mann mit einem umwerfenden Lächeln war, der gut roch, war keine Entschuldigung dafür, obwohl manche Frauen glaubten, es sei ein Grund, ihm zu verzeihen.

»Tut mir leid für den Boden.« Er zog ein paar braune Papiertücher aus dem Spender über dem Waschbecken und legte sie auf die nasse Spur.

»Kein Problem.« Sie begrüßte ihn mit einem Lächeln, von dem sie hoffte, dass es nicht gezwungen aussah. Man könnte ja auch in freundlichem Ton beginnen. Sie mochte nicht daran denken, dass Crystal vor nicht allzu langer Zeit beinahe weinend zusammengebrochen wäre aufgrund der Bedingungen, die Derek ihr im Scheidungsprozess aufgezwungen hatte. Feindseligkeit, sagte sich Lily, wäre nicht gerade in Charlies Interesse.

»Kann ich dir etwas zu trinken anbieten?«, fragte sie. »Ich habe Wasser, und im Lehrerzimmer gibt es Kaffee und alkoholfreie Getränke.«

»Nein, danke.«

Die kleinen Möbel im Raum ließen ihn noch größer erscheinen, als er war, und das war schon ziemlich groß. Er war makellos gekleidet in Wollhose mit Bügelfalte und Pullover mit V-Ausschnitt aus feinstem Cashmere. Er sah kaum anders aus als vor sechzehn Jahren, als er Crystal geheiratet hatte. Er wirkte reifer und war im Laufe der Jahre kultivierter geworden, sein persönlicher Stil war ausgefeilter. Und natürlich war seine Anspruchshaltung mit seinem Erfolg als Golfprofi gestiegen. Als einer der Spitzenspieler in der PGA zweifelte er anscheinend nicht daran, dass er alles verdiente, was ihm über den Weg lief, einschließlich der Frauen, die sich ihm an den Hals warfen, wenn er unterwegs war.

»Hier sind ein paar Kunstwerke von Charlie.« Sie deutete auf einen Plastikkorb, auf den in sauberen Buchstaben »Charlene« gedruckt war. »Du kannst sie dir anschauen, solange wir auf Crystal warten.« Sie hatte ihn seit der letzten Begegnung, in der es um Charlie ging, nicht gesehen. Bei dieser Besprechung hatte er sich einverstanden erklärt, eine

Nachhilfelehrerin einzustellen – was auch geschehen war – und die Schwierigkeiten seiner Tochter an die erste Stelle seiner Prioritätenliste zu setzen – was nicht eingetreten war.

Er schaute auf seine Armbanduhr, eine Rolex, wahrscheinlich ebenfalls ein Geschenk von einem Sponsor. »Immer kommt sie zu spät.«

Ja, glaubte er denn, Lily würde ihm zustimmen? »Das Wetter ist entsetzlich«, bemerkte sie. »Ich bin sicher, sie kommt bald.« Obwohl sie sorgsam darauf achtete, es sich nicht anmerken zu lassen, war auch Lily verärgert. Bei dieser Besprechung ging es um die Tochter der beiden. Lily hatte sie nicht leichten Herzens kommen lassen. Crystal konnte wenigstens pünktlich sein.

»Das ist hübsch«, sagte sie, als Derek die Pastellzeichnung eines Koalabärs betrachtete, dessen Junges sich an seinen Rücken klammerte. »Den hat sie nach unserem Ausflug in den Zoo von Portland gezeichnet. Charlie hat wirklich einen Blick fürs Detail. Ist ihre Neugier erst einmal geweckt, entgeht ihr nichts.«

Er nickte und schaute sich die nächste Zeichnung an. Es war eine Leiter, die an der Längsseite des Blattes entlanglief, und ein kleines Brett mit einer Gestalt auf der Kante, die kurz davor stand, in einen noch kleineren Wassereimer zu springen. »Und das?«

»Vokabelarbeit. Das Wort des Tages war *wagen,* glaube ich.« Die anderen Kinder hatten *wagen* auf ihre Zeichnungen geschrieben, Charlie jedoch nicht. Sie vermied es, überhaupt irgendetwas zu schreiben oder zu lesen. »Sie ist sehr schlau«, sagte Lily. »Sie hat Erfindergeist und verwendet raffinierte Denkmuster.«

Dann nahm er das Bild von einem Haus in die Hand, das von stacheligem grünem Gras und blühenden Blumen umgeben war, blauer Himmel und Sonnenschein im Hintergrund. Das Haus hatte vier Fenster in einer Reihe. Alle Fenster waren schwarz bekritzelt.

Als Lily von Charlie wissen wollte, warum sie die Fenster schwarz bekritzelt habe, hatte das kleine Mädchen mit den Schultern gezuckt. »Damit man nicht sieht, was drinnen ist.« Sie versuchte immer, so knapp wie möglich zu antworten.

Derek fragte nicht nach der Zeichnung, sondern ging zur nächsten über, einer bemerkenswert lebhaften Studie von einem kleinen, braunweißen Hund mit einem schwarzen Fleck um ein Auge. »Und die hier?«

»Auch Wortschatz. Das Wort *Wunsch.*«

»Sie hat mich um einen Hund angebettelt«, sagte er. »Vielleicht jetzt im Sommer.«

Sag ihr einfach nicht vielleicht, solange du nicht ja meinst, dachte Lily. Charlie hatte genug Unsicherheit in ihrem Leben.

Endlich traf Crystal mit einem Wust aus Hast und Entschuldigungen ein.

»Mein Gott, es tut mir so leid.« Sie sprach schnell, während Lily ihr Mantel, Hut und Regenschirm abnahm. »Die Straßen sind ein einziger Albtraum. Auf dem Highway bin ich fast umgekommen, weil ich versucht habe, rechtzeitig hier zu sein.«

Als Lily aus der Garderobe trat, schenkte Crystal ihr das handelsübliche Lächeln einer Schönheitskönigin. Trotz des Wetters wirkte ihr Make-up wie frisch aufgetragen. Lily kannte Crystal und vermutete, dass sie sich im Auto Zeit genommen hatte, Haare und Gesicht zu richten.

»Hallo, Derek.« In einer Wolke aus Gucci Rush segelte Crystal an ihrem Ex-Mann vorbei, setzte sich, einen wehenden Hermès-Schal um die Schultern, die wohlgeformten Beine an den Knöcheln übereinandergeschlagen, und nahm trotz des unbequemen niedrigen Stuhls eine sittsame Haltung ein. Crystal hatte immer schon die Macht ihrer Schönheit zu nutzen gewusst.

Derek und sie nebeneinander sahen aus, als wären sie einer Zahnpastawerbung entsprungen. Doch die Tatsache, dass sie wie die amerikanische Erfolgsgeschichte schlechthin wirkten, hatte ihre Ehe nicht gerettet.

Lily setzte die Brille auf. Obwohl es eine Fiorelli war, mit handgearbeitetem Gestell im Anwaltsstil, wusste sie, dass sie darin bescheuert aussah. Sie sollte aufhören, ihr Geld für modische Brillen auszugeben, denn sobald sie eine aufsetzte, hätte es jede Billigmarke sein können. Ihr ernstes Gesicht hatte etwas an sich, das Designer-Gestelle in Schnäppchen aus dem Supermarkt verwandelte. Sie hatte es mit Kontaktlinsen versucht, jedoch jedes Mal eine Allergie bekommen, sobald sie welche einsetzte.

Sie drückte eine Hand fest auf den Aktenordner vor sich, holte tief Luft und schaute von Crystal zu Derek, dem die zu kleinen Stühle ebenso unbequem waren wie ihr. Lily erwischte Crystal in einem unbedachten Moment, und ihr Gesichtsausdruck war verblüffend. Sie betrachtete Derek mit rohem, unverhohlenem Verlangen, ihr schönes Gesicht zeigte den verständnislosen Schmerz eines verwundeten Tiers.

Lily litt mit ihrer Freundin, gleichzeitig aber stieg leichte

Empörung in ihr auf. Heute ging es um Charlie, nicht um Crystal und Derek und um das, was sie sich von der Liebe hatten antun lassen.

Mit beherrschten, exakten Bewegungen reichte Lily ihnen jeweils eine Kopie des ORAT-Ausdrucks. »Diese Darstellung zeigt die Ergebnisse des Oregon Reading Abilities Test«, erklärte sie. »Den Lesetest bekommt in Oregon jedes Kind der dritten Klasse im März.« Mit dem Radiergummiende ihres Bleistifts fuhr sie an der grauen Linie auf der Tabelle entlang. »Das ist der Durchschnittswert für den gesamten Staat. Die rote Linie darüber ist der Durchschnitt der Laurelhurst-Schüler.« Laurelhurst war eine private Eliteschule, deshalb lagen die Testergebnisse immer weit über der Norm.

Lily räusperte sich. »Die blaue Linie zeigt, wie Charlie bei dem Test abgeschnitten hat.« Die Linie bewegte sich erbärmlich zwischen den niedrigsten Prozentzahlen, hier und da liebäugelte sie sogar mit dem Wert null. Lily beobachtete die Gesichter der Holloways, sah die erwartete Überraschung und Enttäuschung. Auch sie war enttäuscht gewesen – aber nicht überrascht. Als Charlies Lehrerin in der dritten Klasse hatte sie vom ersten Tag an das Ringen des Kindes erkannt. Sie hatte versucht, die Holloways in früheren Besprechungen vorzubereiten, doch die Realität war einfach nicht zu ihnen durchgedrungen. Vielleicht würde wenigstens das heute gelingen.

Crystal warf Lily einen verwirrten Blick zu. Sie wirkte zerbrechlich, als würde sie neuerdings alles verletzen. Derek sah einfach nur wütend aus, vielleicht abwehrend. Beides waren klassische Reaktionen liebender Eltern. Niemand wollte erleben, dass sein Kind Schwierigkeiten hatte, und sobald dies geschah, war der Misserfolg des Kindes nicht nur kränkend, er griff die Eltern in ihrer Persönlichkeit an.

»Wie ihr wisst«, sagte Lily, »bin ich kein Fan von genormten Prüfungen. Die hier wurde vom Bundesstaat vorgegeben. Dieser Test sagt also eigentlich nicht mehr über Charlie aus, als wir bereits wissen.«

»Sie kann immer noch nicht lesen.« Dereks Stimme war beinahe anklagend. Seine großen Hände, braun gebrannt nach einer gerade absolvierten Golfrunde in Schottland, legten sich schwer auf die Tischplatte. »Weißt du, ich bin es allmählich gestrichen leid, mir das anzuhören. Ich zahle der Nachhilfelehrerin, wie viel, hundert Dollar die Stunde? Und wir sehen immer noch keine Ergebnisse. Was für eine Lehrerin bist du?«

»Derek.« Crystal streckte eine Hand aus, als wollte sie seinen Ärmel berühren, besann sich dann aber anscheinend eines Besseren. Sie faltete die Hände fest zusammen, ihre makellose Maniküre glitzerte.

»Ich werfe euch nicht vor, dass ihr frustriert seid«, sagte Lily. »Ich glaube, das sind wir alle, Charlie eingeschlossen. Glaubt mir, ich weiß, wie hart alle in diesem Jahr gearbeitet haben.« Sie wählte ihre Worte mit Bedacht. Es stimmte, zusätzlich zur Einstellung einer Nachhilfelehrerin hatten die Holloways Charlie endlosen Tests unterworfen, angefangen von einer Untersuchung beim Kinderarzt über psychologische Gutachten bis hin zu einer Reihe von Prüfungen bei einem Lesespezialisten in Portland. Die Ergebnisse waren nicht schlüssig. Es gab keine wissenschaftliche Bezeichnung für die Art von Blockade, die Charlie offenbar durchlebte. Lily hätte gern geglaubt, dass die Hausaufgaben, die Charlie mit jedem Elternteil machen sollte, sorgfältig betreut wurden. Aber sie wusste es besser. Crystal und Derek liebten ihre Tochter, doch angesichts ihrer Lebensumstände hatten sie ihre Schularbeit nicht vorrangig behandelt.

»Ich weiß, wir alle haben uns größere Fortschritte erhofft«, fügte sie hinzu. »Doch das ist nicht der Fall. In Anbetracht der Tatsache, dass das Schuljahr in neun Wochen zu Ende geht, müssen wir über Charlies Alternativen für den Sommer und für das kommende Jahr sprechen.«

Crystal nickte und unterdrückte aufsteigende Tränen mit einem Blinzeln. »Ich denke, wir sollten sie zurückstellen.«

»Oh, jetzt geht es also darum, sie durchrasseln zu lassen. Ist ja toll«, sagte Derek.

Lily biss sich auf die Lippe und wahrte eine reglose Miene. Derek hatte offensichtlich Probleme mit Versagen. Aber hier ging es um Charlie, nicht um ihn. Es ging nicht einmal um Crystal, der direkt vor Lilys Augen das Herz brach. Das Drängen auf Zurückstellung war häufig die panische, reflexartige Reaktion eines Elternteils. Da ihnen umfassende Kenntnis über die Alternativen fehlte, zogen manche Eltern die Wiederholung einer Klasse vor, ohne sich bewusst zu sein, wie eine solche Extremsituation das Kind belasten konnte. »In diesem Fall glaube ich nicht, dass eine Zurückstellung die Lösung ist.«

»Du willst sie also genauso fördern, wie man es seit der ersten Klasse mit ihr gemacht hat?« Crystals Tränen verdunsteten in der Hitze der Wut. »Das war eine große Hilfe, das kann ich dir sagen. Eine große Hilfe!«

Lily musste schlucken, als sie die Wut ihrer Freundin spürte. Eine Eltern-Lehrer-Besprechung war das reine Seelentheater. Alle Beteiligten waren entblößt, die Emotionen unverfälscht und ehrlich. Die Identität eines Elternteils war zum größten Teil in einem Kind verborgen: Liebe, Stolz, Selbstwertgefühl, Bestätigung. Eine ungerechte Bürde für einen kleinen Menschen, doch jedes Kind trug sie mit sich herum, die hochfliegenden, scheinbar unerreichbaren Erwartungen der Eltern.

»Ich habe verschiedene Alternativen für Charlie ausgearbeitet«, teilte Lily ihnen mit und reichte ihnen jeweils ein Päckchen. »Die könnt ihr euch zu Hause durchsehen. Vorerst wollen wir davon ausgehen, dass wir in diesem Sommer ein paar Fortschritte sehen und Charlie hier in Laurelhurst in die vierte Klasse geht.«

»Mit anderen Worten«, sagte Derek steif, »es kann auch sein, dass sie hier nicht mehr erwünscht ist.«

Hinter Lilys linkem Auge flackerte leichtes Kopfweh auf wie ein angerissenes Streichholz. Laurelhurst war eine national anerkannte, unabhängige Schule; die Warteliste war so lang, dass man Kinder schon Jahre vorher anmelden musste. Ein Mann wie Derek – erfolgreich, kultiviert, privilegiert – betrachtete jede andere Schule als minderwertig. »Hier geht es darum, was für Charlie das Beste ist, nicht darum, was ich mir wünsche. Wir sollten uns wirklich auf den Sommer konzentrieren. Ich hoffe, dass intensives Üben im Chall Reading Institute in Portland Charlie tatsächlich weiterbringen wird.« Das Programm bedeutete einen großen Zeit- und Geldaufwand für die gesamte Familie, doch die Erfolgsrate war beispiellos.

»Das dauert zehn Wochen!«, sagte Crystal und betrachtete die Broschüre. Sie sah Lily entsetzt an und schlug einen abgenutzten Terminkalender mit Ledereinband auf. »Wir haben im Juni eine zehntägige Disney-Kreuzfahrt gebucht. Im Juli macht sie Reiterferien. Und im August …«

»Im August sind die Kinder bei mir«, sagte Derek. »Wir haben auf Molokai eine Ferienwohnung gebucht.«

Lily war darin geschult, sich während eines Elterngesprächs zurückzuhalten und ihre Worte sorgfältig auszuwählen. In diesem Fall war es besonders schwierig, die Bedürfnisse des Kindes geltend zu machen. Wie leicht wäre es doch, einfach zu sagen: »Klingt großartig! Ich wünsche euch einen schönen Sommer.« Im nächsten Jahr wäre Charlie dann das Problem einer anderen Lehrkraft.

Doch Charlie war Lilys Hauptsorge, ungeachtet dessen, was sie für Crystal empfand. Das Ergebnis der heutigen Besprechung konnte durchaus ihre lebenslange Freundschaft auf die Probe stellen. Doch die Zukunft eines Kindes stand auf dem Spiel, und Lily war entschlossen, Charlie unter allen Umständen zu retten.

»Ich hoffe, mich den ganzen Sommer über auf Charlies Bedürfnisse zu konzentrieren«, sagte sie.

»Hast du nicht zugehört? Es handelt sich um eine Disney-Kreuzfahrt«, sagte Crystal gereizt. »Da geht es nur um Kinder und Spaß. Das habe ich ihnen das ganze Jahr über versprochen. Und ein Reitcamp, das ist für Charlie genau richtig. Du glaubst ja nicht, welche Hebel ich in Bewegung setzen musste, um sie da reinzukriegen. Es ist in Sundance, mein Gott! Wahrscheinlich musste sie Demi Moores Kinder verdrängen, um in diesem Sommer dort einen Platz zu bekommen.«

»Wie viel soll denn dieses Reitlager kosten?«, fragte Derek.

»Wahrscheinlich weniger als dein verdammtes Haus auf Molokai«, fuhr Crystal ihn an.

»Ich stottere noch immer deine Weihnachtsreise nach Sun Valley ab.«

»Ich kenne deinen Rang in der PGA. Das kann ich auf ESPN herausfinden. Du kannst dir Sun Valley leisten.«

»Aber ich kann mir die Art nicht leisten, wie du mein Geld ausgibst. Du hast dem Begriff ›Unterhalt‹ eine völlig neue Bedeutung gegeben.«

Lily saß teilnahmslos dabei und biss sich auf die Lippe, bis es wehtat. Wenn ein Paar über Geld stritt, ging es nie um Geld. Es ging um Macht und Selbstwertgefühl und Verurteilung; das hatte Lily von ihren eigenen Eltern gelernt, während sie nachts wach im Dunkeln lag wie eine Schiffbrüchige, die auf hoher See trieb und dem tosenden Sturm ausgesetzt war.

In den acht Jahren ihrer Lehrertätigkeit hatte sie zahlreiche Elterngespräche geführt. Sie hatte viele Kabbeleien überstanden, und sie hielt es für das Beste, wenn man sie zu Ende spielen ließ, bis sie ihre Heftigkeit verloren hatten. So, wie man einem Dampftopf erlaubt, ein wenig Dampf abzulassen, um drinnen Raum für etwas anderes zu schaffen – in diesem Fall für Lilys Informationen über Charlie.

Ihre Kopfschmerzen verstärkten sich. Sie waren wie eine Pfeilspitze, die sich in eine weiche Stelle hinter ihrem Auge bohrte. Weder Crystal noch Derek schienen es zu bemerken. Lily hatte zu oft mit einem Paar zusammengesessen, das sich bei dem uralten Tauziehen um die zerbrechlichste Beute überhaupt ankeifte – ein Kind.

Manchmal musste Lily ihre ganze Selbstbeherrschung aufbieten, um den gerechten Zorn im Zaum zu halten und nicht zu platzen. Hört euch doch mal selbst zu! Glaubt ihr, das hilft eurem Kind? Dabei hatte sie ihnen noch nicht alles über Charlie gesagt. Ein kleiner Teufel gab ihr den verlockenden Gedanken ein, sich zurückzuhalten und Charlies Geheimnis für sich zu behalten, doch das konnte Lily nicht. Das kleine Mädchen hatte einen Hilfeschrei ausgestoßen.

»Können wir wieder auf Charlie zurückkommen?«, fragte sie. »Bitte.« Sie nutzte eine Pause im Streit und sagte: »Wir müssen noch über etwas anderes sprechen.«

Crystal und Derek funkelten sich wütend an und legten den Streit scheinbar zu den Akten. Derek biss die Zähne zusammen und verschränkte die Arme vor der Brust, als er herumfuhr, um Lily anzusehen. Crystal schürzte die Lippen und schlug ihren Terminkalender zu. Auch sie richtete ihre Aufmerksamkeit auf Lily. Wie ihre Differenzen auch aussehen mochten, die Liebe für ihre Kinder war ihnen noch gemeinsam, und sie versuchten, Charlie zuliebe ihren eigenen Kleinkram beiseitezulegen.

Lily bemühte sich nach Kräften, die rasenden Kopfschmerzen zu ignorieren, und betrachtete die beiden. »Wir haben viel über Charlies geistige Herausforderungen gesprochen«, sagte sie. »Neuerdings habe ich bei ihr auch Veränderungen im Verhalten festgestellt.«

»Was meinst du mit Veränderungen im Verhalten?« Derek blieb abwehrend, was Lily nicht überraschte.

Sie wollte nichts beschönigen. »In den letzten beiden Wochen hat sie gestohlen.«

Schweigen. Erschrockenes, ungläubiges Schweigen. Beide Gesichter verloren ihre Ausdrucksfähigkeit. Endlich hatte Lily ihre volle Aufmerksamkeit.

Sie nutzte die Stille. »Zuerst muss ich euch sagen, dass Diebstahl bei Kindern in diesem Alter ganz normal ist. Viele machen das durch. Und zweitens geht es in den meisten Fällen, erst recht bei Charlie, nicht um die gestohlenen Gegenstände.«

»Moment mal, verdammt«, sagte Derek. »Stehlen? Du sagst, sie stiehlt. Wovon zum Teufel sprichst du?«

»Wir haben Charlie immer alles gegeben, was sie brauchte oder wollte«, schwor Crystal, und Lily sah ihr an, dass sie es wirklich glaubte.

»Natürlich habt ihr das«, stimmte sie zu, wenn ihr Tonfall auch ein unausgesprochenes *aber* vermittelte. »Wie schon gesagt, es ist ein ziemlich typisches Verhalten. Bei einem im Grunde genommen ehrlichen Kind wie Charlie hat es eine andere Bedeutung, als es den Anschein hat.« Sie fragte sich, wie technisch sie zu diesem Zeitpunkt werden sollte. Das Syndrom war tief greifend, kompliziert und weitreichend. Dennoch war es ein Problem, das zu lösen war, wenn man es entsprechend anging. Vorerst, dachte sie, musste sie sich an die Fakten halten, damit Charlies Eltern ihren Schock überwinden und der Wahrheit ins Auge sehen konnten.

Mit sanfter Stimme sagte sie: »Ich will euch erzählen, was ich beobachtet habe und was meiner Meinung nach mit Charlie vorgeht.«

»Ja, bitte«, sagte Crystal kaum hörbar. Einen Moment lang wirkte sie so verloren und traurig, dass Lily der Gedanke an Crystal als Teenager durch den Kopf schoss, Lilys Idol und Leitbild. Von Anfang an hatten sie sich gebraucht, und jetzt verkehrten sich ihre Rollen. Crystal war die Bedürftige, und Lily wollte ihr unbedingt helfen.

Sie spürte, dass von Derek eine eigenartige Feindseligkeit ausging. Nicht zum ersten Mal würde ein Elternteil sie mit Argwohn und Misstrauen betrachten. Berufsrisiko, beruhigte Edna sie immer.

Sie versuchte, Ruhe und Kompetenz auszustrahlen, und sagte: »Anfang der Woche – es war am Montag nach dem Sport – berichtete mir ein Schüler, eine Mundharmonika, die er zum Anschauungsunterricht mitgebracht habe, fehle in seinem Plastikkorb.« Sie zeigte darauf. »Das ist der Behälter, den jedes Kind bekommt, um seine Sachen unterzubringen. Ich ging davon aus, dass er sie verlegt hatte, doch auch als ich ihm suchen half, konnten wir das Ding nicht finden.«

»Eine bescheuerte Mundharmonika«, sagte Derek.

»Schsch, lass sie ausreden«, ermahnte Crystal ihn.

»Am Dienstag dann, nach der Musikstunde, fehlten drei verschiedenen Kindern Sachen. Da habe ich die ganze Klasse zusammen befragt. Niemand meldete sich, aber mir fiel auf, dass Charlie sehr nervös war.« Lily hatte sowohl den Sportlehrer als auch die Musiklehrerin gefragt, und beide erinnerten sich offenbar, dass Charlie darum gebeten hatte, während des Unterrichts den Ruheraum benutzen zu dürfen. »Wie schon erwähnt, Charlie ist ein sehr ehrliches Kind. Betrug passt nicht zu ihr.«

Crystal zog ein Papiertuch aus der Schachtel auf dem Tisch und zerfledderte es müßig. »Sie hat noch nie etwas verbergen können.«

»Das stimmt«, sagte Lily. »In der Pause habe ich mit ihr allein gesprochen und sie noch einmal gefragt, ob sie etwas von den vermissten Gegenständen wisse. Sie konnte mir nicht in die Augen sehen, und als ich sie bat, mir zu zeigen, was in ihrem Pult und ihrem Plastikkorb sei, wurde sie noch nervöser. Ich sagte ihr, es würde viel weniger Ärger geben, je eher die Gegenstände auftauchten. Ein Mädchen behauptete, ihr Glücksbringerarmband sei ein Familienerbstück, daher war ich bestrebt, es noch vor dem Ende des Schultags zu finden.« Sie ließ nicht durchblicken, dass Mary Lou Mattson dem Diebstahl zum Opfer gefallen war, die immer besonders theatralisch reagierte und geschworen hatte, ihr Vater, ein prominenter Anwalt, werde die Schule auf Schadenersatz in Millionenhöhe verklagen. »Charlie zeigte sich sehr kooperativ. Sie ging direkt zu ihrer Buchtasche, öffnete ein Reißverschlussfach und übergab mir die fehlenden Gegenstände.«

»Ach du lieber Himmel«, flüsterte Crystal. »Eine Mundharmonika? Ein Glücksbringerarmband? Weiß sie denn nicht, dass ich ihr die Sachen kaufen würde, wenn sie nur darum bäte?«

»Vielleicht liegt ja darin das Problem«, fuhr Derek sie an. »Du gibst ihr immer alles, was sie haben will. Sie ist verwöhnt.«

»Eigentlich«, schaltete Lily sich ein, »glaube ich, bei diesem Verhalten geht es darum, dass sie etwas anderes will.«

»Was könnte sie sonst wollen?«, fragte Crystal. »Was?«

Lily hatte eine Liste. »Wir sollten darüber sprechen. Ich möchte mit euch nur noch die Woche zu Ende durchgehen. Ich habe die Situation mit Miss Klein und der Schulberaterin besprochen. Wir haben beschlossen, die Sache nicht an die große Glocke zu hängen. Wenn ein Kind stiehlt, ist es oft richtig, es zu bitten, die Sachen zurückzugeben und sich zu entschuldigen. In Charlies Fall haben wir ihr gesagt, dass ich die Gegenstände zurückgebe und kein Wort mehr darüber verloren wird. Auf diese Weise konnte sie ihr Gesicht wahren, und die Kinder würden ihre Sachen zurückbekommen. Ich wollte von ihr nur die Zusicherung, dass es nicht wieder vorkommen würde, und sie sollte versprechen, mit mir darüber zu reden, warum sie es getan hat. Am Mittwoch gab es keine Vorfälle, doch gestern stellte ich fest, dass mir etwas fehlte.«

»Toll«, sagte Derek. »Du hast sie ungeschoren davonkommen lassen, also hat sie es wieder versucht.«

»Es ist noch komplizierter.« Nimm keine Defensivhaltung ein, ermahnte sie sich. Bearbeite einfach das Problem. »Um es kurz zu machen, ich habe Charlie zur Rede gestellt, und sie hat es herausgerückt.« Sie nahm den Briefbeschwerer in Form einer Schneekugel in die Hand, den Charlie von Lilys Pult entwendet hatte. Er war ein Geschenk vom ersten Kind der Holloways, Cameron, vor sieben Jahren, als er bei Lily in der Klasse gewesen war. Die Figur im Innern der Kugel war ein Engel im Winter, eingehüllt in ein wehendes weißes Gewand. »Nachdem sie ihn zurückgegeben hatte, habe ich euch beide einbestellt, statt bis zu der Woche zu warten, die für die Besprechung der Testergebnisse vorgesehen ist.«

»Das war auch gut so«, sagte Crystal ehrlich. »Wir müssen der Sache sofort auf den Grund gehen.«

»Wir sind schon auf dem Grund«, sagte Derek. »Kann es mit dem Kind denn noch weiter bergab gehen? Sie kann nicht lesen, und jetzt hat sie auch noch einen kriminellen Zug entwickelt.«

»Vielleicht quält sie deine Feindseligkeit«, sagte Crystal.

»Vielleicht quält sie auch, dass du sie so verhätschelst und sie nicht mehr zwischen Gut und Böse unterscheiden kann«, entgegnete er.

Lily versuchte, das Gespräch wieder zum Thema zurückzuleiten. »Hat es in letzter Zeit Veränderungen in Charlies Leben oder Tagesablauf gegeben? Ich glaube, dieses Verhalten könnte eine Reaktion auf eine Veränderung sein.«

»Sie war sechs, als wir uns trennten, sieben bei unserer Scheidung«, sagte Derek. »Sie hatte jede Menge Zeit, sich daran zu gewöhnen.«

Lily fragte sich, ob er begriff, wie hart es für ein Kind war, sich an eine Scheidung zu gewöhnen – in jedem Alter. Der emotionale Teppich war Charlie unter den Füßen weggezogen worden, und sie versuchte noch immer, ihr Gleichgewicht zu finden.

»Sie könnte Probleme gehabt haben, sich an deine Freundin zu gewöhnen«, sagte Crystal. Jedes Wort schnitt mit der Präzision einer Rasierklinge ein.

»Charlie kennt Jane seit drei Jahren«, sagte Derek.

»Seitdem du eine Affäre mit ihr hast.« Crystal schenkte ihm einen verächtlichen Blick und wandte sich Lily zu. »Es heißt, irgendjemand fällt immer auf einen Ex-Mann rein. Ich hätte mit ihm verheiratet bleiben sollen, um der Frauenwelt einen Gefallen zu tun.«

Lily räusperte sich. Ein ausgezeichneter Zeitpunkt, das Gespräch wieder auf Charlie zu bringen. »Neuerdings hat Charlie der Klasse viel über ihren Onkel Sean erzählt. Anscheinend mag sie ihn sehr. Er ist vor kurzem aus Übersee zurückgekommen, nicht wahr?«

»Mein jüngerer Bruder ist überall beliebt«, sagte Derek.

»Nur nicht bei der Pan-Asian Golf Association«, versetzte Crystal, immer noch mit schneidender Stimme. Sie lehnte sich zu Lily. »Sein Bruder hat die letzten zehn Jahre in Asien gespielt. Dann hat er in einem Turnier gemogelt und wurde disqualifiziert ...«

»Er wurde reingelegt«, warf Derek rasch ein.

»... und schließlich von der Tour ausgeschlossen.«

»Es war reine Politik«, entfuhr es Derek.

»Er hat eine Phobie vor Verpflichtungen«, sagte Crystal zu Lily. »Er läuft vor jeder Situation davon, die ihn fordert. Vermutlich hast du ihn deshalb noch nicht kennengelernt. Er ist viel zu sehr damit beschäftigt, wegzulaufen.«

Lily erinnerte sich nur vage an Sean ... er hieß nicht Holloway, weil er und Derek Stiefbrüder mit unterschiedlichen Vätern waren. Maguire, das war sein Name. Sean Maguire. Sie hatte ihn vor sechzehn Jahren kennengelernt, als sie fünfzehn und er ein eingebildeter Achtzehnjähriger gewesen war. Sie waren bei der Hochzeit der Holloways gewesen. In ihrem lavendelfarbenen Brautjungfernkleid und den farblich darauf abgestimmten Schuhen war Lily gereizt und überheblich gewesen. Als sie ihn beim Empfang auf der Tanzfläche sah, war sie sicher, dass er seine Bewegungen aus *Dirty Dancing* abgeguckt hatte, ihrem Lieblingsfilm in jenem Jahr. Sean stibitzte immer wieder Bier hinter der Bar und baggerte jedes Mädchen im Raum mit umwerfendem, lässigem Lächeln und einer heiseren Stimme an: *Lust auf Knutschen?* Zu Lily sagte er das natürlich nicht. Niemand baggerte Lily an, es sei denn, um sich über ihre Brille und die Zahnspange lustig zu machen.

»Wie ich sehe, wohnt er also jetzt ständig in Comfort?«, fragte sie, bestrebt, wieder auf Charlie zurückzukommen.

»Ich glaube nicht, dass Sean irgendetwas auf die Dauer macht«, antwortete Crystal. »Vielleicht hat Charlie das Stehlen von ihm gelernt.«

»Vielleicht hat sie es von deiner durchgeknallten Mutter gelernt«, sagte Derek.

Bei diesen Worten brach Crystal in Tränen aus. »Ich kann nicht glauben, dass du das gesagt hast.«

Sie knüllte das Papiertaschentuch in ihrer Faust und tupfte sich die Augen ab. »Bei dem, was Derek so rüde angesprochen hat, fällt mir ein, dass es eine weitere Veränderung in Charlies Leben gab. Ich … musste meine Mutter schließlich doch in ein Heim mit höherer Pflegestufe in Portland verlegen.

Ich wusste, dass es so kommen würde, dass es unvermeidlich war, aber ich hatte keine Ahnung, dass es so schwer sein würde.« Sie starrte auf ihre fest geballte Faust.

Bevor Lily überhaupt reagieren konnte, rutschte Derek vom Stuhl und fiel vor seiner Ex-Frau auf ein Knie. Er legte eine Hand auf die Tischkante, die andere auf die Stuhllehne, eine Umarmung, ohne sie zu berühren. »Mein Gott, Crys, ich kann nicht glauben, dass ich das gesagt habe. Ich kann es, verdammt noch mal, nicht glauben. Bitte, bitte, verzeih mir.«

Bei dieser sanften, ernst gemeinten Entschuldigung hätte selbst Lily am liebsten geweint. Das war der Charme und das Charisma des Derek Holloway, seine Fähigkeit, Groll und

Wut mit wenigen, ausgesuchten Worten und einer sanften Stimme dahinschmelzen zu lassen. Selbst Crystal schien trotz des Zorns der vergangenen zwei Jahre nicht immun dagegen zu sein.

»Ich habe deine Mutter immer sehr geschätzt«, fügte er hinzu. »Ich finde es furchtbar, was mit ihr passiert.«

»Ich weiß«, flüsterte Crystal und wischte sich die letzten Tränen ab. »Ich weiß.«

Lily schloss kurz die Augen und spürte Crystals Kummer in sich widerhallen. Auch sie liebte Dorothy Baird, eine Frau, die sie kannte, seit sie so alt war wie Charlie jetzt. Als Heranwachsende war Lily manchmal ihrem düsteren Elternhaus entkommen und in Crystals Welt eingetaucht, in einen Haushalt, der nicht von Tragödien verdunkelt war, in dem Menschen wussten, wie man dem anderen verzeiht. Schrecklich, dass ein schwerer Schlaganfall Dorothy allen entrissen hatte, sogar sich selbst.

Mit diesem gefühlsbetonten Augenblick war die Begegnung zu Ende, das war Lily klar.

Sie spürte, wie sich die beiden zurückzogen und das Problem mit Charlie in der Schwebe ließen.

Die Unterhaltung war alles andere als beendet, doch sie wusste, dass die beiden Zeit brauchten, darüber nachzudenken, was sie ihnen gesagt hatte.

»Es gibt noch vieles hinsichtlich Charlie zu besprechen«, sagte sie und war sich nicht sicher, ob sie ihr zuhörten.

»Vorerst hoffe ich, ihr werdet beide ruhig und unter vier Augen mit ihr über die Diebstähle sprechen. Macht ihr klar, dass es aufhören muss, und versucht sie zu bewegen, darüber zu reden, was dahintersteckt. Wir können am Montag wieder darüber sprechen.«

»Ich bin am Montag nicht in der Stadt«, sagte Derek. »Hab ein Turnier.«

»Ich leite an dem Nachmittag eine Konferenz von Sponsoren der Special Olympics«, sagte Crystal. »Ich wollte Mrs Foster bitten, länger zu bleiben, um auf die Mädchen aufzupassen.«

Und genau deshalb, dachte Lily trübe und resigniert, steckte Charlie in Schwierigkeiten.

3

Freitag, 15.45 Uhr

Sie wollen es richtig machen«, sagte Lily im Lehrerzimmer nach dem Gespräch zu Edna. »Das Problem ist nur, sie sind so sehr mit anderen Themen beschäftigt, dass sie Charlie nicht wahrnehmen.«

Edna nahm einen Schluck Kräutertee. Während der größte Teil des Lehrkörpers literweise Kaffee trank, zog Edna ayurvedische Kräutergetränke vor, die inneren Frieden schaffen sollten. Auch Lily scheute Kaffee und trank nur Tees aus biologisch angebauten Kräutern, doch das brachte ihr keinen inneren Frieden. Einen besseren Schlafrhythmus, wenn's hochkam.

Sie und Edna waren die Letzten, die noch in der Schule waren. Laurelhurst hatte einen relativ kleinen Lehrkörper. An einem stürmischen Freitag wie diesem waren alle bestrebt, zu ihren Lieben nach Hause zu kommen, oder sich auf das Wochenende vorzubereiten. Lily und Edna waren die Einzigen ohne Anhang – eine Tatsache, die nicht weiter erwähnt wurde.

Lily verehrte Edna, aber sie tat ihr auch ein bisschen leid. Ednas auffälligste Eigenschaft war ihre Bereitschaft, sich in

Beziehungen zu stürzen und dabei ihr Herz aufs Spiel zu setzen. Immer und immer wieder war sie in den Dreck gestoßen worden, doch sie klopfte sich stets den Staub von den Sachen und ließ sich sogleich auf die nächste zum Scheitern verurteilte Beziehung ein. Lily begriff es nicht. Warum sollte man auf die Beine kommen, wenn man doch wieder verletzt wurde?

»Tja, dass sie ihre Tochter über alles lieben, bedeutet, dass sie mit dir zusammenarbeiten werden«, sagte Edna. Sie gab einen Klecks Waldhonig in ihren Tee.

»Das hoffe ich«, erwiderte Lily und überflog das Schwarze Brett für den Lehrkörper. »Biete an, ein Haus über den Sommer zu hüten«, hieß es auf einer Notiz. »Haus an Strand oder Fluss bevorzugt.« Zu dieser Jahreszeit ging es bei den Lehrern nur um den Sommer, und Lily war keine Ausnahme. Sie hatte Pläne. Große, tolle Pläne. Das gefiel ihr an ihrem Beruf – eine Lehrerin hatte einen ganzen Sommer, um sich von den Emotionen zu erholen, eine Gruppe von Kindern zu lieben, sie zu unterrichten und zu erziehen.

Eltern haben diese Möglichkeit nie, überlegte sie und dachte an die Holloways. Eine Auszeit für Eltern gibt es nicht.

»Das mit Charlie wird sich lang hinziehen«, sagte sie zu Edna. »Wir haben nicht einmal das Thema Leseschule beendet. Anscheinend wollten sie nichts davon hören, sondern hielten nur dagegen, dass es Moms Pläne für eine Disney-Kreuzfahrt und ein Reitercamp und Dads Monat auf Hawaii in die Quere kommen würde.«

»Deren Kind möchte ich sein«, sagte Edna.

»Ich glaube, sie haben schon genug mit ihren eigenen zu tun«, erwiderte Lily.

»Vielleicht ist die Leseschule nicht das Richtige für diese Familie«, bemerkte Edna. »Kann sein, dass sie mehr Flexibilität brauchen.« Sie trank einen Schluck Tee und betrachtete Lily nachdenklich. »Du könntest ihre Hauslehrerin sein.«

Wider besseres Wissen fand Lily die Idee reizvoll. Sie liebte Charlie wie alle anderen auch und hatte das Gefühl, dass Einzelunterricht zu dem Durchbruch führen könnte, den Charlie brauchte. Leider war die Situation kompliziert.

»Das könnte ich nie, sagte sie. »Du kennst meine Einstellung. Ich brauche ein Leben außerhalb der Schule. Und mein Credo ist, alle Kinder gleich zu behandeln.«

»Nicht alle brauchen dich gleichermaßen«, gab Edna zu bedenken.

»Es geht nicht«, sagte Lily. »Bei dieser Familie wäre es extrem heikel.«

»Ich würde meinen, es wäre besonders leicht, da du und Charlies Mutter praktisch zusammen aufgewachsen seid.«

»Ihr Ex kann mich nicht ausstehen«, sagte Lily. »Er hält mich für eine miserable Lehrerin.«

Edna schüttelte den Kopf. »So wie er ein miserabler Golfspieler ist.«

»Nicht ganz«, entgegnete Lily. »Ein Profigolfer verliert ein Spiel, vielleicht einen Haufen Geld oder sogar seine PGA-Karte. Und wenn schon. Wenn eine Lehrerin Mist baut, ist ein Kind betroffen.«

»Stimmt, aber das sehe ich bei dem Mädchen der Holloways anders. Du machst deine Arbeit gut, obwohl ihr Fortschritt das im Moment nicht widerspiegelt.«

»Ich habe das ganze Jahr daran gearbeitet. Ich habe nicht

genug Zeit, Charlie auf die Spur zu bringen.« Sie konnte Ednas Gedanken lesen. *Dann gib ihr mehr Zeit.*

Im Grunde ihres Herzens sehnte Lily sich danach, das Mädchen näher an sich zu ziehen. Aber das wäre einfach gefährlich. Das Leben hatte Lily nicht dafür ausgestattet, ganz im Gegenteil. Schon in jungen Jahren hatte sie gelernt, ihr Herz zu schützen, selbst vor einem Kind wie Charlie. Vielleicht *besonders* vor einem Kind wie Charlie.

Draußen zuckten Blitze, und der Donner knallte so nah, dass die Fensterscheiben klirrten.

Regen strömte über das Glas und verwischte die Sicht auf den beinahe leeren Parkplatz draußen. Lily sah zwei verschnörkelte Bremslichter, als ein Wagen vom Parkplatz fuhr. Von der Größe her zu urteilen, handelte es sich wahrscheinlich um Dereks SUV.

»Ich bin froh, wenn das Schuljahr vorbei ist«, sagte sie und schnallte den Gürtel ihres Regenmantels fest. Sommer bedeutete Erneuerung und Flucht vor Problemen, die sie nicht lösen konnte. Sie brauchte das, brauchte Zeit, sich von der emotionalen Achterbahn des Schuljahrs zu erholen.

»Schade um diese Familie«, seufzte Edna und spülte ihren Becher am Waschbecken aus. »Ich kenne die Holloways, seit sie vor zehn Jahren Cameron hier angemeldet haben. Die Scheidung habe ich weiß Gott nicht vorhergesehen.«

Niemand hatte das vorhergesehen, dachte Lily. Nicht einmal Paare, die perfekt zueinanderpassten, schafften es mehr. Gerade noch waren sie selig, am nächsten Tag standen sie vor dem Scheidungsrichter.

Crystal drängte Lily oft, sich niederzulassen, zu heiraten und eine Familie zu gründen, und Lily hatte keine Ahnung warum. Nach allem, was sie durchgemacht hatte, war Crystal noch immer eine wahre Gläubige. Lily hingegen nicht. Sie war Pragmatikerin, Planerin.

Das war leicht, wenn niemand da war, für den man zu planen hatte, außer man selbst.

Lilys Leben war genau so eingerichtet, wie sie es haben wollte. Sie hatte Kinder, die sie liebte, und Zeit für sich. Das war ihre persönliche Formel für Zufriedenheit, die sie vor allem schützte, was sie aus dem Gleichgewicht bringen konnte.

Den Grund dafür wollte sie nicht in Frage stellen.

4

Freitag, 15.45 Uhr

Crystal Baird Holloway rammte den Schlüssel ins Zündschloss ihres Subaru Outback. Sie zwang sich, einmal tief durchzuatmen, die Augen zu schließen und bis zehn zu zählen. Sie musste sich fangen. Bei diesem Wetter wütend zu fahren, war keine gute Idee.

Sie schlug die Augen auf und griff bedächtig nach ihrem Sicherheitsgurt. Sintflutartiger Regen überzog die Windschutzscheibe mit Streifen aus mattem Silber und verzerrte ihr die Sicht auf Derek. Geisterhaft und undeutlich tauchte er unter seinem schwarz-weißen Ping-Golfschirm auf, während er über den asphaltierten Parkplatz zu seinem Auto platschte. Eine Krähe mit zerrupftem Gefieder huschte vor ihm her und hob ab. Als Crystal zusah, wie er in das neueste Modell eines Luxus-SUV einstieg und in einen Nebelschleier fuhr, spürte sie leisen Groll. Jedes Jahr bekam er von einem Sponsor einen neuen Wagen.

Ein paar Dinge fehlten ihr auf jeden Fall, seitdem sie nicht mehr mit ihm verheiratet war, obwohl sie es nie zugeben würde.

Na schön, dachte sie und bemerkte, wie rasch die Scheiben beschlugen. Flipp nicht aus, wie Cameron sagen würde. Mit Charlie kommt alles in Ordnung. Wie auch nicht, wenn Lily ihre Lehrerin ist? Okay, es war also ein beschissener Tag, aber das Schlimmste ist überstanden.

Sie nickte einmal resolut, wie ein Geist, der Chaos auf wunderbare Weise mit einem Augenzwinkern in Ordnung verwandelt, und drehte den Zündschlüssel.

Klick.

Dieses eine trockene, leblos klingende Klicken allein schon zeigte ihr, dass sie ein Problem hatte. Trotzdem versuchte sie, den Zündschlüssel noch ein paar Mal herumzudrehen. *Klick. Klick. Klick.* Nichts als ein schwaches Flattern, wie der Rhythmus eines versagenden Herzens auf einem Monitor.

Ja toll. Was zum Henker stimmte jetzt wieder nicht?

Oh, Crystal, dachte sie. Das kann doch nicht wahr sein. Ihre Finger zitterten, als sie nach dem Schalter für die Innenbeleuchtung griff, und ihr wurde flau. Sie hatte das Licht angelassen.

»Blöder geht's nicht«, murmelte sie vor sich hin.

Obwohl sie wusste, dass es nicht funktionieren würde, prüfte sie, ob die Innenbeleuchtung anging. Pech. Der Wagen war lebloser als … eine abgestandene Ehe.

Scheiß auf das Wetter. Wo sonst, außer in Rain City, Oregon, musste man tagsüber die Scheinwerfer einschalten, die Gewähr dafür, dass man eines Tages so aufgebracht oder eilig aus dem Wagen schießt und vergisst, sie auszuschalten?

Das alles war Dereks Schuld. Jedes Problem der Welt konnte auf den lächelnden, sexy, begabten, charmanten, berühmten Derek Charles Holloway zurückgeführt werden.

Wäre er nicht gewesen, dann wäre sie niemals hierher an den verregnetsten Fleck auf dem Planeten gezogen. Wäre er nicht gewesen, dann ginge es ihr jetzt gut, einfach gut.

Doch Derek nahm in der Welt einer Frau eine Menge Raum ein. In jeder Hinsicht war er überlebensgroß: athletisches Können, Aussehen, Geld ausgeben. Oh, und nicht zu vergessen sein Appetit auf Frauen, dachte Crystal. Auf diesem Gebiet war er auf jeden Fall überlebensgroß.

Aufgrund seiner vielen Gelüste, seiner Gier, seiner Sorglosigkeit in Herzensangelegenheiten befand sie sich bei strömendem Regen in einem Wagen, der nicht mehr ansprang, und weinte sich die Augen aus dem Kopf.

Ich werde dich ewig hassen, Derek Charles Holloway, dachte sie und kramte in ihrer Tasche nach einem Kleenex. Sie fand alles, außer einem Papiertuch: ihr Rezept (noch eine Besorgung, die sie machen musste, bevor sie die Kinder abholte), einen uralten Schnuller, eingestaubt mit Fusseln vom Taschenboden (Ashley hatte vor sechs Monaten den Schnuller aufgegeben), zwei Ball-Marker und Tees mit Dereks Initialen (war ihre Tasche wirklich schon so alt?), ein Probepäckchen mit drei Virginia Slims, das bei einem Turnier verteilt worden war (ja, sie war so alt), eine Streichholzschachtel vom Bandon Dunes Golfplatz. Aber ein Papiertuch hatte sie noch immer nicht gefunden.

Inzwischen waren die Wagenscheiben derart beschlagen, dass Vorbeikommende auf den Gedanken kommen konnten, drinnen spielte sich ein Techtelmechtel ab. Ha! Für Crystal gehörte ein Techtelmechtel der Vergangenheit an. Einem Techtelmechtel hatte sie es an erster Stelle zu verdanken, dass sie hier war. Und an zweiter. Und an dritter.

Mein Gott, was ist mit meinem Leben passiert?, fragte sie sich. Derek. Derek Holloway ist mir passiert.

Sie war Studentin an der Universität von Portland, und alles lief wie geschmiert. Immerhin war sie Schönheitskönigin, um Himmels willen. Sie hatte 1989 als Miss Oregon USA auf dem Gipfel des Berges gestanden und hatte die besten Aussichten auf den nationalen Titel. Dann kam Derek daher. Drei Monate später hatte sie fröhlich ihre Krone an ihre nächste Konkurrentin weitergegeben, einer dumpfbackigen Blondine aus Clackamas County mit laserbehandelten Zähnen.

Crystal war so dämlich verliebt gewesen, dass sie nicht einmal geweint hatte, als sie ihre Krone aufgab. Sie war schwanger – mit Absicht, obwohl Derek es nie erfahren hatte – und stand kurz davor, einen Mann zu heiraten, der mit zweiundzwanzig schon dreimal auf dem Titelbild der Zeitschrift *Sports Illustrated* gestanden hatte. Was gab es da schon zu heulen?

Sie schnäuzte sich in den nassen Ärmel ihres Mikrofaserregenmantels und holte verlorene Zeit auf. Ihr Ärmel war ein erbärmliches Papiertaschentuch, daher hörte sie einfach auf zu weinen.

»Es reicht«, sagte sie. Und dann: »Reiß dich zusammen.« Irgendwie gelang es ihr, sich zu fangen. Einen Moment lang saß sie in Schweigen gehüllt. Du liebe Güte, der Wagen sprang nicht mehr an, das war schließlich keine Krebsdiagnose. Sie hatte Geburten, Herzeleid, Untreue, Scheidung, das Dasein der alleinstehenden Mutter, finanziellen Ruin überstanden, und die Welt war nicht untergegangen. Da ließ sie sich doch von einer leeren Batterie nicht unterkriegen.

Spielt das in fünf Jahren noch eine Rolle? Spontan fiel Crystal die Lieblingsfrage ihrer Therapeutin ein. Ausnahmsweise lautete die Antwort diesmal nein. Nein, dieser dämliche Wagen, der nicht ansprang und den sie wohl oder übel fahren musste, weil ihr blöder Anwalt nicht genug Unterhalt aus Derek herausgeleiert hatte, wäre in fünf Jahren nichts weiter als eine bittere Erinnerung. Sie warf einen Blick auf die zerknüllte rosa Bescheinigung vom medizinischen Labor auf dem Armaturenbrett. Sie packte sie und steckte sie unter die Sonnenblende. *Die* würde in fünf Jahren noch eine Rolle spielen. Immer.

Sie wünschte sich, es würde nicht regnen. Wenn die Sonne schiene, würde sie diesen Scheiß-Wagen stehen lassen, in prunkvollem Laufsteggang hinüber zu Rain Shadow Lexus schreiten und direkt auf das kuschelige Lederinterieur eines nagelneuen Wagens rutschen, der die Scheinwerfer selbsttätig ausschaltete, wenn der Fahrer es vergessen hatte. Sie würde den Verkäufer zu günstigen Bedingungen becircen und in den Sonnenuntergang hinausfahren.

Fahren. Sie und Derek waren zusammen überallhin gefahren. Nachdem sie hierher nach Comfort gezogen waren, nicht weit von der herrlichen Pazifikküste entfernt, fuhren sie immer bis an den äußersten Rand und erkundeten nach Herzenslust die gewundene Küstenstraße an den Klippen. Manchmal fuhren sie sogar an einem malerischen Aussichtspunkt von der Straße ab und liebten sich auf dem Rücksitz ihres Minivans.

Jetzt regnete es stärker denn je. Kurz überlegte sie, Lily um Hilfe anzugehen, ließ den Gedanken aber wieder fallen. Sie wusste, Lily würde alles stehen und liegen lassen, um ihr zu helfen. Sie würde durch eine Flut waten, wenn Crystal sie darum bäte. Crystal wollte nicht fragen. Lily war schon immer eine so gute Freundin gewesen, die ihr aus allen möglichen Patschen geholfen hatte. Höchste Zeit, dass Crystal anfing, sich selbst zu retten. Und offen gestanden, war Crystal es leid, sich wie ein Trottel vorzukommen.

Als sie ihr Handy herausnahm, hielt sie die Luft an. Wenn auch dessen Batterie leer war, würde sie sich erschießen. Sie sah sich schon mit hängenden Schultern in die Schule zurückschleichen, eine zweifache Verliererin, weil sie ein Telefon benutzen musste.

»Geh, bitte geh«, sagte sie und klappte es auf.

Das Display erwachte zu leuchtend blauem Leben und spielte sein fröhliches Liedchen: »Turn me On.« Endlich funktionierte heute mal etwas. Nicht nur das, Crystal hatte, als wäre sie die Seele der Kompetenz und das Organisationstalent schlechthin, die Karte ihres Autoclubs an die Sonnenblende geklemmt. Wie klug von ihr.

Sie gab die gebührenfreie Nummer ein, folgte den Anweisungen und übermittelte ihre Mitgliedsnummer.

»Leider«, sagte eine beruhigende weibliche Stimme, »ist die Nummer nicht mehr gültig. Bitte rufen Sie unseren Kundendienst zwischen neun und achtzehn Uhr Ortszeit an, um Ihre Mitgliedschaft zu erneuern.«

»Blöde Kuh«, murmelte Crystal und drückte auf die Austaste. Die Uhr im Handy zeigte ihr, dass es an der blöden Ostküste weit nach achtzehn Uhr war.

Wie alles andere auch hatte Derek die Mitgliedschaft im Autoclub auslaufen lassen und sich nicht die Mühe gemacht, ihr Bescheid zu geben.

Leise vor sich hin fluchend nahm sie das Probepäckchen Virginia Slims und die Streichholzschachtel des Hotels aus der Tasche. Sie steckte eine der alten Zigaretten zwischen die Lippen und zündete sie an. Sie musste würgen bei dem Rauch, da sie höchstens Gelegenheitsraucherin war, doch das Anzünden war eine Trotzhandlung, eine Reaktion auf alle Frustrationen, die sich in ihr aufbauten. Einen Moment lang konnte sie etwas Leichtsinniges, Sinnloses, Gefährliches machen, und die Einzige, die unter den Folgen zu leiden hätte, wäre sie.

Durch die Zigarette beruhigt, drückte Crystal auf den Knopf ihres Sicherheitsgurts. Er reagierte mit einem schlangenhaften Gleiten, und plötzlich fühlte sie sich unbelastet. Frei.

Schließlich wusste sie genau, was sie tun würde. Sie würde ihn umbringen. Sie lächelte, nahm noch einen Zug aus der Zigarette und klappte ihr Handy wieder auf. Ihre Finger erinnerten sich an seine Nummer und wählten sie von allein. Sie musste nicht einmal hinsehen.

Er antwortete beim ersten Klingelton, denn sie hatte ihn auf schnelle Antwort programmiert. Bei drei Kindern wusste man nie, welcher Notfall eintreten könnte.

»Mein Wagen springt nicht an«, sagte sie ohne Einleitung. »Du musst zur Schule zurückkommen und mir Starthilfe geben.«

»Ruf den Autoclub an«, sagte er leichthin. »Ich habe zu tun.« Im Hintergrund hörte sie sein Autoradio, das einen Song von Talking Head spielte. »Du hast die Mitgliedschaft auslaufen lassen«, sagte sie.

»Nein, du hast versäumt, sie zu erneuern«, erwiderte er.

»Das hätte ich gemacht, wenn du mir gesagt hättest, dass sie abgelaufen ist.«

»Dann ruf einen Abschleppdienst an.«

»Prima. Das wird hundertfünfzig Dollar kosten. Ich schicke dir dann die Rechnung.«

»O nein, du ...«

»Und da ich hier stundenlang sitzen werde, musst du die Kinder abholen, auch wenn ich an der Reihe bin. Ich bin sicher, du hast heute Abend nichts vor.«

»Komm schon, Crys. Hol jemanden aus der Schule, der dir hilft. Lily. Lass dir von deiner Freundin, der Lehrerin, helfen. Vielleicht ist sie dir eine größere Hilfe, als sie es Charlie war.«

»Oh, fang nicht wieder an.« Crystal machte sich klar, dieser Wortwechsel würde nicht dazu führen, dass ihr Wagen ansprang. Er würde eher dazu führen, dass Derek sie ansprang. »Hör auf, deine Probleme auf andere abzuwälzen.«

»In der Schule muss es doch einen Hausmeister geben, oder ...«

»Derek. In der Zeit, die diese Auseinandersetzung dauert, könntest du hierher zurückfahren und mir Starthilfe geben. Dann bist du ein freier Mann.«

»Du nervst, Crystal. Echt, du nervst.«

Sie lächelte. »Bis gleich.«

Das Handy ging aus. Crystal nahm es vom Ohr und sah auf das Display. Darauf stand *Anruf beendet,* nicht *Kein Signal.* Der Schweinehund hatte aufgelegt.

Sie überlegte, was als Nächstes zu tun war. In einem tosenden Unwetter, bei aufziehender Dunkelheit, in einem

Wagen, der nicht ansprang, konnte niemand ihre Schreie hören.

Sie öffnete die Tür und warf die alte Zigarette aus dem Wagen. Dann sah sie durch die regennasse Windschutzscheibe zwei Scheinwerfer, die näher kamen. Freund oder Feind?, fragte sie sich. Der Tag schien so dunkel wie nie. Die Scheinwerfer blitzten auf und blendeten Crystal mit blauweißem Licht. Der Wagen hielt mit hoher Geschwindigkeit direkt auf sie zu. Crystal war zu überrascht, um zu schreien. Sie klammerte sich ans Lenkrad und wappnete sich gegen einen Aufprall.

Nur wenige Zentimeter von ihrer vorderen Stoßstange entfernt hielt das Fahrzeug an. Sie blinzelte in den starken Lichtstrahl, der sie direkt traf. Und sah ein Stück Kobaltblau.

Derek. Der Teufel sollte ihn holen, der Schweinehund war für sie zurückgekommen.

5

Freitag, 15.55 Uhr

Die Schlampe saß einfach nur da wie eine Königin und nahm seine Anwesenheit kaum wahr. Derek hatte absichtlich das Fernlicht eingeschaltet und angelassen, damit es sie direkt anstrahlte. Das hast du davon.

Er belegte sie mit derart üblen Ausdrücken, dass ihre Ohren geschlackert hätten, wenn sie ihn gehört hätte. Doch das konnte sie natürlich nicht, sodass er sich fragte, warum er sich überhaupt die Mühe gab.

Er steckte die Arme in seine Goretexjacke und zog sich die Kapuze über den Kopf. Er griff nach unten und ließ die Motorhaube aufspringen. Ohne Crystal zu beachten oder auch nur in ihre Richtung zu blicken, ging er hinten an den Chevy und holte die Kabel heraus.

Er spürte, dass sie ihn beobachtete, und wusste verdammt gut, was sie dachte. Ein Machtspiel. Das wussten sie beide. Und da sie ihn dazu gebracht hatte, zu ihr zurückzufahren, hatte sie die erste Runde gewonnen. Doch der Kampf war noch nicht vorbei. Auch das war ihnen beiden klar.

Er stellte die Motorhaube auf und spürte die ersten kalten

Rinnsale, die in seinen Schuh drangen. Er schaute hinunter. Das Wasser stand knöcheltief.

»Scheiße«, sagte er und wünschte sich, sie könnte es hören, denn sie verabscheute das Wort. »Scheiße, Scheiße, Scheiße.«

Er klemmte das Kabel an die entsprechenden Batterieenden und hoffte inständig, dass es die richtigen waren. Dann richtete er seine Aufmerksamkeit auf Crystals Wagen. Vielmehr *seinen* Wagen. Den, den sie ihm in der Scheidungsvereinbarung entwendet hatte, mit dem Haus und allem anderen.

Wenigstens war sie helle genug, den Hebel für die Motorhaube zu bedienen, ohne dazu aufgefordert zu werden. Er stellte fest, dass die Batterieenden verrostet waren, und musste die Schicht mit seinem Taschenmesser abkratzen. Dann schloss er die Starthilfekabel an und trat unter der Motorhaube hervor. Mit einer Drehung des Handgelenks signalisierte er ihr, die Zündung zu probieren. Es regnete so stark, dass er den Motor nicht anspringen hörte.

Sie öffnete die Tür und rief: »Es geht nicht.«

»Versuch es noch einmal.«

Sie warf ihm einen kurzen Blick zu und drehte den Zündschlüssel. Da die Wagentür offen stand, konnte er es sehen. Nichts passierte – kein Armaturenbrett, keine Innenbeleuchtung, nichts. Totaler Ausfall.

»Versuch es noch einmal«, schrie er.

Sie schüttelte den Kopf. »Funktioniert noch immer nicht.«

Derek verlor die Geduld und bedeutete ihr, zur Seite zu rutschen. Sie musste über die Konsole klettern, und ihm wurde ein kurzer Blick auf das Bein einer Schönheitskönigin gewährt. Obwohl er mitten in einem Unwetter in einer Pfütze stand, obwohl er alle Gründe kannte, warum er sich von ihr hatte scheiden lassen, überkam Derek so schlagartig ein widersinniges sexuelles Verlangen, dass er laut aufstöhnte.

Das war natürlich Crystals große Macht. Deshalb war er fünfzehn Jahre statt fünfzehn Minuten bei ihr geblieben. Sie war die aufreizendste Frau, die er je kennengelernt hatte.

Und jetzt saß sie neben ihm, schweigend und undankbar, roch nach Designerparfüm und … Er funkelte sie fragend an. »Du rauchst, Crys?«

Sie bot ihm eine dünne, flache Packung Zigaretten an, die auch schon bessere Tage gesehen hatte. »Leistest du mir Gesellschaft?«

»Die Dinger bringen dich um.«

»An irgendetwas sterben wir alle.«

Derek schüttelte angewidert den Kopf, während er sich bestätigte, was er gewusst hatte, nachdem er den Zustand ihrer Batterie gesehen hatte. »Die ist hin«, sagte er.

Regen tropfte von seiner Kapuzenjacke auf die Polsterung.

Sie sagte nichts. Das war nicht nötig. Ihre schmalen Lippen, ihr bleiches Gesicht und ihre zusammengekniffenen Augen sagten alles.

»Scheiße«, sagte er und schlug mit dem Handballen auf das Lenkrad. »Scheiße, Scheiße, Scheiße.«

Sonst zuckte sie immer zusammen, wenn er so redete. Das war für ihn eigentlich der Hauptgrund, so zu reden. Jetzt, da sie nicht reagierte, hielt er den Mund. Dann tat er einen tiefen, reinigenden Atemzug, um den Kopf freizubekommen, und füllte die Lunge von oben bis unten, wie sein Atemtrainer es ihm beigebracht hatte.

Ja, er hatte einen verdammten Atemtrainer. Er hatte Lehrer und Trainer für alle möglichen Aspekte, körperlich oder geistig. Wenn er nicht aufpasste, hätte er eines Tages plötzlich einen Trainer fürs Pinkeln.

Der Wagen war übersät mit achtlos verstreutem Kram. Ein zerknülltes, durchweichtes Kleenex-Tuch zeigte ihm, dass es ihr nach dem Elterngespräch genauso miserabel ging wie ihm. Ein Paar Ohrringe, die er nicht kannte, lagen im Aschenbecher. Crystal hatte eine ganz eigene Art, ihren Müll im Wagen zu verteilen und ihm damit ihren Stempel aufzudrücken. Auch der Müll von Erinnerungen war vorhanden. Der Wagen war nagelneu gewesen an dem Tag, als sie Charlie zum ersten Mal in den Kindergarten brachten. Die Kleine hatte erbärmlich geschluchzt, während der große Bruder Cameron sie angewidert betrachtet hatte.

Als ihnen dann klar wurde, dass das Nest wirklich leer war, waren sie nach Lovers Lane gefahren, einem privaten Parkplatz auf der Klippenseite der Küstenstraße. Die Stelle kannte Derek seit der Highschool, ein derart hoher, blanker Felsen, dass man sich in einem normalen Wagen wie im Cockpit eines Raumschiffs vorkam. An dem Tag, als ihre beiden Kinder zum ersten Mal in der Schule waren, hatte er Crystal auf der Liegefläche des Subaru auf dem kratzigen grauen Teppich geliebt, der mit Golf-Tees, Zählkarten, Plastikspielzeug und verlorenen Pennies übersät war. Er hätte sie an dem Tag nach Hause fahren, hätte mit ihr ins eigene Bett gehen können, doch zu Hause warteten Telefongespräche und Arbeit auf ihn.

Damals hatte sie ihre starken, nackten Beine um ihn geschlungen und befriedigt geseufzt. Jetzt reichte sie ihm ihr Handy. »Ruf deinen Autoclub an.«

Er riss es ihr aus der Hand, holte die Nummer aus seiner Brieftasche und rief an. Der Regen wurde noch stärker. Der Fahrdienstleiter teilte ihm mit, der erste verfügbare Notdienstwagen würde in drei bis vier Stunden eintreffen. Als Derek es Crystal weitergab, sagte sie: »Ich warte hier nicht.«

»Geh ins Schulgebäude und warte.«

»Das ist lächerlich. Cameron muss in anderthalb Stunden abgeholt werden. Danach Charlie. Sie spielt bei ihrer Freundin Lindsey. Ich weiß nicht, für wie lange du Ashley der Babysitterin überlassen hast.«

Die Kleine war nicht bei ihrer gewohnten Babysitterin, doch Derek hatte nicht vor, das zuzugeben, wenn es nicht sein musste. Crystal war sauer genug auf ihn.

»Hör zu«, sagte er, »lass dich von Lily nach Hause fahren. Ich werde die Kinder abholen und sie zu dir bringen.«

»Nein, ich werde mich Lily nicht aufdrängen.«

»Sie ist deine beste Freundin, verdammt«, schrie er sie an. »Sie wird dich rausholen, kein Problem.«

»Ja, das würde sie, wenn ich sie darum bäte. Aber ich will nicht. Lily ist nicht für unsere Kinder verantwortlich.« Sie betrachtete ihn mit ihren schönen, kalten blauen Augen, und ihr Blick war so eigensinnig, dass Derek sich wortlos geschlagen gab.

Eine Familie zu haben, war für Derek immer eine vernünftige Aussicht gewesen. Eine Frau und Kinder. Was könnte leichter oder erfreulicher sein?

Aber sobald Crystal damit zu tun hatte, war nichts mehr

leicht und nur noch sehr wenig erfreulich. Und wer wusste schon, was für ein Zirkusakt es tatsächlich war, drei Kinder zu jonglieren? Wäsche, Anrufe, Hausaufgaben, Fahrgemeinschaften, das Planen von Sport- und Musikstunden. Herrgott, man brauchte einen Fluglotsen, um das alles zu schaffen.

Kein Wunder, dass Charlie Schwierigkeiten hatte. Man hatte sie im Stich gelassen, und sie versagte in der Schule. Schuldgefühle wurden zu einem festen Klumpen in Dereks Magen. *Charlie*. Sein kleiner Chip Shot, sein Meisterstück.

Er warf einen Blick auf seine Armbanduhr. Sie hatten noch anderthalb Stunden Zeit, bevor die Kinder abgeholt werden mussten. Er zog seine Kapuze hoch, drückte mit der Schulter die Tür auf und ging hinaus in den tobenden Sturm. Er klemmte die Kabel ab, schloss beide Motorhauben, ging an Crystals Tür und riss sie auf.

»Steig in den Truck«, brüllte er.

»Aber warum …«

»Steig in den verdammten Truck!« Er drehte sich um, setzte sich auf den Fahrersitz, legte den Sicherheitsgurt an und beobachtete sie. Selbst in den Klauen des Sturms bewegte sie sich mit der gemächlichen Grazie einer Königin, machte ihren roten Schirm auf und stieg dann aus dem Subaru. Sie stieg in den Truck, faltete den Schirm zusammen und steckte ihn unter den Sitz.

»Hast du deine Schlüssel im Wagen gelassen?«, fragte er.

»Selbstverständlich. Ich bin nicht blöd, Derek.«

»Nein«, sagte er und setzte den Truck zurück. »Das bist du nicht.« Die Dinge lägen einfacher, wenn sie es wäre.

Er fuhr am Fluss entlang nach Westen, die Scheibenwischer rumpelten rasch über die Windschutzscheibe.

»Wo fährst du hin?«

»Wir haben eine Stunde Zeit zum Reden«, sagte er, ohne auf ihre Frage einzugehen. »Also sprich.«

Er spürte ihren zornigen Blick, als sie ihren Sicherheitsgurt einrasten ließ. »Charlie hat Probleme. Eine Stunde lang darüber zu streiten, führt zu nichts.«

Er warf ihr einen kurzen Blick zu. Keine Spur von Sarkasmus in ihrer Miene.

»Dann sollten wir nicht streiten.« Er fragte sich, ob sie ihm seine Müdigkeit angehört hatte. Es war erschöpfend, wenn man versuchte herauszufinden, was man mit einer Liebe anfangen sollte, die schiefgelaufen war, besonders, wenn Kinder im Spiel waren.

Zögernd ließ der Regen nach und hörte schließlich ganz auf. Derek bog von der Uferstraße am Fluss ab und fuhr die Auffahrt zur Schnellstraße hinauf. Hier auf der Küstenstraße versuchte die Sonne, durch die schweren, düsteren Wolken über dem schäumenden Meer zu spähen.

Die Aussicht war atemberaubend, auch wenn er sie schon oft genossen hatte. Er war mit Sean zusammen in Comfort aufgewachsen, und an den Wochenenden waren sie gern an die Küste gekommen, um am Strand herumzuhängen oder eine Runde auf dem Golfplatz am Meer zu spielen. Als sie älter geworden waren und nach Portland aufs College gingen, setzten sie ihre Ausflüge hierher fort. Der Abstellplatz der Straßenmeisterei mit der malerischen Aussicht war die ideale Stelle, wenn man bei einem Mädchen zum Zuge kommen wollte.

Als er sich zum ersten Mal mit Crystal verabredet hatte, war er mit ihr hierhergefahren. Es war kein Zufall, dass er heute diesen Fleck ausgewählt hatte.

Er lenkte den Truck über die gewundene Straße und stellte fest, dass sie leer war, bis auf das eine oder andere flitzende Eichhörnchen oder ein Reh, das ziellos von einer Straßenseite auf die andere irrte. Die wirtschaftliche Rezession hatte den Bundesstaat schwer getroffen, und die Budgetprobleme traten in den Straßenverhältnissen zutage. Hier und da waren Schlaglöcher ausgebessert, Leitplanken lagen am Boden oder fehlten ganz. Der Seitenstreifen war teilweise von Schlammlawinen weggerissen. Die Schotterdecke war glitschig, und er spürte, wie die Reifen des Wagens an manchen Stellen die Bodenhaftung verloren. Im aufkommenden Sonnenlicht stiegen Dunstschleier vom nassen Untergrund auf.

Derek dachte krampfhaft über die richtigen Worte nach, die nicht in einen Streit ausarten würden. Was neuerdings bei Crystal eine unlösbare Aufgabe war. Sie war zerbrechlich und spröde, wie ihr Name besagte, und bei der kleinsten Erregung konnte sie zu Bruch gehen. Doch angesichts der Schwierigkeiten, die Charlie hatte, lag eine schwierige Unterhaltung vor ihnen.

»Also«, fragte er schließlich, »welche Schlüsse ziehst du aus unserer Unterredung mit deiner Freundin?«

»Lily hat mit uns in ihrer Eigenschaft als Charlies Lehrerin gesprochen«, sagte sie, »nicht als meine Freundin. Und um ehrlich zu sein, bin ich wirklich froh, dass Charlies Probleme ans Tageslicht gekommen sind. Höchste Zeit, dass wir aufhören, uns selbst etwas vorzumachen. Seit unserer ersten Besprechung mit Lily im vergangenen September war klar, dass Charlie weit hinten liegt. Jetzt müssen wir uns überlegen, was zu tun ist.«

»Charlie hatte nie Probleme, bis sie in Lilys Klasse kam.« Derek biss die Zähne zusammen. Das würde Crystal ankotzen. Pech. Es ging um Charlie. Seine Tochter, sein Herzblatt.

»Oh, du glaubst also, Lily sei der Grund dafür, dass Charlie klaut und in der Schule nicht mitkommt? Lily ist die beste Lehrerin, die unsere Kinder je gehabt haben.«

Am Aussichtspunkt bog er von der Straße ab. Kurz flackerte in ihm die lebhafte Erinnerung an das erste Mal auf, als er mit Crystal hierhergefahren war. Sie war seine Schönheitskönigin aus Beaverton, er war ein heißer Typ, strebte nach seiner PGA-Karte, und sie waren verliebt. Sie gab ihre Krone für ihn auf, und er hatte geschworen, sein Gehabe als Partylöwe hinter sich zu lassen. Eine goldene Zukunft lag vor ihnen.

Diese goldene Zukunft war getrübt worden von einer Patina aus Zeit, aus Betrug, aus seinen unzähligen, anstrengenden Versuchen, sein Spiel beizubehalten.

»Ich will damit nur sagen, du solltest vielleicht in Betracht ziehen, dass Lily tatsächlich ein Teil des Problems sein könnte.«

»Das wäre ja so viel einfacher, als zu überlegen, dass *du* ein Teil des Problem sein könntest.« Sie fing seinen wütenden Blick auf und verbesserte sich: »Schon gut, vielleicht geht es uns beide an. Ich vertraue Lily bedingungslos. Als sie Cameron vor sieben Jahren unterrichtete, hattest du nichts an ihr auszusetzen. Er ist in ihrer Klasse geradezu aufgeblüht.«

»Cameron ist hirnlos, ein Affe hätte ihn erziehen können. Er war das perfekte Kind.« Derek fragte sich, ob sein Sohn wohl wusste, dass er so dachte. Erst am Morgen hatten sie ihren üblichen Streit über das übliche Thema ausgefochten – Golf.

»Was ziehst du für ein Gesicht?«, fragte Crystal. Sie konnte noch immer wie in einem Buch in ihm lesen.

»Cam ist mir wieder auf den Geist gegangen«, gestand Derek. »Er will am Wochenende nicht bei dem Turnier antreten. Ich fass es nicht. Er ist ein brillanter Golfspieler.« Er schlug mit der Hand auf das Lenkrad. »Vielleicht hat er nur versucht, mich auf die Palme zu bringen. In Wirklichkeit schlägt er jetzt, nachdem der Regen aufgehört hat, wahrscheinlich einen Eimer voll Bälle, um zu üben. Der Kerl kann vom Spiel nicht lassen.«

»Was zeigt, wie viel du über deinen Sohn weißt«, sagte Crystal.

»Jetzt willst du mir wohl sagen, dass er Golf nicht mag.«

»Er mag dich. Er glaubt, er muss Golf spielen, damit du Zeit für ihn hast.«

»Blödsinn.« Derek dachte an die angespannte Unterhaltung, die er am Morgen mit Cam geführt hatte. Die Spannung war in absolute Feindseligkeit auf beiden Seiten ausgeartet. Wenn er gegen seinen Sohn anging, traten seine schlechtesten Seiten zutage. »Ich kann nicht glauben, dass er mit mir über Golf streitet. Als ich ihm anbot, mit Trainer Duncan darüber zu sprechen, ist Cam total ausgeflippt, total.«

»Sprich nicht mit Greg Duncan«, wandte Crystal rasch in scharfem Ton ein.

Derek runzelte die Stirn.

Sie bat ihn: »Lass mich mit Cameron sprechen – später.« Sie schnallte sich ab, stieg aus und schritt vor dem Geländewagen auf und ab. Er hatte keine andere Wahl, als ihr Gesellschaft zu leisten. Die Luft war noch immer kühl und roch nach feuchtem Asphalt, Zedernholz und Madrona Pacific. Tief unten brachen sich die Wellen an den Felsen und warfen schillernde Regenbögen auf. Diese Stelle hatte für sie immer so viel Zauber besessen. Selbst der außer Dienst gestellte Leuchtturm drüben auf Tillamook Rock, meilenweit vor der Küste, hatte zur Faszination beigetragen. Inzwischen war er eine berühmte Urnenhalle, in der alte Knochen und Asche die ewige Ruhe fanden. Sie hatten sich immer geschworen, dass sie dort begraben sein wollten, wenn sie starben, nachdem sie gemeinsam alt geworden waren.

»Wir müssen uns jetzt auf Charlie konzentrieren«, sagte Crystal. »Nicht auf Cameron. Und nicht auf Lily.«

»Sie gehört zu Charlies Problemen«, betonte Derek.

»Sie ist meine beste Freundin«, sagte Crystal.

»Vielleicht trübt das dein Urteilsvermögen.«

»Verdammt, Derek, sieh doch den Tatsachen ins Auge. Charlie kann nicht richtig lesen, und sie hat gestohlen. Lily war nicht der Grund dafür. Sie versucht, es gerade zu rücken. Wir müssen unsere Pläne für den Sommer überdenken.«

»Und das heißt?«

»Das heißt, Lily möchte, dass wir das Beste für Charlie tun, nicht das, was gut für deine Karriere ist.«

»Oh, dann wirst du also einfach deine Pläne absagen, zu Hause bleiben und das Kind jeden Tag nach Portland zum Lernen karren?«

»Ich glaube, wir sollten es in Erwägung ziehen. Tut mir leid, wenn das deine Pläne durchkreuzt.«

Er lachte bellend auf. »Es durchkreuzt sie nicht, Süße. Es

macht sie komplett zunichte. Du weißt, ich will diesen Sommer nichts ohne Charlie machen.«

»So ein Pech, dass du und Joan auf Hawaii verzichten müsst.«

»Jane heißt sie«, sagte er automatisch, aber natürlich wusste sie es. »Und das Problem ist nicht, dass uns Hawaii fehlen wird. Ich muss bei den Majors spielen. Wie zum Teufel sollen wir denn deiner Meinung nach so etwas wie eine Privatklinik in Portland bezahlen, neben allem anderen, was du angeblich brauchst?«

»Wenn du dein Geld besser verwalten würdest, müsstest du dir keine Sorgen darum machen.«

»Was soll das denn nun schon wieder heißen?«

»Du verdienst Riesensummen, Derek, aber du gibst noch mehr aus. Wie viele stehen jetzt auf deiner Gehaltsliste, ein Dutzend? Zwanzig? Musst du wirklich mit einem eigenen persönlichen Physiotherapeuten reisen?«

»Zufällig ja. Meine Leute sind der Motor, der diesen Zug auf der Spur hält. Das weißt du, Crystal. Das weißt du.« Er warf einen vielsagenden Blick auf ihre Designerschuhe und den Diamantanhänger, der an ihrem Hals glitzerte. »Vielleicht solltest du das Shoppen aufgeben. Hast du mal darüber nachgedacht?«

Sie funkelte ihn zornig an und warf dann einen Blick auf ihre Armbanduhr. »Wir sollten aufbrechen. Es wird Zeit, dass wir die Kleine bei Mrs Foster und Cameron im Sportclub abholen.« Sie stieg wieder in den Wagen und schnallte sich an. Crystal war äußerst selbstbeherrscht und erwartete, dass die Welt ihr zu Diensten war.

Er stieg ein und ließ den Wagen an. Noch immer erhob

sich Dampf von der Motorhaube und vom Asphalt. Es regnete nicht mehr, doch in den Gräben und Tälern entlang der Straße hing dichter Nebel.

»Cameron macht es nichts aus, wenn er im Club abhängt«, sagte Derek in der Hoffnung, ihre Aufmerksamkeit davon abzulenken, wer auf die Kleine aufpasste. »Jetzt, da Sean dort arbeitet, drehen sie manchmal eine Runde zusammen.« Mit einem heftigen Ruck schaltete er den Rückwärtsgang ein und fuhr hinaus, wobei das hintere Ende über die glitschige Straßenoberfläche schwänzelte.

»Ich glaube, Cameron verbringt zu viel Zeit mit deinem Bruder.«

»Um Himmels willen, Crystal! Die Kinder haben ein Recht, ihren Onkel kennenzulernen. Cameron mag ihn. Sean ist gut für sein Golfspiel.«

»Gibt er ihm Tipps, bringt er ihm zum Beispiel bei, wie man schummelt?«

Derek nahm die nächste Kurve ein bisschen zu schnell, schwenkte auf den Seitenstreifen ab, sodass die Räder im Kies durchdrehten. »Das geht unter die Gürtellinie. Sean ist kein Betrüger.«

»Nicht? Dann wurde er von der Asientour ausgeschlossen … weshalb? Weil er einen schlechten Tag hatte?«

»Weil er sich auf die falsche Frau eingelassen hat«, sagte er. Dann ritt ihn der Teufel, und er fügte hinzu: »Da kann ich weiß Gott mitreden.«

»Du Schwein, du …« Sie unterbrach sich und schaute auf die Straße. »Du hast gerade die Ausfahrt in die Stadt verpasst.«

»Ich nehme Echo Ridge.«

»Dann musst du durch die ganze Stadt, um zur Babysitterin zu kommen«, bemerkte sie spitz.

Na schön, dachte Derek, jetzt oder nie. »Ashley ist nicht dort. Sie ist bei Jane.«

Sie sog hörbar die Luft ein. »Na, das ist ja klasse. Der Gedanke, dass meine Kleine in den Händen deiner minderjährigen Freundin ist, rettet mir den Tag.«

»Jane Coombs ist vierundzwanzig und hat bereits ihren Doktortitel.«

»Daran erinnerst du mich gern. Ihre akademischen Zeugnisse interessieren mich einen Dreck.«

Derek wusste das. Crystal scherzte gern darüber, dass sie das College nur mit dem »Heiratsdiplom« abgeschlossen hatte, doch die Tatsache, dass sie ihre Ausbildung nie beendet hatte, war ein wunder Punkt, den wahrscheinlich nur Derek kannte.

»Jane liebt Ashley«, sagte er und holte dann tief Luft. »Und ich will dir auch gleich mitteilen, dass sie bei mir einzieht.«

»Ah, prima, eine wilde Ehe. Du bist ja so ein ideales Vorbild für unsere Kinder.«

»Wir werden nicht in wilder Ehe leben.« Seine Hände waren plötzlich schweißnass und verrutschten auf dem Lenkrad. »Crystal, wir werden heiraten. Wir wollen es den Kindern nächstes Wochenende sagen.«

»Du Schwein«, sagte sie mit unheimlich ruhiger Stimme. »Du verdammtes, mieses Schwein.«

Er warf ihr einen Blick zu und hatte das eigenartige Gefühl eines Déjà-vu. Dann lachte er. Er *war* ein Schweinehund. Sein Stiefvater rief ihm das immer wieder ins Gedächtnis. Und mies? Ja, das stimmte auf jeden Fall. Er vögelte alles, was mit dem Hintern wackelte, und bei einer Golftour der Profis wurde viel gewackelt.

»Findest du das witzig?«, wollte Crystal wissen.

»Ich finde es lustig. Wir sind lustig. Mein Gott, sieh uns doch an, Crystal. Was für einen Schlamassel wir angerichtet haben, ich mit meinem Schwanz und du mit deinem Geldbeutel.« Er lachte in sich hinein und fühlte sich leichtsinnig und schwindelig, als hätte er gerade einen Tequila hinuntergekippt. Er sah sie an und erwischte sie, wie sie ihn anstarrte.

»Verdammt, Crystal«, sagte er, »ich war so verdammt verliebt in dich, aber du hast es mir so verdammt schwer gemacht, meine Gefühle zu behalten.«

Ihr Blick wurde trüb, und einen kurzen Augenblick lang sah er das Mädchen, das sie gewesen war, die Traumfrau, mit der er sein ganzes Leben hatte verbringen wollen. Sie hatte ihn mit einer Leidenschaft angebetet, die ihn angemacht hatte. Wo war sie geblieben?

»Mein Gott, Derek«, sagte sie, »es ist so viel leichter, als du … pass auf!«

Er riss den Blick von ihr los und schaute wieder auf die Straße. Eine Hirschkuh und ihr geflecktes Kitz sprangen die neblige Böschung herab direkt auf die Straße vor ihnen.

Derek war hier groß geworden. Er kannte jede Kurve der Straße und jede Felsnase, jede blanke Klippe, jede dicke Zeder und Douglasfichte an der wilden Schnellstraße. Er wusste sogar, dass den Huffelmanns die nächste Meile Land entlang der Straße gehörte und dass sie Schilder »Betreten verboten« aufgestellt hatten. Der alte Huffelmann wollte der Autobahnmeisterei nicht einmal die Erlaubnis erteilen, eine

Leitplanke am steilen Abhang aufzustellen, und jetzt war keine Barriere da, die ihn auf der Straße halten konnte.

Die Reifen quietschten auf dem nassen Straßenbelag, und er steuerte mit dem Lenkrad hektisch gegen die Rutschrichtung. Crystal war ganz still, obwohl sie die Hände vorstreckte und sich auf dem Armaturenbrett abstützte. Irgendwie gelang es Derek, den Wagen wieder in die Spur zu bekommen.

Crystal sah ihn wütend an. »Du fährst wie ein Irrer.«

»Das hat dir an mir immer gefallen.«

»Mir gefielen viele Dinge an dir.«

»Hey, wenigstens habe ich Bambi und seine Mom nicht gesemmelt.« Er sah ihr an, dass sie schlecht gelaunt war. Prima, dachte er. Dann könnte er ihr auch den letzten Nerv rauben und alles hinter sich bringen. »Und ich sage es dir lieber gleich, dass ich für Ashleys Geburtstagsfeier absagen muss.«

»Derek, also wirklich.«

»Tut mir leid, aber ich muss zu einem großen Turnier nach Las Vegas, daher musst du die Feier verschieben.«

»Ich verschiebe gar nichts.«

»Sie ist erst zwei. Sie wird es überhaupt nicht merken. Sie ist doch noch klein. Es ist keine große Sache.« Zwei Madronas, deren abgeschälte Rinde blutrote Äste freilegte, wuchsen an der scharfen Kurve vor ihnen. Er übersah geflissentlich das gelb-schwarze Warnschild und gab Gas.

»Keine große Sache«, wiederholte sie seine Worte, ihre Wut nur mühsam unterdrückend. »Na schön, dann sage ich dir lieber gleich, dass das Kind nicht von dir ist.«

II

Das Schöne an einer starken, anhaltenden Bindung
wird oft am besten von Menschen verstanden,
die dazu nicht fähig sind.

Murray Kempton

6

Freitag, 17.00 Uhr

Und hier ist der Herausforderer, Sean Maguire, strebt das Grün und einen möglichen Eagle an. Alle Zuschauer halten den Atem an, während der Herausforderer einen geschmiedeten Titleist-Schläger auswählt und seine berühmte Grundhaltung einnimmt. Ein leichter, athletischer Schwung, ein makelloser Durchschwung, und … er ist drauf, meine Damen und Herren. Er ist auf dem Grün und rollt bis auf zwanzig, fünfzehn, zehn! Er ist nur zehn Fuß vom Loch entfernt, und damit ist er nur ein Putt von einem historischen Sieg entfernt. Er wird nicht nur eine Million Dollar und den Meisterpokal mit nach Hause nehmen, sondern er wird auch mit blonden eineiigen Zwillingen schlafen, die sich um Mitternacht wie durch einen Zauber in Bier und Pizza verwandeln. Meine Damen und Herren, Sie können eine Stecknadel fallen hören, während der Herausforderer an den Ball herantritt. Alles, was zwischen ihm und dem Sieg steht, sind zehn Fuß Putting Green. Das sollte für den legendären Maguire kein Problem sein. Er nimmt seine Grundhaltung ein, holt gleitend zu seinem berühmten Rückschwung aus, drauf und dran, Geschichte zu schreiben. Der Schlägerkopf nähert sich von oben dem Ball, fehlerlos gezielt, und …

»Hey, Mister.«

Seans Arm zuckte, und der Schlägerkopf verfehlte den Ball, der vom Loch wegkullerte. Sean biss frustriert die Zähne zusammen, richtete sich auf und sah finster das Kind an, das an der Kante der Übungswand stand.

»Ja?« Sean bedauerte sofort seinen verärgerten Ton. Das Kind mit den weit aufgerissenen Augen war wahrscheinlich ein Fan und bat den legendären Sean Maguire um ein Autogramm. »Was kann ich für dich tun?«

»Können Sie einen Dollar wechseln?«

Ja toll. Er klaubte das Kleingeld aus seiner Tasche. Er hatte nur fünfunddreißig Cent. Die Münzen lagen leicht und substanzlos in seiner Hand.

Er bückte sich und griff nach dem Ball auf dem regennassen Grün. Sein Schüler für die Unterrichtsstunde um vier Uhr war nicht erschienen, wahrscheinlich eine Folge des miesen Wetters, daher hatte er sich die Zeit vertrieben und selbst geübt. Zu welchem Zweck, wusste er nicht.

»Was brauchst du denn, Kind?«

»Kleingeld für den Getränkeautomaten.« Der Junge trat von einem Bein auf das andere und fügte hinzu, wahrscheinlich angestoßen von einer latenten Lektion seiner Mutter: »Bitte, Mister.«

»Du kannst Sean zu mir sagen.«

»In echt?«

»Sag ich doch. Ich kann im Clubhaus wechseln.« Er deutete mit dem Kopf auf das lang gestreckte, niedrige Gebäude. Sein Arbeitsplatz. Er hatte seinen kometenhaften Aufstieg als Profigolfspieler genau da abgeschlossen, wo er angefangen hatte, hier in Echo Ridge.

Als der Junge im Gleichschritt neben ihm herging, fragte Sean: »Wie heißt du?«

»Russell Clark.«

Sie gaben sich die Hand und gingen weiter.

»Hey, wollen Sie wissen, wie Sie Ihren Pornostarnamen herausbekommen?«

»Meinen was?«

»Sie wissen schon, Ihren Pornostarnamen. Pornostars benutzen nie den eigenen Namen.«

Der Junge war zehn Jahre alt, wenn's hochkam. Was wusste er über Pornostars? »Fragst du das alle Fremden, oder nur mich?«

Russell zuckte mit den Schultern, also sagte Sean: »Na schön. Klar. Ich brenne drauf.«

»Sagen Sie mir, in welcher Straße Sie wohnen.«

»Ridgetop Avenue.« Wieder einmal in einer Allerweltswohnung. Er hatte noch nie in einer gewohnt, die ihm wirklich gefiel.

»Jetzt sagen Sie mir den Namen des ersten Haustiers, das Sie hatten.«

»Als ich in deinem Alter war, hatte ich einen Schäferhund namens Duke.«

Der Junge brüllte vor Lachen. »Dann ist Ihr Pornostarname Duke Ridgetop.«

Oh, großartig, dachte Sean. Einfach großartig. »Vielleicht kann ich damit mal viel Geld verdienen.«

»Raten Sie mal, wie meiner heißt. Ich wette, dass Sie es nicht rauskriegen.«

»Stimmt. Ich kann es nicht. Wie lautet er?«

»Pepper McRedmond. Cool, was?« Russell lachte und klopfte sich auf den Schenkel.

»Wenn's dir Spaß macht, mein Junge.«

Im Clubhaus wechselte Sean Geld, und Russell sauste zum Getränkeautomaten. Kinder kamen von einem fremden Stern, dachte Sean. Er würde sie nie verstehen. Kopfschüttelnd bemerkte er seine wöchentliche Lohnabrechnung in seinem Postkasten. Er steckte sie in die Jackentasche, ohne auf den Betrag zu schauen. Er wusste, er sollte dankbar für regelmäßige Einkünfte sein, aber verdammt, er hatte seinem Caddie nach nur einer Runde immer mehr Trinkgeld gegeben, als diesen Betrag. Hatte.

Sean schaute auf die Uhr. Für heute war er fertig hier, doch in drei Stunden wäre er wieder zurück in der Bar im ersten Stock und würde Manhattans und Cosmopolitans für Juristen und lederhäutige Ruheständler mixen. Da lohnte es sich kaum, in der Zwischenzeit nach Hause zu gehen. Seine Freundin Maura arbeitete bis spät abends im Krankenhaus, und am Morgen musste sie früh nach Portland zu einem Seminar fahren. Überrascht stellte Sean fest, dass es ihm einen leichten Stich versetzte; sie würde ihm fehlen, dachte er. Neuerdings vertraute er seinem Urteil über Frauen nicht mehr.

Bei der jetzigen Schichteinteilung neigte sie ohnehin dazu, ins Bett zu kriechen und zu schlafen, wenn sie nicht arbeitete. Sie wohnten nicht direkt zusammen, doch neuerdings hatte sie jede Nacht bei ihm geschlafen, und ihre Sachen zogen Stück für Stück in seine Wohnung ein. Vor zwei Tagen hatte sie ihre CD-Sammlung und ein Familienfoto mitgebracht. Das kam einer dauerhaften Einrichtung so nah, wie Sean sie noch nie mit einer Frau gehabt hatte. Nun ja, fast.

Er schaute sich im Clubhaus um, in dem Golfspieler in Gruppen herumliefen, Punktlisten verglichen und Schulden zusammenzählten. Infolge des Sturms waren nicht viele da. Nur die Eisernen waren bei einem solchen Wetter draußen, wie sie es am Nachmittag gehabt hatten. Sean hörte, wie sie lachten und redeten, und dabei fiel ihm ein, dass Golf Spaß machen sollte. Ein Spiel. Die alten Zeiten fehlten ihm.

In der Umkleidekabine zog er seine Hose und die Windjacke mit dem Clublogo aus – in Echo Ridge waren Jeans nicht erlaubt – und schlüpfte in seine Lieblings-Levi's.

Sein Handy klingelte, und als er die Nummer des Anrufers erkannte, schlug sein Puls schneller. »Ja?«, fragte er.

»Dir auch hallo, mein Hübscher.« Der weichen Stimme von Harlan »Red« Corliss, Dereks Agenten, war sein breites Lächeln anzuhören.

»Du klingst hoch zufrieden mit dir selbst.« Sean klemmte das Handy zwischen Kopf und Schulter und räumte die Sachen aus den Taschen seiner Arbeitshose in seine Jeans.

»Hast du nächsten Samstag schon war vor, Maguire?«, fragte Red.

Sean ließ seine Schlüssel fallen und packte das Handy mit fester Hand. »Du hast mich ins Redwing-Turnier gebracht.«

»Genau. Ich habe ein paar Vorrechte von Sponsoren, und eins habe ich für dich benutzt, Junge.«

Turnierspiel. Dafür hatte Sean immer gelebt, das machte ihn aus. Er war immer ein aufgehender Stern gewesen, ein Held des Spiels. Jetzt stand er hier, von Schande überschattet, niemandes Held. Er konnte tun, was er wollte, noch immer hatte er das elende Gefühl der Scham und Schuld, das ihn wie ein Leichentuch einhüllte.

»Hallo?«, fragte Red, als sich die Pause zu lange hinzog. »Du machst dir keine Sorgen um dein Spiel, oder?«

Sean streifte mit langen Schritten durch das Clubhaus. »Das Talent ist unversehrt.«

»Vergiss das Talent. Du hast eine Begabung, die fast verrückt ist. Also, große Sache. Vergiss, dass du weißt, wie man einen Ball schlägt und das alles, und schufte dir den Arsch ab.« Red schwieg einen Moment. »Das ist es nicht, oder?«

»Du weißt es, Red.«

»Hör zu, du solltest dir darüber keine Sorgen machen. Du hast nicht betrogen. Es war eine abgekartete Sache. Das wird Schnee von gestern sein, bevor du es merkst. Herrgott, es ist schon Schnee von gestern.«

Sean lehnte sich mit der Stirn an die Spindtür. Es spielte keine Rolle, dass man ihn hereingelegt hatte. Er hatte sich der Dummheit schuldig gemacht. Er verdiente es, da zu sein, wo er angefangen hatte und aus einer Grube herauszufinden, die er sich selbst geschaufelt hatte.

»Kapierst du das, Red? Schnee von gestern.« Er richtete sich auf, drehte sich um und schaute aus dem Fenster. Vom Regen erfrischt und gesäumt von majestätischen, alten Zedern, sah der Golfplatz grün und so hell aus, dass es in den Augen stach. Und in jenem Augenblick wurde ihm schlagartig klar: Das war seine Chance, wieder ins Spiel zu kommen.

»Verdammt, Red.« Sean warf seine Zweifel über Bord und grinste, bis sein Gesicht wehtat. Endlich. Klar, Maura würde ihm sagen, es wäre nicht richtig, hinter einem Spiel herzurennen, und Derek würde ihn warnen, er sei noch nicht so weit, doch das war Sean gleichgültig. Das konnte der Durchbruch sein, auf den er gewartet und gehofft hatte. Wieder eine Chance in dem Sport, den er liebte. Er war zu spät in die Staaten gekommen, um sich für die Qualifying School zu bewerben, in der Golfspieler ihre PGA-Karte erwarben – oder sich neu qualifizierten –, und er hatte sich zurückgezogen, um ein weiteres Jahr zu warten und die Prozedur dann zu durchlaufen. Doch Red war einer der Besten in seinem Geschäft, und er brachte Sean auf den schnellsten Weg.

»Verdammt, richtig. Gail soll die Verträge per Boten rüberschicken, und ich rufe dich morgen wegen der Details an.«

Sean grinste noch immer, als die Tür des Clubhauses auf- und zuging.

»Was ist so lustig?«, fragte Greg Duncan, der Golftrainer der Highschool.

»Wussten Sie, dass es eine Möglichkeit gibt, Ihren Pornostarnamen herauszufinden?« Sean wollte Duncan nichts von seinen Neuigkeiten verraten. Das hätte zu sehr nach hämischer Freude ausgesehen. Greg Duncan war ein verdammt guter Golfspieler, der seine PGA-Karte so gierig anstrebte, dass es mit Händen greifbar war. Er hatte sich ein paar Mal in der Qualifying School beworben, war aber nie über Regionalwettbewerbe hinausgekommen. Der Typ brauchte einen Durchbruch, aber so war Golf eben. Ein herzloses Spiel, wie Red immer sagte.

»Onkel Sean?« Sein Neffe Cameron stapfte seine schlammigen Schuhe auf der borstigen Matte ab und rief ihn vom Eingang her. »Hey, Trainer.«

»Hey, Cameron.« Greg Duncan ließ seine Spikes in den

Spind fallen und schlug die Tür zu. »Ich bin weg. Wir sehen uns am Sonntag, ja?« Ohne auf eine Antwort zu warten, machte er sich auf den Weg zum Parkplatz.

Cameron Holloway hatte eine fast unheimliche Ähnlichkeit mit Derek. Er hatte dieselben sandfarbenen Haare und durchdringenden Augen, dieselbe schlaksige Gestalt, die sich mit überraschender Anmut bewegte, dasselbe verblüffende Talent beim Schwingen des Schlägers. Er war das Beste, was dem Golfteam hier seit Jahren passiert war. Und so wie er aussah – Wangen vom Wind gerötet, feuchtes Haar, schlammige Schuhe –, war er draußen beim Training gewesen.

»Was ist los?«, fragte er.

»Hm, meine Mom sollte mich vor einer halben Stunde abholen, aber ich glaube, sie hat mich vergessen.« Er sah finster vor sich hin. »Neuerdings vergisst sie alles.«

Sean war seiner früheren Schwägerin nicht zugetan, die Derek bei der Scheidung total ausgenommen hatte, aber er konnte nicht zulassen, dass Cameron Schlechtes über sie sagte. »Sie ist wahrscheinlich durch den Regen aufgehalten worden«, vermutete er. Es gab vieles, worum Sean seinen Bruder Derek beneidete, doch um seine durchgeknallte Exfrau beneidete er ihn wahrhaftig nicht. Crystal reichte, um jeden in den Wahnsinn zu treiben.

»Nee, sie hat es einfach vergessen, und sie geht nicht an ihr Handy. Mein Dad auch nicht.«

Sean grub in seiner Tasche nach den Schlüsseln. »Ich nehm dich mit.«

»Danke.«

»Wir treffen uns auf dem Parkplatz.« Sean sagte Duffy, dem Platzwart, er mache sich jetzt auf, und ging hinaus zu seinem Geländewagen. Cameron lud gerade seine Schläger ein, ein Set Callaways mit Grafitschaft – hochwertigere Schläger, mit denen nicht einmal die betuchten Ärzte in Echo Ridge spielten. Die Schläger waren abgelegte von Derek, der jedes Jahr ein neues Set von seinem Sponsor bekam.

Sean rief sich ins Gedächtnis, dass sein Bruder seinen Erfolg Schlag für Schlag verdient hatte, Turnier für Turnier. Er verdiente jedes Privileg, das ihm über den Weg lief. Und Sean … na ja, auch er bekam, was er verdiente.

Als sie aus dem Parkplatz bogen und die steile, gewundene Straße hinunterfuhren, sagte er: »Ruf doch deine Mom an und sag ihr, dass du von mir nach Hause gebracht wirst, damit sie nicht nach dir sucht.«

Cameron holte sein Handy hervor und gab mit dem Daumen die Nummer ein. »Sie antwortet immer noch nicht.«

»Dann sprich es ihr auf die Mailbox.«

Nach kurzem Schweigen sagte Cameron: »Ich bin's. Du bist nicht gekommen, deshalb hat Onkel Sean mich nach Hause gebracht. Bis später.«

Sean warf ihm einen Seitenblick zu. »Der Tonfall war hart an der Grenze zur Unhöflichkeit.«

»Mich sitzen zu lassen, hat die Grenze der Unhöflichkeit überschritten.«

»Ich bin sicher, es gibt eine Erklärung dafür.«

»Eine Erklärung gibt es immer.«

»Du solltest nicht so unhöflich zu deiner Mutter sein.«

»Was geht dich das an?«

Sean überhörte die Frage und machte das Radio an. Nickel Creek spielte »Angels Everywhere«. Er versuchte sich zu erinnern, ob er mit fünfzehn auch die ganze Zeit so wütend gewesen war. Er war sich ziemlich sicher, dass es nicht so war. Allerdings hatte er auch nichts gehabt, worüber er sich hätte ärgern müssen. Er war ein sorgloser Jugendlicher gewesen, besessen von Golf und Mädchen, in dieser Reihenfolge. Nach all den Jahren hatte sich verdammt viel verändert. Vielleicht sollte er gemeinsam mit seinem Neffen wütend sein. Doch er hatte noch immer Golf und Mädchen im Sinn.

»Hast du heute Nachmittag eine Runde gespielt?«, fragte er, um eine Unterhaltung in Gang zu setzen.

»Nee. Ich habe drei Eimer Bälle geschlagen und Chip Shots geübt. Am Wochenende findet ein Turnier gegen Portland Prep statt.«

»Und wie ist dein Spiel?«

»Gut.«

»Nur gut?«

»So gut, dass ich am Wochenende gewinne.« Aus seinen Worten sprach Selbstvertrauen, keine Eitelkeit.

»Dann ist es ja gut.«

»Ich glaube schon.«

Sean fragte sich, warum der Junge nicht ein bisschen mehr Begeisterung zeigte, doch ihm wurde klar, dass es ihm nicht zustand, zu fragen.

Als er auf das von Bäumen überschattete, gepflegte Grundstück fuhr, wo Crystal wohnte, fiel ihm ein, dass er noch nie in dem Haus in der Candlewood Street gewesen war. Als Derek verheiratet war, hatte er jahrelang hier gelebt, doch Sean hatte nie das Haus besucht, das sein Bruder mit seiner Frau, der Schönheitskönigin, teilte. Sean war in Übersee gewesen, hatte bei der Asian-Tour gespielt und war erst wieder in die Staaten zurückgekehrt, als ihn die Umstände dazu zwangen.

Allerdings kannte er das Haus. Es war das größte und älteste in Saddlebrook Acres, einer Gegend mit großen, eleganten Häusern, die zur Zeit der Holzbarone erbaut worden waren. Als er und Derek noch klein waren, fuhren sie immer mit dem Fahrrad an diesem Haus vorbei und bewunderten die weite Rasenfläche, die leuchtend weiße Kuppel und die ringsum führende Veranda.

»Eines Tages werde ich hier wohnen«, wurde zum Schwur ihrer Kindheit. Doch komischerweise war der Schwur von Sean ausgegangen, nicht von Derek. Das Anwesen strahlte Dauerhaftigkeit und Pracht aus, ein Ort, an dem man sich gut vorstellen konnte, sein Leben zu verbringen. Doch irgendwo unterwegs hatte er diesen Traum fallenlassen und das ganz andere Leben eines Profigolfers gefunden. Und irgendwie hatte Derek den Traum übernommen, der für Sean im Lauf der Zeit unmöglich geworden war.

Für eine lange Zeit hatte Seans Stiefbruder alles in Einklang gebracht: Karriere, Familie, Haus, alles. Aus Seans Sicht funktionierte es wie durch Zauber. Er konnte nicht glauben, dass Derek es geschafft hatte, alles zu vermasseln. Man hätte meinen sollen, da das alles auf dem Spiel stand, hätte Derek beim Turnier in Monte Carlo seine Finger von den Mädchen lassen können. Doch das war Dereks Sache, fand Sean. Danach zu urteilen, wie sie ihn bei der Scheidung über den Tisch gezogen hatte, war ein Leben mit Crystal Baird Holloway kein Zuckerschlecken. Trotzdem ...

Sean warf einen kurzen Seitenblick auf Cameron. Er war ein guter Junge, auch wenn er an der Trennung seiner Eltern ordentlich zu knabbern hatte. Zwar legte er neuerdings ein eigenartiges Verhalten an den Tag, doch wer täte das nicht, wenn er von Woche zu Woche zwischen zwei Häusern hin und her geschoben würde? Der einzige Punkt, bei dem Derek in der Scheidungsvereinbarung nicht klein beigeben wollte. Er wollte fünfzig Prozent der Zeit seiner Kinder, und sein Anwalt, dessen Gebühren selbst Derek schaudern ließen, stellte das gemeinsame Sorgerecht sicher.

»Wie läuft es denn in der Schule?«, fragte er Cameron und versuchte, das Schweigen zwischen ihnen zu überbrücken.

»Ganz gut, glaube ich.«

Sean grinste über den Bogen des Lenkrads hinweg. »Blöde Frage. Ich hätte mich lieber nicht nach der Schule erkundigen sollen.«

»Macht nichts.«

Kommunikation in Form einer bedeutungsvollen Unterhaltung war noch nie die Stärke seiner Familie gewesen, überlegte Sean. Offenbar führte Cameron die Tradition fort.

Sean bog in die glatt asphaltierte Auffahrt vor dem Haus in der Candlewood Street ein. Er war wild entschlossen, Cameron abzusetzen und nach Hause zu fahren, kurz zu duschen und einen Happen zu essen, bevor er wieder zur Arbeit fuhr. Doch ein undefinierbarer Impuls ließ ihn den Motor ausmachen und aussteigen.

»Ich nehme deine Schläger«, bot er an und öffnete die Heckklappe des Wagens.

»Danke.« Cameron warf sich seinen Rucksack über die Schulter und schloss die Seitentür auf.

Sean folgte ihm ins Haus, lehnte die Schläger an die Wand des kleinen Windfangs, der mit Schuhen in verschiedenen Größen vollgestellt war, einem zusammengelegten Buggy, einer Reihe von Schirmen und Mützen und einem Korb mit

Handschuhen und Fäustlingen. Von irgendwo im Haus drang ein Piepton durch die Stille.

»Anrufbeantworter«, sagte Cameron. »Ich hör ihn lieber ab.«

Sie traten in die Küche. Sean nahm alles mit einem kurzen Blick in sich auf. Das war das Haus seiner Jugendträume, doch er war nie drinnen gewesen. Jetzt war er hier, und es schien ihn vollkommen einzuhüllen. Die vollgestopfte Küche hatte einen Holzfußboden und Schränke mit Glastüren, angefüllt mit grünem Glasgeschirr Marke Martha Stewart. An einem Kühlschrank pappten ein Kalender, verschiedene Listen und Kinderzeichnungen. Während er Cameron zum Vordereingang folgte, nahm er die Holztäfelung, eine imposante Treppe und überall gerahmte Kinderfotos wahr.

Cameron drückte auf den Anrufbeantworter. Die erste Nachricht war von einer Frau, die sich als Lily meldete. »Hallo, Crystal, ich rufe nur an, um mich zu erkundigen, wie es dir geht. Ich hoffe, du findest, das Gespräch lief ganz gut, also ruf mich zurück.«

»Charlies Lehrerin«, erklärte Cameron.

Sie klang irgendwie steif und korrekt, dachte Sean und stellte sich eine grauhaarige Frau mit Bifokalbrille vor. »Mit so einer Frau will man sich nicht anlegen«, sagte er und drückte Cameron an sich.

Nächster Anruf: »Crystal, hier spricht Jane Coombs …« Quengelige Babygeräusche im Hintergrund unterstrichen die Nachricht. »Ich habe auf Derek gewartet, der Ashley heute Nachmittag abholen wollte, aber er scheint sich zu verspäten. Jedenfalls habe ich heute Abend eine Klasse zu unterrichten, deshalb wäre ich froh, wenn Sie kommen und Ashley holen könnten, sobald Sie diese Nachricht bekommen.«

»Oh, das wird Mom gut gefallen«, sagte Cameron.

Die dritte Nachricht war von jemandem, der um einen Rückruf wegen Ashleys Geburtstagsfeier bat. Eigenartig, als würde eine Feier in einer Kriegszone geplant. Seans jüngste Nichte war in den Tumult einer explodierenden Ehe hinein geboren worden, doch von den drei Kindern war sie am wenigsten betroffen – zu jung, um zu begreifen, was sie verloren hatte.

Dann hatte Charlie angerufen. »Hol mich ab«, sagte eine gereizte Stimme. »Ich bin bei Lindsay, und du hast gesagt, du würdest mich abholen, und du bist noch nicht da. Hol mich ab, was ist los?«

Die letzte Nachricht war fast nicht zu verstehen, doch Sean war klar, dass sie von einem Mädchen stammte, das sich besser durch Kichern als durch Worte verständigen konnte. Offensichtlich wollte sie mit Cameron sprechen. Ebenso deutlich war, dass er sich über ihren Anruf ärgerte. Sean erkannte die Verlegenheit an Camerons roten Ohren und seinem abgewandten Blick. Er hatte beide Hände tief in den Hosentaschen vergraben.

»Ende der Nachrichten«, sagte die automatische Stimme im Gerät.

Sean spürte, wie ihm mulmig wurde. »Ruf deine Mutter noch einmal an.«

Cameron zuckte mit den Schultern und wählte. »Keine Antwort«, sagte er.

»Jetzt deinen Vater.«

Als er den Hörer ein zweites Mal ans Ohr hielt, zeigte Cameron die ersten Anzeichen von Besorgnis – ein kleines Zucken im Kiefer. »Keine Antwort«, wiederholte er. »Ich habe ihnen schon Nachrichten hinterlassen.«

»Hast du eine Ahnung, wo sie sein könnten?«

»Nee.«

Klar. Kinder pflegten ihre Eltern nicht zu überwachen. Und jetzt?, fragte sich Sean.

Das Telefon klingelte und erschreckte sie beide. Cameron packte den Hörer.

»Hallo?« Kurz leuchtete Hoffnung in seinem Gesicht auf, verschwand dann aber. »Oh, hi, Jane. Nein, meine Mom ist nicht da. Du kannst Ashley bei mir abgeben, ich bin zu Hause.« Pause. »Gern.« Er legte auf. »Ich habe tonnenweise Hausaufgaben, aber jetzt kriege ich nichts mehr geschafft«, sagte Cameron. »Ashley ist eine Nervensäge.«

Seans kleine Nichte war so süß, dass man schon aus Stein sein musste, wenn man sie nicht mochte. Auf sie aufzupassen stand jedoch auf einem ganz anderen Blatt. Die Aussicht, einen Dreikäsehoch zu beaufsichtigen, der kaum sprechen konnte, war für Sean furchterregend. »Ich wette, deine Mutter kommt jetzt jede Minute nach Hause«, sagte er.

Cameron zuckte wieder mit den Schultern.

»Was ist mit Charlie?«, fragte Sean.

»Klingt, als wollte sie nach Hause kommen.«

»Hast du eine Ahnung, wer Lindsay ist? Wo sie wohnt?«

»Nee.« Cameron schaute auf das kleine Display des Telefons. »Die Nummer steht auf der Anruferliste.«

»Dann ruf ich sie mal an.« Sean gab die Nummer ein. Eine Frauenstimme meldete sich, und im ersten Moment war er verblüfft. Dann sagte er: »Sean Maguire hier, Charlie Holloways Onkel. Ich rufe wegen meiner Nichte an.«

»Oh! Ich bin Nancy Davenport. Wollen Sie mit Charlie sprechen?«

»Eigentlich rufe ich an, um Ihnen mitzuteilen … ich fürchte, ihre Mutter kommt nicht, um sie abzuholen. Sie ist … aufgehalten worden. Charlies Bruder ist hier bei mir, daher werde ich kommen und sie abholen.«

»Ach, lassen Sie nur«, sagte die Frau. »Ich bringe sie schnell nach Hause. Ich habe noch nicht mit dem Abendessen angefangen.«

Sean bedankte sich bei ihr und legte auf. Er schaute Cameron an.

»Keine Ahnung«, sagte der Junge, doch sein Blick wanderte zur Tür, dann zum Boden – etwas zu schnell. »Meine Mom hat immer was am Laufen. Wahrscheinlich hat sie vergessen, es allen zu sagen.«

Sean schlenderte in die Küche. Er betrachtete den Kalender, der mit Magneten am Kühlschrank befestigt war. Das aktuelle Datum hatte einen Eintrag. »Bespr. m. Lily & D., 15.15 Uhr.«

»Was sagt dir das?«, fragte er Cameron.

»Lily ist die Lehrerin auf dem Anrufbeantworter. Miss Robinson. Sie war meine Lehrerin in der dritten Klasse, und jetzt ist sie Charlies. Vielleicht hat ein Gespräch mit ihr stattgefunden. Charlie war das ganze Jahr sauschlecht in der Schule.« Cameron verdrehte die Augen. »Wie kann man in der dritten Klasse durchrasseln, das soll mir mal jemand erklären.«

Sie warteten. Sprachen ein wenig über Golf, nur um die

Stille auszufüllen und vielleicht sich selbst abzulenken. »Du hast also am Wochenende ein Turnier vor dir«, stellte Sean mit einem Blick auf den Teamkalender fest, der am Kühlschrank hing.

Cameron wandte sich ab.

»Wirf mich nur nicht um mit deiner Begeisterung, okay?«, sagte Sean.

Der Junge zog die Schultern noch weiter ein. »Mein Trainer ist ein Depp, okay?«

»Greg Duncan? Mir scheint er ganz in Ordnung zu sein.«

»Wenn du meinst.«

Sean kramte in seiner Hosentasche und zog eine indische Münze heraus. »Die war mein Talisman. Seit meiner Kindheit verwende ich sie als Ballmarker, da war ich noch jünger als du.«

Cameron drehte sich um, nahm die Münze und betrachtete sie. »Cool.«

»Willst du sie dir ausleihen?«

»Du hast gerade gesagt, sie ist dein Talisman.«

»War. Ich sagte ›war‹. Sie hat mich irgendwie im Stich gelassen.«

Cameron nickte. Er wusste über das Fiasko Bescheid, das Sean nach Hause geführt hatte. »Hast du gern da drüben in Japan und Indonesien und so gespielt?«

»Klar, solange es dauerte.« Sean versuchte sich vorzustellen, was er in seinem früheren Leben als Tourprofi in Asien gemacht hatte. Seitdem die Sache mit Asmida angefangen hatte, spielte er bei jeder sich bietenden Gelegenheit in Malaysia. Nach einer Runde gab es zu viele Gelage und jede Menge gedankenlosen, befriedigenden Sex in üppigen Hotelzimmern oder in teuren Wagen. Es hielt natürlich nicht. Wie konnte so etwas von Dauer sein? Besonders, dachte er mit schmerzhaftem Stich, mit der Tochter eines Yakuza-Mafioso? Niemand hatte ihn je wegen seiner guten Menschenkenntnis beschuldigt, das stand fest. Derek piesackte ihn oft damit, er solle einen Karriereplan ausarbeiten. Natürlich brauchte Sean dafür eine Karriere.

Cameron steckte das Geschenk in die Tasche. Sie riefen noch einmal Derek und Crystal an und erhielten keine Antwort. Cameron trank einen Schluck Milch direkt aus der Tüte und bot Sean auch etwas an, der ablehnte.

Ihm gefiel das mulmige Gefühl im Bauch nicht – ein kalter, harter Druck, kurz und intensiv, wie eine eisige Faust. Er sagte Cameron nichts davon. Den Jungen zu beunruhigen, hatte keinen Sinn.

Er schlenderte durch das Parterre und sah sich prüfend das Haus an. Das also war über zehn Jahre hinweg Dereks Zuhause gewesen. Merkwürdig, dass Sean ihn hier nicht besucht hatte. Er war zu sehr damit beschäftigt gewesen, am anderen Ende der Welt hinter Preisgeldern und leichten Frauen herzujagen, und hatte es nicht der Mühe wert befunden, zurückzukommen, um auch nur einen Besuch abzustatten. Er kam durch ein großes Wohnzimmer und einen langen Flur, wo Derek in Seans Vorstellung wie besessen seine Putts geübt haben musste. Das Esszimmer hatte einen Tisch mit Stühlen und einen hohen Glasschrank, der praktisch leer war, wahrscheinlich, weil früher Dereks Lieblingstrophäen darin gestanden hatten. Kopfschüttelnd dachte Sean an seinen Bruder; Liebe, Bewunderung und Neid kamen wie eine schwere Woge über ihn.

»Du musst nicht bleiben«, sagte Cameron zu ihm. »Ich werde mit den Mädchen fertig.«

»Wenigstens einer von uns beiden«, sagte Sean. »Ich werde hierbleiben, bis wir herausgefunden haben, wo deine Mutter geblieben ist.«

Schleichend wurde es dunkel, Schatten krochen in die Ecken der großen, leeren Räume. Sean knipste zwei Lampen an. Die angespannte Stille im Haus wurde unterbrochen, als Cameron das Radio anmachte und einen Hip-Hop-Sender einstellte.

Kurz darauf fuhr ein Wagen vor, dessen Scheinwerfer über die Wohnzimmerwände huschten. Erleichterung durchrieselte Sean. Crystal dürfte nicht begeistert sein, ihn zu sehen, na und? Er hatte ein paar deftige Worte für sie auf Lager.

Seine Erleichterung verflog, als er sah, dass die Besucherin Jane Coombs war, die eine rot angelaufene Ashley und eine überfüllte Windeltasche schleppte. Sean mochte Dereks Freundin ganz gut leiden, obwohl er sie kaum kannte. Im Augenblick sah sie liebenswürdig aus. Sie hatte den schmallippigen Komm-mir-nicht-in-die-Quere-Ausdruck eines Menschen, der kurz davor war, die Nerven zu verlieren.

»Oh, hi, Sean«, sagte sie, offensichtlich überrascht, ihn zu sehen. »Ich kann nicht glauben, dass Crystal ihre Kinder so versetzt. Egal, hier hast du sie.« Sie drückte ihm das kleine Kind in den Arm. Die Zweijährige sah ihn ängstlich an.

»Hast du was von Derek gehört?«, fragte Sean und schob die Kleine ungeschickt von einem Arm auf den anderen.

»Kein Wort. Unsere Nachrichten müssen sich überschnitten haben. Hör zu, ich bin entsetzlich spät dran«, fuhr Jane fort. »Ich muss mich also beeilen.« Sie sah Cameron und sagte: »Komm, hol den Kindersitz aus dem Wagen, ja? Gott sei Dank, du rettest mir das Leben.«

Als Ashley ihren Bruder sah, quiekte sie vor Vergnügen und streckte die Arme nach ihm aus. »Cam! Cam!«

»Ja, ich komm gleich«, sagte er und folgte Jane zu ihrem Wagen.

Als die Kleine merkte, dass er fortging, drückte sie den Rücken durch und stieß einen Heulton aus, der Panzerplatten durchschlagen hätte.

»Hey, was ist denn?«, sagte Sean, und Panik machte sich in seiner Brust breit. »Alles in Ordnung. Er kommt wieder.«

Sie warf den Kopf hin und her und schrie noch lauter. Ihre winzigen Fäuste klammerten sich abwechselnd an Seans Hemd und trommelten auf ihn ein. Das erinnerte ihn an die Kreatur aus *Alien,* die dem Bauch eines nichts ahnenden Mannes entsprang. Was zum Teufel war an Babys dran, fragte er sich hektisch. Sie waren wie eine andere Lebensform für ihn, noch dazu eine gefährliche, düstere. Sie waren laut und stanken auch noch. Er vermutete, dass sich Jane in ihrer wichtigtuerischen Eile nicht die Mühe gegeben hatte, dem Kind die Windel zu wechseln.

Wie eine Ewigkeit kam es ihm vor, bis Cameron mit dem Kindersitz zurückkam. Sobald Ashley ihn entdeckte, hörte sie auf zu schreien und warf sich ihm entgegen, wobei sie Sean beinahe vom Arm sprang. Er umklammerte den sich windenden kleinen Körper, damit sie nicht herunterfiel, und übergab sie dann hastig. »Ich glaube, sie mag mich nicht.«

»Nee, sie ist einfach nur schlecht gelaunt. Wahrscheinlich ist sie müde und hat Hunger, stimmt's, Zuckerbär?« Cameron ließ sie auf seiner Hüfte hopsen. »Ich hole ihr was zu essen.«

»Nane, will Nane«, gluckste Ashley gut gelaunt, als er sie auf den Boden stellte und mit ihr in die Küche ging. Im Nu war aus dem Tasmanischen Teufel ein Engel geworden. Wie gelang ihr das so schnell?

Kurz darauf kam Charlie durch die Haustür gesaust, ein flachsköpfiger Dynamo.

»Onkel Sean!«

Er fing sie in den Armen auf. Ihre drahtigen Glieder fühlten sich erstaunlich kräftig an, und etwas – ihre Haare oder ihre Haut – roch nach Kaugummi. Das war schon eher seine Kragenweite, eine Nichte, die ihn wirklich mochte. »Hey, Kurze. Wie geht's?«

»Ich sterbe vor Hunger«, sagte sie, hielt sich den Bauch und drehte sich in seinen Armen. »Wo ist Mom?«

Er stellte sie vorsichtig ab und ließ beide Hände auf ihren Schultern liegen. »Ich bleibe bei euch, bis eure Mom zurückkommt.«

Sie schaute ihn skeptisch an, kniff die Augen zusammen und drehte sich einen Zopf um den Finger. »In echt?«

»Ja. Hast du ein Problem damit?«

»Ja, vielleicht«, kreischte sich vor Vergnügen, während er sie in die Küche jagte.

Dort stopfte sich Ashley zufrieden ein Stück Banane in den Mund. Charlie holte sich auch eine. »Hast du gewusst, dass Affen die Bananen so schälen, von unten nach oben?« Sie führte es vor.

»Das dürfte dich zum Affen machen.«

»Ich wünschte, ich wäre einer«, sagte Charlie.

»Du siehst auch wie einer aus«, sagte Cameron.

Charlie streckte ihm die Zunge raus.

»Affe«, plapperte Ashley mit dem Mund voll Banane nach.

»Warum möchtest du ein Affe sein?«, fragte Sean.

»Dann müsste ich nicht in die kack-fuck Schule.«

»Kack«, wiederholte Ashley.

Sean sah Cameron an. »Darf sie das Wort in den Mund nehmen?«

»Eher nicht.«

Sean wandte sich an Charlie. »Sag nicht kack-fuck.«

»Okay.« Charlie biss in ihre Banane.

»Kack«, sagte Ashley noch einmal.

»Ich komm gleich wieder.« Sean eilte aus der Küche und ging ans Telefon in der vorderen Diele. Er nahm den Hörer in die Hand und schaute ihn wütend an. Was zum Teufel war los? Allmählich wurde es echt … bekackt. Er fragte sich, wie lange er noch warten sollte, bevor er sich ernsthaft Sorgen machte.

Stirnrunzelnd wählte er Dereks Handynummer. Derek ging immer ans Handy, überprüfte immer seine Nachrichten. Als die Voicemail anging, sagte Sean: »Hey, Bruderherz, ich bin's. Ich bin hier mit deinen Kindern bei Crystal, und sie ist nicht zu Hause. Was ist los? Ruf mich an.« Er fand Crystals Nummer neben dem Telefon, bekam ihre Voicemail und hinterließ eine ähnliche Nachricht. Er wünschte, er wüsste, ob sie so eine Frau war, die schon mal ihre Kinder vergaß.

Und jetzt?, fragte er sich. Er versuchte es bei Maura. Er wusste auch nicht, warum. Seine Freundin kannte Derek kaum und war Crystal und den Kindern nie begegnet. Die Menschen in seinem Leben kannten sich nicht. Seine Verbindungen zur Familie waren verschiedenartig und seicht, was ihm jetzt zum ersten Mal bewusst wurde.

»Dr. Riley«, meldete sie sich knapp und munter. Als Medizinstudentin im vierten Jahr arbeitete sie in diesem Jahr im Legacy West Hospital in Portland.

»Hey, Doc, ich bin's.«

»Sean!« Ein Lächeln hellte ihre Stimme auf. »Was gibt's?«

»Ich bin mir nicht sicher. Ich bin bei den Kindern meines Bruders Derek. Es hat ein Kuddelmuddel gegeben, und ihre Eltern sind verschollen.«

»Dann ruf sie doch an und ...«

»Ich kann beide nicht erreichen.«

»Na dann ... hör zu, ich stecke mitten in der Visite. Und ich bleibe zu einem Seminar in der Stadt, habe ich dir das gesagt? Kann ich dich gleich zurückrufen?«

»Klar, jederzeit. Tschüs.« Er hatte keine Ahnung, was er von ihr erwartet hatte. Sie kannte diese Kinder nicht einmal. Das war alles andere als ihr Problem.

Ashley schrie und schlug auf etwas in der Küche ein. Cameron hatte das Radio wieder laut gestellt.

Sean drückte auf den Knopf für die Anruferliste und betrachtete das Display. Zuerst hieß es *privat,* dann *Coombs, Jane.* Als Nächstes stand *Robinson, Lily* da.

Die Schulmeisterin, dachte er. Der Name kam ihm irgendwie bekannt vor. Vielleicht war er ihr schon einmal über den Weg gelaufen, obwohl er es bezweifelte. Er trieb sich eher nicht mit Schulmeisterinnen herum, doch vielleicht sollte sich das ja ändern.

»Helfen Sie mir hier, Miss Robinson«, murmelte er vor sich hin, während er die Nummer wählte.

7

Freitag, 19.30 Uhr

Lily seufzte zufrieden und kuschelte sich in ihren Lieblingssessel. Eine große Schale Popcorn und ein Glas Rotwein standen auf dem Beistelltisch neben ihr. Vor sich auf dem Wohnzimmertisch hatte sie eine Italienkarte ausgebreitet, auf der sie die gewundene Route über die Halbinsel Sorrent in Gelb hervorgehoben hatte. Die Namen der Städte, die sie rot umrandet hatte, stammten aus Märchen und Legenden: Positano, Amalfi, Ravello, Vietri Sul Mare.

Noch zwei Monate, dachte sie. Dann wäre der Sommer da, und sie würde zu einem Abenteuer abheben, von dem sie schon seit einem halben Jahr träumte. Sie wäre allein, wunderbar, glücklich allein.

Das Kollegium in der Schule fand es eigenartig, dass sie so gern solo reiste, doch Lily waren gerade diese Aspekte ihres Abenteuers – tun und lassen zu können, was sie wollte, und niemandem Rede und Antwort zu stehen – die liebsten. Ihre jährliche Sommerreise war ihr immens wichtig. Seit jeher. Das Reisen brachte sie wieder ins Gleichgewicht, verlieh ihr eine Perspektive und vermittelte ihr das Gefühl, ein anderer Mensch zu sein. Sie fragte sich zuweilen, warum sie wohl ein anderer Mensch sein wollte, doch sie dachte nicht allzu lange darüber nach.

Gern sah sie neue Orte und schloss neue Freundschaften. Crystal fragte sie immer, was denn mit den alten nicht stimme. Nichts, dachte Lily, bis auf die Tatsache, dass man ihretwegen manchmal erschöpfende emotionale Arbeit zu leisten hatte. Lily war in vielem gut, nicht aber in der Pflege der tiefen, zuweilen schmerzhaften Bande echter Vertrautheit. Das Leben hatte sie darauf einfach nicht vorbereitet. Sie konnte das Herz eines Kindes verstehen, konnte Möglichkeiten finden, es anzuregen und zu lehren, doch sie wäre nie in der Lage, sich kopfüber in eine lebenslange Verpflichtung zu stürzen. Für sie stand schon lange fest, dass manche Menschen nicht für das verwirrende, gefährliche Abenteuer geschaffen waren, zu lieben, bis jemand verletzt wurde.

Was nicht hieß, dass sie gegen die gelegentliche Qual des Verlangens gefeit wäre. Vielleicht hätte sie in diesem Sommer sogar eine romantische Affäre. Einen Flirt, frei von Komplikationen und Verpflichtungen. Das sollte in Italien angeblich leicht sein. Am Ende des Sommers würde sie erholt nach Comfort zurückkehren, bereit, eine neue Klasse in Empfang zu nehmen.

Dieser Zyklus von Schuljahr und Sommer war der Rhythmus ihres Lebens und für sie wie geschaffen. Sie musste nur ihre eigene Familie ansehen, um zu wissen, dass sie recht hatte. Infolge einer Tragödie, die sowohl in Rätsel gehüllt als auch öffentlich breitgetreten worden war, hatten ihre Eltern ihre Ehe damit verbracht, sich gegenseitig unglücklich zu machen. Noch heute waren sie damit beschäftigt.

Lily hatte sich die Lektion zu Herzen genommen und ihr

Leben sorgsam geplant. Ihre jüngere Schwester Violet hatte genau die andere Richtung eingeschlagen und sich für eine frühe Heirat und zwei Kinder entschieden, einen Mann, der zu wenig verdiente, und ein großes Haus in Tigard, dessen Miete sie sich nicht leisten konnten.

Im Vergleich dazu hatte Lily einen Beruf, den sie liebte, eine kleine, aber behagliche Wohnung, die ihr gehörte, und die Freiheit, zu tun, was ihr gefiel. Sie wollte ihr Leben so weiterführen, ruhig und sicher.

Und du bist ganz allein, sagte eine innere Stimme.

Sie achtete nicht auf die Stimme, die auffallend nach Crystal klang, und trank ihren Wein, während sie einen Artikel über einen Porzellanladen in Ravello las, in dem Hillary Clinton und Dustin Hoffman ihr Geschirr bestellten. Kurz darauf legte sie die Karte beiseite und warf einen Blick auf die Uhr. Zu ihrer üblichen Freitagsroutine gehörte ein Film im Echo Ridge Pavilion, doch der Regen hatte wieder eingesetzt, und sie hatte keine Lust auszugehen.

Dann eben ein lasterhaftes Video, dachte sie und ging ihre DVD-Sammlung durch. Noch ein Vorteil, ein selbstständiger Mensch zu sein. Hätte sie einen Mann, würde sie wahrscheinlich nicht so etwas wie *Magnolien aus Stahl* oder *Two Moon Junction* aussuchen. So weit sie wusste, hatte kein Mann jemals freiwillig *Sinn und Sinnlichkeit* bis zum Ende gesehen.

Sie beschränkte ihre Auswahl auf *Unter der Sonne der Toskana* und *Annies Männer* über eine sexuell befreite Lehrerin, die es mit Kevin Costner im besten Mannesalter trieb. Sie dachte an seine berühmte Rede über Küsse, die drei Wochen anhalten, und die Entscheidung war getroffen.

Als sie gerade den Vorspann sah, klingelte das Telefon. »Pünktlich auf die Minute«, murmelte sie, hielt aber die DVD an und ging ans Telefon. Wahrscheinlich Crystal, die anrief, um über Charlie zu sprechen.

Allein bei dem Gedanken wurde Lily das Herz schwer. In der Regel wurden Schule und persönliche Angelegenheiten streng auseinandergehalten, doch in diesem Fall überschnitten sie sich. Ihre beste Freundin und die kostbare Tochter ihrer besten Freundin.

Charlie machte es anscheinend Spaß, dass sie ihre Lehrerin außerhalb der Schule kannte. Die Kleine legte für gewöhnlich ein geheimnisvolles Lächeln auf, wenn sie Lily mit »Miss Robinson« anredete, doch sie nutzte ihr Wissen über das Privatleben ihrer Lehrerin nie aus. In der Schule versuchte Charlie, überhaupt keine Aufmerksamkeit auf sich zu lenken. Gerade deshalb war es so besorgniserregend, dass sie neuerdings angefangen hatte zu stehlen.

»Hallo?«

»Äh, ja. Spreche ich mit Miss Robinson?« Die männliche Stimme war tief und kräftig, völlig unbekannt.

»Tut mir leid, ich nehme keine Werbeanrufe entgegen«, sagte sie kurz angebunden und wollte schon wieder auflegen.

»Ich bin kein – Moment. Es geht um Crystal Holloway.«

Lily zog die Stirn kraus und klemmte den Hörer an ihre Wange. War Crystal mit jemandem zusammen? Das letzte Mal, als sie darüber gesprochen hatten, hatte Crystel gesagt, sie habe den Männern ein für alle Mal abgeschworen. »Männer sind an meinem ganzen Schlamassel schuld«, hatte sie vor Kurzem noch dramatisch gesagt.

»Du meinst nicht einen bestimmten Mann?«, hatte Lily gefragt.

»Nein, eigentlich nicht.« Crystal hatte nicht weiter ausgeholt.

»Wer spricht da?«, fragte Lily den Anrufer.

»Sean Maguire. Ich bin Charlies Onkel.«

Ach ja, dachte Lily. Der berühmte Onkel Sean, ein Lieblingsthema von Charlie im Anschauungsunterricht. Seitdem er wieder in die Stadt gezogen war, hatte Charlie zahlreiche ausufernde Geschichten über ihn erzählt, doch die Hauptsache ging immer zwischen den Welten verloren. Heldenverehrung war für gewöhnlich die Überschrift.

Crystal zufolge war Sean aus demselben Holz geschnitzt wie Derek, »nur jünger«.

Lily hatte eine sehr vage Vorstellung von ihm nach der Hochzeit der Holloways. Er hatte sie an Brad Pitt in seinem ersten Film erinnert, doch das führte nur dazu, dass sie ihn noch weniger mochte. »Vertrau nie einem gut aussehenden Mann«, hatte Crystal ihr einmal gesagt.

»Hallo?« Seine glatte, irgendwie beunruhigende Stimme drang in ihre Gedanken.

»Mr Maguire«, sagte Lily. »Was kann ich für Sie tun?«

»Da bin ich mir nicht sicher.« Es klang gedämpft, als hielte er seine Hand vertraulich um die Sprechmuschel. »Ich bin hier bei Crystal und passe auf ihre Kinder auf. Sie ist noch nicht zu Hause.«

»Verstehe.« Was für ein Weichei, dachte sie. Konnte nicht einmal sein eigen Fleisch und Blut hüten, ohne um Hilfe zu rufen. »Und wie kann ich Ihnen dabei helfen?«, fragte sie.

»Ich hatte gedacht, dass Sie vielleicht wissen, wo sie ist.« Anspannung knackte in seiner Stimme.

»Nein, das weiß ich nicht«, antwortete Lily. »Sie sollten sie auf ihrem Handy anrufen. Ich kann Ihnen die Nummer geben, Sie können sie von den Kindern bekommen …«

»Ich versuche es schon die ganze Zeit auf ihrem Handy«, unterbrach er sie. »Sie antwortet nicht. Auch Derek geht nicht ran.«

Lily packte den Hörer fester. Sie runzelte die Stirn, woraufhin ihr die Brille ein Stück über die Nase nach unten rutschte. »Das sieht den beiden nicht ähnlich.« Bei drei Kindern und zwei Haushalten waren Crystal und Derek sehr darauf bedacht, dass man sie jederzeit erreichen konnte. Sie hatten sich während der Trennung und der Scheidung gegenseitig gequält, doch es war ihnen hoch anzurechnen, dass sie versucht hatten, die Kinder vor dem Schlimmsten abzuschirmen.

»Das sehe ich auch so«, sagte der Fremde.

»Wann hatten Sie das letzte Mal Kontakt mit ihnen?«

»So weit ich beurteilen kann, waren Sie die Letzte, die mit ihnen gesprochen hat«, erwiderte er, und Lily fragte sich, ob sie einen leichten Vorwurf herausgehört hatte. »Crystal hat versäumt, Cameron vom Golfplatz und Charlie bei ihrer Freundin abzuholen. Haben Sie eine Ahnung, was los ist?«

Jetzt fühlte sich der Hörer in Lilys Hand feucht und glitschig an. »Nein, leider nicht.«

»Verstehe. Na dann.« Er machte seiner Ungeduld Luft und wollte offensichtlich auflegen. »Dann erst mal danke.«

Lily schoss der Gedanke durch den Kopf, aufzulegen und sich den Film weiter anzusehen. Ihren Wein zu trinken und das Kapitel über die Küste bei Amalfi zu Ende zu lesen. Jetzt aber kam das nicht mehr infrage. Sie würde sich einfach nur die ganze Nacht um Crystal und die Kinder sorgen.

»Warum haben Sie mich angerufen, Mr Maguire?«, fragte sie.

»Ich habe Ihre Nachricht auf dem Anrufbeantworter gehört und mir gedacht, Sie könnten etwas wissen.«

Sie fragte sich, was Crystal wohl davon halten würde, dass ihr Ex-Schwager in ihrem Haus Nachrichten abhörte. »Tja, ich weiß nicht, wo sie ist. Tut mir leid.«

»Schon gut. Ich dachte nur, ich sollte fragen. Ich muss heute Abend arbeiten und hatte mir vorgestellt – ist schon gut. Ich werde anrufen und denen sagen, dass ich es nicht schaffe.«

»Mr Maguire …« Lily verstummte, als ihr klar wurde, dass er aufgelegt hatte. »Nett«, murmelte sie und stellte den Hörer ab. Sie schritt auf und ab und versuchte zu entscheiden, was sie machen sollte. Vor ein paar Minuten war das hier ihr Wohnzimmer gewesen, ihre Zuflucht, ein gemütlicher Ort, vollgestopft mit Büchern und einem Regal mit gerahmten Fotos. Ihr Blick fiel auf einen Lieblingsschnappschuss von Crystal und ihr, wie sie am Strand vor Haystack Rock lachen. Irgendetwas stimmte nicht, sagte ihr Herz.

Als sie nach ihrer Tasche griff und nach ihren Schlüsseln kramte, warf sie einen Blick in den Flurspiegel. »Nett«, sagte sie noch einmal, noch sarkastischer.

Sie war für einen DVD-Abend gekleidet in lila-grauer Yogahose und einer viel zu weiten Jockeystrickjacke, dem einzigen wertvollen Gegenstand, den Trent Atkins von den Portland Trailblazers hinterlassen hatte. Er war kein ernsthafter Freund gewesen, nur jemand, mit dem sie ein paar Mal ausgegangen war. Sie konnte sich nicht erinnern, warum ein Basketballspieler im Besitz einer Hockeystrickjacke sein sollte, und beschloss, dass es ihr gleichgültig war.

Sie trug kein Make-up, und ihre braunen Haare hatte sie hinten locker zusammengebunden. Na und?, dachte sie, schob ihre Füße in ein Paar rote Gummipantinen für den Garten und setzte sich einen Regenhut auf, mit dem sie ihre äußere Erscheinung abrundete. »Frühe Spinatwachtel« könnte eine gute Bezeichnung dafür sein.

Als spielte das eine Rolle, dachte sie, schnappte sich ihren Regenmantel und schoss zur Tür hinaus.

8

Freitag, 19.40 Uhr

Sean Maguire war nicht hübsch, stellte Lily in dem Augenblick fest, als sie die Tür öffnete. Er war äußerst, unverdient, ungerecht hinreißend. Er war das, was die Mädchen in der Schule den Hammer nannten, in perfekt verwaschenen Jeans, die sich an seinen Körper schmiegten, einem Golfhemd mit dem Logo von Echo Ridge, einer Haarlocke, die ihm lässig in die Stirn hing und in Kontrast zum stechenden Blau seiner Augen stand, Bartstoppeln, die die kräftigen Linien seiner Gesichtsstruktur hervorhoben. Er hatte einen Mund, der sie an Kevin Costners Rede in *Annies Männer* erinnerte, doch im Augenblick lächelte Maguire gerade nicht.

»Ich hatte schon gehofft, es wäre Crystal«, sagte er und hielt die Tür auf. Wie gnädig von ihm.

»Lily Robinson«, stellte sie sich in ihrem sprödesten Tonfall vor. Sie klang immer unerträglich spröde, wenn sie auf Abwehr ging, und in Gegenwart gut aussehender Männer nahm sie immer eine Abwehrhaltung ein. Genauso war es in diesem Moment, als sie tropfend auf der Matte stand. Ihr Regenhut war praktisch, wenn auch kaum attraktiv, mit dem breiten Rand, der gerade als Regenabfluss diente. Ein stetiger Tropfen sickerte herab, direkt zwischen ihren Augen, und platschte auf die Matte.

Sie nahm den Hut ab, hängte ihn an einen Haken hinter der Tür und ermahnte sich, keine Hemmungen zu zeigen, als sie ihren Mantel auszog. Er überragte sie, war noch größer als sein älterer Bruder. Gegen ihren Willen spürte Lily ein kurzes, unterschwelliges Zucken als Reaktion auf seine Nähe. Er war nur ein Typ, rief sie sich ins Gedächtnis. Wären die Kinder nicht, hätten sie nichts miteinander zu tun.

»Wo sind die Kinder?«, fragte sie und setzte die beschlagene Brille ab.

»Oben. Ich habe ihnen gesagt, dass die Pläne wahrscheinlich durcheinandergeraten sind. Die Mädchen sehen sich ein Video an, und Cameron passt auf sie auf.«

Wahrscheinlicher aber ist, dachte Lily, dass er im Internet chattet. Dieser Mann wusste offensichtlich nichts über Kinder.

»Von Crystal oder Derek was gehört?« Sie putzte ihre Brille und setzte sie wieder auf.

»Nichts.« Er warf einen Blick auf die Treppe. »Wir sollten in die Küche gehen.«

Das war alles. Kein »Danke, dass Sie gekommen sind«. Er machte sich Sorgen, räumte sie ein. Sie auch.

Als Lily ihm folgte, fiel ihr unwillkürlich auf, wie perfekt sein Hintern war. Crystal hatte erwähnt, dass es mit seiner Golfkarriere abwärtsging. Mit diesem Hintern konnte jederzeit ein Model für Jeans aus ihm werden.

Kurz darauf merkte sie, dass er sich umgedreht und sie erwischt hatte. Gedemütigt wanderte ihr Blick zu einem Stapel aus drei Pizzaschachteln auf dem überhäuften Tisch.

»Möchten Sie ein Stück?«, fragte er.

Einen Moment lang war sie desorientiert und ein wenig nervös. »Nein, nein danke.«

»Lassen Sie mich kurz berichten«, sagte er, hakte die Daumen in seine Gesäßtaschen und schritt auf und ab. »Dereks Verlobte Jane hat keine Ahnung, wo er ist.«

»Sie ist mit ihm verlobt?« Lilys Magen verkrampfte sich. Crystal wusste es nicht. Wenn ja, wäre Lily die Erste gewesen, die es erfahren hätte. Im Übrigen hätte die ganze Stadt wahrscheinlich die Schreie gehört.

»Vermutlich. Seit dem letzten Wochenende geben sie es bekannt.«

»Wann wollte er es Crystal sagen?« Lily setzte sich auf einen Hocker am Frühstückstresen. Wieder betrachtete sie die Pizzaschachteln, war aber zu nervös, um zu essen. Vor allem Pizza. Seit Ewigkeiten hatte sie keine mehr gegessen. Ernährungstechnisch ein Albtraum, und sich mit Kalorien und Fetten vollzustopfen, würde nichts nützen.

Im Lauf der Jahre hatte sie unzählige Stunden in dieser Küche zugebracht, Kräutertee mit Biohonig und einem Stück Orange getrunken und die Gesellschaft ihrer besten Freundin genossen. Komisch, hier mit einem Fremden zu sein und Mutmaßungen anzustellen.

»O Gott«, sagte sie. »Ich wette, er hat es ihr heute gesagt. Vielleicht sind sie deshalb nicht nach Hause gekommen.«

»Warum sollten sie dann verschwinden und ihre Handys abschalten?«

»Wahrscheinlich sind sie irgendwohin gefahren, wo sie keinen Empfang haben.«

Er drehte sich um und sah sie an, eine Augenbraue skeptisch herabgezogen. Wie gelang ihm das mit nur einer?, fragte sie sich. »Das kapier ich nicht«, sagte er.

Wie sollte er auch.

»Denken Sie doch mal nach. Wenn Derek wieder heiratet, wird sich das Leben für diese Kinder drastisch verändern. Crystal und Derek haben vieles zu bereden.« Sie führte es nicht weiter aus. Vielleicht wusste Maguire mehr über die Situation, vielleicht aber auch nicht. Lily sah es nicht als ihre Aufgabe an, ihn aufzuklären.

»Ich kann nicht glauben, dass sie einfach wegfahren, ohne vorher nach den Kindern zu sehen«, sagte er ruhig, als spräche er mit sich selbst.

Sie trommelte mit den Fingern auf die Theke. Ein unerklärliches Verschwinden war nicht unmöglich. In den letzten Jahren ihrer Ehe waren Derek und Crystal als Scott und Zelda Fitzgerald des PGA bekannt gewesen und standen in dem Ruf, Partys zu feiern, Leidenschaften auszuleben und sich öffentlich zu streiten. Sie hatten eine Art, sich aufeinander zu konzentrieren, sich total in Anspruch zu nehmen und die Welt auszuschließen, wenn sie aufeinander losgingen. Ihr fiel es nicht schwer, sich die beiden so verhakt vorzustellen, dass sie die Kinder vorübergehend vergaßen.

Die Liebe stellte eigenartige Dinge mit den Menschen an, überlegte Lily und schauderte beim nächsten Gedanken. Hatten sie sich gegenseitig etwas angetan?

Sie zwang sich zur schwierigsten Frage des Abends. »Haben Sie die Polizei angerufen?«

Er fuhr zusammen. »Ja. Habe ihnen die Beschreibung beider Automodelle durchgegeben. Ein Unfallbericht von der Autobahnpolizei lag nicht vor.«

Erleichterung durchrieselte sie. »Gut zu hören. Wird eine Suche eingeleitet?«

Er schüttelte den Kopf. »Nein. Sobald sie festgehalten hatten, dass Derek und Crystal Erwachsene in gutem gesundheitlichem Zustand sind, haben sie mich vertröstet. Vierundzwanzig Stunden ist anscheinend die Zauberzahl.«

»Das hier wird keine vierundzwanzig Stunden dauern«, sagte Lily und steckte die Hand in die Tasche, um nicht an den Fingernägeln zu kauen.

»Und was jetzt?«, fragte Sean.

Bevor sie antworten konnte, krachte es oben, und Ashley schrie laut und wütend auf.

Sean und Lily liefen gleichzeitig zur Treppe. Er nahm zwei Stufen auf einmal, sie folgte ihm auf den Fersen.

Crystal hatte vor einigen Jahren die obere Etage renoviert und ein gemeinsames Zimmer für das Spielzeug der Kinder eingerichtet, mit einer Ecke für den Fernseher und den Computer. Jetzt traf Lily die heulende Ashley neben einer zerbrochenen Tischlampe an, während Charlie weiter fernsah, missbilligend und mit schmalen Lippen, was sehr an Crystal erinnerte. Cameron saß am Computer und beachtete die beiden nicht, während farbige Kästen mit Chat-Nachrichten den Bildschirm überhäuften. Sie konnten das Browserfenster mit dem ominösen Titel »Porno-Pferdchen« nicht ganz verdecken.

Das alles nahm Lily mit einem Blick auf. Sie bückte sich und nahm Ashley auf den Arm. Schon immer hatte sie Crystals Kinder als ihren Besitz empfunden. »Na, meine Süße«, sagte sie in besänftigendem Flüsterton. »Hast du dir wehgetan?«

Das Kind hörte auf zu schluchzen. Dann sah es Sean an und heulte wieder. »Mag dich nicht«, jammerte sie.

Er machte eine hilflose Geste, die Handflächen nach oben. »Ich habe ihr nie etwas getan«, sagte er.

»Aber ich mag dich, Onkel Sean«, sagte Charlie und kletterte an ihm hoch wie an einem Baum. »Hallo, Lily.« Außerhalb der Schule durfte sie ihre Lehrerin Lily nennen. Sie hängte sich mit dem Kopf nach unten an Seans Arm und zeigte grinsend ihre Zahnlücke.

»Wie geht es meinem großen Mädchen?« Lily klopfte den Rücken der Kleinen.

»Wir warten auf Mom«, sagte Charlie.

»Ich weiß.« Lily trat neben Cameron. »Lösch die Porno-Pferdchen«, raunte sie ihm zu. »Auf der Stelle.«

»Was für Pferdchen?«, fragte Sean finster. »Du hast dir im Internet Pornos angesehen?«

»Das macht er immer«, sagte Charlie und ließ sich zu Boden fallen.«

»Stimmt nicht«, sagte Cameron.

»Wohl.« Sie streckte ihm die Zunge raus. »Du machst es so oft, ich wette, deine Pornografmaschine bricht irgendwann zusammen.«

»Dumpfbacke.« Er klickte die Maus an, und der Bildschirm wurde schwarz. Ashley hörte auf zu weinen und steckte den Daumen in den Mund.

Merken, dachte Lily. Nachprüfen, ob Eltern den Computer kontrollieren.

»Was machst du denn hier, Lily?«, fragte Charlie. »Wenn du meine Mom besuchen willst, die ist noch nicht zu Hause.«

»Hör zu«, sagte Lily. »Du bringst mit Cameron die Lampe da wieder in Ordnung. Euer Onkel hilft euch. Ich mache unsere kleine Freundin hier fertig fürs Bett.«

Mit einem ploppenden Geräusch zog Ashley den Daumen aus dem Mund. »Nicht Bett«, sagte sie und steckte den Daumen wieder rein.

»Du hast recht. Zuerst brauchst du ein Bad, du Stinkerchen.«

Als sie die Kleine ins Bad trug, verbarg Lily ihre Sorge hinter einem Lächeln. Sie plauderte fröhlich vor sich hin, während sie etwas Wasser einlaufen ließ und Ashley aus Kleidern und Windel schälte. Das Bad war mit buntem Plastikspielzeug übersät, Flaschen mit Shampoo und Schaumbad, Kämmen und Zahnbürsten, Haarspangen und Handtüchern, die nicht zueinanderpassten.

Bei Crystal sah es immer so leicht aus, überlegte Lily bei dem Versuch, das zappelnde Kind festzuhalten und gleichzeitig eine Flasche Babyshampoo zu öffnen. Lily brachte es nicht über sich, Ashley loszulassen oder auch nur eine Sekunde wegzuschauen, daher öffnete sie den Verschluss mit den Zähnen. Der Geschmack von Babyshampoo breitete sich in ihrem Mund aus.

»Igitt«, sagte sie und wischte sich den Mund an der Schulter ab.

Ashley lachte über sie und platschte mit den Händen auf die Wasseroberfläche.

Wenn man bedenkt, dass der Abend mit Italien, Wein und Kevin Costner im besten Mannesalter begonnen hatte, dachte Lily. Jetzt, mit jedem Augenblick, der verging, setzte sich die Überzeugung in ihr fest, dass ihre beste Freundin verschollen war.

Verschollen. Eine andere Erklärung konnte es nicht geben. Irgendetwas war entsetzlich schiefgelaufen.

9

Freitag, 21.00 Uhr

Sean stand in der Küche und betrachtete nachdenklich die leeren Pizzaschachteln. Fast leer. Er nahm das letzte Stück mit Hackfleisch und schwarzen Oliven und stopfte es sich in den Mund. Wer hatte schon einmal von einer Pizza mit Hackfleisch und schwarzen Oliven gehört? Charlie hatte es vorgeschlagen. Gar nicht so schlecht, dachte er und wischte sich die Hand an der Hose ab.

Oben war es endlich still geworden. Lily Robinson hatte die Sache in die Hand genommen. Die Jüngste schlief, Lily und Charlie lasen in Charlies Bett zusammen ein Buch.

Miss Lily Robinson war die Rettung. Sie war nicht die untersetzte, silberhaarige Schulmeisterin, die er erwartet hatte. Sie hatte nur die Persönlichkeit einer solchen. Trotzdem war Sean dankbar, dass sie eingesprungen war.

Cameron war wieder im Internet, wahrscheinlich surfte er wieder nach Pornos, obwohl Sean es ihm untersagt hatte. Sean war die Treppe hinuntergegangen, um die zerbrochene Lampe zu entsorgen und die Küche aufzuräumen.

Pizzaschachteln, das wurde ihm klar, waren von jemandem entworfen worden, der nie den Müll rausgetragen hatte. Sie passten unmöglich in einen Eimer. Er legte sie auf den Boden, trat darauf und faltete sie in der Mitte, dann noch einmal, stopfte den Karton dann in den Abfalleimer, wobei er mit dem Fuß nachhalf. Er wiederholte den Vorgang mit der zweiten Schachtel, dann mit der dritten.

Als Lily in die Küche kam, steckte Sean mit einem Fuß im Abfalleimer und hatte den Mund voll Pizza. Sie musterte ihn, als wäre er ein Kind aus ihrer Klasse, nicht mit Abneigung oder Missbilligung, sondern mit einer gewissen amüsierten Nachsicht, die in ihm den Wunsch aufkommen ließ, sich schlecht zu benehmen.

Das war die Gabe einer Schulmeisterin, dachte er. Ein Blick genügte, und ein erwachsener Mann fühlte sich wie ein Zwerg.

Es gelang ihm, den letzten Bissen Pizza zu schlucken und seinen Fuß mit einem Ruck rauszuziehen. Dabei hüpfte er rückwärts und musste sich an einem Stuhl festhalten, um nicht umzufallen.

»Hey«, sagte er, gab sich lässig und schlug einen Fuß über den anderen. »Sind die Kinder im Bett?«

»Die Mädchen, ja. Charlie ist gerade eingeschlafen. Cameron macht Hausaufgaben.«

»Ich rufe die Polizei noch mal an«, sagte Sean.

»Das sollten Sie.« Ihr Gesicht war bleich, und sie drehte ständig an einem silbernen Ring mit Türkisen.

Sie sah nicht schlecht aus hinter der dicken Brille, überlegte Sean, als er den Hörer in die Hand nahm. Dafür, dass sie eine Schulmeisterin war.

Er drückte auf Wiederwahl, und der Automat gab ihm die inzwischen vertrauten Möglichkeiten vor. Er drückte auf die

Drei, bevor die unaufrichtig beruhigende Konservenstimme die Anweisungen beendet hatte.

»Officer Brad Henley.«

»Ich hätte gern Officer …« Sean sah nach dem Namen, den er aufgekritzelt hatte. Da kein Stück Papier aufzutreiben war, hatte er ihn sich mit Kugelschreiber in die Hand geschrieben. Lily sagte nichts, schaute nur finster auf die Hand.

»Nordquist«, sagte Sean.

»Der hat Feierabend«, teilte Henley gelangweilt mit.

Großartig, sie hatten die Schicht gewechselt.

»Ich hatte in dieser Angelegenheit schon vorher angerufen«, sagte Sean. »Ich heiße Sean Maguire.«

»Hmm. Was kann ich für Sie tun?«

»Ich habe wegen meines Bruders angerufen, Derek Holloway, und seiner geschiedenen Frau Crystal.« Sean lauschte ein paar Sekunden in die Stille.

»Ja, okay. Ich sehe es hier auf der Anruferliste. Was kann ich für Sie tun, Mr Maguire?«

Such nach ihnen, hätte er am liebsten ins Telefon gebrüllt. Such nach ihnen und bring sie nach Hause, damit ich wieder in mein Leben zurückkehren kann. Mein erbärmliches Leben. Und wenn die Sache beim Turnier nächste Woche gut läuft, könnte ich mit einem Schlag vielleicht wieder auf die Spur kommen.

»Ich weiß noch immer nicht, wo sie sind. Sie haben nichts von sich hören lassen.« Sean warf Lily einen Blick zu, die ihn mit einer tiefen Sorgenfalte auf der Stirn anschaute. Die Unterhaltung kam ihm etwas unwirklich vor, als er sagte: »Mein Bruder ist verschollen, und seine Ex ebenso. Sie sollten nach ihnen suchen.«

Wieder eine Pause. Sean hörte das Tippen auf einer Tastatur. »Hat einer von beiden ein gesundheitliches Problem oder eine Beeinträchtigung, die …«

»Das habe ich doch alles schon beantwortet«, sagte Sean und gab sich die größte Mühe, nicht laut zu werden. »Sie befinden sich beide bei bester Gesundheit, ihr geistiger und körperlicher Zustand ist intakt. Deshalb sieht es ihnen ja auch gar nicht ähnlich, zu verschwinden.«

»Sir, zu dieser Zeit ist das noch keine akute Notlage, und wir können bei verschollenen Erwachsenen keine Sendezeit zur Verfügung stellen oder versuchen, sie zu finden.«

»Warum nicht?«

»Das Sendenetz der Fahrdienstleiter.«

»Drei Kinder sind betroffen«, rief Sean ihm ins Gedächtnis. »Steht das in Ihren Notizen?«

»Befinden sie sich in Gefahr?«, fragte der Polizist.

»Nein, ganz und gar nicht.«

»Dann kann ich nicht …« Die Leitung wurde kurz still. »Ist Ihr Bruder Derek Holloway, der Golfspieler?«

Prominenz hatte also doch ihre Vorteile, dachte Sean. »Genau der.«

»Na ja, wir können zu dieser Zeit noch keine Suchaktion starten, aber ich werde jemanden rausschicken«, sagte Henley. »Wie lautet die Anschrift?«

Sean schaute zu Lily auf. »Anschrift?«, formte er lautlos mit den Lippen.

Sie reichte ihm einen Brief aus dem Poststapel auf dem Tisch.

Gut mitgedacht. Wenigstens einer von ihnen konnte noch denken. Er gab die Adresse durch.

»Bald wird jemand kommen«, berichtete er Lily, nachdem er aufgelegt hatte.

»Wann?«

»Er hat gesagt, gleich. Ich nehme an, das bedeutet sofort.«

»Und wenn nicht?«

Sean spürte, wie sein Kiefer zu zucken begann. »Hören Sie, gleich heißt gleich. Wie jetzt zum Beispiel.«

»Sie müssen mich nicht anraunzen.«

»Ich habe Sie nicht angeraunzt.«

»Doch. Und jetzt auch wieder.«

»Hey, ich brauche hier keine Schelte.«

»Ich habe nicht geschimpft.« Sie schnaubte. »Ich mag es nur nicht, wenn man mich anraunzt.«

»Ich habe Sie nicht …« Sean zwang sich, aufzuhören. Es war idiotisch, sich mit dieser Frau zu zanken, während Derek Gott weiß wo war. »Okay«, sagte er und stand auf, um weiter auf und ab zu schreiten. »Schon gut. Tut mir leid. Ich wollte Sie nicht anraunzen.«

Sie drehte sich zum Spülbecken um und begann, das Geschirr abzuspülen. »Ich bin genauso besorgt wie Sie, Mr Maguire.«

»Sean. Sagen Sie ruhig Sean zu mir.«

Sie öffnete die Spülmaschine und zog den Geschirrkorb heraus. »Warum sollte ich?«

»Weil ich mir ziemlich sicher bin, dass ich Sie nicht Miss Robinson nennen werde, *Lily.*«

Ruckartig drehte sie sich auf dem Absatz um und begann, die Spülmaschine einzuräumen. Er überprüfte die Nachrichten auf seinem Handy und fand keine neuen Einträge. Lily reihte die Teller in der Maschine auf und trennte das Besteck je nach Kategorie in den dafür vorgesehenen Korb – Gabeln, Löffel jeweils in ein getrenntes Fach. Ein Spatel brachte sie durcheinander, bis sie ihn vorsichtig ins obere Fach legte. Dann stellte sie die Gläser nach Größe sortiert hinein. Zuletzt nahm sie den Karton Spülmittel und las offenbar die Anleitung.

»Brauchen Sie dabei Hilfe?«, fragte er und legte sein Handy beiseite.

»Nein, ich habe diese Marke nur noch nie benutzt. ›Superkonzentrat‹ steht drauf, daher glaube ich, dass ich vielleicht weniger brauche. Ah, hier. Fünfzig Gramm für das Normalprogramm.«

Sie zog eine Schublade auf und kramte darin. »Fünfzig Gramm. Ich glaube, das entspricht zwei gestrichenen Esslöffeln …«

Sean konnte nicht mehr an sich halten. Er riss ihr die Schachtel Geschirrspülmittel aus der Hand, streute etwas in das Fach, bis es überlief, und ließ den Deckel einschnappen. Schließlich machte er die Spülmaschine zu und drehte den Knopf, bis er Wasser einlaufen hörte.

Als er sich aufrichtete, starrte sie ihn an, als hätte er eine Grenze überschritten.

Zum Teufel, vielleicht stimmte es ja.

Er entdeckte einen verirrten Kaffeebecher auf der Theke. Am Rand war ein Halbmond aus Lippenstift zu sehen. Ohne den Blick von ihr abzuwenden, öffnete er die Spülmaschine und steckte ihn wahllos hinein, schloss die Maschine wieder, wobei er die Tür mit der Hüfte andrückte.

»So«, konstatierte er. »Das hätten wir.«

»Danke«, sagte sie matt.

»Ich werde mal den Müll raustragen«, schlug er vor und zeigte auf den überlaufenden Behälter.

»Ich glaube, die Mülltonnen sind in der Garage. Sehen Sie zu, dass der Deckel fest verschlossen ist, um die Waschbären fernzuhalten.«

»Ja, gnädige Frau«, erwiderte er mit übertriebener Höflichkeit. Er nahm den Küchenabfall und machte sich auf den Weg zur Hintertür. Als er sich umdrehte, um sie zu schließen, sah er, wie Lily Robinson die Spülmaschine öffnete und den Kaffeebecher vorsichtig an seinen ordentlichen Platz rückte.

10

Freitag, 21.25 Uhr

In gewisser Weise, dachte Lily, war Sean Maguire ein Segen. Er war so unglaublich widerwärtig, dass er sie von ihren Sorgen ablenkte, die in Verzweiflung auszuarten drohten. Daher war er wohl wenigstens zu etwas nütze.

Als er wieder hereinkam, nachdem er den Müll weggebracht hatte, nahm sie ihn nicht zur Kenntnis. Sie war damit beschäftigt, die Arbeitsplatten abzuräumen, um sie gründlich abzuwischen.

Dabei war es ohnehin kein geselliger Anlass, dachte sie und ging in Abwehrhaltung, was ihr unerklärlich war. Sie hätten nicht das Geringste miteinander zu tun, wenn diese bizarre Situation nicht wäre, in der sie sich befanden.

»Ich werde nach Cameron sehen«, sagte er.

»Wahrscheinlich keine schlechte Idee.« Sie stellte die Flasche Windex ab. »Wie beunruhigt ist er?«

»Ziemlich. Es sieht Derek überhaupt nicht ähnlich, einfach ohne Erklärung zu verschwinden.«

»Auch Crystal würde das nie machen.«

»Ach ja?« Er hob eine Augenbraue. »Vor zwei Wochen hat sie die Kinder über Nacht bei Derek gelassen.«

»Das ist etwas anderes. Sie hat einen Flug verpasst und war die ganze Zeit ständig in telefonischer Verbindung. Hören Sie, Crystal ist meine beste Freundin. Ich kenne sie, seit ich so alt war wie Charlie. Sie ist eine gute Mutter, und ich bin mir sicher, dass es eine Erklärung für alles gibt.«

Er nahm sie genau in Augenschein, mit einem Blick aus seinen blauen Augen, der beinahe unverschämt in sie eindrang.

»Sind wir uns schon einmal begegnet?«

Sie fuhr fort, die Arbeitsflächen zu putzen. »Warum fragen Sie?«

»Sie kommen mir bekannt vor.«

Sie war mit der Theke fertig und machte mit der Herdplatte weiter. Dort fand sie jede Menge verspritztes Fett, dem sie sich widmen konnte.

Crystal war noch nie die beste Hausfrau aller Zeiten gewesen. Als sie Derek heiratete, hatte es keine Rolle gespielt, weil sie eine Vollzeitkraft eingestellt hatten. Jetzt musste Crystal sich allein darum kümmern.

»Wir waren beide bei ihrer Hochzeit«, teilte sie Sean mit.

»Oh.« Er war verdutzt.

»Vor sechzehn Jahren«, rief sie ihm ins Gedächtnis. »Ich war noch ein Kind«, fügte sie hinzu. »Sie werden sich nicht an mich erinnern.«

Er schnippte mit den Fingern. »Zufällig doch. Ich habe mich über Ihre Brille und Ihre Zahnspangen lustig gemacht. ›Seit wann haben Eisenbahnschienen vier Augen?‹ Wissen Sie noch? Ich fand mich total lustig.«

Wütend schrubbte sie um einen Knopf herum. »Sie waren ein echter Charmeur.«

»Ich war ein Blödmann«, sagte er leichthin. »Sie hätten mich zum Teufel schicken sollen.«

»Ich glaube, genau das habe ich getan.« Aufgebracht machte sie sich an die Schranktüren und bespritzte die gesamte Reihe über der Arbeitsfläche. Als sie das Ende erreicht hatte, stand ihr Maguire im Weg. Er lehnte sich an die Theke und rührte sich nicht vom Fleck, also besprühte sie ihn auch.

»Huch«, sagte sie. »Entschuldigung.«

Er packte ihr Handgelenk und nahm ihr sanft die Windex-Flasche ab.

»Hören Sie, Lily«, sagte er. »Wir sollten beide mit Cameron sprechen.«

Seine Berührung ließ Lily kurz nach Luft schnappen. Sie entzog sich seinem Griff und bettete das Gelenk in die andere Hand.

»Schon gut«, sagte sie und zog den Kopf ein. Bestürzt registrierte sie, dass heiße Röte in ihre Wangen zog. Wie blöd war das denn? Er hatte sie kaum berührt, und sie verhielt sich wie ein Volltrottel.

Sie zwang sich, die Fassung zu wahren. Tatsache war aber, dass gut aussehende Männer sie einschüchterten.

Sie war immer überzeugt, dass sie sich über sie lustig machten. Lächerlich, diese Empfindungen in ihrem Alter, aber sie kam anscheinend nicht dagegen an.

Kein Wunder, dass sie Drittklässlern den Vorzug gab.

Das Telefon klingelte. Sean riss den Hörer an sich, sprach kurz mit dem Anrufer und legte wieder auf. »Man hat Crystals Wagen gefunden. Mit leerer Batterie auf dem Schulparkplatz. Was sagt Ihnen das?«

»Es heißt, dass sie wahrscheinlich zusammen unterwegs sind.«

»Wenigstens haben wir Cameron etwas zu berichten.«

Cameron saß am Tisch, ein aufgeschlagenes Biologiebuch vor sich, doch er starrte eher auf die Uhr, statt zu lernen.

»Hey, Sportsmann.« Sean trat an den Schreibtisch und lehnte sich an die Kante.

Lily musste zugeben, dass er in Camerons Gegenwart entspannt und natürlich auftrat. Er achtete ebenso darauf wie sie, keine Hektik zu zeigen.

»Hast du mal eine Minute Zeit?«, fragte Sean seinen Neffen.

»Wer war am Telefon? Was ist los?«

»Tja, zum einen hat die Batterie im Wagen deiner Mutter den Dienst aufgegeben, und sie hat ihn auf dem Parkplatz von Charlies Schule stehen lassen. Daher gehen wir jetzt davon aus, dass dein Vater sie mitgenommen hat.«

»Wohin? Nach Chicago? Sie sind seit Stunden weg.«

»Wir wissen noch nicht, wo sie sind, aber wir werden es herausfinden. Die Polizei kommt gleich vorbei und holt sich weitere Informationen von uns.«

»Wann? Wann kommt die Polizei?«

»Sie haben gesagt, sie schicken sofort jemanden vorbei«, sagte Lily.

»Was heißt das, sofort?«

Sean sah Lily an. »Ich schwöre, ihr beiden … bald, okay? Und ich bin sicher, sie werden mit dir sprechen wollen.«

»Ich kann denen gar nichts sagen«, entgegnete Cameron und klappte verärgert das Schulbuch zu. »Ich weiß nur, meine Mutter, die Versagerin, ist nicht …«

»Cameron«, unterbrach Lily ihn. »Pass auf, was du über deine Mutter sagst.« Sie biss sich auf die Lippe, um den Gedanken nicht weiter auszuführen. Sie dachte, wie schuldig er sich fühlen würde, wenn er feststellte, dass etwas Schreckliches passiert war.

»Ich kann sagen, was ich will«, erwiderte er.

»Raunz sie nicht an«, ermahnte Sean ihn.

»Ich hab sie nicht angeraunzt.«

»Doch. Und mich jetzt auch.«

Es klingelte an der Tür, und alle drei erstarrten. Dann gingen sie gleichzeitig zur Treppe und hasteten zur Tür.

11

Freitag, 22.00 Uhr

Das ist echt ätzend, dachte Cameron und betrachtete den Polizisten und die Polizistin, die am Küchentisch saßen. Zwei Eltern, die vermisst wurden, das war echt noch schlimmer, als beide vor sich zu haben.

Der Polizist, jung und irgendwie trottelig, machte sich Notizen auf einem Blackberry. Die Frau war älter, hatte ein ruhiges Auftreten und die Sachlichkeit einer Mathelehrerin.

Onkel Sean war nervös, gab ihnen aber offene Antworten auf ihre Fragen. Leider stand er auf dem Schlauch. Er kannte Camerons Vater länger als alle anderen, hatte aber nicht die leiseste Ahnung, wohin er gefahren sein könnte. Lily versuchte, tapfer zu sein, doch Cameron sah ihr an, dass sie fast ausflippte. Ihre Augen hinter der Brille mit den dicken Gläsern schienen zu hell, als hätte sie Fieber. An einer Hand hatte sie sich die Fingernägel abgekaut und hätte wahrscheinlich mit der nächsten angefangen, wenn niemand hingeschaut hätte.

Was Cameron betraf, er war ziemlich gefasst bei der ganzen Situation. Wahrscheinlich war es nichts, nur eine blöde Verwechslung. Seine Eltern hätten nicht zum ersten Mal ein idiotisches Durcheinander veranstaltet und alle umsonst ausrasten lassen. Das machten sie schon seit Jahren. Nur weil sie geschieden waren, hörten sie noch lange nicht damit auf.

»Sie haben die Schule also um Viertel vor vier verlassen«, sagte Officer Vessey, der Typ mit dem Blackberry.

Lily nickte, ihr brauner Pferdeschwanz hüpfte wie der einer Cheerleaderin. »Ja, ich ging ins Lehrerzimmer, um mit meiner Rektorin zu sprechen, und schaute auf die Uhr, die über der Kaffeemaschine steht. Es war fünfzehn Uhr fünfundvierzig.«

»Leiden Mr Holloway oder seine Ex-Frau unter gesundheitlichen Problemen?«

Alle waren verblüfft. Officer Franklin sagte: »Manchmal ist das der Grund für ein Verschwinden.«

»Sie sind beide fit«, sagte Cameron, und es klang kampflustig. Pech aber auch, dachte er.

Sean bemerkte: »Diese Information haben Sie bereits.«

»Miss Robinson, haben Sie die beiden zusammen wegfahren sehen?«, fragte Officer Franklin, die Polizistin, souverän.

Lily trank einen Schluck Kräutertee. Mom hatte immer eine Dose ausgesuchten komischen Tee für sie bereit, dachte Cameron. Lily war ein Gesundheitsapostel, und Kamillentee war wahrscheinlich das Stärkste, was sie je in ihren Körper gekippt hatte. Kein Wunder, dass sie sich die Fingernägel abkaute.

»Sie haben mein Klassenzimmer zusammen verlassen«, sagte Lily. »Sie sind gleichzeitig aus dem Gebäude gegangen. Ich habe aber nicht gesehen, wie sie zusammen in Dereks Wagen gestiegen sind.«

»Hätte es Sie überrascht, sie zusammen wegfahren zu sehen?«

Lily mochte die Fragen nicht. Cameron sah es daran, wie sie auf ihrem Stuhl hin und her rutschte.

»Vermutlich. Aber vielleicht auch nicht. Beide zeigen sehr löbliches Interesse an ihren Kindern. Jetzt, da wir wissen, dass die Batterie in Crystals Wagen leer ist, wissen wir, warum sie im SUV weggefahren sind. Das ergibt doch einen Sinn.«

»Und wie war ihre Gemütsverfassung? Können Sie uns die beschreiben?«

Lily warf Cameron einen kurzen Blick zu. Er setzte eine gelangweilte Miene auf, als ginge ihn das alles nichts an.

»Nun ja, wie schon gesagt, es war kein fröhliches Gespräch. Ihre Tochter Charlene hat Schwierigkeiten in der Schule.«

Als wäre das eine Überraschung, dachte Cameron.

»Waren sie streitsüchtig bei dem Gespräch?«

Lily hob die Hand, um an einem Fingernagel zu kauen, schien sich dann aber eines Besseren zu besinnen und steckte sie unter ein Bein. »›Streitsüchtig‹ würde ich nicht sagen. Angespannt vielleicht. Hören Sie, wenn Sie versuchen herauszufinden, ob sie in der Lage waren, sich gegenseitig etwas anzutun – körperlich –, dann lautet die Antwort nein. Definitiv.«

»Dessen sind Sie sicher?«

Gruselig wie die Hölle, dachte Cameron, wie diese Bullen seinen Eltern das Schlimmste unterstellten. Wie mies musste es sein, wenn man Bulle war. Man musste sich mit Leuten in den schlimmsten Augenblicken ihres Lebens abgeben, und ihre gute Seite bekam man nie zu sehen.

»So sicher, wie ich mir sein kann«, sagte Lily. »Ich habe Ihnen gesagt, dass ich Crystal kenne, seit sie dreizehn und ich acht war. Wir stehen uns so nah wie Schwestern, vielleicht noch näher. Ich bin die Patentante ihrer Kinder, und sie ist ein sanfter, liebevoller, vernünftiger Mensch.«

Cameron spürte die Skepsis seines Onkels. Er verdrehte nicht gerade die Augen, rutschte aber auf seinem Stuhl hin und her und stieß einen unruhigen Seufzer aus. Cameron gab sich die größte Mühe, absolut nichts zu spüren, nur das coole Gefühl »Warten wir's ab«. Allerdings wurde das von Minute zu Minute schwerer. Allmählich wünschte er sich, vorhin nicht so viel Pizza gegessen zu haben. So, wie sich sein Magen anfühlte, drohte sie ihm hochzukommen.

Die Polizei konzentrierte sich weiterhin auf Lily, als könnte sie ihnen womöglich etwas vorenthalten. »Miss Robinson, wie lange kennen Sie Derek Holloway?«

»Seitdem die beiden sich vor siebzehn Jahren verlobten. Ich kann nicht sagen, dass ich ihm je nahe stand, und seit der Scheidung habe ich ihn nur in meiner Rolle als Charlies Lehrerin gesehen.«

»Was hielten Sie von ihm?«

Na los, sag schon, dachte Cameron. Du hast ihn gehasst wie die Pest.

»Er liebt seine Kinder über alles«, sagte Lily. »Ich glaube nicht, dass er Crystal je etwas antun würde.«

»Und Sie haben keine Ahnung, wo sie gerade sein könnten.«

»Nein«, sagte Lily. »Es sieht Crystal überhaupt nicht ähnlich, dass sie es versäumt, zu ihren Kindern nach Hause zu kommen.« Lilys Stimme hatte etwas Einschneidendes, das sich scharf in Cameron bohrte.

Er ging auf Abwehr und fühlte sich veranlasst, etwas zu sagen. »Es wäre aber nicht das erste Mal«, sagte er.

Alle drehten sich zu ihm um. Man hörte das Rauschen der Spülmaschine in der Stille. Cameron spürte, wie seine Ohren rot wurden. »Letzten Monat hat sie uns versetzt, als ihr Flug aus Denver Verspätung hatte.«

»Sie hat angerufen und Bescheid gesagt«, stellte Lily in ihrem altklugen Lehrerton fest.

»Ja, aber erst, nachdem sie sich etwa vier Stunden verspätet hatte, und Dad hatte die Stadt auch schon für ein Turnier verlassen.« Cameron strotzte vor Groll. »Ich musste den Mädchen das Abendessen richten und sie ins Bett bringen.« Er konnte nicht anders. Er warf einen Blick auf die Uhr über dem Herd. Viel mehr als vier Stunden waren vergangen. Er fragte sich, ob er noch mehr sagen sollte. Als derjenige, der die Ehe seiner Eltern aus der ersten Reihe mit angesehen hatte, wusste er Dinge, die sonst niemand wissen konnte.

»Das ist etwas ganz anderes.« Onkel Sean meldete sich zu Wort und klang ruhiger und vernünftiger als alle anderen. »Jemand wusste, wo sie waren.«

Dann war er an der Reihe, befragt zu werden. »Mr Maguire, können Sie Ihre Beziehung zu Ihrem Bruder schildern?«

Cameron biss frustriert die Zähne zusammen. Hier saßen sie nun und ließen die Geschichte seiner bescheuerten Familie Revue passieren, obwohl sie draußen nach seinen Eltern suchen sollten. Aber wo? Wo?

In Seans Kiefer begann es zu zucken, und Cameron spürte auch seine Ungeduld. Sean holte tief Luft. »Wir sind Stiefbrüder. Wir haben dieselbe Mutter. Sein Vater starb in den

Sechzigerjahren, und unsere Mutter heiratete meinen Vater. Wir sind beide hier in Comfort aufgewachsen. Beide spielten wir Golf, beide wurden wir Profis. Ich habe mich der Asian-Tour angeschlossen, und Derek behielt seine PGA-Karte. Ich bin wieder hierher gezogen und arbeite im Clubhaus.«

Cameron wusste, dass an dieser Geschichte noch viel mehr dran war. Viel, viel mehr. Wie zum Beispiel die Tatsache, dass Seans Vater nie mit seiner Mutter verheiratet gewesen war und pleite war, als er starb. Und die Tatsache, dass Oma nur sechs Monate später Patrick Maguire geheiratet hatte. Und Onkel Sean kam nur wenige Monate danach zur Welt. Aber das alles war ein alter Zopf. Wahrscheinlich würde es ihnen nicht helfen herauszufinden, wohin seine Eltern verschwunden waren.

Etwas, das kein ganz so alter Zopf war, brannte in ihm wie ein blutendes Geschwür. Er sollte nie etwas über Ashley erfahren, aber er hatte es herausbekommen, und jetzt empfand er das Gewicht als erdrückend. Ihm stand es nicht zu, es zu erzählen, schon gar nicht, wenn der Raum voll Fremder war.

»Wann haben Sie Ihren Bruder zum letzten Mal gesehen?«, wollte der Polizist von Sean wissen.

»Gestern Abend. Er kam auf einen Drink ins Clubhaus, und wir haben uns unterhalten.«

»Hatten Sie das Gefühl, dass es ein Problem gab?«, fragte die Polizistin. »Irgendein Thema zwischen Ihrem Bruder und seiner geschiedenen Frau?«

Nur dass sie sich hassten, dachte Cameron bitter. Nur dass sie Geheimnisse voreinander hatten.

»Überhaupt nicht«, sagte Sean. »Crystal ist die Mutter dieser Kinder, und er ist immer gut zu ihr gewesen.«

Cameron lag es auf der Zunge, diese Aussage anzuzweifeln, aber er sagte nichts. Er konnte nicht. Er konnte sich einfach nicht vorstellen, mit Fremden über Zeug zu sprechen, woran er selber nicht einmal denken wollte. Im Übrigen konnte er sich irren.

Jetzt war es an Lily, skeptisch zu werden. Auch sie verdrehte nicht gerade die Augen, aber sie schürzte die Lippen, als dächte sie nach. »Hm-hm. Ich bin mir ziemlich sicher.«

Plötzlich klingelte schrill das Telefon in der Küche. Camerons Herz tat einen Satz. Alle am Tisch sprangen auf den Hörer zu. Cameron schnappte ihn sich zuerst. Schließlich wohnte er hier.

»Hallo.«

»Cameron, hier ist Jane.«

Na toll, dachte er. Er schaute in die vier erwartungsvollen Gesichter am Tisch. »Jane«, sagte er.

»Dereks Freundin«, erklärte Onkel Sean den Beamten.

»Weißt du, wo mein Dad ist?«, fragte Cameron sie.

»Eigentlich«, sagte sie, »habe ich angerufen, um dich dasselbe zu fragen.«

Camerons Hoffnungen zerplatzten wie ein angestochener Ballon. »Ich glaube, du solltest mal rüberkommen«, sagte er ihr mit dumpfer Stimme. »Er und meine Mom sind nicht nach Hause gekommen, und die Polizei ist hier und stellt Fragen.«

Ein kurzes, brüchiges Schweigen trat ein, dann stieß sie einen schrecklichen Laut aus, als säße ihr etwas im Hals.

»Jane?«, fragte Cameron.

»Ich – äh, ich komme sofort.«

»Freundin?«, fragte die Beamtin.

»Sie stehen sich sehr nahe«, erklärte Sean. Er warf einen Blick auf Cameron.

»Du kannst ruhig in meiner Gegenwart darüber sprechen. Ist ja nicht so, als hätte ich es nicht gewusst«, sagte Cameron und versuchte, nach dem Anruf sein inneres Gleichgewicht wiederzuerlangen. Gelangweilte Ungeduld war nackter Angst allemal vorzuziehen. »Sie wollte zu ihm ziehen.«

»Weiß deine Mutter davon?«, fragte Lily spitz.

Cameron zuckte mit den Schultern. »Ich habe es ihr nicht gesagt. Ich bin davon ausgegangen, dass Dad das machen würde.«

Kurz darauf stürmte Jane herein, ohne anzuklopfen. Sie hatte sehr kurze, blonde Haare und scharfe Gesichtszüge, und im Augenblick roch sie leicht nach Zigarettenrauch. In Gegenwart von Cameron und den Mädchen rauchte sie nie.

Cameron wusste, dass auch seine Mutter hin und wieder rauchte. Im vergangenen Herbst, als sie die Scheidung zu Ende gebracht hatten, hatte er sie eines späten Abends auf der Hintertreppe angetroffen, wo sie eine Marlboro rauchte, andauernd ein Feuerzeug anmachte und die Flamme beobachtete.

Sie hatte sich mit dem traurigsten Lächeln zu ihm umgedreht, das er je gesehen hatte. »Rauche nie, Kleiner«, hatte sie mit müder, verhuschter Stimme zu ihm gesagt. »Das zeigt den Leuten nur, wann du unglücklich bist.«

»Verstanden, Mom. Verrate nie, wenn du unglücklich bist. Halte dich zurück.«

Sein ätzender Sarkasmus hatte ins Schwarze getroffen, daran konnte er sich noch erinnern. Obwohl es dunkel draußen war, konnte er sehen, wie sie zusammenfuhr, als hätte sie Schmerzen.

»Ich habe kurz vor drei mit ihm gesprochen«, sagte Jane gerade. »Er war sehr deutlich. Er würde Ashley gegen halb fünf heute Nachmittag abholen und sie zu ihrer Mutter bringen. Ich muss heute Abend eine Klasse unterrichten, deshalb habe ich die Kleine selbst hergebracht.«

Sie wie einen Mehlsack fallen lassen, fügte Cameron im Stillen hinzu. Eigentlich hatte er nichts gegen Jane, doch im Augenblick suchte er jemanden, auf den er sauer sein konnte.

Sie setzten Jane kurz darüber in Kenntnis, was sie bisher erfahren hatten. Die beiden hätten Charlies Schule gemeinsam verlassen, vermutlich, weil Crystals Wagen nicht ansprang. Keiner von beiden gehe ans Handy. Es habe trotz des unfreundlichen Wetters keine Berichte über Unfälle gegeben. Die Polizeibeamten erklärten, es gebe Handys mit einer GPS-Ausrüstung, die man daher ausfindig machen könne, doch offensichtlich hatten die Handys seiner Eltern diese Funktion nicht.

Ohne ihm eine Chance zu geben, über seine Antworten nachzudenken, begann die Polizistin unvermutet, Cameron auszufragen.

»Hast du heute Morgen vor der Schule mit deinem Vater gesprochen?«

»Ja.« Mit ihm gestritten, wäre richtiger gewesen, doch das ging niemanden etwas an.

»Habt ihr über etwas Bestimmtes gesprochen?«

»Eigentlich nicht. Wir wechseln jeden Freitag die Häuser. Das sieht der Elternplan so vor. Ich sagte, ich würde nach der Schule zum Golfplatz gehen und ihn in einer Woche wieder sehen.« Tatsächlich hatte er gesagt, ich hasse dich, du Mistkerl. Ich hoffe, ich sehe dich nie wieder.

Sein Vater hatte entsprechend reagiert. Hass mich ruhig, du kleiner Scheißer. Sieh nur zu, dass du an diesem Wochenende beim Turnier keinen Murks machst.

Du bist ja nicht mal da, um mit anzusehen, wie ich Mist baue, hatte Cameron abschließend bemerkt.

»Danach«, sagte er, »habe ich meine Sachen geholt und bin mit dem Bus zur Schule gefahren.«

»Hast du deine Mutter heute gesehen?«

»Nein. Sie sollte mich am Golfplatz abholen und ist nicht aufgetaucht.« Er trat ans Fenster und starrte auf die Scheibe, in der er nur sein gespenstisches Spiegelbild sah. Er wurde verrückt bei der Vorstellung, was in den Köpfen der Beamten hinsichtlich seiner Eltern vorging. Wahrscheinlich dachten sie an Menschen, die sich in einem schäbigen Hotel herumtrieben und sich anschrien. »Hören Sie, können Sie sich nicht einfach auf die Suche nach den beiden machen? Hier werden Sie nicht mehr in Erfahrung bringen.«

»Zu diesem Zeitpunkt können wir noch keine Suchmeldung aufgeben«, antwortete Officer Franklin. »Wenn es um zwei gesunde Erwachsene geht, tauchen sie am Ende meistens wieder auf. Es ist bereits an den Stadtsender gegeben worden, über den die Fahrdienstleiter untereinander in Kontakt stehen, aber bevor keine akute Notlage vorliegt, können wir es nicht senden.«

Das war ihre Art zu sagen, dass sie die Arschkarte gezogen hatten. Niemand wurde hier beschützt, niemandem war gedient, dachte Cameron. Er fragte sich, ob er darauf hinweisen sollte.

»Vorläufig«, fuhr die Polizistin fort, »können Sie die Polizeistreife oder die Krankenhäuser der Umgebung anrufen. Ich kann Ihre Unruhe nachvollziehen, aber ich bin sicher, sie werden mit einer Erklärung wiederauftauchen.«

Onkel Sean erhob sich, die Lippen in unausgesprochener Wut fest aufeinandergepresst. »Ich muss tanken, bevor die Tankstelle schließt. Dann werde ich mich auf die Suche machen.«

Cameron stand auch auf. »Ich komme mit.«

»Wir brauchen dich hier«, bestimmte die Polizistin.

Obwohl sie es wie einen Befehl bellte, spürte Cameron das Mitgefühl in ihren Worten. Es wäre ein Fehler, wenn er fortginge, um nach seinen vermissten Eltern zu suchen.

Womöglich würde ihm nicht gefallen, was er fände.

12

Samstag, 00.45 Uhr

Was ist denn nun eigentlich ein APB?«, wollte Jane Coombs von Lily wissen. Sie redete, ohne vom Display ihres Handys aufzuschauen. Sie hatte darauf gestarrt, als wollte sie Derek kraft ihres Willens zwingen, anzurufen.

»Es steht für all points bulletin«, sagte Lily. »Das bedeutet, jedes Strafverfolgungsorgan in einem vorgegebenen Radius erhält einen Funkspruch mit dem Alarmruf.«

»Und das werden sie für uns nicht machen«, sagte Jane mit zittriger Stimme.

»Erst, wenn sie vierundzwanzig Stunden vermisst sind. Das scheint die Zauberzahl zu sein.« Auch sie hätte gern gezittert. Der eisige Klumpen der Sorge in ihrem Magen störte sie.

Bis auf das Geräusch der Dusche, die im oberen Stockwerk für Cameron lief, war das Haus unheimlich, unangenehm still. Kurz nach Janes Eintreffen war die Polizei gegangen. Sie hatten versprochen, wenn Crystal und Derek bis morgen um vier nicht zurückgekommen seien, würden sie das mysteriöse Geschäft einer Vermisstensuche in die Wege leiten. Bis dahin konnte man nur warten und sich Sorgen machen.

Sean war wie ein Löwe im Käfig durch das Haus gestrichen. Schließlich hatte er den Inhalt der Kaffeekanne in eine Thermosflasche gekippt und sich allein auf die Suche begeben.

»Ich kann besser denken, wenn ich durch die Gegend fahre«, hatte er gesagt. Dann hatte er ihr seine Handynummer hinterlassen und war weggefahren.

Er hatte Lily nicht gefragt, ob sie bereit wäre zu bleiben und nach den Kindern zu schauen. Natürlich war sie bereit, aber es wäre anständig gewesen, wenn er es mit ihr abgesprochen hätte. Heute Abend jedoch verstand sie seine Geistesabwesenheit vollkommen. Auch sie war nicht sie selbst. Eigenartige und womöglich schreckliche Dinge gingen vor. Von niemanden konnte man erwarten, dass er sich normal verhielt.

Cameron, der seine Angst nur schlecht hinter einer mürrischen Miene versteckte, hatte angekündigt, er werde unter die Dusche gehen. Das Wasser lief seit fünfundzwanzig Minuten.

Und Lily war auf einmal allein mit Derek Holloways Freundin. Unangenehm. Sie versuchte, ihren Groll bei sich zu behalten. Jane sah kaum wie die menschliche Abrissbirne aus, die Crystal ihr beschrieben hatte. Wollte man Crystal glauben, hätte Lily einen Knoblauchzopf um den Hals tragen sollen, sobald Jane auch nur in der Nähe war.

Sie glich nicht einer typischen »anderen«, wenn es überhaupt so etwas gab. Auf jeden Fall war sie kein Golfflittchen, nur Beine und kein Hirn. Tatsächlich hatte diese Frau einen Doktortitel. Sie war jung und schien eigenartig zerbrechlich; Dereks Verschwinden hatte sie fertiggemacht. Aber deshalb musste Lily sie noch lange nicht leiden können.

»Ich mache noch Tee«, sagte Lily. »Möchten Sie auch welchen?«

»Ich bin Kaffeetrinkerin«, erwiderte Jane. »Ich hätte gern einen Kaffee.«

Lily brauchte eine Weile, bis ihr klar wurde, dass die Abrissbirne sie erwartungsvoll ansah. Sie drehte sich um und spürte, wie sich die Kante der Theke in ihr Kreuz drückte. »Nur damit Sie es wissen«, sagte sie leise, »ich bin mit den Nerven am Ende.«

Jane riss die Augen auf. »Ich bin hier diejenige, die leidet. Mein Verlobter wird vermisst, mit seiner Ex.«

Das Wort Verlobter bohrte sich in Lily. Sie schaute kurz zur Küchentür und hoffte, dass Cameron nichts mitbekommen hatte. Zu ihrer Beruhigung lief die Dusche noch immer.«

»Crystal wusste nicht, dass Derek Sie heiraten wollte.« Lily war übel. »Wann wollte er es ihr sagen?«

»Zufällig heute. Derek und ich werden es nächsten Freitag gemeinsam den Kindern sagen. Wir haben ein nettes Abendessen im Clubhaus geplant.«

Lily hatte das Bedürfnis, den Teetopf auf den Brenner zu donnern. Sie stellte ihn mit übertriebener Vorsicht darauf und drehte das Gas weit auf. Sie starrte in die Flammen und sah das durchscheinende Blau von Sean Maguires Augen. Dann schalt sie sich. Was sollte das, hier stehen und an Sean Maguire denken? Crystal stand vor dem Schock ihres Lebens. Ihr Ex-Mann und Vater ihrer Kinder, einst die große Leidenschaft ihres Lebens, hatte sich eine andere genommen.

Ach, Crystal, dachte Lily. Das tut mir so leid, wirklich.

Sie hatte das Bedürfnis, sich zu Jane umzudrehen und ein Sperrfeuer bitterböser Gedanken loszulassen. Erwartete sie denn, dass Crystals beste Freundin ihr gratulierte? Jane wartete. Lily schloss einen Moment die Augen.

Sie heiraten Derek?, wollte sie fragen. Tapfer. Wissen Sie nicht, dass er rumhurt? Er hat Crystal mit Ihnen betrogen, als er noch mit ihr verheiratet war. Und wenn er Sie erst geheiratet hat, mit wem wird er dann rumhuren?

Am besten, dachte sie, wir lassen das Thema fallen. Offensichtlich war Jane derselben Meinung. Sie schaute auf ihrem Handy nach neuen Nachrichten und nahm sich eine Tasse Kräutertee aus der Kanne, die Lily zubereitet hatte.

»Laut Etikett auf der Dose«, sagte Lily, »sollten wir danach beruhigt und entspannt sein.«

»Ach ja?« Jane trank einen Schluck und verzog das Gesicht. »Es funktioniert nicht. Ob es hier wohl Cola light gibt?«

»Das bezweifle ich. Crystal trinkt Tab.«

»Ich wusste gar nicht, dass Tab noch hergestellt wird.« Jane machte den Kühlschrank auf und fand eine hellrosa Dose, die sie öffnete. »Das macht mich wahnsinnig«, sagte sie. »Ich hätte mit Sean fahren und suchen sollen.«

»Glauben Sie wirklich, er sucht, oder fährt er nur rum?«

»Ich bin mir nicht sicher.« Jane trank einen Schluck von ihrem Sodawasser.

Aus irgendeinem Grund empfand Lily es als zutiefst kränkend, sie Crystals Tab trinken zu sehen. Mit ihrem Becher zwischen den Händen setzte sie sich an den Tisch und versuchte sich auf ihren Atem zu konzentrieren. Jahrelang hatte sie Yoga gelernt. Sie sollte es können. Doch alle Lektionen waren ihrem Kopf entronnen.

»Was halten Sie übrigens von Sean?«, fragte Jane. »Ich habe keine Meinung über ihn«, sagte Lily. »Ich kenne ihn nicht.«

»Er sieht umwerfend gut aus«, sagte Jane. »Sogar noch besser als Derek.«

»Dann sind Sie vielleicht mit dem falschen Bruder verlobt.«

»Ich bin so was von gar nicht sein Typ.«

Offenbar war ein Doktortitel kein Garant für die richtige Grammatik, dachte Lily.

»Warum nicht?«, fragte sie, vor allem, um die Unterhaltung nicht allein aufrechterhalten zu müssen.

»Sean ist ein Augenschmaus. Ich wette, es macht Spaß, mit ihm zu schlafen, aber ich glaube nicht, dass mehr an ihm dran ist.«

»Wie schon gesagt, ich kenne ihn nicht.«

»Wen?« Die Haare mit Gel zurückgeschleimt und in seiner Golf-Trainingshose kam Cameron wieder in die Küche.

Lily stellte ihren Becher ab. Sie hatte das überwältigende Bedürfnis, Cameron zu packen und an sich zu drücken, wie sie es immer gemacht hatte, als er noch klein war. Er war praktisch ausgewachsen, dachte sie, als sie seine großen Hände und Füße bemerkte, die frisch rasierte, eckige Kinnpartie und die stechenden blauen Augen. Doch trotz seines erwachsenen Auftretens entdeckte sie noch immer Spuren des Kindes, das er einmal war. Sie sah sein Gesicht noch vor sich, das vor Freude strahlte, wenn er Geburtstag hatte oder wenn Crystal eine kleine, neugeborene Schwester vom Krankenhaus mit nach Hause brachte. Sie erinnerte sich noch an den Geruch des kleinen Jungen, wie frisch umgegrabene Erde, und sie hörte noch seine Chorknabenstimme, wenn er Disney-Melodien mitsang.

Lily hatte Geburtstage mit Cameron gefeiert; sie hatte seine ausgefallenen Zähne bewundert und seine sehr guten Zeugnisse. Sie hatte ihm geholfen, Goldfische und Mäuse zu betrauern und beizusetzen, hatte ihm Tonlehre, Schreiben und schriftliche Teilung beigebracht. Sie hatte an Pfadfinderzeremonien teilgenommen, Fußballspielen und Golfturnieren.

Und jetzt würde Jane Coombs das alles haben. Lily versuchte, keinen Groll zu empfinden, aber es fiel schwer. Sie liebte diesen Jungen inständig und wollte nur Gutes für ihn. War Jane etwas Gutes? Sie konnte es sich nicht vorstellen.

»Deinen Onkel Sean«, beantwortete sie seine Frage. »Ich kenne ihn überhaupt nicht. Wie ist er?«

»Ganz okay.« Cameron ging an den Kühlschrank und nahm eine Literpackung Milch heraus. Bevor Lily oder Jane ihm auch nur vorschlagen konnten, ein Glas zu nehmen, hatte er sie angesetzt und trank beeindruckend, ohne einen Tropfen zu verschütten. Als er die Packung senkte, schaute er sie beide an, das Gesicht starr vor Sorge. »Ich weiß nicht, was ihr versucht. Ihr wollt mich ablenken, damit ich mir keine Gedanken mehr über die schlimmen Sachen mache, die meinen Eltern passiert sein könnten.«

»Sie hatten viel miteinander zu besprechen«, sagte Lily behutsam. »Wahrscheinlich haben sie einfach die Zeit vergessen.«

»Bis ein Uhr morgens?« Er schraubte den Verschluss auf die Milchpackung und stellte sie wieder in den Kühlschrank. »So viel haben sie nicht einmal gesprochen, als sie noch verheiratet waren.«

Jane schnappte sich ihren Regenmantel, ein schickes Designerteil aus Kanada. Crystal zufolge hatte sich Janes Modegeschmack dramatisch verbessert, seit sie angefangen hatte, Dereks Geld auszugeben.

»Wisst ihr was?«, sagte sie. »Sean hat recht. Hier rumsitzen und darauf zu warten, dass das Telefon klingelt, ist Quatsch. Ich gehe nach Hause und höre den Anrufbeantworter ab.«

»Gut«, sagte Lily und versuchte, ihren Eifer, sie loszuwerden, nicht anklingen zu lassen.

»Sie haben meine Festnetz- und meine Handynummer.« Jane zog sich den Mantel an und rückte den Hermès-Schal unter dem Kragen gerade. »Rufen Sie mich sofort an, sobald Sie etwas hören.«

»Selbstverständlich.«

»Ich sage Ihnen auch umgehend Bescheid, wenn er anruft.« Eine eigentümliche Helligkeit waberte in ihren Augen, Tränen glitzerten.

Na schön, vielleicht liebte sie Derek ja, gab Lily zu und schenkte ihr ein flüchtiges Lächeln. »Fahren Sie vorsichtig, die Straßen sind noch nass.«

Jane hängte sich ihre Louis-Vuitton-Tasche über die Schulter und ging zur Haustür hinaus. Lily stand einen Augenblick auf der Veranda. Die Nachtluft war frostig und feucht nach dem Regen am Tag, obwohl der Himmel jetzt klar war. Vor absolut schwarzem Hintergrund zeichneten sich Sterne wie hochgeworfene Glassplitter ab.

Schaudernd ging sie wieder ins Haus und schloss die Tür. Da erst fiel ihr auf, dass Jane sich die ganze Zeit, während sie hier war, nicht ein einziges Mal nach den Mädchen erkundigt hatte. Und beim Weggehen hatte sie sich nicht von Cameron verabschiedet oder ihm ein Wort des Trostes geschenkt.

Und diese Frau sollte ihre neue Stiefmutter werden? Der Luftdruck war anders, nachdem sie gegangen war. Lily schauderte erneut und setzte eine gefasste Miene auf, bevor sie sich an Cameron wandte. »Wie geht's dir?«

»Wie sollte es mir schon gehen?« Seine Stimme klang verärgert.

»Glaubst du, darauf habe ich eine Antwort?« Dann riss sie sich zusammen. »Hör zu, tut mir leid. Das Letzte, was wir brauchen, ist, uns gegenseitig das Leben schwer zu machen.«

»Niemand sagt mehr ›das Leben schwer machen‹.«

»Doch, ich. Denk dran, ich unterrichte Drittklässler. Ich mache den ganzen Tag Leuten das Leben schwer.«

Er lächelte beinahe. Dann warf er sich auf das Sofa im Wohnzimmer und streckte lässig alle viere von sich. »Ätzend, das Ganze«, sagte er.

Sie setzte sich neben ihn. »Ja«, sagte sie, »es ist ätzend.«

»Voll ätzend«, fügte er hinzu.

»Ja, voll … wie auch immer.« Sie schlug ihm mit einem Kissen auf den Kopf.

Er gluckste kurz und verzweifelt. »Du würdest nie eine Golfspielerin. Du bist zu unbeholfen mit der Sprache.«

Er nahm die Fernbedienung und schaltete Conan O'Brien ein. »Ich werde sie umbringen, wenn sie nach Hause kommen.«

»Guter Plan«, sagte Lily.

13

Samstag, 4.45 Uhr

Sean dachte sich verschiedene Arten des Brudermords aus, während er über die verlassenen, unbeleuchteten Straßen im westlichen Oregon fuhr. Und des Mordes an Ex-Verwandten, ob es einen Namen dafür gab oder nicht. Was dachten sie sich nur dabei, ihre Kinder so im Stich zu lassen?

Sie dachten nicht an die Kinder, das stand fest. Sie dachten an sich. Das war Dereks Spezialität.

Und für gewöhnlich funktionierte es für ihn. Auf der Suche nach Nummer eins hatte er sich immer oben gehalten. Er war nie ein beliebter Spieler gewesen. Er war kein John Daly, kein Craig Stadler. Aber er wurde auf jeden Fall respektiert und bewundert. Respektiert für seine Fähigkeit, sich auf den Sieg zu konzentrieren und weiterzukommen, und bewundert für sein schieres athletisches Können.

Sean war einer der wenigen, die wussten, woher das Talent kam. Es rührte daher, dass er tausend Bälle in einer einzigen Trainingsrunde schlug. Oder zu putten, bis die Nieren vom Bücken schmerzten. Oder Chip Shots und Pitches zu üben, bis der Schläger abgenutzt war. Wie die meisten Spieler verließ er sich lieber nicht auf Glück und Talent.

Dabei konnte man damit weit kommen, dachte Sean im Hinblick auf seine eigene wechselvolle Karriere. Er hatte sowohl Glück als auch Talent zur Genüge geschröpft, hatte sich aber letzten Endes von der mit dem Spiel verbundenen harten Arbeit abgekehrt. Jetzt zahlte er natürlich den Preis dafür. Wenigstens war er nicht in einer verkorksten Scheidung über den Tisch gezogen worden.

Sean nahm den Fuß vom Gas, als er in eine Kurve fuhr. Die Scheinwerfer bohrten sich durch Nebelschwaden, die über den niedrigen Stellen in der Landschaft hingen. Der Anruf von Red wegen des bevorstehenden Turniers schien der Wirklichkeit entrückt. Wenn er tatsächlich stattgefunden hätte, wäre Sean in diesem Augenblick zu Hause und würde schlafen. Er würde früh aufstehen und trainieren und an nichts anderes als sein Spiel denken. Jetzt war die Gelegenheit seinen Gedanken so fern wie ein Traum, an den man sich nicht erinnerte.

Er nahm die Thermoskanne und führte sie an die Lippen. Nur noch ein Schluck Kaffee war übrig, und der war kalt. Die Uhr im Armaturenbrett zeigte 4.58 Uhr an. Er blinzelte, und die rechteckigen, blaugrünen Nummern verschwammen, wurden dann wieder deutlich und sprangen auf 4.59 Uhr um.

Eine große Gestalt blitzte im Licht der Scheinwerfer auf, nur wenige Zentimeter von der Stoßstange entfernt.

Sean riss das Steuer herum, und der Wagen berührte beinahe die Leitplanke. Die Reifen rutschten auf dem nassen Straßenbelag quietschend seitwärts, während er das Lenkrad mit beiden Händen steuerte. Er drehte sich um einhundertachtzig Grad und blieb nicht stehen. Wie ein Autoscooter auf der Kirmes wirbelte der Wagen herum, schwankte erneut auf die Leitplanke zu und schleuderte so nah heran, dass Sean die ausgerissenen Pfosten sah. Unterhalb der Straßenkante fiel die Klippe schroff ins Meer ab.

Er wappnete sich gegen das Aufklatschen, während seine Füße jetzt pumpend das Bremspedal bearbeiteten. Er hörte Glas splittern und biss die Zähne zusammen in Erwartung eines Knochen zerschmetternden Aufpralls. Sekunden später erkannte er, dass es die Thermoskanne war, die mit der Wucht eines Wirbelsturms auf den Boden flog, wobei das Glas innen beim Auftreffen barst.

Der Wagen kam stöhnend zum Halt und zitterte wie ein erschöpftes Tier.

Ganz langsam drehte er den Kopf, schaute aus dem Seitenfenster und rechnete schon damit, über einer Klippe zu hängen.

Er hing nicht. Die linke Seite des Wagens schmiegte sich an die Leitplanke.

Im Rückspiegel, eingefangen im roten Schein der Bremsleuchten, blieb ein ausgewachsener Hirsch stehen, sprang dann die Böschung neben der Straße hinauf und verschwand.

»Verdammt«, sagte Sean schwer atmend. Er war in Schweiß gebadet, doch seine Haut fühlte sich kalt an. Die Uhr am Armaturenbrett zeigte fünf Uhr an.

Da er schon einmal stand, beschloss er, sich bei Maura zu melden.

Sie antwortete mit verschlafener Stimme. »Ich habe keine Bereitschaft.«

»Ich bin nicht das Krankenhaus.«

»Sean.« Bettzeug raschelte. »Wo bist du?«

»Derek ist noch nicht aufgetaucht, deshalb bin ich rumgefahren, habe nach ihm gesucht, um herauszufinden, wo er steckt.«

»Du bist nicht deines Bruders Hüter.«

»Nein. Ich hänge allerdings mit seinen Kindern fest.«

»Du hast sie allein gelassen?«

»Lily ist bei ihnen.«

»Lily.«

»Die Schulmeisterin. Charlies Lehrerin.«

»Niemand sagt mehr Schulmeisterin.«

»Du würdest es, wenn du Lily siehst.« Sean wischte sich mit dem Ärmel über die Stirn. »Ich mache mir ziemliche Sorgen.«

»Er ist ein erwachsener Mann, Sean.« Ein Gähnen zog ihre Worte in die Länge.

»Er ist gestern Nachmittag mit seiner Frau weggefahren, und seitdem wurden sie nicht mehr gesehen.«

»Natürlich nicht. Sie schleichen herum und wollen nicht gesehen werden. Komm nach Hause, Sean. Ich muss nach Portland zu einem Seminar, und ich will dich vorher noch sehen.«

Er stellte sich das zerwühlte Bett vor, ihren vom Schlaf warmen Körper in ihrer übergroßen OP-Kleidung, die sie am liebsten trug, ihr weiches Haar zerzaust.

»Ich kann nicht sagen, wann er zurückkommt«, sagte er.

»Na dann. Du tust vermutlich, was du tun musst.« Erneutes Gähnen. »Entschuldigung. Ich hatte eine krasse Schicht. Zwei MIs und ein MVA.«

Er war still und versuchte hinter die Abkürzungen zu kommen. Sie steckte mitten in einer Notaufnahmeschicht und benutzte häufig den entsprechenden Jargon.

»Zwei Herzinfarkte und eine Massenkarambolage«, übersetzte sie für ihn.

Er fuhr zusammen und dachte an Derek. »Ich mache lieber Schluss. Ich dachte nur … ich könnte mich mal melden.«

»Ich wünschte, du wärst hier«, seufzte sie ins Telefon.

Er dachte an den Duft ihrer Haare. »Ja, ich auch. Trotzdem werde ich noch einmal zu Crystal fahren. Vielleicht sind sie ja wieder da.«

»Komm nach Hause.«

»Nein. Wir treffen uns da.«

»Ich werde mich im Haus deiner Ex-Schwägerin nicht blicken lassen. Ich muss nach Portland. Da komm ich nicht dran vorbei. Hör zu, halte mich auf dem Laufenden, ja?«

»Mach ich.« Er legte das Handy beiseite und rieb sich die feuchten Handflächen an den Oberschenkeln. Das hatte fast nichts gebracht, bis auf die Tatsache, dass er den Schlaf seiner ohnehin schon unter Schlafmangel leidenden Freundin gestört hatte.

Komisch, wie sie seine Freundin geworden war, buchstäblich über Nacht. Als sie sich in einem Club in Portland zum ersten Mal begegneten, hatte er Ausschau gehalten, um sich eine weitere einsame Nacht zu ersparen. Erst am nächsten Morgen, als er das grelle Licht eines seltenen Sonnenaufgangs im Frühling durch die vorhanglosen Fenster seiner Wohnung scheinen sah, hatte er festgestellt, dass er mehr von ihr wollte.

Sie war schön und gescheit, eine Medizinstudentin im vierten Jahr mit einsamen Augen und zurückhaltendem, anspruchslosem Charme.

Er sagte es ihr auf den Kopf zu, während er an dem Morgen das Frühstück richtete. In ihrer Gegenwart hatte er sich anders gefühlt. Sie brachte seine ernste Seite zur Geltung. Für einen Kerl, der einmal über eine Freundin als sein neunzehntes Loch gesprochen hatte, war das ein Reifesprung. »Ich wünschte, ich hätte dir gegenüber bessere Manieren an den Tag gelegt, bevor wir miteinander geschlafen haben«, hatte er ihr gesagt.

Er hatte einen Teller Rührei vor sie gestellt und sich vorgebeugt, um ihr einen weichen, ernsthaften Kuss auf die Lippen zu drücken. Die Leute dachten, er habe Glück bei den Frauen. Zum Henker, er dachte, er habe Glück bei den Frauen, Tatsache aber war, dass er nie über die Wollust und Erregung hinausgekommen war, um zu sehen, was auf der anderen Seite lag. Hin und wieder fragte er sich das. »Jetzt, da wir uns kennengelernt haben«, hatte er an dem ersten Morgen zu Maura gesagt, »sollten wir es noch einmal machen.«

Er versuchte zu lächeln, als er daran dachte, aber er war zu erschöpft und besorgt. Unwillkürlich schob sich ein Bild von Lily Robinson, schmallippig und finster, vor sein inneres Auge. Er hatte sie mit den Kindern und Jane sitzen lassen, und sie hatte sich nicht einmal beklagt. Sie schien interessant zu sein. Ja, das war das richtige Wort für sie. Interessant, mit einer Menge unausgesprochener Gedanken hinter braunen Augen, die von dicken Brillengläsern vergrößert wurden. Ihr Mitgefühl für die Kinder war unmissverständlich, doch das war es nicht, was sie so interessant machte. Sie war verklemmt und wertend, doch er spürte etwas in ihr, eine eigenartige Hitze, die sie zu löschen versuchte.

Langsam fuhr er wieder auf die leere Straße zurück. Die

Scheinwerfer beleuchteten einen Satz Schleuderspuren, die sich in Schlangenlinien über beide Fahrspuren zogen. So nah war er einem Aufprall noch nie gekommen, bis auf das eine Mal im College, als Derek ihn hinaus an die Küste gefahren hatte, um Abschläge vom malerischen Aussichtspunkt zu üben. Sean erinnerte sich, dass es auf der Rückfahrt dunkel geworden und ein Waschbär ihnen über den Weg gelaufen war. Derek hatte ihn überrollt. Er war an die Seite gefahren und hatte geweint.

Bei diesem Gedanken spürte Sean, wie seine Hände wieder feucht wurden. Was war nur los?

Jahrelang hatte er nicht mehr an die Küstenstraße gedacht, war nicht hier draußen gewesen, seitdem er wieder in den Staaten war. Aber vielleicht …

Sean fuhr nach Westen. Das furchtbare Gefühl, das ihn in diese Richtung schickte, hinterfragte er nicht. Er glaubte nicht einmal, dass er die Stelle wiederfinden würde. Es war Jahre her, seit er und Derek Mädchen mit hierher nahmen in der Hoffnung, zum Zuge zu kommen.

Er hatte keine Ahnung, warum Derek mit seiner Ex zum Aussichtspunkt fahren sollte. Vielleicht war es so, wie Maura am Telefon gesagt hatte. Vielleicht hatten Derek und Crystal sich tatsächlich heimlich davongemacht.

Das war schließlich die Spezialität seines Bruders.

Sean ließ den Gedanken fallen. Er war nicht in der Position, Derek zu verurteilen.

Er versuchte, nicht an das Schlimmste zu denken, als er in die Küstenstraße einbog und in den scharfen Haarnadelkurven Reifenspuren sah. Alle hatten Schwierigkeiten, diese Straße zu befahren, sagte er sich.

Derek fuhr das neueste Modell mit allem Schnickschnack. Ein Hauptsponsor hatte ihm den SUV gerade erst geschenkt, und er würde den Teufel tun, ihn zu Schrott zu fahren.

Die Lobhudelei, die Geschenke und das Geld, die über Derek ausgeschüttet wurden, waren schwindelerregend. Und natürlich arbeitete Derek hart dafür, weshalb er für Sponsoren so erfolgversprechend war. Sean lag oft nachts wach und kämpfte gegen giftigen Neid an. Er musste sich häufig in Erinnerung rufen, dass Derek alles verdient hatte, was ihm entgegengekommen war.

Er und Derek hatten dieselben hochfliegenden Chancen. Es hatte sogar eine Zeit gegeben, in der Sean stärker für einen kometenhaften Aufstieg im PGA favorisiert worden war als sein Bruder. Er war derjenige mit der frühen, steilen Karriere gewesen, den überdrehten Sportagenten, den lautstarken Sponsoren, dem Rang auf der Geldliste des PGA.

Das war natürlich nicht von Dauer gewesen. Sean wusste nicht, wie man etwas dauerhaft anlegt.

In einer scharfen, steilen Abwärtskurve rutschte der Wagen hinten leicht weg. Die Scheinwerfer strichen über den äußeren Rand der Kurve, und die Leitplanke verschwand. Draußen wurde es gerade hell. Sean blickte sich um. Vage erinnerte er sich an einen Streit über Eigentum und Nutzungsrecht, der genau hier sein Ende gefunden hatte, an einer scharfen Kurve, in der ein wütender schwarzer Schrägstrich aus Reifenspuren direkt auf zwei zerstörte Madronas zielte.

Sean schaltete die Zündung aus. Einen Moment lang, etwa drei Herzschläge, blieb er absolut reglos sitzen. Dann blendete er alles andere aus – Angst und Panik –, tippte die Nummer von Dereks Handy ein und drückte die Tasten eine nach der anderen besonders sorgfältig.

Als es zu klingeln begann, stieg er aus dem Wagen, schlug die Tür zu und stellte sich in die Stille vor der Morgendämmerung. Er hörte nichts, außer dem Rauschen der Wellen tief unten und ... dem fernen Klingeln eines Handys.

Einem Roboter gleich überquerte er die Straße. Seine Schritte klangen wie die eines Automaten, vollkommen gleichmäßig, forsch, aber ohne Eile, als sie im Kies neben der Fahrbahn knirschten. Als Dereks Mailbox sich einschaltete, beendete Sean den Anruf, blieb stehen und wählte erneut. Das Klingeln setzte wieder ein, lauter jetzt, näher.

Er war eine Maschine. Nichts konnte seine eiserne Hülle durchdringen. Er hatte eine Taschenlampe in den Händen. Er wusste, er würde sie brauchen.

Er empfand nichts. Er konnte es nicht zulassen. Denn bevor er die steile, abgeschnittene Böschung zum Geräusch des klingelnden Handys hinunterkletterte, wusste er bereits, was er vorfinden würde.

Er stolperte, fiel hin, hielt sich an Dornenranken fest, die über den Abhang wucherten, fluchte und suchte sich schließlich einen Weg hinab durch wildes Brombeergestrüpp und rot geränderte Madronas, die an der Klippe wuchsen. Er blieb noch einmal stehen, um neu zu wählen, und folgte dann dem Klingelton. Ein dorniger Ast fuhr wie Krallen über sein Gesicht. Dann spürte er, wie etwas über seine Wange rann und wischte es weg. Seine Hand war mit dunklem Blut verschmiert.

Schwer atmend und keuchend rutschte und schlitterte er

hinab. Frühes Tageslicht kroch über ihn. Die Morgendämmerung brach an, obwohl die tiefsten Schatten noch in den ursprünglichen Bergfalten hingen. Der Strahl der Taschenlampe brach sich an etwas, das nicht dorthin gehörte – an dem matten, intestinalen Fahrgestell des umgestürzten SUV.

In Seans selbst angelegter Rüstung öffnete sich ein Spalt, und ein brennend heißer Pfeil des Schmerzes schoss hinein, der ihn mit seiner Intensität verblüffte.

Nein. Innerlich schrie er seine Ablehnung hinaus, gab aber keinen Laut von sich, als er sich dem Fahrzeug näherte. Die Taschenlampe zitterte unkontrolliert, während sie auf Dereks Wagen leuchtete.

Nein. Er kämpfte gegen die Taschenlampe an, bis sie sich ergab, und zwang sich, sie still zu halten. Was für ein Feigling von Bruder war er, zitterte wie ein Mädchen, obwohl er verdammt gut wusste, dass sein Bruder …

Nein. Neben dem Fenster sank er auf die Knie. Es war in unzählige bruchsichere Stücke zersplittert und dann irgendwie aus dem Rahmen gerissen. Er brauchte einen Moment um zu erkennen, dass der Wagen schwankte, dass noch jede Menge Fallhöhe übrig war.

Mein Gott. Jemand hatte ihm einmal das Beten beigebracht, doch das war vor langer Zeit. Dazu war es jetzt ohnehin zu spät. Er spürte es in den Knochen.

Der Lichtstrahl war stetig und fest, als Sean sich zwang, das heikle Knirschen des schwankenden Wagens zu ignorieren. In den Tiefen des Fahrzeugs piepte ein Handy und signalisierte, das eine Nachricht auf Abruf wartete. Er fand einen Spalt, wo das Fenster gewesen war, und leuchtete hinein.

Lebe, verdammt. Sei am Leben, bitte.

Er fand Crystal. Obwohl sie in einem unmöglichen Winkel lag, war ihr Gesicht die perfekte Maske einer Schönheitskönigin. Sie sah aus wie die Statue eines Renaissanceengels. Selbst ihre Augen waren die einer Statue – geöffnet, ohne zu zwinkern, und leer. Ihr Gesicht war ausdruckslos. Er zwang sich, ihren Namen auszusprechen, sie sanft zu berühren, Atem und Puls zu prüfen. Nichts. Der unheimlichen Kälte ihrer weichen Haut nach zu urteilen, war sie schon eine Weile tot.

Sean hatte seine Mutter tot gesehen, aber das hier war anders. So schmerzhaft es gewesen war, seine Mutter hatte sterben sollen. Nachdem sie ein Jahr lang unter ihrer Krankheit gelitten hatte, hatten alle damit gerechnet, und man hatte sie aufgebahrt, eine anständige irische Katholikin bis zuletzt. Das hier hatte nicht das Geringste mit Anstand zu tun, erkannte er, und seine Gedanken überschlugen sich.

Derek. Wo war Derek?

Panik durchpeitschte Sean. Er rief den Namen seines Bruders, seine Stimme hallte am Berghang wider und stieg in die Stille der Morgendämmerung auf. Es kam ihm abstrus und schrecklich vor zu schreien, während Crystal dort lag, doch er rief erneut und schreckte ein Vogelpaar auf, das sich zum Himmel erhob. Vielleicht war Derek aus dem Wagen geschleudert worden, oder er hatte überlebt und sich auf den Weg gemacht, um Hilfe zu holen.

Vielleicht aber auch nicht.

Sean hockte sich und schälte die Reste der Windschutzscheibe ab. Etwas schnitt in seine Hand, doch er arbeitete weiter. Der Wagen schwankte noch mehr, aber er hörte nicht auf.

Alles im SUV war am falschen Platz gelandet. Verirrte Golfschläger steckten in den Polstern, ein einzelner Schuh lag auf dem zerstörten Armaturenbrett. Der DVD-Player, Dereks ganzer Stolz, war zerfetzt. Er geriet zufällig an Crystals Tasche, die vollkommen leer war, als hätte sie jemand ausgekippt.

Sean wurde immer verzweifelter, kroch halb in den Wagen und suchte nach seinem Bruder. Er zwängte sich an Crystals knochigen Gliedmaßen vorbei. Etwas Glitschiges überzog das hochgeschobene Armaturenbrett. Ein schrecklicher Geruch verpestete den Innenraum.

Dann erkannte er, wo Derek war.

Sean hielt inne, um seine Gedanken zu sammeln. Das ging nicht. Undenkbar. Langsam, vorsichtig stieg er aus dem Wagen und rutschte dabei auf Blut aus. Sein Hände zitterten so stark, dass er sein Handy nicht still genug halten konnte, um zu wählen. Schließlich sank er auf die Knie, legte das Handy auf festen Boden und stieß auf die Nummern 9-1-1. Senden.

14

Samstag, 6.30 Uhr

Lily schrak aus dem Schlaf. Sie hätte gar nicht erst einschlafen dürfen, dachte sie, sprang vom Sofa und schritt im Wohnzimmer auf und ab, sobald ihre Füße den Boden berührten. Sie hatte nicht einschlafen wollen. Sie hatte kein Recht, in ihrer Wachsamkeit nachzulassen, bis sie sicher war, dass Crystal nichts zugestoßen war.

Sie schaute auf die Wanduhr – 6.30 Uhr. Draußen war die Welt in monotones Grau getaucht. Sie packte den Telefonhörer und prüfte rasch die Anruferliste, um sicherzugehen, dass sie keinen Anruf verpasst hatte. Alles in Ordnung. Dennoch hatte sie ein schlechtes Gewissen, dass sie eingedöst war.

Vielleicht hätte sie mit Sean Maguire Kaffee trinken sollen. Nein, dachte sie. Kaffee war schlecht, selbst in einer Notlage. Mit dem Gedanken schüttelte sie sich vollkommen wach. Reiß dich zusammen, Lily.

Im Fernseher, den sie vor Stunden auf stumm geschaltet hatte, flackerten die hyperrealistischen Farben einer Sendung im Privatprogramm. Sie nahm die Fernbedienung, um ihn auszuschalten. Dann packte sie ein schrecklicher Gedanke, sie schaltete auf einen Lokalsender um und stellte den Ton an. Eine Moderatorin in Großaufnahme, die zu dieser Morgenstunde unmöglich flott aussah, lieferte einen Bericht über Ackerbau und Viehzucht.

Lily stellte den Ton wieder ab, ließ den Sender aber auf den Lokalnachrichten. Sie gab die Nummer von Seans Handy ein. Komisch, dass sie sich die sofort gemerkt hatte, sobald er sie ihr gegeben hatte. Sie vernahm eine Automatenstimme und legte auf, ohne etwas zu hinterlassen. Wahrscheinlich war er in einem Funkloch. Dann versuchte sie es unter Crystals Nummer und betete mit jeder Körperzelle, dass ihre Freundin abnehmen, lachen und ihr erklären würde, dass sie sich habe hinreißen lassen und mit ihrem Ex unterwegs in einem Motel gelandet sei.

Sie hatte kein Glück.

Seufzend schlich Lily auf Zehenspitzen die Treppe hinauf, um nach den Kindern ihrer Freundin zu sehen. Crystals Haus war vollgestopft, aber schöne, erlesene Möbel verliehen ihm den besonderen Hauch der Beständigkeit. Es fühlte sich eigenartig vertraulich, beinahe zudringlich an, Crystals schlafende Kinder zu beobachten.

Cameron lag auf dem Bauch, alle viere von sich gestreckt, die Decken wirr um seine schlaksigen Gliedmaßen geschlungen. Schwaches Licht, das durch das Fenster drang, spülte über die Unordnung in seinem Zimmer – Schulbücher, Wäsche, Golfzubehör. Ein seltsamer Geruch nach Turnschuhen und Gras hing in der Luft, und aus dem Papierkorb quollen leere Essensverpackungen. Crystal sagte, er esse, als hätte er einen Bandwurm.

Lily ging rückwärts aus dem Zimmer und schloss die Tür,

dann schaute sie nach den Mädchen. Charlie schlief zwischen zerstreuten Stofftieren. Der Schein einer SpongeBob-Nachttischlampe verlieh dem Spielzeug einen merkwürdig finsteren Blick aus Glasaugen, obwohl Charlie ganz zufrieden wirkte.

Auf der anderen Seite des Zimmers hatte Ashley sich freigestrampelt. Sie bewegte sich und schnaufte, als Lily sich über das Gitterbett beugte und die Decke wieder über sie zog. Als Lily sie um Ashley herum feststeckte, überkam sie Wärme und Zufriedenheit, angeregt durch die einfache Handlung, nach dem schlafenden Kleinkind zu sehen. Die Mädchen waren so klein, vollkommen abhängig. Als ein Mensch, der nicht dazu geschaffen war, Kinder zu haben, war Lily gelegentlich das Opfer hormonaler Schübe, begleitet durch ein unpassendes, sehnsüchtiges Ziehen, dem sie nicht beizukommen vermochte.

Ein sonderbares, erdrückendes Gewicht lastete auf ihr. Sie würde Crystal für ihr unzuverlässiges Verhalten umbringen.

Auf Zehenspitzen verließ sie das Zimmer der Mädchen und ging hinunter, um den Kessel aufzusetzen. Im Flurspiegel erhaschte sie einen Blick auf sich und verzog das Gesicht. Ihr Haar war kraus, ihre Wange mit dem Muster der Sofapolsterung bedruckt. Wie charmant.

Sie verschwand im Bad, um sich den Mund auszuspülen, Wasser ins Gesicht zu spritzen und mit einem Kamm durch die Haare zu fahren. Dann presste sie die Hände flach auf den Unterschrank und versuchte, das Zittern zu unterdrücken.

Es funktionierte nicht. Nichts funktionierte. Nur zu sehen, wie Crystal durch die Tür kam, Kusshände warf und nach allen Seiten mit Entschuldigungen wie mit einem Spitzentuch winkte, würde jetzt noch helfen.

Besorgnis fühlte sich an wie ein lebendiges, ekelhaftes Ding, das sich in Lilys Eingeweiden drehte und wand. Das, dachte sie, Übelkeit und Schwindel empfinden, das hatte man davon, wenn man einen Menschen liebte. Sobald dir jemand etwas bedeutet, macht er dich wahnsinnig vor Sorge. Lässt du dich dazu hinreißen, jemanden zu lieben, bist du sofort dem Untergang geweiht.

Sie spülte sich das Gesicht noch einmal ab und schaute in den Spiegel. So würde sie in vierzig Jahren aussehen, das Gesicht von Sorgenfalten gezeichnet, die Augen voller Sorge und von Faktoren gequält, die sich ihrer Kontrolle entzogen. Alt und ängstlich – so sah sie aus.

Crystal zog sie gern wegen ihrer Angewohnheit auf, Herzensangelegenheiten zu meiden. »Du stellst dich an, als wärst du wasserscheu«, sagte sie einmal.

»Ich bin wasserscheu«, hatte Lily sie erinnert.

»Und es ist völlig irrational.«

»Nein, wenn du dich jemandem auf Gedeih und Verderb auslieferst und erwartest, dass er sich um dich kümmert, das ist irrational. Warum sollte ich das tun?«

Crystal hatte ihr ein Lächeln geschenkt, das nach dem Ende ihrer Ehe wehmütig und traurig vor mühsam erarbeiteter Weisheit war. »Weil das Leben erst dann einen Sinn ergibt.«

Mein Leben ergibt gerade jetzt einen perfekten Sinn, dachte Lily, als sie das Bad verließ. Vielmehr hatte es das bis gestern Abend, bevor sie hierher eilte und sich mit einer Situation konfrontiert sah, in der es darum ging, dass Menschen vermisst wurden.

Sie stellte den Hörer ins Ladegerät und wollte sich einen Kräutertee machen.

Ginseng heute Morgen, um den Verstand zu schärfen. Der Kaffee duftete beinahe unerträglich köstlich, doch sie ging nicht in die Nähe des glänzenden blauen Beutels mit importiertem Lavazza. Wenn man bereits verrückt vor Sorge war, dachte sie, warum sollte man dann etwas zu sich nehmen, das die Nerven anregt?

Sie schritt in der Küche auf und ab und wartete darauf, dass das Wasser kochte. Crystal nannte ihre Küche Kontrollzentrum, doch für gewöhnlich sah es hier aus wie ein Zentrum außer Kontrolle. Briefe, Rechnungen und Werbung waren über das eingebaute Schreibpult verstreut. Der Kühlschrank war mit alten und neuen Schularbeiten beklebt, mit Rezepten und Diätvorschlägen, abgelaufenen Einkaufsgutscheinen, Schulformularen und Erlaubnisscheinen mit abgelaufenem Datum.

Lily stellte das saubere Geschirr weg. Dabei stieß sie zufällig auf einen Becher, auf dem noch immer eine Spur Lippenstift in Crystals Lieblingsfarbe zu sehen war. Sie wollte ihn schon abwaschen, zögerte dann aber und stellte den Becher auf das Fensterbrett über dem Spülbecken. Dann versuchte sie nervös, das Gewürzregal zu ordnen. Angestrengt lauschte sie auf das Wasser im Kessel, nahm ihn vom Herd, bevor er zu pfeifen begann, goss den Tee auf und ließ ihn ziehen.

Sie versuchte, ihre nervöse Energie darauf zu verwenden, die Regale zu putzen. Sie waren so durcheinander, dass die Küche kaum funktionsfähig war. Crystal war ein kreativer Mensch, aber kein ordentlicher.

Lily stand in der Mitte der Küche und versuchte zu entscheiden, wo sie einen Messbecher verstauen sollte, als ein Motorgeräusch lauter wurde und dann verstummte. Sie hörte eine Wagentür, die auf und zu ging, als schlüge ein Herz.

Gott sei Dank, dachte Lily und lief an die Hintertür. Endlich ist sie zu Hause.

Sie sah, dass es Sean Maguires Wagen war, und ihr wurde flau im Magen. Er war allein. Und kam langsam auf sie zu.

Die aufgehende Sonne färbte alles mit präzisen Pinselstrichen in rosaroten Tönen. Jeder Grashalm, jeder Backstein der Auffahrt, die Maserung der Baumrinde, die Formen der Blattknospen – alles war in unerträglichen, erlesenen Einzelheiten vom schimmernden Licht hervorgehoben. Die Farben des Sonnenaufgangs lagen auf Sean Maguires breiten Schultern, seinem ungekämmten Haar. Seine imposante Silhouette zeichnete sich haarscharf ab, da die neue Sonne ihn von hinten anstrahlte.

Lily stand auf der Schwelle der Küche, und ihr Herz kannte die Wahrheit, bevor ihr Verstand sie erfasste. Sie konnte seinen Gesichtsausdruck nicht ausmachen, als er auf sie zukam, aber das musste sie auch nicht. Die schreckliche Wahrheit lag in der schmerzhaften Steifheit seines Gangs, mit dem er sich näherte.

Einen Augenblick gab es – den Bruchteil einer Sekunde eigentlich –, in dem sie Hoffnung zuließ. Doch die starb rasch, als er in den schrägen Lichtstrahl aus der Küche trat und sie sein Gesicht sah.

Lily beschloss, zuerst das Wort zu ergreifen. Das würde wenigstens ein paar Sekunden schinden. Ein paar Sekunden mehr, in denen sie glauben konnte, dass die Welt normal war. Ein paar Sekunden mehr, in denen sie glauben konnte, dass sich nichts verändert hatte.

»Die Kinder schlafen.« Es kam als Flüstern heraus.

Er nickte. Sein Adamsapfel hüpfte auf und ab, als er schluckte. Lily konzentrierte sich weiterhin auf Einzelheiten – wie die Bartstoppeln die Form seines Kiefers überschatteten, die luxuriöse Dichte seiner Wimpern. Ihr fiel ein dünner, frischer Schnitt quer über seinem Wangenknochen auf, zusammengehalten von zwei kleinen weißen Schmetterlingspflastern. Und er sah unermesslich viel älter aus als gestern Abend, als er das Haus verlassen hatte.

Lily dachte daran, zu schreien. Wenn sie schrie, würden die Worte vielleicht untergehen, die er ihr unweigerlich sagen würde. Natürlich schrie sie nicht. Kein noch so lautes Schreien würde die Wahrheit ungeschehen machen.

Halt. Sie gebot sich Einhalt. Das war doch absurd. »Wo ist Crystal?«, fragte sie schließlich. O nein, dachte sie und änderte ihre Meinung, sag es nicht, bitte, sag es nicht. Ihr Hals wurde eng, Tränen stiegen auf.

»Es war ein Unfall«, sagte Sean.

Das, was er nicht sagte, brauste am lautesten durch ihren Kopf. Er sagte nicht, dass Crystal unversehrt war. Er sagte nicht, dass man sich um sie bemühte, dass sie sich wieder erholen würde. Er sagte nichts dergleichen.

»Beide?«, hörte sie sich fragen.

Er nickte mit gequältem Blick.

Lily hatte vergessen, dass sie die Tasse in Händen hielt, bis sie einen Aufprall vernahm und merkte, dass sie sie hatte fallen lassen. Die Tasse traf auf der Schwelle auf und rollte auf den Betonweg. Völlig unerwartet und auf bizarre Weise blieb sie ganz.

Lily und Sean achteten nicht darauf.

Sie spürte, wie sie in Zeitlupe verfiel, und die einzige Möglichkeit, damit aufzuhören, war, ihm entgegenzufallen, an seine Brust zu sinken, und die Umarmung des Fremden zuzulassen.

Sie spürte seine Kraft, fand aber keinen Trost. Crystal war bereits tot, und diese Wahrheit riss ein klaffendes Loch in die Welt.

Dann fiel Lily schlagartig ein, dass der Mann, der sie festhielt, seinen Bruder verloren hatte. Er sollte sie nicht aufrichten müssen, wenn er selbst seinen eigenen Kummer zu tragen hatte.

Sie entzog sich ihm. Vor Schreck und Entsetzen wollte sie aufschreien, doch sie würde es nicht zulassen. Wenigstens das würde sie für Crystal tun. Sie würde nicht zulassen, dass die Kinder sie als schluchzende, verwirrte Masse vorfanden.

Später, sagte sie sich, als sie von Sean Maguire zurücktrat. Weinen werde ich später.

15

Samstag, 6.45 Uhr

»Wo?«, fragte Lily. Ihr ganzer Körper schmerzte, als hätte sie selbst einen Unfall gehabt.

»Die Küstenstraße, ein paar Meilen südlich der Ausfahrt Seal Bay.«

Sie fragte sich, was die beiden so weit draußen gemacht hatten. »Was ist passiert?«

»Der Wagen ist von der Straße abgekommen. Kann sein, dass Derek den Lenker herumgerissen hat, um vor etwas auszuweichen. Die Fahrbahn war glitschig, und sie sind über eine Böschung geflogen.«

»Wann hat die Streife sie gefunden?« Der Gedanke an Crystal, gefangen in einem Wagen, verletzt und zu Tode erschrocken, verfolgte Lily. Sie sah, wie sich Seans Miene veränderte und vor innerer Qual erstarrte. »O Gott«, sagte sie. »Sie haben die beiden gefunden, nicht wahr?« Sie schrak zurück und schloss die Augen, um den Ausdruck zu verbannen, der über sein Gesicht huschte.

»Es war vor zwei Stunden.« Seine Stimme war leise und vor Kummer und Schlafmangel heiser.

»Tut mir leid«, sagte sie und hatte das Bedürfnis, seine

Hand zu ergreifen, entschied aber, dass es nicht helfen würde. »Das muss ja furchtbar für Sie gewesen sein.« Sie stellte sich noch immer vor, wie es gewesen war. Sie fragte sich, ob sie gelitten hatten, ob sie um ihr Leben gekämpft hatten, doch sie brachte es nicht über sich, danach zu fragen. Sie für sich wollte glauben, dass Crystal plötzlich gestorben war und nie erfahren hatte, was mit ihr geschah.

»Und jetzt?«, fragte sie Sean und hielt sich mit dünnem Fädchen am gesunden Verstand fest.

»Die Polizei schickt jemanden vorbei«, sagte er mit vor Schock tonloser Stimme. »Ich habe ihnen gesagt, sie sollen mich vorausfahren lassen, wissen Sie. Ich will nicht, dass die Kinder wach werden und einen Haufen Streifenwagen und überall Fremde vorfinden.«

»Das … das ist wohl richtig. Vermutlich.« Als wüsste ich das. Lilys Mund war vollkommen ausgetrocknet. Sie konnte nicht glauben, wie schwer es fiel zu reden, oder auch nur sich zu bewegen. »Das ist schlimm«, murmelte sie und zwang sich, etwas zu tun. Sie ging in die Küche und betrachtete das halb aufgeräumte Regal. »Ich verliere den Halt, und das ist schlecht. Ich muss mich zusammennehmen, für die Kinder.«

Er durchquerte die Küche und packte sie fest an den Schultern. Dann schaute er in ihre Augen. Seine Hände waren unerwartet, verwirrend, die Berührung eines Fremden. »Ja«, sagte er fest, »das machen Sie. Und das werden Sie auch. Wir beide.«

Wie konnte es sein, dass ein kurzer, starrer Blick in seine Augen ihr half, ihren ausfasernden Verstand wieder zurückzuspulen? Sie hatte keine Antwort darauf, doch sein Blick – es war eher ein Funkeln – funktionierte, vielleicht, weil sie tief in seinen Augen eine mächtige Verletzung entdeckte. Sie zwang sich, der Wahrheit ins Auge zu sehen. Crystal war tot. Derek war tot. Die Kinder lebten, und sie brauchten sie.

»Ja, okay«, sagte sie und räusperte sich. »Schon gut. Die Kinder. Sie stehen für uns an erster Stelle. Wie wir es ihnen jetzt beibringen, wird den Ausschlag geben, wie sie damit umgehen.«

»Ja.« Er ließ ihre Schultern los. »Da gebe ich Ihnen recht. Die Polizei schickt auch jemanden vom Jugendamt vorbei, um sich die Kinder anzusehen.«

»Jugendamt?« Lily war verdutzt.

»Es heißt, das sei in solchen Fällen üblich, wenn … wenn beide Eltern gestorben sind.« Er hielt inne und schien Schwierigkeiten beim nächsten Atemzug zu haben.

Lily dachte erneut daran, eine Hand auszustrecken, so wie er es bei ihr getan hatte, doch ihre Hände blieben an ihren Seiten hängen, zu Fäusten geballt. »Ich kann mir vorstellen, dass es ihre Aufgabe ist, sicherzustellen, ob sich jemand um die Kinder kümmert«, überlegte sie matt.

»Ich habe ihnen gesagt, dass für die Kinder gesorgt ist, aber sie sind gesetzlich verpflichtet, dies nachzuprüfen.« Geistesabwesend massierte er sich den Nacken. »Sie wollten sofort jemanden schicken, aber ich habe ihnen gesagt, ich wolle es den Kindern lieber zuerst beibringen.«

Lily schwante etwas. »Sie kennen diese Kinder kaum«, sagte sie und stellte sich ihre süßen, nichts ahnenden Gesichter vor.

Er funkelte sie an. »Ich bin alles, was sie noch haben.«

Im Sinne von direkter Verwandtschaft, überlegte Lily, hatte er beinahe recht. Crystal war ein Einzelkind. Ihr Vater war gestorben, bevor Ashley zur Welt kam, und ihre Mutter war in einem Pflegeheim. An guten Tagen erinnerte sich Dorothy Baird an ihren eigenen Namen und sonst an nichts. Nach dem letzten Schlaganfall konnte sie kaum noch sprechen. Jetzt war ihre verminderte Auffassungsgabe ein Segen, denn sie würde nicht begreifen, dass ihre Tochter tot war.

Derek hattenen einen Stiefvater, der in Palm Desert lebte, und das war auch schon alles. Das, und Sean Maguire.

»Sie ist meine ...« Lily verstummte, holte tief Luft und beruhigte sich. »Sie war meine beste Freundin.« So. Sie hatte es gesagt. Sie hatte von Crystal in der Vergangenheit gesprochen. »Diese Kinder sind wie meine eigenen.« Die Kraft ihrer Überzeugung überraschte Lily. Noch nie hatte sie in dieser Weise zum Ausdruck gebracht, wie sehr ihr die Kinder am Herzen lagen. Sie war von einer fremden Empfindung erschüttert, dem grimmigen Beschützerinstinkt einer Adlermutter, die herabstößt, um ihre Brut zu verteidigen. Diese gewaltige Vorstellung jagte ihr Angst ein, und ihr wurde klar, dass die Kinder sie nicht als Freundin oder Lehrerin brauchten. Sie brauchten sie auf eine Weise, die Lilys Leben ein für alle Mal verändern könnte; sie brauchten etwas, von dem sie nicht sicher war, ob sie es besaß.

Sean ging ins Wohnzimmer. »Wir sagen es ihnen gemeinsam.«

»Vielleicht dauert es noch, bis sie aufstehen«, sagte sie. »Heute ist keine Schule, deshalb ...«

Oben ertönte ein Schrei.

Nein, dachte Lily. Noch nicht, bitte noch nicht. Lass sie noch eine Weile schlafen, sie sollen noch ein paar Augenblicke seliger Unwissenheit haben.

Wieder erklang der Schrei, hartnäckiger diesmal. Lily und Sean tauschten einen Blick. »Ich werde gehen«, sagte sie und ging zur Treppe.

»Ich komme mit.«

Sie trafen Ashley stehend in ihrem Kinderbett an, die Hände fest um das Gitter geklammert, das Gesicht zu einem weiteren Klageton verzogen. Sie hörte auf, als sie Lily erblickte, lächelte und streckte ihr die Arme entgegen, ihre Hände öffneten und schlossen sich, als wollte sie die Luft packen. Im Bett auf der anderen Seite des Zimmers bewegte sich Charlie, wachte aber nicht auf.

Lily versuchte es mit einem beruhigenden Schh, während sie Ashley aus dem Gitterbett hob. Die Windel der Kleinen fühlte sich bleiern an, wie Ton. Lily bemerkte, dass Sean unsicher im Türrahmen stand; die Realität bohrte sich durch den Nebel des Schocks. Dieses Kind war absolut hilflos. Und jetzt war es eine Waise in der Obhut eines Onkels, der eher wie ein großes Kind wirkte, und einer Frau, die sich geschworen hatte, niemals eigene Kinder zu haben.

»Ich mache das hier«, sagte sie, obwohl ihre Stimme vor Unsicherheit schwankte.

»Ich koche einen Kaffee«, sagte er und ging zur Treppe.

Lily war auf sich gestellt. »Das ist hilfreich«, murmelte sie und trug Ashley ins Bad. »Genau das, was wir brauchen.«

»Okeydokey«, sagte Ashley.

Lily stellte fest, wenn sie sich auf das Gesicht der Kleinen konzentrierte, konnte sie sich zusammenreißen, doch nicht das Gesicht brauchte ihre Aufmerksamkeit. Lilys Unerfahrenheit zeigte sich, als sie sich mehr schlecht als recht durch das Windelwechseln pfuschte, obwohl Ashley sich mit seltsamer Geduld fügte.

Der eng anliegende Strampelanzug aus dehnbarem Material war schwer auszuziehen, die Windel hingegen ließ sich ganz leicht entfernen. Dann stand Lily mit einer zusammengeknüllten, schmutzigen Windel in der einen Hand da, die andere lag auf der Kleinen, damit sie nicht vom Tisch rollte.

»Ich kann dich nicht hier liegen lassen, während ich die hier in den Müll bringe«, erklärte sie der Kleinen.

Ashley brabbelte und schmatzte mit den Lippen. »Will Saft«, sagte sie. »Will Keks.«

»Gleich. Wir wollen dich erst anziehen.« Sie entschied sich, die Windel auf den Tisch zu legen und später zu entsorgen. Wo war der Mülleimer?, fragte sie sich gereizt. Crystal war noch nie sehr organisiert gewesen, aber man sollte doch meinen, dass sie den Mülleimer und saubere Windeln in Reichweite bereithielt.

»Lily traurig«, stellte Ashley fest. »Hat geweint.«

Lily merkte, dass ihre Wangen nass waren. »Stimmt«, flüsterte sie und wischte sich mit einem Babytuch ab. »Alles in Ordnung«, versicherte sie Ashley, obwohl sie das Gefühl hatte, sich wie eine Garnrolle abzuspulen. Sie gehörte jetzt nicht sich selbst. Ihre beste Freundin war tot, und Lily konnte nicht zusammenbrechen und um sie weinen. »Es geht schon.« Sie legte ein strahlendes Lächeln auf. »Okay?«

»'kay.«

Sie stellte sich ungeschickt an, aber es gelang ihr, Ashley die Windel, ein Hemd und eine Hose anzuziehen. Als sie Ashley hochhob und auf den Boden stellte, erhaschte Lily in einem runden Wandspiegel, der von rosa Feen umgeben war, einen kurzen Seitenblick auf sich.

Sie sah genau so aus, wie sie es erwartet hatte nach der Nacht. In ihr war alles anders. Eine schreckliche Dunkelheit machte sich dort breit und verfinsterte alles andere. Als sie hinter der Kleinen hereilte, die zur Treppe watschelte, wusste sie mit unwiderruflicher Sicherheit, dass ihr Leben nie wieder so sein würde wie bisher. Sie fühlte sich wie ein anderer Mensch, eine Fremde in ihrer Haut.

Ashley hielt sich an ihrem Finger fest, während sie mit unerträglicher Langsamkeit hinuntergingen, jeder Tritt hämmerte die Realität des Geschehenen ein. Sean wartete unten mit undurchdringlicher Miene. Als sie die halbe Treppe hinter sich hatten, spürte Lily jemanden hinter sich und drehte sich um.

»Charlie.«

»Mom«, sagte Charlie verschlafen. »Wo ist Mom?«

»Mom!«, kam das Echo von Ashley mit ihrer Engelsstimme.

Lily und Sean sahen sich ängstlich an. Der Anblick von Charlies Gesicht, noch weich vom Schlaf, machte Lily beinahe wieder fertig. Wie?, dachte sie hektisch. Wie sollten sie ihr das beibringen?

»Guten Morgen, Kleine«, sagte sie und strich ihr über das zerzauste Haar.

»Hi, Lily. Hi, Onkel Sean. Was ist mit deinem Gesicht passiert?«

»Hey, Kurze«, sagte Sean. »Schau doch mal nach, ob Cameron schon auf ist.«

»Am Samstag steht der nie früh auf«, gab Charlie zu bedenken. Mit ernster Miene schaute sie von Sean zu Lily. Und in ihren Augen lag tiefes Begreifen, das Lily einen kalten Schauer über den Rücken jagte.

»Schon gut«, sagte sie in stiller Resignation. »Ich hole ihn.«

»Sie weiß, dass etwas nicht stimmt«, sagte Sean.

Lily hob die Jüngste hoch, brachte sie in die Küche und setzte sie in einen Hochstuhl. »Sie weiß es seit gestern.«

Er griff nach einer Schachtel Peek Freans, reichte einen davon Ashley und sah ihr zu, als wäre sie eine Zeitbombe. Sie schaute ihn eine Weile in beredtem Schweigen an und nahm dann den Keks von ihm. »'kyou«, sagte sie.

Heute Morgen schien sie Sean mehr zu mögen.

Lily nahm die Tasse Tee, die sie zuvor aufgebrüht hatte, und versuchte, einen Schluck zu trinken, doch das Gebräu war inzwischen lauwarm und schmeckte bitter. Sie erinnerte sich, dass sie es aufgesetzt hatte, bevor Sean nach Hause kam. Das war vor Ewigkeiten gewesen, es war in einer anderen Ära passiert, bevor sie sich mit der Tatsache konfrontiert sah, dass ihre beste Freundin und Derek gestern ihr Klassenzimmer verlassen hatten und über eine Klippe gefahren waren.

»Was ist denn los?«, fragte Cameron mürrisch und verschlafen.

Charlie huschte herein und ging direkt zu Sean. »Ich habe ihn aufstehen lassen, und jetzt ist er sauer auf mich.«

Lily füllte eine Schnabeltasse mit Saft und reichte sie Ashley. Cameron stand stur und wachsam mit gespreizten Beinen im Türrahmen, als wäre er drauf und dran zu fliehen.

Lily spürte Seans Blick. Jetzt?, schien er zu fragen.

Diese armen Kinder, dachte Lily und biss die Zähne zusammen, um ein Schluchzen zu unterdrücken. Wir sind genau so verloren wie sie.

Sean räusperte sich. Er hielt Charlies Hand fest und sah Cameron in die Augen. »Es hat gestern einen Autounfall gegeben …«

Charlies Gesicht verzog sich, ihre Schultern sackten bebend nach vorn. Lily ging mit ausgestreckter Hand auf Cameron zu. Er beachtete die Geste nicht und schien direkt vor ihren Augen kalt wie Stein zu werden, obwohl sein Ausdruck sich nicht veränderte.

»Eure Mom und euer Dad fuhren zusammen. Bei dem Wetter war es gefährlich«, fuhr Sean fort, eine Spur Ungläubigkeit in der Stimme, »und ihr Wagen fuhr, eh, einen Abhang hinunter.«

Während Lily zuhörte, beobachtete sie, wie Seans Gesicht weißer wurde. Camerons Miene verschwand vollkommen.

Auf Seans Stirn und Unterlippe glitzerte eine dünne Schweißschicht. Lily dachte, wie diese Nacht wohl für ihn gewesen war, während alle anderen schliefen. Nachdenklich betrachtete sie die Kratzer in seinem Gesicht und an den Händen, sein zerrissenes Sweatshirt, die schlammigen Stiefel, die er draußen abgestellt hatte. Er hatte seinen Bruder und Crystal gefunden. Was hatten diese gehetzten Augen gesehen? Hatte er sie berührt? Hatte er geweint?

All das fragte sie sich, als ginge es sie etwas an, doch zu ihrer gelinden Überraschung spürte sie eine gewisse Taubheit. Sie registrierte Fakten, konnte sie aber nicht mit einem greifbaren Gefühl in Verbindung bringen, du lieber Himmel.

Es gab zu vieles zu empfinden, zu bereden. Zu viel Unerklärliches zu erklären. Langsam ließ Lily die Hand sinken und berührte Camerons. »Wir wissen nicht, was wir sagen sollen«, flüsterte sie.

»Ihr braucht nichts zu sagen.« Er funkelte sie wütend an.

»Doch, wir müssen, aber keiner weiß, wo er anfangen soll.«

»Wieso guckt ihr mich dann an?« Cameron entzog ihr seine Hand. Auf seinem Gesicht zeichneten sich flüchtig Schock und Schmerz ab, bevor der verständnislose Ausdruck eines verwundeten Tiers seine Züge maskierte.

Als sie seine Qual sah, die sich durch ihre eigene Taubheit bohrte – das war der Punkt, an dem Lily etwas Schlimmeres als ihren eigenen Kummer entdeckte.

16

Samstag, 7.05 Uhr

Sean hatte Mühe, die Worte zu finden, um das Unaussprechliche auszusprechen. Sein Mund war staubtrocken.

»Wo sind sie denn?«, wollte Cameron wissen.

»Mommy«, wisperte Charlie kläglich.

»Rettungsleute haben sie rausgeholt.« Sean sah noch immer das Aufblitzen und den grellen Schein der generatorbetriebenen Scheinwerfer vor sich, den Funkenregen, der aus dem Schneidbrenner stob, mit dem sie den zerstörten Wagen auftrennten, die unverhohlene Enttäuschung auf den Gesichtern der einsatzbereiten Retter. Sie waren dazu ausgebildet, Menschenleben zu retten. Leichen zu bergen, war das Letzte, was sie wollten.

Einer von ihnen mit einer Notarzttasche und einem Sauerstoffbehälter war stehen geblieben, um nach Sean zu sehen. »Was ist mit Ihnen?«, hatte er gefragt. »Alles in Ordnung?«

»Ich bin nicht verletzt«, hatte Sean ihm mit trockenem Mund gesagt. Ein seltsamer, betäubender Schleier hatte sich über ihn gelegt und trübte seine Sicht, dämpfte Geräusche, schnitt ihn von der Welt ab.

»Halten Sie still«, sagte der Mann. »Ich säubere Ihnen die Wunde.«

»Sie müssen nicht …«

»Das ist mein Job.« Er legte Sean eine Decke um die Schultern, stellte die Arzttasche ab, die zusätzlich die Funktion eines Hockers hatte. Sie enthielt eine stattliche Reihe Masken, Scheren, Zangen, Röhrchen und Verbandsmaterial, sowie Instrumente, die Sean nicht erkennen konnte. Dann knipste der Mann seine große Lampe und eine Stiftleuchte an.

Sean zuckte zusammen, als das grelle Licht der Stiftleuchte auf seine Pupillen traf. »Es sind nur ein paar Kratzer.«

»Dann dauert es nicht lange.« Der Sanitäter riss einen blutstillenden Stift, Desinfektionstupfer und Wundpflaster aus der Verpackung und säuberte mit erstaunlicher Feinheit die Schnitte auf Seans Gesicht und an seinen Händen.

Als Sean noch einmal zu protestieren versuchte, schaute ihn der Sanitäter finster an. »Hey, Alter, Sie sehen Scheiße aus, okay? Ich glaube nicht, dass Sie die Familie dieser Leute aufsuchen sollten, wenn Sie so aussehen.«

Das war ein Argument, doch Sean zitterte so stark, dass ein zweiter Sanitäter kommen und ihn festhalten musste. Ihre behandschuhten Hände lagen warm und gummiartig auf seiner Haut. Einer von ihnen kaute Kaugummi, der Geruch war deutlich und kräftig, verdeckte aber den Geruch nach Motoröl und Blut nicht ganz. Der Mann mit den Verbänden stellte sich zwischen Sean und das Autowrack, wahrscheinlich mit Absicht, damit Sean die grausame Arbeit nicht sah, wenn die Leichen herausgezogen wurden. Hinter der Schulter des Sanitäters sah er, wie es über der Landschaft hell wurde, die zerstörte Böschung, den steilen Abhang, die Schilder »Betreten verboten«.

»Haben die noch andere Familienmitglieder in der Gegend?«, fragte der Sanitäter und drehte das Kaugummi immer wieder zwischen den Vorderzähnen.

»Drei Kinder«, sagte Sean.

»Mann, das ist hart.«

In der Küche, die jetzt in goldenes Morgenlicht getaucht war, zuckte Sean noch immer unter dem Echo dieser Worte zusammen. »Eure Mom und euer Dad haben es nicht geschafft«, teilte er den Kindern mit. »Die Rettungskräfte sagten, sie seien … auf der Stelle tot gewesen. Sie haben keine Schmerzen gespürt und hatten keine Angst.«

Charlie zitterte auf seinem Schoß wie ein Vögelchen, das aus dem Nest gefallen war. Er schloss sie fest in die Arme, senkte den Kopf und ließ sein Kinn auf ihrem weichen Haar ruhen. Er wollte sie ganz umfangen, sie verschlingen, seinen Körper zu einer harten, schützenden Hülle formen. »Es tut mir so leid«, sagte er. »Es tut mir so leid.« Nie waren diese Worte unpassender gewesen.

»Und jetzt sagst du uns, was mit deinem Gesicht passiert ist?«, fragte Charlie in ängstlichem Flüsterton.

»Ein paar Kratzer, mehr nicht«, flüsterte er zurück. »Von ein paar Zweigen.«

»Tut es weh?«

»Es geht schon.«

»Wer wird sich um uns kümmern?«

»Ich, Schätzchen.« Die Polizisten am Unfallort hatten nachgeprüft, dass er der nächste Verwandte und für die Kinder gesorgt war. Später würde eine Sozialarbeiterin die Situation beurteilen und sicherstellen, dass geeignete Vorkehrungen für die Kinder getroffen waren. Sean hatte kaum Zeit gehabt, über die indirekten Folgen nachzudenken, doch er konnte Charlie ums Verrecken nicht in die Augen schauen, ohne sich ihr voll und ganz zu verpflichten.

»Wir beide«, sagte Lily. Tränen rannen über ihr Gesicht, aber ihre Stimme war fest.

Cameron hatte sich noch nicht von der Schwelle bewegt. Er wirkte schmerzhaft angespannt und hielt seine Gefühle in sich verschlossen. Wahrscheinlich begriff er besser als alle anderen Anwesenden, dass seine Welt über Nacht wie ein Eisberg abgebrochen war und er sie nie wieder an denselben Platz bekommen würde. Das Leben, wie er es kannte, war vorbei; seine Kindheit lag hinter ihm.

Lily ergriff wieder seine Hand, obwohl er sie kurz zuvor noch abgewiesen hatte. »Cameron, es tut mir so leid.«

Wieder schüttelte er sie ab und trat zurück. »Und jetzt?«, fragte er, seine Stimme scharf vor Wut.

Lily schaute mit tieftraurigen Augen zu Sean hinüber. Sie stand kurz davor, die Fassung zu verlieren, aber sie riss sich zusammen. Ihre Blicke hielten sich eine Weile fest. Er kannte diese Frau kaum, doch er kannte den Schmerz, den er in ihren Augen sah. Sie blinzelte, und der Augenblick ging vorüber. Sie waren wieder nur zwei Fremde.

»Cameron«, sagte sie, »wir sind nicht sicher. Wir müssen Schritt für Schritt vorgehen.«

»Mehr«, sagte Ashley und klapperte mit ihrer Schnabeltasse.

Sean, Lily und Cameron setzten sich gleichzeitig in Bewegung, um ihr zu helfen. Sie alle wollten unbedingt etwas

Normales tun – der Kleinen Saft geben, einen Krümel von ihrem Mund abwischen, ans Telefon gehen.

Sean konnte nicht glauben, dass jemand zu dieser frühen Morgenstunde anrief. Vielleicht war es Maura. Vielleicht war es die Polizei, um mitzuteilen, es habe ein Versehen vorgelegen, es sei ein anderer Unfall gewesen, den Sean zufällig entdeckt habe. Er setzte Charlie zur Seite und griff nach dem Hörer des Wandtelefons. »Hallo?«

»Melanie Larkin von den KBUZ News. Ich rufe an wegen Einzelheiten über die Tragödie auf dem Highway 101 …«

»Verpiss dich«, knurrte Sean und knallte den Hörer auf.

»Piss dich!«, sagte die Jüngste und knallte ihre Schnabeltasse auf den Tisch.

Charlie betrachtete ihn mit großen runden Augen.

Sean spürte, wie sein Hals rot wurde. »Entschuldige meine Ausdrucksweise. Das war eine Reporterin, die wissen wollte, was passiert ist.«

»Woher wissen die, dass sie hier anrufen sollen?«, fragte Cameron.

»Die überwachen die Funkfrequenzen der Polizei und der Rettungsdienste«, sagte Sean. »Keine Ahnung, wie sie an diese Nummer gekommen sind …«

Wieder klingelte das Telefon.

»Schaut auf die Rufnummerüberprüfung«, sagte Lily.

Cameron warf einen Blick auf das kleine Display. »Funk gibt es an. Ich kenne die Nummer nicht.«

»Dann lass es läuten«, sagte Lily.

»Am besten, wir ziehen das Gott … das blöde Ding raus.« Sean zog den Telefonstecker aus der Wand.

Irgendwo im Haus klingelte ein anderer Anschluss weiter, bis sich der Anrufbeantworter einschaltete. Crystals Tonbandstimme war ein sanfter Geist, der sie alle durchdrang.

Charlie neigte den Kopf zur Seite und lauschte. »Mommy«, wisperte sie.

In der nachfolgenden Stille spürte Sean plötzlich jede Nanosekunde seiner schlaflosen Nacht. »Wir wollen uns wieder hinsetzen«, sagte er.

Charlie glitt wieder auf seinen Schoß, und er empfand ihre Wärme und ihr Gewicht, den Zuckerwattegeruch ihrer Haare als seltsam tröstend. Sogleich hatte er ein schlechtes Gewissen, dass er Trost bei diesem verängstigten, verletzten Kind suchte.

Lily schüttete Cheerios in eine Plastikschale und gab sie Ashley. »'kyou«, sagte die Kleine.

»Gern geschehen.«

Cameron war noch immer wachsam, nervös. Er hockte auf seinem Stuhl, als wollte er jeden Augenblick fliehen.

Erneut klingelte das Telefon.

»Warum rufen so viele Leute an?«, jammerte Charlie.

»Ich fürchte, es werden noch eine Menge Leute anrufen«, sagte Lily.

»Wegen Dad«, sagte Cameron. »Weil er berühmt ist.«

»Weil eure beiden Eltern viele Menschen kennen, die sie lieben und die sich Sorgen um euch machen. Wir achten nicht auf das Telefon und sprechen nur mit Leuten, mit denen wir reden wollen, okay?«, sagte Lily.

»Jemand vom Highway Department wird bald hier sein«, sagte Sean.

»Warum?«, fragte Cameron. »Wollen die Dad einen Strafzettel geben?« Seine Wut festigte sich wie Epoxid und wurde von Minute zu Minute härter.

»Wahrscheinlich werden sie ein paar Fragen stellen. Das ist so üblich.« Er führte den Gedanken nicht zu Ende. Übliches Verfahren bei einem tödlichen Unfall, hatten sie ihm vor Ort gesagt. »Und sie schicken eine Sozialarbeiterin, die sicherstellt, dass für alle gesorgt ist. Im Übrigen«, fuhr er fort, »müssen wir Jane anrufen.«

»Kann sein, dass sie es schon gehört hat«, gab Lily zu bedenken.

»Trotzdem müssen wir sie anrufen. Und ich werde meinen Vater in Kalifornien anrufen.« Wieder wurde ihm schwindelig. Wie zum Henker sollte er das anstellen? Wie nahm man den Hörer zur Hand und sagte die Worte, ›Derek ist tot.‹?

»Was ist mit Crystals Familie?«

»Ihr Vater ist gestorben, die Mutter ist in einem Pflegeheim«, sagte Lily. »Sonst hat sie niemanden.«

»Oma Dot ist krank«, informierte ihn Charlie. »Sie kennt niemanden.«

»Sie hatte mehrere Schlaganfälle, und der letzte war schwer«, erklärte Lily.

Sean war klar, dass sie in Gegenwart der Kinder nicht weiter auf Einzelheiten eingehen wollte.

Auch wenn Charlie leicht war, wurde sie Sean allmählich schwer. Ihre knochige kleine Gestalt drückte sich fest an ihn.

»Dann sollten Sie Jane anrufen, denke ich«, sagte Lily.

Irgendetwas an dieser Anweisung störte ihn. Er warf einen Blick auf die Uhr und nickte. Schon möglich, dass die Morgennachrichten über den Unfall berichteten. Er dachte kurz an Maura. Auf der Rückfahrt vom Autowrack hatte er sie angerufen, aber keinen Anschluss bekommen. Sean hatte eine Nachricht hinterlassen: Ruf mich an, sobald du das hier bekommen hast. Es ist dringend.

Sie hatte noch nicht angerufen.

Lily sah blass und mitgenommen aus. Sie hatte etwas Brüchiges an sich, dünn und zerbrechlich wie eine Eisschicht um einen Zweig. Viel brauchte es nicht mehr, bis sie zusammenbrach. Vermutlich hielten allein die Kinder sie aufrecht.

Er tätschelte Charlie den Kopf. »Das mache ich lieber.«

Sie kletterte von seinem Schoß, und Lily breitete ihre Arme aus. »Steig an Bord.«

Mit ernstem Gesicht folgte Charlie und lehnte ihre Wange an Lilys Brust. Das Kind weinte, ohne einen Laut von sich zu geben. Sean fand eine Schachtel Kleenex und stellte sie auf den Tisch neben Charlie.

»Ich auch«, sagte Ashley, öffnete und schloss die Hände. Sean sah zu Cameron. Dereks Sohn war geistig abgedriftet und starrte aus dem Fenster.

»Cameron, halte Ashley im Auge, während ich den Anruf tätige«, sagte Sean.

Cameron nickte und schüttete noch mehr Saft in die Tasse der Kleinen.

Sean nahm einen Papierfetzen mit Janes Nummer zur Hand und benutzte sein Handy für den Anruf. Wie soll ich das anfangen?, fragte er sich. Ihm fiel auf, dass seine Hand zitterte. Er zwang sich, das Handy still zu halten. Während es klingelte, schlenderte er auf die Veranda hinaus. Er hatte keine Ahnung, was er dieser Frau sagen, wie er ihr die Nachricht beibringen sollte. Er wollte es richtig machen, doch er kannte die Freundin seines Bruders kaum. Er hatte immer gedacht, er und Derek würden sich näherkommen, nachdem er jetzt aus Übersee zurück war. Er hatte gedacht, sie hätten alle Zeit der Welt.

»Jane«, sagte er, als sich ihre Voicemail meldete. »Ruf mich sofort an, sobald du diese Nachricht abhörst.« Er hinterließ ihr seine Nummer, holte tief Luft und ging durch das Tor der Veranda. Die Welt sah aus, als würde nichts fehlen. Das Bedürfnis, weiterzugehen, war stark. Er war früher auch schon davongelaufen und hatte sich geweigert, sich die Probleme anderer zu eigen zu machen.

Dann, als er das Ende der Auffahrt erreicht hatte, flammte ein Blitzlicht auf und blendete ihn vorübergehend. »Scheren Sie sich zum Teufel und verlassen Sie dieses Anwesen«, sagte er, unfähig, durch den Dunst roter Rückstände aus einem Blitz etwas zu sehen.

17

Samstag, 11.15 Uhr

Vielen Dank, dass Sie sich die Zeit nehmen«, sagte Lily und hielt die Hintertür für den Beamten des Highway Department und die Sozialarbeiterin auf.

»Sie können mich jederzeit anrufen, Tag und Nacht«, sagte Susie Shea, die den Fall bearbeitete und sich mit Elan hineingestürzt hatte. Sie war stundenlang im Haus gewesen und hatte ihnen geholfen, den Tag zu überstehen, hatte erklärt, was passieren würde, Schritt für Schritt. Obwohl sie Mitgefühl hatte, beschönigte sie die Situation nicht. Die Kinder der Holloways waren jetzt, zumindest vorübergehend, Mündel des Staates und standen unter sorgfältiger Aufsicht. Regelmäßig würde man Berichte über sie verfassen.

Lily schloss die Tür hinter ihnen und lehnte ihre Stirn an den Türpfosten. Noch nie im Leben war sie so erschöpft gewesen. Sie kam sich vor, als hätte man sie geöffnet und ausgeleert, und es war nichts übrig, außer dem überwältigenden Schmerz der Trauer. Sie wandte sich von der Tür ab und bemerkte einen Stapel Bücher aus der Bücherei auf dem Tisch im Flur – Kreuzfahrten in der Karibik, Biologie für Dummies, Übersicht über Pflegeheime, Horton hört ein Hu!. Dem Stempel auf der Rückseite zufolge war die Frist für alle abgelaufen. Neben den Büchern lag ein Reinigungszettel und eine Quittung für Filmentwicklung. Hier war ein Leben unterbrochen, tägliche Besorgungen, die nie erledigt würden, und die Aussicht, das alles in Ordnung zu bringen, legte sich mit Macht auf das ohnehin schon unerträgliche Gewicht der Trauer.

Crystals Kinder waren jetzt Waisen. Lily kam kaum über diesen Gedanken kaum hinaus. Sie standen vollkommen allein in der Welt. Zunächst würde das Vormundschaftsgericht sie unter die Obhut von Sean Maguire stellen, und sie würden hier mit ihm wohnen. Lily wollte ihrer Bestürzung darüber keinen Raum geben und sagte sich, es sei die logische Vorkehrung – jedenfalls in den Augen des Sozialamts. Ihre nächste Blutsverwandte, Dorothy Baird, war medizinisch nicht in der Lage, einzuschreiten, daher war Sean vorübergehend der nächste Verwandte, zumindest, bis sie erfuhren, ob ein gesetzlich bestimmter Vormund eingesetzt würde. Als Ms Shea ihm das erläutert hatte, war er völlig konfus gewesen und hatte gesagt: »Ja, gut, nehme ich an.«

Lily war sich nicht sicher, ob er es begriffen hatte. Womöglich hätte er dieselbe Antwort gegeben, wenn sie gefragt hätte: »Wollen Sie Pommes dazu?«

Alle drei Kinder würden sofort mit einer Trauerberatung anfangen. Bei Charlie und Cameron war das Risiko groß, dass sie unter dem Trauma des Verlassenseins leiden würden. Bei Ashley war die Gefahr geringer. Vielleicht litt sie gar nicht; das zu beurteilen, war noch zu früh.

Während Lily die Bücher aus der Bücherei sorgfältig neben die Tür stapelte, versuchte sie sich zu zwingen, die Situation zu akzeptieren. Das Undenkbare war geschehen, das, womit die Menschen eigentlich nie rechnen. Sie hoffte nur, dass Crystal und Derek für einen solchen Fall vorgesorgt hatten. Für kurze Zeit war Sean Maguire verantwortlich. Sean Maguire.

»Haben die ein Glück«, murmelte sie kaum hörbar vor sich hin.

»Wer hat Glück?«

Von der männlichen Stimme erschreckt, drehte sie sich um und wischte sich nervös die Hände an den Oberschenkeln ab. Maguire machte sie nervös, oder vielleicht war es nicht er. Vielleicht war es die ganze unwirkliche Situation.

»Wo sind die Kinder?«

»Oben. Ashley schläft, Charlie sieht sich ein Video an, und Cam … starrt aus dem Fenster. Wer hat Glück?«, fragte er noch einmal.

»Nichts. Ich habe nur laut gedacht.« Sie warf einen Blick auf den Umschlag in seiner Hand. Es waren die Papiere, in denen die Vereinbarungen für die Pflege der Kinder festgelegt waren. »Sind Sie sicher, dass Sie das auf sich nehmen wollen?«, fragte sie.

»Mit Wollen hat das nichts zu tun. Sie sind die Kinder meines Bruders. Ich bin alles, was sie haben.«

»Crystal wollte, dass ich mich um die Kinder kümmere«, sagte sie ohne Umschweife.

»Woher zum Teufel wissen Sie das? Hat Sie Ihnen eine Notiz oder so was hinterlassen?«

Lily atmete tief durch und zwang sich, seinen Tonfall zu überhören. »Ich bin ihre Patentante. Und wir haben darüber gesprochen, nachdem sie Ashley zur Welt gebracht und ihre Mutter den ersten schweren Schlaganfall hatte. Sie sagte mir, sie ändere ihr Testament, und wenn ihr und Derek je etwas zustoßen sollte, wäre ich für die Kinder verantwortlich.« Lily und Crystal hatten darüber gescherzt. »Du mit deinem Eid, nie Kinder zu haben«, hatte Crystal sie aufgezogen. »Eines Tages könntest du bei dreien landen.« Sie hatten beide gelacht und sich vorgestellt, wie Lilys ordentliche Welt im Chaos eines Familienlebens untergehen würde. Natürlich hatten sie gelacht. Allein der Gedanke war absurd.

Obwohl sie in der vergangenen Nacht kaum geschlafen hatte, ging sie erregt auf und ab. »Wissen Sie, es war eine dieser Unterhaltungen über etwas, das nie eintreten wird.«

Er nickte. »Verstehe. Ms Shea sagte, die meisten Ehepaare geben sich nicht damit ab, Testamente aufzusetzen, aber ich bin ziemlich sicher, dass Derek und Crystal es gemacht haben. Trotzdem, jemanden zu bestimmen, der die eigenen Kinder übernimmt ...« Er schüttelte den Kopf. »Die meisten denken, wozu? So wie der Kauf einer Flugversicherung.«

»Ich schließe immer eine Flugversicherung ab«, sagte Lily ruhig. Allmählich fühlte sie sich schlagkräftig, vielleicht ein wenig böse. »Ich sagte Crystal, schön, natürlich kümmere ich mich um deine Kinder. Ich sollte etwas unterschreiben, das ihre Anwältin vorbereitet hatte, doch das Thema kam nie wieder zur Sprache. Warum auch? So etwas passiert einfach nicht.«

Dieser Mann, Sean Maguire, war ein Mensch von beunruhigender Stille. Schweigend nahm er sie mit einem Blick in Augenschein, den sie nicht deuten konnte, und fragte dann: »Wollte das auch Derek?«

Aufkeimender Groll versetzte ihr einen hässlichen kleinen Stich. »Ich weiß nicht, was er wollte.« Außer einer Scheidung. Die hatte er gewollt, und er hatte sie zu seinen Bedingungen bekommen, die das gemeinsame Sorgerecht für die Kinder beinhalteten.

Sie unterließ es, noch etwas zu sagen. Dieser Mann hatte einen Bruder verloren. Ihre Meinung über Derek würde weder ihm noch ihr den Schock und die Trauer erleichtern.

Na schön, sagte sie sich, reiß dich zusammen. Jedes Mal, wenn sie versuchte, geradeaus zu denken, explodierte ein riesiger, überwältigender Gedanke in ihrem Kopf. Crystal war tot.

Wie konnte das sein?, fragte sie sich und sah sich in der Küche um. Der Becher mit Crystals Lippenstift stand noch immer auf der Fensterbank. Sie sollte nicht tot sein; es waren Besorgungen zu erledigen, sie hatte Verpflichtungen einzuhalten, die sie mit ihrer schwungvollen Krakelschrift auf ihrem Kalender notiert hatte. Sie sollte wieder hierher in ihr Haus kommen, zu ihren Kindern, in ihr Leben. Undenkbar, dass sie nicht kommen würde.

Lily kniff die Augen zu und stellte sich eine Reihe klarer Standbilder vor, wie eine Diashow mit Lieblingsschnappschüssen – Crystal als ausgelassener Teenager, wie sie lachte, als sie Lily das Radschlagen beibrachte. Und später als junge Frau, siegesgewiss, nachdem sie einen unter Dutzenden von Schönheitswettbewerben gewonnen hatte. Crystal als Braut, wie die Gestalt aus einem Märchen, und dann als Mutter, in Schweiß gebadet und triumphierend, kurz nachdem sie ihre Kinder zur Welt gebracht hatte. Gestern noch hatte sie in Lilys Klassenzimmer gesessen, ein Papiertuch zerrupft und ihre Tränen zurückgehalten, als sie über ihr Sorgenkind sprachen. Sie war so kraftvoll gewesen, so überwältigend lebendig. Wie werde ich all die Erinnerungen festhalten?, fragte sich Lily. Wie werde ich den Kindern helfen, sie festzuhalten?

Der Gedanke polterte ziellos durch Lily. In ihrem Herzen war Platz für eine lieb gewordene Freundin gewesen. Und jetzt … nichts, außer einer schrecklichen, hellen Leere dort, wo Crystal gewesen war.

Lily schlug die Augen auf und schaute zu Sean hoch. »Haben Sie und Derek … je darüber gesprochen?«

»Nein. Nie. Es ist, wie Sie sagten: Man denkt nicht daran. Niemand.«

»Diese Kinder brauchen jetzt Antworten. Sie müssen wissen, was mit ihnen geschieht, nicht nur in der nächsten Woche, sondern im nächsten Jahr, ihr Leben lang.«

»Ich weiß.«

Susie Shea hatte ihnen gesagt, sie sollten einen vorläufigen Plan für die Kinder aufstellen, um sicherzugehen, dass vorerst für sie gesorgt war.

»Vermutlich werden wir Ende der Woche schlauer sein«, sagte Lily. »Sie wissen schon, wenn die Testamente verlesen werden.«

Ein peinliches Schweigen legte sich zwischen sie. Das ferne Geräusch des Fernsehers schwebte durch das Haus.

»Was ist mit Jane Coombs?«, fragte Lily. »Ich dachte, sie würde sofort kommen, sobald sie es gehört hat.«

»Sollte man meinen.«

»Aber …?«

»Sie wurde hysterisch, als ich es ihr sagte. Sie bot an, gleich zu kommen, aber ich habe ihr geraten, abzuwarten, bis sie sich wieder gefasst hat. Ich dachte, es würde den Kindern nicht guttun, sie in dem Zustand zu sehen.«

»Sie stand kurz davor, ihre Stiefmutter zu werden«, sagte Lily. »Wie kann sie dann wegbleiben?« Sie stand auf und schaute sich nach etwas um, das sie in Ordnung bringen oder putzen konnte. Sie griff nach dem Becher mit dem Lippenstift und begann ihn abzuwaschen, hielt inne. Sie stellte ihn hoch oben auf ein Regal, mit Lippenstift. Sie drehte sich um und merkte, dass Sean sie ausdruckslos beobachtete.

Sie weigerte sich, eine Erklärung für ihr Verhalten abzugeben und sagte: »Und jetzt? Die Kinder brauchen Antworten, Sean. Sie müssen wissen, wer ihnen morgens das Frühstück richtet und sie zur Schule bringt. Sie müssen wissen, mit wem sie Weihnachten feiern, wer ihre Erlaubnisscheine unterschreibt und sie zum Arzt bringt, wenn sie krank sind. Das brauchen sie. Und sie brauchen es jetzt, nicht nach der Beerdigung oder nach der Testamentseröffnung.«

»Brrr, langsam. Ein Schritt nach dem anderen.« Er legte die Fingerspitzen aneinander und runzelte die Stirn. »Wir wollen uns einen Plan zurechtlegen.«

Sie nickte zwar, spürte jedoch leichte Panik. Ich bin noch nicht bereit, dachte sie. Ich kann das nicht. Dann rief sie sich ins Gedächtnis, dass es Crystals Kinder waren. Da spielte es keine Rolle, wie schlecht sie für die Katastrophe gerüstet war. »Ich kann übers Wochenende bleiben«, sagte sie bedächtig. »Ich werde mir nächste Woche freinehmen, um bei den Kindern zu sein.« Sie betrachtete sein Gesicht, seine sorgenvollen Augen. »Ist Ihnen das recht?«

»Ich … ja, danke. Vorläufig werden wir uns an den Plan

halten.« Er warf einen Blick zur Treppe. »Was ist mit Übernachtungen?«

»Ich nehme das Gästezimmer«, sagte sie rasch. Sie konnte unmöglich in Crystals Bett schlafen.

Sie sah sich den Stapel Veröffentlichungen an, den die Sozialarbeiterin ihnen zum Durchlesen dagelassen hatte – Stark werden, Trauerberatung für Kinder, Einstellung auf Pflegeverhältnis, Tipps für das Übergangsstadium. Das war Lektüre, die Lily aus dem Lehrerzimmer oder der Fachbibliothek in der Schule kannte, und bisher hatte sie ihr immer ferngelegen – zu theoretisch. Jetzt jagten ihr allein die Titel schon Angst ein.

»Ich frage mich …« Sean hielt inne und schluckte. »Vielleicht könnten Sie mir bei ihrem Zimmer helfen.«

Lily wusste genau, worum er bat. »Kommen Sie, wir wechseln die Bettwäsche und machen Platz im Schrank. Ich weiß, wo alles ist.«

Seine Gesichtszüge wurden milder vor Dankbarkeit. Lily führte die Bewegungen wie ein Roboter aus, holte frische Laken aus dem Wäscheschrank und bezog das Bett.

Die Situation hatte eine seltsame, verwirrende Häuslichkeit, und sie beeilte sich, fertig zu werden.

Anschließend füllte sie einen großen Gobelinkoffer mit Kleidern und Schals, Röcken, Jacken und Schuhen.

Sie arbeitete schnell und versuchte, nicht darüber nachzudenken – dass sie diese Sachen wegpackte, weil Crystal tot war.

Als sie den Reißverschluss zuzog, fiel ihr der Gepäckzettel auf, Vorsicht.

»Legen Sie ihn einfach vorerst ins Regal«, sagte sie Sean.

»Es ist viel zu früh, um …« Sie räusperte sich. »Fürs erste werden wir nichts los.«

»Soll mir recht sein.« Sein Handy klingelte, er trat zur Seite und meldete sich.

Lily räumte den Schrank fertig um, eingehüllt vom vertrauten Duft nach Crystals Parfüm. Der gepackte Koffer erleichterte die Vorstellung, dass Crystal nicht tot, sondern nur kurz verreist war.

Sie nahm ein Buch vom Nachttisch in die Hand. Die Sünden der Väter von Susan Howatch.

Die Seite war mit einer Visitenkarte der Laurelhurst School markiert, einer Karte von Greg Duncan, dem Sportlehrer und Golftrainer.

Lily schlug das Buch auf.

Crystal war in der Mitte des Romans gewesen.

Sie würde nie erfahren, wie er zu Ende ging.

Sean klappte sein Handy zu. »Dereks Agent kommt vorbei. Er hat einen Flug von Los Angeles genommen, sobald ich ihn angerufen hatte«, sagte Sean. »Er kümmert sich um Dereks gesamte Geschäfte.«

Wird er sich um seine Kinder kümmern? Lily wusste, dass sie danach nicht zu fragen brauchte.

»Sein Name ist Red Corliss«, fuhr Sean fort. »Er, äh, hat eine Pressekonferenz angesetzt.«

»Eine Pressekonferenz?«, fragte Lily ungläubig. »Sagen Sie mir, dass das ein Witz ist.«

»Mir gefällt die Idee auch nicht«, sagte Sean, »aber Red weiß, was er macht. Er sagte, auf diese Weise können wir die Informationen steuern, und wenn wir Glück haben, die Presse auf Abstand halten.«

Allein bei dem Gedanken, Crystals Tod zu verkünden, als hätte sie wieder einen Wettbewerb gewonnen, schauderte Lily. Sie wandte sich Sean zu, erforschte sein Gesicht und spürte eine eigenartige, unerwartete Vertrautheit mit diesem Fremden.

Sie kannten sich noch keine vierundzwanzig Stunden, doch zwischen ihnen bestand eine schreckliche Verbindung, geschmiedet durch das Undenkbare.

»Wissen Sie, wie mich das alles ankotzt?«, fragte sie.

»Ja«, sagte er, »ich weiß.«

18

Samstag, 15.20 Uhr

Red Corliss dampfte in die Stadt wie ein Güterzug, brüllte in ein Handy, erteilte Befehle und mähte alles nieder, was ihm im Weg stand. Als Sean noch jünger und Klient von Red war, hatte er die Aggressivität des Agenten und seine groben Manieren ein wenig bewundert. Jetzt, zwölf Jahre später, sah er Red als den, der er war, ein ehrgeiziger, selbstsicherer Profi, dessen Auftreten ein unerwartet zartes Herz maskierte.

In kürzester Zeit war es Red irgendwie gelungen, die Schlüsselfiguren zusammenzutrommeln und in Echo Ridge, Dereks Heimplatz, zu versammeln. Eine Stunde später traf Red bei Crystal ein.

»Wie ist es gelaufen?«, fragte Sean und hielt ihm die Tür auf.

»Es ging. Ich habe ihnen die Fakten mitgeteilt, die Erklärung verlesen, die wir aufgesetzt haben, ihnen gesagt, sie sollen die Privatsphäre der Familie respektieren, blah, blah, blah. Sie machen daraus, was sie wollen. Wenn sie wissen, was gut für sie ist, berichten sie über die Tatsachen, nicht über den Klatsch.«

Von heute auf morgen waren unweigerlich Gerüchte aufgekommen. Was machte ein getrenntes Paar zusammen auf einer entlegenen Küstenstraße? War es wirklich ein Unfall, oder war Mord im Spiel? Red machte es sich zur Aufgabe, der Welt zu sagen, es handele sich um einen tragischen Unfall in jeder Hinsicht, und anderes zu vermuten, sei ein boshafter Affront für die Familien der Opfer.

»Red!« Charlie kam ins Wohnzimmer gelaufen, die Arme zum Gruß weit ausgebreitet.

»Da bist du ja, Prinzessin Carlotta.« Red stellte seine Aktentasche ab und fing Charlie mit beiden Armen auf.

»Jedes Mal, wenn ich an meine Mom und meinen Dad denke, muss ich weinen«, sagte sie. »Und ich denke die ganze Zeit an sie.«

»Klar, doch, meine Süße.« Reds barsche äußere Hülle schmolz dahin. »Sie haben dich von ganzem Herzen geliebt.«

»Es ist überhaupt nicht gut, wenn sie nicht hier bei mir sind«, klagte sie.

»Ich weiß, Prinzessin. Ich weiß. Wo sind dein Bruder und deine Schwester?«

»Ashley ist bei Lily in der Küche.«

»Wer ist Lily?«

»Meine Lehrerin.«

»Sie ist Crystals Freundin«, sagte Sean. »Sie ist bei den Kindern, seitdem das alles hier anfing.«

»Cameron ist in seinem Zimmer«, sagte Charlie zu Red, »und hört seine blöde Musik.«

»Ich hole ihn«, sagte Sean und ging die Treppe hinauf. Cameron lag wie verloren auf seinem Bett und starrte an die Decke. Er hatte Kopfhörer aufgesetzt, der kleine iPod schwankte auf seiner Brust wie ein Herzschrittmacher. Ein erstaunlich zufriedener Ausdruck lag auf seinem Gesicht. Musik konnte einen nicht retten, dachte Sean, aber gelegentlich, nur für kurze Zeit, konnte sie die Leerräume in einem Menschen ausfüllen. Aus den Kopfhörern drang leise, blecherne Musik, und Cameron ließ sich Zeit, sie abzunehmen, als er Sean bemerkte.

»Wie geht's dir?«, fragte Sean.

»Ganz gut.«

»Red ist da. Er muss mit uns allen sprechen.«

»Worüber?«

»Über vieles.« Schwer zu ergründen, wo man anfangen sollte. »Bestattungsfragen. Und noch andere Sachen. Wir müssen zu einer Besprechung bei Logan, Schwab and Fuller, um durchzugehen, was eure Eltern für euch wollten.«

»Das ist leicht«, sagte Cameron mit vollem Ernst und hartem Blick. »Sie wollten ... ach, egal.«

»Was wolltest du sagen?«

»Egal.« Cameron warf den iPod auf das Bett. »Dann wollen wir Red guten Tag sagen.«

Sean schaute auf sein Handy, ob Nachrichten eingegangen waren. Keine Antwort von Maura, stellte er fest. Da sie zu ihrem Seminar die Stadt verlassen hatte, konnte sie nicht wissen, was mit ihm los war, aber sie sollte doch wenigstens ihre verdammten Anrufe beantworten.

Er schluckte seine Verärgerung herunter, weil es sein musste. Hier ging es nicht um ihn und seinen Kummer. Es ging darum, herauszufinden, was für Dereks Kinder das Beste war. Wenn er erst dem Gefühl des Verlusts in seiner Seele nachgab, würde er womöglich so tief in ein dunkles Loch gezogen, dass er nie wieder herausfände. Damit wäre er für diese Kinder nutzlos.

Mein Gott, Derek, dachte er. Wie um alles in der Welt soll ich das machen?

Er ging mit Cameron ins Wohnzimmer, wo Red, Lily und die Mädchen warteten. Er blieb kurz im Türrahmen stehen und schaute Lily an. Sie war jetzt seit vierundzwanzig Stunden da und kümmerte sich um die Kinder, so gut sie konnte. Sie hatte sich nicht umgezogen, obwohl sie Zeit gefunden hatte, unter die Dusche zu gehen, und als er an der Badezimmertür vorbeigekommen war, hatte er sie drinnen weinen hören. Er war stehen geblieben und hatte sich vorgestellt, wie sie mit dem Gesicht unter dem Wasserstrahl schluchzte. Jetzt saß sie da, Ashley auf dem Schoß und Charlie, die sich an sie schmiegte, neben sich, und ihr Gesicht war vor Schock aschfahl, angespannt vor unausgesprochener Trauer. Doch als ihr Blick auf ihn fiel, stellte Sean eine unterschwellige Feindseligkeit fest. Wenn es um diese Kinder ging, meldete sie Besitzansprüche an. Er auch, verdammt.

Red schüttelte Cameron die Hand und behandelte ihn mit einer gewissen Würde, die nicht erzwungen schien. Da gab es also Verbündete. Kleine Ausbeute der Schicklichkeit auf beiden Seiten.

Sean nickte Red zu und setzte sich in einen Ledersessel. Er nahm einen dicken Ordner mit Formularen und Broschüren zur Hand.

»Für eure Mom und euren Dad wird es einen Trauergottesdienst geben«, sagte er. »Red, Lily und ich werden die Vorkehrungen treffen.«

Er schaute Lily fragend an, und sie nickte kaum merklich.

»Wir wollen nicht, dass ihr euch Sorgen um etwas anderes macht als um die Frage, wie ihr euch an diese neue Situation gewöhnt«, fügte er hinzu.

»Ich will mich nicht gewöhnen«, erklärte Charlie. »Nie.«

»Liebes, uns bleibt nichts anderes übrig«, sagte Lily. »Ich wünschte bei Gott, es wäre anders. Die Beerdigung soll das Leben eurer Eltern würdigen. Viele Freunde werden kommen. Wir müssen wissen, ob ihr beim Gottesdienst etwas Bestimmtes wollt, eine bestimmte Musik, oder ob etwas Bestimmtes vorgelesen werden soll.«

»Welche Musik? Was soll vorgelesen werden?«, fragte Charlie mit ängstlichem Blick.

»Etwas Kurzes, vielleicht aus der Bibel oder aus einem Buch, das du gelesen hast, um dich zu trösten. Vielleicht auch ein besonderes Lied«, sagte Lily.

»Ich mag nicht lesen«, sagte Charlie.

»Für gewöhnlich übernimmt das jemand anders.«

»Mir gefällt Trumpet of the Swan«, schlug Charlie vor.

Cameron schnaubte. »So was wird nicht gelesen.«

Lily legte ihm eine Hand auf den Ärmel, um ihm das Wort abzuschneiden. Es funktionierte. Cameron starrte aus dem Fenster. Charlie betrachtete ihre rosa Turnschuhe.

»Ihr müsst euch nicht sofort etwas ausdenken«, sagte Sean. »Sagt uns später, wenn euch etwas eingefallen ist, okay?«

Alle drei Kinder waren unheimlich diszipliniert und nachdenklich. Selbst die Jüngste war still und aufmerksam, begriff nicht, reagierte aber empfindsam auf die Stimmung der anderen. Sean gab sich die größte Mühe zu erklären, was passieren würde, dann sagte er, er müsse mit Red weggehen und die Menschen treffen, welche die Beisetzung planten. Der Gedanke, zu einem Bestattungsunternehmen zu gehen und festzulegen, wie sein Bruder beizusetzen war, hatte etwas Unwirkliches. Der Drang, wegzulaufen, war stark.

»Wann kommst du wieder?«, fragte Charlie.

Zum ersten Mal in seinem Leben stand es ihm nicht frei, wegzulaufen. Er unterdrückte den Wunsch. »Heute Abend, spät, wenn ihr schon schlaft. Lily bleibt diese Nacht bei euch.«

»Lily«, sagte Ashley und zeigte mit Nachdruck auf sie.

»Ich bleibe die ganze Woche hier«, versicherte Lily. »Die Klasse bekommt eine Vertretung, und du und Cameron, ihr könnt zu Hause bleiben.« Sie schaute Cameron an. »Das heißt, wenn ihr wollt.«

»Mir macht es nichts aus, die Schule eine Woche schlabbern zu lassen«, sagte er.

Mit Ashley auf dem Arm begleitete Lily die beiden Männer zur Tür.

»Rufen Sie mich an, wenn Sie etwas brauchen«, sagte Sean.

»Ja, mach ich.«

Red reichte ihr seine Visitenkarte. »Das gilt auch für mich. Und hören Sie, gibt es etwas, das Crystal Ihrer Meinung nach gewollt hätte? Sie wissen schon, für den Trauergottesdienst.«

Lily biss sich auf die Lippe. »Sie liebte Blumen. Alle Sorten. Und Rosa. Rosa ist ihre Lieblingsfarbe. Ich gebe Ihnen später Bescheid wegen der Musik.«

»Wir tun, was wir können«, sagte Sean.

Als er sich von dem stillen Haus entfernte, wünschte Sean,

er hätte bleiben können. Er wünschte sich alles andere als die grauenvolle Aufgabe, für die Beerdigung der Eltern dieser Kinder zu sorgen. Er warf einen Blick zurück, sah Lily in der Tür stehen, beide Arme wie einen Schutzschild um die Kleine geschlungen. Sie hatte einen entschlossenen Zug um den Mund, und die Brise zupfte an ihren Haaren. Sean hob die Hand zu einem halbherzigen Gruß. Sie winkte nicht zurück, sondern drehte sich um, ging hinein und schloss die Tür fest hinter sich.

»Ich weiß noch, dass ich ihr ein oder zwei Mal begegnet bin, damals, als Crystal und Derek verheiratet waren«, sagte Red, der Seans Blick bemerkte. »Kenne sie nicht gut, aber ich wette, diese prüde, verklemmte Haltung ist nicht ihre. Sie leidet. Ganz schlimm.«

»Ja, da ist sie nicht die Einzige. Sie ist meine geringste Sorge.«

Red stieg in den Mietwagen, der bereits nach seinen Lieblingszigarren roch. »Überleg mal, Junge. Entweder du bekommst sie auf deine Seite, oder du bereitest dich auf einen Kampf vor.«

»Was zum Teufel soll das denn heißen?«

»Vielleicht nichts. Um noch mal auf das Redwing-Turnier zu kommen …«

»Das ist gelaufen.«

»Ich weiß. Alles ist gelaufen, bis wir das hier hinter uns haben.«

Sean gefiel der Gedanke nicht, der ihm durch den Kopf ging. Überlass es Derek, mir den Schuss zu vermasseln.

19

Samstag, 19.05 Uhr

Als Sean und Red ihre Besprechung mit dem Leiter des Bestattungsunternehmens beendet hatten, kam Sean nach Hause, eine Wachablösung fand statt. Lily versprach, sie werde bald wieder da sein, und trat in die kühle, feuchte Nacht hinaus. Zum ersten Mal seit Stunden konnte sie tief und ungehindert durchatmen. Kaum zu glauben, wie körperlich erschöpft sie war. Was hatte sie den ganzen Tag schon getan, außer auf und ab zu schreiten und sich Sorgen zu machen?

Während sie nach Hause fuhr, schlich sich ein Gefühl des Entrinnens ein. Sie war wieder allein, verantwortlich für ihr eigenes Leben. Wenn sie wollte, könnte sie an ihrer Straßenecke vorbeifahren und sich auf den Weg in die nächste Stadt machen, nach Portland, zum Flughafen.

Die Vorstellung flammte wie ein kurzes Feuer auf, wurde dann aber schnell von der Realität gelöscht. Entrinnen war keine Alternative. Sie gehörte sich nicht mehr. Sie gehörte drei verwaisten Kindern, die noch verlassener waren als sie.

Sie betrat das stille, leere Haus. Alles war noch so, wie sie es verlassen hatte, Annies Männer im DVD-Player, eine Italienkarte auf dem Wohnzimmertisch ausgebreitet, daneben ein Glas Wein. Langsam und mit Bedacht faltete sie die Karte zusammen.

Während sie ein paar Sachen in eine Tasche warf, ging die Tür auf und zu. Sie erschrak. »Hallo?«, rief eine Stimme.

»Mom.« Sie wischte sich die Hände an der Hose ab und traf im Wohnzimmer auf ihre Mutter. »Was machst du hier?«

Sharon Cutler Robinson lächelte zaghaft. »Ich habe mich sofort auf den Weg gemacht, als ich es gehört habe.«

Lily betrachtete sie eine Weile. Ihre Mutter war eine seltene Besucherin, fern und kalt wie der Mond. Früher war sie einmal hübsch gewesen, wenn nicht sogar schön; Lily wusste es von alten Fotos. Im Lauf der Jahre hatte das Aussehen ihrer Mutter eine spröde Schärfe angenommen, verhärtet von Elend und der erbitterten Hingabe an ihren Beruf als Leiterin der Produktsicherheit. Dennoch war in ihren Augen Mitgefühl zu lesen, und Lily umarmte sie kurz, wobei sie den vertrauten Geruch nach Eau de Cologne von Elizabeth Arden einatmete.

»Danke, dass du gekommen bist. Soll ich dir eine Tasse Tee machen?«

»Nichts, nein danke. Dein Vater lässt dich übrigens herzlich grüßen. Er ist in Saigon.« Terence Robinson war Vorstandsmitglied bei Nike und verbrachte sein halbes Leben in Übersee. Sharon zog ihren Regenmantel aus und hängte ihn neben die Tür. Sie trug einen wolkenweichen weißen Angorapullover, der eigentlich zu jugendlich für sie war, aber er stand ihr. »Ich wollte nur sehen, ob alles in Ordnung ist mit dir, und nachfragen, was mit Crystals Familie passiert.«

Lilys Brust schmerzte, als sie die vergangenen Stunden erzählte, doch sie redete mit eigenartig leidenschaftsloser Stimme. In Gegenwart ihrer Mutter kam sie sich immer albern vor, wenn sie Emotionen zeigte. Was nutzt es denn, zu weinen?, sagte ihre Mom immer, als sie noch klein war. Es ändert doch nichts.

Was Lily damals festgestellt hatte, galt jetzt noch immer. Der Schmerz war größer, wenn man ihn bei sich behielt.

»Es ist furchtbar«, sagte Sharon, als Lily beschrieb, was Sean am frühen Morgen entdeckt hatte. »Was haben sie nur so weit draußen an der Küste gemacht? Was haben sie gedacht?«

»Das werden wir nie erfahren.«

»Irgendetwas hat sie dort hinausgetrieben und leichtsinnig gemacht«, sagte Mom. »Ich frage mich, was.«

Beunruhigende Nachrichten über ihre Tochter, dachte Lily, ohne es zu wollen. »Ich muss fertig packen«, sagte sie und begab sich ins Schlafzimmer. Schuldgefühle trieben sie um. Sie konnte nicht aufhören, sich zu fragen, ob die Dinge anders gelaufen wären, wenn sie die Neuigkeiten über Charlie einfühlsamer vorgebracht hätte, oder gar nicht. Ich wünschte, ich könnte die Zeit zurückdrehen, dachte sie und zerbrach innerlich. Ich will die Stunde noch einmal erleben.

»Wohin gehst du?«

»Zu Crystal.«

»Du hast doch gesagt, ihr Schwager habe dort alles in die Hand genommen.«

»Stimmt, aber er ist alleinstehend, Mom. Er ist gerade von den Philippinen oder aus Malaysia oder was weiß ich woher wieder hierher gezogen. Ich will klarstellen, dass ich für die Kinder da bin.« Sie spürte, dass ihre Mutter sie beobachtete, während sie Jeans und Socken faltete und eine Kulturtasche richtete. »Was?«, fragte sie schließlich.

»Pass auf, dass du dich nicht zu sehr bindest.«

Lily hielt inne, als sie gerade den Reißverschluss an ihrem Koffer zuzog. »Was soll das heißen?«

»Sie gehören zu ihrem Onkel. Das ist unumstößlich.«

Lily zog weiter am Reißverschluss, doch er verhakte sich an einem Stück Stoff im Koffer und klemmte. »Niemand weiß, was passieren wird. Sie sind Mündel des Staates. Jedenfalls vorübergehend. Crystal hat mich gebeten, eine beeidigte Erklärung zu unterschreiben, in der ich mich einverstanden erkläre, Vormund der Kinder zu sein, wenn ihr und Derek etwas zustoßen sollte. Ich habe nie etwas unterzeichnet, weil … na ja, warum sollten wir uns beeilen? Wenn Dereks Testament jetzt etwas enthält, das dem widerspricht …«

»Das solltest du lieber hoffen. Streite dich darüber nicht mit ihrem Onkel, Lily. Du kannst nicht drei Kinder übernehmen. Damit wäre keinem der Betroffenen gedient.« Ihre Mutter trat auf sie zu. »Komm, ich mach das für dich.« Sie schob Lilys Hand beiseite und zog den Reißverschluss zurück, um ihn dann glatt wieder in die Spur zu bringen. »Du musst die Holloways wie andere Kinder betrachten, die du unterrichtest. Eine Zeit lang sind es deine, dann lässt du sie gehen.«

»Das hier ist etwas anderes. Sie ist – sie war meine beste Freundin, Mom, meine einzige, enge Freundin. Ich habe ihr etwas versprochen. Das kann ich nicht einfach fallen lassen.« Lily legte eine Hand auf den Bettpfosten, um sich abzustützen und betete im Stillen, dass sie sich vor ihrer Mutter nicht gehen ließ. »Weißt du … den ganzen Tag lang habe ich in manchen Augenblicken an Evan gedacht.« Sogleich bereute sie, den Namen ihres Bruders ausgesprochen zu haben, der so viele Jahre tot war, und an den sich Lily und ihre Schwester nicht mehr erinnerten. Sie ergriff die Hand ihrer Mutter und sagte: »Tut mir leid. Ich hätte ihn nicht zur Sprache bringen dürfen. Es liegt nur daran, dass bei einem so schrecklichen Verlust … mein Verstand versucht, Vergleiche zu ziehen.«

Ihre Mutter zog die Hand zurück. »Ist nicht alles schon schlimm genug?« Sie drehte sich abrupt um und richtete ihre Aufmerksamkeit auf den Schrank. Im Gegensatz zum Rest des Zimmers war er vollgestopft mit Schuhen und Taschen, Kleidern, die übereinander auf unpassenden Bügeln hingen. Aus irgendeinem Grund konnte Lily ihren Schrank anscheinend nie in Ordnung halten.

Wie dumm von ihr, Evan zu erwähnen, ihre Mutter daran zu erinnern, dass sie einmal drei Kinder hatte. Evan war als jüngstes Kind zwei Jahre nach Lily und ein Jahr nach Violet zur Welt gekommen. Er war gestorben, ein Ereignis, über das nie gesprochen wurde, das aber das gesamte Familienleben in den nachfolgenden Jahren bestimmt hatte.

»Die Leute tragen nicht mehr so viel Schwarz«, sagte Sharon und überprüfte Lilys Kleider, die alle nicht schwarz waren. »Ich glaube, jede Farbe ist recht, solange sie respektvoll ist.«

Cameron saß im Subaru seiner Mutter, der auf dem gewohnten Platz in der Auffahrt abgestellt war, als wäre seine Mom im Haus, telefonierte und feilte sich die Fingernägel. Der Wagen war gerade abgeliefert worden, die Batterie aufgeladen, fahrbereit. Seine Mutter hatte in dieser Woche Fahrdienst für das Golfteam. In Hood River fand ein Turnier statt, und sie hatte sich eingetragen, beide Strecken zu fahren. Natürlich. Das machte sie immer, seitdem er in der achten Klasse war.

Mann, jetzt konnte er ganz aus der Mannschaft austreten. Das hatte er ohnehin gewollt – aufgeben, weggehen, den ganzen Teil seines Lebens vergessen. Auch jetzt noch, nachdem sie gestorben waren, spürte er noch die Last ihrer Erwartungen. Camerons Golfspiel war für beide Eltern wichtig, für jeden aus unterschiedlichen Gründen.

Er wünschte, seine Eltern wären ihm nicht so wichtig gewesen. Das nervte ihn am meisten, mehr als alles andere.

Der Wagen roch ganz leicht nach abgestandenem Zigarettenrauch – das geheime Laster seiner Mutter. Im Aschenbecher steckte eine halb gerauchte Virginia Slims, ausgedrückt und durchgebrochen. Die Konsole war übersät mit Kleingeld, Gummibändern und einem Block Klebezettel mit einer Einkaufsliste in der schrägen Handschrift seiner Mutter. Unheimlich, etwas in ihrer Handschrift zu sehen, und die Liste war so normal – Kleenex, Backpulver, Tab, Papiertücher, Spaghettisoße.

Wo zum Teufel stand das Mennen-Deo?, fragte er sich verärgert. Er hatte ihr gesagt, dass er keins mehr hatte und neues brauchte. Was stimmte bloß nicht mit ihr?

Vielleicht hatte sie ihre Zigaretten dagelassen. Er beugte sich zur Seite und schaute im Handschuhfach nach, fand aber nur die Versicherungskarte und die Zulassung, Karten und anderen Müll. Er schaute unter der Sonnenblende nach und fand eine Sonnenbrille, ein Streichholzmäppchen und eine zerknüllte rosa Bescheinigung. Er wollte sie schon zurücklegen, als sein Blick auf die Kopfzeile fiel – Riverside Medical Laboratories. Eine Bestätigung von Ashleys Blutgruppe.

Camerons Magen wurde kalt und hart wie ein Eisblock. Sean war zum Vormund bestimmt, weil angenommen wurde, er sei ihr nächster Blutsverwandter. Was würde mit ihr passieren, wenn die Wahrheit herauskäme, dass er überhaupt nicht mit Ashley verwandt war? Cameron zerknüllte den Bericht in seiner Faust und steckte ihn in die Jackentasche. Dann besann er sich eines Besseren und holte ihn wieder hervor. Er öffnete die Wagentür, benutzte ein Streichholz, um das Papier anzuzünden, ließ es zu Boden gleiten und zu einem braunen Herbstblatt verbrennen. Obendrein zertrat er es noch mit dem Absatz.

Mit finsterem Blick zog er seine Brieftasche aus der Gesäßtasche seiner Jeans. Er nahm die Fahrerlaubnis heraus, die er wenige Tage nach seinem sechzehnten Geburtstag erhalten hatte, und stieg wieder in den Wagen. Er sollte seinen Führerschein in ein paar Wochen bekommen und durfte bis dahin nicht ohne Aufsicht fahren, aber egal. Seine Eltern würden sich ja nicht zu Tode ängstigen, wenn er wegführe.

Wieso waren sie einfach so verschwunden? Warum? Scherten sie sich einen Dreck darum, dass sie gebraucht wurden? Was konnte so schlimm zwischen ihnen sein, dass sie zusammen aufgebrochen waren und den Wagen zu Schrott gefahren hatten?

Er wusste es. Ganz genau. Er sollte es nicht wissen, aber er wusste es.

»Scheiß drauf!«, sagte er und legte seine Hand an den Schlüssel im Zündschloss. Doch bevor er den Schlüssel umdrehte, geschah etwas Unheimliches. Seine rechte Hand erstarrte wie ein Eisblock, Schmerzen wie Nadelstiche pulsierten in seinen Fingerkuppen. Sein Herz versuchte, aus seiner Brust zu springen, plötzlich war sein Gesicht in Schweiß gebadet. Auch seine Unterarme, und da er kein Mennen mehr hatte, war es nicht aufzuhalten. Er versuchte zu atmen, konnte aber nicht tief genug inhalieren, um seine Lunge mit Luft zu versorgen.

Ein Herzinfarkt. Er hatte einen verdammten Herzinfarkt. Er würde direkt hier hinter dem Lenkrad eines Wagens sterben und damit die neueste Tradition der Familie Holloway fortführen.

Er taumelte aus dem Wagen, wild entschlossen, zu entkommen. Seine Jacke verhedderte sich am Hebel der Handbremse und hielt ihn fest. Er zerrte daran, hörte, wie der Stoff einriss, und kam frei. Er torkelte in die Auffahrt und entfernte sich vom Wagen.

Allmählich ließ der Herzinfarkt nach.

»Puuh«, murmelte er vor sich hin und wischte sich mit dem Ärmel über die Stirn. Wie blöd war das denn – vor einem Wagen Angst zu haben, als wäre er aus einem Roman von Stephen King.

Mürrisch sagte er seinem Onkel, er wolle kurz zu einem Freund gehen. Zu seiner Erleichterung schien Sean zu verstehen, dass er unbedingt für eine Weile dem Haus entkommen musste.

»Ich weiß, was dich ablenken wird«, sagte Jason Schaefer später.

»Eine Lobotomie?« Cameron war mit seinem Skateboard

zu seinem Freund gefahren und dribbelte einen Basketball in Jasons Auffahrt. Die Schaefers hatten die Nachricht gehört, und Jason war anscheinend in seiner Gegenwart irgendwie wachsam, als wäre es ansteckend, die Eltern an einer Klippe zu verlieren. Jason war verzweifelt bemüht, jeden Gedanken an den Unfall zu vermeiden, als wäre das möglich.

»Ha-ha«, erwiderte Jason. »Briefkastenbaseball.«

Cameron dribbelte weiter. »Das ist lahm.«

»Es bockt. Du wirst schon sehen. Wir können den Jeep nehmen.« Jason hatte bereits seinen Führerschein und nutzte jeden Vorwand zu fahren. »Komm, wir holen ein paar andere Typen ab und fahren zu der neuen Trabantenstadt draußen an der Ranger Road. Da gibt es eine ganze Reihe davon – peng!« Er tat so, als würde er mit einem Schläger ausholen.

Vielleicht hatte er recht, dachte Cameron. Vielleicht musste er etwas kaputt machen.

Um 22.20 Uhr brach Lily zusammen. Sie saß auf dem Bett des Gästezimmers in Crystals Haus und lauschte in die Stille hinein. Sie hatte darauf bestanden, dass Sean Crystals Zimmer benutzte, in dem zu viele Erinnerungen waren, denen Lily sich nicht stellen wollte. Da drinnen war es ruhig, kein Licht schien unter der Tür hindurch, und sie beneidete ihn um seinen Schlaf. Sie hatte noch einmal geduscht und trug einen geborgten Samtbademantel mit viel zu langen Ärmeln. Sie fühlte sich warm und sauber, und als sie in die Tasche des Bademantels griff, fand sie ein zerknülltes Papiertaschentuch, auf dem die Nummer 503-555-2412 hingekritzelt war. Crystal hatte die Nummer mit Blasen und Schnörkeln umgeben, und im ersten Moment, nur für den

Bruchteil einer Sekunde, dachte sie daran, hinunterzugehen, eine Tasse Tee mit Crystal zu trinken und ihr das Stück Papier zu geben.

Die Endgültigkeit des Verlusts traf sie wie ein Schlag – keinen Tee mehr, keine langen Telefongespräche oder Einkaufsbummel. Nichts. Gestern hatte sie eine beste Freundin. Heute nicht mehr, einfach so.

Ein schreckliches Aufheulen aus Schmerz und Trauer kam in ihr hoch. Den ganzen Tag über hatte es sich angestaut, war angeschwollen und wollte mit Macht hinaus. In Gegenwart der Kinder hatte sie die verschlingende Wildheit ihres Kummers mit schierer Willenskraft bei sich behalten.

Jetzt schlich sich ihre Beherrschung davon, und sie fiel rückwärts auf das Bett, drückte sich ein Kissen ans Gesicht und ließ los. Die Schluchzer kamen wie ein mächtiges, unaufhaltsames Unwetter, das sie durchpeitschte. Ihre gequälte Stimme war durch das Kissen gedämpft, doch in ihrem Kopf klang sie laut wie ein Schrei.

Crystal war tot. Die Realität verschlang Lily. Ohne Vorwarnung und mit unwiderruflicher Endgültigkeit war ihre beste Freundin, die Schwester ihres Herzens, tot. Lily weinte um das gemeinsame Lachen und die Unterhaltungen, die sie nicht mehr führen würden, um die Zeit, die sie nicht mehr miteinander verbringen würden. Sie weinte um die Kinder, die ohne eine Mutter aufwachsen würden, und um die schreckliche Ungerechtigkeit ihres Schmerzes, den sie nicht verdient hatten. Sie weinte, bis sie sich ausgeleert fühlte, schwach und wund und von einem Kummer ausgekratzt, der eine seltsame Eigenenergie zu entwickeln schien.

»Lily?« Eine kleine Stimme drang zu ihr durch.

Sie richtete sich auf und rieb sich bereits mit dem Ärmel über das Gesicht. Charlie stand in der Tür, unsicher und verängstigt, und hielt ein Stofftier mit beiden Händen umklammert. »Ich habe dich weinen sehen.«

»Oh, Charlie«, sagte Lily. »Ich bin traurig wegen deiner Mom. Es wird alles gut, aber ich musste ein bisschen weinen.«

»Ich bin wach geworden und bin sofort wieder ganz traurig gewesen«, sagte Charlie. »Ich kann nicht schlafen.«

Lily stand auf und hatte das Gefühl, als wäre sie Marathon gelaufen. »Komm, meine Süße. Wir essen ein bisschen Eis.«

»Ich habe keinen Hunger. Ich habe … nichts.«

»Wie wäre es dann, wenn ich mich eine Weile zu dir setze?« Sie nahm Charlie an die Hand und führte sie zurück in ihr Zimmer. Sie blieben stehen, um nach Ashley in ihrem Gitterbett zu sehen und eine Decke um sie herum festzustecken. Dann setzten sie sich gemeinsam auf den Fenstersitz, schoben die Stofftiere beiseite und zogen den Vorhang zurück, der den Blick auf einen verhangenen Mond freigab. Lily lehnte Charlie an sich und strich ihr über das seidige Haar. »Wir müssen flüstern, damit wir Ashley nicht wach machen.«

»Die schläft bei jedem Lärm«, sagte Charlie. Ein paar Minuten war sie still, ihr kleiner, schmächtiger Körper passte sich Lilys Formen an. »Ich weiß, wie man seinen Pornostarnamen herausbekommt«, sagte sie.

»Hast du mit Russell Clark gesprochen?«

»Ja.«

»Weißt du überhaupt, was ein Pornostar ist?«

»Ich habe Onkel Sean gefragt. Er hat gesagt, es ist jemand,

der einen falschen Namen benutzt, zusammengesetzt aus dem Namen des ersten Haustiers und der Straße, in der man wohnt. Beim Schulfest im letzten Jahr habe ich einen Goldfisch gewonnen und ihn Zippy genannt, deshalb ist mein Name Zippy Candlewood.«

»Das ist sehr … klug.«

»Und wie geht deiner, Lily?«

»Ich hatte nie ein Haustier.«

»Nie? Nicht einmal einen Goldfisch oder ein Vogeljunges, das du gerettet hast?«

»Nicht einmal einen zahmen Stein.« Lilys Eltern waren unnachgiebig gewesen, was Haustiere betraf. »Die überleben dich nicht«, hatte ihre Mutter vernünftig argumentiert. »Sie kosten ein Vermögen und brechen dir dann das Herz.«

Charlie rutschte auf ihre Brust. »Ich wünschte, ich hätte einen Hund. Mom und Dad haben nie erlaubt, dass wir einen bekamen, obwohl ich mir einen Hund mehr als alles andere gewünscht habe.«

Eine schmerzhafte Stille machte sich breit. Lily glaubte schon, dass Charlie vielleicht eingeschlafen war, doch dann bewegte sie sich wieder. »Lily?«, fragte sie kläglich.

»Mmmm?«

»Ich habe Angst.«

»Ich weiß, meine Süße. Aber du bist in Sicherheit.«

»Nicht so.« Sie rutschte zurück, um zu Lily aufzuschauen. Im dämmrigen Licht wirkten ihre Augen riesig. »Ich habe Angst … ich glaube, ich habe sie wahnsinnig gemacht. Ich glaube, sie waren sauer auf mich, weil ich in der Schule so blöd bin und weil ich was gestohlen habe. Vielleicht sind sie deshalb …«

»O mein Gott.« Lily ließ sie nicht zu Ende reden. Sie nahm Charlies Gesicht zwischen beide Hände. »Das ist absolut, vollkommen falsch. Deine Eltern haben dich mit jeder Faser ihres Herzens geliebt.«

»Sie waren sauer auf mich, weil ich gestohlen habe.«

»Niemals. Sie waren nicht sauer, und ich auch nicht. Deine Mom und dein Dad würden niemals wollen, dass du so etwas denkst. Wir hatten ein Gespräch, weil wir dich lieben und uns um dich sorgen. Versprich mir, dass du das glaubst, weil es die reine Wahrheit ist.«

Sie nickte. »Na gut.«

Lily hob sie hoch und trug sie zu ihrem Bett. Sie deckte sie zu und legte ihre beiden Lieblingsspielzeuge – ein abgenutztes Lamm und einen einäugigen Affen – rechts und links von ihr. »Du solltest schlafen.«

»Mach ich. Aber Lily?«

»Ja?«

»Ich habe mir ein Lied überlegt.«

»Ein Lied.«

»Für die Beerdigung.«

Lily holte tief Luft und hielt den Atem an. Halte durch, sagte sie sich und atmete langsam aus. Halte durch. »Welches Lied?«

»Ich hätte gern ›Rainbow Connection‹.« Die dritte Klasse hatte das Lied in der Schule gelernt, und Charlie gefiel es offensichtlich sehr, besonders die Originalversion, gesungen von Kermit, dem Frosch.

Sie beugte sich über Charlie und drückte ihr vorsichtig einen Kuss auf die Stirn. »Ich denke, das lässt sich machen.«

III

Denn was ist Sterben anderes, als in der Sonne zu stehen
und in den Wind zu schmelzen?

Kahlil Gibran

20

In den frühen Morgenstunden vor der Beisetzung seines Bruders spielte Sean Maguire eine Runde Golf. Falls es pietätlos oder respektlos aussehen sollte, es scherte ihn einen Dreck. Das war der Golfplatz, auf dem er und Derek ihre Kindheit verbracht hatten. Unzählige Male hatten sie jedes Loch gemeinsam gespielt. Sie kannten jeden Grashalm, jede Erhebung eines Bunkers, jede Vertiefung im Grün. In den goldenen Sommern ihrer Jugend hatten sie gelacht, sich gegenseitig aufgezogen und miteinander gewetteifert, und keiner von ihnen hatte sich vorstellen könne, dass ihnen je etwas Schlimmes zustoßen könnte.

Und ziemlich lange war auch nichts passiert. In der Highschool und im College spielten sie Golf, legten Patrick Maguire Bänder und Trophäen wie heilige Opfergaben zu Füßen. Beide hatten ihre PGA-Karte nach der ersten Q-School erlangt. Derek, der Ältere, war der harte Arbeiter, der beständige Spieler. Sean, der begabter war, aber weniger Eifer an den Tag legte, schien immer in seinem Schatten zu stehen. Eigentlich war es für Sean bequem gewesen, sein Licht unter den Scheffel zu stellen. Man erwartete nichts von ihm, daher enttäuschte er nur selten jemanden. Und manchmal, wie in Augusta, überraschte er alle.

Jetzt, da Derek nicht mehr da war, fiel kein Schatten mehr über ihn, und Sean war sich nicht sicher, ob er das grelle Licht der Aufmerksamkeit ertragen konnte. Red hatte sich die größte Mühe gegeben, die Medien im Zaum zu halten, doch wenn ein schönes junges Paar in der Blüte seiner Jahre bei einem mysteriösen Unfall ums Leben kam, waren Spekulationen nicht zu vermeiden. Reporter und Kameraleute umzingelten ihn. Wie geht es Ihnen, nachdem Sie Ihren Bruder verloren haben? Die zugerufenen Fragen brachten Seans Blut in Wallung.

Wie ging es ihm mit dem Verlust seines Bruders? Das sollte wohl ein Scherz sein! Glaubten sie denn, er habe darauf eine Antwort?

Er setzte alles daran, den Stoischen zu geben, sich jetzt wie das Oberhaupt der Familie zu verhalten, obwohl er innerlich ein Wrack war. Ein Albtraum verfolgte ihn. Die polizeilichen Ermittler hatten keine Schleuderspuren auf der Straße gefunden, wo Dereks Wagen über die Böschung gegangen war. Sean stellte sich Derek und Crystal immer wieder vor, wie sie in der Luft waren, Tillamook Rock in der Ferne, wie sie sich ungläubig und erschrocken ansahen, weil sie flogen.

Da er nicht wusste, wie er trauern oder sich verabschieden sollte, hatte es ihn am frühen Morgen hierher gezogen, in die einsame Stille des leeren Golfplatzes. Er stand am ersten Abschlagpunkt, sog die nach Immergrün duftende Luft tief ein, nahm die lautlose Schönheit der Landschaft in sich auf und spürte tief im Innern einen bohrenden Schmerz. Verdammt, Derek, du fehlst mir, dachte er. Sie hatten ihre Rivalitäten und ihre Schwierigkeiten gehabt, doch sie hatten nie die Liebe und den Respekt füreinander verloren.

Jetzt spielte Sean allein und widmete die Runde seinem Bruder. In dieser Woche hatte er in seinem ersten Major in den Vereinigten Staaten spielen sollen, um sich seine Rückkehr in die Tour zu erkämpfen. Stattdessen veranstaltete er einen letzten, persönlichen Abschied von Derek, und er wusste in dem Augenblick, als er an den Abschlag trat, dass es der richtige Weg war, sich zu verabschieden.

Er holte zum ersten Schwung aus, eine saubere, scharfe Bewegung, wie der Henker mit seinem Schwert. Der Ball flog direkt hinunter in die Mitte des Fairway. Er vernahm den sanften Aufprall, als er genau dort landete, wohin er ihn hatte haben wollen, was ihm einen perfekten Schuss auf dem Grün ermöglichte. Die gesamte Runde verlief so, das beste Spiel, das er je gespielt hatte. Er schaffte Birdies und sogar einen Eagle, exakte Chip Shots und Putts, bei denen der Ball wie mit einem Magnet zum Loch gezogen wurde. Seine Aufmerksamkeit und Konzentration hatten eine beinahe meditative Intensität und gaben Zweifeln oder Fehlern keinen Raum. Mit jedem Schuss ehrte er seinen Bruder und hatte Punkte zu verzeichnen, von denen die meisten Golfer nur träumen konnten.

Für dich, Derek, dachte er beim letzten Loch, in das er einen Putt von dreißig Fuß versenkte.

Red wartete auf ihn, als er vom Platz kam. Der Agent streckte die Hand nach der Punktkarte aus, prüfte sie kurz und sagte: »Wenn du das im Wettbewerb schaffst, dürftest du im Nu wieder im Spiel sein.«

»Nein.« Sie gingen gemeinsam zum Clubhaus, und Sean stellte seine Golftasche weg. »Ich denke nicht an die Tour.«

»Heute nicht, aber … bald. Mal im Ernst, Sean. Was zum Teufel willst du denn sonst machen?«

Darauf wusste Sean keine Antwort. Vielleicht hatte Red recht. In einem normalen Beruf hatte er sich nie gehalten. Das Spiel lag ihm im Blut, und es kam ihm unnatürlich vor, wenn er nicht spielte. Er wusste nicht, wer er war, wenn er kein Golfspieler war.

»Ich kann nicht auf Tour gehen, wenn ich für Dereks Kinder verantwortlich bin.«

»Ich sage dir, es kann klappen. Machen wir uns nichts vor, Sean, ein Rennpferd muss laufen.« Red schenkte ihm einen bedeutungsvollen Blick. »Wir sehen uns in der Kirche.«

Sean fuhr langsam nach Hause durch eine Stadt, die ihm wie die Melodie eines alten Liedes im Gedächtnis war. Comfort hatte sich nicht groß verändert, und an diesem Morgen war die Vertrautheit schmerzhaft. Derek war überall in der Stadt, zumindest hatte es den Anschein. Jede Stelle, an der Sean vorbeikam, angefangen vom Comfort Food Bar & Grill bis zu dem leeren Grundstück neben dem Haushaltswarenladen, erinnerte ihn an seinen Bruder und flößte ihm Bedauern darüber ein, dass er nicht in seiner Nähe geblieben war und Derek am Ende seines Lebens nicht besser gekannt hatte. Wie alle anderen auch war er davon ausgegangen, sie hätten alle Zeit der Welt. Er fragte sich, warum die Menschen immer so dachten.

Maura arbeitete am Computer, als er kam. In einem eleganten schwarzen Kleid und mit hohen Absätzen sah sie schön und sehr seriös aus. Er hatte in dieser Woche nicht viel von ihr zu sehen bekommen, da er bei Dereks Kindern geblieben war. Lily hatte ihn an diesem Morgen schließlich aus dem Haus gescheucht und ihm gesagt, sie werde sich um die Kinder kümmern und ihn später in der Kirche treffen.

»Hey«, sagte Maura, »alles in Ordnung?«

Er beugte sich vor und küsste sie auf die Wange, wobei ihm eine Duftwolke entgegenwehte. »Ich muss mich duschen und rasieren.«

»Ich bin bereit zum Aufbruch, wenn du es bist.«

Er beeilte sich unter der Dusche und zog einen dunklen Anzug an, den er in Malaysia gekauft hatte. Eigentlich hatte Asmida ihn gekauft, damals, als sie dachten, sie liebten sich. Wahrscheinlich hatte das auch gestimmt. Seans Problem war nur, dass er nicht wusste, wie er es aufrechterhalten sollte.

Maura wartete in der Diele, als er hinunterkam. Ihr Anblick entlockte ihm wenigstens ein kleines Lächeln. Sie war auf athletische, hochintelligente Weise attraktiv, was die meisten Männer einschüchternd fanden, wie sie behauptete. Sean hingegen nicht. Er fand, sie sei sexy, und sie meinte, sie tue ihm gut.

Das galt auf jeden Fall für ihre Arbeitsmoral. Als er zurück in die Staaten gezogen war, hatte er sich treiben und zu weiteren dummen Fehlern hinreißen lassen, wie zum Beispiel, wieder auf Tour zu gehen. Sie und Derek hatten ihn zurechtgestaucht. Er brauchte Stabilität, einen geregelten Beruf, Zeit, wieder auf die Beine zu kommen.

»Du siehst wunderbar aus«, sagte sie mit warmem Lächeln.

Er nickte zerstreut und zog seine Schlüssel hervor. »Es kotzt mich an.«

»Das geht allen so«, versicherte sie ihm und berührte seine Wange. Die Kratzer waren fast verheilt. »Ich wünschte, ich hätte deinen Bruder besser gekannt.«

»Ich auch.« Auf der Fahrt zur Kirche fragte sich Sean, warum die beiden wichtigsten Menschen in seinem Leben sich kaum gekannt hatten. Er konnte immer Mauras Arbeitsstunden und Dereks zeitraubende Karriere dafür verantwortlich machen. Jetzt war es zu spät, und niemand da, dem man die Schuld geben könnte.

»Ist es komisch, mit dieser Frau in dem Haus zu wohnen?«

Ja. »Sie ist nur die Woche über geblieben. Die Kinder brauchen uns beide.«

»Du fährst zu schnell«, machte Maura ihm klar, als er über die Staatsstraße in den älteren Teil der Stadt fuhr.

Er nahm Gas weg und zwang sich, seinen Griff am Lenkrad zu lockern. Maura legte ihm leicht eine Hand auf die Schulter, bis ihr Handy anfing zu piepen. Sie sah nach und tätigte einen Anruf, und Sean spürte, wie sein Kiefer fest wurde. Sie hatte sich große Mühe gegeben, den Tag freizubekommen, doch bei ihrem Beruf war sie nie ganz ungebunden.

Als er auf den Parkplatz der Kirche einbog, wusste er, der Tag verschlimmerte sich zusehends. Red hatte ihn gewarnt, dass die Medien zuhauf kommen würden. Natürlich kursierten die unvermeidlichen Gerüchte. Wieso fuhr ein angeblich getrenntes Paar gemeinsam über die Küstenstraße? Spielte Mord eine Rolle? Und was war mit Berichten, dass Derek Holloway trotz seines Erfolgs finanzielle Schwierigkeiten hatte?

Am Straßenrand und auf dem Kirchengrundstück standen bereits Übertragungswagen, dicke schwarze Kabel schlängelten sich über das Pflaster. Sean fuhr direkt an der Hintertür vor, übergab seinen Wagen einem wartenden Aufseher; dann verschwanden er und Maura in einem kleinen Empfangszimmer hinter dem Altarraum.

Er hatte keine Ahnung, wie er sich verhalten, wie er das alles in den Griff bekommen sollte. Er schüttelte dem Pfarrer die Hand und nahm sein Beileid entgegen; er besprach letzte Einzelheiten mit dem Bestattungsunternehmer. Ein seltsam unwirkliches Gefühl überkam ihn, als er die Särge sah, die er mit Red ausgesucht hatte. Sie waren hübsch anzusehen und so glänzend, dass die gut polierten Oberflächen die gerahmten Fotos und die vielen Blumen widerspiegelten, mit denen sie bedeckt waren. Die Särge waren geschlossen. Da hatte jemand Erbarmen gezeigt, vermutete er. Wenigstens mussten Dereks Kinder nicht in die leeren Gesichter ihrer Eltern schauen.

Nichts war konkret oder hatte überhaupt Substanz. Sean hatte das merkwürdige Gefühl, dass er kurz davorstand, abzudriften und zu verschwinden wie die leisen nasalen Klänge der Orgelmusik, die in der Kirche herumgeisterten, begleitet vom Duft nach Gardenien und Chrysanthemen. Die Trauerbegleiterin, die mit der Familie arbeitete, hatte ihn gewarnt, er müsse mit dem Gefühl des Losgelöstseins rechnen. Offenbar war das eine geläufige Empfindung bei Menschen, die einen Verlust erlitten hatten. Nichts verankerte ihn in der Erde.

»Sean?« Mauras leise Stimme zerrte an ihm.

»Was ist?«

»Du bist unendlich weit weg.«

»Ich bin hier.« Er schwebte noch immer, aber das sagte er ihr nicht. Derek war nicht in dem Sarg. Das konnte nicht sein. Seine Gegenwart war mit den Händen greifbar. Sean hörte noch den Klang seiner Stimme und war überzeugt, dass er ihn nur anrufen und ihm sagen musste, das Spiel sei vorbei, es sei nicht mehr lustig, von Anfang an nicht gewesen.

»Die Türen werden gleich aufgemacht. Wir sollen mit dem Bestattungsunternehmer bis fünf Minuten vor dem Gottesdienst warten. Bist du sicher, dass alles in Ordnung mit dir ist?«

Die Frage drang wie durch eine lange, hohle Röhre zu ihm vor. Bist du sicher, dass alles in Ordnung ist? Verdammt, nein, er war sich nicht sicher. Er hatte keine Ahnung, wie er das bewerkstelligen sollte, wie er seinen Bruder beerdigen und sich um drei Kinder kümmern sollte, aber er hörte, wie er Maura sagte, es gehe ihm gut.

Er schritt im Empfangsraum auf und ab und warf hin und wieder einen Blick auf einen Monitor, der den Altarraum zeigte. Die Türen waren geöffnet, und viele Menschen strömten herein. Trauernde. Gerade noch waren es Dereks Freunde; jetzt waren sie Trauernde. Hunderte, so schien es.

Sean wandte mühsam den Blick ab und schaute aus dem Fenster. Eine glänzende Limousine fuhr vor, und ein Fahrer mit weißen Handschuhen hielt die Tür auf.

»Das ist die Lehrerin?«, fragte Maura. Im Chaos der letzten Tage hatte sie Lily und die Kinder nicht kennengelernt.

»Ja«, sagte er und spürte, wie er zurück auf die Erde kam und wieder festen Boden unter den Füßen hatte. »Das ist Lily. Komm mit raus, ich stelle dir alle vor.« Mit langen Schritten ging er zum Wagen.

Cameron tauchte als Erster auf, gefolgt von Charlie, die angespannt und verängstigt wirkte. »Onkel Sean«, rief sie und schlang die Arme um ihn.

»Hey, du.«

»Ich habe Angst«, sagte sie, ihre Stimme von seiner Jacke gedämpft.

»Ich auch.« Er hatte sehr schnell festgestellt, dass es nichts nutzte, Charlie anzulügen. Sie durchschaute ihn jedes Mal. »Komm, ich helfe Lily mit der Kleinen, und dann möchte ich dir jemanden vorstellen.«

»Ich bin Maura Riley«, hörte er Maura sagen, als er sich vorbeugte, um Ashley von ihrem Autositz abzuschnallen. Die Kleine quiekte und rief strahlend: »Hi!« Er hob sie heraus und stellte sie auf den Boden. Lily nahm sie an die Hand.

Sean richtete sich auf und stellte allen Maura vor. Ihre Unbeholfenheit zeigte, dass sie an Kinder nicht gewöhnt war, doch ihr Lächeln war echt. Charlie betrachtete sie wachsam, Cameron herablassend. Ashley verbarg sich in Lilys Rockfalten. »Haben Sie meine Mom und meinen Dad gekannt?«, fragte Cameron.

Maura nahm ihre Tasche von einer Hand in die andere. »Nein, aber ich weiß, dass sie beide toll waren. Ich wollte für euren Onkel Sean hier sein, weil er mir sehr am Herzen liegt. Ich hoffe, ihr erzählt mir alles über eure Eltern.«

»Worauf Sie sich verlassen können«, sagte Cameron. »Nur zu gern.« Er machte sich auf den Weg in den Empfangsraum.

Sein Sarkasmus überraschte Maura, doch im Augenblick hatte Sean keine Chance, seinen Neffen aufzufordern, sich zu entschuldigen. Wie dumm von ihm, zu erwarten, es würde etwas passieren, ein magischer, chemischer Knall, und sie alle wären eine große, glückliche Familie.

»Es wird Zeit, hineinzugehen«, sagte er ruhig.

Jane Coombs kam zu spät, was bei ihr wohl dazugehörte.

Sie eilte herein und stürzte sich auf die Kinder, weinend und bedürftig, wie sie schon die ganze Woche gewesen war. Sean biss sich auf die Zunge; am liebsten hätte er ihr gesagt, sie solle sich beruhigen, ihr Weinen würde Charlie und Ashley aufregen. Doch ihm stand es nicht zu, die Frau zu kritisieren. Vielleicht konnte sie nicht anders.

Drei Menschen trafen ein, die er nicht kannte, noch später als Jane. »Meine Eltern und meine Schwester«, erklärte Lily. »Entschuldigen Sie mich einen Moment.«

Sie ging hinüber und begrüßte sie. Ihre Eltern waren ein hübsches Paar, makellos gekleidet. Sie behandelten Lily mit eigenartiger Reserviertheit. Um Himmels willen, umarmt sie doch, dachte Sean impulsiv. Seht ihr denn nicht, dass sie es braucht?

Zum Glück schien ihre Schwester es zu merken, packte Lily, umschlang sie und hielt sie so lange fest, bis Lilys Hut nach hinten rutschte und vom Kopf fiel.

»Sean Maguire«, sagte er, hob den Hut auf und reichte allen die Hand – Terence, Sharon und Violet. »Vielen Dank, dass Sie gekommen sind.«

»Opa, du hast es geschafft«, sagte Charlie, und ihre Miene hellte sich auf, als sie zur Tür eilte.

»Hallo, meine Prächtige, natürlich habe ich es geschafft.« Seans Vater, Patrick Maguire, war am Abend zuvor eingetroffen. Er begrüßte Lily und die anderen, dann schüttelte er Sean die Hand. »Kommst du klar?«

Im ersten Moment verspürte Sean den ungezogenen Drang, nein zu sagen.

Zum Beispiel: Nein, Dad, ich habe hier große Probleme. Wie wär's, wenn du mir zur Hand gingest? Das würde er nie sagen; er wusste es besser, denn er kannte die Antwort, die er bekommen würde.

Sein Vater würde herumdrucksen und alle Gründe anführen, warum er ihm mit Dereks Kindern nicht helfen konnte. »Ja«, versicherte Sean seinem Vater, »den Umständen entsprechend.«

»Tut mir leid, dass ich nicht früher weggekommen bin«, sagte Patrick. »Ich musste noch ein paar Sachen fertig machen.«

Natürlich, dachte Sean. »Kein Problem«, sagte er zu seinem Vater.

Am liebsten aber hätte er ihn gepackt, geschüttelt und eine Antwort auf die Frage verlangt, was mit ihrer Familie passiert sei. Als spielte das jetzt eine Rolle. Er machte seine Hand frei und legte sie auf Charlies Schulter. »Wir müssen anfangen.«

Als sich alle versammelten, um in den Altarraum zu gehen, blieb Sean stehen und betrachtete sie.

Die Kinder schienen frisch gewaschen und unsicher in ihren besten Sachen. Gleichzeitig strahlten sie eine herzzerreißende Würde aus. Cameron sah aus wie die Juniorversion von Derek in einem neuen Anzug und Schuhen, die in aller Eile für die Beerdigung gekauft worden waren.

Charlie trug ein dunkelgrünes Kleid mit einem schwarzen Band und Ashley die niedliche Miniaturausgabe derselben Kleidung.

Lily war in Dunkelblau mit flachen Schuhen, eine Tasche fest in der einen Hand und einen kleinen Stapel sauber gedruckter Karteikarten in der anderen.

Sie trug einen Hut und war ungeschminkt, wirkte nervös

und ernst, fest entschlossen, einen angemessenen Nachruf für ihre Freundin vorzutragen.

Der Bestattungsunternehmer ließ sie zu ihren Sitzen in den ersten Reihen führen. Die Rektorin von Charlies Schule saß direkt hinter ihnen am Gang, bereit, mit Ashley zu verschwinden, wenn die Kleine zu laut wurde. Die Särge aus Honigeiche, mit Blumen drapiert, glänzten im Sonnenlicht, das durch ein Fenster mit einer Darstellung des Heiligen Geistes drang.

Und Sean schwebte erneut hoch über den Köpfen, unfähig, sich im Boden zu verankern.

21

Die Beerdigung war ein brutales Schauspiel, teils Medienrummel, teils feierliche Zeremonie. Lily fühlte sich innerlich zerschlagen und wund, erschöpft bis zur Taubheit. Der Gottesdienst verging in einem Nebel aus Tränen, Musik und herzergreifenden Grabreden. Alle Anwesenden versuchten das Unaussprechliche auszusprechen – Kummer über einen schockierenden Verlust und, schlimmer noch, Traurigkeit und stilles Entsetzen über drei Kinder, die ohne ihre Eltern aufwachsen würden.

Lily war überrascht und gerührt, als ihre Familie auftauchte. Sie hatten Crystal nicht gut gekannt, doch sie wussten, wie wichtig sie Lily war. Als sie an der Reihe war, das Wort zu ergreifen, warf sie einen panischen Blick auf ihre Mutter und erhielt ein ruhiges, ermutigendes Nicken: Du schaffst es.

Lily erhob sich und begab sich ans Rednerpult. Den Kindern zuliebe gelang es ihr irgendwie, mit klarer, fester Stimme zu sprechen und der überfüllten Kirche zu erzählen, dass Crystal die beste Freundin, Mutter und der beste Mensch gewesen sei, den man sich nur vorstellen könne.

»Beste Freundin und liebevolle Mutter« waren die richtigen Worte gewesen, als sie den Text am Abend zuvor aufgeschrieben hatte. Doch über den Lautsprecher in einer überfüllten Kirche klangen sie hohl und unpersönlich. Lily legte ihre Karteikarten beiseite, schloss kurz die Augen und stellte sich Crystal im Geist vor.

»Ich war acht, als ich meine beste Freundin kennenlernte«, sagte sie und schlug die Augen wieder auf. »Sie war dreizehn und hatte nicht die Absicht, meine beste Freundin oder etwas anderes als meine Babysitterin zu sein. Das kam später – die Freundschaft. Und sie hat ein Leben lang gehalten …« Lily hielt inne und holte tief Luft, darum bemüht, ihre Stimme nicht schwanken zu lassen. »Als ich klein war, dachte ich, sie wüsste alles. Zweiundzwanzig Jahre später weiß ich, dass es schließlich stimmt. Dank ihrer wunderbaren Kinder kennt sie die Freuden und den Triumph, ein Leben voller Liebe zu leben. Und mehr braucht man nicht zu wissen, oder?« Lily war erstaunt über die Worte, die über ihre Lippen kamen. Das stand nicht in ihren Notizen. Ihre Notizen enthielten eine Zusammenfassung von Crystals Leistungen, eine liebevolle Verneigung vor ihrem Charakter. Es war zu spät, den Faden jetzt wieder aufzunehmen, und wegen der vielen anderen Beiträge hatte sie sich vorgenommen, sich kurz zu fassen. Sie machte erneut eine Pause und konzentrierte sich auf die Kinder. Edna hatte Ashley hinausgebracht, als sie zu nörgeln begann. Charlie saß reglos da und starrte geradeaus. Sean neben ihr hatte seltsamerweise denselben Ausdruck. Cameron schien wütend, beinahe trotzig, und rutschte unruhig auf seinem Platz hin und her.

Lily war dankbar gewesen, Schulkinder und Lehrer aus der Highschool zu sehen, doch sie wirkten verlegen, waren unruhig, tuschelten in den letzten Reihen und wären offensichtlich lieber nicht hier gewesen. Sie hatte Greg Duncan nicht entdeckt und war enttäuscht. Als Camerons Golftrainer hätte er dabei sein sollen, aber so war Greg nun mal.

»Ich kann in der Art und Weise, wie meine Freundin gestorben ist, keinen Sinn erkennen«, sagte sie. »Vielleicht sollte ich es, eines Tages wird es mir womöglich gelingen. Für mich hat ihr Leben eine Bedeutung, nicht ihr Tod. Ich habe Crystal Baird Holloway geliebt. Mein Leben lang werde ich diese Freundschaft in Ehren halten.« Sie räusperte sich, der schmerzhafte Knoten nahm ihr beinahe den Atem. »Adieu, Crystal. Du lebst in den Herzen derer, die dich liebten.«

Dr. Sachs, die Trauerbegleiterin, hatte Lily gesagt, sie könne ihr Medikamente besorgen, falls ihr danach sein sollte. Als sie vom Podium hinunterkam, wünschte sie sich plötzlich, sie hätte das Angebot in Anspruch genommen.

Unterdessen wurde Charlies gewünschtes Lied gespielt. Kermit der Frosch sang »Rainbow Connection«, was unter den gegebenen Umständen vielleicht lächerlich gewirkt hätte, doch aus irgendeinem Grund schlugen die Spitzfindigkeit, die Wehmut und die einfache Botschaft des Liedes die richtige Saite an.

Lily setzte für Charlie und Cameron ein tapferes Lächeln auf, obwohl sie innerlich ein Wrack war. Sean Maguire bot ihr seine Hand, um ihr in die Kirchenbank zu helfen. Ihre war eiskalt und feucht vor Schweiß. Wie angenehm für ihn, dachte sie flüchtig.

Seine Freundin Maura schien unter der ganzen Situation zu leiden. Auch in ihrem glatten schwarzen Kleid mit Schal sah sie schön aus, wie ein Model von Victoria's Secret. Neben ihr kam Lily sich erbärmlich normal vor.

Unter den gegebenen Umständen sollte sie so etwas nicht empfinden, aber es war so. Ihre beste Freundin war tot, und Lily hing kleinlichen Gedanken nach. Sie war ein furchtbarer Mensch.

Für Derek gab es einen reizlosen, aber bewegenden Beitrag von seinem Caddie, der die ganze Zeit über schluchzte. Travis Jacobs war fünfzehn Jahre bei Derek gewesen und kannte ihn wie kein anderer. In Anbetracht dessen, was Lily über Derek wusste, war der Nachruf großzügig, zuweilen witzig, dann wieder äußerst ernst. Als Travis seine Rede zu Ende vorgelesen hatte, erklang Louis Amstrongs »What a Wonderful World« aus den Lautsprechern, und Lily wurde von Melancholie gepackt.

Sie behielt Jane Coombs im Blick, die neben ihrem Anwalt auf der anderen Seite des Mittelgangs saß. Ihrer zerknirschten Miene nach zu urteilen, stand sie unter Schock und trauerte zutiefst. Jane hatte in den letzten Tagen nicht viel zu sagen gehabt. Sie verhielt sich, als würde sie die Kinder überhaupt nicht kennen, als wäre sie ebenso aus der Bahn geworfen wie sie.

Lily versuchte, nichts Schlechtes über die Frau zu denken, die ihrer besten Freundin den Mann weggenommen hatte, doch das war nicht leicht.

Sie konnte sich noch genau an Crystals konfusen Gesichtsausdruck erinnern, als sie eines Abends zu Lily gekommen war und gesagt hatte: »Derek hat eine andere. Und ich bin schwanger.« Alles in einem Atemzug. Beide Tatsachen für sich hätten ihre Welt erschüttert. Zusammen genommen veränderten sie ihr Leben.

Lily versuchte, nicht an die Zeit zu denken. Versuchte,

nicht an die Verletzung und Demütigung zu denken, die Crystal erlitten hatte. Wie sie in ihrem Beitrag bereits gesagt hatte, Crystal hatte die höchsten Freuden und großen Segen erfahren. Daran wollte Lily festhalten. Nicht an den anderen Dingen, der misslungenen Ehe und den Geldschwierigkeiten oder der Tatsache, dass Crystals beste Freundin ihr kurz vor dem Tod gesagt hatte, Charlie werde die dritte Klasse nicht schaffen.

Crystals Schmerz und ihre Verstörtheit verfolgten Lily an jedem Abend ins Bett und spukten in ihren Träumen herum, wenn sie schlief. Sie hatte keine Ahnung, wie sie es loswerden sollte.

Sie schaute sich in der Kirche um und versuchte, Trost von den Anwesenden einzuholen – Freunde und Partner, Menschen aus Beruf und Schule.

Irgendwie überstanden sie den Rest des Gottesdienstes, einschließlich der Gebete, die sie bis in ihre Seele hinein spürte, und Liedern, die ihr ein Loch ins Herz bohrten. Nur einen einzigen Grund gab es, warum es ihr gelang, standhaft zu bleiben – die Tatsache, dass Crystals Kinder von ihr abhängig waren.

Ein Thema, das bei der Testamentseröffnung zur Sprache kommen würde.

Charlie zupfte an ihrer Hand. »Wann gehen wir auf den Liedhof?«, wisperte sie.

»Friedhof«, flüsterte Lily zurück. »Gleich. Nach ›Over the Rainbow‹«, fügte sie hinzu, und ihr fiel ein, dass sie sich die Version des verstorbenen Iz gewünscht hatte, des Künstlers aus Hawaii.

Sie dachte, es könnte Cameron an die Zeit erinnern, als

er mit Crystal gemeinsam Ukulele-Unterricht genommen hatten. Er hatte zum Gottesdienst nichts beitragen wollen und war im allgemeinen beunruhigend schweigsam über den Verlust seiner Eltern.

Sie lehnte sich zu Charlie und sagte ihr ins Ohr: »Warum fragst du?«

»Ich muss wissen, wann ich mich wirklich verabschieden muss«, antwortete Charlie.

Lily legte einen Arm um die Schultern des kleinen Mädchens. »Ach, Schätzchen«, flüsterte sie gramerfüllt, »du musst dich nie verabschieden.«

22

Lily hatte keine Ahnung, was sie zu der Besprechung anziehen sollte. Was trug man bloß bei einer Testamentseröffnung?

Sie hatte nur eine begrenzte Auswahl. Obwohl sie nun schon seit fast einer Woche bei Crystal wohnte, hatte sie nicht viel mitgebracht. Ihr schien die Schulgarderobe nicht ganz angemessen. Ein mit Teddybären bestickter Pullover mochte im Klassenzimmer nett aussehen, nicht aber bei einer seriösen Besprechung.

Ihr einziges Kostüm würde wohl reichen. Anwälte wären dort, man würde über Finanzen sprechen. Sie war es Crystal schuldig, professionell aufzutreten.

Mit geradezu missionarischem Eifer zog sie eine weiße Bluse an, die sie am Hals mit einer flotten Schleife zuband. Dann legte sie einen dunklen, ausgestellten Rock und einen Blazer mit Messingknöpfen an. Toll, dachte sie und schlüpfte in Pumps mit niedrigen Absätzen. Ich sehe aus wie Sergeant Pepper.

Mit zwei Spangen steckte sie ihre Haare fest und betrachtete anschließend stirnrunzelnd ihr Spiegelbild. Wie schafften Frauen das nur?, fragte sie sich. Gab es einen Trick, professionell auszusehen, von dem sie nichts wusste?

Die Fragen nach Äußerlichkeiten flößten ihr ein schlechtes Gewissen ein, weshalb sie hastig noch eine Schicht zartroten Lippenstift auftrug und befand, dass sie fertig war.

Alle drei Kinder saßen in der Küche beim Frühstück, als sie hinunterkam. Charlie hing wie üblich vor dem Sender für Zeichentrickfilme, und Ashley aß Apfelmus aus einer Plastikschale. Cameron beugte sich über ein Physikbuch, den Kopf in die Hand gestützt, und schaute finster auf die Seite. Sean war weggefahren, um vor der Besprechung Red Corliss zu treffen.

»Hi!« Ashley klopfte mit ihrem Löffel und hielt ihn dann Lily entgegen. »Probier.«

Lily tat so, als nähme sie einen Happen. »Mmmmm, lecker.« Sie streckte die Hand aus und drehte den Ton der quäkenden Zeichentrickfilme leiser. Sobald alles geregelt war, würde sie den Fernsehkonsum einschränken müssen. In einem Haus voller Kinder zu leben, war, als besuchte man ein Land der Dritten Welt, eine Gegend voller Farben, Lärm und eigenartigen Gerüchen. Sie hatte sich die größte Mühe gegeben, Ordnung in das Chaos zu bringen, doch immer wieder glitt ihr alles aus der Hand.

»Ich gehe zu der Besprechung«, verkündete sie. »Ich werde zwei Stunden fort sein, nehme ich an. Cameron, du übernimmst die Verantwortung.«

»Kapiert«, sagte er gelangweilt.

»Kapiert«, plapperte Ashley ihm nach. »Will raus.« Sie wand sich auf ihrem Stuhl.

»Cameron wird sich um dich kümmern«, sagte Lily und drückte dem Kind auf dem Weg zur Tür einen Kuss auf den Kopf.

Auf der Fahrt zur Anwaltspraxis in der Stadt hatte sie das eigenartige Gefühl, dass dies nicht mehr ihr Leben war. Sie lebte das Leben einer anderen, mit Kindern und einem Haufen Verpflichtungen, die so zahlreich waren, dass sie Mühe hatte, sie einzeln auseinanderzuhalten.

Ein hingeworfenes Versprechen an eine Freundin – ich kümmere mich um deine Kinder, kein Problem – war zu einer Verantwortung geworden, für die sie absolut nicht gerüstet war. Sie hatte sich die ganze Woche freigenommen, doch am Montag schon müsste sie wieder in ihr Haus zurück, in ihren Beruf. Das Leben musste für sie alle weitergehen, und das wäre ein Thema bei der heutigen Besprechung.

Die Anwaltskanzlei Logan, Schwab and Fuller war vornehm und still. Man geleitete sie in einen Konferenzraum, wo alle versammelt waren – Sean Maguire und Red Corliss, Seans Vater Patrick und Dereks Freundin Jane Coombs mit ihrem Anwalt. Frances Jamison, Crystals Scheidungsanwältin, war auch zugegen, bemerkte Lily mit gelinder Erleichterung. Alle anderen waren für Derek hier.

Nicht ganz, stellte sie fest, sobald Susie Shea den Raum betrat. Die Sozialarbeiterin war als Fürsprecherin der Kinder da.

Peter Logan, der in seinem Designeranzug wie ein würdiger alter Mann wirkte, eröffnete die Besprechung, hieß zunächst alle willkommen und schlug eine umfangreiche Mappe mit Papieren auf.

»Vielen Dank, dass Sie gekommen sind, meine Damen und Herren«, sagte er. »Ich möchte der Familie und den Freunden von Derek und Crystal Holloway mein aufrichtiges Beileid aussprechen. Ich weiß, der Verlust hat Sie alle tief getroffen.«

Lily warf heimlich einen Blick auf Sean. Die Woche mit diesem Mann war höchst eigenartig gewesen. Offensichtlich mochte er die Kinder, doch wenn es darum ging, elterliche Pflichten zu übernehmen, war er ebenso hilflos wie Lily. Er sah abgespannt aus, hörte aber aufmerksam zu, als Logan eine Liste von Bestimmungen vorlas. Sein Vater Patrick, der neben ihm saß, machte einen ausgeruhten und vitalen Eindruck. Er war ein ausgesprochen gut aussehender Mann, groß und geschmeidig, mit üppigem, graubraun meliertem Haar. Als Dereks Stiefvater war er der einzige Großvater, den die Kinder hatten, äußerst charmant mit geschliffenen Manieren und gewinnendem Lächeln. Doch es war komisch. Wenn Lily ihm in die Augen schaute, sah sie nicht viel.

Alle Anwesenden spitzten die Ohren, als Logan zum Kernpunkt kam – der Verfügung über Dereks Vermögen. Derek hatte Red Corliss, Travis Jacobs, Patrick Maguire und verschiedenen weiteren Partnern etwas hinterlassen. Seinem Bruder vermachte er alle Golfschläger. Sean wirkte weder erfreut noch enttäuscht. Lily konnte seinen Ausdruck nicht entziffern.

»Der Rest meines Vermögens, bestehend aus …«, Logan reichte Kopien einer Liste herum, »… soll zu gleichen Teilen unter meinen geliebten Kindern Cameron Craig Holloway, Charlene Louise Holloway und Ashley Baird Holloway aufgeteilt werden. Sollten sie zum Zeitpunkt meines Todes noch minderjährig sein, ist das Erbe von Crystal Baird Holloway zu verwalten, oder für den Fall, dass sie nicht zur Verfügung steht, von meinem Bruder Sean Michael Maguire, bis sie die Volljährigkeit erreichen.«

Die letzte Verfügung traf auf derart tiefes Schweigen, dass

Lily den Mann neben sich – Janes Anwalt – atmen hörte. Jane war also leer ausgegangen, dachte Lily.

Das Testament wurde weiter verlesen und beantwortete die Frage, wer zum Vormund der Kinder bestimmt wurde. Zuerst wurde natürlich seine geschiedene Frau, Crystal Baird Holloway genannt. Der nächste Verwandte war Sean Michael Maguire. Ein Richter des Vormundschaftsgerichts würde eine Verfügung erlassen, nachdem die Anhörung stattgefunden hatte.

Die Stille im Konferenzraum setzte sich fort, während sie diese Eröffnung verdauten. Derek hatte nicht Jane bestimmt, die behauptete, sie habe die Absicht gehabt, ihn zu heiraten. Auch Patrick hatte er nicht gewählt; Patrick gab sich nicht einmal die Mühe, seine Erleichterung zu verbergen. Nein, Derek hatte Sean Maguire, seinen Stiefbruder, herausgepickt, einen Mann, der im Leben der Kinder kaum aufgetaucht war.

Die Sozialarbeiterin notierte die Informationen rasch, während Mr Logan den Vortrag schon an Frances Jamison, Crystals Anwältin, weiterreichen wollte.

Jane stieß sich vom Tisch ab. »Ich habe genug gehört«, sagte sie leise und verließ mit ihrem Anwalt den Raum.

»Rundum zufrieden ist anders«, murmelte Frances kaum hörbar vor sich hin.

Lily versuchte sich auf die Seiten zu konzentrieren, die Frances vor sich hatte. Das Dokument war fünf Jahre alt; Crystal und Derek hatten es damals gemeinsam aufgesetzt. Dorothy und Lily, die nichts erwartet hatte, wurde etwas hinterlassen: »Meiner besten Freundin Lily Elaine Robinson, vermache ich die Summe von 10.000 Dollar nebst meiner

Garderobe. Lily, du warst nie für Mode zu haben, aber vielleicht hast du dich geändert.«

Lily war betroffen von Crystals Gefühlsregung und vom Widerhall der authentischen Stimme ihrer Freundin. Sie kramte nach einem Papiertaschentuch in ihrer Tasche, stellte aber fest, dass sie alle verbraucht hatte. Wortlos drehte sich Sean zur Kredenz hinter sich um und griff nach einer Schachtel, die er ihr über den Tisch hinweg zuschob.

Crystals Verfügung über ihre Kinder stimmte mit Dereks überein, bis auf die Tatsache, dass das Vermögen, sollten die Kinder noch minderjährig sein, von Crystals Mutter Dorothy Mansfield Baird zu verwalten sei. Dorothy wurde auch als Vormund der Kinder genannt.

Frances stauchte den Papierstapel auf der harten Lederoberfläche des Tisches. »Meine Damen und Herren, dieser Teil ist problematisch, weshalb ich Miss Robinson gebeten habe, heute hier teilzunehmen. Dorothy Baird hatte einen schweren Schlaganfall. Zur Zeit ist sie bettlägerig und erkennt weder Freunde noch Familie. Ihre Prognose ist schlecht, daher wird sie nicht in der Lage sein, auch nur eine der hier erwähnten Pflichten zu übernehmen. Zufällig hatte ich mit Crystal ein Treffen vereinbart, um über dieses Thema zu sprechen. Sie wollte ihr Testament ändern und Miss Robinson als Vormund der Kinder einsetzen für den Fall, dass ihr geschiedener Ehemann diese Pflicht nicht übernehmen könnte.«

»Das widerspricht Mr Holloways Dokument, das im Gegensatz zu dem seiner geschiedenen Frau ein Datum trägt unterschrieben ist und ein Aktenzeichen hat«, entgegnete Mr Logan. »Dem einzusetzenden Vormund sollen beide Eltern zustimmen, und da das nicht geschehen ist, erwarten wir, dass der Richter zugunsten des letzten Willens des Vaters urteilt.«

Lily wusste, ihre innere Verwüstung war ihr noch anzusehen, als sie den Kopf hob und sich am Tisch umsah. Anscheinend bemerkte niemand, dass sie zugegen war, bis auf Sean Maguire. Er beobachtete sie mit einer Intensität, die ihr einen Schauer einjagte.

Sie beachtete ihn nicht und versuchte, sich auf den Rest des Verfahrens zu konzentrieren. Ms Fuller legte eine vorläufige Bilanz über die Finanzen offen, die alle außer Red zu überraschen schien. Lily suchte sich einen Weg durch die Phrasen, prüfte die Zahlenkolonnen und erkannte, dass Derek bis über beide Ohren in Schulden steckte. Fast das Gleiche galt für Crystal. Bei dem extravaganten Leben, das die beiden vor und nach der Scheidung geführt hatten, war es ihnen gelungen, noch mehr auszugeben als Dereks beträchtliche Einnahmen. Niemand äußerte es laut, doch alle wussten, dass sie kurz vor der Pleite standen, wie der Laie sagt.

Red schaute sich am Tisch um. »Profigolf ist ein herzloses Spiel. Man kann in einem Jahr eine Million Dollar machen und im nächsten leer ausgehen.«

Eine ausführliche Erklärung über die Bestimmungen in Dereks Versicherungspolice folgte, wie die Hinterlassenschaften funktionierten, wenn kein Bargeld vorhanden war, doch Lily hörte nicht zu. Sie hatte andere Dinge im Kopf, und als die Besprechung zu Ende war, ging sie direkt zu Susie Shea. »Ich sollte mich um die Kinder kümmern, nicht Maguire«, stellte sie ohne Einleitung fest. Einfach nur so. Die Entscheidung war rasch über sie gekommen, weniger als bewusster Entschluss, vielmehr als Zwang. Sie hatte sich entschieden, ihr Leben lang allein zu sein. Jetzt beschloss sie, diese Isolation zu beenden.

»Vielleicht hat Maguire ja auch eine Meinung«, konstatierte er in feindseligem Ton. »Vielleicht meint Maguire ja, Sie sollten sich da raushalten.«

»Vorläufig«, sagte Ms Shea, »ist Mr Maguire der bestallte Vormund. Dennoch, Mr Maguire, hoffe ich, Sie verstehen, dass Miss Robinson den Holloway-Kindern sehr viel bedeutet.«

»Ich habe nicht vor, sie zu verjagen, wenn Sie das meinen, doch einer muss die Verantwortung übernehmen, und das bin ich.«

Ms Shea nickte und trat zur Seite, um sich mit den Anwälten zu beraten.

Lily sträubten sich die Haare, als sie Sean gegenüberstand. Sie wollte begreifen, was diesen Mann antrieb, doch zwischen ihnen beiden lagen Welten, sie waren nur durch ihr Mitgefühl für die Kinder vereint. »Ich glaube nicht, dass Sie langfristig denken. Es ist eine riesige Verpflichtung.«

»Meinen Sie, das weiß ich nicht?«

»Die Kinder befinden sich in einer posttraumatischen Situation, und sie da durchzubekommen, bedarf allein schon einer enormen Anstrengung«, sagte sie. »Während sie sich damit beschäftigen, bleibt das Leben nicht einfach stehen und wartet auf sie. Es gibt Schulthemen, Reinlichkeitserziehung und Wutanfälle, Krankheit, Pubertät, und Sie bekommen nie frei für gutes Betragen. Das Urteil lautet lebenslänglich.«

»Mann, bei Ihnen klingt das ja ganz nach Picknick.«

»Darüber macht man keine Scherze.«

Er lachte in sich hinein, doch seine Augen blitzten wütend auf. »Oh, das ist klassisch. ›Darüber macht man keine Scherze‹.« Er imitierte Lily boshaft.

Sie unterdrückte einen empörten Ausruf. »Ich versuche nur, Ihnen klarzumachen …«

»Dass Spaß außer Frage steht?«

»Dass die Kinder für uns an erster Stelle stehen.«

»Dann wollen wir mal sehen. Wer von uns ist besser für sie? Sie, weil Sie dafür sorgen, dass sie jeden Abend rechtzeitig zu Bett gehen, oder ich, weil ich keine Angst davor habe, ihnen beizubringen, dass das Leben wieder Spaß machen kann? Lassen Sie uns Dr. Sachs fragen.« Er nahm sein Handy heraus.

Sie wusste nicht, was in sie gefahren war, als sie ihn berührte. Sie legte ihm eine Hand auf den Arm. »Die Kinder brauchen uns beide.«

Er schaute auf ihre Hand, dann auf sie. Verlegen trat sie zurück.

»Sagen Sie mir, warum sie so darauf brennen, einzusteigen und diese Kinder großzuziehen«, bat er.

»Weil Crystal es so wollte. Weil ich meine Sache gut machen würde.« Sie redete rasch und heftig, ohne zu überlegen. »Ich habe es versprochen.«

Er verschränkte die Arme vor der Brust. »Ich höre von Ihnen nicht, dass Sie es wollen«, machte er ihr deutlich.

»Ich will das Beste für diese Kinder.« Plötzlich sah das Leben, das sie ihrer Meinung nach führte, die Zukunft, die sie geplant hatte, vollkommen anders aus. Ihre Handflächen schwitzten, obwohl sie dem Drang widerstand, sie an ihrem Rock abzuwischen. »Ich bin sicher, das wollen Sie auch,

Sean. Ich weiß, dass die drei Ihnen am Herzen liegen, aber das heißt nicht, dass Sie alles opfern müssen …«

»Es wäre kein Opfer. Es wäre … leben. Das tun, was die Menschen auf der ganzen Welt tun, eine Familie gründen und den Tag überstehen. Der gesunde Menschenverstand sagt uns, dass die Kinder Stabilität und Stetigkeit brauchen, und da Dereks letzter Wille hinsichtlich der Vormundschaft klar ist, heißt das, sie bleiben bei mir.«

»Ich sollte sie großziehen.« Noch als sie die Worte aussprach, gefror ihr das Blut vor Angst in den Adern. Sag ja, dachte sie, und dann, bitte, sag nein. Lily riss sich zusammen. Sie war durch Dereks Letzten Willen, der seinen ungeeigneten Bruder zum Vormund bestimmte, aus dem Weg geräumt worden. Es war nicht richtig. »Ich meine es ernst«, sagte sie. »Und Sie wissen, dass ich recht habe.«

»Mein Bruder war anderer Meinung.«

»Nur, weil er Sie gewählt hat, heißt das noch lange nicht, dass Sie am besten geeignet sind.«

»Nur weil Sie die Kinder länger kennen und einen Scheiß-Abschluss in Erziehung haben, sind Sie auch nicht besser geeignet«, schoss er zurück. »Im Übrigen habe ich noch etwas anderes, Lily.«

»Und das wäre?«

»Ich habe keine Angst, aber Sie.«

Schon wollte eine Verneinung auf ihre Lippen springen, da spürte sie ein kaltes, dunkles Beben in sich, wie Eisen, das mit einem Schläger bearbeitet wird. Woher wusste er es? Witterte er Angst wie ein Raubtier?

Lily wandte sich ab, trat an den Wasserbehälter und versuchte, sich zu fangen, während sie einen kegelförmigen

Pappbecher füllte und einen Schluck trank. Er hatte die Wahrheit auf den Kopf getroffen; sie hatte Angst. Sie hatte ihr Leben wie eine Mauer um sich errichtet und ihr Herz vor Verletzungen verbarrikadiert. Niemals hatte sie geplant, eine Familie zu haben. Sie hatte sich bewusst dagegen entschieden. Sie wollte ein Leben für sich allein, wollte frei sein, um zu gehen, wohin sie wollte, um zu tun, was sie wollte, ohne jemandem Rede und Antwort zu stehen. Drei Kinder zu übernehmen, würde das unwiderruflich verändern.

Ah, aber sieh doch, was es dir geben könnte, wisperte Crystals Stimme in ihrem Ohr. Manche Dinge sind wichtiger, als Angst zu haben.

»Wir vergeuden Zeit, wenn wir uns darüber streiten«, sagte Sean. »Ich muss nach Hause. Die Kinder haben es verdient zu erfahren, was los ist. Sie lieben Sie, Lily, und wenn Sie ihnen zeigen, dass Sie auch nur den leisesten Zweifel an dieser Situation haben, dann werden sie es wissen. Wollen Sie das?«

Sie lieben Sie, Lily. Die Worte durchfuhren sie wie ein Schauer. »Ich möchte, dass sie sich sicher und aufgehoben fühlen.«

»Mein Bruder hat mir diese Kinder anvertraut. Was Sie und Crystal auch von ihm gehalten haben, er war ein fürsorglicher Vater. Ich werde ihn nicht im Stich lassen.«

Sie zerknüllte den Pappbecher in der Hand und warf ihn in den Papierkorb. »Es ist kein Geld da. Das haben Sie begriffen, ja?«

»Hey, ich bin ein blöder Sportler, aber ich kann addieren und subtrahieren.« Er löste seine Krawatte und blitzte sie wütend an. »Sie fangen an, mich anzupissen. Nein, das nehme ich zurück. Sie haben mich heute schon ein paar Mal angepisst.«

Sie funkelte zurück. »Auch Sie haben mich heute zur Weißglut gebracht.«

»Angepisst, Lily. Das Wort heißt angepisst.« Er sprach so laut, dass sich die Köpfe zu ihnen umdrehten.

Ihre Wangen brannten. »Wie ausgesprochen reif von Ihnen. Das wird wahrscheinlich in den Bericht an den Vormundschaftsrichter eingehen.«

»Was, dass Sie eine Art haben, Leute anzupissen?« Er schenkte ihr ein entwaffnendes Lächeln, trotz seiner Worte. »Wir wollen diese Diskussion beenden und nach den Kindern sehen.«

»Diese Diskussion ist noch nicht zu Ende.«

»Doch. Sie sind aus dem Schneider. Sie können jetzt nach Hause gehen. Ich werde davor nicht weglaufen.«

»Sie sind vor allem in Ihrem Leben davongelaufen«, betonte Lily. »Crystal hat es mir erzählt. Sie sagte, Sie seien sogar vor Ihrer Karriere davongelaufen.«

»Wir reden hier über Kinder, nicht über eine Karriere. Vor Kindern läuft man nicht weg. Ich werde darin wohl nicht perfekt sein, aber ich werde alles daransetzen, was ich kann.«

Sie richtete sich auf und dachte bereits an eine Entgegnung. Dann begriff sie, was er gesagt hatte, und ihre Schultern entspannten sich ein wenig. »Gute Antwort.«

23

Lily und ich haben Neuigkeiten«, verkündete Sean, als sie nach Hause kamen. Er versuchte, positiv und beschwingt zu klingen. Das hatten ihm die Trauerbegleiterin und die Sozialarbeiterin geraten. Klingen Sie positiv und beschwingt, ohne die Tragödie zu leugnen. Geben Sie den Kindern die Sicherheit, dass das Leben weitergeht und alles wieder besser wird.

Als könnte es noch schlimmer kommen. Was war denn schlimmer, als ein Kind zu sein und beide Eltern am selben Tag zu verlieren?

Sean war erwachsen gewesen, als seine Mutter vor fünf Jahren gestorben war, und diese Wunde blutete noch immer. Zu den Dingen, die sie ihm zuletzt noch gesagt hatte, gehörte etwas, das Sean noch immer verwirrte. Er solle sich verlieben, sich niederlassen, eine Familie gründen. »Dafür bist du geschaffen, mehr als jeder andere von uns.« In den letzten fünf Jahren hatte er sein Bestes getan, diesen Rat zu ignorieren. Jetzt, wenn er seine Nichten und seinen Neffen ansah, fielen ihm ihre Worte ein. Sie hatte schon immer viel Sinn für Humor gehabt.

»Hi, Lily«, sagte Ashley, die mit einem Plastikspatel auf dem Boden vor ihren Füßen spielte.

»Und, was gibt's Neues?«, fragte Cameron, die Arme fest vor seiner Körpermitte verschränkt.

»Wir hatten heute eine Besprechung mit den Anwälten eurer Mom und eures Dad, die uns ihre Testamente vorlasen. Sie haben euch so ziemlich alles hinterlassen, was sie besaßen.«

»Alles?« Charlie riss die Augen weit auf.

»Fast. Eurer Dad hat mir seine Golfschläger vermacht, und Red, Travis, Opa und ein paar andere sind auch bedacht worden. Und eure Mom hat ihrer Mutter und Lily etwas hinterlassen.« Die gute alte Lily, dachte er. Das, was sie ihm gesagt hatte, fuchste ihn noch immer, da sie damit seine Befähigung in Frage gestellt hatte, für seine Familie zu sorgen. Als wollte sie seine Zuversicht untergraben.

Sie rang sich zu einem Lächeln durch. »Eure Mutter wollte, dass ich ihre Kleider nehme. Sie war immer hinter mir her, dass ich mich modischer anziehen sollte, wisst ihr.«

»Und das ist alles?«, fragte Charlie. »Das ist absolut alles? Sonst hat niemand etwas bekommen?«

»Nicht, dass ich wüsste.« Sean sah Lily an. »Sie?«

»Ich glaube, das war alles.«

»Puh.« Charlie sank ins Sofa zurück.

»Gibt es jemanden, der hätte erwähnt werden sollen?«, fragte Sean.

»Nö, überhaupt nicht, auf keinen Fall«, beeilte sich Charlie zu versichern.

Komisch, die Kleine, überlegte Sean. In vielerlei Hinsicht war seine Nichte schwer zu durchschauen. Cameron funkelte sie wütend an und formte unhörbar etwas mit den Lippen, das Sean nicht erkennen konnte. Sie streckte ihrem Bruder die Zunge raus.

»Kommen wir denn jetzt in Waisenhäuser oder wie?«, fragte Cameron.

»Natürlich nicht«, antwortete Sean.

»Wie kommst du darauf?«, fragte Lily.

»Wir stehen unter amtlicher Vormundschaft. Ich habe mich nur gefragt, ob wir jetzt an Pflegeeltern verpachtet werden.«

Charlies Kinn zitterte. »Ich will nicht in Pflege.«

»Dein Bruder hat nur Sch ... Müll im Kopf«, sagte Sean. Er versuchte, Cameron gegenüber geduldig zu sein, aber es fiel ihm schwer. »Niemand wird euch irgendwohin verpachten. Ihr werdet bei mir wohnen. Oder, richtiger wäre wohl, wenn ich sagte, ich werde bei euch wohnen. Hier in diesem Haus.«

Das zu sagen, kam ihm unwirklich vor. Bisher hatte Sean niemanden außer sich selbst gehabt, und plötzlich gehörten ihm ein Haus am Stadtrand und drei Kinder. Er konnte es noch nicht ganz fassen. Wie Lily schon gesagt hatte, es war ein Urteil auf lebenslänglich.

»Wird Lily noch im Gästezimmer schlafen?«, fragte Charlie.

»Sie bleibt nicht, du Genie«, sagte Cameron.

»Nicht?« Mit fliegenden Zöpfen warf Charlie den Kopf herum und sah Lily an.

»Ich kann nicht, mein Schatz«, sagte Lily. »Aber ich verspreche, ich werde für dich da sein. Ich sehe dich jeden Tag in der Schule, und ich werde an den Abenden kommen, wenn euer Onkel arbeitet.«

Sean stieß die Luft aus, die er angehalten hatte. Sie waren mit der Sozialarbeiterin einen sogenannten vorläufigen Fürsorgeplan durchgegangen. Sean sah es Lily an, dass sie mit den Vorkehrungen nicht einverstanden war, doch sie ließ sich vor den Kindern nicht anmerken, wie es ihr damit ging. So war Lily. Die Kinder rangierten für sie unter allen Umständen an erster Stelle. Er wusste, sie war wütend über die Testamentsverfügungen, doch zum Wohl dieser Kinder behielt sie ihr Missfallen für sich.

»Wer wird für uns sorgen, wenn wir zu Dad gehen?«, fragte Charlie.

»Wir werden nicht zu Dad gehen, Dumpfbacke«, sagte Cameron. »Er ist nicht da. Kapierst du das nicht?«

»Hey«, ermahnte Sean ihn. »Das reicht.«

Charlie ließ den Kopf hängen.

»Hört zu, wir sehen zu, dass alles klappt«, sagte Sean, doch niemand hörte ihm zu, denn Ashley hatte sich diesen Augenblick ausgesucht, den hüfthohen Schalter der Müllentsorgung zu betätigen. Das Brummen der Maschine erschreckte sie so, dass sie still mit großen Augen davorstand. Dann legte sich ihr Gesicht wie ein zerknülltes Papiertuch in Falten, und sie brach in durchdringendes Geheul aus.

Alle liefen zu ihr – Sean, Lily, Cameron, sogar Charlie –, eifrig darauf bedacht, sie zu trösten. Sean kam zuerst bei ihr an und nahm sie in die Arme. Mitte der Woche etwa hatte sie entschieden, dass er ganz in Ordnung war, und ließ sich jetzt von ihm halten, wann immer er wollte. Sie klammerte sich an ihn, schließlich ebbten die ängstlichen Schluchzer ab, und sie war still. Dann drückte sie beide Fäuste an seine Brust und schaute ihm in die Augen.

»Da«, sagte sie.

Ein unheimliches Gefühl beschlich ihn. »Onkel Sean. So heiße ich. Kannst du es sagen? On-kel Sean.«

»Da«, sagte sie noch einmal und steckte den Daumen in den Mund.

Charlie kam am Abend spät in Camerons Zimmer. Sie wirkte schmuddelig und ein wenig verloren im Nachthemd ihrer Mutter, die Augen weit aufgerissen mit einem Ausdruck, über den er gelacht hätte, wenn er nicht die schreckliche Angst erkannt hätte, die sie empfand.

»Was ist los?«, fragte er. »Wieso bist du nicht im Bett?«

»Es geht um Ashley«, sagte Charlie mit kleiner, ängstlicher Stimme.

O Mann. Nicht auch Charlie. Wer wusste noch davon?

Sie tat Cameron leid, daher legte er einen Arm um sie und zog sie an sich. Sie fühlte sich warm und fest an, und ihre Haare rochen nach Babyshampoo.

»Was ist mit ihr?«, zwang er sich zu fragen, obwohl er es wusste. Herrgott, er wusste es und hatte genauso viel Angst wie Charlie.

»Mom hat gesagt, Dad ist nicht Ashleys Vater. Sie hat gesagt, Ashley hat einen anderen Vater.«

Cameron holte tief Luft. Was sollte er tun, dem Kind sagen, dass seine Mutter eine Lügnerin war, oder sie wissen lassen, dass sie sich durch sämtliche Betten geschlafen hatte?

»Wann hat sie das gesagt?«

»Nach den Ferien im Frühling. Sie ist total durchgedreht, dass Dad uns mit nach Kalifornien genommen hat.«

Eine kalte Faust quetschte Camerons Magen zusammen. »Hat sie es Dad gesagt?«

»Nein. Nur mir. Sie, war traurig und sauer und hatte niemanden, mit dem sie reden konnte.«

Wahrscheinlich hat sie an dem Abend eine Flasche Wein getrunken, wie an dem Abend, an dem sie es Cameron erzählt hatte. Wut auf seine Mutter brannte wie Säure in seinem Bauch. Es nützte überhaupt nichts mehr, dass er von seinen Eltern angepisst war, doch manchmal konnte er nicht anders.

»Da liegt bestimmt ein Fehler vor«, sagte Cameron. »Du hast dich verhört. Das hat sie nicht so gemeint.«

»Sie hat es mir erzählt«, sagte Charlie. »Die Leute glauben, ich bin blöd, aber das stimmt nicht. Sie sagte, Ashley habe einen anderen Daddy, und ich habe Angst, er kommt und holt sie.«

Das befürchtete Cameron auch. »Das Wichtigste ist, den Mund zu halten. Es ist nur eine Geschichte, und du wirst nur Scherereien verursachen, wenn du etwas sagst.«

»Ich sage nichts«, wisperte sie.

»Das brauchst du auch nicht. Niemand wird sie wegholen«, schwor er und legte den anderen Arm um sie. Das zu sagen, verlieh ihm das Gefühl, das er immer hatte – er wusste nicht einmal, ob er die Wahrheit sagte.

Charlie schluchzte so heftig, dass sie würgte, daher drückte er sie noch einmal an sich. »Hey«, sagte er und strich ihr durch das seidige, viel zu große Nachthemd, in dem noch immer der Duft ihrer Mutter hing, über den Rücken. »Hey, versuch dich zu beruhigen, ja?«

»Das versuche ich ja die ganze Zeit, aber ich will sie, Cam. Ich muss mit ihnen reden und sie umarmen. Sie fehlen mir so.« Sie hatte Schwierigkeiten, zwischen den Schluchzern zu atmen.

»Sie fehlen mir auch.« Er strich ihr über die Haare. Irgendwie hatte Charlie mehr Glück als er. Ihre Gefühle für ihre Eltern waren einfach und klar. Sie bewunderte und verehrte sie. Obwohl sie wusste, dass mit Ashley etwas nicht stimmte, wurde ihre Liebe davon nicht in Mitleidenschaft gezogen. Wenn sie sich an sie erinnerte, würde sie nur an ihre Vollkommenheit denken, nicht an ihre Fehler.

Cameron hingegen war alt genug, um zu wissen, dass seine Eltern menschlich und sehr fehlerhaft waren. Dennoch wünschte er sich unwillkürlich, er hätte an dem Morgen, der ihr letzter gemeinsamer sein sollte, den dummen Streit mit seinem Vater nicht gehabt. Er wünschte sich, seiner Mutter gegenüber mitfühlender gewesen zu sein, als sie zusammenbrach und ihm das mit Ashley erzählte.

»Ich brauche sie, Cam«, flüsterte Charlie an seiner Brust. »Sie müssen für mich zurückkommen.«

»Ja«, sagte er mit kehliger Stimme, seine Augen brannten. »Für mich auch.«

24

Sean betrachtete den Spritzer Haferschleim an der Küchenwand und starrte dann wütend seine jüngste Nichte an. »Alle meckern nur rum«, sagte er.

Sie starrte wütend zurück. »Schmeckt bäh.«

»Iss den verdammten Brei«, fuhr er sie an.

Sie schnappte hörbar nach Luft, als hätte er sie geschlagen, und brach dann in Tränen aus. »Schmeckt bäh«, schluchzte sie. »Bäh.«

»Ach, komm schon, Ashley«, bat er. »Ich wollte dich nicht anschreien.« Doch sie war nicht mehr zu erreichen, verloren in einer Welt des Elends. »Verdammt«, murmelte er.

»Verdammt«, heulte sie. Bevor er sie daran hindern konnte, warf sie einen weiteren Löffel voll Haferbrei. Diesmal landete er mitten in seinem Gesicht, und der lauwarme Brei rann ihm über die Wange.

Ashley verstummte, die tränenfeuchten Augen vor Furcht weit aufgerissen. Sie war erst zwei, doch sie wusste, was unartig war.

Sean spürte, wie er ausrastete. Er war heute extra früh aufgestanden und hatte sich ein gutes Hemd und eine Krawatte angezogen, weil er Charlie und Cameron zur Schule bringen musste. Langsam tropfte ihm der Brei in den Mundwinkel.

Er sah der Kleinen an, dass sie sich in den nächsten Heulkrampf hineinsteigerte.

»O Mann«, sagte er, als er den Brei schmeckte, »der schmeckt wirklich bäh.« Er verzog das Gesicht.

Ashley konnte nicht widerstehen und kicherte, bis sie einen Schluckauf bekam. Sean lieferte eine große Vorstellung, als er den Brei von seinem Gesicht und vom Hemdkragen wischte, was sie noch mehr zum Lachen brachte. Erleichtert überredete er sie, ein Stück Bananenbrot zu essen. Das und vieles mehr hatten besorgte Freunde und Nachbarn vorbeigebracht. Im Kühlschrank hatte er kaum noch Platz. Wenn das so anhielt, rechnete Sean sich aus, müsste er ein Jahr lang nicht kochen lernen. Auf jeden Fall wollte er Haferbrei von seiner Liste streichen.

Charlie kam mit sauertöpfischer Miene in die Küche und ließ ihren Ranzen auf den Boden fallen.

»Die nächste Krise?«, fragte er.

»Cameron braucht ewig im Bad, und ich bin nicht einmal dazu gekommen, mir die Haare zu machen.«

»Was willst du denn damit machen?« Sean reichte ihr eine Scheibe Bananenbrot und schenkte ihr ein Glas Milch ein.

Charlies Kinn bebte. »Mom hat mich immer frisiert, außer, wenn ich bei Dad war.«

Sean wusste, er musste schnell etwas tun, sonst würde sie anfangen zu weinen. Wenn sie weinte, stimmte Ashley mit ein, und dann stünde er wieder am Anfang. »Hat dein Dad dir die Haare gemacht?«

Sie schaute ihn finster an. »Wie denn.«

»Ich wette, ich kann's«, sagte Sean.

»Nein.«

»Nein?« Er zog eine Hausarbeitsschublade auf, in der er ein Durcheinander aus Haarbürsten, glänzenden Spangen und Haargummis entdeckt hatte. »Bitte, nehmen Sie Platz, Madame.«

Charlie warf ihm einen überraschten Blick zu und setzte sich auf einen Hocker an der Theke. Ashley sah fasziniert zu. Sean fragte sich, was er sich da angetan hatte. Seine Nichte hatte helle, seidige Locken, die in seinen Augen ganz hübsch aussahen, doch sie bestand auf Zöpfen und Haarspangen. Das Haar war so weich, wie er es noch nie gefühlt hatte. Er wusste nicht, wie man Zöpfe flocht, doch er fand heraus, was eine Haarspange war.

»Das ist der beste Zopf aller Zeiten«, versicherte er ihr und verdrehte zwei Haarsträhnen ineinander. Er nahm die glänzendsten, auffälligsten Haarspangen und Gummis heraus, und als er fertig war, sah sie nicht einmal übel aus.

»Fertig«, sagte er. »Du siehst aus wie Cher.«

»Wer ist Cher?«

»Eine der bestaussehenden Frauen überhaupt«, sagte er. »Iss dein Bananenbrot.«

»Ich will nicht in die Schule«, sagte Charlie und stocherte lustlos an ihrem Frühstück herum.

Cameron schlenderte in die Küche, die Haare noch feucht von der Dusche. »Ich auch nicht.«

»Prima. Ihr könnt zu Hause bleiben und hier sauber machen.«

Sean wies auf die Küche. Lily war erst gestern gegangen, doch irgendwie hatte sich das Geschirr im Spülbecken vermehrt, und auf jeder verfügbaren Oberfläche lag Zeug herum. »Ihr habt die Wahl«, sagte er.

Charlie beäugte den Klecks Haferbrei an der Wand. »Schule«, sagte sie düster.

»Meinetwegen«, sagte Cameron.

»Ich wünschte, ich würde nach Italien fahren«, sagte Charlie.

»Wieso Italien?«

»Lily fährt den ganzen Sommer über nach Italien.«

Wie schön für Lily, dachte er mit einem Anflug von Neid.

Lily sah Sean mit langen Schritten über den Flur zu ihrem Klassenraum kommen, Charlie im Schlepptau. Er hielt sie an der Hand, ging aber so schnell, dass sie praktisch laufen musste, um mitzuhalten. Beide sahen mürrisch aus, und Lilys strahlendes Begrüßungslächeln machte keinen Eindruck auf sie. »Geh schon mal rein, mein Schatz«, sagte sie, »deine Freundinnen warten auf dich.«

Zum Glück nahm Lindsey Davenport Charlie an der Hand und zog sie in die Klasse.

»Es funktioniert nicht«, sagte Sean, als sie außer Hörweite war. »Was funktioniert nicht?«, fragte sie mit gedämpfter Stimme. Sie behielt Charlie im Auge und sah, wie sie ihren Ranzen ablegte. Die anderen Kinder kamen, um sie willkommen zu heißen, nahmen begeistert ihre Frisur zur Kenntnis und behandelten sie mit der zerbrechlichen Zartheit, die Kinder instinktiv an den Tag legen, wenn jemand aus ihren Reihen verletzt worden ist.

»Alles. Die ganze Regelung. Im Haus herrscht Chaos, alle wecken, sich mit dem Baby beschäftigen, rechtzeitig zur Tür hinauskommen. Der helle Wahnsinn.«

»Das machen Frauen jeden Tag«, entfuhr es ihr.

»Und das soll mir eine Hilfe sein?« Er rieb an einem Fleck auf seinem Hemd und legte ein Lächeln auf, als Charlie zu ihm trat.

»Bis später, Onkel Sean.«

Unbeholfen, aber mit liebevoller Zuneigung berührte er ihren Kopf. »Ich wünsche dir einen schönen Tag, Süße.«

»Okay.« Charlie war jetzt von ein paar Freundinnen umgeben, die herausgekommen waren, um sich ihren Onkel anzusehen. In Sommerhose, Hemd und Krawatte hatte er eine Art verhuschten, unordentlichen Charme. Kinder fühlten sich offensichtlich zu ihm hingezogen, als würden sie einen verwandten Geist erkennen.

»Geben Sie mir Bescheid, wie es heute gelaufen ist«, flüsterte er Lily zu.

Und um ehrlich zu sein, es lief ganz gut, so schien ihr, je weiter der Tag fortschritt. Sie konnte ihre Erleichterung nicht leugnen, wieder im Klassenzimmer zu sein, in ihrer sicheren Welt, und sich wieder unter Kontrolle zu haben. Hier war sie in Höchstform, selbstsicher und liebevoll zu den Schulkindern, die sie liebte. Nach der chaotischen, emotional aufgeladenen Woche bei Crystal war hier wieder Normalität eingekehrt.

Warum also ertappte sie sich dabei, das Chaos in dem Haus zu vermissen?

Lily verdrängte den Gedanken und behielt Charlie im Auge, die den ganzen Tag über kleinlaut war, und gegen Ende schöpfte Lily Hoffnung. Wie üblich plante sie die letzten zwanzig Minuten für einen Lesekreis ein.

»Liebe Kinder«, sagte Lily, machte es sich auf den Bodenkissen bequem und bedeutete allen, sich um sie herum zu versammeln. »Heute wollen wir ein neues Vorlesebuch anfangen. *Wilbur und Charlotte* von E.B. White.«

»Den Zeichentrickfilm habe ich im Fernsehen gesehen«, meldete Eden sich zu Wort.

»Das Buch ist immer besser, nicht wahr, Miss Robinson?«, sagte Sarah.

Lily nickte und wartete dann, bis alle still waren. Sie schlug das Buch auf der vertrauten ersten Seite auf. Unter den gegebenen Umständen war die Wahl riskant, aber sie verließ sich auf ihre Instinkte. Es war ohne Einschränkungen ein tadelloser Roman und einer der besten, der je für Kinder geschrieben wurde. Im Übrigen auch für Erwachsene. Sie hoffte, die Geschichte einer so innigen Freundschaft, die sogar über den Tod hinaus geht, wäre für Charlie von besonderer Bedeutung.

Lily holte tief Luft und begann zu lesen. »›Wohin geht Papa mit der Axt?‹, fragte Fern ihre Mutter, als sie den Frühstückstisch deckten …«

Wahrscheinlich gab es Schlimmeres, als wieder zur Schule zu kommen, nachdem die Eltern mit dem Wagen von einer Klippe gestürzt waren, doch im Augenblick fiel Cameron nichts ein. Das war das Schlimmste, genau das. Als sein Onkel vor der Comfort Highschool anhielt, hatte er das Gefühl, in ein dunkles Loch gestoßen zu werden, so wie an dem Morgen, an dem Sean es ihnen beigebracht hatte.

Ohne auf seine brabbelnde kleine Schwester zu achten, schlug er die Wagentür zu und stand vor der Schule, in der es zu dieser Stunde von Schülern nur so wimmelte. Die Mitglieder des Fördervereins hängten ein Transparent zwischen zwei große Platanen, auf dem für irgendetwas geworben wurde. Mr Atherton, der stellvertretende Rektor, führte eine Strafkolonie aus Nachsitzern an, die Abfall aufsammeln mussten.

Cameron wandte sich ab und zog eine Schulter hoch in der Hoffnung, nicht erkannt zu werden. Er glaubte nicht, dass er jetzt schon mit Albertons jovialem Gruß »Mann, so ein Pech« zurechtkäme. Oder überhaupt je. Doch es wäre illusorisch davon auszugehen, man würde ihn behandeln, als wäre nichts geschehen.

Heute war einer dieser stürmischen Apriltage, die auf einen Stromausfall und Schulfrei hoffen ließen. Für gewöhnlich hatte ihm das gefallen, doch nichts war mehr so wie immer. Er wollte nicht zu Hause sein, und er wollte nicht in der Schule sein. Er wollte nirgendwo sein.

Er hängte seinen Rucksack von einer Schulter auf die andere und machte sich auf den Weg. Der Wind zerrte an seiner Jacke und seinen Haaren.

»Cameron?«

Er ging weiter, obwohl er die Stimme kannte.

»Cameron, ich wollte nur sagen, es tut mir so leid, was passiert ist«, sagte Becky Pilchuk und beeilte sich, ihn einzuholen.

Becky Pilchuk. Ausgerechnet. Er schaute sich um, ob jemand ihn mit ihr sah. Auf der Tafel im Umkleideraum der Jungen, auf der er und seine Freunde die Mädchen aus ihrer Klasse nach ihrer Geilheit bewertet hatten, rangierte sie bei den unteren zehn Prozent. Für die Jungen war es ein Spiel, und für die Mädchen wäre es unglaublich kränkend gewesen, hätten sie davon gewusst.

»Ich habe versucht, dich nach dem Trauergottesdienst zu treffen, aber ich konnte dich nicht finden«, sagte Becky.

»Mir war nicht danach, gefunden zu werden«, sagte er. Er hatte das Gefühl gehabt, etwas zerstören zu müssen. Das hatte er tatsächlich auch gemacht. Direkt nach der Kirche war er zum Parkplatz gegangen. Seine Eltern wurden in die Leichenwagen geladen, total plump. Sein Vater hatte Travis, Sean und ein paar Golfspieler als Sargträger. Seine Mutter wurde von den Männern ihrer Freundinnen aus dem Paralympics-Komitee, dem Gartenclub und wo seine Mutter sonst noch engagiert war, getragen. Sie sich in den glänzenden Behältern versiegelt vorzustellen, war zu viel gewesen für Cameron, deshalb hatte er sich davongeschlichen, als niemand hinschaute. Er war gerannt, bis sein Atem in erstickte Schluchzer überging, und auf der Rückseite der Kirche gelandet. Er hatte zu den bunten Fenstern aufgeschaut, eingefasst in hohen Bögen. Oben im Bogen saß eine Rosette. Er wusste, dass man sie so nannte, weil sie in Geschichte Gotik durchgenommen hatten. Auf der Rosette war eine Taube über einer Flamme dargestellt – der Heilige Geist.

Cameron hatte einen glatten, runden Stein aufgehoben. Er hatte ausgeholt und ihn so fest er konnte geworfen. Mit zufriedenstellendem Klirren hatte der Stein das Fenster eingeschlagen. Er hatte sich keine Sorgen gemacht, dass der Lärm Aufmerksamkeit erregen könnte, denn aus Lautsprechern dröhnte noch die Schlussmusik, und alle waren zu dem blöden Friedhof unterwegs, um seine Eltern unter die Erde zu bringen. Ohne Eile war er zu den anderen geschlendert und in die Stretchlimousine mit Duftzerstäuber gestiegen, der nach überreifen Bananen roch.

Er versuchte, Becky nicht anzusehen, kam aber nicht umhin. Sie übte eine unheimliche Faszination auf ihn aus, schon seitdem sie im vergangenen Herbst hierher gezogen war. Sie hatte alles, was einen Mega-Langweiler ausmachte – den Grips, die Brille, die totale Ahnungslosigkeit hinsichtlich ihrer Kleidung –, dennoch reagierte er so seltsam auf sie. Sein Herz schlug schneller, und er war völlig nervös. Und als sie seine Eltern erwähnte, schmerzten seine Kehle und seine Augen, als wäre er drauf und dran, beim geringsten Anlass loszuheulen.

»Na ja«, sagte sie mit unsicherem Schwanken in der Stimme, »wenn du je das Gefühl hast, darüber reden zu wollen, ich – ich bin bereit, dir zuzuhören.«

Einen wilden Augenblick lang hatte er das Bedürfnis, ihr vom Kirchenfenster zu erzählen, dass es ihn eigenartig verlockte, etwas zu zerstören. Er wusste nicht, warum. Etwas zu zerbrechen oder durcheinanderzubringen, half nicht im Geringsten. Es war ziemlich öde, denn es bedeutete nur, dass jemand wieder reparieren musste, was er zerstört hatte. Ja toll. Würde er es Becky erzählen, dann wüsste sie jedenfalls, dass er ein Spinner war. »Ich glaube nicht, dass ich über irgendetwas reden will. Es ist total ätzend. Mehr habe ich dazu nicht zu sagen.«

»Okay, tut mir leid«, sagte sie. »Ich geh dann lieber. Ich muss vor dem ersten Klingeln noch ein Papier einreichen.« Ein Rauschgoldlächeln flackerte auf und verschwand wieder. »Wir sehen uns dann, okay?«

Er antwortete nicht, schaute aber hinter ihr her, wie sie einen unzerknitterten weißen Bericht aus ihrer Tasche zog, während sie auf die Eingangstür der Schule zuging. Kurz vor dem Gebäude riss ein Windstoß ihr das Papier aus der Hand und wehte es hoch in die Luft.

Sie jagte hinterher, doch das Papier schwebte ein paar Meter weiter, wo ein paar Sportkanonen sich gegenseitig anrempelten.

Einer entdeckte das Papier und knallte seinen Fuß darauf. Becky eilte hinzu und griff danach. Sie zog zu fest, und die Seite zerriss.

Die Sportkanonen lachten und klatschten sich ab, während Becky das Papier an sich drückte und mit hochrotem Kopf davonlief.

Als sie an Cameron vorbeikam, begegnete sie kurz seinem Blick, und in diesem Augenblick war ihm klar, sie wusste, dass er alles mit angesehen hatte. Sogleich hatte er ein schlechtes Gewissen, dass er nicht eingeschritten war, um ihr beizustehen, und dann drehte er durch, weil er sich ums Verrecken nicht schuldig fühlen wollte.

Und irgendwie richtete seine Wut sich gegen sie. Die Nulpe. Sie hätte wissen müssen, dass seine Eltern das Letzte waren, worüber er reden wollte, und Becky Pilchuk die Letzte, mit der er reden wollte.

Er eilte in sein Klassenzimmer und versuchte, unbemerkt auf seinen Sitz hinten im Raum zu rutschen. Er war zu sehr damit beschäftigt gewesen, Kameras von ESPN und dem örtlichen Nachrichtensender auszuweichen, die sich immer wieder auf ihn richteten.

Jetzt stand er zwischen seinen Freunden und fühlte sich einsamer denn je.

Sie plauderten munter drauflos und brachten ihn auf den neuesten Stand der Schulgerüchte – Maris Brodsky hatte mit

Chad Gresham Schluss gemacht, der Volleyball-Trainer der Mädchen hatte wegen zotiger Ausdrücke einen Verweis bekommen, und das Thema des High-School-Balls für die oberen Klassen lautete »Auf und davon«, als ginge ihm das nicht am Arsch vorbei. Cameron rührte sich nicht, fühlte sich diesen Menschen aber fremd, ein Besucher von einem anderen Stern.

Er war ein Fremder in seiner Haut. Er wusste nicht mehr, wie er sich verhalten sollte. Wann war es okay, wieder Spaß mit seinen Freunden zu haben? Wann war es okay, an etwas anderes als die riesige innere Leere zu denken? Wann war es okay, wieder teilzuhaben?

Er hatte keine Antworten, nur Fragen stürmten auf ihn ein, um die Leere zu füllen. Schon bald wandten seine Freunde ihre Aufmerksamkeit von ihm ab, und er saß allein an dem Pult mit einer Armlehne und starrte auf die glänzende Schreibfläche aus imitiertem Holz. Er nahm seinen Zirkel aus der Tasche seines Rucksacks. Es sei ein Präzisionsinstrument, hatte sein Geometrielehrer doziert, als er sie an alle verteilt hatte.

Lasst die Kappe auf der Spitze, damit ihr nicht aus Versehen etwas ansticht.

Cameron stach nicht aus Versehen in die Schreibplatte. Mit voller Absicht kratzte er das Wort SCHEISSE in die polierte Oberfläche, dann JEDES MA … Er kam nicht bis zum Ende. Es klingelte, und alle sprangen aus ihren Sitzen. Er steckte den Zirkel in die Tischplatte, schlang sich den Rucksack über eine Schulter und ging mit den anderen hinaus.

Den ganzen Tag über gab es Augenblicke, in denen er bedauerte, überhaupt wieder in die Schule gekommen zu sein.

Als sein Englischlehrer Mr Goldman ihm die Hand auf die Schulter legte und fragte: »Wie geht es dir?«, wäre Cameron beinahe durchgedreht.

»Es geht schon«, sagte er. »Total super.«

»Möchtest du gern mit jemandem darüber reden?«

Das war so ziemlich das Einzige, was er neuerdings machte. Er sprach mit Sozialarbeitern, Psychologen, mit Lily und Sean. Er war es leid, zu reden.

»Nein«, sagte er.

Von diesem Zeitpunkt an wurde der Tag immer nur noch schlimmer.

IV

Das Kind erträgt alles.

Maria Montessori

25

Na schön«, sagte Greg Duncan, der aushalf, den Buswendeplatz am Freitagnachmittag zu überwachen, »welche Ausrede hast du diesmal?«

Lily verabschiedete sich von ihren letzten Schulkindern und drehte sich zu ihm um. »Ausrede?«

»Dafür, dass du heute Abend nicht mit mir ausgehst.«

Sie schwieg eine Weile und tippte mit der Fußspitze auf. »Hey, du hast mich vielleicht noch nicht gefragt?«

»Dann frag ich dich.«

»Und ich sage, nein danke.« Sie versuchte, ein Lächeln zustande zu bringen, spürte jedoch, wie ihre Mundwinkel zitterten. »Ich bin keine gute Gesellschaft.« Sie wünschte, er wäre ein Freund, bei dem sie etwas abladen könnte, dem sie erzählen könnte, wie sehr die Trauerarbeit sie körperlich und seelisch mitnahm. Das war er natürlich nicht. Wenn man es recht bedachte, drehten sich die meisten Unterhaltungen, die sie führten, um sein Golfspiel und seine Nörgelei über die Unterhaltszahlungen an Kinder, die er nie sah. Sie fühlte sich schuldig wegen dieses Gedankens und sagte: »Aber vielen Dank. Ich weiß es zu schätzen, Greg.«

»Hör zu«, sagte er und schaukelte auf seinen Absätzen. »Ruf mich doch einfach an, wenn du etwas unternehmen willst.«

Sie nickte, und es gelang ihr, ein Lächeln aufzusetzen, das echter war. »Mach ich. Versprochen.«

Er trat zu ein paar anderen Lehrkräften, die herumstanden, während die letzten Busse abfuhren. Die seichte Unterhaltung und das gelegentliche, laute Auflachen klangen so ... so normal. Lily fand das nicht mehr, konnte sich nicht mehr vorstellen, was normal war. Sie ging wieder in ihr Klassenzimmer und betrachtete den Kalender. Noch sieben Wochen bis zum Ende des Schuljahrs. Dann wäre Sommer, ihre Zeit für Abenteuer und Erneuerung.

Sie dachte an die Reise, die sie so sorgfältig geplant hatte, stellte sich vor, wie sie in einem Strandcafé in Positano sitzen würde, ganz allein, vor einem Limoncello, und die Fischereiflotte in ihren bunten Booten beobachtete. Sie wusste genau, was ihr durch den Kopf gehen würde – Crystals Kinder.

Lily nahm ihre Tragetasche und ging hinaus. Ganz gleich, was Dereks letzter Wille vorschrieb und wie das Vormundschaftsgericht entscheiden würde, sie fühlte dieser Familie gegenüber eine Verpflichtung, die in keinem Dokument stand.

Statt nach Hause zu fahren, fuhr sie zu Crystal. Sie hatte Charlie versprochen, dass sie oft zu Besuch kommen würde, jeden Tag, wenn Charlie es brauchte, und sie wollte dieses Versprechen halten.

»Lily!« Charlie riss die Tür auf, noch bevor sie auf die Klingel gedrückt hatte, und sprang in ihre Arme. »Komm rein. Wir essen gerade was.«

Sean kam, um sie zu begrüßen. Ashley schrie etwas, Krümel spritzten ihr aus dem Mund. »Hunger?«, fragte er Lily und deutete auf den Kaffeetisch. Er war übersät mit Käse in Tuben und Crackern, Dosen mit Sodawasser und Crystals guten Highball- und Martinigläsern.

»Wir haben gerade Happy Hour«, sagte Charlie. »Ich mach dir auch einen.«

Sean räumte einen Platz auf dem Sofa frei, und Lily setzte sich. »Happy Hour?«, fragte sie.

»Ich bin eigentlich überhaupt nicht mehr fröhlich«, sagte Charlie, »aber Onkel Sean sagt, wir müssen essen.«

»Das stimmt.« Sie wandte sich Sean zu, und ihre Blicke hielten sich für einen eigenartig elektrisierenden Moment fest. Zwischen ihnen war etwas, die schmerzhaften Bande, die Überlebenden von Schiffskatastrophen gemeinsam sind. Rasch schaute sie zur Seite und hatte das merkwürdige Gefühl, etwas gesehen zu haben, das nicht für sie bestimmt war.

»Hier.« Charlie bot ihr einen Cracker mit aufgetürmtem Käse an.

Wie ein Herzanfall auf einem Cracker sah es aus. »Das sieht … lecker aus.« Um ihn nicht in den Mund stecken zu müssen, deutete sie auf eine Schachtel auf dem Wohnzimmertisch. »Deine Pfadfinderabzeichen?«, fragte sie.

»Ja. Ich soll sie auf eine Schärpe nähen, die ich zu meiner Uniform anziehen soll.« Völlig verzweifelt hob sie ein Abzeichen hoch. »Mom wollte mir dabei helfen.«

Lily versuchte etwas zu sagen, doch ihre Stimme versagte. Das passierte Charlie mehrmals täglich, der ganzen Familie. Die unerträgliche Grausamkeit eines vorzeitigen Todes. Vorhaben blieben unerledigt, waren unterbrochen.

Während sie nach den richtigen Worten suchte, goss Sean

7Up in ein Martini-Glas. »Wir beide werden es zusammen machen, okay, Charlie Brown?«

»Okay.«

»Hätten Sie ihn gern mit Olive oder gerührt?«, fragte er.

»Eine Olive? Igitt.«

»Dann pur«, sagte er und reichte ihr das Glas.

Lily legte diskret ihren Cracker ab. Die guten Bargläser zu benutzen, war eigentlich kein Verbrechen. Nach dem Zustand des Hauses zu urteilen, waren es vielleicht die einzig sauberen. Jedes Mal, wenn sie vorbeischaute, schien die Wohnung noch vollgestopfter und chaotischer. An einem Ende des Zimmers war ein Putting green für drinnen ausgelegt. Auf der Ablage neben der Tür stapelten sich alte Zeitschriften und Bücher. Cameron kam die Treppe hinunter, mürrisch und zerzaust. »Hey, Lily«, sagte er. Er drückte Käse auf einen Cracker und aß ihn mit einem Biss. Mit vollem Mund sagte er: »Hat jemand einen Zirkel gesehen? Ich brauche einen für die Hausaufgaben.«

»Was ist ein Zirkel?«, fragte Charlie.

Er verdrehte die Augen. »Schon gut, Dumpfbacke.«

»Onkel Sean! Er hat Dumpfbacke zu mir gesagt.«

Sean war gerade damit beschäftigt, Ashley verschmierten Käse vom Kinn zu wischen. »Du sollst deiner Schwester keine Schimpfnamen geben.«

Charlie streckte Cameron die Zunge raus. »Du bist nur sauer, weil Onkel Sean Kontrollfilter in den Computer eingegeben hat.«

»Gut gemacht, Dumpfbacke.«

»Onkel Sean! Lily!«

Irgendwo im Haus klingelte eine Schaltuhr, wie die Glocke am Ende einer Boxrunde. »Das ist der Trockner«, sagte Sean. »Cam, hol die Sachen raus und falte sie zusammen.«

»Aber …«

»Dalli.« Sie starrten sich an. Camerons Augen wurden schmal, dann stolzierte er aus dem Raum.

Charlie schnaubte beleidigt.

»Du hilfst ihm beim Zusammenlegen«, sagte Sean.

»Aber …«

»Bitte, Charlie.«

Hilfesuchend schaute sie zu Lily. Lily sagte nichts. Charlies Kinn zitterte, sie drehte sich um und schlurfte hinaus wie eine Gefangene zu ihrer Hinrichtung.

Sean hielt die Dose 7Up so, dass Ashley daraus trinken konnte. Lily biss sich erneut auf die Zunge, und ihre Blicke trafen sich über dem Kopf der Kleinen. »Meine Welt, und herzlich willkommen darin«, sagte er.

»Sie haben einen weiteren Tag hinter sich gebracht«, sagte sie ihm, fest entschlossen, ihn aufzumuntern. »Sie haben die ganze Woche geschafft.«

»Wie schön für mich.«

Ashley kletterte auf seinen Schoß und legte die Wange an seine Brust. Seine Hand, die so groß war, dass sie ihren Rücken bedeckte, wiegte sie mit erstaunlicher Zärtlichkeit. Ein Klecks Schmelzkäse war an der Schläfe der Kleinen, aber ein Lächeln lag auf ihren Lippen, als sie ein paar Mal blinzelte und dann die Augen schloss. Lily war sich ziemlich sicher, dass es zu spät für ein Nickerchen war. Ashley würde am Abend Schwierigkeiten haben einzuschlafen.

Hör auf, sagte sie sich. »Ich bringe die Sachen in die Küche«, sagte sie zu Sean.

Er reagierte nicht, daher sammelte sie die Cracker, Käse, Sodadosen und Gläser ein und schaffte alles mit zwei Gängen in die Küche. Hoch zufrieden warf sie die Tube mit dem Käse in den Abfall. In wenigen Minuten hatte sie die Spülmaschine eingeräumt und die Küche in Ordnung gebracht. Kasserollen, Pastetenformen und Tupperdosen anderer Leute waren auf der Arbeitsplatte verstreut. Die Freunde der Holloways waren mit ihren Nahrungsmittelspenden großzügig gewesen. Nach einer derart gewaltigen Tragödie waren die Geschenke wohl ebenso angemessen wie aufrichtig.

Sie räumte das Geschirr zu Ende auf und beschloss dann, die Post durchzugehen. Sie hatte Sean versprochen, sich um Crystals Angelegenheiten zu kümmern, ihre verschiedenen Konten aufzulösen, Abonnements zu kündigen, Rechnungen bei einem Treuhänder zu hinterlegen. Crystals Rechnungen durchzugehen, war besonders grausam, ihre Belastungen durch Einkäufe von Kosmetika und Kinderkleidung, von Geschenken und Benzin zu sehen. Crystal war nicht gerade praktisch veranlagt und etwas zu großzügig gewesen.

Lily trennte Rechnungen von Werbung. Eine Rechnung von den Riverside Medical Laboratories zeigte, dass bei Ashley an dem Montag vor dem Unfall ein Bluttest durchgeführt worden war. Lily runzelte die Stirn und fragte sich, ob die Kleine etwas ausbrütete. Alle persönlichen Nachrichten waren offenbar an die Kinder oder an Sean und die Kinder gerichtet. Die meisten hatten die Übergröße und das Gewicht von Beileidskarten. Ganz unten im Stapel fand sie ein paar große, wattierte Umschläge, die an Sean Maguire adressiert waren, alle in unterschiedlicher, verschnörkelter weiblicher Handschrift. Sie waren bereits geöffnet. Einer kam aus Kalamazoo, Michigan, ein anderer aus Long Beach, Kalifornien, ein weiterer aus San Diego. Freundinnen in der Ferne?, fragte sie sich und prüfte die Absender. Kat, Nikki, Angelina.

Sei nicht so neugierig, sagte sich Lily, warf aber einen Blick über die Schulter. Der größte Umschlag rutschte ihr aus der Hand, fiel auf den Boden und leerte sich aus. Rosa Briefbogen, verschnörkelte Schrift: Lieber Sean, wir kennen uns nicht, aber ich habe in der Zeitung von Ihrer schrecklichen Tragödie gelesen, und ich wollte Ihnen nur mitteilen, dass ich für sie da bin … An dem Brief klemmte mit einer Heftklammer das Foto einer jungen Frau mit großen Brüsten.

Erschüttert steckte Lily ihn zurück. Dann lugte sie in den nächsten Umschlag und fand einen anderen Brief und andere Fotos. Jetzt, da Sie all die Kinder haben, werden Sie eine Frau brauchen … Das Bild von Kat entlockte Lily einen Ausruf des Staunens.

»So ein Kram ist jeden Tag für ihn in der Post«, sagte Cameron. »Ziemlich krass, oder?«

Lily wirbelte herum, ihre Wangen brannten. »Was?«

»Frauen schicken ihm Briefe und Fotos. Die sind alle scharf auf ihn, weil er in den Zeitungen stand.«

»Oh.« Lily schluckte. »Verstehe.«

»Es ist total verrückt. Wer hätte schon gedacht, dass er dadurch zum Junggesellen des Jahres wird?«

Lily beschäftigte sich intensiv damit, die Rechnungen in ihre Tasche zu stecken. »Ich gehe dann mal«, sagte sie, ihr Magen revoltierte. Das war Crystals Haus, und es wurde in etwas ganz anderes verwandelt. Dennoch hatte Lily es nicht in der Hand, etwas zu ändern, selbst wenn sie wüsste, was zu tun war.

»Bis später«, sagte Cameron und beugte sich vor, um den Inhalt des Kühlschranks zu inspizieren.

Auf dem Weg zur Tür versuchte sie sich zu überlegen, was sie Sean sagen sollte. Er saß ganz still auf dem Sofa, die Kleine an sich geschmiegt. Charlie, ein zusammengeknülltes blaues Nachthemd in den Händen, lehnte sich an seine andere Seite. Das Licht des Spätnachmittags fiel auf sie, und Lily merkte, dass alle drei fest schliefen. Trauer war eine erschöpfende Angelegenheit; das erlebten sie gerade.

Sie blieb einen Moment stehen und beobachtete sie im Schlaf. Beobachtete ihn, erforschte den fein geformten Kiefer, die Muskeln seiner Arme. Eine unverhoffte Woge der Sehnsucht und Melancholie überkam sie. Kein Wunder, dass vollkommen Fremde ihm einen Antrag machten.

Müde und besorgt kam Lily nach Hause, aber an diesem besonderen Tag wartete eine Überraschung auf sie, mit der sie nicht gerechnet hatte. Neben ihrem Haus parkte der elf Meter lange Winnebago. Als Lily aus dem Wagen stieg, ging die Tür des Wohnmobils auf und Violet sprang heraus, das Gesicht vor Anspannung verzerrt. Hinter ihr tauchten Megan und Ryan auf, ihre Kinder, neun und zehn Jahre alt. Sie waren ein wildes Paar, die sich entweder stritten oder dickste Freunde waren. Im Augenblick schubsten sie sich um die Wette, und Violet sah zu erschöpft aus, um sie zur Ordnung zu rufen. Bevor ihre Schwester auch nur den Mund aufmachte, wusste Lily, dass sie schlechte Nachrichten brachte.

»Okay, bevor du etwas sagst«, begann Violet, »es ist nur vorübergehend, ich schwör's.«

»Ich wollte meiner Nichte und meinem Neffen eigentlich

nur guten Tag sagen«, teilte Lily ihr mit. »Hallo, ihr beiden.« Sie verteilte Umarmungen, und die Kinder erwiderten diese mit stürmischer Begeisterung. Violets Kinder waren in der Regel etwas zerzaust und schmuddelig, aber sie waren ein fröhliches Paar, liebevoll und unbeschwert wie ihre Mutter.

»Geht ihr beide doch hinters Haus und spielt«, schlug Lily vor. »Wir haben ein Tetherball-Spiel aufgebaut.«

»Wie kommt es, dass du ein Tetherball-Spiel hast, aber keine Kinder?«, fragte Megan.

»Vielleicht spiele ich allein damit«, sagte Lily augenzwinkernd. Um ehrlich zu sein, wollte sie sich nicht näher darauf einlassen, da sie einen inzwischen schon vertrauten Stich spürte. Sie und Crystal hatten das Spiel erst vor wenigen Wochen bei den ersten Anzeichen des Frühlings gemeinsam aufgebaut, sodass Charlie damit spielen konnte, wenn sie mit ihrer Mutter zu Besuch war. Die Erinnerungen an Crystal schlichen sich an Lily heran und packten ihr Herz, und das Gefühl des Verlusts raubte ihr den Atem. Wann hört das auf?, fragte sie sich. Ob es jemals aufhört?

Megan und Ryan nahmen ihr Wettschubsen wieder auf, als sie sich hinter das Haus begaben.

Lily umarmte ihre Schwester. »Ich hatte kaum Gelegenheit, bei der Beerdigung mit dir zu sprechen, aber danke, dass du da warst. Und, wie geht es dir?«, fragte sie.

»Fett bin ich.« Sie fuhr sich mit der Hand über den eingezwängten Bund ihrer Jeans.

»Ach, komm. Du siehst großartig aus.«

»Ich sehe fett aus. Du weißt, dass ich immer zu viel esse, wenn ich im Stress bin.«

»Was stresst dich so?«, fragte Lily, obwohl sie es sich denken konnte. Violets Leben schien für Stress wie geschaffen. Sie hatte gleich nach der Highschool geheiratet und kurz darauf die Kinder bekommen. Ihr Mann Rick hatte nur selten eine feste Anstellung. Er hatte die Angewohnheit, wunderliche Geschäfte aufzuziehen, die von Anfang an zum Scheitern verurteilt waren, und wenn sie misslangen, war niemand überrascht außer Rick. Tagesstätte für Pflanzen, professioneller Clown, Eislieferungen, Unterricht im Fliegenbinden und Extrembaumschneiden waren nur ein paar der Unternehmungen, die ihm seine erste Million einbringen sollten.

»Was ist denn los?«, fragte sie Violet, als sie die Tür aufschloss und vor ihr ins Haus ging.

»Wir mussten umziehen«, sagte Violet und ließ sich auf die Couch fallen. »Unsere Pacht war fällig, und der Vermieter hat die Miete aberwitzig erhöht. Wir wohnen jetzt in einer Wohnung in Troutdale.«

Lily holte zwei Flaschen Biosaft aus dem Kühlschrank und reichte Violet eine. »Ich nehme an, das Geschäft mit der Stimme hat demnach nicht funktioniert?«

Violet schüttelte den Kopf. »Katastrophe. Er hat einen japanischen Werbefilm synchronisiert, und sie haben ihn zum Teufel gejagt. Er sagte, er habe so schnell sprechen müssen, dass er sich anhörte, als stünde er unter Helium. Rick tut mir so leid.« Sie begegnete Lilys Blick. »Was ist?«

»Nichts.«

»Blödsinn. Du guckst mich so an. Was hat der Blick zu bedeuten?«

Lily schenkte ihr ein Lächeln, um ihren Ärger zu verbergen. »Du bist erstaunlich.«

»Ja? Wieso?«

»Deine Hingabe an Rick. Weiß er, welches Glück er hat, dich zu haben?«

Violet trank ihren Saft. »Ich bin die Glückliche.«

Lily biss sich auf die Zunge. Glücklich. Der Mann hatte sie mehrmals hintereinander fast in den Ruin getrieben. Trotzdem musste sie ihm zugestehen, dass er nicht aufgab, und seine Frau bewunderte ihn. Liebe war so eine seltsame Angelegenheit. Kein Wunder, dass sie nichts damit anzufangen wusste.

Violet legte ihr Schweigen als Missbilligung aus. »Na schön, ein Donald Trump ist er nicht gerade. Aber ich habe ihn nicht aufgrund seiner Fähigkeit geheiratet, das große Geld zu machen. Ich habe ihn geheiratet, weil ich ihn liebe, und hier sind wir nun, elf Jahre später, und ich liebe ihn mehr denn je.« Violets Augen leuchteten, und Lily hatte keinen Zweifel, dass sie ihre Worte auch glaubte.

»Das ist schön für dich«, sagte sie. Wirklich?, fragte sie sich. War es schön, jemanden trotz seiner Fehler anzuhimmeln, oder war es Wahnsinn?

»Mach wegen mir keinen Handstand, große Schwester.« Violet lachte. »Ich bin kein helles Köpfchen wie du. Ich habe keinen College-Abschluss, aber ich weiß, was Liebe ist.«

Lily betrachtete sie nachdenklich. »Soll heißen, ich nicht.«

»Soll heißen, sie ist für alle anders. Für mich ist es das Gefühl, das mich überkommt, wenn Rick ins Zimmer tritt und mein Herz schneller schlägt. Wie sicher ich mich in seinen Armen fühle, und wie lieb er zu den Kindern ist, nicht, wie es auf unserem Bankkonto aussieht. Manchmal braucht man einfach jemanden, an den man sich anlehnen kann, jemanden, der seine Arme um dich legt und dir sagt, dass alles wieder gut wird. Alles andere sind nur Einzelheiten, Lily. Die spielen keine Rolle. Das ist es, was Liebe ausmacht. Sie macht den Kleinkram … klein.«

Violets Leidenschaft war zu spüren; sie glaubte wirklich, dass alles – finanzieller Ruin, Verlust, schwere Zeiten – erträglich wurde, wenn man nur jemanden bedingungslos liebte. Beharrten deshalb alle darauf, dass man Liebe im Leben braucht?, fragte Lily sich, und ihre Gedanken schweiften zu den Holloways ab. Crystal verloren zu haben, führte ihr die Tatsache vor Augen, dass das Leben mühsam war, und Mühen zu ertragen war allein schon eine demütigende Qual.

»Hör mich einer nur an«, sagte Violet, »da rede ich die ganze Zeit nur von mir.«

Lily lächelte. »Ist schon in Ordnung. Ich glaube, du stellst wirklich etwas dar.«

»Bist dir aber nicht sicher, was?« Violet sah sich in der sauberen, aufgeräumten Küche um. »Wir sind so verschieden. Wie ist es nur dazu gekommen?«

Eine gute Frage. Sie waren nur ein Jahr auseinander, hatten sich aber in vollkommen andere Richtungen entwickelt. Die eine wurde zu einer gläubigen Anhängerin der Liebe, die andere eine absolute Heidin, wenn es um Herzensangelegenheiten ging. Sie waren bei verbitterten, streitbaren Eltern aufgewachsen, und Violet hatte rebelliert, fest entschlossen, eine eigene glückliche Familie zu haben. Sie hatte sich kopfüber in eine unkluge Liebe und ein chaotisches Familienleben gestürzt. Lily hingegen umgab sich mit einer Mauer und weigerte sich, mit ihren Gefühlen Risiken einzugehen.

»Wetten, ein Psychiater hätte seinen Spaß an uns, was?«

»Nein, weil du nie über die Vergangenheit sprichst«,

machte Violet ihr klar. »Andererseits nehme ich an, du musst es auch nicht. Deine Art zu leben schreit geradezu heraus, was du nicht laut sagen willst.«

Lily hatte das Gefühl, als hätte man ihr die Luft aus der Lunge gesaugt. Sie erholte sich rasch und lächelte, als hätte Violet einen Scherz gemacht. »Wie geht es eigentlich den lieben alten Eltern?«, fragte sie.

»Alt, aber nicht lieb.« Violet schüttelte den Kopf. »Vielleicht ist die ganze Streiterei gut für sie. Sie sind wie immer bei bester Gesundheit.«

»Mom war gleich nach dem Unfall hier bei mir. Ich war total überrascht. Auch als ich sie bei der Beerdigung sah, war ich verwundert«, gab Lily zu.

»Sie sind nicht der Feind, weißt du.«

»Ja«, gestand Lily ein. »Hierbei gibt es keine Feinde, sie waren auch keine, als wir Evan verloren.« Ihre Familie war durch eine Tragödie und deren Nachwirkungen geprägt. Jetzt passierte dasselbe mit Crystals Familie.

»Ich hoffe, sie machen ihre Sache besser als wir«, sagte Violet.

Sie schwiegen eine Weile und lauschten den Kindern beim Spiel hinter dem Haus.

»Ich bin froh, dass du hier bist«, sagte Lily. »Wie lange kannst du bleiben?«

»Nur bis Rick uns gleich abholt. Ich hoffe nur, wir müssen den Winnebago nicht allzu lange hierlassen. Nur bis wir ein Haus mit einem Abstellplatz bekommen. Eigentlich müssten wir ihn verkaufen.«

»Warum dann nicht gleich?«

»Du kennst doch Rick. Er hat sich meine Denkweise noch

nicht zu eigen gemacht. Deshalb werden wir ihn unterdessen hier abstellen.« Sie beäugte Lily unsicher. »Das heißt, wenn es dir nichts ausmacht.«

Nichts ausmacht? Eine Landyacht mitten zwischen ihren preisgekrönten Rhododendren?

Sie holte tief Luft. Das war eine Familienangelegenheit, ermahnte sie sich. Blut war dicker als … Pflanzengeschichten. »Geht schon in Ordnung«, sagte sie.

»Danke, Lil. Wir werden immer in deiner Schuld stehen. Ach, halt. Wir stehen immer in deiner Schuld. Da kommen wir nie raus.«

»Sei nicht albern. Ich wünschte, ich könnte euch mehr helfen.«

Violet strahlte sie an. »Du bist eine Heilige, ich schwör's. Hey, du kannst mit ihm wegfahren, wann du willst. Das meine ich ernst. Das Teil macht einen Riesenspaß. Bis zu sechs Personen können darin übernachten. Rick wollte einen großen, falls wir noch mehr Kinder haben würden.«

Gut geplant, dachte Lily, hielt aber den Mund.

»Du könntest vielleicht mit Crystals Kindern zum Camping fahren.«

»Ich bezweifle, dass ich mit eurem Winnebago irgendwohin fahre«, sagte Lily.

»Man kann nie wissen.«

»Das ist neuerdings die Geschichte meines Leben«, gestand Lily. »Ich weiß nie, was als Nächstes passiert.«

Violet wurde ernst. »Wie geht es dir?«

»Nicht so gut.« Lily spürte ein inzwischen vertrautes Prickeln im Hals. »Sie fehlt mir so, Vi. Sie war alles für mich, und jetzt, da sie tot ist, weiß ich kaum etwas mit mir anzufangen.«

Violet umarmte sie. »Ach, Lily. Ich wünschte, du wärst nicht so allein.« Sie lehnte sich zurück und sah Lily in die Augen. »Hör zu, ich weiß, was du wahrscheinlich denkst. Aber die Tatsache, dass jemand gestorben ist, den du liebst, bedeutet noch lange nicht, dass du nie wieder lieben sollst.«

Wie gut ihre Schwester sie kannte, dachte Lily. »Es bedeutet, ich hätte gar nicht erst lieben sollen.«

»Das kann man sich nicht aussuchen, Lil. Warum stürzt du dich nicht mit Begeisterung auf Crystals Kinder? Sie brauchen es weiß Gott. Wer zieht sie groß?«

»Sean, der Onkel von Dereks Seite. Du hast ihn bei der Beerdigung kennengelernt.«

»Den Adonis? Wie könnte ich den vergessen. Er ist also alleinstehend, stimmt's?«

Lily ging kurz das Bild von Maura durch den Kopf, nur lange Beine und kluge Augen. »Vorläufig, nehme ich an. Er ist mit jemandem zusammen, nicht, dass es mich etwas anginge.«

»Lily Raines Robinson, ich könnte schwören, du wirst rot.« Violet beugte sich vor. Ihr Interesse war geweckt. »Was läuft da zwischen dir und dem Typen?«

»Nichts.« Lily war verärgert. »Wir beide wollen das Beste für die Kinder, das läuft zwischen uns, aber wir sind uns nicht immer einig über die Vorgehensweise.«

»Da er der Onkel ist …«

»Stiefonkel, wenn man es genau nimmt. Ein Mann, der die Kinder kaum kennt. Dennoch ist er der einzige Blutsverwandte außer Dorothy, und gemäß dem Jugendamt übertrumpft das meine Ansprüche an sie. Es ist frustrierend, Vi. Crystal wollte, dass ich mich um sie kümmere, aber sie hat es nie geschafft, das mit Derek zu besprechen. Ich bin sicher, sie dachte, sie hätten alle Zeit der Welt.«

»Puh. Du willst also versuchen, dass man sie dir zuspricht?«

»Ehrlich gesagt war das meine spontane Reaktion, als alles ans Licht kam, aber ich habe mich rausgezogen. Die Kinder brauchen jetzt Stabilität, mehr denn je. Würde ich einen Prozess anstrengen, könnte ihr Leben noch weiter zerrüttet werden. Sogar Crystals Anwältin sagte, meine Chancen zu gewinnen gingen gegen null, da das Testament ungültig ist und ich keine Blutsverwandte bin. Doch manchmal kostet es mich große Mühe, nicht einfach hinzurennen und alles in die Hand zu nehmen.«

»Das würde dem Typen vielleicht gefallen. Hast du dir das mal überlegt?«

»Daran denke ich die ganze Zeit«, gab Lily zu, das Bild von Sean schlafend auf dem Sofa vor Augen. Mehr, als ich sollte.

»Wahnsinn, Rick und ich haben nie ein Testament aufgesetzt.«

»Du machst Witze. Vi, ihr habt zwei minderjährige Kinder. Ihr solltet wirklich etwas schriftlich festhalten.«

Sie nickte und beobachtete Megan und Ryan durch das Fenster. »Hey, Lily?«

»Ja?«

»Wenn ich ein Testament mache, werde ich dich zum Vormund der Kinder bestimmten. Geht das in Ordnung?«

»Das solltest du lieber mit Rick besprechen«, sagte Lily.

»Der ist mit allem einverstanden, was ich sage. Seine Eltern kommen in die Jahre, und das Leben seiner Schwestern ist so chaotisch, dass sie keine Kinder großziehen können. Du bist die ideale Wahl, Lily. Bitte sag, dass du einverstanden bist.«

Sie streckte einen Arm über den Tisch und berührte die Hand ihrer Schwester. »Es ist mir eine Ehre.«

»Gut.«

»Du musst mir versprechen, dass ich den Dienst nie antreten muss.«

»Klar, versprochen.«

Lily versuchte sich daran zu erinnern, ob sie sich von Crystal dasselbe hatte versprechen lassen. Sie glaubte nicht, und im Grunde ihres Herzens wusste sie, dass sich an Crystals Lebensweise ohnehin nichts geändert hätte. Crystal war Crystal – eine Frau, die an einem stürmischen Nachmittag mit ihrem Ex-Mann in einem Wagen saß. Eine Frau, deren Herz den Verstand regierte, jedes Mal.

Kurz darauf kam Rick, um Violet und die Kinder abzuholen. Als sie seinen klapprigen Astro-Kombi in der Auffahrt hörte, hellte sich Violets Miene auf. »Da ist er«, sagte sie, sprang auf und lief hinaus.

Lily stand am Fenster und beobachtete die beiden – einen lächelnden Mann in schlecht sitzendem Anzug, der seine überschwengliche, leicht übergewichtige Frau umarmte, während die Kinder um ihn herum sprangen und ihn begrüßten.

Lily wünschte sich, sie hätte eine Kamera zur Hand. In diesem Augenblick konnte man nicht sehen, dass sie pleite waren und in einem Dreckloch hausten, dass Rick sich aufrappeln, sich den Staub abklopfen und eine Möglichkeit suchen musste, sie zu ernähren. In diesem Augenblick waren sie perfekt, eine ganze Welt für sich.

Da sie nicht indiskret sein wollte, ging sie hinaus, um sich zu verabschieden. Nachdem sie weggefahren waren, blieb sie in der Auffahrt stehen. Die Tage wurden länger, dachte sie. Für gewöhnlich mochte sie den Frühling. Der beschleunigte Gleitflug auf das Ende des Schuljahrs zu war angefüllt mit frischer Energie, da sich alle auf den Sommer vorbereiteten. In diesem Jahr war es natürlich anders. In diesem Jahr war Crystal nicht mehr da, die Kinder waren in der Obhut von Sean Maguire, und sie machte sich andauernd Sorgen um sie.

Infolge der Ereignisse gehörte ihr Leben nicht mehr ihr. Sie hatte den ganzen Sommer verplant. Jetzt hatte sie all diese Menschen in ihrem Leben, und nichts war mehr unter Kontrolle. Noch nie hatte sie ihre Pläne geändert, um anderen Menschen entgegenzukommen.

Verloren stand sie in ihrem Wohnzimmer. War ihr Haus schon immer so ruhig gewesen, oder schien es ihr jetzt nur so? Außerdem war es eigenartig steril. Ihre Schwester umschrieb es mit durchgeknallter Sauberkeit. Um die Stille zu füllen, drehte sie das Radio an. Bocelli sang »Mille Lune, Mille Onde« von einer CD, die sie sich gekauft hatte, um sich auf Italien einzustimmen.

Jetzt begleitete sie die seidige Tenorstimme, während sie an ihren Schreibtisch ging und all ihre Karten und Reiseführer, ihre Sprachtonbänder und Reiserouten weglegte. Dann rief sie ihr Reisebüro an und hinterließ eine Nachricht: Stornieren Sie alles.

Schließlich, während die Musik in die Ecken des Zimmers strömte, goss Lily sich ein Glas Wein ein. Chianti natürlich. Einen Traum aufzugeben, hätte verheerend sein sollen. Stattdessen fühlte es sich an, als wäre es genau richtig.

26

Sean Maguire vernahm ein hartnäckiges Klopfen an der Haustür. Er war um Ashley herumgeschlichen und hatte versucht, sich darauf einzustimmen, ihr die Windel zu wechseln. Und wenn er es noch so oft machte, er konnte sich nicht daran gewöhnen. Die Feldbohnen und das Rührei von gestern Abend hatten sich zu Giftmüll in ihrer Windel verwandelt. Laut einem der Bibliotheksbücher über Kindesentwicklung hatte er noch weitere sechs Monate damit vor sich, bevor sie sauber wurde, womöglich noch mehr.

»Da ist jemand an der Tür«, sagte er. »Vielleicht ist es die gefährliche Müllabfuhr.«

»Okay.« Sie watschelte ins vordere Zimmer.

Verdammt. Das Kind konnte sprechen, aber die Toilette nicht benutzen. Wie das?

Auf dem Weg zur Tür schaute er sich im Haus um. Es sah aus, als hätte eine Bombe eingeschlagen, überall waren Spielsachen verstreut, Schulbücher, saubere Wäsche, die er gerade zusammenlegen wollte, eine verirrte Tasse, ein Teller, auf dem jemand sein halbes Frühstück hatte liegen lassen. Wie war es nur dazu gekommen? Erst gestern hatte Mrs Foster noch alles aufgeräumt, als sie hier babysittete. Er selbst hatte die Böden aufgewischt.

Pech, dachte er und schaute auf die Uhr. Jeder, der um diese Zeit hier auftauchte, hatte diesen Anblick verdient. Mit einem Gesichtsausdruck, der alles andere als freundlich war, machte er die Tür auf.

»Wir müssen heute einen Familienausflug machen«, sagte Lily Robinson und betrat das Haus, bevor er sich auch nur entscheiden konnte, ob er sie hereinbitten sollte.

Er war überrascht, sie zu sehen. Sie war immer am späten Nachmittag zu Besuch gekommen.

Für gewöhnlich war er froh – erleichtert sogar –, sie zu sehen. Sie brachte Ordnung und Ruhe ins Haus, und die Kinder waren verrückt nach ihr. Aber an diesem Morgen …

Sie trug Jeans und rote Turnschuhe, und aus einem irrwitzigen Grund machte ihr Aufzug sie in seinen Augen extrem sexy. Wie der Blick, den sie ihm zuwarf, als hätte sie noch nie einen Mann gesehen, der frisch aus dem Bett gekommen war. Vielleicht stimmte das ja. Seine Gedanken überschlugen sich. So etwas zu denken, stand ihm nicht zu.

»Sie hätten vielleicht vorher anrufen sollen«, sagte er.

»Es war noch zu früh für einen Anruf.«

»Ich mag logische Mädchen«, sagte er.

»Wessen Wagen steht da draußen?« Lily entdeckte Ashley, und ihre Miene hellte sich auf. »Hallo, Miss Allerliebst.« Sie ging in die Hocke, breitete die Arme aus, und die Kleine ließ sich hineinfallen.

Dein Problem, dachte Sean und tat so, als hätte er die Frage nicht gehört.

»Puh!«, sagte Lily. »Da hat aber jemand gearbeitet.«

»Wir sind gerade aufgestanden«, sagte er und rieb sich das unrasierte Kinn. »Sie ist noch nicht frisch gewickelt.«

Lily trat von der Kleinen zurück. »Dann lassen Sie sich von mir nicht aufhalten.«

Leise vor sich hin grummelnd machte er die Honneurs. Manchmal wachte er morgens auf und dachte, ich kann das nicht. Ich soll es eigentlich auch nicht machen. Das ist nicht mein Leben.

Dann schlug er sich irgendwie durch, andauernd unterliefen ihm Fehler, zum Beispiel kaufte er Windeln in der falschen Größe oder zog sie verkehrt herum an, oder packte Twinkies, aber kein Sandwich in Charlies Brotdose.

Ashley fand ihn anscheinend ungemein amüsant, und als er sie schließlich frisch gewickelt und angezogen hatte, waren beide besser gelaunt. So war es mit einem kleinen Kind, es lebte von Augenblick zu Augenblick. Die schlimmen waren schnell vorbei, und am Horizont winkte immer ein Lächeln. Kein Wunder, dass du drei davon hattest, Derek, dachte er.

Mrs Foster half mit der Jüngsten, aber sie war teuer. Seans Zuwendung aus der gesetzlichen Versicherung war bestenfalls dürftig. Die Vorstellung, er wäre neben Dereks Kindern auch noch zu einem Vermögen gekommen, war falsch, doch das hielt neugierige Sportreporter nicht davon ab, danach zu fragen. Ständig. Und Sean die schlimmsten Motive zu unterstellen.

Lily ging unruhig im Wohnzimmer auf und ab und räumte auf. Lass sie, dachte er. Rede dich nicht raus. Er wollte nicht zu einem Menschen werden, der glaubte, sich für einen unordentlichen Haushalt entschuldigen zu müssen.

»Wir müssen mit den Kindern zu ihrer Großmutter fahren«, sagte Lily.

Er sah sie verblüfft an.

»Dorothy Baird. Crystals Mutter.«

Die Schlaganfallpatientin, fiel ihm ein. Er hatte Dereks Schwiegermutter nie kennengelernt, und ihr Gesundheitszustand hatte sich derart verschlechtert, dass sie nicht einmal an der Beerdigung ihrer Tochter hatte teilnehmen können. Er schaute in Lilys eifriges, drängendes Gesicht und sagte: »Ich habe damit kein Problem. Wir machen es in den nächsten Tagen.«

»Ich dachte an heute. Familie ist für diese Kinder so wichtig, besonders jetzt. Wenn wir bald aufbrechen, können wir zur Besuchszeit am Vormittag in Portland sein.«

»Und wenn ich nun andere Pläne habe?«, fragte er verärgert. Sie verschränkte die Arme. Die Haltung betonte ihre Brüste. Für eine Schulmeisterin hatte sie erstaunlich große Brüste, dabei wusste er nicht einmal, ob es eine Standardgröße für Schulmeisterinnen gab oder nicht.

»Und, haben Sie?«, fragte sie.

Er hatte geplant, mit seinem Neffen ein Runde Golf zu spielen. Irgendetwas war neuerdings in Seans Spiel gekommen, eine unerwartete, neue Kraft, und er wollte die Veränderung untersuchen. Cameron und er hatten es bemerkt, sie spielten mehrmals in der Woche und nahmen manchmal sogar die Mädchen im Golfcart mit. Jetzt ertappte er sich dabei, über eine Fahrt in die Stadt und einen Besuch bei einer bettlägerigen Frau nachzudenken, die diese Kinder nicht mehr erkannte. Lily wartete und beobachtete ihn.

»Na schön«, sagte er. »Wir fahren.«

»Wohin?« Maura unterdrückte ein Gähnen. Sie kam aus dem Schlafzimmer, nur mit dem Oberteil ihres übergroßen OP-Anzugs bekleidet.

Für jeden gab es peinliche Momente im Leben, dachte Sean, doch dieser rangierte auf jeden Fall an erster Stelle mit dem Augenblick, als Asmidas Vater im Johor Bahru Hilton zu ihnen hereinplatzte.

»Hallo, Maura«, sagte Lily höflich. Bei ihren Worten griff sie nach Ashleys Hand, als brauchte sie einen Anker.

»Hi, Lily.« Maura schaute auf die Uhr, dann zu Sean. »Gibt es Kaffee?«

»Ich habe noch keinen gemacht.« Sean unterdrückte aufsteigenden Zorn. Diese Frau war seine Freundin, rief er sich ins Gedächtnis. Was also, wenn sie keine tolle Nacht hinter sich hatten? Er war erschöpft und griesgrämig gewesen, da Derek ihm fehlte, und hatte sich unwillkürlich gefragt, was er anfangen sollte – mit ihr, mit den Kindern, mit seinem Leben.

Sie zuckte mit den Schultern. »Ist schon gut. Ich werde mir auf dem Weg zum Krankenhaus welchen holen.« Sie lächelte Lily kurz zu. »Ich muss heute arbeiten. Der Beginn einer Sechsunddreißigstundenschicht.«

»Das ist lang«, sagte Lily.

»Normal im vierten Jahr.« Maura bückte sich und sah Ashley an. »Bonjour, jolie mademoiselle«, sagte sie, und Ashley kicherte wie sonst auch, wenn Maura Französisch sprach. Dann richtete sich Maura wieder auf. »Sie nehmen die Kinder also mit auf einen Ausflug?«, fragte sie Lily.

»Das ist der Plan. Wir nehmen sie mit zu ihrer Großmutter in Portland.«

Maura schoss Sean einen Blick zu. »Verstehe. Na dann, viel Spaß.« Sie machte sich auf den Weg zur Dusche, und Sean sah an ihrer Haltung, dass sie verärgert war. Wahrscheinlich dachte sie, er habe diesen Ausflug mit Lily geplant und sich nicht die Mühe gemacht, es ihr zu sagen.

Ja, Scheiße, dachte er und ging die Treppe hinauf, um Cameron und Charlie zu wecken. Lily könnte an diesem Morgen sein, wo es ihr gefiel, und sie hatte sich entschieden, ihn mit den Kindern zu verbringen. Das schätzte er an ihr. Er wünschte sich nur, dass sie vorher angerufen hätte.

27

Lily versuchte immer wieder, den Anblick von Maura Riley abzuschütteln, die aussah wie die Medizinstudentin Barbie, als sie aus dem Schlafzimmer kam, das sie in der Nacht zuvor mit Sean geteilt hatte. Doch Lily konnte es nicht vergessen. Noch konnte sie den Mund halten, sobald sie Sean für sich allein in der Küche hatte.

»Ich glaube, es ist keine gute Idee, wenn Sie Ihre Freundin bei sich im Haus wohnen lassen«, sagte sie. In Crystals Haus, dachte sie, und ihr Groll bekam neue Nahrung.

»Sie wohnt nicht hier.«

»Sie sollte nicht einmal hier übernachten.« Mein Gott, sie klang so sauer und abwertend. »Was ich damit sagen will, es ist schlecht für die Kinder.«

»Kommen Sie runter Lily. Es geht Sie zwar nichts an, aber gestern Abend ist sie zum ersten Mal hiergeblieben. Den Kindern machte es nichts aus. Sie mögen Maura.«

»Was ist mit Maura?«, fragte Charlie, die in die Küche kam. »Sie ist über Nacht geblieben, nicht wahr?«

Lily spitzte den Mund. Sean tat, als hätte er es nicht gehört.

»Sie ist langweilig und hat keine Zeit für Kinder«, sagte Charlie und bedachte ihren Onkel mit einem Seitenblick.

»Es stimmt. Ich habe sie gefragt. Sie hat gesagt, sie will noch keine Kinder, aber wenn, dann würde sie sie mögen.«

»Sie hat dich nicht gemeint«, sagte Sean. »Also pass auf, was du sagst.«

Charlie schnaubte beleidigt, zuckte mit den Schultern und trollte sich zum Frühstück. Sie ließ sich von einer Schachtel Pop-Tarts anlocken, und Lily war zu vertieft, um etwas dagegen einzuwenden.

Wäre es Lilys Problem gewesen, hätte sie sich in eine ausführliche Erklärung gestürzt, wie unangemessen es sei, wenn Charlie so über eine Erwachsene redete, wie schwer Maura daran arbeitete, Ärztin zu werden, wie wichtig es war, dass Charlie sie respektierte. Lily merkte, dass Seans knapper Befehl ebenso gut funktionierte.

»Du siehst hübsch aus heute«, sagte sie zu Charlie und bewunderte die einfallsreiche Kombination von roten Turnschuhen, rosa Pullover und purpurfarbener Caprihose. Ihre Haare waren geflochten und mit einer stattlichen Anzahl funkelnder Spängchen versehen.

Charlie streckte ihre Hände aus. »Onkel Sean hat mir die Nägel geschnitten. Und mir die Haare gemacht.«

Lily nickte anerkennend. »Verstehe.« Über Charlies Kopf hinweg begegnete sie Seans Blick, doch er tat sehr geschäftig und packte die Windeltasche für Ashley. Verlegenheit überzog seine Wangen mit einem Hauch von Farbe.

Onkel Sean, so schien es, entwickelte ein unerwartetes Frisiertalent. Begonnen hatte es mit Charlies Rückkehr zur Schule. Lily wusste nie, wie Charlie am nächsten Morgen aussehen würde. In den vergangenen Wochen war sie stolz in allen möglichen Versionen aufgetreten – B-52's, Prinzessin Leia, Pippi Langstrumpf und Alicia Keys waren ihre Lieblinge.

»Wir sollten uns auf den Weg machen«, sagte Sean.

Cameron kam als Letzter zu ihnen und schlüpfte in den Wagen, als Sean kurz davor stand, die Geduld zu verlieren.

»Hey«, kreischte Charlie, »nimm deine dreckigen Füße von mir.«

»Die sind nicht auf dir«, brummte Cameron. »Rück ein Stück.«

»Auf dem Rückweg«, sagte Sean, »fährst du vielleicht ein Stück.«

Cameron öffnete eine Dose Cola und trank einen Schluck. »Ich hab meine Fahrschülererlaubnis vergessen.«

Sean hielt eine kleine Lederhülle mit Plastikfenster hoch. »Du hast Glück. Das habe ich auf dem Kühlschrank gefunden.«

Sean hatte Lily erzählt, Cameron drücke sich vor dem Fahren. Die meisten Jungen in seinem Alter konnten es kaum erwarten, hinter dem Lenkrad zu sitzen. Aber natürlich hatten die meisten Jungen auch nicht ihre Eltern bei einem furchtbaren Unfall verloren.

»Mir ist nicht danach«, sagte Cameron, wandte sich ab und schaute aus dem Fenster.

Lily setzte sich seitlich auf ihren Sitz, damit sie mit den Kindern sprechen konnte. Der leitende Sozialbeamte hatte Sean die Erlaubnis erteilt, Crystals Subaru zu benutzen. Da sein Wagen nur drei Sicherheitsgurte hatte, konnten sie als Familie nicht damit fahren.

Sie ermahnte sich, ihm keinen Vorwurf zu machen, weil er in das Haus ihrer besten Freundin eingezogen war, sich um ihre Kinder kümmerte und ihr Leben übernahm. Für die Kinder war es derzeit die barmherzigste Regelung, vielleicht dauerhaft. Doch derart ausgebootet zu werden, war ganz und gar nicht richtig. Sie wusste nicht, wo sie stand – Lehrerin, Freundin der Familie, fünftes Rad? Nachdem sie am Morgen Maura angetroffen hatte, war sie verwirrter denn je und noch beunruhigter, da sie hier keine Autorität besaß, nichts unter Kontrolle hatte.

»Wie läuft es denn so in der Schule?«, fragte sie und versuchte, Camerons Interesse zu wecken.

»Ganz okay«, erwiderte er, wie vorauszusehen war.

»Ich habe es nicht besser verdient«, gab Lily zu. »Na schön, dann versuchen wir es noch einmal. Wie kommt dein Projekt Staatsgeschichte voran?«

»Es kommt voran.«

»Er hat überhaupt noch nicht damit angefangen«, sagte Charlie.

»Halt's Maul.« Cameron stieß sie mit dem Ellenbogen an.

»Rede nicht wie ein Arsch«, warnte Sean ihn. »Wie ein Trottel, meine ich.«

»Brauchst du Hilfe dabei?«, fragte Lily.

»Ich brauche gar nichts.« Er trank einen Schluck Cola.

Sie wollte alles Mögliche von Cameron wissen. Sie fragte sich, ob er über seine Ängste sprechen wollte, wenn es ums Fahren ging, doch diese Unterhaltung war jetzt und hier ungeeignet. Das lernte sie allmählich über die Dynamik dieser Patchworkfamilie. Man musste den richtigen Moment abpassen.

Als sie an Echo Ridge vorbeifuhren, nahm Sean den Fuß vom Gas. »Was zum Teufel?«

Lily wollte ihn gerade wegen seiner Ausdrucksweise schelten, doch als sie auf den Golfplatz schaute, verschlug es ihr die Sprache. Eine Polizeistreife parkte am Straßenrand, und ein Beamter notierte sich etwas auf einen Zettel. Jemand hatte das Putting Green direkt neben der Straße umgepflügt. Außerdem war das Grün verkohlt. Man hatte Feuerzeugbenzin auf das Gras gespritzt und dann angezündet. Im Wasserhindernis auf dem Fairway lag ein Golfcart halb eingetaucht. Arbeiter und Mitglieder des Golfclubs standen herum und versuchten wahrscheinlich zu entscheiden, wo sie mit den Reparaturen beginnen sollten.

Sean fuhr an die Seite und stieg aus.

»Was hältst du davon?«, wollte Lily von Cameron wissen.

Er zuckte mit den Schultern. »Vielleicht hatte jemand letzte Nacht zu viel Zeit zur Verfügung.«

Sie spürte ein leichtes Flattern im Magen. »Woher willst du wissen, dass es letzte Nacht war?«

Er verdrehte die Augen. »Ich bezweifle, dass so etwas bei helllichtem Tag passiert«, sagte er.

»Das verstehe ich nicht. Warum sollte jemand so etwas machen?«

Wieder hob er die Schultern. »Ich nehme an, dass manche Leute grundlos etwas zerstören.«

Sean kam zum Wagen zurück. »Vandalismus«, sagte er. »Man schätzt den Schaden vorerst auf fünftausend Dollar. Das Zehnfache, wenn sie das gesamte Grün ersetzen müssen.«

»Müssen Sie hierbleiben?«, fragte Lily. Mit dieser Frage gab sie ihm eine Möglichkeit, sich auszuklinken. Eine Fluchttür. Eine ideale Ausrede, ihr die Kinder zu überlassen.

»Ich habe ihnen gesagt, ich hätte zu tun«, sagte er und schnallte sich wieder an. »Sie haben meine Handynummer.«

Auf dem weiteren Weg in die Stadt mutmaßten sie, was wohl vorgefallen sein könnte. Sie kamen zu dem Schluss, die Untat müsse wohl von Kindern begangen worden sein. Der Cart gehörte einem Mitglied, der laut Sean die schlechte Angewohnheit hatte, seinen Cartschuppen nicht abzuschließen. Das würde er wohl nicht mehr machen.

»Die Grüns sind so gepflegt«, stellte Lily fest. »Wie wollen sie es nur wieder in den ursprüngliche Zustand versetzen?«

»Das werden sie nie schaffen«, sagte Sean.

»Schrecklich«, sagte sie. »Was haben sich die Kinder bloß dabei gedacht?«

»Ich bin mir sicher, dass sie überhaupt nichts gedacht haben. Es kann repariert werden. Neues Gras ist ohnehin immer grüner nach dem Abflammen.«

Das Pflegeheim Golden Hills lag landschaftlich wunderschön, hatte einen Blick über den Columbia River und den schneebedeckten Gipfel von Mount Hood in der Ferne. Crystal und ihre Mutter hatten diesen Ort vor langer Zeit gemeinsam ausgesucht, nach den ersten Schlaganfällen, von denen sich die Mutter nur teilweise erholt hatte. Im März hatte ein schwerer Schlaganfall fast zum Tode geführt. »Manchmal«, hatte Crystal zu Lily gesagt, »denke ich, es wäre ein Segen gewesen, wenn sie daran gestorben wäre. Er hat ihr alles genommen, alle Erinnerungen, alles, was sie ausmachte.«

Für Lily war es ein ausgesprochen grausames Dasein. Ihr Zustand hatte all die Jahre eines reichen, vollen Lebens gestohlen und Dorothy ans Bett gefesselt. Sie wusste nicht mehr, dass sie eine Tochter hatte, die gestorben war, und Enkel, die sie liebten.

»Oma bleibt jetzt die ganze Zeit im Bett«, sagte Charlie zu Sean, als sie auf den überdachten Weg zugingen, der zum Eingang führte. »Sie kann nicht einmal mehr im Rollstuhl ausfahren.«

Er nahm sie an die Hand. »Wie war sie, bevor sie krank wurde?«

»Die beste Oma auf der ganzen Welt.« Charlie hüpfte beim Gehen.

»Das denke ich mir.« Er hob den Arm, und Charlie wirbelte darunter her.

»Jetzt ich«, rief Ashley und wollte vom Arm. »Ich!«

Vor den Türen des Pflegeheims wirbelte er die beiden Mädchen herum; sie spiegelten sich in den Fenstern des Foyers wider.

Na schön, im Haus herrscht also heilloses Durcheinander, und er lässt seine Freundin dort übernachten, dachte Lily. Wenigstens tanzt er mit seinen Nichten. Sie schaute zu Cameron hinüber, der die drei auch mit sehr schmalem, rätselhaftem Lächeln beobachtete, das sofort verschwand, als er ihren Blick spürte. Er war so wütend, dachte sie. Seiner selbst so unsicher. »Wann hast du sie das letzte Mal gesehen?«, fragte sie ihn.

»Vor einem Monat«, sagte er. »Wir haben ihr ein paar Bilder mitgebracht, die wir in ihr Zimmer gehängt haben. Es geht ihr nicht so toll.« Er trat vor die automatischen Türen, die sich daraufhin zischend öffneten. »Wahrscheinlich stirbt sie bald.« Er eilte hinein.

Ungeachtet der unverdorbenen Schönheit der Gärten und der luxuriösen, vornehmen Ausstattung der Einrichtung selbst konnte die Tatsache nicht verborgen bleiben, dass es sich um einen Ort handelte, an dem Menschen ihre schwierigste Lebensphase durchmachten. Eine eigentümliche Stille durchdrang die Eingangshalle und die langen Flure, die von breiten, für Rollstühle geeigneten Türen gesäumt waren. Der Geruch nach Lufterfrischern überlagerte den allgegenwärtigen Gestank nach Urin und Desinfektionsmitteln nicht ganz.

Die Angestellten trugen keine einheitliche Berufskleidung, vielmehr farblich aufeinander abgestimmte Pullover und Röcke oder Hosen. In Lilys Augen sahen sie fast so aus wie Flugbegleiter oder Angestellte eines Casinos. Anscheinend wurden Menschen hier mit Mitgefühl und Würde behandelt, eine Eigenschaft, die Dorothy sogleich bemerkt hatte, als sie dazu noch fähig war.

Crystal hatte zugegeben, dass die Kosten des Pflegeheims sie in den Ruin trieben, doch es machte ihr nichts aus.

Lily schaute zu Cameron, als sie auf dem Weg zu Dorothys Zimmer waren. »Das war ziemlich grob von dir. Ich hoffe, deine Schwestern haben es nicht gehört.«

Zu ihrer Überraschung sagte er: »Ich hätte es nicht gesagt, wenn ich geglaubt hätte, sie würden es hören.«

Lily berührte ihn am Ärmel. Er war schmerzhaft ehrlich, und er hatte die Tatsachen wahrscheinlich besser begriffen als alle anderen. Eigentlich hätte sie ihn am liebsten umarmt, bezweifelte aber, dass er es zulassen würde. Er drängte sie und alle anderen, ihn normal zu behandeln, und riskierte dabei, dass man sich über ihn ärgerte. In Camerons Wut und Abschottung erkannte sie einen Teil ihrer selbst, und das beunruhigte sie. »Cameron …«

Charlie stob an ihnen vorbei und durchbrach den Augenblick der Verbundenheit. »Komm, Onkel Sean. Ich zeig dir, wo Oma wohnt. Sie hat mir diesen Pullover hier gestrickt. Er war viel zu groß, weil sie wollte, dass ich ihn so lange wie möglich trage.« Sie zeigte stolz ihren rosa Pulli und breitete die Arme aus. »Er wird mir echt zu klein.«

»Dann hörst du am besten auf zu wachsen«, sagte Sean. Er zog sanft an einem Zopf. »Vergiss nicht, dich noch einmal bei ihr dafür zu bedanken.«

»Das versteht sie nicht.«

»Bedanke dich trotzdem.«

Die Tür zu Dorothys sonnendurchflutetem Zimmer, das sie mit einer anderen Patientin namens Mrs Withers teilte, war zugeklebt mit Karten und Beileidsbekundungen, ein Sturm aus Silber, Gold und Weiß, der flatterte, als sie vorbeigingen. Ashley kicherte vergnügt.

Ein Krankenpfleger hatte Mrs Withers im Rollstuhl mit nach draußen genommen. Jemand anders hatte Dorothy für den Besuch hergerichtet. Die Matratze war fast in Sitzstellung, und Dorothy trug einen hübschen rosa Morgenrock, der unter der Halskrause, die ihr den Nacken stützte, mit einer Satinschleife zugebunden war. Ihre Haare waren gekämmt, die Nägel gepflegt und die Decken genau über ihrem Schoß gefaltet.

Lilys Herz zog sich zusammen. Ihr Leben lang hatte Dorothy gut ausgesehen und war stolz auf ihre Schönheit gewesen. Ein Segen, wenn auch eigenartig und ungewollt, dass sie ihren Zustand nicht mehr mitbekam. Sie wäre nicht gern hier, in einer Anstalt, versorgt von anderen, nicht mehr imstande, sich um die eigenen grundlegenden Bedürfnisse zu kümmern. Sie könnte es nicht ertragen zu wissen, dass sie ihre Tochter überlebt hatte.

»Hallo, Dorothy«, sagte Lily und versuchte, normal zu klingen. »Ich bin's, Lily. Ich habe deine Enkel mitgebracht. Und das hier ist ihr Onkel Sean.«

»Ma'am«, sagte er, »freut mich, Sie kennenzulernen.«

Dorothy blinzelte, zeigte aber keinerlei Anzeichen des Erkennens. Ihr Gesicht hatte etwas Steifes, beinahe Tönernes, als wäre es eine Maske. Nachdenklich betrachtete Sean die Familienfotos, die an der Wand am Fußende des Bettes hingen.

Lily nahm Dorothys Hand. Sie war kühl, die Haut trocken und zerbrechlich, wie Zwiebelhaut. »Ich muss dieser Tage häufig an dich denken Dorothy. Ich nehme an, bis auf meine eigene Familie haben Crystal und du mich am längsten gekannt.« Sie lächelte, als ihr einfiel, wie beruhigend es immer war, zu Crystal zu gehen, wo alles friedlich und angenehm war, wo die Gemüter ruhig waren und keine Gespenster lauerten. »Du bist etwas ganz Besonderes für mich. Und irgendwie glaube ich, du weißt das auch.«

Als Lily aufschaute und sah, dass die anderen sie anstarrten, war sie ein wenig verlegen. Sie hatte zu viel von sich selbst preisgegeben.

Die Jüngste kicherte und redete Unsinn, während sie das Zimmer inspizierte. Sean behielt sie im Auge, winkte Lily Cameron und Charlie ans Bett.

»Ich weiß nie, was ich sagen soll«, murmelte Cameron. »Seitdem sie … so ist, kommt mir das komisch vor.«

»Ich weiß«, sagte Lily. »Sei einfach du selbst. Erzähl ihr etwas über sie, woran du dich erinnerst. Bevor sie krank wurde, hat sie dich sehr gern gehabt. Das ist noch immer so, aber sie kann es nicht mehr so zeigen wie früher.«

Cameron schaute sie einen Moment lang starr an.

»Was ist?«, fragte Lily.

»Nichts.« Er beugte sich vor und drückte unbeholfen einen Kuss auf Dorothys Wange. »Hi, Oma«, sagte er, steckte die Hände in die Gesäßtaschen und schaute zu Lily auf. »Ich weiß trotzdem nicht, was ich sagen soll.«

»Irgendeine kleine Erinnerung«, schlug sie vor.

Er beugte sich wieder vor und flüsterte ihr etwas ins Ohr. Dorothy wirkte zunächst verblüfft, dann wurden ihre Gesichtszüge weich, und ihre Augen schlossen sich. Ein leises Geräusch drang aus ihrer Kehle, und sie schlug die Augen wieder auf. Lily hätte schwören können, dass die alte Dame direkt ihren Enkel anschaute, doch das war wohl eher Wunschdenken. Andererseits hatte Cameron vielleicht wirklich Kontakt zu ihr aufgenommen.

Charlie stellte sich neben ihn, die Kabbelei im Wagen war vergessen. »Hallo, Oma«, sagte sie mit ernster Miene. »Ich heiße Charlie, und das hast du einmal gewusst. Ich trage den Pullover, den du mir gestrickt hast. Du fehlst mir sehr, Oma. In echt.« Sie berührte Dorothys Hand und zog dann Ashley zu sich. Die Kleine gluckste, berührte den Ring an Dorothys Finger und lächelte zu ihr auf.

In diesem Augenblick war Lily so stolz auf sie. Sie behandelten ihre Großmutter mit Liebe und Würde und zeigten keinerlei Besorgnis, wie sie Menschen oft in Gegenwart solcher Kranken überfällt. Sie durchbrachen das Unbehagen, und sie war froh, diesen Ausflug angestoßen zu haben.

»Ich hänge das neue Bild auf, das wir mitgebracht haben«, sagte sie. An der Wand am Fußende des Bettes war eine Ausstellung. Crystal hängte immer leuchtende, vergrößerte Fotos von sich und den Kindern dort auf, die sie häufig auswechselte, damit ihre Mutter sich nicht langweilte. Das neue Foto zeigte Crystal, als sie im letzten Monat eine Ehrenplakette vom Rotary Club entgegennahm. Im Gegensatz zu den meisten Fotos der gekünstelten Art war dies sehr reizvoll. Crystal hatte sich in Schale geworfen, hatte eine perfekte, mit Onyxperlen bestickte Handtasche bei sich und ihr werbewirksames Lächeln aufgesetzt, von Stolz und Dankbarkeit erfüllt.

Lily fühlte Seans Blick, als sie einen älteren Schnappschuss von Crystal durch das neue Foto ersetzte. Dann spürte sie ein weiteres Augenpaar auf sich ruhen und merkte, dass Dorothy direkt auf das neue Foto starrte.

»Gutes Mädchen«, sagte sie mit heiserer Stimme. »Gute … Tochter.«

Laut Aussagen der behandelnden Ärzte und nach der Lektüre, die Lily gelesen hatte, war eine solche Klarheit nahezu unmöglich.

»Ja, sie ist gut, nicht wahr«, sagte Lily und lächelte trotz ihrer Tränen. »Sie ist die Beste. Sie liebte ihr Leben und alle Menschen, die dazugehörten.«

Dorothy schaute sie an, nicht das Foto von Crystal. Lily trat ans Bett und tätschelte der älteren Frau die Hand.

»Ist ihr Mann gestorben?«, fragte Sean leise, während er die zahlreichen Bilder betrachtete.

»Er starb, als ich elf war«, sagte Cameron und zeigte auf das Foto von einem gut aussehenden, silberhaarigen Mann, der eine Golftrophäe hochhielt. »Opa Frank.«

»Ziemlich guter Golfspieler?« – »Es ging. Sein Handicap war zwölf.«

»Wo liegt deins zur Zeit?«, fragte Sean ihn.

»Ungefähr drei«, antwortete Charlie für ihren Bruder. »Ich verfolge es.«

»Gar nicht mal schlecht«, sagte Sean.

Cameron trat bescheiden von einem Fuß auf den anderen, wobei er die Reste eingetrockneter Erde abschabte. Sie blieben noch ein paar Minuten, bis Dorothy einnickte.

Charlie stand vor der Wand mit den Fotos, das Gesicht abgewandt, die schmalen Schultern nach vorn gezogen. Cameron warf ihr finstere Blicke zu. »Komm, jetzt fang nicht an zu heulen.«

»Ich kann nicht anders«, sagte sie mit gebrochener Stimme.

»Doch. Mach's einfach nicht.«

»Wie denn?«, fauchte sie ihn an und fuhr mit dem Kopf herum, dass die Zöpfe flogen. »Wie soll ich denn einfach aufhören?«

»Einfach so, Dumpfbacke«, sagte Cameron und zupfte sie leicht am Zopf. »Raste aus.«

28

Das ist also eure Oma Dot«, sagte Sean, als sie vom Pflegeheim abfuhren. Er war irgendwie erleichtert. Der Besuch war längst überfällig gewesen, und er hatte ihn hinausgeschoben, bis Lily ihn dazu angespornt hatte. Jetzt, da es vorbei und einigermaßen gut gelaufen war, fragte er sich, warum er damit gewartet hatte.

»Früher war sie ganz anders«, sagte Charlie. »Mit ihr hatten wir immer mordsmäßig viel Spaß.«

»Davon gehe ich aus.« Er schaute in den Rückspiegel und sah, dass sie wieder die Alte war, lustig wie früher. Zusammenbrüche und Trauerphasen, wie Charlie sie gerade erlebt hatte, seien üblich, sagte Dr. Sachs. Sie gehörten zum Heilungsprozess. Sean war nicht sicher, ob es besonders heilsam war, wenn man vom Bruder als »Dumpfbacke« bezeichnet wurde, doch er ignorierte ihre Kabbeleien lieber, denn sie gingen immer von selbst vorüber. Manchmal, wie gerade eben, verriet Cameron sich. Unter der Oberfläche saß ein weiches Herz.

Der Gedanke ließ Hoffnung in Sean aufkeimen. Vielleicht, aber auch nur vielleicht, würde diese kaputte Familie überleben.

»Sie war ganz verrückt nach ihren Enkeln«, rief Lily ihnen

ins Gedächtnis und drehte sich auf ihrem Sitz um. »Könnt ihr euch noch an die Zederntruhe in ihrem Keller erinnern? Darin war etwas ganz Erstaunliches.«

»Ein Pelzkragen mit kleinen Fuchsköpfen und Schwänzen«, sagte Charlie. »Igitt.«

»Sie zog ihn immer zur Kirche an«, sagte Lily. »Wusstet ihr, als ich so alt war wie ihr, bin ich manchmal mit eurer Mom und ihren Eltern in die Kirche gegangen.«

»Nein. Warum bist du nicht mit deiner Familie in die Kirche gegangen?«

Lily drehte sich wieder nach vorn um. »Sie sind nicht mehr hingegangen. Sie … gingen nicht.«

Aus den Augenwinkeln sah Sean, dass ihr das Schlucken offenbar Schmerzen bereitete. Ihm war klar, dass er das Thema wechseln musste. »Ich hatte eine Großmutter, die zweimal in der Woche in die Kirche ging«, sagte er.

»Zweimal?«, fragte Charlie. »War sie denn ungezogen?«

»Sie war Irin, die Mutter meines Vaters, und sie hat mit deutlichem irischem Akzent gesprochen, ungefähr so.« Er ahmte die Sprechweise nach und grinste, als er zum ersten Mal seit Jahren an die alte Bridget Callahan Maguire dachte. »Jeden Sonntag nach der Kirche hat sie den Hühnern den Kopf abgeschlagen, die sie dann abends auf den Tisch brachte.«

»Igitt. Hast du ihr mal dabei zugesehen?«

»Sobald ich die Gelegenheit hatte. Ich war ein grässlicher kleiner Junge.« Er sah, wie Lily zusammenfuhr. Pech, dachte er.

»Was hast du denn noch gemacht, um deinen Spaß zu haben?«, fragte sie.

»Golf gespielt. Dein Vater und ich lernten es in der Kirche, weißt du.«

»Das hat er uns nie erzählt«, sagte Cameron.

Sean schaute erneut in den Rückspiegel, froh, einen Funken Interesse zu sehen. Gleichzeitig spürte er einen inzwischen vertrauten, schmerzhaften Stich. Er fragte sich, wann das aufhören würde, wenn überhaupt. Trauer, hatte er festgestellt, war etwas Greifbares, doch das bedeutete noch lange nicht, dass man sie begreifen oder beherrschen konnte. Sie war ein heimtückischer Feind, der einen manchmal bei helllichtem Tag würgte.

»Klar«, sagte er. »Pater Campbell von St. Mary's war ein Scratch-Golfer, und wir waren Messdiener. Er war der erste Trainer, den wir hatten.«

»Das klingt lustig«, sagte Charlie.

»Es war lustig – das Golfspiel, das Messdienern nicht.«

»Wir haben keinen Spaß mehr«, fügte Charlie hinzu.

Er vernahm ein inzwischen vertrautes Schwanken in ihrer Stimme, das den nächsten Weinkrampf ankündigte. Wenn Charlie weinte, fing Ashley für gewöhnlich auch an, dann drehte Cameron durch, und alles löste sich auf.

Heute nicht, dachte Sean und packte das Lenkrad fester. Sie hatten geplant, auf dem Rückweg Besorgungen zu machen, doch er beschloss, einen Umweg zu fahren. »Ich weiß etwas, was Spaß macht.«

»Was?«, wollte Charlie wissen.

»Wir machen es sofort.«

»Ich dachte, wir wollten noch einkaufen gehen«, erinnerte Lily ihn. Sie ließ sich immer aus der Fassung bringen, wenn Pläne umgeworfen wurden.

»Einkäufe haben noch Zeit. Ich habe eine bessere Idee«, sagte Sean.

»Welche?«

»Das kann ich nicht sagen. Es macht einfach zu viel Spaß. Du wirst so aufgeregt sein, dass du dir in die Hose machst.«

»Onkel Sean! Lily, sorg dafür, dass er es mir sagt«, bettelte Charlie und wand sich in ihrem Sicherheitsgurt.

»Wie soll ich das anstellen?«

»Du bist Lehrerin. Sorg einfach dafür.«

»Mann, eine Lehrerin«, sagte Sean. »Ich zittere.« Er zitterte, bis Charlie anfing zu kichern.

»Lassen wir uns einfach überraschen«, sagte Lily und schmollte missbilligend.

Schade, dachte Sean. Mit drei Kindern musste man lernen, spontan zu sein. Er neckte sie noch weitere zehn Minuten, während sie nach Westen fuhren. Dann bog er auf einen Kiesparkplatz ab, und Cameron stöhnte auf. »Das glaub ich jetzt nicht.«

»Wie, hast du Angst, ich schlage dich?«, fragte Sean.

»Ich habe Angst, dass mich jemand hier sieht«, entgegnete Cameron.

»Zwanzig Dollar, wenn ich dich nicht wie ein rothaariges Stiefkind besiege.«

Lilys Augen blitzten hinter ihrer Brille auf. »Sean, ich glaube nicht …«

»Die Wette gilt«, sagte Cameron und stieg aus. Wie vorauszusehen war, konnte er einer Herausforderung nicht widerstehen, besonders, wenn Geld im Spiel war.

Charlie war außer sich. »Onkel Sean, das ist obercool.«

Er grinste Lily an. »Sehen Sie? Ich bin cool.«

Sie legte den Kopf in den Nacken und las das Schild, das im Bogen über dem Eingang hing, gemalt in grellem Leuchtgrün: Willkommen im Jurassic Golf-Park. Ein Jahrtausendspaß.

»Worauf warten wir noch?« Sean holte Ashley aus dem Kindersitz, und sie gingen zum Kartenschalter.

»Zwei Erwachsene, zwei Kinder, Kleinkinder sind frei«, sagte der Kartenverkäufer. »Das macht achtzehn Dollar fünfzig.«

»Oh, ich werde nicht spielen«, sagte Lily.

»Doch, sie wird«, widersprach Sean ihr und schob einen Zwanzigdollarschein über die Theke.

Sie bekamen Putter und Bälle, die auch schon bessere Zeiten gesehen hatten, und Ashley gab man einen hohlen Plastikschläger. »Gleich da durch«, sagte der Kartenverkäufer.

Sie traten durch einen Bogengang, der so niedrig war, dass Sean und Cameron sich ducken mussten.

»Bugga, bugga«, schrie ein Höhlenmensch und sprang auf sie zu.

»Bugga, bugga«, kreischte Ashley und klatschte in die Hände. Selbst Cameron lachte darüber.

»Lächeln!« Der Höhlenmensch machte einen Schnappschuss von ihnen. »Was für eine toll aussehende Familie«, sagte er und zeigte ihnen das Bild auf dem Display seiner Digitalkamera.

Lily war verwirrt. »Oh, wir sind keine …«

»Sie können das Foto erwerben, bevor Sie gehen«, sagte der Höhlenmensch.

Familie hin oder her, es war ein gelungener Schnappschuss. Vor einem Hintergrund, der wie ein urzeitlicher Regenwald aussehen sollte, sahen sie alle aus, als hätte etwas Lustiges sie verblüfft, was ja auch stimmte.

»Wie teuer?«, fragte Sean.

»Zehn Dollar für acht auf zehn. Ich werde eins für Sie am Ausgang bereitstellen, wenn Sie gehen.«

Sean reichte dem Höhlenmann eine Zehndollarnote.

»Du schreibst die Punktzahl auf, Charlie Brown«, sagte er und reichte Charlie die Zählkarte und einen Bleistift.

»Ich weiß nicht, wie das geht.«

»Klar, Schätzchen. Zähle die Schläge von jedem mit und vergleiche sie mit den Pars für jedes Loch.« Komisch, dachte er. Derek Holloways Kind wusste nicht, wie man Punkte aufschrieb. Wie das? An diese Kinder war so leicht heranzukommen, besonders, wenn es um Golf ging.

»Aber …«

»Kein Aber. Ich muss einem großen Bruder den Arsch versohlen, deshalb brauche ich dich, dass du den Überblick behältst. Sorge dafür, dass niemand schummelt.«

»Geht klar, denke ich. Ich glaube, du solltest nicht Arsch sagen.«

»Ganz bestimmt nicht«, sagte Lily.

Sean beachtete sie nicht. Die Frau hatte eine merkwürdige Art, ihm gleichzeitig auf die Nerven und unter die Haut zu gehen. Er schickte Charlie und Cameron ans erste Loch, und Ashley watschelte hinter ihnen her. »Ich weiß nicht, was Sie an sich haben, Miss Lily. Ich habe immer den Wunsch, mich schlecht zu benehmen.«

»Wie kann ich das verhindern?«, fragte sie.

»Sie könnten versuchen, mir den Hintern zu versohlen.«

Sie gab ein Geräusch von sich, das so klang, als schnappte sie nach Luft und bekäme zugleich einen Schluckauf. Mit pumpenden Fäusten und roten Wangen ging sie vor ihm her. Die gute alte Lily Robinson, dachte er. Was für ein Mädchen.

Er zog sie gern auf. Er wusste nicht warum. Vielleicht, weil sie so unglaublich … aufziehbar war.

Die achtzehn Löcher von Jurassic Park waren nicht nach bekannten Schlagprinzipien angelegt. Es gab Schläge bergauf, bergab, Löcher, die brüllten, wenn der Ball hineinfiel, einen Vulkan, der falsche Lava und Rauch spie, Klangeffekte, unter denen Ashley begeistert kreischte.

Cameron lieferte Sean einen harten Wettkampf. Schließlich handelte es sich um Golf, und es ging um Geld. Die beiden lagen abwechselnd in Führung.

Charlie war ein Naturtalent. Sean stand hinter ihr, schlang die Arme um ihre schmale Gestalt und zeigte ihr eine gute Haltung und den richtigen Griff. Sie übernahm es sofort und begriff ebenso schnell, wie man Punkte aufschrieb, wobei sie wie ein Schwamm die Terminologie aufsaugte.

Lily war eine furchtbare Golfspielerin, wie sich herausstellte. Ihre Haltung war unbeholfen, ihr Griff lächerlich. Am vierten Loch konnte Sean nicht länger an sich halten.

»Darf ich Ihnen einen kleinen Rat geben?«, fragte er.

Sie schaute auf, offensichtlich empört. »Aber was ich gemacht habe, hat doch gut funktioniert. Wie sieht es mit meiner Punktzahl aus, Charlie?«

Das kleine Mädchen runzelte die Stirn, tippte mit dem Bleistift auf die Punktekarte und zählte. »Na ja, schon hoch.«

»Ich halte es aus.«

»Du liegst in Wirklichkeit dreiundzwanzig über Par.«

Charlie kicherte und folgte Cameron und Ashley hüpfend zum nächsten Loch.

»Mann, bin ich miserabel«, murmelte Lily.

»Wohl wahr«, stimmte Sean ihr zu.

Sie bückte sich, um ihren Ball auf den nächsten Abschlag zu legen. »Und was ist mit den Tipps …«

Er fing ganz vorn an, korrigierte ihren Griff und ihre Haltung. Beim fünften Loch wurde sie tatsächlich etwas besser, obwohl sie noch immer acht Schläge brauchte, um ins Ziel zu kommen.

»Sie haben keinen Schwung«, sagte Sean.

»Sehr witzig«, sagte Lily. »Ich habe keine Ahnung, was Sie meinen.«

Sean behandelte sie wie eine Schülerin und führte es ihr vor. Er schaffte das Par bei dem Loch. Cameron machte einen Schlag unter Par, und Charlie zwei über Par. »Das nennt man einen Double Bogey«, sagte sie wichtigtuerisch.

»Der Schwung«, wiederholte Sean. »Er ist ein Rhythmus. Hüften, Schultern, Arme. Ganz fein aufeinander abgestimmt beim Schlagen.«

Sie wandte sich dem Ball zu, und er sah schon, dass es schiefgehen würde.

»Halt«, sagte er und trat hinter sie. »Stehen Sie still, dann zeige ich es Ihnen.«

Von hinten legte er die Arme um sie. Im Club machte er das zehn Mal die Woche, wenn er Unterricht erteilte. Bei Lily war es anders. Er ertappte sich dabei, dass er sich von der Art und Weise, wie sie sich anfühlte, ablenken ließ – überraschend weich. Und wie ihr Haar duftete – sauber und frisch. Und die Hitze ihres Körpers, direkt an seinem. Nachdem er die letzte Nacht mit Maura verbracht hatte, wusste er, dass diese Gedanken völlig unangebracht waren. Mühsam konzentrierte er sich darauf, ihr zu helfen, als wäre sie nur eine unter vielen Golfschülerinnen.

»Okay, spüren Sie das?«

»Eh, was spüren? Was soll ich spüren?«

Gute Frage. »Entspannen Sie Ihre Arme, und ich werde Ihnen die Bewegung zeigen. Dies ist ein Putt. Die Bewegung ist ganz unaufdringlich.« Er verhalf ihr zu einem festen, geraden Schuss, bei dem der Ball nur ein oder zwei Schläge vom Loch entfernt landete. »Spüren Sie den Unterschied?«, fragte er.

»Ich bin mir nicht sicher.«

»Soll ich es Ihnen noch einmal zeigen?«

»Auf keinen Fall.« Sie sprach schnell und spitz, während sie sich von ihm entfernte.

Offensichtlich hatte sie nichts gespürt, als er seine Arme um sie gelegt hatte. Um so besser, dachte er. Komplikationen hatte er genug.

Gegen Ende der Runde hatte sie sich leicht verbessert. Sean und Cameron gingen mit einem Punkteabstand ans letzte Loch. Sean lag mit drei Schlägen vorn, im Allgemeinen ein beruhigender Vorsprung.

»Es sieht nicht gut aus für die zwanzig Scheine, Cam«, sagte Charlie.

»Ja, und du bist echt eine Hilfe, wenn du darauf hinweist.«

»Du kannst trotzdem gewinnen«, sagte sie. »An diesem Loch gibt es ein Hindernis, siehst du? Wenn Sean also ins Hindernis gerät, wird er ein Problem haben, sich davon zu erholen.«

Lily grinste sie an. »Wo hast du so reden gelernt?«

Charlie zuckte mit den Schultern. »Hab meinen Dad im Fernsehen gesehen.«

»Du hörst dich an wie eine Golf-Reporterin«, sagte Sean.

»Auch ich könnte ins Wasser-Hindernis geraten«, sagte Cameron.

»Das wirst du nicht«, versicherte Charlie ihm.

»Woher willst du das wissen?«

Sie verdrehte übertrieben die Augen. »Wegen der zwanzig Dollar.«

»Die Geburtstagsparty des kleinen Jungen holt auf«, warnte Lily und schaute über die Schulter auf die Gruppe hinter ihnen. »Ich glaube, sie sind nur noch zwei Löcher hinter uns.«

Sean forderte Cameron mit einladender Handbewegung auf: »Du hast beim letzten Loch gewonnen, also hast du den Vortritt.«

Cameron trat vor und legte einen sicheren, jedoch bewundernswerten Schlag hin, der ihn an die richtige Stelle brachte – zwei Schläge vom Loch entfernt. Sean war der Nächste und legte seinen Ball auf den Abschlag. Als er zum Schlag ausholte, knurrte sein Magen vor Hunger. Und gegen seinen Willen dachte er erneut daran, wie er die Arme um Lily gelegt hatte.

Der Ball rollte direkt auf das Wasserhindernis zu und plumpste hinein.

»Das gibt einen doppelten Strafstoß«, meldete sich Charlie.

»Hot dog«, sagte Ashley.

Sean war genervt. Konzentration war alles. Gerade er sollte es wissen. Wenn seine Gedanken auch nur um Haaresbreite abwichen, war alles vorbei.

Cameron tat seinen nächsten Schlag, und er war gut. Mit dem nächsten Schlag wäre er im Loch. Seans Führung war auf eins zurückgegangen, doch er war noch zuversichtlich, dass das letzte Loch ihm gehörte, und er würde am Ende seine zwanzig Dollar behalten.

»O-oh«, sagte Charlie, und Ashley ahmte sie nach.

Irgendwie hatte er wieder einen furchtbaren Schlag hingelegt, über das Loch. Jetzt lag sein Ball gefährlich weit weg.

Cameron traf mit Leichtigkeit. Er war als Golfer zu erfahren, um zu prahlen, doch seine Haltung, als er vom Grün ging, sagte deutlich: »Ich gewinne.«

Noch nicht, du gewinnst nicht, dachte Sean. Der Schlag würde lang und schwierig werden, doch wenn er ins Loch träfe, hätten sie gleichgezogen und müssten ein weiteres Loch spielen. Als er für den Schlag Haltung annahm, hörte er, wie Lily leise zu Cameron sagte: »Es sind doch nur zwanzig Dollar.«

Cameron flüsterte zurück: »Es geht nicht um die zwanzig Dollar.«

Dann wurden alle still. Selbst die Jüngste war ruhig, als wäre ihr der Respekt für die Prozedur angeboren.

Irgendwie schweiften Seans Gedanken wieder ab. Er fragte sich, wie Lily wohl ohne Brille aussehen würde, und warum er wegen ihr in Frage stellte, was ihn mit Maura verband.

Und er schoss am Loch vorbei.

»O nein!« Charlie hüpfte auf und ab. »Cameron gewinnt mit einem Schlag!«

Sean legte sein Spielergesicht auf, zog seine Geldbörse hervor und reichte Cameron einen Zwanzigdollarschein.

Sie verließen den Jurassic-Wald und gaben ihre Ausrüstung ab.

»Tut mir leid, Onkel Sean«, sagte Charlie. »Im Stillen habe ich dich angefeuert.«

»Es muss dir nicht leid tun. Cameron hat sich auf sein Spiel konzentriert, und ich habe Mist gebaut.«

»Warum?«

»Ich habe mich ablenken lassen.«

»Warum?«

»Ich habe an andere Dinge gedacht.«

»Woran?«

Er bekam das belustigte Leuchten in ihren Augen mit. »An Nichten zum Beispiel, die zu viele Fragen stellen und gekitzelt werden müssen.« Mit tierischem Gebrüll packte er sie.

Sie quiekte in ängstlichem Entzücken und lachte dann hilflos, als er ihre empfindlichste Stelle angriff – dic unselige Achsel. Ashley stimmte sofort ins Lachen mit ein und kicherte noch immer, als das Kitzeln vorbei war. Cameron setzte sie mit Schwung auf seine Schultern, bevor sie sich zum Ausgang begaben.

Sean spürte Lily neben sich und lächelte. »Alles in allem«, sagte er, »kein schlechter Tag.«

»Ich hatte keine Ahnung, dass ich so eine schlechte Golfspielerin bin. Ich schäme mich.«

»Das müssen Sie nicht.«

»Wie kann etwas so Einfaches so schwer sein?«

»Weil es Golf ist, deshalb«, erklärte er. »Es war ohnehin nicht das echte Spiel. Ich muss Ihnen beibringen, wie man richtig Golf spielt.« Er wusste auch nicht, warum er das sagte. Er war sich nicht sicher, warum er sie noch in seinen Armen spürte.

»So schlecht wie ich bin, fange ich an zu begreifen, warum viele Menschen Golf so sehr mögen.«

Das hätte er am wenigsten von ihr erwartet. Vielleicht war sie deshalb so interessiert. Immer, wenn er das Gefühl hatte, er wäre schlau aus ihr geworden, überraschte sie ihn.

»Cameron! Hey, Cameron!«, ertönte eine weibliche Stimme, dann kam ein hochgewachsenes Mädchen in einem übergroßen Jurassic-Park-T-Shirt auf sie zugelaufen.

Sean und Lily tauschten einen Blick. Er packte Charlies Hand, um sie daran zu hindern, sich einzuschalten. Sie sahen zu, wie das langgliedrige Mädchen voller Übermut auf Cameron zuging. Sie war etwa in seinem Alter, hatte das braune Haar zu einem Pferdeschwanz gebunden, trug silberne Armbänder und eine Brille.

Cameron war offenbar nicht begeistert, sie zu sehen. »Hey, Becky«, sagte er und nahm seine kleine Schwester von den Schultern.

»Hier ist das Foto, das ihr bestellt habt«, sagte Becky und reichte es ihm in einer Zellophantüte. Sie himmelte ihn unverblümt an, das war nicht zu übersehen. »Ich war so überrascht, dich hier zu sehen. Ich wollte das hier persönlich abgeben.«

»Danke.« Cameron nahm das Foto von ihr entgegen. »Wir sind nur vorbeigekommen als Unterhaltung für meine kleine Schwester. Jetzt sind wir auf dem Weg nach Hause.«

»Oh.« Sie hüpfte auf den Fußballen auf und ab, lächelte zuerst Ashley, dann Sean, Lily und Charlie an, die zu ihnen traten. »Das ist also deine Familie.«

»Nein«, sagte Cameron. »Das heißt, ja, das hier ist Ashley, und das ist meine andere Schwester Charlie, mein Onkel Sean und Lily.«

»Ich bin Becky Pilchuk.« Ihr Gesicht hellte sich mit ungenierter Freude auf.

»Arbeitest du hier?«, fragte Charlie.

»Ja. Im Restaurant, jedes Wochenende.«

»Mann, hast du ein Glück«, sagte Charlie.

»Kann man wohl sagen«, stimmte Becky ihr zu.

»Wir sollten uns auf den Weg machen«, sagte Cameron, der ihre Bewunderung offensichtlich lästig fand. »Bis dann.«

Sie warf einen nervösen Blick auf das Hauptgebäude. »Die Snackbar hat gerade zur Mittagszeit aufgemacht«, erklärte sie. »Die ist gar nicht mal schlecht, das heißt, wenn man Hunger hat.«

»Ich gehe ein vor Hunger«, stöhnte Charlie dramatisch.

»Ich auch«, sagte Ashley.

»Damit ist es entschieden«, bestimmte Sean. »Wir essen in der Snackbar. Ich lade euch ein. Ich will ja nicht, dass du die zwanzig Dollar ausgibst, die du von mir gewonnen hast.«

»Toll«, murmelte Cameron vor sich hin.

»Ich bereite einen Tisch vor«, sagte Becky. »Wir sehen uns drinnen, Cam.« Sie eilte in den Bedienungsbereich, der von einer mit unechten Palmwedeln bedeckten Markise überdacht war.

Als sie außer Hörweite war, sagte Charlie: »Ooh, Cam. Ich liebe dich so, Cam.« Sie zwinkerte ihm zu.

»Hör auf damit, blöde Kuh«, sagte er und nahm Ashley an die Hand.

»Ooh! Ich liebe es, wenn du so mit mir sprichst«, säuselte Charlie. »Du bist einfach so … so … männlich.«

Sean und Lily starrten geradeaus und wagten nicht, sich anzusehen.

Becky wartete in der Snackbar auf sie. Jetzt trug sie eine Schürze mit Flugsauriern auf den Taschen. »Ein Tisch für fünf Personen?«, fragte sie.

Sean warf einen Blick auf Lily und die Kinder, hingerissen von dem Gedanken, dass sie zu fünft wie eine Einheit funktionierten, dass sie sich als etwas Größeres neu definierten, nicht jeder Einzelne für sich – eine Familie dachte er. Sie waren eine Familie.

»Ja, bitte«, sagte Lily, nahm Platz und studierte die Speisekarte. »Wir alle sollten etwas essen, dann gehen wir nicht hungrig einkaufen.«

»Was ist falsch daran, hungrig einkaufen zu gehen? Nur dann habe ich Lust dazu«, sagte Sean.

»Dann kaufen Sie nach Herzenslust ein und haben am Ende Sachen, die Sie nicht brauchen und die nicht gut für Sie sind. Geht man mit vollem Magen, dann sucht man sorgfältiger aus.«

Toll, dachte er. Einkaufen mit Miss Besserwisser wäre Spaß ohne Ende.

29

Im Lebensmittelgeschäft versuchte Lily, die Sache in die Hand zu nehmen. Nach ihrer Demütigung beim Golf hatte sie das Bedürfnis zu zeigen, dass sie wenigstens für etwas zu gebrauchen war. Und natürlich war der wahre Grund, warum sie innerlich kochte, etwas, das sie nur sich selbst eingestand – die Begegnung mit Maura am Morgen.

Auch dort zog sie schnell den Kürzeren. Cameron begab sich in den Gang für Bücher und Zeitschriften, um die neueste Ausgabe der Rolling Stones zu suchen. Charlie bestand darauf, an einem Musikstand stehen zu bleiben, die Kopfhörer aufzusetzen und sich Proben aus der CD-Kollektion »Soothing Sounds of Nature« anzuhören.

Also blieb Sean und Lily nichts anderes übrig, als Ashley in den Wagen zu setzen und die Einkäufe zu erledigen. Sobald Lily ihn nach einer Schachtel Pop-Tarts greifen sah, wusste sie, dass sie einschreiten musste. »Ernährung ist das einzige Thema bei Kindern, das am meisten vernachlässigt wird«, setzte sie ihn in Kenntnis.

»Was Sie nicht sagen.«

»Sehen Sie sich doch nur die Zutaten hier an«, sagte sie und tippte auf die Schachtel. »Vollgestopft mit Kohlehydraten, die sofort zu Fett werden.«

»Die Kinder sind dürr. Sie können ein bisschen mehr Fett auf den Rippen gebrauchen.«

»Damit? Gelatine Typ-B – Sie wollen gar nicht wissen, woher die kommt. Und Seldane Syrup ist in Wirklichkeit ein Giftstoff. In hoch dosierten Mengen hat es erwiesenermaßen Hirnschäden bei Labormäusen verursacht.«

»Dann sollte man aufhören, es Labormäusen zu geben. Woher wissen Sie das alles?«, fragte er.

»Von überall, wo ich an Informationen rankomme. Die großen Nahrungsmittelhersteller hätten am liebsten, wenn wir unwissend blieben, aber das können wir uns nicht leisten.« Mit Nachdruck stellte sie die Pop-Tarts wieder ins Regal. Dann kam sie nicht umhin anzumerken: »Die Berufsmediziner von heute tun praktisch nichts, um auf das Thema aufmerksam zu machen.«

Entweder war es ihm entgangen, oder ihm machte ein Seitenhieb auf Maura nichts aus. »Was soll Charlie also zum Frühstück essen?« Er entdeckte etwas, und sein Gesicht hellte sich auf. »Devil Dogs! Die habe ich noch nie an der Westküste gesehen. Ich liebe diese Dinger.«

Entgeistert starrte Lily auf die eigenartig geformten, mit Creme gefüllten Kuchen. »Sie machen Witze.«

»Haben Sie je ein Devil Dog gegessen?« Er grinste. »Dumme Frage, tut mir leid.«

Lily suchte ein Müsli aus biologisch angebautem Weizen aus. »Ob Charlie das schmeckt?«

»Sie würde daran würgen.«

Nach einigem Hin und Her einigten sie sich auf Getreideflocken ohne Zusatzstoffe und einen Bio-Honig zum Süßen. Im Gang mit den Snacks fingen sie erneut an zu diskutieren.

»Eine Handvoll Fitos bringt kein Kind um«, sagte Sean.

»Stimmt. Das machen die Transfettsäuren. Wenn man dieses Zeug gar nicht erst im Haus hat, geraten sie auch nicht in Versuchung«, sagte sie.

»Ja, Ma'am. Und jetzt verraten Sie mir bitte Ihre Ansichten über Milchprodukte.«

So ging es weiter, über jedes Produkt wurde diskutiert, über jeden Kauf verhandelt, bis Ashley im Einkaufswagen einschlief. Lily nutzte die Gelegenheit, Sean ausführlich über die Ernährung für heranwachsende Kinder in Kenntnis zu setzen. Dass er nicht mit ihr diskutierte, war ihm hoch anzurechnen. Er schien ihr sogar zuzuhören.

Während sie in der Schlange an der Kasse warteten, nahm sie eine Zeitschrift *Parents* aus dem Ständer. »Vielleicht sollten wir die mitnehmen«, sagte sie. »Darin steht ein Artikel darüber, was im Kleinkindalter zu erwarten ist.«

»Wer liest denn so was? Menschen, die keine Kinder haben. Das sind die Einzigen, die Zeit haben.« Er warf einen Blick auf Ashley, die noch immer schlief und ihre Gliedmaßen aus dem Sitz im Einkaufswagen baumeln ließ. »Sie sagt mir alles, was ich wissen muss.«

»Sinnvoller ist es, wenn man Experten dazu liest.«

Er schüttelte den Kopf und suchte sich ein Exemplar *Golf Digest* aus. »Das zu lesen, macht mich auch nicht zu einem besseren Elternteil, genauso wenig, wie ich nach dieser Lektüre ein besserer Golfspieler werde.«

Ihr erster Impuls war, wie immer, mit ihm zu diskutieren, doch sie zwang sich, beide Zeitschriften wegzulegen. Sie schob die Lippen vor, und als die Kassiererin sich lautstark nach dem Preis für ein Produkt auf dem Band vor ihnen erkundigte, trommelte sie mit den Fingern auf den Griff am Einkaufswagen. »Vielleicht sollten wir uns woanders anstellen«, schlug sie vor.

»Hier geht es doch auch weiter.«

Wieder drängte es sie, zu diskutieren. »Bei der Schlange da drüben geht es aber voran.«

»Hier auch gleich. Das ist immer so.«

Sie nahm eine Kaugummipackung in die Hand, las die Zusatzstoffe und legte sie wieder zurück. »Ich muss schon sagen, ich bewundere Ihre Geduld.«

»Danke. Das habe ich wahrscheinlich in Übersee gelernt, wo ich viel auf ausländischen Flughäfen und in Schlangen an Taxiständen warten musste.«

Eine seltene Erinnerung daran, dass er eine Vergangenheit hatte, ein ganzes Leben voller Erfahrungen in exotischen Städten. Sie fragte sich, ob ihm dieses Leben wohl fehlte, ob er sich nach dem Abenteuer sehnte. »Warum sind Sie wieder in die Staaten gezogen?«, fragte sie.

Sie wusste, was Crystal darüber gedacht hatte. Sie wollte seine Version hören.

Die Schlange schlurfte ein paar Schritte vor. »Ich wurde wegen Betrugs aus der Tour ausgeschlossen.«

Seine Offenheit verblüffte sie. Genau das hatte Crystal auch gesagt.

»Warum sollten Sie betrügen?«

»Ein Mann hat eine Menge Gründe, um zu schummeln. Bei diesem Spiel geht es um hohe Preisgelder, besonders bei einem Spieler, der etwas zu beweisen hat. Obwohl ich es nicht gemacht habe. Ich war es nicht.«

»Warum hat man es Ihnen zur Last gelegt?«

»Ein wichtiger Sponsor wollte mich aus der Tour raus haben.«

»Warum?« Sean begann, die Waren auf das Fließband zu legen. »Das wollen Sie nicht wissen.«

Sie unterdrückte den Drang, die Lebensmittel auf dem Band umzustellen, obwohl die Dosen den Rest letzten Endes wahrscheinlich quetschen würden. »Doch, ich will es wirklich wissen.«

»Ich habe mit der Tochter des Sponsors gevögelt, und er hatte ihre Hand einem Typen aus der malaysischen Königsfamilie versprochen. Schon mal was von Yakuza gehört?«

»Ist das nicht die japanische Mafia?«

»So ungefähr. Es stellte sich heraus, das Daddy ein Yakuza-Boss war, der hochtrabende Pläne für seine Tochter hatte.« Er lachte über Lilys Gesichtsausdruck. »Tja, Sie haben gefragt.«

»Sie machen Witze.«

»Das habe ich nicht erfunden.«

»Haben Sie denn nicht versucht, sich zu verteidigen? Zu leugnen, dass Sie betrogen haben?«

»Es hatte keinen Sinn für mich, Zeit zu verschwenden. Die Mafia hat eine ganz eigene Art, Dinge zu erledigen, und ich habe den fatalen Fehler gemacht, das zu vergessen.«

»Und wie funktionierte das?«

Er lud die letzten Waren auf das Fließband, und die Schlange rückte wieder vor. »Man hat mich hereingelegt. Am Ende eines wichtigen Turniers gab man mir eine falsche Punktekarte, und ich habe sie wie ein Idiot unterzeichnet.«

»Was heißt das?«

»Ich habe bestätigt, dass meine Punktezahl richtig war. Ich hatte es eilig und habe die Zahlen nicht nachgeprüft.«

»Und obwohl man Sie hereingelegt hat, wollen Sie einfach klein beigeben? Das ist absurd. Sie sind ein Golfspieler, Sean. Das ist Ihre Tätigkeit. Warum wollen Sie sich das nehmen lassen?«

»Jetzt klingen Sie wie Red.«

»Wie das?«

»Er meint, ich sollte an dem Plan festhalten, wieder zur Tour zurückzukehren. Meine PGA-Karte erwerben. Das Problem ist, die Q-School kommt nur einmal im Jahr vorbei.«

»Q-School?«

»Eine jährliche Veranstaltung, 108 Löcher, und die ersten fünfunddreißig Scorer bekommen ihre PGA-Karte. Davor müsste ich Vorstufen absolvieren. Es ist ein langwieriger Prozess, und das kriege ich neben den Kindern auf keinen Fall auf die Reihe.«

Er brachte also größere Opfer, als Lily gedacht hatte. Sie musste darüber nachdenken, dass er seinem Traum nachgegangen war und ihn hatte platzen lassen, und er sehnte sich nach dem nächsten Golfschlag. Je näher sie diesen Mann kennenlernte, um so mehr überraschte er sie. Neue Achtung vor ihm keimte in ihr auf. »Ist das die einzige Möglichkeit, Ihre PGA-Karte zu erlangen und wieder an Turnieren teilzunehmen?«

»Red sucht nach anderen Alternativen, aber er vergeudet seine Zeit. Ich habe jetzt andere Prioritäten.«

Sie hörte einen eigenartig angespannten Unterton heraus. »Warum denken Sie nicht daran, beides zu tun?«

»Ich kann denken, was ich will. Damit ist eigentlich viel zu viel Reisen verbunden. Ich habe jetzt ein anderes Leben.« Er beugte sich vor und knöpfte Ashleys Jacke zu.

»Aber Sie haben keinen anderen Traum«, erinnerte sie ihn. Sein Blick war vertraulich wie eine Berührung. Das hatte sie sich jedoch bestimmt nur eingebildet. »Was?«

Er schenkte ihr ein etwas rätselhaftes Lächeln. »Ihre Art zu denken gefällt mir, Miss Robinson.«

Als sie nach Hause kamen, stellte Lily überrascht fest, dass sie den Tag gern noch verlängert hätte. Sie blieb noch und half, die Einkäufe wegzustellen. Sie traf auf ein paar verbotene Waren, die sich in den Einkaufswagen geschlichen hatten – besonders eine Jumbopackung Devil Dogs –, doch sie machte kein Thema daraus. Sean Maguire hielt sie ohnehin schon für hoffnungslos reguliert.

Ashley hatte im Wagen weitergeschlafen, also brachte Sean den ganzen Kindersitz mit ins Haus.

»Wollen Sie sie ins Bett legen?«, fragte Lily.

»Sie ist doch so auch ganz zufrieden.« Er drückte auf den Einschaltknopf des CD-Spielers. »Außerdem schläft sie besser, wenn Musik läuft.«

Aus den Lautsprechern klang die klare, kräftige Stimme von Stephanie Davis mit »Talking to the Moon«.

»Das war Moms Lieblingssong«, verkündete Charlie und holte eine große Schachtel Buntstifte aus einer Schublade.

»Ich weiß.« Lily stellte eine Einkaufstüte auf die Theke und beschäftigte sich damit, Sachen einzuräumen. Das letzte Mal, als sie dieses Lied gehört hatte, war sie bei Crystal gewesen, um sich bei einer Tasse Tee zu entspannen.

»Soll ich etwas anderes auflegen?«, fragte Sean.

Sie schüttelte den Kopf, hin und her gerissen, ob sie die bittersüßen Gefühle, die sie dabei überkamen, annehmen oder ablehnen sollte. Die Spannung zwischen ihr und Sean verlief in eigenartigem Auf und Ab. Kaum hatte sie das Bedürfnis, mit ihm zu streiten, schon wollte sie einfach nur mit ihm auskommen.

Cameron schnappte sich das schnurlose Telefon und schlenderte in ein anderes Zimmer. Charlie ging an den Esstisch, um eine detaillierte Zeichnung des kleinen Golfplatzes anzulegen. Lily kam es immer seltsam, vielleicht sogar irgendwie verboten vor, mit Sean zusammen in Crystals Haus zu sein. Die Erinnerungen an ihre Freundin waren noch mit Händen zu greifen und tauchten häufig ohne Vorwarnung auf – ein zwischen Sofapolstern eingeklemmter Ohrring, an sie gerichtete Zeitschriften und Briefe, Telefonwerber, die namentlich nach Crystal fragten.

Lily nahm ein dickes Rezeptbuch zur Hand und bemerkte ein Lesezeichen, auf das Crystal »Kuchen für Ashleys Gebtag« gekritzelt hatte. Sie schlug das Buch auf und fuhr mit dem Finger an der Schrift entlang.

»Alles in Ordnung?«, fragte Sean.

Sie nickte. »Manchmal habe ich das irrwitzige Gefühl, dass sie nur nach draußen gegangen ist und jede Minute zurückkommt, dass sie vielleicht nur rausgelaufen ist, um eine Schachtel tiefgefrorener Erdbeeren für diesen Kuchen zu holen.«

»Ich glaube, das hat sie schon gemacht.« Er griff in den Tiefkühlschrank und holte die Erdbeeren heraus. »Ich hatte mich schon gefragt, wofür die gut sein sollten.«

Lily warf einen Blick auf Ashley, die noch immer in ihrem Kindersitz angeschnallt war und fest schlief. »Crystal hatte eine schöne Party für sie geplant.« Statt Ashleys Geburtstag zu feiern, an dem sie zwei wurde, hatten sie die Besprechung bei den Anwälten gehabt.

»Wir sollten ihn jetzt feiern«, sagte er. »Heute.«

Lily griff die Idee auf der Stelle begeistert auf. »Brillant. Wir machen den Kuchen, den Crystal wollte.«

Er hob eine Augenbraue in der faszinierenden Art, die sie ihm gern nachgemacht hätte. »Geburtstagskuchen, Miss Robinson? Ts, ts, der ganze Zucker.«

»Wir geben ihnen nur ganz kleine Stücke.«

»Wie Sie meinen. Ich finde, Charlie sollte beim Kuchenbacken helfen.«

Lily stellte fest, dass sie lächelte wie eine Schwachsinnige. Albern, aber irgendwie ging es ihr damit besser. »Cameron auch. Ich hole die beiden.«

»Moment noch«, sagte Sean und winkte sie in die Vorratskammer. »Ich muss Ihnen etwas zeigen.«

Sie trat in den dunklen Raum, in dem der Geruch nach Gewürzen hing, und spürte die Wärme seines Körpers. »Worum geht's?«

»Sie hat schon Sachen für die Party eingekauft.« Er schaltete die Deckenlampe ein und zeigte ihr eine ausgebeulte Einkaufstüte voller regenbogenfarbener Servietten und Partyhüte, dazu passenden Hörnern und Ballons.

Ganz unten in der Tüte befand sich eine Puppe, weich wie Marshmallow, mit hellen Knopfaugen. Genau das, was Crystal ausgesucht hätte. In einem unverschlossenen Briefumschlag fand Lily auch eine Karte. Ihr Herz schlug schneller, als sie ihn öffnete. Sie spürte Crystals Gegenwart, während sie die Karte ans Licht hielt. Zu sehen war ein sentimentales Bild von einer Mutter, die ein kleines Kind auf einer Schaukel anstieß.

Darunter hieß es: »Breite deine Flügel aus und fliege fort …«, und innen ging es weiter: »… zu mir nach Hause.«

In sauberen Druckbuchstaben hatte Crystal ihre eigene Botschaft hinzugefügt. »Ich bin so stolz auf mein großes Mädchen! Ich werde dich immer lieben, Mommy.«

Lily klappte die Karte vorsichtig zusammen und steckte sie wieder in den Umschlag. »Ich bin froh, dass sie etwas geschrieben hat«, sagte sie. Erst als Sean ihr ein Papiertuch reichte, merkte sie, dass sie weinte und dass er einen Arm um ihre Schultern gelegt hatte.

»Wie sollen wir das schaffen?«, flüsterte sie überwältigt. »Wie sollen wir das Unerträgliche ertragen?«

»Manchmal schaffen wir es nicht«, sagte er schlicht. »Manchmal atmen wir nur.«

»Ich bleibe nicht zu Hause, um Kuchen zu backen«, sagte Cameron und trat auf seinem Weg zum Kühlschrank beinahe auf Miss Buzzy Bee. Er widerstand dem Drang, die Holzbiene auf Rädern aus der Tür zu kicken.

»Ashley hat Geburtstag«, sagte Lily und zog sich eine Schürze seiner Mom an, die mit dem Bild von Glinda und der Überschrift »Bist du eine gute oder eine böse Hexe?«. Cameron konnte sich seine Mutter darin genau vorstellen, und der Anblick nervte ihn.

»Heute ist nicht ihr Geburtstag. Lasst uns einen anderen Tag aussuchen.« Cameron spürte, wie die Luft ihn niederdrückte. Nicht genug damit, dass man ihn aus dem Bett gezerrt hatte, um Oma Dot zu besuchen, dass er Kindergolf gespielt hatte. Jetzt wollten sie auch noch, dass er zu Abend aß und eine Geburtstagsparty feierte!

»Wir haben uns für heute entschieden«, sagte Sean, der mit Ashley wie mit einem Fußball unter dem Arm in die Küche kam. »Das Kind wird dieser Tage zwei.«

»Sie ist schon zwei, und es ist egal, wann sie ihre blöde Party kriegt.«

»Es ist nicht egal«, sagte Sean schlicht.

Cameron überkam brennende Wut. Alles nervte ihn – das Geräusch des Weckers, der morgens mit einem Klicken anging und ihn daran erinnerte, dass er sich wieder einem Tag ohne seine Eltern stellen musste. Der Anblick der Handschrift seiner Mutter auf der Tafel in der Küche. Der Geruch ihres Haarsprays auf der Nackenstütze ihres Lieblingssessels. Und dann Sean mit seinen blöden, einfachen Feststellungen – es ist nicht egal –, die einen Sinn ergeben sollten. »Ich wünschte, du würdest aufhören so zu tun, als wären wir eine richtige Familie«, sagte er.

»Tu ich das?«, fragte Sean. »Was zum Teufel ist denn eigentlich eine richtige Familie? Vielleicht kannst du mir das erklären.«

»Sean …« Lily warf einen besorgten Blick auf Ashley, doch die hatte Miss Buzzy Bee entdeckt und war in einer anderen Welt. Irgendwo im Haus plärrte ein Fernseher – Charlie sah sich Zeichentrickfilme an.

»Ich meine es ernst«, sagte er. »Ich möchte, dass Cam mich aufklärt. Was ist eine richtige Familie? Mom, Dad, 2,5 Kinder? Wer hat das noch? Irgendjemand?«

»Du weißt genau, was ich meine«, blaffte Cameron zurück. »Eine richtige Familie hat nicht zwei tote Eltern und eine Sondersendung ›Zum Gedenken an Derek Holloway‹ auf ESPN.«

»Hier, Cam.« Ashley watschelte zu ihm und reichte ihm ein Paket Luftballons. »Mach.«

Er riss die Plastikverpackung auf und blies mit drei tiefen Atemzügen einen roten Luftballon auf. Ashleys Augen strahlten vor Bewunderung, als sie ihn dabei beobachtete. Er knotete den Ballon zu und ließ ihn zu ihr schweben. »Ah«, sagte sie begeistert. »Noch einen.«

Sie war der einzige Mensch, dem er nichts abschlagen konnte. Sie ließ ihn einen Ballon nach dem anderen aufpusten, bis sie in einem ganzen Meer schwamm. Während Cameron beim Aufpusten schwindelig wurde, wünschte er sich, er könnte die tödliche Last der Angst aus seiner Lunge blasen. Nachdem er seine Eltern verloren hatte, fürchtete er, die Hinterbliebenen müssten vielleicht eine neue Art von Familie werden. Noch mehr fürchtete er sich davor, dass es nicht so sein könnte.

Lily streckte die Hand aus, schaltete das Radio ein und fand einen Oldiesender, in dem gerade »Ain't No Mountain High Enough« gespielt wurde. Sie und Sean arbeiteten zusammen, mit leicht rhythmischen Bewegungen, während sie dem Rezept seiner Mom folgten. »Vor ein paar Wochen konnten Sie nur Pop-Tarts«, sagte sie zu Sean. »Sie sind sehr lernfähig.«

»In allem«, versicherte er ihr. »Mein Ziel ist, Charlie zum vierten Juli rot-weiß-blaue Pfannkuchen zu machen.«

»Ehrgeizig«, sagte sie.

Auch ihre Unterhaltung hatte einen gewissen Rhythmus. Sie flirteten nicht direkt, aber sie pflegten einen eigenartig leichten Umgang miteinander.

»Ja?« Sean hob eine Schüssel mit rosa Pfannkuchenteig

und kippte ihn in eine Pfanne. »Vielleicht werden Sie an mich denken, wenn Sie Ihren Sommer in Italien verbringen.«

»Wer hat Ihnen gesagt, dass ich das vorhabe?« Ihr Rückgrat versteifte sich.

»Charlie, glaube ich. Ist es ein großes Geheimnis?«

»Nein, natürlich nicht. Es ist nur … ich habe die Reise storniert.«

»Warum?«

Sie warf einen kurzen Blick über die Schulter. Cameron blies weiter Luftballons auf und tat, als wäre er mit der kleinen Schwester vollauf beschäftigt. »Ich denke doch, das liegt auf der Hand«, sagte Lily. »Ich würde mich nicht wohlfühlen, wenn ich jetzt verreisen würde, und auch in sechs Wochen noch nicht.«

Während er die Schüssel hielt, schabte Lily sie mit einem Spachtel aus. »Weil Sie denken, dass ich nicht klarkomme«, sagte Sean.

Boah, dachte Cameron. Der Rhythmus hatte sich verändert. Zugleich verschaffte ihm der Gedanke, dass sie sich in seiner Anwesenheit stritten, eine abartige Befriedigung. Irgendwie zeigte das doch ein gewisses Maß an Vertrauen.

Lily öffnete den Backofen, und Sean schob den Kuchen hinein. Sie sagte: »Interpretieren Sie da nichts hinein, was nicht drin ist. Ich kritisiere Sie nicht, weil Sie auf der Bildfläche erschienen sind. Ich habe eine Sommerreise geopfert. Sie opfern viel mehr als das.«

»Noch einen«, sagte Ashley, und Cameron griff nach einem gelben Ballon.

Charlie kam herein, und ihr Gesicht hellte sich auf, wie

Sean es seit Wochen nicht mehr erlebt hatte. »Cool«, sagte sie. »Kann ich die Schüssel auslecken?«

»Ich auch!« Ashley warf einen Luftballon in die Höhe. Aus dem Radio kam ein neuer Song – »Nah Nah Hey Hey« –, woraufhin Lily und Charlie einstimmten und die Hüften schwangen. Und Cameron kam ein merkwürdiger Gedanke. So – wie sie jetzt waren – sollten Festtage und Feiern sein. Schwer zu glauben, doch sie mussten herausfinden, wie man lachte, seinen Spaß hatte, wie man sich hänselte und stritt, obwohl seine Eltern tot waren.

»Tja, dir ist es gelungen, ein Zimmer voller Ballons aufzublasen, statt beim Backen zu helfen«, sagte Lily zu ihm.

»Ja«, sagte er, »und?«

»Nichts und. Ich wollte dir danken. Besser, als herumzulungern.«

»Keiner sagt mehr ›herumlungern‹«, sagte Cameron.

»Ich sage es immer.« Lily warf ihm eine Rolle rosa Krepp zu. »Also hör auf, herumzulungern.«

30

Wissen Sie, was komisch ist?«, wollte Sean nach der Geburtstagsfeier von Lily wissen.

»So ziemlich alles neuerdings«, antwortete sie.

»Ich habe mich immer gefragt, wie es wohl ist, hier zu leben.«

Sie saßen auf der hinteren Veranda von Crystals Haus. Unter einem blühenden Apfelbaum spielten Ashley und Charlie ein kompliziertes, nur ihnen vertrautes Spiel im Sandkasten, bei dem das gesamte Mobiliar aus Barbies Traumhaus einbezogen war, eine Sammlung Trollpuppen und Ashleys neue Puppe. Die Sonne ging unter, ihre bernsteinfarbenen Strahlen fielen schräg über den Rasen, und eine leichte Brise ließ Blütenblätter durch die aufkommende Dämmerung schweben, was der Szene etwas Traumhaftes verlieh.

»Wo, hier?«, fragte sie. »In Comfort?«

»In diesem Haus.« Er hob ein verirrtes Golf-Tee auf und rollte es zwischen den Handflächen. »Derek und ich sind jeden Tag auf unserem Schulweg daran vorbeigekommen, und wir haben immer behauptet, eines Tages würden wir mal hier wohnen. Unsere Vision war eine Art Kolonie, bevölkert von Jungen und Hunden.«

Sie lächelte und versuchte, ihn sich als kleinen Jungen vorzustellen. Blaue Augen, natürlich, und helleres Haar. Wahrscheinlich ein schelmischer Gesichtsausdruck. »Komisch, wohin einen das Leben führt.«

Er nickte. »Derek hat dieses Haus nie aufgegeben, aber ich habe mich auf die Suche nach etwas anderem begeben.«

»Und was war das?«

»Ein etwas exotischerer Ort. Die französische Riviera oder vielleicht Buenos Aires. Oder auch Monterey, zum Henker. Alles ist exotischer als das gute alte Comfort, Oregon.«

»Und jetzt sind Sie hier.«

»Hier bin ich nun.« Er fuhr sich mit gespreizten Fingern durch die Haare. »Mein Gott, wie er mir fehlt. Alles ist einfach falsch. Ich sollte nicht hier sein und dieses Leben führen. Ich bin einfach nicht seine Kragenweite.«

»Das sollen Sie auch gar nicht sein.«

»Was dann, zum Teufel?«

Sie dachte daran, wie Charlie und Cameron heute gewesen waren – verletzt, aber auf dem Wege der Besserung. »Ich glaube, Sie schaffen es.«

Er stützte die Handgelenke auf die Knie und schaute hinaus in den Garten mit seinen Rhododendren und Obstbäumen, den alten Taglilien, die ihre großen Blätter im Schatten ausbreiteten. »Das habe ich jedenfalls nicht erwartet.«

»Niemand hat das«, betonte sie. »Hören Sie, wegen Maura … Ich wollte heute Morgen nicht so abwertend klingen.«

»Sie haben an die Kinder gedacht.«

Wirklich?, fragte sich Lily. Doch, ich musste. Hätte ich an etwas anderes als die Kinder gedacht, dann hätte ich ein Problem. »Anscheinend ist sie nett. Ich bewundere sie, dass sie so hart für ihr Examen arbeitet.« Das klang ziemlich aufgesetzt, was ihm wahrscheinlich auch klar war.

»Ich bin dann mal weg, okay?«, fragte Cameron von der Hintertür aus.

Sean stand auf und drehte sich zu ihm um. »Wohin gehst du?«

»Nur durch die Gegend.«

»Da musst du schon etwas genauer sein.«

»Wieso?«

»Damit ich keine Überraschungen erlebe, wenn ich nachher herumfahre. Denk dran, wir haben darüber gesprochen. Ich kann Überraschungen nicht ausstehen.«

Cameron ging hinaus. Er hatte sein Skateboard unter dem Arm. »Wenn du mir nachspionierst, erschieß ich mich.« Seine Verärgerung war deutlich herauszuhören.

Lily biss sich auf die Zunge, um nicht gegen seine Wortwahl zu protestieren. Sean wartete.

»Ich geh nur zu ein paar Freunden, bisschen abhängen.«

»Welche Freunde?«

»Mein Gott, Onkel Sean …«

»Nichts mein Gott.« Sean wartete, sein starrer Blick hielt Camerons fest.

Lily war wie gebannt. Sie spürte die Anspannung zwischen ihnen wie ein Beben in der Luft. Seans Erziehungsstil, wenn man ihn so nennen wollte, faszinierte sie. Er handelte aus reinem Instinkt, nicht aus Erfahrung, doch sein Selbstvertrauen geriet nie ins Schwanken. Vielleicht war das der Schlüssel, dachte sie. Lass dir nie anmerken, wie viel Angst du wirklich hast.

Cameron brach den Blickkontakt zuerst ab. Zunächst ergab er sich in seiner Haltung, dann verbal, offenbar war ihm das Thema nicht wert, darüber aneinanderzugeraten. »Ich gehe zu Jason. Er wohnt drüben in der Meadowmeer.«

»Ruf mich an, wenn ihr woanders hingeht.«

»Mach ich.«

»Und sei um elf wieder zu Hause.«

»Es ist Samstag.«

»Deshalb habe ich nicht zehn Uhr gesagt. Sei um elf zu Hause, oder du brauchst gar nicht erst wegzugehen«, sagte Sean.

Cameron verabschiedete sich ungnädig und stolzierte davon.

Lily sagte: »Das machen Sie gut.«

»Ja, danke. Er ist eine echte Frohnatur.«

»Das war kein Witz. Er setzt Ihnen zu, und Sie geben nicht nach.«

»Ich habe keine Ahnung, warum es überhaupt einen Konflikt gibt. Verdammt, wir sitzen in einem Boot.«

Sie beobachteten, wie die Sonne unterging. Zirpfrösche erhoben ihren Gesang an verborgenen Stellen im Dunkeln, und Lily trank ihr Glas Eistee leer. Ihr lag auf der Zunge, sich zu verabschieden, auf Wiedersehen, mir hat der Tag gut gefallen, bis dann, doch stattdessen blieb sie einfach sitzen, genoss die Brise und die letzten Farben des Tages, die Geräusche der Dämmerung die herniedersank.

»Haben Sie das ernst gemeint, was Sie gesagt haben?«, fragte Sean plötzlich. »Dass ich es gut mache?«

»Ja.« Sie zögerte nicht. »Wenn man bedenkt, was diese Kinder alles durchgemacht haben, würden sie jedem zu schaffen machen. Sie müssen sich mit einer schrecklichen Situation abfinden, aber in Anbetracht all dessen kommen sie zurecht.«

»Also bekomme ich eine Eins plus von der Lehrerin.« Man hörte ihm an, dass er dabei lächelte.

Sie schaute zu ihm hin. Das Licht spielte auf seinem Gesicht. Sie sah ihm an, dass es ihm viel bedeutete. »Wenn es um die Beziehung zu den Kindern geht, würde ich sagen, ja.«

Er kniff die Augen zusammen. »Warum höre ich da ein ›obwohl‹?«

»Ich habe nicht ›obwohl‹ gesagt.«

»Das war auch nicht nötig.« Er lachte leise in sich hinein. »Schon gut, Miss Lily. Ich höre. Ich halte es aus.«

Merkwürdig, wie er sie durchschaute. »Ich stelle den Wert von American Chopper in Frage.«

»Sie machen Witze.«

»Ich mache keine Scherze.«

»Stimmt, das war mir kurz entfallen. Sie haben also etwas gegen die beste Fernsehshow?«

»Charlie kann sie genau zitieren.«

»Und das ist schlecht?«

»Das ist eine Show über Motorräder. Sie hat keinen versöhnenden Nutzen.«

Er warf den Kopf in den Nacken und lachte lauthals. Sie ertappte sich dabei, dass sie auf seine Kehle starrte und eine innere Unruhe verspürte. »Sie erschlagen mich, Lily, wirklich. Eine Sendung über Motorräder zu sehen, wird den Verstand des Kindes nicht nachteilig beeinflussen. Das ist etwas, was wir gemeinsam machen. Uns gefällt es.« Er wurde ernst, und sein Blick bohrte sich durch die zunehmende Dunkelheit. »Vielleicht vergisst sie … nur eine Minute lang, fühlt sich normal. Das hat sie hin und wieder verdient.«

Die Wahrheit traf Lily wie ein Schlag, und sie nickte. »Wenigstens ist es nicht South Park.«

»Nein, der kommt eine halbe Stunde später«, sagte er und lachte dann, als er ihre entsetzte Miene sah. »Ein Scherz«, sagte er. »Ich weiß, sie scherzen nicht, aber ich um so lieber.«

»Sehr witzig.« Sie schenkte ihm ein erleichtertes Lächeln.

»Sie sind jedenfalls ziemlich pedantisch, Miss Lily«, kommentierte er. »Ernährung, Fernsehen, Spülmaschine füllen … Wie sind Sie so geworden?«

Wenn man in einem Haus voller Hass aufwächst, wird man so, dachte sie, brachte es aber nicht über sich, es ihm zu sagen. »Ich glaube, ich bin einfach ein Gewohnheitstier.«

Er nickte, und sie saßen in seltsam umgänglichem Schweigen zusammen, lauschten den Zirpfröschen und den spielenden Mädchen. Schließlich stand Sean auf. »Ich muss die beiden kleinen Schmutzfinken ins Bett bringen.«

Als er zum Sandkasten ging, hob Charlie in Abwehrhaltung eine Hand hoch. »Noch fünf Minuten.«

»Tut mir leid, mein Kind. Die Zeit ist abgelaufen. Ihr braucht beide ein Bad.«

»Kein Bad«, protestierte Ashley.

Er hob sie auf und klemmte sie unter seinen Arm. »Baden gefällt dir.«

»Lily, bleibst du noch?«, fragte Charlie, als sie lustlos ins Haus schlurfte.

»Das geht nicht«, antwortete sie automatisch.

»Bitte.«

»Aber …«

»Das Kind hat bitte gesagt«, betonte Sean und sah sie durchdringend an.

»Na gut.«

»Jippieh!« Charlie und Ashley klatschten sich ab.

Lily wünschte, sie hätte ein heißes Samstagabend-Rendezvous. Sie wünschte, sie hätte einen Abend mit Trinken und Tanzen vor sich, Tatsache war jedoch, dass sie keinerlei Pläne hatte.

Sean und seine Nichten stampften nach oben. In der Küche hörte Lily das Wasser rauschen und hin und wieder das Kichern der Mädchen. Nach dem heutigen Tag glaubte Lily allmählich, dass Crystals Kinder ihren schrecklichen Verlust überstehen würden. Bisher hatten sich Zweifel in ihr gewunden und in harte Verzweiflung verknotet. Endlich konnte sie sich entspannen. Wenigstens ein bisschen.

Noch etwas war heute geschehen, eine Verbindung zu den Kindern und Sean, die Lily Sorge bereitete. Sie wusste, sie musste sich von dieser Familie fernhalten, weil sie ihr nicht gehörte. Vielleicht entschied er nächste Woche, nach Phoenix zu ziehen, und dann wären sie fort, einfach so. Lily wusste nicht, ob sie diesen Verlust überleben würde.

Das Licht an der Spülmaschine zeigte an, dass sie fertig war, daher beschloss Lily, sie auszuräumen. Sean und Charlie hatten darauf bestanden, sich um das Geschirr zu kümmern, das blindlings in die Gestelle eingeordnet war. Lily spitzte den Mund und nahm sich fest vor, sich von der Unordnung nicht aus der Ruhe bringen zu lassen. Trotz des heillosen Durcheinanders war das Geschirr restlos sauber geworden. Sie war gerade fertig, als Sean allein die Treppe hinunterkam.

»Das ging schnell«, sagte sie.

»Sie sind noch in der Wanne. Ich bin nur eben runtergekommen, um ein paar Handtücher aus dem Trockner zu holen.«

Im ersten Moment gefror ihr Blut, um dann kochend heiß durch ihre Adern zu schießen. Eine Müslischale aus Plastik entglitt ihren Händen. »Mein Gott, Sie können sie nicht allein lassen.« Sie rannte die Treppe hinauf und stürzte durch die offene Tür ins Bad. Sie spürte Sean hinter sich, beachtete ihn aber nicht.

Die Mädchen saßen sich gegenüber, bis an die Achselhöhlen in Badeschaum.

»Lily«, sagte Ashley und drückte einen Schwamm aus.

Sie antwortete nicht, sondern riss Sean, der im Türrahmen stehen geblieben war, ein Handtuch aus der Hand. Es war noch warm vom Trockner. Sie holte Ashley aus der Wanne, trocknete sie ab und machte sie bettfertig. »Du auch, Charlene Louise«, sagte sie zu Charlie. »Zieh den Stöpsel raus.«

»Bist du sauer auf uns?«, fragte Charlie und wickelte sich in ein Handtuch. Noch immer hing Badeschaum an ihren dünnen Beinen.

Lily versuchte, ihre Panikattacke in den Griff zu bekommen. »Natürlich nicht.«

»Bist du sauer auf Onkel Sean?«

Lily sagte: »Zeit, ins Bett zu gehen. Mal sehen, wie schnell du deinen Pyjama anziehen kannst.«

»Das sagen Erwachsene immer, wenn sie wollen, dass ein Kind den Mund hält und ins Bett geht.«

»Ja, weil es höflicher ist, als zu sagen ›halt den Mund und geh ins Bett‹.«

Charlie, offenbar zufrieden mit der Antwort, zog einen übergroßen Morgenrock aus Seide an, der hinter ihr über den Boden schleifte. Als sie Lilys Blick bemerkte, breitete sie die Arme wie bleiche Flügel aus. »Der hat Mom gehört«, erklärte sie. »Ich kann besser schlafen, wenn ich ihn anhabe. Komm und sag gute Nacht, Onkel Sean«, rief sie, als Lily sie ins Bett steckte.

Er kam in das gemeinsame Zimmer der Mädchen. »Gute Nacht, Onkel Sean«, rief er zurück, offensichtlich ein Standardwitz zwischen ihnen. Er gab Ashley einen Kuss und reichte ihr ein Spielzeug, das sie in ihrem Bett verstecken konnte. Dann küsste er Charlie auf den Kopf. »Gute Nacht, Zippy«, sagte er.

»Nacht, Duke.«

Als sie zusammen die Treppe hinuntergingen, war Lily verwirrt über seinen liebevollen Umgang mit den Mädchen. Sie fragte sich, ob er die Macht jenes Augenblicks begriff, und wenn ja, so wie sie, dass diese Regelung wirklich funktionierte. Dann fiel ihr ein, dass er, ob liebevoll oder nicht, gerade etwas äußerst Beängstigendes getan hatte. »Was haben Sie sich eigentlich dabei gedacht, sie unbeaufsichtigt in der Wanne zu lassen?«

»Sie baden gern zusammen. Ich bin vielleicht für dreißig Sekunden verschwunden, um ein paar Handtücher zu holen.«

»Sie dürfen auf keinen Fall noch ein Mal in der Wanne allein gelassen werden, verstehen Sie? Ashley ist zu klein, um unbeaufsichtigt zu baden. Und Charlie ist zu jung, um sie auch nur dreißig Sekunden im Auge zu behalten. Sie müssen versprechen, dass es nie wieder vorkommt.«

Er tat ihre Sorge mit einer Handbewegung ab. »Es war doch alles in Ordnung.«

»Wenn Sie das glauben, machen Sie sich etwas vor.«

»Hey, ich tue, was ich kann. Mit Charlie ist es verdammt heikel. Ich bin nicht ihr Vater, und ich will nicht die Grenze übertreten, wenn Sie wissen, was ich meine.«

Sie unterdrückte die Panik, die in ihrer Kehle aufstieg. »Schon gut. Verstanden. Charlie wird alleine baden müssen, aber lassen Sie die Tür offen stehen und sorgen Sie dafür, dass Sie sie hören können. Sie werden Ashley jede Sekunde überwachen müssen, verstehen Sie? Sie dürfen nicht einmal blinzeln, wenn sie im Bad ist.«

Er war überrascht über ihre Heftigkeit. »Kapiert. Nicht blinzeln.«

»Damit ist es mir bitterernst, Sean. Das können Sie nicht so abtun wie meine Vorstellungen über Ernährung und Fernsehen und das richtige Einräumen der Spülmaschine.« Tränen der Wut stachen in ihren Augen, und sie wandte sich ab, um sie zu verbergen. »Es geht hier um Leben und Tod. Im Bruchteil einer Sekunde kann viel passieren – alles kann anders werden.«

»Meinen Sie, das weiß ich nicht?«

»Überlegen Sie mal, was es Charlie antun würde, wenn etwas passierte, denken Sie einfach darüber nach.« Ihre Worte kamen in leidenschaftlichem Eifer heraus, und als sie innehielt, war sie erschöpft.

Sie schaute auf und stellte fest, dass er sie mit undurchdringlicher Miene anstarrte. Sollte er es wagen, mit ihr zu streiten, sollte er auch nur einen Atemzug lang an Widerspruch denken, würde sie ausrasten, sie wusste es.

Er holte tief Luft und atmete die Hälfte wieder aus. »Sie haben recht«, sagte er. »Es war dumm von mir.«

Herrgott, dachte Lily, seine Offenheit war erstaunlich. Er war erstaunlich. Vor ein paar Wochen war er ein Golf spielender Playboy, dem einzig seine egoistischen Interessen am Herzen lagen. Jetzt hatte er das alles beiseite gelegt und war bereit, einen Fehler zuzugeben. Das hatte sie noch bei keinem Mann erlebt.

Er versuchte zu lernen, wie es funktionierte, diese verwundeten Kinder zu einer Familie zusammenzustricken, und er war so aufrichtig, dass ihr das Herz brach.

»Danke«, sagte sie leise. Dann lag es ihr auf der Zunge, ihm die Wahrheit zu sagen – die Wahrheit darüber, was Evan zugestoßen war und warum es sie noch immer verfolgte. Sie hatte niemandem etwas davon gesagt, ihren Eltern nicht, nicht einmal Violet. Jetzt war sie selbst überrascht, als sie sagte: »Ich weiß, Sie glauben, ich hätte überreagiert, aber das hat einen Grund. Vor langer Zeit habe ich jemanden verloren, der mir nahestand. Tod durch Ertrinken.«

»Mein Gott, Lily. Das tut mir leid.«

Sie nahm seinen Arm und zog ihn mit auf die abgeschirmte Veranda, um sicherzugehen, dass sie außer Charlies Hörweite waren. Und außerhalb des Lichtkegels. Aus irgendeinem Grund war ihr klar, dass sie bei Licht nicht darüber sprechen konnte. »In unserer Familie gab es einmal drei Kinder, aber mein Bruder Evan … nun, er hat es nicht überlebt, ein Robinson zu sein.« Sie machte eine Pause, wog eine Last, die sie niederdrückte, und fragte sich, ob sie wohl zu bewegen war. »Wenn Sie meine Eltern fragen, dann hat er mich nicht überlebt.«

»Sie sagten gerade, er sei ertrunken.« Sie nickte. »Ich war bei ihm in der Badewanne, als es passierte.«

»Mein Gott«, wiederholte er. »Sie waren noch ein Kind, oder?«

»Drei Jahre alt.«

»Und Ihr Bruder …?«

»Er hat seinen ersten Geburtstag nicht erlebt.« Ihr Leben lang hatte Lily versucht, diese Nacht zu rekapitulieren. Sie spürte noch, wie sie tief im weichen Schaum von Mr Bubble steckte, doch sie hatte sich nie an Evan neben sich erinnern können.

Manchmal fragte sie sich, ob sie sich den Vorfall ohne die Mahnungen durch ihre Mutter überhaupt ins Gedächtnis gerufen hätte.

Auch an Evan erinnerte sie sich kaum. Gelegentliches Aufblitzen und Aufflackern einer Erinnerung, mehr nicht. Ein Lichtglanz auf einer weichen Babywange, das war alles. Ein leiser Schrei in der Nacht. Wenn sie sich alte Familienfotos anschaute, sah sie alle zusammen, und nach diesen Fotos zu urteilen, hatte sie ihren Bruder geradezu angehimmelt.

Lily fragte sich manchmal, wie Evan wohl gewesen wäre, wenn er überlebt hätte. Sie ertappte sich dabei, dass sie Männer in seinem Alter betrachtete und versuchte, sich ihren Bruder als Erwachsenen vorzustellen. Ob er hoch gewachsen und kräftig wäre, so wie Violet, oder klein und schlank wie Lily? Wäre er gesellig, erfolgreich, emotional, zurückhaltend? Sie konnte sich nicht einmal ansatzweise vorstellen, wie anders ihr Leben wäre, wenn er überlebt hätte. Vielleicht wäre sie dann nicht so vorsichtig und reserviert. Schon möglich, dass sie sich zutrauen würde, sich zu verlieben, eine Familie zu gründen, Mutter zu sein.

Die zunehmende Dunkelheit vermittelte das einengende Gefühl eines Beichtstuhls. Sie war katholisch erzogen worden, hatte aber nie Absolution erhalten, und wenn sie noch so oft das Bußgebet sprach. »Ich dachte immer, ich sollte mich an eine so große Katastrophe erinnern«, erzählte sie Sean. »Wie kommt es, dass ich es nicht kann? Wie kommt es, dass mein Bruder, mein eigen Fleisch und Blut, ins Wasser rutschte und ertrank, obwohl ich direkt neben ihm war? Wie konnte mir das entgehen?« Tausend Mal hatte sie sich gefragt, warum sie nicht die Hand ausgestreckt und seinen nassen, glitschigen Arm gepackt hatte, um ihn in Sicherheit zu ziehen.

»Sie waren drei Jahre alt, deshalb«, stellte Sean nüchtern fest. »Ein Kleinkind. Mir stellt sich die Frage, wo waren Ihre Eltern?«

»Mit Violet war etwas passiert, und meine Mutter ist für eine Minute rausgegangen«, sagte Lily. »Drei, höchstens.« Sie verschränkte die Finger. »Manchmal denke ich, was danach kam, war noch schlimmer. Gegen meine Mutter wurde wegen Verletzung der Aufsichtspflicht ermittelt, und Violet und ich kamen eine Zeit lang in ein Pflegeheim, obwohl ich auch daran keine Erinnerungen habe. Als wir wieder nach Hause durften, war alles anders. Wir waren eine Familie, die vergessen hatte, glücklich zu sein.« Sie schauderte, obwohl die Nacht lau war und die Verheißung des Sommers mit sich brachte. »Das wär's. Bis heute habe ich keine Ahnung, was genau passierte, doch in einem hatte meine Mutter recht. Ich war alt genug, um ihn zu retten.«

Lily wusste, ihr Verlust beherrschte alles. Dass ein Leben sich in ihrer Gegenwart davongeschlichen hatte, war für sie bestimmend gewesen und hatte jede Entscheidung beeinflusst, die sie getroffen hatte. Sie hatte sich nie verziehen. Wie auch? Aufgrund der Vergangenheit verbot sie sich, sich an andere Menschen zu binden. Sie blieb kinderlos und verwandelte ihre Sehnsucht nach einem Kind in die Lehrtätigkeit.

»Mit allem gebotenen Respekt vor Ihrer Mutter, sie hat Ihnen eine Menge Scheiß beigebracht, vermutlich, um sich von ihren eigenen Schuldgefühlen zu entlasten«, sagte Sean. »Es tut mir leid, Lily, um Ihre ganze Familie, besonders aber um Sie.«

Sie schwiegen, und aus keinem besonderen Grund empfand sie einen seltsamen Trost. Bei der Trauerberatung hatten sie über gute und schlechte Tage gesprochen. Lily kannte sie eigentlich nicht. Sie hatte gute Augenblicke und schlechte, rund um die Uhr. Dieser besondere Augenblick war ein guter. Sie fühlte sich merkwürdig leicht und warm.

»Möchten Sie ein Glas Wein?«, fragte sie ihn.

»Nein«, sagte er und grinste dann über die Verwirrung, die ihr deutlich ins Gesicht geschrieben stand. »Ich hätte gern ein Bier. Dennoch habe ich einen Fetzer Merlot – aus biologischem Anbau –, der Ihnen vielleicht schmeckt.«

»Ja«, sagte sie und senkte den Kopf. »Gern.«

Er bereitete die Getränke vor und reichte ihr ein Glas Wein. Sie beobachteten den Mondaufgang. Lily probierte den Wein und betrachtete Sean über den Glasrand hinweg. Er gehört in eine Bierwerbung, dachte sie. Einen Werbespot, der Frauen ansprechen soll. Keine Frau in Amerika könnte einem Mann widerstehen der Geschirr spült, die Kinder zu Bett bringt und sich dann hinsetzt, um ein kühles Blondes aufzuknacken.

»Wollen Sie einen Schluck?«, fragte er und neigte die Dose zu ihr.

Ja. »Nein«, sagte sie. »Nein, danke. Der Wein ist gut.«

»Sie sahen so aus, als hätten Sie etwas von meinem haben wollen.«

»Ich war noch nie Biertrinkerin.«

»Das werde ich mir merken. Und«, fragte er, »was machen Sie denn sonst so an einem Samstagabend?«

»So etwas jedenfalls nicht. Ich schütte mein Herz nicht einem nichts ahnenden Mann aus. Tut mir übrigens leid.«

»Das hat mir nichts ausgemacht. Vielleicht schütten Sie nächste Woche etwas anderes aus.«

Der Mann hatte eine Freundin, und er flirtete mit ihr, Lily. So ein Idiot, dachte sie. Doch im Grunde ihres Herzens wusste sie, dass er kein Idiot war. »Freitags ist für gewöhnlich Filmabend, und Samstag ist …« Der Abend für Verabredungen. Sie sagte es nicht laut. »Ich gehe gern mit Freunden aus, Leute aus der Schule meistens. Crystal und ich haben – hatten – Dauerkarten für die Portland Opera.« Hastig trank sie einen Schluck Wein. »Ich habe ihrer Anwältin aufgetragen, sie abzugeben.«

»Das kann ich Ihnen nicht verübeln.«

»Ja, die Erinnerungen wären zu schmerzhaft.«

»Ich dachte eher, die Oper wäre zu schmerzhaft.«

»Sie sind also kein Opernfan«, überlegte sie. »Das ist mal eine Überraschung.« Er unterdrückte ein Gähnen, doch sie bemerkte es.

»Ich gehe lieber«, sagte sie und suchte nach einer Stelle, an der sie ihr Weinglas abstellen konnte.

»Nein.« Er legte ihr eine Hand auf den Arm, sanft, aber nachdrücklich. »Bleiben Sie noch. Bitte.«

Seine Berührung löste etwas Merkwürdiges in ihr aus, ein Kribbeln überall und Trägheit. Sie war dankbar für die Dunkelheit, die ihr Erröten verbarg.

Er nahm die Hand weg und grinste sie an. »Neuerdings brauche ich Unterhaltung mit Erwachsenen, wo ich sie kriegen kann.«

Und die fand er bei Maura nicht? Vielleicht hatte er nur Sex mit Maura, keine Unterhaltung.

Der Gedanke möbelte sie auf. »Etwas sollten Sie wissen.«

»Was denn?«

»Ich glaube, wir kommen miteinander aus«, sagte sie. »Aber wenn ich hier bin, dann für die Kinder. Weil ihre Mutter meine beste Freundin war und wollte, dass ich mich um sie kümmere.«

Er lehnte sich ans Treppengeländer und trank sein Bier aus. »Okay. Kapiere. Lag mir auch fern anzunehmen, Sie hätten einen anderen Grund, mir Ihre Aufmerksamkeit zu schenken.«

Sie lachte ungläubig. »Oh, verzeihen Sie, dass ich Ihnen nicht zu Füßen falle.«

»Dafür bin ich Ihnen dankbar. Ich kann es nicht ausstehen, wenn Frauen mir zu Füßen fallen. Man kommt so schlecht daran vorbei.«

»Sehr witzig.«

»Wobei mir einfällt, ich habe eine ernste Frage an Sie.«

Sie hielt die Luft an und liebäugelte mit einer kurzen Illusion, bevor sie sich ins Gedächtnis rief, was sie ihm gerade gesagt hatte – sie war hier für die Kinder. »Wie lautet die ernste Frage?«

»Ich werde ein Testament aufsetzen lassen.« Er lächelte. »Mein erstes. Zum ersten Mal spielt es tatsächlich eine Rolle, wenn ich sterbe.«

»Merkwürdig, so etwas zu sagen.«

»Aber es stimmt. Bisher, vor den Kindern, hatte ich nichts. Jetzt bin ich alles, was sie haben, und wenn mir etwas zustößt, sollte für sie gesorgt sein. Deshalb frage ich Sie, Lily. Kann ich Sie in meinem Testament zum Vormund bestimmen?«

»Auf jeden Fall.« Sie sagte es, ohne zu zögern. Sie erlaubte sich nicht nachzufragen, warum er sie und nicht Maura ausgewählt hatte; sie war nicht sicher, ob sie hören wollte, Maura sei zu sehr damit beschäftigt, sich darauf vorzubereiten, der gesamten Menschheit als Ärztin zu dienen. »Ein Unglück kommt selten allein«, sagte sie. »Meine Schwester hat mich dasselbe gefragt. Daher müssen Sie mir dasselbe versprechen wie sie.«

»Alles.«

»Lassen Sie sich nichts zustoßen.«

»Abgemacht«, sagte er und stieß mit seiner Dose an ihr Weinglas. »Sie haben also was – Nichten? Neffen?«

»Eins von beidem. Ich könnte am Ende mit fünf Kindern dastehen, wenn Sie und Violet sich von mir verabschiedeten.«

»Sie gäben einen guten Vormund ab, da Sie Lehrerin sind und so.«

Lily schüttelte den Kopf. »Ich habe nie vorgehabt, Kinder zu bekommen.«

»Weil Sie Ihren Bruder verloren haben?« Vor Empörung blieb ihr beinahe die Luft weg. »Ich kann nicht glauben, dass Sie das gesagt haben.«

»Es liegt doch auf der Hand, Lil. Sie lieben Kinder. Das sehe ich doch. Aber Sie haben Angst, Mutter zu sein, und ich wette, es liegt daran, dass Sie einen Verlust, an den Sie sich nicht einmal erinnern, nicht verwunden haben.« Er hielt inne, und ihr fiel keine Antwort ein. Dann fragte er: »Sind Sie mir böse?«

Sie sagte noch immer nichts.

»Hey«, sagte er. »Auch ich habe nie geplant, Kinder zu haben. Und jetzt sehen Sie mich an – Mr Mom.«

Lily merkte, dass der Wein ihr angenehm zu Kopf stieg. Ihr kam der Gedanke, sich nachschenken zu lassen, doch sie musste nach Hause fahren. »Sie sind derjenige, der einen guten Vormund abgibt«, sagte sie.

Verblüfft schaute er sie an. »Sie haben etwas Besonderes, wissen Sie?«

Nein, das wusste sie nicht. »Das bekomme ich für gewöhnlich nicht zu hören.«

Kurz fuhr er ihr mit dem Handrücken über den Arm, doch die Berührung traf sie mitten ins Herz. Nein, dachte sie, das ging nicht. »Sean ...«

Scheinwerferlicht huschte über den Hinterhof und beleuchtete den Garten. Sean runzelte die Stirn. »Ich erwarte niemanden.«

Sie gingen in die Auffahrt, als gerade ein Mann aus der Fahrerseite stieg. Klein und drahtig wie er war, wirkte er sowohl vage vertraut als auch stinkwütend.

»Ist etwas passiert, Duffy?«, fragte Sean.

Es war Charles McDuff, der Rasenpfleger des Golfclubs.

»Etwas ist gut, würde ich sagen«, erwiderte der Ältere mit einem leicht schottischen Akzent.

Die Beifahrertür ging auf, und Lily sank das Herz in die Magengrube. Sie spürte es dort wie ein Bleigewicht landen. Sean hielt die Luft an.

»Was ist los?«, fragte er.

»Wir müssen über deinen Neffen sprechen.« Duffy warf Cameron einen wütenden Blick zu.

Der Junge warf den Kopf in den Nacken und starrte wütend zurück.

31

Und, ist dein Onkel total ausgerastet?«, fragte Jason Schaefer. Er sprach im Flüsterton, damit Duffy, der Rasenpfleger, der ihre Bestrafung überwachte, sie nicht hörte.

Cameron zog sich hastig einen übergroßen Overall über, um sich auf den ihnen auferlegten Gemeindienst vorzubereiten. Da sie den Golfplatz demoliert hatten, würden er und seine beiden Freunde eine lange Zeit mit dem Rasenpfleger verbringen. Eine sehr lange Zeit.

»Ist er nun ausgerastet oder was?«, drängte Jason.

Cameron setzte sich und zog die Gummistiefel an, die Duffy zur Verfügung gestellt hatte. »Ja, schon.«

Eigentlich war es noch schlimmer gewesen. Seine Mutter, hätte sie noch gelebt, wäre ausgeflippt, hätte geweint und sich händeringend gefragt, was die Leute wohl sagen würden. Auch seinem Vater wäre der Kragen geplatzt, er hätte getobt und Cameron gewarnt, er gefährde seine Zukunft.

Sein Onkel und Lily, die an dem Abend noch da war, als Duffy zu den Schaefers gefahren war und gedroht hatte, die Polizei zu holen, hatten mit beinahe unheimlicher Ruhe reagiert. Sean hatte sich bei Duffy bedankt, dass er Cameron nach Hause gebracht hatte, und versprochen, ein Anruf bei der Polizei sei nicht nötig – diesmal nicht.

Dann hatten Lily und er ihn mit ins Haus genommen. Cameron hatte Wut oder zumindest ein enttäuschtes »Was hast du dir nur dabei gedacht?« erwartet.

Sein Onkel war nicht ausgerastet. Lily auch nicht. Sie hatten überhaupt nicht viel gesagt, und Cameron hatte das unheimliche Gefühl, dass die beiden genau wussten, was er dachte, wahrscheinlich noch besser als er.

»Ja, Scheiße«, sagte Andrew Meyer, der Dritte im Bunde. »Hättet ihr doch nur auf mich gehört. Wir hatten eine Geschichte, und an die hätten wir uns halten sollten.«

»Du hattest die Geschichte«, murmelte Cameron. »Du hast sie in der Schule jedem erzählt, der sie hören wollte.«

»Ich habe sie nur einer erzählt, nur einer«, sagte Andy. »Sie hat versprochen, kein Wort zu sagen.«

»Idiot«, sagte Jason.

»Du bist der Einzige, der wie ein Vögelchen gesungen hat, als der Trainer dich ausgefragt hat«, sagte Andy.

»Erst als du ihnen gesagt hattest, sie sollten mich verhören«, fuhr Jason ihn an.

»So, genug geplaudert«, sagte Duffy. »Arbeit wartet auf euch, meine Herren.«

»Ja, Sir, sofort, Sir!« Andrew salutierte zackig.

Der Sarkasmus schien bei Duffy vergeblich, einem alten Mann aus Schottland, und Cameron war es gerade recht. Zu dritt verließen sie das Gebäude des Rasenpflegers, und Duffy gab ihnen ihren Marschbefehl. Heute sollten sie den Teich neben dem Fairway Nummer zehn reinigen. Der morastige Teich erstickte in Wasserlinsen, die auf einen Karren zu laden und abzutransportieren waren.

Das war natürlich erst der Anfang ihrer Strafe. Aus dem

Golfteam entlassen, mussten sie jeden Tag nach der Schule auf dem Platz verbringen, echte Sklaven, die Buße taten.

Für Andy und Jason war die Strafe ein großer Spaß, und sie stimmten in schiefer Tonlage »Back on the Chain Gang« an, während sie im Unkraut am Teichrand arbeiteten. Auch Cameron versuchte herumzuwitzeln, doch es wirkte aufgesetzt, und kurz darauf versank er in finsteres Schweigen. Der braune Schlamm saugte sich an seinen Füßen fest, und er spürte das kalte Wasser durch seine Gummistiefel.

Das war ätzend, buchstäblich und im übertragenen Sinn. Neuerdings war alles nur noch ätzend.

Er arbeitete wie ein Roboter, bückte sich, riss eine Handvoll Unkraut aus und schleuderte es ans Ufer. Der Schlamm fühlte sich an wie Zement, schloss sich um seine Füße und hielt ihn gefangen.

»Und wenn man bedenkt, dass wir mit dem Team auf dem Übungsplatz sein könnten«, sagte Jason. »Der ganze Spaß, der uns entgeht.«

Obwohl Cameron es nicht zugeben würde, die Übungsstunden mit der Mannschaft fehlten ihm. Er liebte Abschläge, Dutzende in einer Reihe. Ihm gefiel es, sein Können auf einem schweren Platz wie Echo Ridge zu messen.

Dumm, dass er mit seinem Dad so viel über Golf gestritten hatte. Er wünschte, er hätte es nicht gemacht. Hätte er doch einfach nur seinem Dad die Wahrheit gesagt, dass ihm das Spiel gefalle und dass er gern dafür leben würde, so wie sein Vater und sein Onkel. Cameron hatte es jedoch vermasselt. Er hatte eine Chance gehabt, seinem Vater bei einem wichtigen Turnier als Caddie zu assistieren, und er war eine Katastrophe gewesen. Danach musste er so tun, als wären ihm die Tätigkeit als Caddie, das Spiel seines Vaters oder sein eigenes gleichgültig.

Wenigstens hatte er es geschafft, aus dem Team ausgeschlossen zu werden. Auftrag ausgeführt! Das hätte er schon längst tun sollen, doch es wäre nicht geschehen. Auf keinen Fall wäre er gesperrt worden, als sein Vater noch lebte. Mein Gott, wie oft war Cameron versucht gewesen, seinem Dad zu sagen, warum er die Mannschaft eigentlich verlassen wollte! Natürlich drückte sich Cameron immer oder sagte sich, es sei sinnlos, denn sein Vater vertrat die Ansicht, dass man einfach nie aufgab.

»Hey, nimm's leicht, Cameron«, sagte Jason und wich einem vor Schlamm triefenden Unkraut aus, das Cameron geworfen hatte. »Du musst das Zeug nicht so weit werfen.«

»Entschuldigung, hab nicht aufgepasst.« Cameron fragte sich, warum das Demolieren des Golfplatzes so unbefriedigend gewesen war. Der Zerstörungsakt an sich hatte ihm körperliche Freude bereitet, doch sobald er fertig war, fühlte er sich leer. Seine Freunde hatten triumphiert und fanden, sie hatten gute Arbeit für einen Abend geleistet. Cameron hatte ihre Zufriedenheit nicht teilen können. Was er auch unternahm, er fühlte sich leer. Wie beim Essen von Zuckerwatte. Davon wurde man nie satt, aber am Ende wurde einem auf jeden Fall schlecht davon.

Als er sich zum nächsten Teil des Ufers schleppte, fiel ihm etwas ins Auge. »Hey, das müsst ihr euch mal ansehen«, flüsterte er weithin hörbar und winkte seine Freunde herbei. »Da ist so was wie ein Nest.«

»Wahrscheinlich Enten«, sagte Andy. »Sieh dir die Größe der Eier an. Reich mir mal eins, ja?«

»Mir auch«, sagte Jason. »Ich wette, ich kann den Cart damit treffen. Klatsch!«

»Kommt nicht in Frage.« Cameron stellte sich vor das Nest. »Wir stören es nicht. Ich werde nicht einmal das Unkraut drumherum entfernen.«

»Komm schon, wir haben Langeweile. Es sind doch nur ein paar Eier. Die gibt es wahrscheinlich überall auf dem Golfplatz.«

»Vergiss es«, sagte er. »Das hier lassen wir in Ruhe.«

»Rate mal, was wir noch in Ruhe lassen?«, sagte Jason und ließ seinen Rechen und seine Handschuhe fallen. Andy schloss sich rasch an und tat es ihm gleich. »Wenn Duffy fragt, wo wir hingegangen sind, sag ihm, wir haben den Abflug gemacht.«

»Mach ich.« Cameron war ganz froh, als sie fort waren. Klar, es waren seine Freunde, doch manchmal wünschte er, sie bedeuteten ihm etwas mehr, als nur hin und wieder einen Spaß zu haben. Vor allem wünschte er sich, er hätte an dem Abend nicht auf sie gehört, als sie mit dem Plan herausrückten, den Golfplatz zu demolieren.

Er arbeitete allein, erleichtert, dass Duffy nicht kam, ihn zu überprüfen. Er wollte nicht für seine Freunde lügen müssen, doch er wollte auch nicht, dass sie noch mehr Ärger bekamen.

Er ließ einen breiten Rand Bewuchs rings um das Nest stehen und wurde kurz vor der Dämmerung fertig.

Sein Overall stank nach Brackwasser, und Cameron war über und über mit Schlamm bedeckt. Seine Schultern und sein Rücken schmerzten, doch er fühlte sich eigenartig leicht. Vielleicht hätte er das Mittagessen nicht auslassen sollen.

Dann gestand er sich ein, dass nicht der Hunger ihm dieses Gefühl verschaffte. Es war die Tatsache, dass man ihn erwischt hatte. Endlich. Die Last war von seiner Brust genommen.

Duffy hatte gesagt, er könne bei Sonnenuntergang nach Hause gehen. Cameron wusste nicht genau, wie er es bewerkstelligen sollte. Jason hätte ihn mitgenommen, der seinen Führerschein schon hatte.

Zu Fuß hatte er einen langen Weg vor sich.

Die meisten seiner Freunde hatten inzwischen ihren Führerschein, Cameron hingegen nicht. Er hatte zu viel Angst, sich hinter ein Lenkrad zu setzen und empfand sein Versagen als totale Demütigung. Die reichte zwar nicht, um ihn gänzlich davon abzuhalten. Er hatte es ein paar Mal versucht, aber es funktionierte nicht. Er brach in Schweiß aus, konnte nicht geradeaus sehen, begann zu zittern wie ein Blatt im Wind. Dr. Sachs »arbeitete« mit ihm an dem Thema. Sie »arbeiteten« an vielen Themen, doch Cameron hielt es für reine Zeitverschwendung. Wie kann man etwas, das nicht zu ändern ist, durch Reden in Ordnung bringen?

Er betrachtete den mit Gas betriebenen Cart, den Duffy ihnen zur Verfügung gestellt hatte. Er konnte gut mit einem Golfcart umgehen, doch Duffy hätte einen Anfall bekommen, wenn Cameron damit vom Grundstück gefahren wäre. Er hatte jedoch nicht vor, seinen Onkel anzurufen. Fürs Erste hatte er genug angestellt.

Nachdenklich lud er Abfälle in den Cart. Er hörte auf, als er jemanden auf sich zukommen sah. Im schwachen Licht konnte er ihr Gesicht nicht sehen, doch die schlaksige Figur und den schwingenden Pferdeschwanz erkannte er sofort.

Ja toll.

»Hey«, sagte er, ohne seine Arbeit zu unterbrechen. Sein Aufzug machte ihn etwas verlegen, angezogen wie ein Knastbruder, dreckig von der Arbeit.

»Ich habe gehört, was passiert ist«, sagte Becky Pilchuk.

»Die ganze Schule hat's gehört.«

»Kann man so sagen.«

Während er arbeitete, stand sie einfach nur da. Er spürte, wie sie ihn beobachtete.

»Kann ich etwas für dich tun?«, fragte er und lud den letzten Abfall auf.

»Nein. Ich wollte nur sehen – oh!« Sie schrak zusammen, als ein Paar Stockenten im Wasser landeten und hinter sich Wasser aufwarfen. Männchen und Weibchen glitten hintereinander auf das Schilf zu.

»Geh nicht zu nah ran«, sagte Cameron. »Da ist ein Nest.«

»Echt?« Sie schob die Brille auf der Nase hoch und reckte den Kopf. »Wo?«

Er zeigte mit dem Finger. »Im Schilf da drüben. Genau in der Mitte.«

»Jetzt seh ich es.« In der Aufregung klang ihre Stimme heller. »Und wie viele Eier das sind! Cameron, das ist total cool.«

So cool nun auch wieder nicht, dachte er.

»Ich bin froh, dass du das Nest nicht angerührt hast. Ich wette, dass sie jetzt bald schlüpfen. Macht bestimmt Spaß, das zu beobachten. Wir sollten jeden Tag nachsehen, oder?«

Oh, als würde er dem zustimmen. Das war ja praktisch eine … eine Verabredung. Eine Verabredung mit einer Lusche. »Ich bin hier fast fertig. Ich muss das Zeug noch wegfahren.« Er spürte, dass sie ihn bei der Arbeit betrachtete.

Ihre Intensität war verwirrend. »Na los, sag es«, platzte es aus ihm heraus.

»Was?«

»Alles, was du denkst, warum ich es getan habe zum Beispiel, und wie blöd und sinnlos es war.«

»Ich weiß, warum du es gemacht hast. Und ich bin ziemlich sicher, dass du weißt, wie blöd und sinnlos es war.« Ohne eine Aufforderung sprang sie in den Cart.

Er lud das Werkzeug auf und setzte sich hinter das Lenkrad. »Na schön, Dr. Freud, warum habe ich es getan?«, fragte er, als er sich zum Kompostbereich des Golfplatzes in Bewegung setzte.

»Weil deine Eltern gestorben sind und du am Rad drehst«, sagte sie schlicht.

Das saß. Er stieg in die Bremsen des Cart, so fest, dass sie die Hände vorstreckte, um sich abzustützen. Ihre Verwundbarkeit machte ihn noch wütender. »Woher zum Teufel willst du das wissen? Du weißt gar nichts über mich. Warum glaubst du, du weißt, warum ich so eine Nullnummer bin?«

Sie fuhr zusammen, als wäre sie von seiner Laune angestochen worden, doch sie sah ihm unverdrossen in die Augen. Mit bewusst langsamen Bewegungen stieg sie aus. »Weil es mir genauso ging, als meine Mutter starb.«

Oh, Scheiße, dachte er. Scheiße, Scheiße, Scheiße. Das war das Letzte, was er von ihr erwartet hatte. »Steig wieder ein«, sagte er.

Sie ging gemächlichen Schrittes weiter, den Kopf gesenkt.

Er fuhr neben sie. »Bitte. Bitte, Becky.«

Damit blieb sie stehen – entweder war es das Wort bitte oder die Tatsache, dass er sie zum ersten Mal beim Namen genannt hatte. Sie schaute zu ihm auf, und das Abendlicht strich über ihr Gesicht und überzog es mit dunklem Gold. Sie war gar nicht so reizlos, dachte er, als ihm die dumme Werteskala einfiel, die er mit seinen Freunden auf der Tafel im Umkleideraum führte. Becky Pilchuk rangierte immer unter den Letzten. Jetzt wusste er warum. Niemand hatte sie je richtig gesehen. Man musste nur über die blöden Klamotten und die Brille hinwegsehen.

Sie setzte sich neben ihn und starrte geradeaus. »Ich weiß, dass du mich für eine Lusche hältst, aber es gibt so manches, was ich besser verstehe als alle anderen.«

»Ich glaube nicht …« Er verstummte. Warum sollte er dieses Mädchen anlügen? Sie hatte ihm nie etwas getan, sondern nur versucht, seine beste Freundin zu sein, und er fuhr einfach fort, sie nicht zu mögen, weil alle anderen sie nicht leiden konnten. »Okay, vielleicht habe ich dich immer für eine Lusche gehalten. Ich wette, du hast immer gedacht, ich sei ein – ich weiß nicht. Ein Trottel oder ein Angeber.«

»Oder ein blöder Sportler.«

»Ja, vielleicht. Jedenfalls tut es mir leid. Ich habe mich nicht bemüht, dich kennenzulernen, und ich hätte es tun sollen.«

Sie schaute ihn an, und das Sonnenlicht, das durch ihr Haar fiel, ließ es aufleuchten. »Es ist nicht zu spät«, sagte sie.

»Erzähl mir von deiner Mom.«

Bedächtig verschränkte sie die Hände im Schoß. »Es war kein Schock oder so, wie bei dir. Sie war ungefähr ein Jahr lang krank, als ich in der Middle School war. Aber sie ist auch gestorben, und manchmal fehlt sie mir so, dass mein ganzer Körper wehtut. Das Schlimmste ist, ich kriege es nicht los.

Ich habe meine Mom so geliebt, auch als ich in der siebten Klasse so gemein zu ihr war. Ich habe sie geliebt wie – ich weiß nicht, ich kann es kaum beschreiben, verstehst du?«

Er nickte. Und ob er es verstand. Jede Nacht lag er wach und betete, seine Eltern wüssten es auch. »Noch etwas«, fuhr er fort, vorsichtig zwar, doch er wollte es unbedingt. »Das Letzte, was ich zu meinem Vater gesagt habe, ist ›leck mich‹.« So. Jetzt war es draußen. Nicht einmal Dr. Sachs hatte er es gesagt.

»Schade.«

»Schade? Ich erzähle dir so was, und dir fällt nur ›schade‹ ein?«

»Jeder sagt mal ›leck mich‹ zu seinen Eltern. Es ist ja nicht so, als hättest du das erfunden. Manchmal war ich entsetzlich zu meiner Mom, auch als mir klar war, wie krank sie war. Aber ich habe nie aufgehört, sie zu lieben, und das wusste sie, genau wie dein Dad.«

Tatsächlich?, fragte sich Cameron. Er beschwor ein Bild von seinem Dad und sich herauf, in jeder Erinnerung waren sie erstaunlich glücklich miteinander.

»Und jetzt, da sie nicht mehr da ist«, sagte Becky, »wohin geht dann all die Liebe? Wohin soll ich damit? Wen liebe ich wie meine Mom? Die Liebe ist noch in mir wie früher, als Mom noch lebte, aber jetzt kann sie nirgendwo mehr hin.« Sie nahm die Brille ab und sah ihn an. »Das ist nicht sehr hilfreich, oder?«

»Eigentlich ergibt es mehr Sinn als alles andere, was man mir gesagt hat.«

32

Noch fünf Minuten«, bettelte Sean. »Lass mir noch fünf Minuten Zeit.«

»Nein.« Ashley stand neben seinem Bett und spähte über die Matratze zu ihm hin. »Auf.«

»Wer hat dich eigentlich aus dem Bett geholt?«

»Auf.«

Maura neben ihm seufzte und streckte sich, wurde aber nicht ganz wach. Sean warf einen Blick auf den Wecker – sieben Uhr. Ein Schultag. »Na schön«, grummelte er. »Ich steh auf.« Er trug eine Schlafanzughose, aber kein Hemd. Nachdem kleine Kinder in seiner Nähe waren, war er rasch von seiner Angewohnheit, nackt zu schlafen, geheilt worden. »Ich wette, du bist pitschnass, stimmt's?«

Sie lächelte verschmitzt.

Er schaute auf Maura zurück. Schon möglich, dass sie nur so tat, als schliefe sie. Windeln wechseln war nicht ihre Lieblingstätigkeit. »Na gut, du.« Er hob sie hoch und trug sie fort, um ihr eine frische Windel anzuziehen. So ging es jeden Morgen. Zuerst die Kleinste. Es spielte keine Rolle, ob er zur Toilette musste oder sich die Zähne putzen wollte. Erst danach, wenn sie sich Zeichentrickfilme ansah und unter Charlies halbherziger Aufsicht trockene Cheerios aß, konnte Sean sich um seine Bedürfnisse kümmern. Er eilte die Treppe hinauf, zwei Stufen auf einmal, um ins Bad zu schlüpfen und dann eventuell bei Maura zum Zuge zu kommen. Während er sich die Zähne putzte, vernahm er plötzliches Geschrei. Wieder die Treppe hinunter, zwei Stufen auf einmal. Er konnte zwischen Ashleys schlecht gelauntem Gebrüll und ihrem Schmerzensschrei unterscheiden. Das war ein Schmerzensschrei. Er fand beide in der Küche.

»Was ist passiert?«, fragte er Charlie, als er Ashley aufhob.

»Sie ist gefallen. Sie hat versucht, auf die Theke zu steigen, weil sie mehr Cheerios haben wollte und ist genau auf dem Po gelandet.«

»Hast du denn nicht aufgepasst?« Kaum hatte er die Worte ausgesprochen, bereute Sean sie. »Tut mir leid, Liebes«, sagte er und wippte Ashley auf seinen Armen. »Ich hätte sie nicht mit dir allein lassen sollen.«

»Sie hat eine Leiter aus den Schubladen gemacht, siehst du?«, versuchte Charlie ihm klarzumachen und zeigte auf die Schubladen unter der Theke. »Mom hat immer gesagt, Ashley ist so klug, dass es ihr nicht guttut.«

Mit Schuldgefühlen beladen schlurfte er wieder die Treppe hinauf. Nach dem, was Lily ihm über ihre eigene Erfahrung erzählt hatte, hätte Sean klüger sein sollen. »Kann nicht mal mehr pissen, wenn ich muss«, murmelte er leise vor sich hin.

Ashley quäkte noch immer, als er sie auf das Bett setzte. Maura rührte sich und lächelte verschlafen. »Was ist, Butterblume?«, fragte sie die Kleine.

»Sie ist hingefallen«, sagte Sean. »Ich glaube nicht, dass sie verletzt ist, aber könntest du mal nachsehen?«

Maura stützte sich auf die Hände. »Klar. Warte kurz hier. Ich muss noch zur Toilette und mir die Zähne putzen.«

Als sie hinausgegangen war, schaute Sean die Kleine an, die aufgehört hatte zu weinen. »Wo tut es denn weh? Kopf? Ellenbogen? Po?«

Sie schüttelte den Kopf, wartete aber geduldig auf Maura. Sean warf einen Blick auf die Uhr. Fünf vor halb acht. Noch fünfunddreißig Minuten, und die Zeit raste. Maura schien sich im Bad Zeit zu lassen; nur mit Mühe hielt er sich davon ab, sie anzuschreien, sie solle sich doch beeilen. Als sie endlich herauskam, sagte er: »Ich muss mich darum kümmern, dass die beiden anderen sich für die Schule fertig machen.« Er zog ein T-Shirt über den Kopf, während er durch den Flur ging und an Camerons Tür hämmerte. »Bist du auf?«

»Ja, jetzt«, ertönte eine knurrige Stimme.

Sean ging die Treppe hinunter und vergewisserte sich, dass Charlie etwas aß. Entsetzt sah sie auf ihren Pfadfinder-Pullover. »Der muss gebügelt werden.«

Bei diesen Worten lachte er laut auf. »Du bellst den falschen Baum an, Kind.«

Sie war beleidigt. »Macht Maura das?«

»Das bezweifle ich. Du siehst prima aus, Charlie, ich schwör's. Komm zu mir, dann mach ich dir die Haare.« Das war ihr Morgenritual, und Sean wurde verdammt gut, was Zöpfe betraf. Heute Morgen jedoch sah sie mit ihren blonden Zöpfen und der komischen Uniform wie ein Mitglied der Hitlerjugend aus. Er sagte aber nichts. Charlie war zerbrechlich und ätherisch wie eine Phiole Salpeter.

Cameron trampelte die Treppe hinunter, so laut, wie er es

wagte, ohne dass Sean ihn deshalb ermahnen musste. Seit dem Vorfall auf dem Golfplatz hatte er sich einigermaßen gut benommen. Schwere körperliche Arbeit als Strafe war besser geeignet als alles andere, um ein Kind aus Schwierigkeiten herauszuhalten.

»Wo ist mein Rucksack?«, fragte er.

»Wo du ihn hingelegt hast«, sagte Charlie, bevor Sean es konnte.

»Ja, das ist echt schlau.« Er fand ihn unter dem Küchentisch, genau da, wo er ihn liegen gelassen hatte.

Sean setzte ihm nicht mit Frühstück zu. Der Junge war alt genug, um zu wissen, dass er etwas essen sollte. Es gab einen chaotischen Trubel mit Papierkram, der in letzter Minute zu erledigen war – ein Erlaubnisschein für Charlie, eine überraschende Vier für Cameron –, dann rannten die beiden hinaus, um den Bus zu bekommen. Einen Moment lang herrschte absolute Stille in der Küche. Sean schaute auf die Digitaluhr über dem Herd. Die herrliche Ruhe dauerte ungefähr eine Minute. Dann kam Maura mit Ashley herein, die fröhlicher wirkte, aber noch immer nicht angezogen war. Ihm drängte sich die Frage auf, Hättest du sie nicht anziehen können? Doch er enthielt sich. Maura hatte sich nicht dazu verpflichtet, zu nichts. Sie versuchte, ein guter Sportsfreund zu sein.

»Ist Kaffee da?«, fragte sie, der übliche Morgengruß.

Er kippte Kaffeepulver in einen Filter, füllte Wasser in die Kaffeemaschine und schaltete sie ein. »In fünf Minuten etwa.«

Maura holte ihren Blackberry heraus, um Nachrichten abzurufen, bevor sie sich auf den Weg ins Krankenhaus machte. Sean setzte Ashley in ihren Hochstuhl und öffnete eine Dose Pfirsichscheiben für sie. Das Telefon klingelte, und er griff mit der einen Hand danach, während er mit der anderen die Pfirsiche in eine Schale füllte. Mrs Foster war am Apparat, um mitzuteilen, dass sie heute nicht babysitten könne. »Verstehe«, sagte Sean, weil es sonst nichts zu sagen gab. »Rufen Sie mich an, wenn es Ihnen besser geht.«

Er legte auf und sah nach der Kaffeekanne. Maura hatte sich schon die erste Tasse genommen. »Mrs Foster kann heute nicht kommen. Sie ist krank.«

»Schade.« Sie trank ihre Tasse leer. »Hör zu, ich muss mich beeilen.« Sie drückte Ashley einen flüchtigen Kuss auf den Kopf und Sean einen längeren auf den Mund. »Bis später.«

»Dann bleiben also wir beide übrig, Kind«, sagte Sean zu Ashley, die friedlich ihre Pfirsiche aß. »Ich wollte eigentlich vor der Arbeit heute eine Runde spielen.« Nervliche Anspannung und Frust machten ihn hyperaktiv, und er räumte die Küche auf, während er mit seiner Nichte sprach. »Kein schlechtes Geschäft. Was möchtest du heute machen? Teletubbies gucken? Diskutieren, wie man lernt, zur Toilette zu gehen? Wir könnten die Fanpost von allen Idioten beantworten, die uns immer noch schreiben«, schlug er vor.

Sie bot ihm Pfirsiche an.

»Nein, danke«, sagte er ihr. »Ich sollte überschnappen. Ich habe so viel auf dem Plan, dass ich drauf und dran bin, etwas hinzuschmeißen. Meine Karriere ist im Eimer, mit Maura führe ich eine Pseudobeziehung, und ich gehe durch die Hölle, um finanziell über die Runden zu kommen.« Er nahm Mauras Kaffeetasse und spülte sie im Waschbecken aus. »Sie ist toll in der Kiste, aber … nicht gerade ein Muttertier, also befinden wir uns im Schwebezustand. Und Lily.« Er schüttelte den Kopf. »Was ist mit der los? Keine Ahnung, wo ich mit ihr stehe, oder ob es mich überhaupt interessiert.« Er sah zu, wie Ashley ihren letzten Pfirsich mampfte und wischte ihr dann das Gesicht ab. »Wer hätte gedacht, dass mir das tatsächlich gefallen würde?«

Mrs Fosters Krankheit war, wie sich herausstellte, das Beste, was Seans Golfspiel je passieren konnte. Zunächst dachte er, die vorübergehende Abwesenheit der Babysitterin wäre ein Fiasko. Wenn sie tagsüber nicht auf Ashley aufpasste, hätte er einen Vierundzwanzigstundendienst.

Er schickte Charlie und Cameron wie gewohnt in ihre Schulen. Cameron war noch in innerem Aufruhr. Nach dem Bravourstück, das er sich geleistet hatte, schien er wütend wie immer, aber auch stärker nach innen gewandt. Die Trauerbegleiterin sagte, es sei normal, doch Sean kaufte ihr das nicht ab. Normal für ein Kind war, zu lachen und mit seinen Freunden Unsinn zu treiben, sich für Mädchen und Golf zu interessieren. Normal für ein Kind war, unbedingt fahren lernen zu wollen, nicht, sich davor zu drücken.

Lassen Sie ihm Zeit, riet Dr. Sachs.

»Niemand scheint zu wissen, wie viel Zeit es in Anspruch nimmt«, sagte er zu Ashley, als er zum Golfplatz fuhr.

»Nein«, sagte sie und rasselte mit einer Portionierdose Cheerios.

»Was hältst du davon, wenn wir auf neun Löcher gehen?«, fragte er.

»Okay.«

Außerhalb von Turnieren waren nur Golfspieler auf dem

Platz zugelassen. Vor allem Kleinkinder, auch wenn sie auf einem Kindersitz in einem geschlossenen Cart angeschnallt waren, durften nicht auf den Platz.

Er kümmerte sich nicht darum. Er war der Profi des Clubs, es war ein bedeckter Morgen an einem Wochentag, und niemand war in der Nähe. Er und Cameron hatten die Mädchen schon ein paar Mal mitgenommen, und sie hatten sich benommen. Ashley fand es anscheinend lustig, in den Golfcart gesetzt zu werden.

»Das wird dir gefallen«, versprach er ihr. »Ich wette, du wirst zur nächsten Annika Sorenstam heranwachsen.«

»Ja«, stimmte sie ihm zu.

Die natürliche Stille des Golfplatzes schien ihren Zauber auf sie auszuüben. Niedrig hängender Dunst dämmte die Geräusche und rundete die Kanten der Welt ab. Sobald sein Driver mit einem klingenden Plopp auf den Ball traf, wusste er, dass er einen ausgezeichneten Schlag gelandet hatte.

»Wow«, sagte Ashley anerkennend.

»Wow ist richtig«, sagte er und stieg in den Cart. »Das war ein Schlag über dreihundertsechzig Meter.«

Er spielte an dem Loch einen Schlag unter Par, und ab da wurde es nur noch besser. Nach jedem Treffer wurde er sicherer. Er schlug sogar seine eigene Leistung vom Morgen vor Dereks Beerdigung. Schon möglich, dass es die beste Runde seines Lebens war. Und im Gegensatz zu der Runde vor der Beerdigung war es diesmal kein Glücksfall. Er spürte, dass sein Spiel wieder stimmte, die Einschätzung, die Drives, die Putts.

Statt ihn abzulenken, erhöhte Ashley seine Konzentration. Noch nie hatte er sich so gut und erfolgreich konzentriert. Er fiel in einen eigenartigen Rhythmus, den er aus seiner frühen Zeit als Turnierspieler kannte. Er hatte ihn längst verloren geglaubt, und jetzt entdeckte er ihn wieder, Schlag auf Schlag, Meter für Meter.

Angespannt vor Aufregung füllte er seine Punktkarte aus. »Was sagst du dazu, meine Kleine?«, sagte er. »Du musst mein Talisman sein.«

»Ja«, zwitscherte Ashley.

Er machte es sich zur Gewohnheit, sie jeden Tag mit auf den Golfplatz zu nehmen und kam nur selten einen Schlag über Par. Die beiden wurden in Echo Ridge zu einem gewohnten Anblick, ein Golfcart mit Kindersitz und Spielzeug, einem Satz Schläger und einer Kühltasche mit Wasserflaschen und Pfirsichsaft.

Sean hatte keinen Zweifel daran, dass sein Spiel sich verändert hatte. Manche Golfspieler bauten einen fehlerhaften Schwung neu auf; Sean baute seine Einstellung neu auf. Wenn man für ein kleines Kind voll verantwortlich war, wurde alles relativ. Er arbeitete hart an seiner Punktzahl und behandelte jeden Schlag, als ginge es um Leben und Tod. Jetzt, da drei Kinder von ihm abhingen, hatte er eine andere Perspektive und eine neue Art, auf sich zu hören. Dinge zu begreifen, die wirklich wichtig waren, erleichterten in gewisser Weise den Leistungsdruck, und das Spiel, das er spielte, war ganz und gar sein Spiel, unbeeindruckt von Erwartungen und Ratschlägen von außen.

Die ganze Zeit machte Sean sich Sorgen um die Kinder, um Geld, um die Zukunft. Doch wenn er mit seiner Nichte auf dem Golfplatz war, fiel alles von ihm ab, alles, außer einem kleinen Mädchen und dem Spiel.

Am Freitagnachmittag sah er Cameron, gekleidet wie ein Sträfling, schwer am Teich arbeiten. Alle drei Jungen sollten die Kosten für die Instandsetzung des Grüns abarbeiten, doch die anderen waren nicht zu sehen. Sean hatte noch nicht herausgefunden, welche Teufel Cameron geritten hatten, als er den Golfplatz demolierte, der seinem Vater so viel bedeutet hatte. Vielleicht, überlegte er, war das aber gerade der springende Punkt.

Wie auch immer, das wiederherzustellen, was er zerstört hatte, schien eine vernünftige Beschäftigung für ihn. Seit dem Zwischenfall hatte der Junge sich nichts mehr zuschulden kommen lassen. Jedenfalls hatte es den Anschein. Sollte er sich noch immer herumtreiben, fiel es nicht auf.

»Cam«, rief Ashley und winkte mit beiden Händen.

Er war nicht allein. Das Mädchen war bei ihm … Becca? Nein, Becky – mit schlammigen Handschuhen und Gartenstiefeln, den Pferdeschwanz hinten durch eine Baseballmütze gezogen. Sie bepflanzten ein großes Beet mit Fleißigen Lieschen.

Sie war an dem Vandalismus nicht beteiligt gewesen, doch anscheinend machte es ihr nichts aus, Cameron bei seiner gemeinnützigen Arbeit zu helfen.

»Hi, Ashley«, sagte sie mit breitem Lächeln. »Hi, Mr Maguire.«

»Hey, Becky.« Sean sah den beiden an, wie überrascht sie waren, dass er sich an ihren Namen erinnerte.

»Seid ganz leise«, wies Cameron sie flüsternd an. »Ich muss euch etwas zeigen.«

Er nahm Ashley aus dem Sitz und trug sie die Böschung hinunter an den Teichrand. »Wir beobachten sie schon den ganzen Nachmittag«, sagte er. »Sie sind gerade geschlüpft.«

Ein Stockentenweibchen glitt aus dem Schilf, gefolgt von acht winzigen braungelben Küken hintereinander.

Cameron stellte seine Schwester am Teichrand ab, und sie gluckste vor Vergnügen. »Will Enten.«

»Wir müssen sie in Ruhe lassen«, sagte Cameron ihr, »damit sie sich sicher fühlen.«

»Will Enten.«

Er hielt ihre Hand fest, und so standen sie zusammen am Ufer und sahen den Enten zu, während die Brise an ihren Haaren zerrte. Das Bild versetzte Sean einen Schlag. Sie sahen so verwundbar aus, nur die beiden, wie sie sich an den Händen hielten. Sean überkam ein inzwischen vertrautes Gefühl. Wie soll ich das schaffen? Wie soll ich sie beschützen? Er war alles, was zwischen diesen Kindern und der Katastrophe stand. Im Gegensatz zu den meisten anderen Familien gab es keine Ersatzeltern oder Stiefeltern oder Blutsverwandte, auf die man zurückgreifen konnte. Er war alles. Er hoffte inständig, dass es genug war.

Er spürte, wie Becky ihn beobachtete, und sie teilten einen eigenartigen Moment. Sie wechselten kein Wort miteinander, doch er hatte den Eindruck, dass sie genau wusste, was in ihm vorging.

Schließlich lockte Sean seine kleine Nichte mit der Aussicht auf einen Keks wieder in den Cart. Er fragte sich, ob es Cameron tatsächlich besser ging, oder ob es ihm nur besser ging, wenn er sich normal verhielt. Seit dem Zerstörungsakt schien er weniger wütend und besorgt. Vielleicht war das aber auch nur Wunschdenken von Seans Seite.

Er beschloss, nicht mit dem Schicksal zu hadern, solange alles glatt lief.

»Komm, Caddie«, sagte er. »Wir wollen diese Punktzahl bekannt geben. Ich glaube, es könnte ein Clubrekord werden.«

Eigentlich wusste er es. Wenn er eine ausgezeichnete Punktzahl wie diese in einem Turnier erzielte, wäre er der Rekordhalter. Und die Punktzahl, die er gerade übertroffen hatte, war die seines Bruders.

Er würde die Karte nicht einreichen, weil er allein gespielt hatte. Aufgrund der Vorkommnisse in Asien waren seine Punktkarten verdächtig. Wenn er ehrlich war, machte es ihm auch nichts aus. Er hatte den Tag mit einem der Menschen verbracht, die ihm am meisten bedeuteten – seiner Nichte – und hatte eine großartige Runde gespielt.

Schließlich vertraute er der neuen Entwicklung so, dass er darüber reden konnte. Am Abend fand er Maura auf dem Sofa im Wohnzimmer mit gebundenen Ausdrucken und Lehrbüchern, die sie wie eine Festung um sich errichtet hatte. Mit einem Blick sah er, dass eine harte Woche hinter ihr lag. Sie war blass, ein Zeichen dafür, dass sie zu wenig frische Luft bekommen hatte, ihre Haltung war matt, sie wirkte zerstreut.

»Was soll das heißen, du bist mit deinem Spiel über den Berg?«, fragte sie, nachdem er ihr erklärt hatte, wie seine Woche gelaufen war.

»Das heißt, er steigt in der Rangliste auf«, sagte Charlie und schaute von dem Puzzle auf, das sie zusammenlegte. Wäre Golf ein Schulfach, hätte sie darin eine Eins. Sie hatte es sich zur Aufgabe gemacht, das Spiel wie eine eifrige Schülerin zu lernen. Dann richtete sie ihre Aufmerksamkeit wieder auf Sponge Bob im Fernsehen. Sie hatte sich in den letzten zwanzig Minuten mit Cameron um die Fernbedienung gezankt, und Charlie hatte gewonnen.

»Spiel mit mir«, sagte Ashley zu Maura und versuchte, die Barrikade aus Büchern und Papieren zu durchbrechen.

»Geht nicht, meine Süße«, sagte Maura zerstreut und steckte sich eine verirrte Locke hinter das Ohr. »Ich habe bis morgen einen Antrag auf ein Stipendium und eine Fallstudie fertigzustellen.«

Ashley zog an einem dicken schwarzen Aktendeckel. Eine Handvoll Papiere schwebten zu Boden.

Maura verschränkte die Arme vor dem Bauch und holte tief Luft. Dann sagte sie: »Weißt du was, ich spiele zehn Minuten mit dir, dann muss ich weiterarbeiten.«

Sie nahm die Kleine an die Hand, und sie gingen die Treppe hinauf, wo das Spielzeug aufgehoben wurde. Charlie folgte ihnen, und plötzlich war der Raum sehr still. Sean und Cameron schauten sich an und schossen dann gleichzeitig zur Fernbedienung. Sean war Erster.

»Boxkämpfe am Freitag«, sagte er und schaltete auf ESPN.

»Mir gefällt American Chopper besser.«

»Heute Abend nicht, nein«, sagte Sean, machte es sich in seinem Sessel bequem, während Wladimir Klitschko seinen Gegner bearbeitete.

Die schnellen Hiebe erregten Camerons Aufmerksamkeit, und er diskutierte nicht weiter. In der Werbepause holte er zwei Limonaden aus der Küche und setzte sich, um zuzusehen.

Nach exakt zehn Minuten kam Maura gerade rechtzeitig herunter, um eine Nahaufnahme vom blutenden Auge des Konkurrenten zu sehen, dessen Nase mit Wattepfropfen ausgestopft war.

»Das ist ekelhaft«, sagte sie.

»Das ist Unterhaltung«, teilte Sean ihr mit. Er bot ihr einen Schluck Limonade an, was sie ignorierte.

»Gut. Hör zu«, fuhr sie fort und packte ihre Bücher und ihren Laptop in eine große Tragetasche, »ich habe wirklich an zwei größeren Projekten zu arbeiten. Ich habe beschlossen, es bei mir zu machen.«

»Du kannst hier arbeiten«, sagte Sean. »Der ganze Esstisch steht dir zur Verfügung. An dem essen wir nie.« Er stieß Cameron mit dem Ellenbogen an. »Wozu sind Esszimmer überhaupt gut? Habt ihr dort je gegessen?«

»Am Erntedankfest, glaube ich.«

»Dann kannst du ihn bis zum Erntedankfest haben.«

»Danke.« Sie beugte sich vor und küsste ihn auf die Wange. »Ich muss mich konzentrieren. Außerdem sollte ich meine Zimmerpflanzen wässern, wenn ich dort bin …«

Kurz darauf ging sie, und im Fernsehen lief eine Werbung. »Ich kann mein Bier nicht schmecken!«, schrien die Schauspieler.

Sean spürte, dass Cameron ihn ansah. »Was ist?«, fragte er.

»Hat sie dich gerade nur stehen lassen? Oder hat sie dich richtig fallen lassen?«

»Ich weiß nicht, wovon du redest, verdammt.« Natürlich wusste er es. Im Grunde seines Herzens war es ihm klar.

»Stehen lassen und fallen lassen. Das ist ein Unterschied.«

»Ich glaube nicht, dass sie …«

»Verstehst du, wenn dich jemand stehen lässt, ist es eine einmalige Geschichte. Es heißt, sie hat was Besseres vor.«

»Wie Pflanzen wässern, zum Beispiel?«, fragte Sean.

»Na ja, das ist ziemlich öde. Sie muss sich wirklich mit dir gelangweilt haben.«

»Das ist doch Scheiße.« Seans Nacken kribbelte vor unausgesprochener Selbstwahrnehmung.

»Vielleicht hat sie dich wirklich fallen lassen«, meinte Cameron. »Wenn ja, dann hast du zu arbeiten, weil Fallenlassen endgültig ist. Kapiert?«

»Nein«, fuhr Sean ihn an. »Sie lässt niemanden stehen oder fallen. Sie geht in ihre Wohnung, um ihre Arbeit zu erledigen.«

»Ich wette, sie wässert ihre Pflanzen und sieht sich den ganzen Abend Wiederholungen von ER an.«

»Woher weißt du, dass ihr ER gefällt?«

»Mann, ich kann zwei und zwei zusammenzählen.« Er stand auf und ging in die Küche. »Ich mache Popcorn in der Mikrowelle«, fügte er hinzu. »Willst du auch was?«

Die Unterhaltung mit Cameron nagte an Sean. Am nächsten Tag rief er Maura an, bekam aber nur den Anrufbeantworter. Also hinterließ er ihr eine Nachricht, wo er zu finden sei. Dann setzte er seinen Neffen bei der Arbeit im Golfclub ab und nahm seine Nichten mit zu Dereks Eigentumswohnung, wo er sich mit Jane Coombs verabredet hatte, um die letzten Sachen auszuräumen, damit ein neuer Mieter einziehen konnte. Obwohl es eine möblierte Wohnung war, in der Derek seit seiner Scheidung gelebt hatte, war seine persönliche Habe noch dort. Cameron hatte sich geweigert, beim Umzug zu helfen. Sean nahm es ihm nicht übel.

Charlie und Ashley hielten sich an der Hand, als er die Tür aufschloss und sie hineinließ. Die Luft war kühl und abgestanden. Seit jenem Tag im April war alles unberührt und wartete, als wäre Derek nur kurz hinausgegangen und würde jeden Augenblick zurückkehren.

Sean betrachtete die Mädchen, die mit angehaltenem Atem so still ins Wohnzimmer gingen, als beträten sie eine Kirche. Er sah, dass Charlie versuchte, ruhig zu bleiben, und die Lippen fest aufeinanderpresste.

»Bist du sicher, dass du bleiben willst?«, fragte er sie. »Ich kann dich zu Lily rüberbringen, wenn du …«

»Wir bleiben«, sagte Charlie tapfer. »Nicht wahr, Ashley?«

»Wie ihr wollt.« In Wirklichkeit hatte er nichts mit Lily geklärt. Schon möglich, dass sie Pläne hatte. Vielleicht sahen diese Pläne nicht vor, sich um zwei Kinder zu kümmern. Er musste aufhören, davon auszugehen, sie würde jederzeit alles fallen lassen, wenn er sie brauchte, obwohl sie genau das machte. Sie war nicht nur eine Lehrerin und trauernde Freundin, ermahnte er sich. Vielleicht schlief sie an einem Samstagmorgen aus oder ging an den Strand. Zum Henker, vielleicht war sie mit jemandem zusammen, was ihn natürlich nichts anging.

Er fand die Fernbedienung für den Fernseher genau da, wo Derek sie hätte liegen lassen, auf einem Tisch rechts neben dem Klubsessel, und als er einschaltete, war der Golfsender eingestellt.

Sean reichte Charlie die Fernbedienung, die sofort auf die Zeichentrickfilme umschaltete. Da sie helfen wollte, gab er ihr einen Karton und zwei Tüten und bat sie, die Fernsehtruhe im Wohnzimmer auszuräumen.

»Alles?«, fragte sie.

»Ja, alles. Wenn du meinst, wir sollten es behalten, leg es in den Karton. Wenn nicht, in die Mülltüte oder in den Sack für die Heilsarmee. Du entscheidest.«

»Und wenn ich mich nicht entscheiden kann?«

Er küsste sie auf den Kopf. »Dann behalte es, mein Schatz, nur für den Fall.«

Daraufhin wandte er sich ab, denn der Schmerz traf ihn wie ein Schlag. Hier in diesem Haus mit seinen beigefarbenen Wänden und Möbeln spürte er noch die Gegenwart seines Bruders, hier konnte er ihn sich vorstellen, als er noch nicht wusste, dass es sein letzter Tag sein würde.

Er hoffte, es war ein guter Tag gewesen. Er hoffte, Derek hatte seine Kinder umarmt, hatte gelacht und sich über etwas gefreut.

»Ich muss mich an die Arbeit machen«, sagte er zu den Mädchen. »Sagt Bescheid, wenn ihr etwas braucht.« Er trug einen Stapel leere Umzugskartons ins Schlafzimmer. Jane verspätete sich, aber das überraschte ihn nicht. Sie hatte die Tragödie schlecht überstanden, schwankend zwischen Wut und unkontrollierten Tränenausbrüchen. Sean nahm bei ihr vor allem Verbitterung darüber wahr, dass sie Dereks Herz nicht länger gehalten oder sein Leben länger mit ihm geteilt hatte. Sean hatte sie eingeladen, jederzeit die Kinder zu besuchen, doch sie behauptete, es mache sie zu traurig, in ihrer Näher zu sein. Sobald sie die drei sah, weinte sie so heftig, dass auch Ashley anfing zu weinen. Immerhin war es ihr gelungen, sich für ein Interview mit einem Käseblatt zusammenzureißen.

»Sie ist ein echter Gewinn«, flüsterte er der offenen Tür des begehbaren Kleiderschranks zu. Die Luft roch nach Schuhleder und teurem Rasierwasser, so deutlich, als stünde Derek hinter ihm. Verdammt, dachte Sean. Du sollst nicht tot sein. Er versuchte sich an ihre letzte Unterhaltung zu erinnern. Golf, Frauen, seichtes Geschwätz. Er versuchte sich zu erinnern, wann er seinem Bruder zuletzt gesagt hatte, dass er ihn liebte. »Das habe ich wohl nie gesagt«, murmelte er vor sich hin. »Ich hoffe nur, dass du es weißt.«

Jane war offensichtlich kurz nach der Beerdigung schon vorbeigekommen, um ihre Sachen zu entfernen. Auf der Kleiderstange und den Regalen daneben waren leere Stellen. Das nervte ihn, und als er sie kommen hörte, hätte er seine Wut am liebsten an ihr ausgelassen.

Doch es war nicht Jane, die an der Schlafzimmertür stand, und die verbitterten Worte lösten sich auf seiner Zunge auf. »Hey«, sagte er.

»Hey.« Die Arme um ihre Taille geschlungen, kam Maura auf ihn zu. Sie sah müde aus, fiel ihm auf, müde und traurig. »Ich habe deine Nachricht erhalten.«

Er riss ein Hemd von einem Bügel, legte es umständlich zusammen und steckte es in einen Karton für die Heilsarmee. Einige Fans von Derek hatten vorgeschlagen, eine Auktion mit seinen Erinnerungsstücken bei eBay abzuhalten, doch Sean konnte den Gedanken nicht verkraften, dass die Sachen seines Bruders gründlich auserlesen wurden wie Fleisch von einem Kadaver. Lieber würde er einen Obdachlosen in Dereks neuwertigen Golfhemden der Marke Tommy Bahama sehen.

»Jane sollte mich hier treffen, damit wir das Zeug hier loswerden«, sagte er Maura. »Sie ist ein Phantom.«

»Ich würde ja meine Hilfe anbieten, aber ich muss heute Morgen ein Projekt einreichen«, sagte sie. »Und Sean …«

Ihre Stimme verlor sich, doch er wusste, was kommen würde. Der Teil der Unterhaltung, der mit den Worten »wir müssen reden« eingeleitet wurde. Der Teil, den er seit dem Unfall hatte kommen sehen.

Sobald klar war, dass er für drei Kinder verantwortlich war, hatten er und Maura verschiedene Richtungen eingeschlagen. Sean konnte das verstehen. Dennoch schmerzte es, sie anzusehen, sich vorzustellen, wie sie miteinander umgegangen waren, unbelastet, wie sie in den Tag hineingelebt hatten. Er riss das nächste Hemd aus dem Schrank und faltete es.

»Ich bin fünfundzwanzig, Sean«, sagte Maura mit bebender Stimme. »Jetzt im Sommer mache ich meinen Doktor, und ich habe keine Ahnung, wo ich für mein Arztpraktikum lande. Tut mir leid, ich …«

»Du musst dich dafür nicht entschuldigen«, sagte er. »Die Welt braucht Ärzte.« Er zog ein Paar FootJoy Softspikes heraus und legte sie zu den anderen Sachen in den Karton. Der Sex würde ihm fehlen, entschied er. Ja, der würde ihm fehlen.

Er unterbrach kurz seine Arbeit und betrachtete Maura. Ihre Augen sahen so einsam aus wie an dem Tag, an dem er sie kennengelernt hatte. Damals hatte es den Anschein gehabt, als wären sie das ideale Paar. Er war ungebunden und flexibel gewesen, hatte ein oberflächliches Leben geführt und war auf der Suche nach Nummer eins gewesen. Heute war er ein anderer. Er führte ein anderes Leben. Sean hatte Dereks Tod persönlich zu tragen. Das hatte er mit der für die

Kinder zuständigen Sozialarbeiterin besprochen. Er könne sich entscheiden, hatte sie ihm versichert. Niemand könne ihn zwingen, Dereks Verpflichtungen zu übernehmen.

Mit Zwang hatte es nichts zu tun, hatte er festgestellt. Sein Herz gehörte dieser geerbten Familie, was er sowohl quälend als auch erfreulich fand. »Das ist jetzt mein Leben«, sagte er Maura schlicht. »Das bin ich.«

Sie nickte, und er sah, wie sie schluckte. »Ich liebe dich wirklich«, sagte sie, Tränen rollten ihr über die Wangen. »Und ich könnte lernen, diese Familie zu lieben, aber ich kann jetzt auf der Stelle keine drei Kinder übernehmen, vielleicht nie.«

Du hast nicht gelernt, diese Kinder zu lieben. Du hast sie einfach geliebt. Sean fand es zwecklos, ihr das zu erklären.

Mauras Schultern zuckten, als sie weinte. Vielleicht war ihr wirklich etwas an ihm gelegen, doch seitdem er zu Dereks Kindern gezogen war, hatte er viel über Fürsorge und Verpflichtung gelernt.

Maura folgte nur den üblichen Mustern. Frauen liebten ihn und verließen ihn. So funktionierte es.

33

Haben Sie einen Lippenstift in der Tasche, Miss Robinson?«, fragte Charlie, die sich noch an ihrem Pult aufhielt, als die Stunde zu Ende war.

Lily zog die Stirn kraus. »Musst du dir einen leihen?«

»Auf keinen Fall. Vielmehr nein, danke.« Charlie wirkte am Ende des Tages aufgelöst, aber auf eine gute Art. Ihr Onkel hatte sie heute wie Heidi frisiert, die Zöpfe auf dem Kopf miteinander verschlungen. Jetzt hatten sich Strähnen gelöst und hingen ihr ins Gesicht. »Haben Sie denn irgendwo einen Kamm?«

»Warum fragst du danach?«

»Ich dachte nur, Sie wollten sich vielleicht etwas auffrischen, das ist alles. Wissen Sie, in Anbetracht dessen, dass mein Onkel Sean heute Nachmittag zur Besprechung kommt.«

»Er … nun ja, er kommt doch, oder?« Lily geriet in leichte Panik. Sie hatte es völlig vergessen.

Sie überprüfte ihren Terminplaner, der offen auf ihrem Pult lag. Genau, es war heute Nachmittag. Der Volkstrauertag stand kurz bevor, und die Klasse bereitete ein größeres Projekt auf dem Veteranenfriedhof in Tigard vor.

Sie half Charlie bei ihrem Rucksack. »Trifft sich deine Pfadfindergruppe nicht heute Nachmittag in der Cafeteria?«

»Ja. Obwohl ich mich mit meinen Abzeichen beschissen angestellt habe, sehen Sie?« Sie zeigte Lily die braune Schärpe, auf der die Abzeichen willkürlich mit Sicherheitsnadeln befestigt waren.

»Vielleicht kann ich dir übers Wochenende dabei helfen, aber du musst mir versprechen, das primitive Wort nicht mehr zu benutzen.«

»Welches, beschissen?«

»Das soll das letzte Mal gewesen sein, Charlene Louise.«

»Ja, Ma'am. Onkel Sam hat das S-Wort die ganze Zeit benutzt, aber er ist zu be … übergegangen, als Ashley auch anfing, Scheiße zu sagen.«

Zumindest versuchte er es, gestand Lily ihm zu.

»Das ist ein schöner Anstecker«, sagte Charlie, die deutlich versuchte Zeit zu schinden, als sie auf die kleine silberne Brosche zeigte, die Lily an ihrem Kragen trug. »Was ist das?«

»Die hat mir ein Schüler mal geschenkt«, sagte Lily und berührte die Brosche. »Das sind der Kauz und die Katze und der Göffel. Erinnerst du dich an das Gedicht von Edward Lear – wir haben es zum letzten Valentinstag gelernt. ›Sie verspeisten Minze und Scheiben von Quitte …‹«

»›Zu essen mit einem Göffel, bitte‹«, ergänzte Charlie.

»Du hast ein gutes Gedächtnis.«

»Nur Onkel Sean kommt.«

Lily hörte auf, die Papiere auf ihrem Pult auszurichten. »Ja. Es steht hier auf meinem Terminkalender.«

»Ich meine, er kommt allein«, sagte Charlie mit vielsagendem Blick. »Ohne Maura.«

»Verstehe.« Was natürlich nicht stimmte. Sie glättete den ohnehin schon ordentlichen Stapel Papiere.

Charlie schob den Daumen nachdenklich an die Unterlippe. »Cameron sagt, sie hat ihn entweder stehen oder fallen lassen, ich weiß nicht mehr, was es nun war.«

»Wovon redest du?«

»Sie ist wieder in ihre Wohnung gegangen, um die Blumen zu gießen und nie wieder zu uns zurückgekommen. Ich habe doch nichts Schlimmes gemacht, oder?« Charlie riss in plötzlicher Angst die Augen auf.

Lily hätte Maura Riley in diesem Augenblick am liebsten geschlagen. Wie konnte sie nur in das Leben eines Kindes eindringen und wieder hinausflitzen, ohne die geringste Beständigkeit? War ihr denn nicht klar, was das einem Kind wie Charlie antun würde?

Lily ließ sich ihre aufkeimende Wut nicht anmerken und berührte Charlies Wange mit dem Handrücken. »Überhaupt nicht. Du hast dich in dieser Woche sogar durch gutes Verhalten ausgezeichnet.« Sie zeigte auf die Sternenkarte.

Charlie fuhr mit dem Finger um den großen Goldstern. »Ich wünschte, meine Mom wüsste das.«

Lily schlang die Arme um das kleine Mädchen. »Sie weiß es. Ich verspreche dir, dass sie es weiß, und dein Dad auch.« O Gott, dachte sie. Wie schaffe ich das? Charlie hatte ihr eigenes Fehlverhalten innerlich mit dem Tod ihrer Eltern in Verbindung gebracht. Sie musste diesen Gedanken hinter sich lassen. »Was passiert ist, war nicht deine Schuld«, flüsterte sie Charlie ins Ohr. »Es ist sehr wichtig, dass du das begreifst.«

Charlie nickte. »Ich versuche es«, sagte sie, die Stimme an Lilys Schulter gedämpft. »Ich will nicht, dass alles so anders ist.«

»Das wollen wir alle nicht, glaube ich«, gestand Lily ein. »Sag mir eine bestimmte Sache, die dir nicht gefällt.«

»Mom hat mir immer die Kruste vom Schulbrot abgeschnitten, und das macht Onkel Sean nie.«

»Mann, das verabscheue ich auch. Ich esse nie die Kruste«, sagte Lily. »Was noch?«

»Ich bin immer bis halb zehn aufgeblieben, aber Onkel Sean sagt, das ist zu spät. Er will, dass wir eine ganze Stunde früher im Bett liegen.«

Gut für dich, dachte Lily. »Ich verstehe, warum dir das nicht gefällt«, sagte sie. »Vielleicht kannst du ein bisschen länger aufbleiben, wenn das Schuljahr vorbei ist. Sag mir noch etwas, das dir nicht gefällt.«

»Sommer, obwohl er noch nicht da ist«, konstatierte Charlie. »Mom hat uns eine Kreuzfahrt versprochen, und Dad hat uns Hawaii versprochen.«

»Hat euer Onkel euch etwas in Aussicht gestellt?«

Gekünstelt hob und senkte sie die Schultern. »Sie können ihn fragen, nehme ich an. Er hat auch Neuigkeiten. Etwas in der Art.«

»Welche Neuigkeiten?«

»Na ja, Red kommt diese Woche, um ihn zu treffen. Er ruft ihn immer wieder an und will, dass er an Turnieren teilnimmt und so.«

»Und warum macht er es nicht? Ist er denn nicht gut?«

»Er ist toll. Er wird in den nächsten Rang aufsteigen. Red sagt, er könne sogar besser werden als Dad, aber Onkel Sean sagt, er ist zu beschäftigt mit uns, um an Turnieren teilzunehmen.«

Lily versuchte sich vorzustellen, wie das wohl war, eine zweite Chance auszuschlagen, sich seinen Traum zu erfüllen. »Und was meinst du?«

»Dasselbe wie Red«, sagte Charlie. »Ein Rennpferd muss rennen.« Sie schenkte Lily einen bedeutungsvollen Blick.

Lily führte sie an die Tür und zog die Abzeichenschärpe auf ihrer Schulter gerade. »Bei der Besprechung geht es um dich, nicht um Golf. Hör zu, gib mir etwas an die Hand, was ich deinem Onkel sagen soll, woran ich deiner Meinung nach nicht gedacht habe.«

Charlie überlegte. »Mir geht es besser«, sagte sie, und ein vorsichtiges Lächeln umspielte ihre Lippen. »Ich habe aufgehört, den ganzen Tag lang zu heulen. Manchmal weine ich nur ein Mal, und an manchen Tagen überhaupt nicht.«

Lily überkam eine plötzliche Zuneigung. Du Trottel, Maura, dachte sie. Sieh dir nur an, wovon du dich abgewandt hast. Sogleich nahm Lily ihre Gedanken an die Kandare. Stand ihr ein Urteil zu? Noch vor kurzem hatte sie geglaubt, vollkommen zufrieden zu sein mit der Aussicht auf ein Leben allein. Eine einschneidende Tragödie war notwendig gewesen, um sie wach zu rütteln. Vielleicht würde Maura ihr Herz ergründen, ohne einen solchen Verlust zu erleiden.

»Das ist gut«, sagte sie zu Charlie. »Und ich gebe dir heute ein besonderes Abzeichen.« Sie nahm die Göffel-Brosche ab und heftete sie an Charlies Schärpe. »Du hast sie dir verdient und sollst sie behalten. Ein Abzeichen dafür, dass es dir besser geht. Und jetzt ab mit dir.«

Charlie zwinkerte verschmitzt mit den Augen, dann machte sie sich mit hüpfenden Schritten auf den Weg zu ihrem Pfadfindertreffen. Lily wartete, bis sie fort war. Dann warf sie rasch einen Blick auf die Uhr. Sean Maguire würde jede Minute eintreffen. Sie suchte nach ihrer Handtasche und hoffte, dort einen Lippenstift zu finden.

34

Sean räusperte sich und strich sich sein Sportjackett glatt. Er hatte keine Ahnung, was man zu einem Elterngespräch anzog, daher hatte er sich ein wenig in Schale geworfen. Lily sollte auf jeden Fall merken, dass er die Sache ernst nahm. Dann drückte er die Eingangstür der Schule auf und folgte den Hinweisschildern zum Büro. Ohne Schüler wirkte das Gebäude vollkommen anders.

Eine Frau mit langen silbergrauen Haaren und einem fließenden Kleid begrüßte ihn mit einem heiter-gelassenen Zen-Lächeln. »Mr Maguire«, sagte sie. »Edna Klein. Ich war bei der Beerdigung.«

»Ich erinnere mich«, sagte er und schüttelte ihr die Hand. »Danke.«

Sie schrieb seinen Namen auf und den Zeitpunkt seines Eintreffens, dann schickte sie ihn zu Lilys Klassenzimmer. Er spähte durch die Tür und sah, dass es aussah wie im Land der Munchkins, ganz in leuchtenden Primärfarben gehalten und mit winzigen Möbeln ausgestattet. Er klopfte an die halb geöffnete Tür. »Hallo?«

»Sean, hi, bitte treten Sie ein.« Sie wirkte leicht nervös, als sie ihn begrüßte. Sie hatte einen Hauch Lippenstift aufgelegt. Ihr Mund war wirklich prächtig, dachte er und entschied dann, dass der Gedanke ungehörig war. Vielleicht aber auch nicht. Da Maura ihn verlassen hatte, war er wieder ein freier Mensch, sozusagen. Ein freier Mensch mit drei Kindern.

Als er sich an einen niedrigen runden Tisch setzte, fiel ihm auf, dass jeweils sechs Pulte in vier Reihen standen. Die Stühle lagen mit der Sitzfläche obenauf. An jedem Schwarzen Brett hing ein handgeschriebenes Schild: Wie sich unsere Welt verändert. Bruchrechnen macht Spaß. Manieren sind wichtig. Die Lektion des Tages stand noch auf der Tafel: »Woran wir uns am Volkstrauertag erinnern.«

Alles hier strahlte unerträgliche Ordnung, Ernsthaftigkeit und heitere Gelassenheit aus, genau wie Lily. Dieses Klassenzimmer sagte mehr über Lily aus als jedes FBI-Profil.

Als sie dann einen Schrank hinter ihrem Tisch öffnete und darin herumkramte, gelang es ihr von neuem, ihn zu überraschen. Hinter der Tür herrschte das absolute Chaos, eine beinahe kindliche Unordnung aus bunt bemalten Kunstwerken, Haftnotizen überall, ein Paar Mickey-Maus-Ohren, und so etwas wie ein Kimono an einem Haken an der Innenseite der Tür. Sie ertappte ihn dabei, wie er den Schrank musterte, und lachte nervös auf. »Mein schöpferisches Ventil«, sagte sie. »Diese Kinder bei der Stange zu halten, erfordert Kreativität. Das hier ist eine Toga, die ich anziehe, wenn ich ihnen römische Zahlen beibringe.«

»Wozu dient die Schweinenase?«

»Literatur natürlich.«

Also wusste er noch nicht alles über sie. Diese Frau war vielschichtig, und gegen seinen Willen ertappte er sich bei dem Wunsch, diese Schichten zu erforschen.

Sie schlug einen Aktenordner auf und drehte ihn um, damit er ihn sich ansehen konnte. »Ich habe gute Nachrichten. In Mathematik hat sie sich verbessert«, sagte sie. »Das ist eine Klassenarbeit, die wir am Mittwoch geschrieben haben.«

»Dreiundachtzig Prozent«, sagte er nach einem Blick über die Seiten. »Gar nicht mal schlecht.«

»Sie scheint Brüche und Geld zu mögen.« Müßig tippte sie mit einem Bleistift auf den Tisch.

»Geld mag ich auch. Auf Brüche kann ich verzichten.«

»Na ja, ein fundiertes abstraktes Verständnis von Brüchen ist wesentlich ...«

»Lily.« Er hielt den tippenden Bleistift fest.

Sie schaute zu ihm auf, die Augen hinter der Brille verblüfft aufgerissen. »Ja?«

»Das war ein Scherz.«

»Oh.« Sie wirkte noch nervöser. »Nun, ich möchte diese Übersicht über die Leseleistung mit Ihnen durchgehen.«

Er wollte ihr schon sagen, dass er bereits ganz gut lesen könne, doch sie schien seinen Humor nie zu erfassen. »Schön, schießen Sie los.«

»Sagen wir mal so, ich habe etwas Mut gefasst. Vor einem Monat hatte sie Mühe, Gehörtes in die schriftliche Form umzusetzen, und ihr Verständnis ließ sehr zu wünschen übrig. Sie liegt auf den meisten Gebieten noch immer unter dem Klassenniveau, weist aber echte Fortschritte auf. Charlie sagt, Sie haben ihr jeden Abend etwas vorgelesen.«

»Ja, das stimmt. Sie ist ein großer Fan von Golf in the Kingdom.«

»Ich würde eher sagen, sie ist ein großer Fan von Ihnen. Ich wette, Sie könnten ihr das Telefonbuch vorlesen, und sie würde aufmerksam zuhören. Sie hat mir gesagt, dass es ihr mit der Situation besser geht.« Offenbar zufrieden blätterte sie durch den Rest der Arbeiten im Ordner. Durchweg lag Charlie hinten, wurde aber besser. »Ich glaube, Sie machen Ihre Sache gut.«

Sean spürte eine kalte Anspannung in sich. »Nein.«

»Wie, nein?«

»Ich mache es nicht gut.«

»Ich habe Ihnen doch gerade die Bestandsaufnahme gezeigt …«

»Scheiß auf die Bestandsaufnahme.«

Sie fuhr zusammen.

»Sehen Sie«, sagte er, »Sie können alle Listen überprüfen, die Sie wollen, aber es ändert nichts an der Tatsache, dass Charlie noch immer weit hinten liegt, Cameron zu Vandalismus neigt und die Kleinste nicht weiß, wie sich mich nennen soll. Also kann ich wohl kaum behaupten, dass ich meine Sache gut mache.« Erregt erhob er sich und ging auf und ab. »Alles ist vermurkst. Ihre Eltern sind gestorben, und dafür gibt es keine verdammte Bestandsaufnahme. Ich versuche, alles richtig zu machen, aber ich kann die Leere nicht ausfüllen.« Er hatte das Gefühl, auf Messers Schneide zu sein, und versuchte, den immensen Verlust mit einer gewissen Hoffnung auszugleichen.

Sie wirkte verblüfft, vielleicht ein wenig ängstlich. »Sean … ich weiß Ihre Offenheit zu schätzen. Haben Sie mit Dr. Sachs darüber gesprochen?«

»Ja, zum Henker, ich habe mit ihr gesprochen. Ich habe mir den Mund fusselig geredet. Sie behauptet, mit der Zeit werde es besser, aber diese Kinder leben jetzt, sie leiden jetzt.

Sie will mich in eine Selbsthilfegruppe schicken, so wie Eltern ohne Partner, aber wie zum Teufel soll ich die Zeit für eine Selbsthilfegruppe aufbringen?«

»Ich weiß nicht, was ich dazu sagen kann, was ich noch tun kann. Ich kann nicht mit einem Zauberstab wedeln und plötzlich alles besser machen. Niemand kann das. Aber wir können daran arbeiten, alles wieder ins Lot zu bekommen. Charlie zum Beispiel. Die Anzeichen für eine Verbesserung sind ermutigend.«

»Es sollte spiralförmig abwärts mit ihr gehen, aber Sie sagen, es ginge ihr besser.«

»Das ist ein positives Zeichen, mit dem niemand gerechnet hat. Ein willkommenes Zeichen«, fügte sie hinzu. »Der eigentliche Grund, warum ich heute mit Ihnen reden wollte, ist die Planung für den Sommer. Meiner Ansicht nach braucht Charlie den ganzen Sommer über intensiven Förderunterricht, um sich auf die vierte Klasse vorzubereiten.«

»Wie sieht das aus, intensiver Förderunterricht?«

»Nachhilfe. Ursprünglich hatte ich das Chall Reading Institute in Portland für Charlie empfohlen, doch offenbar ist alles anders geworden. In ihrem Leben hat es so viele Erschütterungen gegeben, dass ich es für das Beste halte, wenn sie den Sommer über zu Hause bleibt und mit einer Nachhilfelehrerin arbeitet. Zwei Stunden am Tag sollten reichen.«

»Was berechnen Sie dafür?«

Sie begann, mit dem Radiergummiende des Bleistifts auf den Tisch zu tippen. »Ich glaube nicht, dass ich ihr Nachhilfe geben sollte.«

»Wieso nicht?«

»Es fällt schwer, die Beziehung auf professioneller Ebene

zu halten, wenn ich so enge persönliche Bindungen zu Charlie habe.«

»Darin sehe ich kein Problem. Sie müssen mit Charlie keinen beruflichen Umgang pflegen. Er ist persönlich.«

»Ich verstehe, was Sie sagen wollen, aber … ich habe mir zum Ziel gesetzt, alle Schüler und Schülerinnen gleich zu behandeln. Anders wäre es nicht fair.«

»Scheiß auf die Fairness«, fuhr er sie an.

Der Bleistift hörte auf zu tippen. »Entschuldigen Sie bitte!«

»Ich sagte, Scheiß auf die Fairness. Es ist nicht fair, dass Charlies Eltern gestorben sind und sie bei mir landete. Es ist nicht fair, dass es absolut nichts gibt, was ich daran ändern kann. Erzählen Sie mir also nichts von fair.«

»Sean, bitte, warum setzen Sie sich nicht.«

»Weil ich mich nicht hinsetzen will, verdammt.«

»Was wollen Sie dann?«

»Sie sollen nur ein Mal zugeben, dass diese Kinder etwas Besonderes sind. Dass sie besondere Behandlung verdienen.« Er sah ihr an, dass sie darauf empfindlich reagierte. Endlich hatte sie aufgegeben, sich hinter der Lehrerin zu verstecken, und er sah die wahre Lily, die, der Charlies Wohlergehen ebenso am Herzen lag wie ihm. Wahrscheinlich war es nicht richtig, sich mit ihrem Schmerz zu trösten, aber wenigstens fühlte er sich nicht so allein.

Tränen schimmerten in ihren Augen. Sie schluckte und blinzelte, und die Tränen verschwanden. Vielleicht hatte ihm das Licht auch nur einen Streich gespielt.

»Dann machen Sie es also«, sagte er.

»Ich kann nicht«, entgegnete sie. »Ich weiß, dass diese

Kinder etwas Besonderes sind. Ich liebe sie inständig, und ja, ich könnte ihnen mein Herz schenken, aber, was dann? Dann ziehen Sie um oder heiraten, oder eine andere Veränderung tritt ein. Plötzlich habe ich sie nicht mehr, und ich bin für sie nicht mehr da. Und ich kann absolut nichts dagegen tun.«

»Moment mal, Sie wollen damit also sagen, dass Sie nicht zu ihrem Leben gehören können, weil wir umziehen könnten, oder weil sich etwas verändern könnte?«

»Sie brauchen Stabilität. Wenn Menschen in ihrem Leben auftauchen und wieder verschwinden, kann es Probleme geben.« Obwohl sie seiner Frage auswich, sah sie ihn scharf an.

Er wusste, was sie mit diesem Blick sagen wollte. Maura. Kaum war sie da, verschwand sie wieder. Die Kinder verhielten sich, als wäre ihr Abflug keine große Sache, aber vielleicht schaute er nicht so genau hin.

Er schritt weiter auf und ab. »Ich verstehe Sie überhaupt nicht. Sie machen sich so viel Sorgen um die Zukunft, dass Sie das Hier und Jetzt vergessen. Ja, das stimmt. Leben bedeutet, was hier und jetzt mit ihnen passiert, nicht, was in einem Monat oder einem Jahr geschehen könnte. Wenn Sie also jetzt Angst haben, dann werden Sie Ihr Leben lang Angst haben.«

»Ich denke an die Kinder«, sagte sie leise. »Es geht nicht darum, dass ich Angst habe ...«

Soso, dachte er und betrachtete ihre entsetzten Augen. »Worum geht es dann?«

»Ich habe keine Befugnis über sie, weil ich sie nicht großziehe, daher kann ich die Rolle nicht übernehmen.«

»Wie kommen Sie darauf?«

»Es gibt da schließlich die Bedingungen in Dereks Testament.«

»Fragen Sie mich.«

»Wie bitte?«

»Fragen Sie mich. Den gesetzlichen Vormund. Denjenigen, der Ihnen die Kinder in seinem Testament überlässt. Fragen Sie mich, ob Sie Teil ihres Lebens werden, ob Sie in ihrer Zukunft etwas zu sagen haben.«

»Ich zweifle Sie nicht an, Sean. Aber angenommen, Sie kommen mit Maura klar. Angenommen, Sie lernen eine Neue kennen, eine Frau, mit der Sie Ihr Leben verbringen wollen. Ich bezweifle, dass sie damit einverstanden wäre, wenn ich wie eine altjüngferliche Tante herumhinge.«

»Dann haben Sie Angst, diese Kinder zu lieben, weil sie Ihnen nicht immer zur Verfügung stehen könnten?«

»Weil es grausam wäre, ihnen den Eindruck zu vermitteln, dass ich zu ihrem Leben gehöre, wenn es nicht stimmt.«

»Das ist Scheiße, Lily, und das wissen Sie. Die Kinder sind verrückt nach Ihnen. Charlie braucht Sie als Nachhilfelehrerin, keine Fremde.«

Auf der Heimfahrt versuchte Sean sich darüber klar zu werden, ob es ihm gelungen war, in dem Gespräch mit Lily überhaupt etwas zu regeln. Eigentlich nicht, entschied er. Na ja, das stimmte nicht ganz. Etwas wusste er nun ganz sicher. Zurückgekämmtes Haar, Brille und praktisches Schuhwerk konnten sexy sein. Er sollte sie nicht anders sehen als Crystals etwas nervige, kritische Freundin, doch neuerdings ertappte er sich immer wieder dabei, auf andere Weise an sie zu denken.

Er fragte sich, was sie unter dem steifen, zugeknöpften Peter-Pan-Kragen trug. Einen sexy BH oder schlichte weiße Baumwolle? Wie würde sich das zurückgekämmte Haar anfühlen, wenn es lose zwischen seine Finger fiele? Und die Lippen, wie schmeckten sie, wie würden sie sich an seinem Mund anfühlen?

Er zwang sich, die Fantasien über Lehrerinnen einzustellen. Vielleicht lag es an seiner Situation, vielleicht wünschte er sich wegen der Kinder eine Frau in seinem Leben. Das stimmte allerdings nicht. Er wünschte sich keine Frau in seinem Leben. Er wollte Lily Robinson.

Du hast Probleme, Mann, sagte er sich. Große Probleme. Er schaltete seinen Verstand ab und fuhr in sturer, geistloser Konzentration nach Hause, wo er stirnrunzelnd feststellte, dass dort ein Mietwagen parkte. Red Corliss saß im Wohnzimmer.

»Hey«, sagte Sean. »Wo sind die Kinder?«

»Cameron hat sie nach oben gebracht.«

Verwirrt schüttelte Sean ihm die Hand. »Was ist los?«

Red grinste, seine Augen blitzten. »Ich habe Neuigkeiten«, sagte er. »Tolle Neuigkeiten.« Er hielt einen Satz vertrauter, übereinandergestapelter Formulare hoch.

Sean zog die Stirn kraus, als er sie entgegennahm. »Du verschaffst mir einen Sponsor? Ich spiele nicht einmal.«

Red grinste. »Du wirst. Bin ich gut oder was?«

Einen Moment lang stiegen Seans Hoffnungen in schwindelnde Höhen. Das war es, worauf er wirklich aus war, ein Spiel zu spielen, das seinem Leben Form und Bedeutung gegeben hatte. Ein Sponsor bedeutete, dass jemand an ihn glaubte.

»Wonder Bread?«, fragte er, und seine Hoffnungen kamen wieder auf die Erde. Nicht Nike oder Chevrolet, sondern Wonder Bread. »Soll das ein Witz sein?«, fragte er.

»Hey, zieh das nicht in den Dreck. Ich habe viel riskiert, um das zu bekommen. Sie sind bereit, in einem größeren Turnier auf dich zu setzen. Du brauchst deine PGA-Karte nicht, weil sie dir eine Ausnahmegenehmigung gekauft haben, Sean.«

Sein Magen schlug Purzelbäume. Das war eine enorme Geste. Wenn ein Spieler sich nicht über den üblichen Weg für ein Turnier qualifizierte, hatte ein Sponsor die Macht, ihm einen Platz in dem Spiel zu erkaufen. Oft bedeutete es eine Freikarte für jemanden, der sich aus eigener Kraft nie qualifizieren konnte. Doch manchmal, ganz selten, war es eine Möglichkeit, einem kühnen Versuch eine Chance zu geben.

»Welches Turnier?«

»Das Colonial Championship in Pinehurst, North Carolina. Es geht um eine Million Dollar.«

Schlagartig wurde Sean von Erregung gepackt. Dann kam er wieder zu sich und legte den Vertrag auf den Tisch. »Ich muss das ablehnen, Red.«

Der Agent lachte laut. »Entschuldige«, sagte er. »Ich habe da gerade etwas Lustiges gehört. Ich habe gehört, wie du ein lukratives Sponsoring und einen Schuss bei den Majors ausgeschlagen hast.«

»Da hast du richtig gehört.«

»Scheiße habe ich gehört. Ich habe meinen verdammten Ruf aufs Spiel gesetzt, damit du in dieses Geschäft einsteigen kannst. Was soll ich denn jetzt machen, dem Sponsor sagen, Ihr Hund will nicht jagen?« Er holte eine Zigarre und ein Feuerzeug hervor.

»Im Haus kannst du nicht rauchen, Red«, sagte Sean ihm.

»Na gut, entschuldigen Sie bitte, Schwester Mary Maguire.«

»Hey, ich passe auf die Kinder auf. Darum geht es hier, Red. Die Kinder. Ich kann nicht für ein Turnier verreisen, jetzt, da ich für drei Kinder verantwortlich bin.« Bei diesen Worten wurde ihm schlagartig etwas klar. Er wollte nicht weggehen. Sie würden ihm zu sehr fehlen.

»Mach das nicht, Sean. Du brauchst den Deal. Derek hat einen Haufen Geld gemacht, und sie haben das Anderthalbfache ausgegeben. Nach der Testamentseröffnung bekommst du nichts außer einer Hypothek auf dieses Haus.«

Sean spürte ein ätzendes Unbehagen im Bauch, das ihn auch nachts ständig wach hielt. »Ich werde mich damit befassen, wenn es so weit ist.«

»Quatsch, Miss Scarlett. Du brauchst einen Lebensunterhalt. Ich biete dir eine Möglichkeit dazu. Du solltest es dir lieber noch mal überlegen, bevor du das Geschäft ausschlägst.«

»Ich denke nach«, sagte er.

»Setz dich, Sean«, sagte Red. »Lies den verdammten Vertrag.«

»Ich kenne Verträge.« Wahrscheinlich hatte er noch zwei als Andenken. Einen sechsstelligen Vertrag mit Bausch & Lomb, einen Vertrag der Banc One mit Bonus-Leitklauseln, die auf seiner Leistung basierten. Er behielt sie, um sich daran zu erinnern, dass er bei diesem Spiel jemanden dargestellt hatte, keinen Schandfleck. »Red, danke, dass du es versucht hast, aber mein Leben ist jetzt kompliziert. Es ist der falsche Zeitpunkt, um wieder mit Golfspielen anzufangen. Ich muss an Dereks Kinder denken.«

»Meinst du, ich hätte Dereks Kinder nicht berücksichtigt? Für wen hältst du mich eigentlich?«

Sean glaubte nicht, dass er eine Antwort wollte und wartete daher, dass er fortfuhr.

»Ich habe dein Gesicht gesehen, als du gemerkt hast, dass es Wonder Bread war. Sie fördern euch alle, Sean. Das Geschäft umfasst ein ganzes Paket. Du und alle drei Kinder, kapiert? Du bist die neue Familienikone beim Golf.«

Sean betrachtete die Unordnung im Zimmer. Kinderspielzeug und Schulbücher, Geschirr, das jemand nicht in die Küche getragen hatte, Post und Zeitungen lagen herum. Suzy Homemaker war er nicht. »Du bescheißt mich.«

Red breitete einen Artikel in einer Zeitschrift auf dem kleinen Tisch vor ihm aus. »Das ist die *Sports Illustrated* vom letzten Monat. Mein PR-Manager hat ihn reingesetzt.«

Seans Magen verkrampfte sich. Vor ihm lag ein eingerahmter Artikel über Dereks Beerdigung mit einem Schnappschuss von Sean mit Ashley auf dem Arm und Charlie und Cameron zu beiden Seiten. Sie hatten das gelackte, gedämpfte Aussehen verlorener Kinder, und das Foto ging zu Herzen. Er hatte den Artikel kurz nach dem Erscheinen gesehen und die Zeitschrift irgendwohin gestopft. »Mensch, Red, ich hätte den Tag auch rumgekriegt, ohne mir das anzusehen.«

»Halt den Mund, Sean. Du hast die Fantasie von Sportfans erobert, und es spricht sich herum. Die Leute lieben deine Geschichte. Der alleinstehende Onkel und drei Waisen.«

Sean war sich dessen nur zu gut bewusst. Seit der Beerdigung hatten ihn Angebote von ängstlichen, verzweifelten Frauen überflutet. Er hatte seine E-Mail-Adresse ändern und sich ein Postfach zulegen müssen. Er wusste nie, ob ein Päckchen mit unbekanntem Absender womöglich einen in Bibelverse gekleideten Heiratsantrag oder eine Unterhose mit geschlitztem Schritt enthielt.

»Es gibt den Menschen etwas«, fuhr Red fort. »Hoffnung, den Glauben, dass Familien wichtig sind. Das ist starker Tobak, und es öffnet dir eine Tür, Sean.«

Am liebsten wäre er vor Aufregung herumgesprungen, gleichzeitig aber siegte die Vernunft. »Ich mache es nicht, Red. Auf die Straße gehen wie die bekloppte Familie Partridge? Nein danke. Ich kann den Tod meines Bruders und das Leben dieser Kinder nicht ausbeuten, um den Umsatz von Wonder Bread zu fördern.«

»Dann bist du ein Idiot. Du schlägst eine Möglichkeit aus, die nicht zweimal anklopft.«

35

»Ich hatte gehofft, du würdest nicht rangehen«, sagte Lilys Mutter am Telefon.

Lily nahm den Hörer fester in die Hand, denn sie war angespannt, wie immer in Gegenwart ihrer Mutter. »Warum hast du dann angerufen?«

»Um zu sehen, ob du zu Hause sitzt und vor dich hin schmorst, obwohl Freitagabend ist. Offensichtlich ist es so.« Sharon sprach nicht unfreundlich, sondern nüchtern.

»Was geht es dich an, Mutter?«, fragte Lily.

»Was für eine Frage«, sagte sie. »Bald ist Sommer, ohne dass du es merkst, und du bist unterwegs nach Italien.«

Lily schwieg. Sie würde ihrer Mutter sagen, dass sie die Reise storniert hatte, doch sie wollte nicht darüber reden. Dass sie ihre Pläne geändert hatte, brachte automatisch Fragen über ihre Motive auf, Fragen, die sie nicht beantworten wollte.

»Ich glaube, es wird Zeit, dass du in dein Leben zurückkehrst«, sagte ihre Mutter. »Du solltest etwas unternehmen, was du sonst an einem Freitagabend auch machst.«

»Komisch, ich weiß kaum noch, was es ist.«

»Unsinn«, sagte ihre Mutter. »Du bist mit Arbeitskollegen ausgegangen. Manchmal hattest du eine Verabredung. Mir hat ja dieser Turnlehrer immer gefallen ...«

»Greg ist bei allen beliebt«, sagte Lily. »Er ist der größte Schürzenjäger der Welt.«

»Dann ruf ihn an. Flirte ein bisschen. Im Ernst, Lily. Du kannst dich nicht andauernd verstecken und dir über Crystals Familie Sorgen machen. Du musst dein eigenes Leben führen.«

Lily schaute sich in ihrem schlichten, geschmackvoll eigerichteten, ordentlichen Haus um. Ihre Mutter hatte nicht unrecht. Sie hatte ein eigenes Leben, nur hatte sie neuerdings Probleme, sich daran zu erinnern, wie es sich anfühlte. Sie verbrachte so viel Zeit mit Crystals Kindern – nach der Schule, am Samstagmorgen, sonntags nachmittags –, dass das Zusammensein mit ihnen sich allmählich eher wie ihr Leben anfühlte, als das, was sie vorher hatte – wie immer es ausgesehen haben mochte.

Sie zwang sich zu einer Bestandsaufnahme der Dinge, die sie schätzte. Einsamkeit und Ordnung. Hervorragende Leistungen im Beruf, intellektuelle Neugier, hin und wieder die Gesellschaft von Freunden. Seit Crystals Tod war das alles auf der Strecke geblieben.

»Ich kann nicht«, sagte sie zu ihrer Mutter. »Mein Leben ist jetzt ganz anders. Ich befinde mich in dieser unheimlichen Grauzone, in der ich für Crystals Kinder nicht verantwortlich bin, es aber auch nicht richtig finde, wenn ich weggehe.«

»Unsinn«, wiederholte ihre Mutter. Dann drang ein Seufzen durch den Hörer. »Du hast dein Leben so gut hinbekommen, Lily. Bringe es jetzt nicht mit der Familie einer anderen durcheinander.«

»Mein Gott, Mom …«

»Ich spreche aus Mitgefühl mit den Kindern. Es ist grausam, sie von dir abhängig zu machen, wenn sie dir nie gehören können.«

Lily fuhr zusammen. Wusste ihre Mutter, wie weh das tat, oder glaubte sie ihr zu helfen?

»Ihr Onkel könnte sich entschließen, umzuziehen, und was willst du dann machen? Ihnen quer durch das Land folgen – als was? Als ihre unbezahlte Kinderfrau?«

»Was machst du, liegst du nachts wach und überlegst dir, worüber du dir Sorgen machen kannst?«, fragte Lily mit humorlosem, ungläubigem Lachen. Schlagartig wurde ihr bewusst, dass bei dem Gespräch mit Sean genau diese Sorgen zur Sprache gekommen waren. Und das hieß, Lily glich ihrer Mutter mehr, als sie zugeben wollte.

»Du warst immer diejenige, um die ich mir keine Sorgen machen musste«, sagte ihre Mutter. »Du warst die Zuverlässige, Vernünftige. Gerade du solltest wissen, dass es nach einer Tragödie am besten ist, so schnell wie möglich weiterzumachen.«

Lily fragte sich, ob ihre Mutter es ironisch meinte. In sechsundzwanzig Jahren hatte sie sich nach dem Verlust von Evan nicht von der Stelle bewegt. »Weißt du was, Mom«, sagte sie mit aufgesetzter Fröhlichkeit, »du hast recht. Ich sollte jemanden anrufen und heute Abend ausgehen.«

Lange blieb sie mit dem Hörer in der Hand dort sitzen. Dann gab sie schließlich die Nummer ein, bevor sie sich drückte.

»Lily Robinson«, sagte sie. »Hättest du Lust auf Kino heute Abend?«

* * *

Die Bedingungen in Crystals Testament zu erfüllen, war eine bittersüße Angelegenheit. Den Wünschen ihrer Freundin entsprechend hatte Lily sich zu ein paar schönen Kleidern verholfen, die Crystal hinterlassen hatte. In einer Aufmachung, in der sie sich ziemlich elegant vorkam, fuhr sie mit ihrem VW-Käfer zum Echo Ridge Pavilion. Er war schon da und wartete auf sie. Sie merkte, dass er ihr rotes Kleid mit Flügelärmeln und ihre Schuhe musterte, den Schal mit rotweißen Punkten, den sie an den Schulterriemen ihrer roten Handtasche gebunden hatte.

»Boah«, sagte Greg Duncan. »Bin ich aber froh, dass du angerufen hast.«

»Ich auch«, erwiderte sie und fühlte sich befangen und sexy zugleich. Sie wollte mit ihm darüber reden, wie es war, etwas zu tragen, das Crystal gehört hatte. Sie wollte ihm sagen, wie sehr sie ihre beste Freundin vermisste, doch das war nicht die Art von Unterhaltung, wie man sie mit Greg führte.

»Was läuft denn im Pavilion?«, fragte er und hielt ihr die Tür auf.

Sie blieb stehen, um die Anzeigen über dem Eingang zu lesen. Sie hatten die Wahl zwischen Action und Abenteuer, einer romantischen Komödie, einem Kunstfilm oder einem Kinderfilm. Natürlich entschied er sich für Action und Abenteuer, einen Film mit Vin Diesel in der Hauptrolle und jeder Menge Autowracks. Wenigstens bekam sie Vin Diesel sechsundneunzig Minuten zu sehen, immerhin etwas.

Anschließend gingen sie in ein überfülltes Café gleich neben dem Kinopalast. Lily spielte mit dem getüpfelten Schal. »Hast du eigentlich Pläne für den Sommer?«, fragte sie ihn.

»Und ob«, sagte er. »Ich habe beschlossen, mich für Paradise Ridge zu qualifizieren. Bei dem Turnier gibt es Platz für Amateure. Das heißt, den ganzen Sommer über trainieren bis zum Turnier über Labour Day hinweg. In British Columbia gibt es einen Ort, an dem ich mit den Besten im Spiel arbeiten kann. Es ist ein schöner Traum, aber ich will es angehen. Es wird Zeit. Ich bin an keine Familie gebunden, nichts kann mich zurückhalten.«

Blitzartig schoss ihr der Gedanke an seine Phantomkinder durch den Kopf, aber sie sagte nichts.

»Wenn ich in Paradise Ridge gut abschneide, werde ich zur Q-School gehen«, sagte er.

»Das ist schön, Greg. Ich wette, du wirst deine PGA-Karte beim ersten Versuch bekommen.« Sie prostete ihm mit ihrer Tasse Mimoseneistee zu.

»Ich bin beeindruckt, dass du überhaupt von einer Q-School gehört hast.«

»Finden Regionalturniere nicht im Herbst statt? Wie willst du das mit dem Unterricht in Einklang bringen?«, fragte sie.

»Ganz unter uns«, sagte er, »ich werde mich ein Jahr beurlauben lassen.«

Lily überlegte, dass sie mit Greg immer viele Gemeinsamkeiten gehabt hatte – sie waren beide jung und alleinstehend, bar jeglicher Verpflichtungen. Jetzt wirkte er wie ein Fremder auf sie, eine Art angenehmer Fremder. Lily rief sich ins Gedächtnis, dass Crystal damit nie einverstanden war. Im vergangenen Februar, als Lily erwähnt hatte, sie habe sich mit Greg verabredet, hatte Crystal ihr geraten, sich von ihm fernzuhalten. »Er ist ein Spieler«, hatte sie gesagt. »Er hat keinen Sinn für Treue. Ich kenne ihn seit Jahren als Camerons Trainer, und ich weiß, dass er kein ehrlicher Mensch ist.«

Als Lily ihr deutlich gemacht hatte, sie suche nicht nach Ehrlichkeit, sondern einfach nach jemandem, der ab und zu mit ihr ausginge, hatte Crystal die Hände über dem Kopf zusammengeschlagen. »Du machst mich wahnsinnig, Lily. Du wirst demnächst noch wegen eines Typen auf der Nase landen. Sieh nur zu, dass es nicht Greg ist.«

Auf dem Parkplatz standen sie zwischen ihrem Käfer und seinem Trans-Am, und er legte ihr den Arm um die Taille. Lily war verblüfft; er hatte sich ihr noch nie genähert. Er beugte sich vor und küsste sie. Lily versuchte, seinen Kuss zu erwidern, doch sie konnte nur daran denken, wie peinlich das alles war, wie unpassend. Sie schob ihn von sich weg und sagte: »Greg …«

Er trat zurück und schaute auf sie hinunter. »Sag es nicht. Du bist nicht bei der Sache. Du bist tausend Meilen weit entfernt.«

Da muss ich sein, dachte sie. Weit entfernt.

Niedergeschlagen fuhr Lily nach Hause. Die Verabredung hatte ihr wieder einmal bestätigt, dass das Leben einer Alleinstehenden wie auf sie zugeschnitten war, dass sie die Gesellschaft eines Mannes genießen konnte, ohne sich über eine ernsthafte Beziehung Sorgen zu machen.

Sie stellte den VW ab und ging deprimiert zur Tür. Als sie an dem dunklen, hässlichen Winnebago vorbeikam, schenkte sie ihrer Schwester dunkle, hässliche Gedanken. »Ein paar Tage« waren zu Wochen geworden. Am Ende gab Violet zu, sie müssten das Wohnmobil verkaufen und sie werde sich sofort darum kümmern, doch es war noch nichts passiert. Lily hatte den Verdacht, dass der Markt mit gebrauchten Wohnmobilen übersät war.

Als sie ihren Hausschlüssel fand, bewegte sich ein Schatten auf den hinteren Stufen. Lily hielt die Luft an, zu erschrocken, um zu schreien.

»Ich bin's. Ich wollte dich nicht erschrecken, ehrlich.« Cameron trat in den blassen Schimmer des Verandalichts. Er trug Jeans und einen Kapuzenpulli, einen Rucksack mit Leuchtband. Sein Fahrrad lehnte am Haus.

»Was machst du hier?«, fragte sie. »Stimmt etwas nicht? Weiß dein Onkel, dass du hier bist?«

»Alles in Ordnung, und er weiß es nicht. Ich bin heimlich weggegangen.«

»Du solltest es besser wissen«, sagte sie, drückte die Tür auf und schaltete in der Küche das Licht ein. »Ich rufe ihn sofort an.«

»Nicht.« Camerons Stimme klang scharf und eindringlich. »Hör dir wenigstens an, was ich zu sagen habe. Bitte.«

Sie betrachtete ihn eingehend, diesen Jungen, den sie seit seiner Geburt kannte. Er war erstaunlich anzusehen, immer schon. Die Mädchen waren natürlich anbetungswürdig, Cameron jedoch hatte eigentlich die klassische Schönheit seiner Mutter und die anmutige Sportlichkeit seines Vaters. Er hatte Crystals feine Gesichtszüge und die lebhafte Hauttönung sowie Dereks Eindringlichkeit. Seine äußere Erscheinung schien ihn vom Rest der Menschheit abzusondern, als wäre er ein Märchenprinz kurz vor einem Ritterzug.

Er nahm den Rucksack ab. »Wir brauchen deine Hilfe«, sagte er.

»Wir, das heißt ...«

»Charlie, Ashley und ich. Es geht um Onkel Sean, verstehst du.«

O Gott. Lily wappnete sich innerlich. Sie hatte gedacht, er mache seine Sache gut, doch jetzt gingen ihr schreckliche Visionen durch den Kopf.

»Guck nicht so besorgt«, sagte Cameron. »Es ist nichts Schlimmes.«

»Entschuldige.« Sie winkte ihn herein. »Ich wusste nicht, dass ich so gut zu durchschauen bin. Worum geht es denn?«

»Red Corliss hat Onkel Sean ein Sponsoring für ein Turnier besorgt. Ein großes Geschäft, Lily. Riesig. Es bedeutet gutes Geld und die Chance, seine Karriere wieder aufzunehmen. Ein gutes Geschäft für uns alle.«

Sie nickte. Sean und sie hatten die Wahrheit über die Finanzen der Familie nicht beschönigt. Cameron hatte begriffen, dass es Komplikationen gab.

»Das sind also gute Nachrichten, oder?«

»Die besten«, stimmte Cameron ihr zu. »Nur, dass Onkel Sean das Geschäft ausgeschlagen hat.«

»Wieso das denn?«

Cameron wirkte verärgert. »Es ist idiotisch. Er ist total besorgt, weil der Sponsor uns mit auf dem Bild haben will.«

»Dich und deine Schwestern?«

»Ja. Es handelt sich um Wonder Bread.«

»Der Sponsor?«

»Klar. Ich meine, es ist nicht Chevrolet, aber es ist ein Sponsor. Jedenfalls bewerben sie Menschen, die glauben wollen, dass Onkel Sean der Neue Mann ist, ein Familienmann.«

Lily hätte am liebsten laut aufgelacht. »Neuer Mann.«

»Wusstest du, dass eine Junggesellenshow im Fernsehen sich an ihn gewandt hat?«

»Das ist ein Witz.«

Er schüttelte sich. »Nein. Zum Glück hat er das abgelehnt. Aber dieses Angebot muss er annehmen, weil es nur um Golf geht.«

»Was hält ihn davon ab?«

»Er meint, damit würden wir Kinder ausgebeutet.«

»Stimmt das?«

»Wir tragen die Hüte und Hemden zu den Spielen, wir essen die Sandwiches. Na und?«

»Erzähl mir von dem Turnier.«

»Das ist die andere Sache. Es geht nicht nur um das eine Turnier. Er wird den ganzen Sommer über spielen müssen.«

»Weit weg von der Stadt?«

»Das große Turnier mit der großen Auszahlung ist in Pinehurst. Das liegt in North Carolina.«

»Das ist ziemlich weit weg.«

»Mein Dad ist immer durch das ganze Land zu Turnieren geflogen.«

»Und deine Mom hat auf dich und die Mädchen aufgepasst. Das hat dein Onkel nicht.«

»Nein«, stimmte Cameron ihr zu. »Aber er hat dich.«

Lily stieß ein verblüfftes Lachen aus. »Cameron, du weißt, dass ich dich und die Mädchen liebe, aber ich kann nicht zurückbleiben und babysitten ...«

»Ich habe damit ja auch nicht sagen wollen, dass du zurückbleiben sollst. Du könntest mitkommen, weißt du, damit er sich um uns keine Sorgen macht, wenn er an sein Spiel denken soll.«

»Oh, Cameron. Merkst du eigentlich, was du da sagst? Dieser Sommer soll eine Zeit für dich und deine Schwestern sein, sich ein Leben in einer neuen Situation aufzubauen. Das ist die Arbeit, die ihr zu leisten habt. Und jetzt dreht sich plötzlich alles nur noch um Sean und sein Spiel.«

»Aber …«

»Kein Wunder, dass er das Angebot ablehnt.«

»Du irrst dich. Es geht um uns alle«, sagte Cameron heftig. »Um mich und um Sean und um die Mädchen, und vielleicht auch um dich. Es ist nicht nur ein Spiel. Es ist die Chance, alles zu verändern.«

»Wenn man das Hauptaugenmerk auf Sean legt.«

»Wenn man sich ausnahmsweise mal auf etwas anderes als auf meine toten Eltern konzentriert«, fuhr Cameron sie an. »Wie wär's denn damit, Lily?«

»Dem kann ich nicht widersprechen«, sagte sie zögernd.

»Ich bin es leid, traurig über meine Mom und meinen Dad zu sein«, sagte er. »Dass man sich Sorgen macht, was nun mit uns geschehen soll. Den Mädchen geht es genauso. Die sind nur zu klein, um es zu sagen.«

Lilys Kehle brannte vor Tränen. Seine Wut rührte sie an, ebenso wie die neue Reife, die sie in ihm entdeckte.

Er zog den Reißverschluss an seinem Rucksack auf und holte eine grüne Sportjacke mit einem Abzeichen auf der Tasche. »Weißt du, was das ist?«

»Eine grüne Polyesterjacke.« Sie überprüfte das Etikett. »Entschuldigung, Wolle. Hamilton Tailoring Company.

Größe zweiundvierzig, extra lang. Und dieses Logo auf der Tasche hat den Namen … einer Frau? Augusta?«

Cameron verdrehte die Augen. »Die gehört meinem Onkel. Er hebt sie in einem alten Matchbeutel auf. Er hat sie seit zwölf Jahren.«

Er ist mit Garderobe genauso überfordert wie ich, dachte Lily.

»Du weißt nicht, was das ist«, stellte Cameron fest.

»Ich würde vermuten, eine Spende für die Altkleidersammlung.«

»Es ist die grüne Jacke, die ein Golfer bekommt, wenn er die Masters gewinnt.«

Allmählich dämmerte es ihr. »Das ist ein Golfturnier, ja?«

»Es ist das Golfturnier schlechthin«, berichtete er. »Die Masters. Das Wichtigste in der Sportart. Nur die Weltbesten können es gewinnen – Arnold Palmer, Jack Nicklaus, Tiger Woods. Und vor vielen Jahren Sean Maguire.«

Er holte eine alte, vergilbte Ausgabe der *Sports Illustrated* heraus. Auf dem Titelblatt prangte eine Aufnahme von Sean Maguire, der die Jacke zur Schau trug und in die Kamera lachte. Der Leitartikel war überschrieben mit »Fröhlicher Grüner Riese: die neue Größe im Golf«.

Lily hatte das komische Gefühl einer Entdeckerin. Das war ein Sean Maguire, den sie nie gekannt hatte. Vielleicht hatte sie den Meister in ihm gespürt, doch er hatte ihr keinerlei Hinweise darauf gegeben. »Wie kommt es, dass ich das nie gehört habe? Deine Mom hätte es mir doch erzählt.«

»Ich weiß nicht. Es ist schon lange her. Die meisten erinnern sich nicht einmal an die Gewinner vom Vorjahr.«

Lily hatte gerade erst auf dem College angefangen. Crystal war frischgebackene Mutter. Schon möglich, dass sie nicht darüber gesprochen hatten.

»Dad sagte, er habe gleich danach ein Tief erlebt und sei am Ende nach Übersee gegangen«, sagte Cameron. »Darum geht es auch nicht, sondern darum, dass er jetzt eine zweite Chance hat.« Er zögerte und fügte dann hinzu: »Für uns alle.«

Lange starrte sie auf das Foto, dann schaute sie in Camerons hoffnungsvolles Gesicht. »Die Jacke ist echt hässlich«, sagte sie.

36

»Du willst mich verulken, stimmt's?«, wollte Cameron von Becky wissen, als er sie eines Abends nach der Arbeit besuchte. »Du ziehst um?«

»Die Firma meines Vaters schickt ihn zu einem Projekt nach Sonora, Kalifornien, und das fängt am Montag an«, sagte sie und stieß sich mit ihren nackten Fersen müßig vom Boden der vorderen Veranda ab. Die Schaukel quietschte, und die Ketten rasselten in der stillen Nacht. »Ich muss das Schuljahr dort beenden.«

»Das ist blöd. Wieso kannst du nicht wenigstens die letzten Wochen noch hierbleiben?«

Sie schüttelte den Kopf. »Geht nicht. Erstens hätte ich keinen Platz zum Wohnen …«

»Bei uns«, sagte Cameron. »Mein Onkel würde es verstehen.«

Sie lachte. »Oh, da bin ich mir sicher. Und ich sag dann, Dad, ich werde für einen Monat bei einem Jungen wohnen, das ist dir doch recht?«

»Dann zieh doch zu einer Freundin …«

»Dabei gibt es ein Problem«, sagte sie, stieß sich wieder mit den Fersen ab und schenkte ihm einen raschen, verschämten Blick. »Du bist der einzige Freund, den ich habe.

Im Übrigen, mein Dad … er kommt einfach nicht klar, wenn er von mir getrennt ist, weißt du, seitdem meine Mutter gestorben ist.«

»Soll das heißen, du gehst niemals von zu Hause weg?«

»Dieses Jahr nicht. Hör zu, ist schon gut, Cam. Ich habe schon einen Job bei einem kirchlichen Tagescamp angenommen. Die Bezahlung ist ganz anständig, und ich werde mit Kindern arbeiten, die ich liebe. Der Job dauert zwölf Wochen, also werde ich gegen Ende des Sommers zurück sein.«

Zwölf Wochen. Eine Ewigkeit. Was zum Henker sollte er zwölf Wochen ohne sie machen? Er wusste noch immer nicht, ob es ihm gelungen war, Lily für ihr Sommerprojekt zu begeistern. Er hoffte, ihr Verständnis dafür geweckt zu haben, wie wichtig es war, aufzubrechen und das Leben zu sehen, das sein Vater geführt, aber nie richtig mit seiner Familie geteilt hatte. Cameron wusste, er musste den Sommer über hier weg, besonders jetzt, da Becky nicht in der Nähe wäre. Hier in dieser Stadt zu sein, seine Eltern zu vermissen und so tun zu müssen, als wüsste er nicht, was er wusste, machte ihn verrückt.

Lily hatte nicht zugestimmt, dass der Plan überhaupt irgendwelche Aussichten hatte – doch sie hatte auch nicht rundweg abgelehnt. So war es mit Lily. Man wusste nie genau, was sie dachte.

»Becky«, rief ihr Vater von drinnen, »es ist spät. Du musst noch fertig packen.«

»Ich komme gleich, Dad«, sagte sie und ging dann mit Cameron an die Ecke, wo sein Fahrrad am Laternenpfosten stand. »Ich behalte meine Handynummer und die E-Mail-Adresse«, sagte sie. »Ruf mich an.«

»Das werde ich«, versprach er. »Jeden Tag.«

»Sei vorsichtig auf dem Heimweg, Cameron.« Dann stand sie einfach nur da, als warte sie auf etwas.

Sein Herz schlug Purzelbäume. Seine Handflächen wurden feucht. Küss sie, sagte er sich. Mach. Mach es einfach. Doch der Moment ging vorüber, und sie wandte sich bereits ab. Er hatte seine Chance verpasst. Flasche, beschimpfte er sich. Was war er bloß für eine Flasche, dass er nicht einmal einem Mädchen einen Abschiedskuss geben konnte?

Lily ging der Gedanke an Camerons Vorschlag nicht aus dem Kopf. In ihren Augen war es eher ein großer Fehler, den ganzen Sommer um Sean und seine Golfkarriere herum zu planen. Das Hauptaugenmerk musste auf die Kinder gerichtet bleiben, obwohl sie laut Cameron alle profitieren würden. Sie wälzte das Problem mit sich herum, während sie die üblichen Rituale zum Ende des Schuljahrs abhielt. Für gewöhnlich war es eine besondere, bittersüße Zeit für Lily, eine Zeit, Abstand zu gewinnen und sich anzusehen, was sie geleistet hatte, und die Bindungen mit den Kindern zu lösen, die sie das ganze Jahr lang unterrichtet hatte.

Der letzte Tag war für die Kinder ein einziges Fest gewesen, sie hatten die Schutzumschläge von Lehrbüchern gerissen, die sie dann sorgfältig in Regale stellten, hatten Tragekörbe ausgewischt, Kunstwerke von den Wänden genommen und Fundsachen durchwühlt. Während Lily Umarmungen und Zeugnisse verteilte und allen Kindern sagte, wie stolz sie auf sie sei, überkam sie ein Gefühl der Vollendung, aber auch der Traurigkeit. Sie kam nicht umhin, sich zu fragen, wohin das Leben diese Kinder führen würde.

»Auf Wiedersehen, Miss Robinson!« Der Abschiedsgruß erhob sich wie Jubel im Anschluss an das letzte Klingeln.

Lily versuchte nicht einmal, Ordnung in den wilden Haufen zu bringen, der zur Tür strömte. Die Kinder schauten sie an, da sie offenbar erwarteten, dass sie ihnen auftrug, eine gerade Linie zu bilden. Dieses eine Mal unterließ sie es. Warum sollte man versuchen, Überschwang zu unterdrücken? Russell Clark, der dreisteste Junge in der Klasse, übernahm natürlich die Führung, als sie in wildem Galopp zu den Bussen rannten. Bevor er sich auf den Weg zu seinem Bus begab, schenkte er ihr ein unerwartet nettes Lächeln. »Einen schönen Sommer, Miss Robinson.«

»Den werde ich haben«, sagte sie. Und sie hatte keine Ahnung, ob sie log.

»Wohin gehen Sie?«, fragte er.

»Auf ein großes Abenteuer«, sagte sie grinsend, ohne zu wissen, ob das die Wahrheit war oder nicht.

»Cool.« Er führte das Wettrennen der Klasse zum Buswendepunkt an.

Charlie bildete die Nachhut. Sie ergriff Lilys Hand und strahlte sie an. »Nie wieder Miss Robinson«, sagte sie. »Ab heute kann ich Lily zu dir sagen, ja?«

»Aber sicher. Und wie feierst du den letzten Schultag?«

Charlie verzog das Gesicht. »Onkel Sean arbeitet. Er hat Mrs Foster allerdings gesagt, wir können lange aufbleiben und Videos gucken. Tschüs, Lily. Bis bald, ja?«

Lily versprach es und bewahrte ihr Lächeln, obwohl sie eine besondere Qual für Charlie empfand. Überall auf dem Parkplatz liefen Kinder in die Arme ihrer Mütter, während Charlie beschwingt zu ihrem Bus ging.

Lily blieb noch in ihrem Klassenraum, um ihr Pult abzuräumen. Da stand die Schneekugel, die Charlie von ihrem Tisch entwendet hatte, was der letzten katastrophalen Besprechung mit Crystal und Derek vorausgegangen war. Lily schüttelte die Kugel und hielt sie ans Licht, beobachtete die Glitzerflocken, die um die winzige Engelfigur herumwirbelten. Es tut mir so leid, dachte sie, von Schmerz gequält, und wünschte sich, die Dinge lägen anders.

Sie schob die Kugel in eine Schublade, stand auf und warf einen flüchtigen Blick durch den Raum, bevor sie sich anschickte zu gehen. Sie musste sich entscheiden. Sie musste herausfinden, was richtig für diese Familie war. Das Üble daran war, sie konnte es nicht allein herausfinden. So ärgerlich der Gedanke auch war, sie musste sich mit Sean Maguire beraten.

Es gab nicht den geringsten Grund, warum eine solche Aussicht ihr Herz zum Rasen bringen sollte, doch es war so. Sie versuchte, nicht darüber nachzudenken, während sie ihr Klassenzimmer zum letzten Mal abschloss und sich auf den Weg ins Lehrerzimmer machte, um sich von ihren Kollegen und Kolleginnen zu verabschieden. Sie blieb allerdings nicht lange. Alle sprachen über ihre Pläne und fragten sie, was sie vorhabe. Und zum ersten Mal in ihrem Leben als Erwachsene hatte sie keine Antwort. Sie hatte nicht jeden Augenblick im Voraus geplant und ausgearbeitet. Sobald es ihr möglich war, schlich sie hinaus und fuhr nach Hause. Dort ärgerte sie sich noch eine Weile und kam zu einer unvermeidlichen Schlussfolgerung. Sie musste Sean treffen.

Nachdem sie sich entschieden hatte, duschte sie, wusch den Kreidestaub ab, fummelte außergewöhnlich lange an ihren Haaren herum und quälte sich dann mit der Frage, was sie anziehen sollte. Er arbeitete an diesem Abend hinter der Bar des Golfclubs, und Mrs Foster passte auf die Mädchen auf. Cameron, endlich vom Dienst auf dem Golfplatz befreit, war mit seinen Freunden unterwegs. Sie konnte nur hoffen, dass er nicht über die Nebenstraßen am Rand der Stadt auf Spritztour gegangen war. Unwahrscheinlich, dachte sie. Nicht nach seinem Verlust.

»Komm, Lily, nimm einfach etwas heraus«, murmelte sie vor sich hin und warf wütende Blicke in die Tiefen ihres Kleiderschranks, des Schranks einer konservativen, langweiligen Person. Nur die von Crystal hinzugefügten Kleidungsstücke brachten Farbe und Stil hinein. Sie befingerte das rote Kleid, dass sie getragen hatte, als sie mit Greg im Kino war, gab es aber auf. Schließlich ging es hier nicht um eine Verabredung, sondern um eine Diskussion, also sollte sie sich entsprechend kleiden. Dann eben eine Freizeithose. Nein, die nicht. Jeans. Mit einer limonengrünen Bluse und Clogs, die sie größer machten. Sie untersagte sich, mit ihren Haaren und Make-up herumzufuhrwerken und ermahnte sich noch auf der Fahrt zum Golfclub, dass es keine Verabredung war.

Die bevorstehende Begegnung war viel wichtiger als jede Verabredung.

Reiß dich zusammen, Lily, sagte sie sich, während sie quer über den Parkplatz zum Clubhaus ging. Sie blieb davor stehen, um ihre Nerven unter Kontrolle zu bringen. Noch nie war ihr aufgefallen, wie angenehm ein Golfplatz war, wie friedlich. Gerade ging die Sonne hinter den Kämmen der fernen Berge unter, und tiefe Schatten erstreckten sich über die Fairways. Der Schrei eines Vogels und das Brummen eines Motors klangen gedämpft. Und die kühle Luft schmeckte süßlich, als sie tief einatmete und die Schultern straffte. Na schön, instruierte sie sich. Geh einfach und rede mit ihm.

Sie rief sich ins Gedächtnis, dass sie Sean in einer Weise kennengelernt hatte wie noch nie jemanden zuvor, nicht einmal einen Jugendfreund oder einen Liebhaber. Aufgrund dessen, was sie miteinander teilten, konnte es gar nicht anders sein. Ihre Liebe zu den Kindern hatte ein einzigartiges, unvermeidbares Band zwischen zwei Fremden geknüpft, die für gewöhnlich nichts miteinander zu tun gehabt hätten. Sie fragte sich, ob ihm das klar war; ob er sich genau wie sie über die durchschlagende Wirkung wunderte, die diese drei verwaisten Kinder auf ihr Leben hatten.

Als sie die Bar betrat und ihre Augen sich an das spärliche Licht gewöhnten, fegte ihr erster Blick auf ihn diese vernebelten Illusionen hinweg. Er stand hinter der geschnitzten Eichenbar, umgeben von drei Frauen. Drei attraktiven Frauen. Drei attraktiven Frauen, die ihn anmachten. Selbst aus der Distanz konnte sie erkennen, dass mindestens zwei von ihnen einen Ehering trugen.

Groll kochte in Lily hoch, unerwartet und bitter. Du bist jetzt ein Familienmann, hätte sie am liebsten geschrien. Du kannst nicht rumhängen und mit verheirateten Frauen flirten.

Unbemerkt stand sie da, atmete den durchdringenden Geruch der Bar ein und beobachtete einen Sean, den sie noch nie gesehen hatte. Stilgerecht zapfte er Bier vom Fass und mixte Drinks, füllte Knabberzeug nach, wischte über die Theke und behandelte die drei Frauen, als wären sie die Einzigen auf Erden. Er bereitete einen frischen Cosmopolitan für eine von ihnen zu, und sie beugte sich hinüber, um sich zu bedanken, ihre Brüste schoben sich vor, als sie einen Geldschein in das Glas für das Trinkgeld gleiten ließ.

Lily zwang sich, ihre Verlegenheit zu überwinden, trat an die Bar und rutschte auf einen lederbezogenen Hocker, so weit wie möglich von den drei Frauen entfernt. Er wandte sich ihr mit seinem betörenden Lächeln zu. Sie sah den Moment, in dem er sie erkannte. Das Lächeln gefror, der Blick wurde argwöhnisch. Er entschuldigte sich und kam mit wachsamer Miene zu ihr.

»Hey, Lily. Ist alles in Ordnung?«

»Wie kommen Sie darauf, dass etwas schiefgegangen sein könnte, nur weil ich hierher komme?«

»Um mich zu treffen? In einer Bar? Mir fällt dabei nur höchste Not ein.«

Sie biss die Zähne zusammen. Da saß sie nun in der Absicht, über seine Zukunft und seine Karriere mit ihm zu sprechen, und er hänselte sie. »Vielleicht bin ich gekommen, um den letzten Schultag zu feiern«, sagte sie.

»Ich würde ja mit Ihnen feiern, aber Charlie und Cameron haben heute ihre Zeugnisse nach Hause gebracht«, bemerkte er.

Sie wusste, wie Charlies Zensuren aussahen – ganz bestimmt noch Platz für Verbesserung. Aber Cameron … »Er war immer ein Einserschüler.«

»Nichts ist für die Ewigkeit.«

Eine Frau aus dem Trio am anderen Ende der Bar gab ein Zeichen. »Seanie, ich könnte noch einen Kir Royale gebrauchen, Schätzchen.«

Lily schnaubte. »Seanie?«

Er zwinkerte ihr zu und wandte sich dann ab, um wieder mit den Kundinnen zu flachsen, während er den Sekt mit Himbeerlikör zubereitete und mit einer schwungvollen Gebärde servierte. Als er wieder zu Lily kam, überlegte sie sich gerade, ob sie das Thema überhaupt ansprechen sollte. Der Ort war nicht gerade der beste, um über die Kinder zu reden. Sie warf einen Blick auf die drei Frauen. »Ihr Fanclub?«

»Die mit den besten Trinkgeldern. Sehen Sie mich nicht so an. Wir können nicht alle etwas Nobles tun, um unseren Lebensunterhalt zu verdienen.« Er stützte sich mit den Händen auf die Bar und beugte sich vor. »Was kann ich Ihnen denn bringen?«, fragte er in vertraulichem Flüsterton.

Irgendwie gelang es ihm, dass sie sich albern und klein vorkam. Lily ging in Abwehrstellung. »Was ist denn die Spezialität des Hauses?«

»Pflaumensaft.« Er schenkte ihr ein engelhaftes Lächeln.

»Sie sind nicht spaßig«, sagte sie.

»Und Sie machen keinen Spaß.«

Sie funkelte ihn an. »Das werden wir noch sehen.«

Da der Memorial Day der Tag war, an dem Sean ausschlafen konnte, war das Hupen draußen um acht Uhr morgens besonders ärgerlich. Wer zum Teufel war am Volkstrauertag morgens um acht schon unterwegs?

Er hatte große Schwierigkeiten gehabt, den Tag freizunehmen, damit er bei den Kindern sein konnte. Und er konnte den Schlaf weiß Gott gut gebrauchen. Angetan mit einer Schlafanzughose und finsterem Bick schlurfte er die Treppe hinunter und riss die Tür auf.

In einer Wolke aus Dieselrauch machte sich ein riesiger Winnebago in der Einfahrt breit. Nur dass er nicht genau in der Einfahrt stand. Die Räder auf der rechten Seite steckten halb im Blumenbeet, das den Asphaltbelag säumte. Außerdem war es auch kein richtiger Winnebago. Die Seiten waren übermalt und glichen einem riesigen Laib Wonder Bread.

Der Motor stotterte und verstummte. Lily Robinson stieg aus und ließ die dünne Aluminiumtür hinter sich offen stehen. »Guten Morgen«, flötete sie fröhlich. Sie trug Jeans und Turnschuhe und hatte einen federnden Schritt. Sie erinnerte ihn an ein Kind, und er fragte sich, was sie wohl so erregt haben mochte.

Er brachte ein knurriges Nicken zustande und versuchte, bei dem Dieselgestank nicht zu würgen.

Sie kam um das Wohnmobil herum und bemerkte, dass sie die Einfahrt verpasst hatte. »Huch«, sagte sie. »Parken kann ich noch nicht so gut.«

»Vielleicht sollten Sie an einem Ort üben, wo niemand zu schlafen versucht.«

»Ich bin sicher, ich bekomme jede Menge Übung, wenn wir erst unterwegs sind.« Ihr Blick wanderte immer wieder auf seine nackte Brust.

Statt in Verlegenheit zu geraten, richtete er sich noch ein wenig auf. »Ich brauche Kaffee. Und ich glaube, Sie haben mir etwas zu erklären.« In der Küche schaltete er die Kaffeemaschine ein und gähnte, während das Wasser zu tröpfeln begann. »Sagen Sie nichts«, bat er Lily und beraubte die Kanne seiner ersten Tasse. »Ich kenne Ihre Meinung über Kaffee.«

»Dann sollten Sie wissen, dass er eine Hauptursache für

die Yips ist.« Sie ging nach draußen, drehte sich um und bedeutete ihm, ihr zu folgen.

Er blinzelte. »Was?«

»Sie wissen schon, die Yips.« Sie stieg durch den schmalen Eingang in den Wagen und trat zur Seite, um ihm Platz zu machen. »Das ist ein unkontrolliertes Muskelzucken und tritt auf, wenn man ein Putt schlägt, verursacht durch Dystonie oder ernsthafte Leistungsangst. Ben Hogan litt daran, wussten Sie das?«

»Ich weiß. Ich bin nur überrascht, dass Sie es wissen.«

»Ich habe beschlossen, mich zu bilden.« Sie zeigte ihm eine kleine Bibliothek aus Golfbüchern auf einem eingebauten Regal. »Über das Golfspiel lässt sich noch so viel lernen. Ich hatte keine Ahnung, dass es so kompliziert und faszinierend ist.«

»Na ja, Raketenkunde ist es nicht.«

»Nein, es ist eine alte Kunst, die im fünfzehnten Jahrhundert ihren Ursprung hat, im Kingdom of Five. Das ist in Schottland.«

Vielleicht hatte sie zum Frühstück etwas Stärkeres gehabt als Koffein. »Lily«, sagte er, »was zum Teufel machen Sie hier?«

»Ich helfe Ihnen, Ihre Karriere wieder aufzunehmen.«

»Was?«

»Cameron hat es mir erzählt.«

»Hat er Ihnen gesagt, dass ich abgelehnt habe?«

Sie überhörte ihn. »Ihr Sponsor ist echt hinter Ihnen her, haben Sie gesehen?«

»Wie hätte es mir entgehen sollen?« Er fragte sich, was die vornehmen Nachbarn wohl denken mochten.

»Meine Schwester brauchte Geld, daher hat der Sponsor das Womo geleast und sein Logo auf die Seiten malen lassen. Mit den Leuten kann man wirklich gut zusammenarbeiten.«

Schließlich durchdrang ihre Absicht den Nebel. Er verhielt sich sehr still, doch das kostete zu große Mühe. Er brach in lautes Gelächter aus, die Belustigung kam von Herzen.

Als er endlich aufhörte, sah er, wie sie ihn anschaute.

»Sind Sie fertig?«

»Ja, fürs Erste. Aber vielen Dank. Das war erfrischend. Wenn Sie mich jetzt bitte entschuldigen würden, mein Nickerchen ist überfällig.«

Sie verstellte ihm den Weg, was in der Enge des Womos nicht schwerfiel. »O nein, ich werde Sie nicht entlassen. Sie haben einen Vertrag zu unterzeichnen, und wir müssen Pläne schmieden.« Wie ein Wadenbeißer schoss sie durch das Wohnmobil und wies ihn ein. »Die Mädchen können hier zu zweit schlafen«, sagte sie und deutete auf eine Koje über dem Führerhaus. »Ich nehme das Bett hinten. Sie und Cameron kampieren gleich hier.« Sie zeigte ihm einen kleinen Seitenraum, wie ein Abteil in einem Zug. »Es gibt zwar nur ein Bad, aber ich habe einen Plan aufgestellt und an die Tür geklebt, der vorsieht …«

»Lily.« Er packte sie an den Schultern. Er wollte sie nicht berühren, doch es war die einzige Möglichkeit, die ihm einfiel, um ihre Aufmerksamkeit auf sich zu lenken.

Sie betrachtete ihn mit weit aufgerissenen, verblüfften Augen. »Gefällt Ihnen der Plan nicht? Ich kann ihn ändern …«

»Der Plan ist nicht das Problem. Das ganze Vorhaben funktioniert nicht.«

»Natürlich wird es funktionieren. Ich habe alles ausgearbeitet, bis ins kleinste Detail.«

Daran zweifelte er nicht im Geringsten. Sie deichselte alles bis ins Feinste. »Es wird nicht funktionieren, weil wir nicht fahren.« Er ließ die Hände von ihren Schultern sinken.

Sie hielt sehr still und beobachtete ihn. Ohne mit der Wimper zu zucken, sagte sie: »Angsthase.«

»Geben Sie mir eine Chance.«

»Nein, es ist faszinierend. Mir ist endlich klar geworden, wovor Sie Angst haben. Nicht davor, sich um die Kinder zu kümmern und ein Familienmann zu sein. Das versetzt die meisten Männer weiß Gott in Angst und Schrecken, aber nicht Sie. Das, wovor Sie am meisten Angst haben, ist das, was sie am meisten lieben – Golf.«

»Das ist Blödsinn.«

»Ah, jetzt werden Sie feindselig. Ein weiterer Beweis, dass Sie ein Angsthase sind.

»Ich denke an die Kinder, okay, das zu tun, was für sie das Beste ist.«

»Das Beste für sie könnte genau diese Reise sein, Sean. Sie müssen eine Zeit lang weg von diesem Haus, aus dieser Stadt. Hier ist es zu traurig, zu gespenstisch. Sie wollen, dass ich Charlie Nachhilfe gebe. Wenn ich mitkomme, kann ich genau das tun.«

»Sie waren strikt dagegen.«

»Ich bin bereit, einen Kompromiss zu schließen. Ich liebe Charlie, und der Ortswechsel wird allen guttun. Cameron glaubt es jedenfalls, und falls es Ihnen nicht aufgefallen sein sollte, Cameron ist ein kluger Junge. Er hat mir übrigens die grüne Jacke gezeigt.«

»Das ist ein Witz.« Sean hielt das Teil immer in einem Gepäckstück verborgen, konnte sich aber nie dazu durchringen, sich davon zu trennen.

»Er wollte, dass ich mit eigenen Augen sehe, wozu Sie fähig sind. An dem Abend, an dem er mir über diese Gelegenheit berichtete, hat er mir seit dem Unfall zum ersten Mal etwas außer Wut und Niederlage gezeigt. Er war voller Hoffung und freute sich auf die Zukunft. Er glaubt an Sie, Sean.«

Seans Magen verkrampfte sich. Er glaubt an dich.

»Er sagt, er werde Ihr Caddie sein«, fügte sie hinzu. »Offensichtlich kann er das ganz gut.«

»Ich werde diese Familie nicht zu einem Werbespot für Wonder Bread machen«, sagte er.

»Nein. Das ist die Aufgabe des Sponsors, wie ich es verstanden habe. Ihre ist es, sich zu zeigen und Golf zu spielen und gesund auszusehen.«

Er schaute sich im Womo um. Die protzigen Laminatwände schienen auf ihn einzudringen und immer näher zu rücken. »Ich mache es nicht«, sagte er. »Ich schleppe diese Familie nicht in einem verdammten Winnebago durch das Land.«

V

Trauer kann sich um sich selbst kümmern,
doch um Freude voll auszukosten,
muss man jemanden haben,
mit dem man sie teilen kann.

Mark Twain

37

Wo zum Teufel ist der Blinker an dem Ding?«, fragte Sean und suchte das Armaturenbrett des Winnebago ab, während er ostwärts Richtung Highway fuhr.

»Du sollst nicht fluchen«, sagte Ashley, deren Kindersitz auf einer der Sitzbänke festgeschnallt war.

»Ich fluche nicht«, sagte er, fand den Blinker und bog in die Auffahrt ein.

»Du hast Teufel gesagt«, setzte Charlie ihn in Kenntnis. »Du hast gesagt: ›Wo zum Teufel …‹«

»Schon gut.« Er hob kurz die Hand und gab sich geschlagen. »Tut mir leid.«

»Okay«, sagte Charlie gnädig.

Ein prüfender Blick in den Rückspiegel zeigte ihm, dass sie am Tisch saß, die Beine unter sich geschlagen, und eifrig mit einem grünen Buntstift malte. Ihr gegenüber lümmelte sich Cameron auf der Bank und hatte die Nase in Ben Hogans Five Lessons gesteckt.

Zuletzt warf Sean einen Seitenblick auf den Beifahrersitz. Lily beschäftigte sich mit ihren im Computer erstellten Karten, auf denen die Routen hervorgehoben und alle Entfernungen bis auf die letzte Zehntelmeile verzeichnet waren.

Am Abend zuvor, als sie sich vor der Abfahrt zum letzten

Mal trafen, hatte er ihre Ausdrucke und Broschüren verwirrt betrachtet.

»Ich bin mir ziemlich sicher, dass wir es auch schaffen, wenn wir einfach nur den Schildern auf dem Highway folgen.«

»Ziemlich sicher genügt nicht. Auf meine Art werden wir absolut sicher sein, dass wir keine wichtigen Orientierungspunkte verpassen.«

»Planen Sie immer so im Voraus?«

»Auf jeden Fall.«

Bei der Erinnerung daran musste er lächeln. »Wie geht's, Miss Lily?«

»So weit, so gut.«

Sieben Meilen von zu Hause weg, und es ging ihr gut. »Der Grund, warum ich frage«, sagte er, »Sie sind so still. Macht Sie meine Fahrweise nervös?«

»Nein.« Sie schaute auf die Uhr.

»Mache ich Sie nervös?«

»Nein«, sagte sie wieder, doch das plötzliche Rosa auf ihren Wangen widersprach ihr. Sie rutschte auf dem Sitz mit der hohen Lehne hin und her und sah aus, als wäre ihr äußerst unbehaglich zumute.

Und dann, ohne bestimmten Grund, blieb das Lächeln auf seinen Lippen. Sie hatten einen Ort verlassen, an dem jede Minute eines Tages mit Erinnerungen an Trauer und Verlust gesättigt war, und während die Meilen vorüberzogen, wurde die Luft leichter, klarer, als wären sie aus einem Nebel hinausgefahren. Er fragte sich, ob die anderen es auch so empfanden. Cameron war ruhig und betrachtete eifrig das Display seines Handys, um zu sehen, ob er Empfang hatte, damit er

Becky anrufen konnte. Er sagte nie, dass sie seine Freundin sei, doch Sean erkannte den komischen, geistesabwesenden Ausdruck auf dem jungen Gesicht, während Cameron aus dem Fenster schaute und die Meilen vorbeiziehen sah.

Am späten Vormittag war die Landschaft in das herbe Drama der Columbia-Schlucht übergegangen, und der Highway war fast leer. Kahle Berge ragten zu beiden Seiten des Flusses auf, gelbes Grasland rollte gen Osten in die Unendlichkeit. In der Nähe von Gadsden fanden sie ein Driving-Range, und hier beschloss Sean, zum Mittagessen anzuhalten. Auf dem Parkplatz standen nur zwei weitere Fahrzeuge, doch ihm war die Brotwerbung auf ihrem Wohnmobil noch immer peinlich.

»Niemand isst, bevor wir nicht alle einen Eimer Bälle geschlagen haben«, bestimmte er. Charlie hatte einen eigenen Satz gekürzter Schläger, Cameron hatte die seines Vaters. Sean hatte Crystals für Lily mitgenommen, obwohl sie die Augenbrauen zusammenzog, als er ihr den rosa Designerbeutel reichte.

»Was ist?«, fragte er.

»Dieser Halt war nicht eingeplant.«

»Er steht auf meinem Plan. Ganz locker, Lily. Kommen Sie, ich zeige Ihnen, wie man einen Drive schlägt.«

Natürlich protestierte sie, bis er sie neben einen Eimer voller Bälle, einem Schläger und einem Tee aufstellte. Sie hackte drauflos, verpasste oder traf den Ball zu weit oben, ein oder zwei Mal schlug sie zu flach.

»Versuchen Sie es mit diesem Griff«, sagte Cameron und zeigte es ihr. »Nein, nicht so fest. Locker.«

Sean spürte Stolz auf seinen Neffen in sich aufwallen. Der

Junge hatte zwar Probleme, aber er hatte auch ein Herz. Sean und Red hatten des Langen und Breiten über die Wahl eines Caddie diskutiert; Red wollte jemanden mit Erfahrung und einer Erfolgsliste. Sean wollte nichts davon wissen. Cameron sollte sein Caddie sein, sonst würde er aussteigen.

»So, Cam?«, fragte Charlie. »Geht es so?« Sie und Ashley hatten einen Plastikball, den sie herumscheuchten.

Während er mit Lily zusammen die Kinder beobachtete, spürte er noch etwas, eine seltsame Wärme im Bauch. Vor zwei Monaten wäre ihm der Gedanke, den Sommer mit einer Schulmeisterin und drei Kindern zu verbringen, wie ein Witz vorgekommen – oder ein Alptraum. Jetzt konnte er sich nicht vorstellen, wo er lieber wäre.

Sie machten sich Sandwiches zu Mittag, obwohl er bemerkte, dass Lily sich nicht überwinden konnte, das weiche, weiße Brot zu probieren, das sein Sponsor in reichhaltiger Menge zur Verfügung gestellt hatte. Sobald sie wieder unterwegs waren, löste Lily ihr Versprechen ein, Charlie Nachhilfe zu geben. Sie stürzte sich in ihren Lehrerstatus, und der Nachmittag verging mit dem Studium der Orientierungspunkte entlang der Route von Lewis und Clark. Erstaunlicherweise war es ihr gelungen, die historische Bedeutung praktisch jeder Straßenkurve herauszufinden – das Signalfeuer, das Meriwether Lewis benutzt hatte, als er bei Dry Canyon einen Teil seiner Truppe verloren hatte, die Felsformation an den Stromschnellen, bei der sie in einem Frühling sechs Wochen verbracht hatten. Als er in den Rückspiegel schaute, sah er Ashley unglücklich am Daumen lutschen, Charlie vor Langeweile gähnen. Cameron war so angeödet, dass ihm selbst das Gähnen vergangen war.

Sean bog vom Highway ab und folgte Hinweisschildern zu einem Taste-T-Freeze Rasthaus.

»Das stand auch nicht auf dem Plan«, sagte Lily.

»O doch«, sagte er. »Nach örtlicher Überlieferung haben Lewis und Clark im Winter 1811 hier für Zwiebelringe Halt gemacht.« Er hielt vor einer Speisetafel an, die mit Illustrationen tanzender, in Schokolade getauchter Eiswaffeln bedeckt war. »Hier hat Sacajawea sich mit ihnen angefreundet, weil sie den Wilden Softeis gebracht hatten.«

»Sehr witzig«, murmelte Lily vor sich hin.

»Ich liebe dich, Onkel Sean«, rief Charlie von hinten.

»Libdich«, kreischte Ashley.

Sean griff sich ans Herz. »Mein Gott, ihr Mädels erschlagt mich. Übernehmen Sie das Lenkrad, Lily. Ich sterbe hier.«

Im hinteren Teil des Womos brach zwergenhaftes Kichern aus.

Nachdem sie ihre Bestellung aufgegeben hatten, beschloss Charlie, ihrer kleinen Schwester »The Rainbow Connection« beizubringen, und die beiden sangen die erste Zeile immer wieder aus vollem Hals. Cameron steckte sich die Kopfhörer seines iPods in die Ohren. Sean lachte über Lilys Gesichtsausdruck.

»Nicht auszudenken«, sagte er, »dass Sie hierfür Italien aufgegeben haben.«

38

Spät abends stand Lily am Rand der Schlucht, die sich rings um den Snake River erhob. Ein perfekter Mond in seiner vollen Größe goss bleiches Licht in den Canyon und verwandelte das dahinschießende Wasser in einen silbrigen Strom. Die Dunkelheit vor ihr war durchbohrt von Sternen. Sie konnte nicht abschätzen, wie tief die Schlucht war, doch wenn man nach der Stille ging, war der Fluss ziemlich weit unten. Sie hob den Blick zum Mond. Die klare Luft hier draußen im Niemandsland hob ihn wie eine knusprige weiße Hostie hervor. Sie stellte fest, wenn sie lange genug hinschaute, war das Muster aus Schatten und Licht tatsächlich einem Gesicht ähnlich. Vielleicht Crystals.

Wie mache ich mich?, fragte sie ihre Freundin. Hättest du es dir so gewünscht?

Absolute Stille war ihre einzige Antwort. Etwa fünfzig Meter hinter ihr befand sich der Campingplatz »Take It Easy«, eine Ansammlung von Zelten und Wohnmobilen mit Urlaubern.

Sie steckte die Hände in die Gesäßtaschen ihrer Jeans und warf ihre Haare zurück. Es war spät, und sie sollte todmüde sein, doch stattdessen war sie aufgeregt. Ein Gefühl, das ihr ziemlich neu war, schwirrte durch ihre Adern.

Der Strahl einer Taschenlampe flackerte über sie hinweg. Sie drehte sich um und hob eine Hand, um ihre Augen abzuschirmen.

»Wer ist da?« Ihre Stimme klang scharf. Sie war sich plötzlich sehr bewusst, dass sie ganz allein am gefährlichen Abgrund der Schlucht stand.

»Ich bin's«, ertönte Seans Stimme beruhigend aus der Dunkelheit.

Das neue, schwirrende Gefühl beschleunigte sich. »Wie haben Sie mich gefunden?«

»Das liegt an der todschicken Wonder-Bread-Jacke«, sagte er. »Die Buchstaben auf dem Rücken reflektieren.«

»Sie machen Witze.« Sie zog die Jacke aus und schaute auf den Rücken der weißen Seidenjacke im Baseball-Stil mit dem Markenaufdruck, die Seans Sponsor zur Verfügung gestellt hatte. Tatsächlich leuchtete und flackerte der Name »Maguire«, als das Mondlicht auf die Buchstaben traf. »Jacken, Hüte, Schirme, Ponchos, Hemden, Tragetaschen … sie haben alles.«

»Und genügend echtes Wonder Bread, um eine Armee durchzufüttern.«

Sie schauderte. »Erinnern Sie mich nicht.«

»Hey, die meisten von uns sind mit dem Zeug groß geworden. Baut starke Körper auf achtfache Weise, wissen Sie noch, die Werbung?«

Wenn er nur wüsste. Sie erinnerte sich daran, weil das Fernsehen für sie als Kind das Leben war, ihre Flucht vor der Dunkelheit ihrer Familie, den anklagenden Blicken ihrer Mutter. Es war ihr schillerndes, künstliches Fenster in die hyperrealistische Welt der Bradys, Waltons und Jeffersons.

Selbst die superklugen Darmkoliken der Bunker-Family erschienen ihr wie eine nette, wünschenswerte Familiendynamik. Fünfundzwanzig Minuten Streit, und alle Probleme waren gelöst.

»Ich glaube nicht, dass ich seit meinem Auszug aus dem College je wieder weißes Mehl oder raffinierten Zucker gegessen habe«, sagte sie.

»Vielleicht wird dies der Sommer, in dem Sie alle Vorsicht über Bord werfen. Vielleicht werden Sie auf dieser Reise mehr Freude finden, als Sie in Italien gehabt hätten.«

Seine unbeschwerte Stimme reizte sie, und sie war dankbar, dass die Dunkelheit ihre Reaktion verhüllte.

»Sie werden rot, nicht wahr?«

»Wie bitte?«

Er nahm ihr die Jacke aus der Hand, legte sie ihr über die Schultern und hielt sie dort fest. Seine Hände waren unglaublich zart, Wärme strömte durch den dünnen Stoff. »Ich weiß, wann Sie rot werden«, sagte er und senkte die Stimme zu einem vertraulichen Flüsterton.

»Das kann nicht sein.« Ihre eigene Stimme war ein nicht sehr vertrautes Zischen.

»Doch, ich weiß es. Ich spüre es.«

Lily fühlte sich gezwungen, ihm zu widerstehen. »Wir sollten das nicht tun. Sie können nicht plötzlich anfangen …«

»Es ist überhaupt nicht plötzlich. Das hat sich schon lange aufgebaut«, versicherte er ihr, und seine Hand hob sanft ihr Gesicht an. »Sagen Sie mir, dass ich mich irre.«

»Sie haben den Verstand verloren.«

»Ja«, sagte er, senkte den Kopf und neigte ihn ein wenig

zur Seite. »Kann schon sein.« Seine Lippen streiften die ihren wie durch Zufall.

Da verlor sie die Kontrolle über sich und packte ihn, bevor er zurückkonnte. Sie schlang die Arme um seinen Hals und presste sich an ihn. Er fühlte sich wunderbar an, seine Lippen so fest, wie sie sein mussten, sein Körper stark und beschützend. Dann ging der Kuss tief, tiefer als sie es für möglich gehalten hätte, tiefer als die Vernunft, tiefer als Einsamkeit. Sie spannte sich an, stellte sich so hoch auf die Zehenspitzen, dass sie zitterte. Seine Arme glitten an ihr herab, umfingen ihre Hüften, zogen sie näher, fester. Sie vergaß das Denken. Sie konnte nicht denken. Seine warmen, geschmeidigen Lippen schmeichelten ihr, sich zu ergeben – sie versuchte es nicht einmal. Es war völlig eigenartig und wunderbar und unmöglich, sie spürte sich mit einem Aufwind nach oben getragen und flog in nicht gekannte Höhen.

Als der Kuss aufhörte und sie wieder auf den Boden kam, war ihr schwindelig. Am Nachthimmel hinter ihm drehten sich die Sterne wie ein Kaleidoskop aus Glasstückchen.

»O Mann«, sagte sie atemlos und errötete wie ein Mädchen aus den unteren Highschoolklassen beim Tanz.

»Gleichfalls, o Mann«, sagte er und klang weder atemlos noch errötet, als er erneut die Arme nach ihr ausstreckte. »Miss Lily, ich hatte ja keine Ahnung.«

»Keine Ahnung wovon?«

»Keine Ahnung, dass du so einen Kuss in dir hattest.«

Sie sprang zurück, um ihm zu entkommen. »Ich weiß nicht, was ich mir dabei gedacht habe.«

»Ich weiß so gut wie das Amen in der Kirche, was ich mir gedacht habe.«

Herrgott, diese Stimme. Selbst in der Dunkelheit, wenn er nicht mehr als ein Schatten war, zitterte diese Stimme in ihr nach wie die gezupfte Saite eines zarten Instruments, seine unterschwelligen, bestechenden Vibrationen strahlten bis in fast vergessene Ecken aus.

Sie trat noch einen Schritt zurück. »Das sieht mir nicht ähnlich. Ich weiß überhaupt nicht, warum ich … vielleicht hat der Mond mich wahnsinnig gemacht. Ich habe gehört, dass er diese Wirkung auf Menschen in der Wildnis ausüben kann.«

»Lily.«

»Ja?«

»Wir sind hier nicht gerade in der Wildnis. Das hier ist ein Campingplatz.« Er trat auf sie zu, sie wich aus.

»Für mich ist es auf jeden Fall eine Wildnis«, sagte sie. »Wenn ich reise, übernachte ich in Hotels mit Swimming Pools und Münzwaschmaschinen.

»Aha, eine Reisende erster Klasse. Aber Lily …«

»Was?« Sie ballte die Hände zu Fäusten, um ihn nicht wieder zu packen.

»Ich muss dir etwas sagen.«

»Ja?« Sie schwankte, unterdrückte ein Stöhnen, wich aus. Sie musste seinem Kraftfeld entkommen, darum ging es. Er war ein Magnet, eine unwiderstehliche Energie, und sie war nichts weiter als ein hilfloses Metallteil.

»Wenn du weiter in diese Richtung gehst«, sagte er, »steht dir ein hässlicher Sturz bevor.«

»Wie? Ich habe nicht …«

Ihr ging die Luft aus, als er sie packte und rasch an sich zog, wieder in seine Arme, an diesen harten, geschmeidigen

Körper, der sich an sie presste. Dann drehte er sie ganz sacht um und leuchtete mit der Taschenlampe auf den Boden. Das Licht zeichnete den Rand der Klippe nach.

»Verstehst du, was ich meine?«, fragte er. »Auch wenn du mich für verrückt hältst, aber ich glaube nicht, dass du so dringend von mir wegwillst.«

Sie zog ihre Jacke an. »Ich bin die Verrückte.«

Er lachte still in sich hinein. »Ach ja? Vielleicht sind wir beide verrückt. Du gefällst mir so«, fügte er hinzu. »Sollen wir knutschen?«

»Das letzte Mal, als ich dich das sagen hörte, war bei Crystals Hochzeit«, sagte sie. »Du warst abstoßend.«

»Und, hast du ja gesagt?«

»Mich hast du nicht gefragt.«

»Boah. Ich war abstoßend. Ich sage es jetzt. Komm, Lily. Ist doch nur ein Kuss.«

»Stimmt. Nur ein Kuss. Kapiert.« Plötzlich kamen ihr die Tränen. Wie demütigend. Gute Güte. Spürte er, wie sie weinte, so wie er spürte, wenn sie rot wurde? Sie drehte sich um und taumelte vom Rand der Klippe weg in Sicherheit.

»Und jetzt?«, fragte er und kam hinter ihr her.

»Für dich war es nur ein Kuss«, platzte es aus ihr heraus. »Für mich war es …« Sie blieb stehen und versuchte mühsam, sich zu beherrschen.

»Was war es, Lily? Ich kann keine Gedanken lesen. Du musst es mir schon sagen.«

»Na schön, dann hör zu. Nur weil solche Küsse in deinem Leben eine normale Erscheinung sind, heißt das noch lange nicht, dass es bei mir genauso ist.«

»Dann hast du Glück. Wir können etwas dagegen tun.«

»Das haben wir bereits, und jetzt ist es geschehen, und wir müssen es nicht wiederholen.«

»Ich verstehe dich nicht, Lily. Ich verstehe dich wirklich nicht.«

»Ich wollte einfach nur sehen, wie es ist, jemanden wie dich zu küssen«, sagte sie. »Mehr nicht.«

»Jemanden wie mich«, wiederholte er. »Das musst du mir erklären.«

Sie blieb stehen und sah ihn an. Der Mond stand höher am Himmel, und das Licht spülte über den leeren Pfad im klaffenden Abgrund des Flusses. Na schön, dachte sie. Vielleicht war Ehrlichkeit angezeigt. Die Möglichkeit, ihn ein für alle Mal zu verscheuchen.

»Jemanden, der so gut aussieht, dass er mir nicht einmal real erscheint«, gestand sie in gebrochenem Flüsterton. »Jemanden, dessen Bild in Taiwan auf Whiskey-Postern prangt.«

»Japan«, korrigierte er. »Das Poster habe ich in Japan gemacht.«

»Wie auch immer«, versetzte sie unwirsch. »Du verstehst, was ich sagen will. Du gehörst nicht zu der Sorte Mann, mit denen ich mich für gewöhnlich sehe, daher war ich neugierig.«

»Mit welcher Sorte Mann siehst du dich für gewöhnlich?«

Die Sorte, von der ich mich jederzeit entfernen kann. Sie räusperte sich. »Der Letzte, mit dem ich mich verabredet habe, war ein Sportlehrer.«

»Ich bin ein Athlet«, sagte er, offensichtlich verblüfft.

Der Unterschied zwischen einem Sportlehrer und Sean Maguire war wie der Unterschied zwischen einem Leuchtkäfer und einem Blitzstrahl.

»Der Mann davor sammelte Modelleisenbahnen als Hobby. Du verstehst, worum es geht. Sie alle sind … normal. So wie ich.«

Wieder dieses seidige Lachen. »Du, normal? Das wüsste ich aber!«

»Ich stehe auf dem Standpunkt, dass du nicht mein Typ bist.«

»Weil dein Typ normale Männer sind, die Sport unterrichten und Züge sammeln.«

»Genau.« Endlich hatte er begriffen.

»Ich weiß auch, warum das so ist.«

»Oh, jetzt willst du mich also analysieren.«

»Hey, nach all den Stunden, die ich mit Dr. Sachs verbracht habe, bin ich qualifiziert. Verstehst du, die Typen sind sicher«, sagte er. »Und ich, ich bin der Typ, in den du dich wirklich verlieben könntest, also widerstehst du mir.«

Jetzt war es an ihr, zu lachen. »Wenn deine Leistung in diesem Turnier deinem Ego gleichkommt, musst du dir keine Sorgen machen.« Sie machte sich auf den Weg zum Campingplatz. Die wenigen erleuchteten Fenster und schimmernden Zeltdächer durchdrangen die Dunkelheit, zwei Lagerfeuer brannten noch.

»Du entfernst dich von mir?« Er klang ungläubig.

»Das kommt darauf an«, antwortete sie.

»Worauf?«

»Ob du mir folgst oder nicht.« Sie schaute nicht zurück. Sie musste sich beherrschen. Wahrscheinlich war er nicht an Frauen gewöhnt, die sich von ihm entfernten. Tja, auch sie war in drei Teufels Namen nicht an Männer gewöhnt, die darüber sprachen, sich zu verlieben, also hatten sie gleichgezogen.

39

Seventy-six bottles of beer on the wall«, sangen Charlie und Ashley, während sie über eine sonnenerhitzte Autobahn fuhren, vorbei an einem schattigen Rastplatz.

Lily dachte, sie würde schon bald sechsundsiebzig Flaschen Bier brauchen. Charlie stellte sich bei der heutigen Nachhilfe quer, und Lilys Geduld war dem Ende nahe.

Abrupt hörte Charlie auf zu singen.

Nur Ashley trällerte weiter. »Siemunsiebsig Laschen Bier anner Wand …«

»Onkel Sean, halt an!«, kreischte Charlie. »Sofort, du musst anhalten!«

Lily drehte sich um, beunruhigt von der Panik in ihrer Stimme.

Sean reagierte sofort und fuhr an den Straßenrand. »Was ist denn los?«

»Du musst auf den Rastplatz zurückfahren. Auf der Stelle.« Sie war beinahe hysterisch.

»Schätzchen, wir haben eine Toilette an Bord.«

»Bitte, fahr zurück«, bettelte sie. »Bitte, ich habe etwas gesehen.«

Lily spürte Seans fragenden Blick. Ihr Instinkt sagte ihr, man müsse Charlies Wunsch respektieren, und ihr Instinkt wurde allmählich ziemlich ausgeprägt. Als Lily ihrer Schwester erzählt hatte, warum sie den Winnebago brauchte, hatte Violet gesagt: »Denk einfach dran, wenn es darum geht, ein Elternteil zu sein, weißt du mehr, als du glaubst.«

Ruckartig zeigte sie mit dem Daumen nach hinten und signalisierte ihm damit, zurückzufahren. »Wir liegen heute gut in der Zeit«, sagte sie. »Wir können ein paar Minuten anhalten.«

Lily hoffte nur, dass es sich nicht um ein weiteres überfahrenes Tier handelte. Der unvermeidliche Anblick toter Tiere am Straßenrand brachte Charlie zum Weinen. Wenn sie weinte, dann weinte Ashley auch, und die Meilen zogen sich entsetzlich lang hin.

Da die Straße vollkommen leer war, soweit das Auge reichte, wendete Sean auf der Stelle und fuhr quer über den mit Unkraut überwucherten Mittelstreifen. Sobald er in den Rastplatz einbog, sauste Charlie zur Tür. Lily und Sean schrien gleichzeitig auf, doch sie schob die Tür in dem Augenblick auf, als das Womo stand.

Cameron sprang hinter ihr hinaus, beschützend wie ein Erwachsener. Sean schnappte sich Ashley, und sie stiegen nacheinander aus. Sie fanden Charlie auf der Wiese des Picknickbereichs. Aufgeregt deutete sie auf ein handgeschriebenes Schild, das an einem Tisch baumelte.

»Seht ihr?«, sagte sie. »Seht ihr? Ich wusste, das hatte ich gesehen. An ein gutes Zuhause abzugeben, heißt es, und das bedeutet, wir können ihn behalten.«

»Was behalten?«, fragte Cameron.

»Für ein Kind, das nicht lesen kann, hat sie den Zettel ganz schön schnell gelesen«, murmelte Sean.

Unter dem Picknicktisch stand eine Aluminium-Bratpfanne mit schmutzigem Wasser und ein großer Sack Hundefutter, das halb im Gras verstreut war. Rote Ameisen wimmelten darauf herum.

»Vielleicht hat jemand anders ihn mitgenommen«, meinte Lily, erleichtert, kein Lebenszeichen zu entdecken. Das Letzte, was sie brauchten, war ein herrenloses Tier.

»Nein, hier ist jemand, das habe ich gesehen, als wir vorbeigefahren sind«, beharrte Charlie. Sie lief herum. »Hallo!«, rief sie. »Ist da jemand?«

Ein halbwüchsiger Junge mit schlaksigen Gliedmaßen und Trauermiene tauchte hinter der Grenze des Rastplatzes auf, oben auf einer Böschung, die zu einem Bach hinabführte. Ein ebenso schlaksiger Bruder schloss sich ihm an, der vielleicht ein Jahr jünger war. Schließlich schoss etwas Schwarz-weißes vorbei – ein Hund, der die Böschung hinauftollte.

»Seht ihr?«, sagte Charlie. »Seht ihr? Hierher, Hündchen«, rief sie, klatschte in die Hände und machte Knutschgeräusche mit dem Mund. »Hierher, Hündchen.«

Das Tier schoss hin und her, ein Energiebündel. Ashley lachte vor Vergnügen und brabbelte den Hund an. Cameron hielt sich im Hintergrund, obwohl Lily ihm ansah, dass er fasziniert war.

»Gebt ihr den Hund ab?«, fragte Charlie mit großen Augen.

»Wir müssen«, sagte der ältere Junge. »Unser Hund hat geworfen, und Dad hat gesagt, wir können die Welpen nicht behalten.«

Lily räusperte sich. »Charlie, wir sollten jetzt wirklich aufbrechen.

»Warte noch«, murmelte Sean, legte ihr seine freie Hand auf den Arm und schenkte ihr das unbeschwerte Lächeln, das Lily an die wilde Kussnacht erinnerte. So sehr sie sich auch bemühte, sie konnte nicht aufhören, an diese Nacht zu denken.

»Ist er lieb?«, fragte Charlie. »Kann ich ihn streicheln?«

»Sie«, stellte der jüngere Bruder richtig. »Sie ist sechs Monate alt und echt klug. Außerdem stubenrein und an die Lattenkiste gewöhnt, aber unser Dad hat gesagt, wir sollten sie heute Abend nicht mit nach Hause bringen.«

Sein Bruder pfiff und klopfte sich auf den Schenkel. »Hierher, Babe.«

Der Hund blieb stehen, die seidigen Ohren wie Flaggen auf Halbmast. Er drehte sich um, den Bauch nah am Boden, und lief mit wedelndem Schwanz auf die Jungen zu.

»Du kannst sie streicheln, wenn du willst«, sagte der Jüngere. »Wir nennen sie Babe, weil sie die Kleinste aus dem Wurf war. Sie ist die Einzige, die noch übrig ist.«

»Babe wie Babe Didrikson«, sagte Charlie mit leiser, ahnungsvoller Stimme.

»Mein Gott, so unternimm doch was«, sagte Lily zu Sean. »Es könnte gefährlich sein.«

»Lieber Hund, liebe Babe«, sagte Charlie schmeichelnd. Der Hund rollte sich auf den Rücken, streckte Brust und Pfoten in die Luft und ergab sich ihr. »Seht ihr«, sagte sie, als er ihr die Hand leckte, »wir sind schon die besten Freunde.«

Lily schüttelte den Kopf. »Auf keinen Fall«, sagte sie. »Wir können keinen Hund halten. Wir werden ihn mit in die nächste Stadt nehmen und bei einem Tierheim abgeben. So wird er zu einer Familie kommen, die ihn braucht und sich um ihn kümmern kann.«

Die anderen vier starrten Lily an. Ebenso die beiden Brüder.

»Kein Hund«, wiederholte sie. »Ihr habt keine Ahnung, worauf ihr euch einlasst, wenn ihr einen Hund bekommt. Besonders einen fremden. Wahrscheinlich hat er Würmer.«

»Sie hat eine Wurmkur hinter sich«, sagte der ältere Bruder.

Lily verschränkte die Arme. »Ein Hund wird euch das Herz brechen, das wisst ihr doch, oder? Ein Hund überlebt seinen Besitzer nie.«

»Ach, Lily«, sagte Charlie und kratzte seine federweiche Brust.

»Kein Hund«, sagte Lily. »Das ist mein letztes Wort.«

»Halt still, Babe.«

Lily warf dem jüngsten Familienmitglied einen wütenden Blick zu. Sie war vor zwei Tagen und fünfhundert Meilen zu ihnen gekommen. Lilys Plan, den Hund bei einem Tierheim in Elko, Nevada, abzugeben, war von vier heftigen Protesten niedergemacht worden.

»Man gibt einem Tier nicht einfach den Laufpass, nur weil es lästig ist«, hatte Sean gesagt.

»Ja«, stimmte Charlie ihm zu.

Selbst Cameron meldete sich zu Wort. »Ja.«

Lily hatte Ashley angesehen.

»Und jetzt du«, sagte sie.

»Ja«, sagte die Kleine.

Und jetzt war der geliebte Bastard natürlich Lilys Aufgabe. Sean war unter die Dusche auf dem Campingplatz gegangen, und Cameron hatte die Mädchen mit zum Spielplatz genommen und Lily mit dem Hund allein gelassen. Babe war schmutzig, und die einzige Möglichkeit, sie sauber zu bekommen, war die Dusche. Die Toilettenhäuschen auf dem Campingplatz waren deutlich mit dem Schild »Keine Haustiere erlaubt« versehen, sodass Lily nichts anderes übrig blieb.

Sie zwängte sich mit dem Hund in den winzigen, schrankähnlichen Raum und rang gut fünfundzwanzig Minuten mit Duschkopf und Tier, bis das Wasser ausging. Dann tauchten sie beide nass, zerzaust und schlecht gelaunt wieder auf. Babe hatte den gesamten Innenraum des Womos bespritzt, als sie im Mittelgang auf und ab lief, sich schüttelte und herumschnüffelte.

»Halt still«, sagte Lily noch einmal und kam mit dem Handtuch auf sie zu. Einem Designerhandtuch von Nordstrom, wie man sie für Besucher aufhob. Crystal wäre entsetzt, wenn sie wüsste, dass ihre guten Handtücher für einen Hund benutzt wurden. Lily füllte die flauschige weiße ägyptische Baumwolle mit nasser Hündin und begann, sie heftig zu frottieren. Sofort hörte sie auf, herumzurennen, denn Babe mochte nichts auf der Welt lieber, als abgerubbelt zu werden. Das hatten sie sofort bei ihr herausgefunden. Der Tierarzt, zu dem sie Babe in Tooele, Utah, gebracht hatten, hatte gelacht und ihr den Bauch getätschelt, während er sie untersuchte und impfte.

»Sie ist noch kein Jahr alt«, sagte er und bestätigte, was die Jungen ihnen erzählt hatten, »und bei bester Gesundheit.«

Lily rubbelte weiter, fest entschlossen, Babe sauber und trocken zu bekommen, bis sie bei der nächsten Station auf ihrer Rundreise vorfuhren, einem Golfturnier in Park City. Der Hund verfiel in Ekstase, schnurrte wie eine Katze und stöhnte hin und wieder auf.

Sean kam herein, sah aufreizend frisch und entspannt nach einer Dusche auf dem Campingplatz aus. »Boah«, sagte er, »riecht wie nasser Hund hier drinnen.«

Lily funkelte ihn wütend an.

»Warum wohl.«

Er bückte sich und kraulte Babe unter dem Kinn. »Du bist doch unsere Schönste«, sagte er.

»Ja, jetzt«, stimme Lily ihm zu. »Sie brauchte nur ein Bad.«

»Ich glaube, du hast eine neue beste Freundin.«

Lily hockte sich auf die Fersen. »Ich bin noch immer der Meinung, dass es ein Fehler ist, sie zu behalten.«

»Die Kinder sind verrückt nach ihr, und umgekehrt. Was soll daran schlecht sein?«

»Verrückt aufeinander zu sein, ist noch lange kein Grund, zusammenzubleiben.«

Sie fand ihre heruntergefallene Brille und setzte sie auf.

Die Gläser beschlugen, doch sie behielt sie stur auf.

Er lachte.

»Deine Logik erschlägt mich, Lily. Wirklich.«

»Ich denke nur an die Kinder«, sagte sie. »Sie haben schon so viel verloren. Wenn dem Hund etwas zustößt ...«

»Ich sage dir, was mit dem Hund passieren wird«, sagte er mit übertriebener Geduld. »Er wird so lange unser Haustier sein, wie es ihm bestimmt ist. Niemand weiß, wie lange das sein wird. Wir werden uns die größte Mühe geben, dass es ewig sein wird.«

»Nichts hält ewig«, flüsterte sie, ihr Gesicht plötzlich sehr nah an seinem.

»Das heißt nicht, dass wir es nicht versuchen wollen«, sagte er und beendete die Feststellung mit einem Kuss.

Beinahe wäre sie schwach geworden, zog sich dann aber zurück. »Du musst damit aufhören.«

Er lachte und zog ihr Babes neues Halsband über. »O ja, ich höre auf«, sagte er, »wenn die Hölle einfriert.«

40

Nie hatte Lily eine beste Freundin mehr gebraucht. Eine beste Freundin war der Mensch, den man anrief, wenn man geküsst wurde und die ganze Welt dabei vergaß. Einer besten Freundin sagte man, wenn man sich verliebte. Eine beste Freundin redete einem aus, sich komplett zum Narren zu machen wegen eines Mannes, der nur Ärger bedeuten konnte.

Crystal war tot, und Lily hatte sonst niemanden, dem sie ihr Herz hätte ausschütten können. Violet würde sie nur anstacheln und ihr sagen, sie solle sich darauf einlassen. Edna würde einen tiefen spirituellen Grund für die unerwartete Chemie finden, die zwischen Lily und Sean brannte. Ihre Mutter anzurufen, kam nicht in Frage. Lily kam zu dem Entschluss, ihr wäre besser gedient, wenn sie die Gefühle allein abwehrte.

Etwas stellte sie fest – ihr Schlafrhythmus war kaputt. Sie lag nachts wach und konnte nicht aufhören, an Sean Maguire zu denken. Alles versuchte sie – dem Atem der Mädchen zu lauschen, mit einer winzigen, an ihr Buch geklemmten Leuchte zu lesen, die zurückgelegten Meilen zu zählen. Und wenn sie dann eingeschlafen war, wachte sie zu früh auf, die Ohren gespitzt für den ersten Vogelgesang am Morgen.

Und bevor alles andere an ihr auch wach wurde, war ihr Verstand schon bei der Arbeit und dachte an Sean Maguire.

Der Kaffeeduft sagte ihr, dass er bereits aufgestanden war. Warum musste Kaffee bloß so gut riechen? Und warum machte er ihn jeden Tag? Um sie daran zu erinnern, dass sie sich etwas entgehen ließ?

Sie zwang sich, still zu liegen, bis sie ihn hinausgehen hörte, wahrscheinlich, um die Morgenrunde mit dem Hund zu drehen. Dann ließ sie sich noch ein wenig Zeit und hoffte, wieder einzuschlafen. Am Ende gab sie auf und wurde von ruhelosen, unmöglichen Gedanken und dem hinterhältigen Geruch nach Kaffee aus dem Bett getrieben. Sie schlüpfte an Charlie und Ashley vorbei, die in inniger Umarmung unter der Steppdecke lagen. Sie ging ins Bad und schnitt vor der Person im Spiegel Fratzen – grau gesprenkelter Pyjama, aufgedunsenes Gesicht, unordentliches Haar.

»Du siehst sogar im Schlaf noch langweilig aus«, murmelte sie vor sich hin und fuchtelte dann mit der Zahnbürste herum.

Sie kam aus der Waschkabine und warf einen wütenden Blick auf die Kaffeemaschine, deren rotes Licht leuchtete. Sie schaltete es aus, machte sich eine Tasse Ginseng-Tee und wünschte sich, es wäre Kaffee. Eine Bio-Sesamstange musste als Frühstück genügen. Beim Essen schaute sie finster und vorwurfsvoll auf die Schachtel Froot Loops auf dem Tisch. Nach einer kurzen, aber wilden Fantasievorstellung mit Kaffee, Froot Loops und Sean selbst trank sie ihren Tee zu Ende und ermahnte sich, sie solle sich zusammenreißen.

Dann zog sie Shorts an, ein Wonder-Bread-T-Shirt und Laufschuhe und band ihre Haare zu einem Pferdeschwanz.

Jeden neuen Ort, an den sie kamen, erforschte sie mit einer Joggingrunde. Sie war keine Athletin, hielt sich aber in Form, da sie treu an ihrer gesunden Lebensweise festhielt. Auf der Fahrt quer durch das Land war sie an den Ratten, Kakteen und den Mesquitbäumen einer Wüste in Nevada vorbeijoggt. Sie war zwischen verblüffenden, schneebedeckten Gipfeln in Utah und Colorado gelaufen, vorbei an den endlosen Prärien des Mittleren Westens, an Flussufern entlang, von Bäumen gesäumt, und über hügelige Landstraßen. Sie hatte geglaubt, sie würde es bereuen, ein Abenteuer in Italien aufgegeben zu haben, doch das Kind in ihr amüsierte sich prächtig.

Wenn sie zum Womo zurückkehrte, traf sie häufig Sean und die Kinder an, die zusammen Krispy Kremes aßen und sich mit unanständigem Verhalten abgaben, wie Achselfurzen oder Rülpssingen. Wer brauchte schon Italien, wenn man so etwas hatte?

An diesem Morgen, als sie aus dem Womo trat und leise die Tür schloss, wusste sie, dass sie an einem besonderen Ort war. Eine Stille hing in der Luft, leicht und durchscheinend wie der Morgendunst, und dämpfte die Rufe der Spottdrosseln und Ziegenmelker.

Wir sind angekommen, dachte sie. Das hier ist unser Ziel. Pinehurst, North Carolina. Sie waren am Abend zuvor eingetroffen, und sie sah die Gegend zum ersten Mal bei Tageslicht. Heimat weltberühmter Golfplätze und einer Reihe regionaler und nationaler Turniere, darunter auch das Colonial Classic. Sie waren gemeinsam quer durch das Land gefahren, damit Sean spielen konnte.

Natürlich hatte sie sich über die Gegend in ihren Reiseführern informiert. Es war eine ruhige Gemeinde, umgeben von hohen Weihrauchkiefern und weiß eingezäunten, smaragdgrünen Weiden, auf denen Jagdpferde grasten. Ein Netz unbefestigter Reitwege wand sich durch ursprüngliche Wälder. Jedes weiß gestrichene Haus saß wie ein Edelstein auf einem grünen Rasenpolster, ideal für ein Filmset. Hier ließen sich berühmte Familien nieder – Firestones und Beauregards, Banfields und Whitneys.

Kein einziger Reiseführer hatte sie auf die Pracht eines Morgens im Süden vorbereitet, wenn die Sonne aufgeht, wie das Licht durch die langen Nadeln der Kiefern fällt, der Geruch nach Gras, den die Brise herbeiweht. Sie joggte durch eine Gegend mit dem selbstgefälligen Namen Royal Oaks, obwohl sie zugeben musste, dass die ausladenden Eichen entlang der Hauptstraße etwas Majestätisches an sich hatten. Tara, Tara, Tara, dachte sie im Rhythmus ihrer Atmung und lauschte dem gedämpften Geräusch ihrer Füße, die auf dem weichen Pfad auftrafen.

Sie musste nicht weit laufen, bis sie den Golfplatz fand, auf dem das Turnier stattfinden sollte. Zu dieser Zeit war der Parkplatz leer bis auf zwei Fahrzeuge mit achtzehn Rädern, das eine mit einer wehenden amerikanischen Flagge bemalt, das andere in leuchtendem Grün. Der eine enthielt einen riesigen Generator, der andere jede Menge hochtechnologischer Geräte, vielleicht, um die Ergebnisse festzuhalten. Im Augenblick waren sie vollkommen ruhig, zwei schlafende Riesen.

Sie verlangsamte ihre Schritte und ging zwischen den Lastern hindurch zu einem perfekt gepflegten Vorgrün, umrahmt von magentafarbenen Azaleen und einem weiß getünchten Zaun. Ein Schild in Form eines ausgestreckten Fingers wies den Weg zum Driving-Range.

Während sie über den mit Kiefernnadeln bedeckten Pfad wanderte, hatte sie das Gefühl, einen smaragdgrünen Zauberwald betreten zu haben. Es war so ruhig, dass sie den Flügelschlag eines Vogels über sich und ihren eigenen Herzschlag hörte. Kein Windchen wehte, obwohl der Morgendunst ihre nackten Arme und Beine kühlte.

Sie vernahm das inzwischen vertraute Geräusch eines schwingenden Schlägers. Sean hatte auf der Fahrt durch das Land jeden Tag geübt oder gespielt, und sie hatte sich daran gewöhnt, das Schwirren eines Schlägers durch die Luft zu hören, den dumpfen Aufprall des Schlägers auf den Golfball. Dann folgte eine lange, unendlich lange Stille, anschließend der ferne Aufschlag des Balls, der viele Meter weit entfernt zu Boden fiel.

Interessant, dass sie wusste, es war Sean, der einen Golfball schlug, und kein anderer. Sie lernte das Geräusch und den Rhythmus seines Spiels.

Am Driving-Range erwartete sie eine Reihe Spieler zu sehen, die in einer Reihe standen und übten. Stattdessen war nur einer da. Sean wirkte so einsam dort im Morgendunst, der die auf ihn fallende Sonne filterte. Seine überaus hohe Konzentration schien ihn zu beherrschen wie ein Zauber. Er war bei seiner Arbeit so vertieft, dass Lily sicher war, er hatte sie nicht bemerkt.

Der Hund war an eine Bank neben ihm gebunden und stieß den Atem in kleinen Wolken aus. Jedes Mal, wenn Sean einen Ball traf, stellte er seine Ohren nach vorn auf und bebte vor Erwartung, doch er lief nie hinter dem Ball her. Sean hatte ihm beigebracht, Bälle auf dem Übungsplatz zurückzuholen, doch nur auf Befehl.

Sean behielt seine grimmige Konzentration bei, während er einen Ball nach dem anderen schlug, weit über die Längenmarkierungen hinaus.

Sie stand noch immer auf dem Weg, nicht willens, ihn zu unterbrechen, bis er alle Bälle aus dem Eimer, der hinter ihm auf dem Boden stand, verschlagen hatte. Bezeichnend für ihn war, dachte sie, dass er als Erster auf dem Übungsplatz war. Den Kindern zuliebe, die von ihm abhingen, musste er seine Sache gut machen. Doch etwas anderes als dieses mächtige Bedürfnis trieb ihn an. Er wollte das hier wahrscheinlich mehr als alle seine Konkurrenten.

»Guten Morgen«, sagte sie, als er eine Pause machte.

Babe zappelte und schnüffelte zur Begrüßung, verbeugte sich dann und jaulte ein wenig. Lily war im Prinzip noch immer gegen die Haltung eines Hundes, doch sie musste zugeben, es machte Spaß, jemanden zu haben, der jedes Mal, wenn er sie sah, ekstatische Anfälle hatte.

»Guten Morgen, Miss Robinson.« Sean lächelte und wischte den Schlägerkopf ab.

»Sollte das nicht dein Caddie machen?«, fragte sie.

»Als ich das letzte Mal nach ihm sah, lag mein Caddie mit dem Gesicht nach unten in einem Haufen Decken.«

»Als ich ging, lag er auch so da.«

»Ich bin zu nachsichtig mit ihm.«

»Schon möglich.«

Er polierte alle benutzten Schläger, ohne seine Aufmerksamkeit von ihr abzuwenden. Eine plötzliche Woge der Befangenheit überkam sie. Wie üblich war sie in ihrer kurzen

Jerseyhose und dem T-Shirt im Nachteil, ein altmodischer Kontrast zu seinem Golfhemd, frisch aus der Verpackung, und der dunklen Hose mit Bügelfalte.

»Ich dachte, ich hätte hier draußen mehr Spieler gesehen«, sagte sie. »Warum bist du so früh dran?«

Er rollte mit den Schultern. »Ich brauche mehr Übung als alle anderen. Ich muss die verlorene Zeit aufholen.«

»Red zufolge hast du mehr angeborenes Talent als jeder andere auf dem Platz.«

»Talent ist dabei nicht alles. Man muss üben, als bekäme man keinerlei Hilfe von Mutter Natur. Denn es ist so: Ein Spieler, der am Tag neun Stunden geübt hat, wird jederzeit einen Spieler mit natürlicher Begabung schlagen. Kapiert?«

»Warum werde ich das Gefühl nicht los, dass es nicht die richtige Einstellung ist?«, fragte sie.

»Jetzt hörst du dich an wie mein Agent.« Er deutete auf eine Bank, an der er seine Straßenschuhe, eine Thermoskanne und eine Schachtel Hundefutter abgestellt hatte. »Ich würde dir ja Kaffee anbieten«, sagte er, »aber ich weiß schon, dass du mir einen Korb geben wirst.«

»Vielleicht werde ich dich eines Tages in Erstaunen versetzen. Kann sein, dass ich mich an Kaffee und Hundefutter bediene.«

Er grinste. »Das würde ich gern sehen«, sagte er. »Bei vielen Dingen würde ich dir gern zusehen.«

Sie wusste, die Unterhaltung begab sich auf gefährliches Terrain, doch allmählich rückte sie ihm näher, obwohl sie es besser wissen müsste. »Was zum Beispiel?«

»Ich weiß nicht. Vieles eben.« Er setzte sich und bückte

sich, um die Schuhe zu wechseln. »Wie du dich betrinkst und dir die Bluse ausziehst. Das würde ich zu gern sehen.«

»Du und alle Siebtklässler in Amerika. Werde erwachsen, Maguire.«

»Warum?«

»Weil du erwachsen bist. Du solltest dich altersgerecht verhalten.«

»Mir gefällt mein innerer Siebtklässler.«

»Dem American Golfer offenbar auch.« Red Corliss kam aus der Richtung des Parkplatzes. Er hielt Sean die Illustrierte hin. »Titelseite, mein Freund. Du hast sie bei dem Turnier in Park City auf dich aufmerksam gemacht.«

Sean sprang auf und grinste hocherfreut. »Red, ich habe nicht mit dir gerechnet.«

Lily sah, dass Babe mit dem Impuls zu kämpfen hatte, den Neuankömmling anzuspringen und zu beschnüffeln. Sean schien sie mit einer leichten Handbewegung ruhig zu stellen, was Lily faszinierte.

Als sie sich erhob, um Red zu begrüßen, wurde ihr klar, dass dies ein großes Geschäft war. Red Corliss war ein viel beschäftigter Agent, der keine Zeit hatte, zu jedem Turnier seiner Klienten zu kommen.

»Red, du erinnerst dich an Lily.«

»Allerdings.« Sie schüttelten sich die Hand. »Schön, Sie unter glücklicheren Umständen zu treffen«, sagte er recht freundlich. »Wie geht es den Kindern?«

»Wir leben in diesem Sommer von einem Tag auf den nächsten«, sagte Sean.

Seine pauschale Feststellung verlieh Lily ein Gefühl der Solidarität mit ihm. Eine eigentümliche Vertrautheit, die aus der gemeinsamen Hingabe an die Kinder resultierte. Vielleicht war es das, dachte sie. Vielleicht war das der Grund dafür, dass die Chemie zwischen ihnen stimmte. Wenn es so war, dann wäre es klug, sich nicht näher auf ihn einzulassen. Sich in einen Mann zu verlieben, weil er für drei Kinder verantwortlich war, die sie zufällig liebte, war keine gute Idee.

»Komm, wir sehen nach, ob die Kinder schon aufgestanden sind«, sagte sie.

»Das hier ist unsere neueste Errungenschaft«, sagte Sean zu Red und klickte die Leine ins neue Halsband des Hundes. »Sie heißt Babe. Charlie hat sie am Wegesrand entdeckt, und wir haben sie adoptiert.«

»Nett«, sagte Red. »Vielleicht nimmt Purina sie unter Vertrag.«

»Alter Softie«, sagte Sean.

Sie gingen gemeinsam zurück zum Wohnmobil. Lily amüsierte sich im Stillen über Red. Er war offensichtlich eine andere Art des Reisens gewöhnt. Crystal hätte die Marken seines Anzugs und seiner Schuhe erkannt. Lily wusste nur, dass sie teuer waren.

»Was hat die Sportpresse denn verlauten lassen?«, fragte Lily.

Er reichte ihr die Illustrierte. Das Titelblatt zeigte eine Nahaufnahme von Sean, nachdem er gerade abgeschlagen hatte und mit den Augen den Flug des Balles verfolgte. Die Kamera liebt diesen Mann, dachte sie, und brachte die klassischen Gesichtszüge, die kristallklaren, blauen Augen die Anspannung und Konzentration auf seinem Gesicht äußerst vorteilhaft zur Geltung.

Der Titel darüber lautete: »Vom Playboy zum Familienvater.«

Sie las ihn laut vor und lachte.

»Machen Sie sich ruhig darüber lustig«, sagte Red. »Die Presse schluckt es.« Er nahm die Zeitschrift und wedelte damit vor Sean herum. »Denk einfach dran, heute bist du die Wohlfühlstory für zwischenmenschliches Interesse. Vermasselst du die nächste Runde, bist du morgen ...«

»Er hat wunderbare Übungsrunden hingelegt«, mischte Lily sich ein. Sie war neu in der Welt des Profigolfsports, doch sie wusste instinktiv, dass der sicherste Weg für ein gutes Ergebnis die Konzentration auf das Positive war. »Er und Cameron arbeiten wie eine gut geölte Maschine zusammen.«

»Das höre ich. Ich wollte, dass du einen Caddie mit mehr Erfahrung nimmst, aber wahrscheinlich ist es auch recht, wenn du an dem Jungen festhältst. Ist auch nützlich für die PR.«

»Deshalb nehme ich ihn nicht«, sagte Sean. »Ich nehme ihn, weil er gut für mich ist.«

41

Cameron saß auf dem Fahrersitz des Winnebago und tat, als führe er. Er musste im größten Turnier des Sommers den Caddie geben, und ihm war übel vor Angst – Angst, Caddie zu sein, Angst, ein Mädchen zu küssen, Angst, zu fahren. Er saß hoch im Schalensitz, spürte die leicht zu tretenden Pedale unter seinen Füßen und das große, stabile Lenkrad in den Händen. Außer ihm war niemand da. Die anderen nahmen am Grillfest auf dem Golfplatz teil, das vor dem Turnier abgehalten wurde. Cameron hatte die Gelegenheit genutzt, davonzuschleichen und Becky anzurufen, hatte aber keinen Anschluss bekommen. Sie war noch bei der Arbeit.

Ein Zeitunterschied von drei Stunden ging jedenfalls auf die Nerven. Er vermisste sie so sehr, dass manchmal das Atmen wehtat. Man konnte so unglaublich gut mit ihr reden, sie war so lustig und klug, sie kümmerte sich überhaupt nicht darum, was die Leute von ihr dachten. Bevor sie sich angefreundet hatten, war ihm nicht klar gewesen, wie befreiend das war. Ein paar seiner festen Freunde hatten ihm nach dem Unfall den Laufpass gegeben, und Becky hatte ihm gesagt, er solle aufhören, sich darüber zu ärgern.

»Dr. Phil sagt immer, man würde sich nicht so viel daraus

machen, was die Leute von einem denken, wenn man wüsste, wie selten sie es tatsächlich tun.«

Er wünschte, er könnte nach Sonora, Kalifornien, fahren, um sie zu sehen. Herrgott, er wünschte, er könnte fahren, Punkt.

Er wusste, wie es ging. Er war der beste Schüler im Verkehrsunterricht in der Schule gewesen. Bescheid zu wissen, war nicht das Problem. Wie ein Verrückter durchzuknallen, sobald er sich hinter ein Lenkrad setzte, das war sein Problem.

Doch im Augenblick war er erstaunlich ruhig am Lenkrad des Winnebago. Der Campingplatz war praktisch leer. Die meisten Profis wohnten in den Ferienhotels in der Nähe mit Zimmerservice und Swimmingpools. Bis auf einen kugelförmigen Airstream am anderen Ende des Platzes hatte Cameron eine weite Fläche für sich allein.

Die Windschutzscheibe umrahmte die Aussicht auf Dogleg Creek und die Wälder dahinter. Cameron verwandelte sie in das Bild vom Highway, der sich vor ihm in seiner ganzen Asphaltpracht erstreckte und ihn direkt auf den Horizont zu führte. Er stellte fest, dass er das Motorengeräusch mit dem Mund noch nachahmen konnte, obwohl er es seit Jahren nicht mehr gemacht hatte. Es klang genauso wie damals, als er sechs Jahre alt und Teil einer glücklichen Familie war. Im Handumdrehen war er auf halbem Weg nach Memphis.

Hinter Phoenix fuhr er an den Straßenrand und machte das zischende Bremsgeräusch. Das war idiotisch. Er sollte richtig fahren.

In seiner Hosentasche kramte er nach den Schlüsseln. Er

hatte keine Ahnung, ob der Türschlüssel ins Zündschloss passte, wie bei einem PKW.

Es ging nicht. Er war erleichtert und enttäuscht zugleich.

Er betrachtete die Schlüssel in seiner Hand. Sie hingen an einem Schlüsselanhänger mit der Aufschrift »Rex Slug Bait«. Vielleicht war es einer der anderen Schlüssel. Vielleicht war es der, der mit Zündung gekennzeichnet war.

Na schön, jetzt hatte er also keine Ausrede mehr. Er hatte einen leeren Platz und jede Menge Raum. Er hatte den ganzen Winnebago für sich allein. Höchste Zeit. Sie würden wieder westwärts nach Comfort fahren, zurück zu den Komplikationen und Schwierigkeiten, die dort nach wie vor warteten.

Ein Anflug von Panik kurz vor dem Durchknallen pochte in seiner Brust. Er holte tief Luft und ignorierte die Übelkeit, als er ausstieg, um das Stromkabel aus der Außensteckdose zu ziehen. Dann kletterte er wieder auf den Fahrersitz.

Jetzt, dachte er.

Sicherheitsgurt anlegen. Schlüssel ins Zündschloss. Gangschaltung auf Parken.

Der Motor sprang an, seine Kraft hallte im Unterboden wider, dann in Camerons Innereien. Sein Griff am Lenkrad wurde fester, und er zwang sich, sich zu entspannen.

»Ganz ruhig«, sagte er leise, »nimm's leicht.«

Schritt für Schritt. Er löste die Handbremse und legte den Gang ein. Es ging leicht. Im Geist hatte er es tausend Mal gemacht. Dann, glatt wie ein stromabwärts schwimmender Fisch, setzte er sich in Bewegung. Fuhr. Er war langsam wie eine alte Frau, doch das machte nichts. Das Fahrzeug war ein Kahn, und es dauerte, bis man sich daran gewöhnte.

Cameron hatte das Gefühl zu fliegen. Er fuhr über den Campingplatz, vorbei an den freien, im Fischgrätenmuster angelegten Stellplätzen. Jede Ecke nahm er wie ein Profi, spürte rasch, wann er den Lenker einzuschlagen hatte und wie spitz der Winkel war. Drei Mal fuhr er herum und fühlte sich so entspannt, dass er das Radio einschalten konnte. Aerosmith, perfekt. Noch ein paar Runden, und er kurbelte das Fenster herunter, den Ellenbogen auf die Kante gelegt wie ein Fernfahrer.

Schließlich lenkte er das Wohnmobil direkt aus der Ausfahrt. Die Familie war vielleicht nach den vielen Aktivitäten tagsüber erschöpft. Er konnte sich vorstellen, dass sie sich freuen würde, nach Hause gefahren zu werden, obwohl es bis zum Golfplatz nur ein paar Häuserblocks war.

Auf den Wohnstraßen, die nach Royal Oaks führten, unterschritt er die zulässige Höchstgeschwindigkeit, doch es machte nichts. Niemand war hinter ihm.

Als er in den Parkplatz des Golfplatzes einbog, hielt er sich an den Rand, da er nicht ins Gedränge geraten wollte. Das Grillfest war noch in vollem Gang. Er roch das gebratene Fleisch und vernahm Country-Musik aus den Lautsprechern.

Hinter dem Hauptgebäude stand der Laster eines Partyservice. Weiß gekleidete Arbeiter liefen hin und her. Ein Mädchen, die Becky ein wenig ähnlich sah, rollte einen großen Mülleimer zu den Müllcontainern.

Cameron beobachtete sie eine Zehntelsekunde zu lange. Als er seine Aufmerksamkeit wieder darauf richtete, wohin er fuhr, tauchte ein zweiter Karren mit Mülleimern hinter dem Wagen des Partyservice auf.

Obwohl er im Schneckentempo fuhr, erschien ihm der Aufprall wie eine Explosion. Der Container spuckte alles aus – benutzte Pappteller und Becher, Maiskolben und Klumpen aus Grillsauce, zerknüllte Servietten, angebissene Hot Dogs, Asche und Ketchup. Ein Klumpen – vielleicht Kohlsalat – landete klatschend auf der Windschutzscheibe.

Cameron gelang es immerhin, das Wohnmobil in den Leerlauf zu schalten und den Motor abzustellen. Er sprang heraus und rannte los, sobald er Boden unter den Füßen hatte. »Ist jemand verletzt?«, fragte er. Die Panik hatte ihn wieder und hielt ihn fest umklammert.

Ein Arbeiter vom Partyservice, dessen weiße Kleidung mit dem Namen Roy bestickt und mit roter Soße bekleckert war, schaute ihn finster an. Roy wog etwa zweihundertfünfzig Pfund. Er hatten einen runden Kahlschädel und jetzt auch noch einen breiten Streifen Senf auf der Hose.

»Nein, Blödmann«, sagte Roy, »aber du hast hier was aufzuräumen.«

»Natürlich«, sagte Cameron. »Mein Gott, es tut mir leid. Ich habe Sie nicht gesehen.« Er schaute sich hastig um und versuchte herauszufinden, was er zuerst tun sollte. Eine kleine Gruppe hatte sich angesammelt. Die Leute zeigten auf das Chaos und tuschelten.

Toll.

Ein Reporter und ein Fotograf traten vor, der Reporter rief Fragen. »Jemand verletzt? Wessen Winnebago ist das?« Er wandte sich an Roy. »Sir, haben Sie gesehen, was passiert ist?«

Roy deutete mit einer ruckartigen Kopfbewegung auf Cameron. »Der Blödmann hat nicht hingesehen, wohin er das Ding fuhr.«

Die Kameralinse und der Reporter drehten sich zu Cameron um. Ihm kam der Gedanke, dass er eigentlich nicht sterben wollte, doch wenn ihn zufällig in diesem Augenblick der Blitz getroffen hätte, wäre es ein Segen gewesen.

Ein Segen wurde ihm nicht zuteil, erkannte er, als er seinen Onkel sah, der sich durch die Menge zu ihm durchkämpfte.

Jetzt ist es so weit, dachte Cameron. Er war prima mit seinem Onkel ausgekommen, besser als mit seinem Vater. Offensichtlich sollte das nun ein Ende haben. Er würde nur der wertlose Nichtsnutz sein, für den sein Dad ihn gehalten hatte; jetzt würde Sean das auch von ihm denken.

»Nichts zu melden heute, Donny?«, knurrte Sean den Reporter an.

Donny reagierte souverän. »Kennen Sie diesen jungen Mann?«

»Lassen Sie mich mal«, sagte Sean und ging auf Cameron zu.

»Hey«, sagte er.

O-oh. Cameron trat von einem Fuß auf den anderen und wartete auf das Unwetter, das sich zusammenbraute und über ihn hereinbrechen würde. »Hey.«

»Du hast also das Ding hier gefahren?«

Jede nur denkbare Ausrede sammelte sich in seiner Kehle, doch heraus kam nur: »Ja.«

»Ich denke, du kannst ihn zurücksetzen und aus dem Weg fahren, damit du hier aufräumen kannst?«

O Gott, dachte Cameron, wenn alle zusehen? »Ja«, sagte er und hoffte, dass er nicht log.

Sean warf einen Blick auf die Windschutzscheibe mit den

Resten Kohlsalat, die noch daran herabglitten. Sein Gesicht wirkte verhärtet, die Lippen fest zusammengepresst, die Augen hell. Cameron hatte ihn noch nie so wütend erlebt.

»Und weißt du, wie man die Scheibenwischer betätigt?«, fragte Sean, die Stimme so angestrengt wie der ganze Körper.

»Ich glaube ja.« Camerons Mund war ausgetrocknet, als hätte die Scham sämtliche Feuchtigkeit aus ihm gesaugt. Dann fiel ihm etwas an seinem Onkel auf. Nicht Wut war es, die ihn so steif und angespannt hielt. Er starb beinahe vor Lachen und schwitzte dabei.

Schließlich konnte er nicht länger an sich halten. Er brach in schallendes Gelächter aus und sagte: »Dann ist es wohl besser, wenn du die Scheibenwischer einschaltest, bevor du das Ding wieder in Gang setzt.«

Lily war froh, dass Red Corliss die Sache in die Hand nahm. Sich mit einer Situation abzugeben, in der es um Müllwagen gegen Wohnmobil ging, stand nicht in seiner Arbeitsplatzbeschreibung, doch er ließ sich unverzüglich von Cameron zur nächsten Waschanlage fahren. Danach trafen sie sich alle in Reds Hotel, denn er hatte Charlie versprochen, sie könne dort im Pool schwimmen.

Das Colonial gleich neben dem Golfplatz war ein prächtiges, elegantes Hotel, in dem die meisten Spitzenspieler des Turniers untergebracht waren. Zwei Türsteher in rotem Zylinder und Frack hielten die Türen zur Empfangshalle aus Messing und Marmor auf. Sie hatte einen Rundbau mit einer Kuppel aus buntem Glas, darunter eine Kopie des »Cristo Velato« von Sanmartino als Kernstück. Lily blieb wie angewurzelt stehen, um sie zu betrachten. Das gehörte zu den wichtigsten Kunstwerken, die sie sich in diesem Sommer in Italien hatte ansehen wollen, eine so vollkommen ausgearbeitete Skulptur, die angeblich die Betrachter zum Weinen brachte.

Sie weinte beinahe schon angesichts der Nachbildung, die auf einem großen polierten Marmorsockel ausgestellt war. Die unerschrockene Darstellung von Leid traf einen Nerv, und sie schaute rasch zu Charlie, Cameron und Sean, um zu sehen, ob sie in ähnlicher Weise gerührt waren. Cameron war damit beschäftigt, zwei glatthaarige Teenager in kurzen Röcken und Trägertops zu begutachten, während Charlie ihrer kleinen Schwester zeigte, wie man auf dem schwarzweißen Marmorfußboden Hinkekästchen spielte. Sean und Red waren weitergegangen, in eine Unterhaltung vertieft. Lily ihrerseits spürte schmerzhaft, dass Crystal ihr fehlte, so sehr, dass ihr beinahe die Luft zum Atmen fehlte. Sie hatte keine Ahnung, welche Rolle sie in dieser zerbrochenen Familie übernehmen sollte. In manchen Augenblicken hatte sie den Eindruck, es liefe gut. Cameron hatte sich endlich hinter ein Lenkrad gesetzt, vom Ergebnis einmal abgesehen. Dann wieder kam Lily sich nur verloren vor, so verloren wie Charlie aussah, wenn sie morgens aufwachte und wieder feststellte, dass die Mutter, von der sie geträumt hatte, genau das war, nämlich ein Traum.

»Lily«, sagte Charlie und nahm sie an die Hand. »Sieh mal, der Pool!«

Er war durch die Glastüren am Ende des Säulengangs zu sehen – ein glitzerndes, türkisfarbenes Achteck mit einem nachgebildeten Trevi-Springbrunnen und sogar einer prächtigen, gewundenen Treppe, die ans seichte Ende hinabführte. Das perfekte Abbild protziger Zurschaustellung.

Lily nahm die Mädchen mit in den Umkleideraum für Frauen und half ihnen beim Anziehen ihrer Badeanzüge. »Wo ist deiner?«, fragte Charlie.

»Ich wollte nur zusehen.«

Charlie verzog verwirrt das Gesicht. »Zusehen? Hast du den Pool gesehen? Wie kannst du nur zusehen wollen?«

»Ist schon recht«, sagte Lily und bemühte sich um einen leichten Ton.

Es hatte keinen Sinn, diesem Kind zu gestehen, dass sie ihr Leben lang Angst vor Wasser gehabt hatte. Der einzige Grund, warum sie überhaupt schwimmen konnte, war, dass sie im College einen Schwimmschein hatte absolvieren müssen, um die Bescheinigung zu erhalten, im Sommer unterrichten zu dürfen.

»Komm schon, Lily. Wenn du nicht ins Wasser gehst, macht es nicht soviel Spaß«, sagte Charlie. Sie und Ashley sahen in ihren gelben Badeanzügen hinreißend aus. Ashleys hatte unten herum sogar Rumbarüschen.

»Ich habe keinen Badeanzug mitgenommen.« Sie hatte einen im Wohnmobil, doch es war ihr gelungen, das ganze Land zu durchqueren, ohne ihn auspacken zu müssen.

»Wir besorgen dir einen«, sagte Charlie liebevoll und bestimmend zugleich – genau wie ihre Mutter.

Unheimlich. »Auf der anderen Seite der Eingangshalle ist ein Laden.«

»Läden in Hotels sind zu teuer.«

»Onkel Sean wird morgen eine Million Dollar gewinnen«, sagte Charlie stur. »Er wird dir das Geld dafür geben.«

»Dein Onkel wird mir keinen Cent geben«, sagte Lily hastig, abwehrend. »Ich habe mein eigenes Geld.«

»Dann nimmst du das. Mach es und vergiss es.« Genau das hätte Crystal auch gesagt. Dann versuchte Charlie es auf die niedergeschlagene Tour. »Ich möchte wirklich gern, dass du mit uns schwimmst.«

»Bitte«, sagte Ashley leise, als hätte sie die Unterhaltung verstanden.

Lily seufzte tief.

»Ihr seid zwei Herzchen.«

Sie brachte die Kleine hinaus an den Beckenrand und übergab sie Sean. Ein paar Sekunden lang trocknete ihr Mund aus, und sie war sprachlos, als sie ihn ohne Hemd mit muskulösem Oberkörper vor sich sah, schon nass vom Eintauchen. Dann erklärte sie ihm, sie habe ihren Badeanzug vergessen und müsse sich einen in der Boutique des Hotels kaufen.

»Lassen Sie ihn auf mein Zimmer schreiben«, sagte Red. Er trug Hawaiishorts und hatte eine nicht angezündete Zigarre zwischen den Zähnen.

»Ich passe.«

»Sagen Sie, dass Sie es machen, oder ich komme mit einkaufen.«

»Das ist eine Verschwörung«, sagte Lily und eilte zu dem Laden.

Charlie bestand darauf, sie zu begleiten, und sie kaufte mit dem scharfen Auge ihrer Mutter für Farbe und Stil ein. Bei den schwarzen und marineblauen Badeanzügen, die Lily sich aussuchte, winkte sie ab. »Probier den«, sagte sie und schob einen Bikini mit Kleiderbügel unter der Tür durch. »Und kein Gejammer.«

Er war von beinahe skandalösem Kirschrot, und Lily musste gegen ihren Willen zugeben, dass Charlie recht hatte. Der Bikini war … heiß. Bevor sie ihre Meinung ändern konnte, bat sie eine Verkäuferin, die Etiketten abzuschneiden, und kaufte ihn.

Sie ertrank in Befangenheit, als sie mit Charlie an den Beckenrand hinaustrat.

Jede Hoffnung, dass sie sich einfach diskret an die Seite setzen konnte, wurde von Charlie zunichtegemacht. »Onkel Sean, guck mal, Lily«, rief sie lauthals. »Ich durfte ihn aussuchen.«

Mit Ashley auf dem Arm drehte er sich zu ihnen um. Der Blick der über Lily glitt, wirkte wie Sonnenbrand.

»Gut gemacht, Charlie«, sagte er.

»Spring rein.«

Lily schlich an den Beckenrand, setzte sich und ließ die Füße in den flachen Bereich baumeln. Das Wasser fühlte sich nach der erdrückenden Hitze des Tages hier im Süden köstlich an.

Sie versuchte sich vorzustellen, wie es wäre, unterzutauchen, Gesicht und Kopf von Wasser einschließen zu lassen, und der Gedanke ließ sie schaudern.

Hoffentlich fiel niemandem auf, dass sie nicht ins Wasser ging, denn sie wollte nicht erklären müssen, dass sie Angst hatte. Es war albern, doch das alte Entsetzen war spürbar wie eh und je.

Während Red die Mädchen am flachen Ende beobachtete, schwamm Sean unter Wasser durch den Pool und tauchte vor Lily wieder auf. »Du gehst nicht ins Wasser«, stellte er fest.

»Ich mache meine Füße nass.« – »Ich möchte aber lieber alles an dir nass sehen.«

»Du bist ein Lustmolch, weißt du das?«

Er paddelte rückwärts, die Arme weit ausgebreitet. »Ich bin der Familienmann beim Golf. Liest du denn die Sportseiten nicht?«

»Dann solltest du dich lieber wie ein Familienmann benehmen, nicht wie ein Lustmolch!«

»Aber Schätzchen, wenn ich in deiner Nähe bin, kann ich nicht anders.«

42

Lily war tatsächlich eine eifrige Leserin der Sportseiten geworden. Am nächsten Morgen schlug sie den Sportteil der *Raleigh Durham Gazette* auf und verschluckte sich beinahe an ihrem Tee. Sean war darin abgebildet, wie er Cameron eine Hand auf die Schulter legte und aus vollem Halse lachte. Cameron wirkte vorsichtig erleichtert. Die Überschrift lautete: »Der Schwächere im Turnier und der Caddie-Neuling«. Donny Burns, der Reporter, hatte einen ironischen Artikel über »den Unfall mit dem Müllcontainer« geschrieben, wie er es nannte.

»Wir wollen nur hoffen, dass der Zusammenstoß von Sean Maguires Winnebago mit einem Abfallbehälter auf Rädern kein Omen für das bevorstehende Turnier am Samstag ist. Des Weiteren wollen wir hoffen, dass die Affäre zwischen Caddie und Caterer das Urteilsvermögen des jungen Cameron Holloway nicht beeinträchtigt. Obwohl sein Stammbaum in Golf makellos ist – er ist der Sohn des verstorbenen PGA-Meisters Derek Holloway, Neffe des früheren Meisters Maguire – ist Cameron Holloway in Turnieren noch nicht erprobt. Seine Vorstellung als Maguires Taschenträger könnte der Schlüssel zum Erfolg des Außenseiters sein – oder zu seinem Misserfolg …«

»Lily, was ist los?«, fragte Charlie und stocherte in ihrem Müsli herum.

Lily wollte die Zeitung schon zusammenlegen, hielt aber inne. Sie hatte keinen Grund, das zu verstecken. Sie drehte das Foto zu Charlie um. »Die Zeitung hat diesen ziemlich schäbigen Artikel über deinen Bruder und deinen Onkel geschrieben.«

Charlie schaute intensiv in die Zeitung, während Lily der Kleinen noch eine Banane reichte. Sie saßen nur zu dritt beim Frühstück. Sean und Cameron waren im Morgengrauen gegangen, um sich für die erste Runde des Turniers aufzuwärmen.

»Onkel Sean ist auf dem Foto gut getroffen«, bemerkte Charlie.

Von ihm konnte es einfach kein schlechtes Foto geben, dachte Lily.

»Ich glaube aber, die Zeitung irrt sich«, sagte Charlie. »Cameron ist in Turnieren erprobt.«

Lily hob ruckartig den Kopf. »Was hast du gesagt?«

»Die Zeitung irrt sich. Ein Mal war er Caddie für unseren Dad …«

»Charlene Louise Holloway.« Lily lächelte. »Du hast den Artikel ganz allein gelesen.«

Charlie stopfte sich Müsli in den Mund, nahm sich Zeit zum Kauen und sagte dann: »Wir sollten gehen. Es ist ein Kanonenstart.«

Lily strich sich die Haare zurück, band sich einen Pferdeschwanz und setzte die Kappe des Sponsors auf, passend zur Tragetasche und zur Wasserflasche, die sie mitnahm – weiß mit bunten Punkten. Crystal wäre entsetzt.

»Nur ein bisschen Sinn für Mode könnte dein Leben verändern«, würde sie sagen.

Bei dem Gedanken musste Lily lächeln. Crystal dachte wirklich so – verändere dein Aussehen, und du veränderst dein Leben.

»Das steht dir gut«, sagte Charlie. »Legst du noch Lippenstift auf?«

»Das habe ich schon.«

»Ich meine farbigen.«

»Tagsüber?«

»Natürlich.«

Lily zeigte ihr drei Möglichkeiten und war mit Charlies Wahl einverstanden. Die Farbe nannte sich Wilde Wassermelone.

»Und du solltest die Fußsocken tragen, nicht die, die bis an den Knöcheln reichen«, riet Charlie ihr.

»Du trägst doch auch Knöchelsocken.«

»Ja, aber ich bin ein Kind.«

»Ich kriege Modeberatung von einer Achtjährigen.« Sie tätschelte Charlies Kopf. »Du bist die Tochter deiner Mutter.«

»Echt?«

»Absolut. Das ist ein Grund, warum ich dich so liebe.«

Lily spürte Charlies ruhigen Blick. »Was ist?«, fragte sie.

»Das hast du mir noch nie gesagt«, antwortete Charlie.

»Unsinn. Das sage ich dir die ganze Zeit«, entgegnete Lily.

»Nein. Du sagst die ganze Zeit, dass du mich lieb hast, aber das hier ist anders«, beharrte Charlie.

Lily spürte einen inneren Tumult. Von Tag zu Tag fiel es ihr schwerer, sich von dieser Familie zurückzuhalten, ihre

Unabhängigkeit zu wahren. Es war zu spät, sich vor Verletzung zu schützen, merkte sie. Diese Wahlmöglichkeit hatte sie längst aufgegeben. Jetzt konnte sie sich nur noch gegen den Herbst wappnen. Sie ließ alle Gefühle für Charlie zum Vorschein kommen, als sie sagte: »Du hast recht. Was ist los mit mir?«

»Nichts. Deshalb liebe ich dich so sehr.«

Sie führten Babe noch ein letztes Mal aus, bevor sie in den Käfig im Womo kam. Selbst bei laufender Klimaanlage und eingeschaltetem Radio würde Babe damit nicht gerade zufrieden sein. Als Lily den Hund mit einem Milk-Bone in den Käfig lockte, schoss ihr der Gedanke durch den Kopf – was ist nur aus meinem Leben geworden.

Von vollständiger Unabhängigkeit und Autonomie hatte sie sich in einen Menschen verwandelt, der für drei Kinder und einen Hund verantwortlich war.

Sie schloss den Käfig und ging hinaus. Aus dem Winnebago ertönte Babes klägliches Geheul.

Sie legte für die Mädchen ein strahlendes Lächeln auf und fragte: »Fertig?«

»Fertig«, verkündete Ashley.

Lily hatte ihren üblichen Ringkampf mit dem Buggy auszutragen, der nie auseinandergehen wollte. Sie brachte es schließlich zustande und schnallte Ashley darin an. Auf ihre Pausbacken trug sie noch eine zusätzliche Schicht Sonnencreme, obwohl sie alle bereits dick eingeschmiert waren.

Als sie den Buggy auf das Gelände des Royal Oak Golfclubs schob, spürte sie sofort, dass sich alles verändert hatte. Die Atmosphäre war vollkommen anders – auf dem Parkplatz ging es zu wie auf einem Flughafen, der ganze Bereich wimmelte von Zuschauern, Technikern, Polizisten und gut gekleideten Menschen, die Lily nicht so recht zuordnen konnte. Selbst in der Luft schien eine andere Energie zu schwirren.

Aufregung machte sich breit, als ein riesiges, glänzendes Fahrzeug die Menge wie das Rote Meer teilte und vor dem Clubhaus anhielt.

»Was ist das?«, fragte Charlie.

»Sieht aus wie eine Hummer-Stretchlimousine«, sagte Lily. »Wer weiß?«

Red Corliss kam zu ihnen und tupfte sich die Stirn ab, als er den Parkplatz überquerte. »Wenn das nicht die Wonder Girls sind«, sagte er und strahlte.

»Wer ist das?« Lily zeigte auf die Limousine. Sie erhaschte einen kurzen Blick auf ein schwarzes Hemd mit Nike-Swoosh, bevor der große, gut aussehende Mann von der Menge verschluckt wurde.

»Das ist Beau Murdoch. Letztjähriger Spieler des Jahres.«

»Und wer sind die vielen Menschen um ihn herum?«, fragte sie.

»Sein Gefolge. Mal sehen, er hat seinen Caddie, seinen Swing-Trainer, seinen Putting-Berater, seinen Werbeagenten, vermutlich einen Anwalt und einen Therapeuten – die Liste lässt sich fortsetzen.«

»Erstaunlich.«

»Das große Geschäft.« Am Tor zeigten sie ihre Abzeichen. Ein Angestellter mit strengem Gesicht funkelte Lily an. »Und Sie sind?«

Sie riss sich zusammen. »Sean Maguires Gefolge«, sagte sie laut.

Eine ältere Frau in rosa Golfkleidung, die hinter ihnen in der Schlange stand, lächelte Charlie und Ashley zu. »Was für eine herrliche Familie«, sagte sie. »Er ist ein glücklicher Mann.«

Lilys Gesicht wurde heiß, als sie sich stammelnd bei der Frau für das Kompliment bedankte und den Buggy durch den Gang schob.

»Das passiert die ganze Zeit«, sagte Charlie zu Red. »Die Leute denken immer, wir sind eine Familie.«

»Hast du ein Problem damit?«, fragte er.

»Nö.«

»Kann ich auch zu eurer Familie gehören?«

»Klar, Red.« Sie ergriff seine Hand und balancierte auf den Fußballen. »Du kannst der Opa sein.«

»Sehr witzig«, brummte er.

Eine Woge der Freude überkam Lily, obwohl sie den Kopf gesenkt und den Blick von Red abgewandt hielt. Er konnte andere Menschen viel zu gut durchschauen, und sie konnte ihre Gefühle viel zu schlecht verbergen. Dieser Sommer wurde so, wie sie es sich nie hätte vorstellen können. Das Zusammensein mit Sean und den Kindern stellte sie vor Fragen, die sie für gewöhnlich vor sich selbst verbarg, zum Beispiel, wie einsam ihr Leben wirklich war, und wie sehr sie die Verbindung genoss, die sie zu Crystals Kindern aufgebaut hatte. Ja, auch zu Sean Maguire.

Sie beobachtete, wie Beau Murdoch sich von seiner Frau verabschiedete. Die bewundernden Blicke, die sie sich zuwarfen, schienen echt, obwohl Lily sich fragte, wie sie die Blitzlichter der Kameras aushielten, während sie versuchten, sich zu küssen. Die Murdochs hatten Zwillinge in einem Zwillingsbuggy, und beide hatten ihre eigene Kinderfrau.

»Die Frau ist eine Firestone«, raunte Red ihr zu. »Wie die Reifen.«

»Ich dachte, sie sei Mrs Murdoch.«

Das Paar sah aus wie das ehemalige Königspaar des Schlussballs einer Highschool, sie stellten sich in Positur und lächelten in die Kameras. Erneut Blitzlichter, und jetzt waren Lily und die Mädchen an der Reihe. Sie standen vor der Plakatwand mit der Werbung des Sponsors, und Lily wunderte sich über Charlie und Ashley. Die Mädchen besaßen reichlich Gene einer Schönheitskönigin, wie ihre Mutter. Anscheinend waren sie hocherfreut, dass man sie ablichtete.

Lily konnte nicht sagen, ob man ihr die Besorgnis auf den Bildern ansehen würde, denn auch als die Blitzlichter aufflammten, war sie mit den Gedanken woanders. Sie wusste, dass das heutige Turnier kein entscheidender Moment für Seans Karriere war. So etwas gab es beim Golf nicht. Man hatte zu viele Chancen, erfolgreich zu sein – oder zu versagen. Doch der heutige Tag war bedeutend, sein Wiedereintritt in die höchsten Ränge der PGA.

Nach dem Fototermin entdeckten sie ihn mit Cameron in der Ferne beim Aufwärmen. Lily spürte, dass alle Augen auf ihn gerichtet waren, manche, um ihn verlieren zu sehen, andere in der Hoffnung auf einen Triumph. Golf war ein blutleerer Sport, der allerdings eine Menge Menschen anzog.

Immer mit der Ruhe, sagte sich Lily. Darum sollte es in diesem Sommer gehen. Dieses Turnier war das Ziel der Odyssee durch das Land, die sie auf sich genommen hatten.

»Die beiden sehen gut aus«, sagte Charlie und hüpfte vor Aufregung. »Ich bin stolz auf sie.«

»Ich auch.« Lily nahm Ashley auf den Arm und sagte ihr,

sie solle von der Tribüne hinter dem Absperrseil aus winken. Sean und Cameron sahen sie, und Sean erwiderte den Gruß mit einer Kusshand. Lily wollte den Augenblick in ihrem Herzen festhalten, denn es war eine der seltenen Gelegenheiten, die sie davon überzeugten, dass diese Familie es schaffen würde. Den Sommer über hatte sie zugesehen, wie die Bruchstücke sich zu einem mangelhaften und brüchigen Ganzen zusammenfügten. Es war nicht dieselbe Familie, die sie hatten, als Crystal und Derek noch lebten, doch es war deutlich eine Familie. Und obwohl sie es nicht geplant hatte, gehörte Lily dazu. Das hatte sie in diesem Sommer nicht finden wollen, es hatte sie gefunden.

Tag für Tag dachte sie beim Aufwachen an sie und traf im Hinblick auf sie Entscheidungen. Lily stellte sich nicht an die erste Stelle. Am meisten aber ängstigte sie, dass diese Familie ihr nicht gehörte. Je nach dem Ergebnis des Turniers konnte Sean dazu aufgefordert werden, aus Comfort wegzuziehen, und würde die Kinder Gott weiß wohin mitnehmen, während er sich seinen Weg durch die Ränge des PGA erkämpfte. Für sie war es fast sinnvoller, auf seine Niederlage zu hoffen, was natürlich nicht in Frage kam. Diese Familie war viel wichtiger als alles andere.

43

Stunden später stand Lily am achtzehnten Loch, und das Herz schlug ihr bis zum Hals, als sie zusah, wie Sean die Runde beendete. Charlie stand vor ihr, die Brust an das Absperrseil gedrückt. Neben ihr war Red, der auf seiner dritten Nikorette herumkaute. Ashley hatten sie im Clubhaus bei Babysittern gelassen, die der Golfclub zur Verfügung gestellt hatte. Golfspieler waren ziemlich fruchtbar, wie sich herausstellte, denn es gab jede Menge Kleinkinder, mit denen Ashley spielen konnte.

Als Lily sah, wie Sean und Cameron über den Fairway zwischen Abschlag und Grün kamen, hatte sie die größte Mühe, ihre Finger nicht in Charlies Schultern zu krallen. Sean lag nur zwei Punkte hinter dem Zählstand des Führenden, Wyatt Allen. Red versicherte ihr, dass auf einem Platz mit diesem Schwierigkeitsgrad alles möglich sei. Der in Führung Liegende könne stolpern. Ein Konkurrent könne aufholen. Ein Unbekannter könne aus heiterem Himmel auftauchen und das Feld beherrschen.

Lily fand es recht angenehm, zuzuschauen. Entspannend sogar. Ein Golfwettbewerb hatte eine gewisse altmodische Anmut. Ihr gefiel die manierliche Art, wie die Menschen sich en masse am Rand des Platzes entlangbewegten, der höfliche

Applaus, die plötzliche Stille, als hielten alle den Atem an, wenn die Marshals ihre »Ruhe«-Schilder in die Höhe hielten.

In diesem Moment war sie allerdings nicht entspannt. Charlie ebenso wenig. Lily spürte, wie die Kleine vor Aufregung zitterte. Ungeachtet der Schulprobleme war Charlie begabt, wenn es um das Verständnis von Turnieren ging.

Sie ertappte Red dabei, dass er sie anschaute. »Was ist?«

»Immer mit der Ruhe. Unser Junge macht sich prima.«

Charlie drehte sich um und schaute zu ihm auf. »Das hier ist ein wirklich wichtiges Loch, Red. Onkel Sean liegt entweder einen oder zwei Punkte zurück, je nachdem, wie er es spielt. Spielt er einen Schlag unter Par, könnte er auf die zweite Position für die morgige Runde vorrücken.«

»Wer ist das, junge Dame?«, fragte ein Mann, der ihre Bemerkung mitbekommen hatte.

»Mein Onkel Sean, Sean Maguire ist das«, sagte Charlie.

Die »Ruhe«-Schilder wurden gehoben. Charlies Zöpfe flogen wie Rotoren, als sie herumwirbelte, um zuzusehen.

Der Angreifer auf den zweiten Platz war Murdoch persönlich, der anscheinend nicht im Geringsten besorgt war, dass er allen die Führung abnehmen konnte. Für ihn war es nur eine Frage der Zeit. Er traf den Ball perfekt, schlug absichtlich kürzer, damit der Ball am Wasser liegen blieb. Sein nächster Schlag würde ihn auf das Grün bringen, dann würde er auf einen Schlag unter Par putten und damit die Meisterschaft für sich in Anspruch nehmen. Es sei denn, Sean gelänge das Unmögliche, und er würde gleichziehen.

Mitten im Fairway führten Sean und Cameron eine leise Unterhaltung. Selbst hinter der Absperrung spürte Lily die Anspannung, die von ihnen ausging.

Nach Lage des Balls hatte er eine schwierige Entscheidung zu treffen. Das Loch war fast dreihundert Meter entfernt, geschützt von einem Wasserhindernis neben einem Sandbunker, der unter dem vorspringenden Grün angelegt war. Wyatt Allen hatte an dem schwierigen Loch Par geschlagen, kein glänzender Abschluss, aber es reichte aus, um die Führung zu behalten.

Mit einem bloßen Par wäre Sean noch im Rennen. Ein Schlag unter Par würde ihn an die zweite Stelle katapultieren. Der unmögliche Fall von zwei Schlägen unter Par bedeutete den sicheren Sieg.

Auf der sicheren Seite wäre er, wenn er den Ball an den Rand des Wassers schlagen würde – ein Leichtes für ihn. Dann müsste er nur über das Wasserhindernis und den Sandbunker schlagen, um für einen eventuellen Putt zum Birdie auf dem Grün zu landen.

Worüber diskutierte er nur mit Cameron?

Cameron versuchte, ihn zu einem bestimmten Schläger zu überreden, mit dem Sean den Ball bis an den Wasserrand bringen würde, ohne ihn hineinzuschlagen.

Sean schüttelte den Kopf und lehnte den Eisenschläger ab. Stattdessen griff er nach einem Fairway-Holz.

Die Zuschauer schnappten hörbar nach Luft. Er wählte nicht den sicheren Weg. Er wollte versuchen, den Ball hoch hinaus zu schlagen, über das Wasserhindernis, über den Bunker hinweg auf das Grün, um sich die Möglichkeit eines Eagle zu erspielen.

Red schimpfte leise vor sich hin. »Wozu gebe ich mir eigentlich die Mühe.«

»Er hat ihn noch nicht geschlagen«, sagte Lily und dachte positiv. »Ich habe in diesem Sommer schon hundert Mal gesehen, wie er den Schlag ausgeführt hat.«

»Ein Donald-Ross-Platz ist etwas anderes als ein Übungsplatz.«

»Schh«, sagte sie. »Geben Sie ihm eine Chance.«

»Das habe ich«, knurrte Red. »Jetzt vermasselt er sie.«

»Schh«, wiederholte sie.

»Ja«, flüsterte Charlie. »Schh.«

Camerons Verhalten wechselte von Streitlust zu Ermutigung. Lily wusste, das machte einen hervorragenden Caddie aus. Auch wenn der Spieler einen schlechten Zug wählte, sobald er sich für einen bestimmten Schlag entschieden hatte, war es Aufgabe des Caddies, ihn zu unterstützen, auch wenn er mit der Strategie nicht einverstanden war.

Gut für dich, Cameron, dachte sie.

Lily hielt den Atem an. Vertraute Wärme durchströmte sie, als sie Sean beobachtete. Als er vortrat, um den Ball zu taxieren, spürte sie, wie sich seine Anspannung in eigenartige Ruhe auflöste. Er konnte es. Das Universum würde doch nicht so grausam sein, ihm diese Chance zu nehmen.

Sean holte aus, ein anmutiger Schwung mit geballter Kraft dahinter – sein Markenzeichen. Dann konnte man nur noch abwarten. Der Flug des Balls schien sich im Vergleich zur Anspannung unter den Zuschauern zu verlangsamen. Die kleine weiße Kugel schoss wie eine Rakete zum Himmel auf.

Einige sprachen mit ihr: »Geh, geh, geh«, oder »Geh rauf …«

Nicht, dass Sean so viele Anhänger gehabt hätte. Eher ging es darum, dass wahre Anhänger des Sports sich immer wünschten, ein mutiger Schlag möge gelingen. Und dieser Schlag war mehr als mutig. Er war ein Ave Maria. Lily ertappte sich dabei, dass sie es betete, während der Ball den Höhepunkt seiner Flugbahn erreichte und allmählich wieder auf die Erde zuflog. Oder, in diesem besonderen Fall, auf das Wasser.

Bitte nicht, dachte sie, bitte, fall nicht in den Teich.

»Mein Gott«, sagte jemand neben ihnen, »er … er fällt auf das Grün.«

Lily wollte ihren Augen nicht trauen. Der Ball fand den seichten Abhang des Putting Green. Er hatte das Wasser hinter sich gelassen, in dem sich so viele Bälle zur Ruhe begeben hatten. Er hatte den Bunker hinter sich gelassen und war nicht weit vom Loch auf dem Grün gelandet.

Sie erhaschte einen Blick auf Seans Gesicht – reine Hochstimmung, eine Freude, die seine Augen leuchten ließ.

»Zu hart aufgekommen«, bemängelte Red über den Applaus und die aufmunternden Rufe hinweg.

»Und wenn schon!«, sagte Lily.

Dann ging ein kollektives Stöhnen durch die Reihen der Zuschauer. Der Ball traf so hart auf, dass er vom Grün in das etwas höhere Gras am Rand rollte.

Bleib da liegen, drängte Lily. Bleib da, und er schafft noch einen Schlag unter Par.

Der Ball blieb nicht liegen. Er wirbelte den Abhang hinunter, wurde immer schneller und fiel dann wie ein abgeschossener Vogel in den Sandbunker.

Aus dem enttäuschten Stöhnen wurde vorwurfsvolles Zungenschnalzen.

Lily wusste, damit hätten die Sportkommentatoren ihren

großen Tag. Deshalb war Maguire ein Wettbewerber, kein Meister, würden sie sagen. Er war zu sehr von sich eingenommen. Er ließ sich nicht von einem Spiel erniedrigen, das Bescheidenheit belohnte.

Ihr fiel auf, dass Wyatt Allen nicht gerade glücklich über diese Entwicklung war, und sie gewann neuen Respekt für den Mann. Er freute sich nicht, wenn er gewann, nur weil sein Gegner einen schlechten Schlag ausgeführt hatte.

Murdoch hatte ein Spielergesicht aufgesetzt, doch sein federnder Schritt verriet ihn. Er war froh, seinen Gegner in Schwierigkeiten zu sehen.

Seine Schadenfreude, wenn auch noch so klug kaschiert, war für Lily deutlich zu sehen. Als er sich aufstellte, um einen leichten Schlag auf das Grün auszuführen, dachte sie, komm schon, du Ratte, triff nicht.

So unglaublich es war, er schaffte es nicht.

Der Champion verpasste seinen leichten Schlag auf das Grün. Sein Ball traf in den Sandbunker, pflügte eine tiefe Furche in die weiche Erde und blieb schließlich nur wenige Meter von Seans Ball liegen.

In diesem Fall stöhnten die Zuschauer nicht auf; sie schnappten ungläubig, empört sogar, nach Luft.

Lily griff nach Charlies Hand und ließ sich mit der Menge zum letzten Grün treiben. Dabei kamen sie an einem Kommentator vorbei, der mit leiser, erregter Stimme sprach.

»Meine Damen und Herren, das ist eine unglaubliche Wende. Einfach unglaublich. Es sieht so aus, als wären die beiden Konkurrenten mit ganz verschiedenen Techniken in dieselbe Position geraten. Jetzt gibt es ein Pferderennen, mal sehen, wer heute als Zweiter abschließt.«

Murdoch war an der Reihe. Er umkreiste den Sandbunker wie ein Löwe seine Beute. Er bückte sich, um die Lage seines Balls zu untersuchen. Er unterhielt sich mit seinem Caddie, der zufällig noch jünger und schöner war als seine Frau. Kurz darauf rief Murdoch einen Offiziellen herbei.

»Was macht er, Red?«, fragte Charlie.

»Der Schweinehund versucht, einen Free Drop zu bekommen«, knurrte Red.

»Der Schweinehund«, sagte Charlie.

Lily war zu angespannt, um sie zu korrigieren. Nach einer qualvollen Verzögerung, bei der angegriffene Nerven zu zerreißen drohten, wurde entschieden, dass ein Ameisenhaufen neben dem Ball des Champions eine unnatürliche Bodenbeschaffenheit darstellte. Red bestätigte, dass die Regeln klar seien, ob es sich um ein Murmeltier oder eine Ameise handelte. Ein »grabendes Tier« ist ein Tier, das als Bau oder Unterschlupf ein Loch anlegt, wie zum Beispiel ein Kaninchen, ein Maulwurf, ein Ziesel, ein Salamander – oder sogar die kleine Ameise.

Natürlich funktionierte der Trick. Man verkündete, Murdochs Ball sei auf ein Hindernis gestoßen. Er durfte ihn fallen lassen.

»Er kann das Ding dahin fallen lassen, wo keine Sonne hinkommt«, murmelte Lily vor sich hin und kam sich entschieden gemein vor.

»Ja«, sagte Charlie. »Direkt in sein Ohr.«

»Golf ist ein gnadenloses Spiel«, raunte der Kommentator in sein Headset. »Ein Spieler muss jeden Vorteil nutzen, den er findet.«

»Warum nimmt Sean keinen Free Drop?«, wollte Lily wissen.

»Zu weit vom Ameisenhaufen entfernt.« Reds Stimme troff vor Sarkasmus.

Als Murdoch sich aufrichtete, um den neu positionierten Ball zu schlagen, probierte Lily es wieder mit ihrem Rattenfluch. Diesmal schien er nicht zu funktionieren. Er brachte den Ball mit einem Chipshot sauber auf das Grün, wo er in Schlagweite zum Loch liegen blieb.

»Er sollte ihn jetzt gleich ins Loch bekommen«, verkündete Charlie. »Jetzt sofort, mit einem Schlag.«

Die Zuschauer neben ihnen schenkten Charlie liebevolle, nachsichtige Blicke.

Lily hatte es nie hinnehmen können, wenn Erwachsene Kinder gönnerhaft behandelten.

»Sie hat recht«, stimmte Lily ihr zu. »Er muss mit dem nächsten Schlag ins Loch treffen.«

»Ja, und ich muss im Lotto gewinnen«, sagte ein Mann mit verlebter Stimme.

Interessant war, dass Cameron offenbar äußerst zuversichtlich war, als er Sean einen Schläger reichte.

Sean nahm Haltung an, so gut es in dieser Situation ging. Sein Ball lag auf einem Abhang und hatte sich in den Sand gebohrt. Er lag unterhalb einer Erdverwerfung, die Sean den Blick auf den Pin verwehrte. Er schlug also blind.

Sean traf den Ball. Eine Sandwolke verwischte die Sicht. Dann flog der Ball frei, segelte hoch hinaus und über den Vorsprung des Bunkers hinweg. Der Ball berührte das Grün nicht einmal, sondern fiel direkt mit hohlem Aufprall ins Loch, rappelte kurz und kam zum Stillstand.

Für den Bruchteil einer Sekunde herrschte ungläubiges Schweigen. Dann war die Hölle los. Jubelrufe und Applaus donnerten von den Rängen. So etwas hatten die Leute sehen wollen.

Seans Hand reckte sich empor, eine Geste äußerster Zufriedenheit.

Lily dachte wieder daran zu atmen, als sie Sean auf das Loch zugehen sah. Er bückte sich, holte den Ball aus dem Loch und hielt ihn in der Faust hoch. Dann umarmte er Cameron und gab ihm einen lauten Kuss auf den Kopf. Cameron freute sich zu sehr, um etwas dagegen zu haben.

Charlie schrie und hüpfte, die Zöpfe flogen nur so.

Lily hingegen gab kein Geräusch von sich. Sie schaute voller Bewunderung auf Sean und freute sich unbändig für ihn. Seine Haltung war angespannt im Triumph, sein Gesicht strahlte vor Freude. Dann sah er sie direkt an. Als sich ihre Blicke trafen, versank die Welt, der Lärm der Menschenmenge wurde zu einem undeutlichen Summen. Sie hörte nichts, außer dem Rauschen des Blutes in ihren Ohren, sah nichts, außer seinem Lächeln.

Sie legte die Hand auf ihr Herz. Obwohl sie wusste, dass er sie nicht hören konnte, sagte sie: »Ich bin so stolz auf dich«, wobei sie die Worte, die ihr aus dem Herzen kamen, deutlich mit den Lippen formte.

Er schien zu verstehen. Sein Grinsen wurde breiter, und sein Blick hielt den ihren fest, als er den Golfball an die Lippen führte und küsste, genau in dem Augenblick, als Beau Murdoch seinen Putt vermasselte.

44

Manche behaupten, es sei ein Liebeswettbewerb gewesen«, sagte der ESPN-Kommentator in der Zusammenfassung der Nachrichten des Tages. »Ein Wettbewerber kam aus dem Nichts und eroberte die Herzen und den Verstand von Golf-Fans überall …«

Der Fernseher in der Bar des Clubhauses zog plötzlich die allgemeine Aufmerksamkeit auf sich. Lily saß neben Sean, während die Filmausschnitte seinen Erfolg dokumentierten, Schlag für Schlag. In dem Rummel nach dem Spiel hatte Red sich der Kinder angenommen, während Sean und Lily auf einen Drink in die Bar gingen – und natürlich auf weiteren Rummel trafen. Lily machte es nichts aus. Sie hatte das Gefühl, an diesem Abend unter Freunden zu sein. Sean ging es nicht anders, er lachte über die gutmütigen Hänseleien der anderen Spieler. Er wirkte entspannt und natürlich, ein Mann in seinem Element. »Für Maguire war es ein großer Sieg«, sagte einer der Kommentatoren. »Er spielte so gut, dass man sich fragen muss, warum er so lange weg war.«

»Na ja, Chad«, sagte die Kommentatorin mit falscher Aufrichtigkeit, »wie du weißt, hat Sean Maguire im Privatleben einen großen Umbruch erlebt. Der plötzliche Tod seines

Bruders, des Champions Derek Holloway, hat sich mit Maguires Comeback verzahnt.«

Lily berührte Seans Arm. »Lass uns gehen.«

Er schüttelte den Kopf und konzentrierte sich auf den Bildschirm. Die Leute in ihrer Nähe rutschten unangenehm berührt auf ihren Stühlen hin und her.

»Jan, ich bin sicher, es wird eine Menge Spekulation über Maguires Vorstellung im Kielwasser einer Tragödie geben«, sagte der Kommentator namens Chad. »Von seiner Leistung hing so viel ab, und er stand enorm unter Druck. So mancher wird sich fragen, ob es nur Dusel war, oder ob er wirklich zurück im Spiel ist.«

»Und warum er erst auf dem Radarschirm auftauchte, nachdem sein Bruder von der Bildfläche verschwunden war.« Jan schenkte ihrem Kollegen einen schleimigen, wissenden Blick.

»Ich habe genug gehört«, sagte Lily und hatte das Gefühl, Dampf steige ihr aus den Ohren.

»Immer mit der Ruhe«, riet Sean ihr. »Du musst das Zeug wie einen Furz in der Kirche behandeln. Halte kurz die Luft an, dann verzieht sich der Gestank.«

Tatsächlich brachte die Zusammenfassung dann auch weitere Wiederholungen des Spielverlaufs, und sie spürte, dass Sean ausatmete. Eine liebenswerte Nahaufnahme von Camerons Gesicht wurde gezeigt, als er mit Sean über einen Schlag diskutierte. Die beiden auf dem Bildschirm zu sehen, war etwas unwirklich.

»Ihr seht toll zusammen aus«, sagte sie.

»Du bist aber auch nicht schlecht«, erwiderte er und lenkte ihre Aufmerksamkeit wieder auf den Großbildschirm.

»O Gott«, flüsterte sie. »Bitte nicht.« Red und der Medienberater des Sponsors hatten sie gewarnt, sie müssten davon ausgehen, dass jederzeit eine Kamera auf sie gerichtet sei. Am Ende der Runde hatte sie die Warnung total vergessen.

Die Kamera holte sie nah heran, sodass sie viel größer wirkte.

Jede Geste, jede Feinheit schien unglaublich dramatisch. Die Hand, die sie ans Herz führte. Die Worte, die nur für Sean bestimmt waren: Ich bin so stolz auf dich.

Dann ein Schnitt, und Sean war im Bild. Er sah sie an und küsste den Ball.

»... bei dieser Hingabe kann Liebe nicht weit weg sein«, schloss der Kommentator verschmitzt mit unschuldigem Augenaufschlag.

»Na gut«, sagte Lily. Ihre Wangen glühten, als sie sich vom Tresen wegschob. »Ich muss jetzt gehen.«

»Wohin?«, fragte Sean.

»Ich muss mich unter einem Felsen verkriechen, okay?«

Sie spürte alle Augen in der Bar auf sich gerichtet, als sie, blind vor Demütigung, zum Ausgang stolperte. Sie war entsetzt. Die Kamera hatte nicht gelogen. Sie hatte die Wahrheit gesagt, vor der sie seit ihrer Abfahrt aus Comfort, Oregon, im Winnebago ihrer Schwester davongelaufen war.

Jeder Idiot konnte sehen, dass sie vollkommen und unbesonnen in diesen Mann verliebt war. Es war zu peinlich. Wie konnte sie jetzt der Welt ins Gesicht sehen?

»Lily, warte.« Sean holte sie auf der Veranda des Clubhauses ein. »Wohin gehst du?«

Sie lachte bitter. »Ich habe hier nicht viele Alternativen.« Das war die schmerzhafte Wahrheit. Sie konnte nicht allein wegfahren, konnte sich nicht zu Hause mit einer Schale Cherry Garcia verstecken, konnte der Situation nicht entkommen, die sie in Angst versetzte, obwohl ihr Instinkt ihr zurief, sie solle weglaufen.

»Komm, wir gehen spazieren«, sagte er. »Wir gehen irgendwohin, wo wir allein sind.« Mit einer leichten Geste ergriff er ihre Hand. »Das haben wir in unserer Beziehung noch nie gehabt – allein sein.«

Lilys Mund trocknete aus. Das B-Wort. Er hatte gerade das B-Wort gesagt.

»Aber die Kinder …«

»Red hat heute Abend die Kinder.« Er verstummte, dann schenkte er ihr sein unbeschwertes Markenzeichenlächeln, bei dem ihr die Knie weich wurden. »Ich habe ihn darum gebeten. Er soll sie den ganzen Abend bei sich halten. Bis spät in die Nacht.«

»Sean, ich …«

»Hey, Mr Außenseiter«, ertönte eine übertrieben herzliche Stimme. Beau Murdoch und seine Frau schlenderten Arm in Arm über den Parkplatz.

»Der Macker persönlich«, sagte Sean. Er schüttelte Beaus Frau Barbara die Hand und stellte Lily vor.

»Gute Arbeit heute«, sagte Murdoch. »Ich hätte es Ihnen schon früher gesagt, aber Sie waren belagert.«

Und du musstest schmollen, erinnerte sich Lily, sagte es aber nicht. Sie schaute den beiden nach. »Ich sehe schon, ihr beide werdet richtig gute Freunde.«

»Stimmt.«

Die Murdochs legten die Arme umeinander wie ein Liebespaar an der Highschool. Der Anblick machte Lily befangen, warum, wusste sie nicht. »Bist du sicher, dass die Kinder bei Red gut aufgehoben sind?«, fragte sie.

»Absolut. Ich habe etwas von einem weiteren Bad im Hotelpool mitbekommen, und wahrscheinlich wird er ihnen Siebzehnundvier beibringen.«

»Große Güte …«

»Nichts große Güte. Siebzehnundvier ist eine lebenswichtige Fertigkeit.«

»Es steht nicht in meinem Lehrplan.«

»Glaub mir, ich verwende Siebzehnundvier viel häufiger als ungekürzte Teilung.«

»Weißt du was?«, sagte sie. »Ich lasse mich heute Abend nicht von dir ärgern. Heute war ein unglaublicher Tag, und mir ist nicht danach, mich aufziehen zu lassen.«

»Ich ziehe dich nie auf«, protestierte er.

»Stimmt. Nie. Kapiert.« Sie steckte beide Hände in die Taschen ihrer Kapuzenjacke von Wonder Bread. »Du solltest mich fragen, was am heutigen Tag so unglaublich war.«

»Meine Runde.«

Immer dreht sich alles um dich, dachte sie, verzweifelt darum bemüht, an ihm herumzukritteln. »Noch etwas.«

»Na schön, was noch?«

»Charlie hat heute Morgen einen Artikel in der Zeitung gelesen«, berichtete sie ihm, nur um das Thema Beziehung zu vermeiden. »Ich musste ihr hundert Punkte für Verständnis geben.«

Er grinste breit. »Ja?«

»Sie macht wirklich Fortschritte. Bei dem Tempo wird sie gegen Ende des Sommers reif für die vierte Klasse sein.«

»Du bist wirklich eine Wucht, Miss Lily Robinson.«

»Charlie ist eine Wucht.« Sie hielt inne und dachte an das nicht erzwungene Verständnis des kleinen Mädchens. »Ich glaube, sie hat uns hingehalten. Sie konnte die ganze Zeit schon lesen und hat sich einfach geweigert.«

»Warum? Um Aufmerksamkeit zu erregen?«

Lily runzelte die Stirn und dachte darüber nach. Der Diebstahl im April – das war ein klassischer Ruf nach Aufmerksamkeit gewesen. Vorsätzlich das Lesen zu verweigern, war komplizierter. »Ich bin mir nicht sicher«, gab sie zu. »Ich muss mich damit beschäftigen. Ich hätte mich schon ewig bereit erklären sollen, ihr zu helfen. Wenn ich das …« Sie biss sich auf die Lippe und konnte den Satz nicht beenden.

»Hey, Liebes.« Seine Hand fand ihr Kreuz, eine absolut natürliche Geste, die sie beinahe umwarf. »Das darfst du nicht denken, sonst machst du dich verrückt.«

»Darum geht es nicht. Hätte ich Charlie früher geholfen, dann hätte ich Crystal und Derek an dem Tag im April vielleicht nicht zu einem Elterngespräch gebeten. Dann wären sie nie …«

»Verdammt, Lily, hör auf«, sagte Sean. »Du gibst dir die Schuld an ihrem Tod, genauso wie du dir dein Leben lang die Schuld am Tod deines Bruders gegeben hast. So funktioniert das nicht. So wichtig bist du nicht. Es regnet auf die Gerechten und Ungerechten, weißt du das nicht?«

»Das ist aus der Bibel.«

»Sieh mich nicht so überrascht an. Ich bin ein blöder Sportler, aber ich kenne meinen Katechismus. Hör zu, du hast das härene Hemd wegen Crystal und Derek lange genug getragen. Überwinde dich. Hör auf zu denken, du wärst für den Zustand des Universums verantwortlich.«

Verblüfft starrte sie ihn an. Noch nie hatte er so schneidend und zornig mit ihr gesprochen.

Sein Zorn schien auch ihn zu erschrecken. Offenbar konnte er ihn jedoch sofort besiegen, denn ein Grinsen machte sich auf seinem Gesicht breit. »Vermutlich will ich damit sagen, es wird Zeit, dass du deine Bluse ausziehst.«

Sie versuchte, sich von seinem Humor oder dem Aufblitzen in seinen Augen nicht beeinflussen zu lassen. »Ich würde mir den Tod holen.« Sie rückte von ihm ab, die Hände tief in den Taschen vergraben, und ging über den schwach beleuchteten Weg. »Und was war mit Cameron heute? Er war erstaunlich.«

»Oh, ich verstehe, anderes Thema.«

»Nun, er war erstaunlich.« Sie wollte nicht abweichen. »Red hat seinetwegen einen Anruf von der Zeitschrift *Teen People* erhalten. Ich sehe die Überschrift schon vor mir ›Vom Vandalen zum Sieger‹.« Sie schüttelte sich. »Ein Medienstar in der Familie reicht.«

»Du meinst also, ich sei ein Medienstar?«

»Die Presse denkt das.«

»Ich hoffe, sie berichten, dass meine Runde heute ihm gehört. Er ist der beste Caddie, den ich je hatte.«

»Ich glaube, du hast ihn beim letzten Loch ins Schwitzen gebracht.«

»Hey, ich habe mich ins Schwitzen gebracht.«

»Du hast entschieden, direkt auf das Grün zu schlagen. Cameron wollte, dass du es mit zwei Schlägen machst.«

»Manchmal muss man sich einfach einen Tritt in den Arsch geben.«

»Das hat Cameron auf jeden Fall gemerkt. Er hat dir absolut vertraut.« Sie hätte ihn gern berührt, ließ es aber nicht zu. »Seit dem Zwischenfall mit dem Winnebago ist er anders, findest du nicht?« Sie schlüpfte in die übliche Routine, mit ihm über die Kinder zu reden. So sah ihre Beziehung aus, und so wollte sie es beibehalten. »Ich wollte dir sagen, ich glaube, dass du es gut hinbekommen hast. Zunächst habe ich nicht geglaubt, dass Humor der richtige Weg wäre, damit umzugehen, aber jetzt sehe ich, dass es die richtige Reaktion war.«

»Gut, denn ich konnte nicht anders. Ich schaue Cameron an und sehe Derek und mich als Jungen. Manchmal waren wir Idioten, genau wie er.«

»Das ist der Schlüssel, ihn als das Kind zu behandeln, das er ist.« Sie seufzte. »Das möchte ich für alle drei, Sean. Ich möchte, dass sie sich an ihre Eltern erinnern, ohne innerlich zu erstarren oder in Trauer und Schuldgefühlen stecken zu bleiben.«

»Ist dir je aufgefallen, dass wir immer nur über die Kinder sprechen?«, fragte er plötzlich.

Aufgefallen? Sie machte es mit Absicht. »Ist das ein Problem?«

»Wir sollten über uns reden.«

»Der einzige Grund für das ›wir‹ ist die Tatsache, dass wir diese drei Kinder haben …«

»Quatsch, Lily.« Dann packte er sie und ließ ihr keine Chance, die Flucht zu ergreifen oder Ausflüchte vorzubringen, und er küsste sie, fest und lange, die Lippen geöffnet, seine Zunge machte Dinge, die sie vergessen ließen, worüber sie gestritten oder ob sie überhaupt gestritten hatten.

So war das mit Sean. Er ließ sie vergessen. Er ließ sie alles vergessen, was sie geübt hatte, nie zu vergessen – dass man produktiv ist, wenn man früh zu Bett geht und früh aufsteht. Dass richtige Ernährung und viel Bewegung für die Gesundheit unerlässlich sind. Dass Liebe immer mit Verletzung verbunden ist. Bei ihm vergaß sie das alles, und plötzlich erwiderte sie seinen Kuss mit einer Gier und Intensität, die sie nie zuvor empfunden hatte.

Als er den Kuss beendete und seine Lippen sanft von ihrem Mund löste, konnte sie sich kaum an ihren Namen erinnern.

»Wir sollten uns betrinken und feiern«, sagte er.

Verwegen sagte sie: »Ich weiß etwas, das ich noch lieber möchte, als mich betrinken.«

»Miss Robinson«, flüsterte er und strich mit dem Daumen an ihrem Kinn entlang, »Du steckst voller Überraschungen.«

Sie schlüpfte mit der Hand in seine, dass sich ihre Finger verschränkten. Sie fühlte sich unbesonnen und kühn, war ganz und gar nicht sie selbst. »Du wärst noch überraschter, wenn du wüsstest, was ich jetzt gern machen würde.«

Er lachte, der Klang war weich und sanft wie eine zärtliche Umarmung. »Dann lasse ich dich nicht gehen, bis du es mir gesagt hast.«

45

Als sie wieder im Wohnmobil waren, konnte Sean seinen Blick nicht von Lily lassen. Ihre Hände zitterten, als sie sich mit der Zunge über die Lippen fuhr, sie dann teilte, ihn arglos quälte, als sie den frischen, dunklen Devil Dog zum Mund führte.

Er sah zu, wie sie die Zähne in die zarte Masse versenkte, sah zu, wie sich ihre Lippen um die weiche Füllung schlossen. Sie machte die Augen zu und stöhnte, wie er es für gewöhnlich nur von einer Frau hörte, wenn sie flach auf dem Rücken lag.

Sie kaute langsam, hingebungsvoll, und schluckte. Unter dem Tisch klopfte Babe mit dem Schwanz. Dann gingen Lilys Augen schließlich langsam auf. »Das … war … unglaublich«, sagte sie atemlos. »Meine Zähne singen.«

Er schob ihr eine dampfende Tasse über den Tisch zu. »Kaffee?«

Sie trank den Kaffee, den er frisch aufgebrüht hatte, in kleinen Schlucken. »Ich habe meine Berufung verfehlt«, gestand sie. »Ich sollte bei Drake anfangen.«

»Das Koffein kann dich die ganze Nacht wach halten.«

»Um so besser. Wir müssen diese ganzen Devil Dogs noch essen.«

Er bediente sich, und sie nahm auch noch einen. »Du bist wirklich eine Wucht, Miss Robinson.«

Sie leckte sich etwas weiße Creme aus dem Mundwinkel. »Wirklich? Warum?«

»Ich weiß nicht. Eine Wucht eben.«

»Eine knifflige Sache, in ein Rätsel gehüllt?«

»Du nimmst mir die Worte aus dem Mund. Du bist einfach nicht so wie die meisten Frauen, die ich kennengelernt habe.«

»Was, Titten zu klein? Hirn zu groß?«

»Du hältst wirklich viel von mir, nicht wahr?« So war es immer mit ihm und Frauen. Wenn Lily so war wie die anderen, dann würde sie ihn am Ende verlassen. Das machten Frauen so.

Sie verließen ihn. Anscheinend wusste er nicht, wie man sie dazu brachte, bei ihm zu bleiben, oder wie er sich selbst dazu brachte, es auch zu wollen.

»Na schön«, sagte Lily, »sag du es mir. Wieso bin ich anders?«

Er schob die besorgten Gedanken beiseite. »Für gewöhnlich trinke ich mit einer Frau Champagner oder ein paar Gläschen Tequila, bevor ich mit ihr ins Bett gehe. Nicht Kaffee und Devil Dogs.«

Sie leckte sich die Creme von den Fingern, einen nach dem anderen, und ließ sich Zeit, als wüsste sie, was es mit ihm anstellte. »Wie kommst du darauf, dass ich mit dir schlafen werde?«

»Na ja.« Er griff über den Tisch und nahm ihr sacht die Brille ab, die er zur Seite legte. »Es ist eigentlich nur so eine Redensart.«

Erneut streckte er den Arm aus, löste diesmal ihren Pferdeschwanz und sah zu, wie ihre Haare locker herabfielen. Adieu, Marian the Librarian, dachte er.

»Ich will damit sagen, ich glaube nicht, dass wir überhaupt schlafen werden.« Langsam stand er auf und kam auf ihre Seite des Tisches. Er zog sie an sich. »Das heißt, wenn du nichts dagegen hast.«

Sie küsste ihn. Zum ersten Mal hatte sie die Initiative ergriffen, und sie war gierig. »Du schmeckst wie Devil Dogs«, sagte sie.

46

Als Lily wach wurde, lag ein Lächeln auf ihren Lippen. Ein warmes, leicht zerquetschtes und zartes Gefühl erinnerte sie an die Nacht, die heimlichen Stunden in Seans Armen, bevor Red die Kinder zurückgebracht hatte. Obwohl ihre Zeit begrenzt war, hatte er sie gut und gründlich geliebt, Erinnerungen pulsierten in ihr und zündeten an versteckten Stellen Signalfeuer an. Die vergangene Nacht war eine Offenbarung gewesen. Ein Traum. Eine Ekstase, die weicher und schöner war als ein Dutzend Devil Dogs.

Sean Maguire, dachte sie und ließ seinen Namen durch ihren Kopf streifen wie ein unvergessliches Lied. Sean Maguire. Ich liebe Sean Maguire.

Ungeheuerlich und wunderbar. Sie hatte Angst wie noch nie in ihrem Leben, doch zum ersten Mal ließ sie sich von ihrer Angst nicht zurückhalten. Das war die Last, die ihr nicht bewusst gewesen war. Im Lauf der Zeit war ihr das Herz immer schwerer geworden und hatte sie heruntergezogen, bis sie nicht mehr wusste, wie sie ihren Kopf hochhalten sollte. Jetzt, da sie ihr Herz endlich verschenkt hatte, geschah etwas Unerwartetes. Ihre Last war verschwunden. Sie war leicht wie Luft, gab sich damit zufrieden, den Augenblick zu leben, statt vorauszuplanen. Sie kam sich ganz und gar nicht vor wie sie selbst, wie die durchorganisierte, zielbewusste Lily Robinson. Sie fühlte sich wie Carmen, wie Delilah, wie … Kleopatra.

Na gut, dachte sie, vielleicht wusste sie nicht, was als Nächstes zu tun war. Heute würde Sean eine Reihe Interviews geben und auftreten müssen, alles von Red in die Wege geleitet. Lily wollte sich rarmachen, ihre Gefühle für sich behalten. Sie lag ganz still allein in ihrem Bett, lauschte und fragte sich, wie es wohl wäre, eine ganze Nacht in Seans Armen zu verbringen. Anscheinend war noch niemand aufgestanden. Sie griff nach ihrem Handy, schlich hinaus und nahm den Hund mit. Sie kuschelte sich in ihr Sweatshirt und rief ihre Schwester an. Obwohl es an der Westküste fünf Uhr morgens war, musste sie die Stimme ihrer Schwester hören. Eine angenehme Offenbarung wurde ihr zuteil. Sie hatte eine Schwester, die auf eine Art weise war, die Lily erst jetzt allmählich zu schätzen wusste.

Violet meldete sich nach dem zweiten Klingelton. Zuerst konnte Lily nur ins Handy schluchzen. Irgendwie gelang es ihr dann doch, ihrer Schwester mitzuteilen, dass es ausnahmsweise einmal Tränen der Freude waren, nicht der Trauer. Als sie sich schließlich wieder im Griff hatte, sagte sie: »O Violet. Ich war noch nie verliebt. Ich weiß nicht, wie man es macht.«

»Du musst gar nichts machen. Einfach nur sein.«

»Das klingt ziemlich esoterisch.«

»Davon weiß ich nichts«, gab Violet zu. »Ich weiß nur, wenn es das Richtige ist, musst du es weder zwingen noch in Frage stellen. Lass der Liebe einfach ihren Lauf.«

»Genau das haben wir letzte Nacht gemacht.«

Violet lachte. »Nur weiter so, Lil.« – »Es ist so ... so unvernünftig.«

»Du solltest dich mal hören! Unvernünftig, als wäre es eine schlechte Investition oder so.« Sie schwieg. »So funktioniert das Herz nicht«, fügte sie hinzu und klang älter und weiser, als sie war. »Sei einfach nur glücklich mit ihm.«

»Ich glaube, Glück mit einem anderen Menschen zu suchen ist wie die Suche nach dem Ende des Regenbogens. Sobald du denkst, du hast es gefunden, verblasst es.«

»Du spinnst, Lily, weißt du das?«

»Ich mache mir bereits Sorgen darum, wie es sich auf die Kinder auswirkt.«

»Die Kinder werden begeistert sein. Zwei Menschen zu erleben, die sich verlieben – was soll daran schlecht sein? Sie haben einen schweren Schlag erlitten, haben ihre Eltern von jetzt auf gleich verloren. Sie müssen wieder an etwas glauben. An dich und Sean zum Beispiel.«

»Ich und Sean«, flüsterte Lily und schaute in den dunstigen Tag hinaus. Ein Teil von ihr wagte noch immer nicht, daran zu glauben, was passierte, doch das sagte sie ihrer Schwester nicht. Die Gefühle waren noch zu neu und roh, um sie zu beschreiben. »Ich muss gehen«, sagte sie. »Aber ... danke, Vi. Du weißt, was für dich an erster Stelle rangiert.«

Als sie ins Wohnmobil zurückkehrte, war Sean gerade dabei, die Mädchen zu frisieren, er legte ein affektiertes Gehabe an den Tag und sprach mit einem Akzent, der einen Friseur nur schlecht nachahmte. »Du brauchst nur einen kleinen Lift hier, Schätzchen«, sagte er und plusterte Ashleys dünne braune Haare auf. Sie kicherte. Charlie hatte an diesem Morgen Heidizöpfe, auf dem Kopf übereinandergelegt.

Cameron hatte die Kopfhörer auf und fummelte am Radio herum. Der Hund stürmte herein und verbreitete überall Schmutzspuren.

Lily blieb kurz im Türrahmen stehen. Sie alle waren ihr in diesem Moment so teuer, in dieser kleinen, eingeschlossenen Welt, die das behagliche Gefühl vermittelte, von der Außenwelt abgeschnitten zu sein.

Sean sah sie und schenkte ihr ein Grinsen, das sie wie eine körperliche Berührung empfand. »Guten Morgen, gnädige Frau«, sagte er. »Haben Sie einen Termin?«

»Ich fürchte, nein.«

»Ich werde sehen, ob ich Sie einschieben kann. Devil Dog?«, bot er an und hielt ihr eine Schachtel hin.

Sie begegnete seinem Blick. »Später vielleicht.«

»Ich will wieder in Reds Hotel schwimmen gehen«, sagte Charlie. »Bitte!«

»Dein Onkel Sean hat heute ein paar Termine.«

»Erst am Nachmittag«, entgegnete Charlie. »Bitte, Lily.«

»Von mir aus«, sagte Sean.

Kurz darauf waren sie unterwegs zum Colonial Hotel. Red hatte das Frühstück an den Pool bestellt, und er begrüßte sie wie ein gütiger Onkel. »Willkommen in deinem neuen Leben«, sagte er zu Sean. »Jetzt kann der Spaß anfangen.«

Lilys Herz schlug heftig, als sie an den Beckenrand ging. Sie wollte schon einen Fuß ins niedrige Wasser tauchen, doch sie überlegte es sich anders. Sie ging an der Längsseite des Pools entlang und betrat das Sprungbrett. Das klare, friedliche Wasser sah weit entfernt und sehr tief aus. Ihr Herz schlug schneller, und sie sah Sean, der sie beobachtete. Sie hatte Angst, doch sie würde diese Angst ausnahmsweise einmal ignorieren. Und bevor sie ihre Meinung ändern konnte, trat sie über das Ende des Bretts und sprang. Sie wehrte sich nicht gegen das Wasser, kämpfte sich nicht an die Oberfläche. Sie sank tief hinab, spürte, wie ihre Füße den Boden streiften, und stieg dann langsam auf. Gar nicht so schlecht, dachte sie. Ganz und gar nicht.

Sie stützte sich mit den Armen auf den Rand und blickte in den sonnigen Himmel. Sie hörte die Mädchen mit Sean lachen und plantschen. Red und Cameron waren am Frühstückstisch in eine Unterhaltung vertieft. Der unerbittliche Kummer, der den ganzen Sommer über ihr Begleiter gewesen war, hatte Pause.

47

Das Ende des Sommers bedeutete die Rückkehr nach Comfort und Veränderungen, über die niemand sprach, obwohl alle außer Ashley andauernd daran dachten, was die Zukunft bringen würde.

Für Sean war es eine Karriere, die er mit neuer Reife anging. Er musste nicht aus dem Koffer leben oder sich um einen Weltrang Sorgen machen, sondern nur darum, überhaupt im Spiel zu bleiben.

Cameron bekam seinen Führerschein, und im Zusammenhang damit ebbte seine innere Wut ab, er entwickelte einen Sinn dafür, dass das Leben wieder Spaß machen konnte. Bei Turnieren war er auch weiterhin Seans Caddie, und er zählte die Tage, bis Becky Pilchuk von ihrem Sommerjob zurückkehren würde.

Charlie las. Vielleicht würde ihre Punktzahl zeigen, dass sie auf manchen Gebieten unter dem Klassenniveau abschnitt, doch sie konnte lesen und verstehen, und sie hatte keine Angst vor dem Schulbeginn, wie Lily es befürchtet hatte.

Ashley blühte auf wie eine Spätsommerrose. Sie wurde noch hübscher und lernte jeden Tag neue Wörter. Manchmal saß Lily abends bei ihr und schaute Fotoalben mit ihr an.

»Mama«, sagte Ashley dann pflichtgetreu.

»Vergiss das nie«, flüsterte Lily. »Bitte, Ashley, bitte vergiss das nie.«

»Okay.« Sie patschte mit einer Hand auf eine Seite. »Da?«

»Das ist er.« Lily zeigte auf einen Schnappschuss von Derek. Dass er Crystal so unglücklich gemacht hatte, sollte diese Kinder nicht tangieren. Und eigentlich spürte sie beim Betrachten der Familienfotos, dass sie sich früher einmal Freude geschenkt hatten. Zumindest hoffte sie es.

Nachdem sie nun nach Comfort zurückgekehrt waren, weigerte sie sich, bei Sean zu übernachten, obwohl das nicht das Ende der wahnsinnigen Wollust bedeutete, die sie gepackt hielt. Allerdings machte sie sich Sorgen; es gab Momente, in denen sie Angst davor hatte, was unter der Wollust lag. Das war keine Sommerromanze, ein Urlaubsflirt, der am Labor Day vorbei wäre. Sie befürchtete, dass es die Liebe ihres Lebens war. Ihr gesamtes Erwachsenendasein hatte sie damit verbracht, genau dieser Situation aus dem Weg zu gehen und sich vor Unsicherheit und Schmerz zu schützen. Sie war sich durchaus bewusst, dass die Gefahr einer Katastrophe bei einem Mann wie Sean sehr hoch war. Sie waren zusammen, aber was bedeutete das?

Der Labor Day und der Schulbeginn rückten bedrohlich näher, und sie wagte zu hoffen, dass sie sich im Rhythmus des neuen akademischen Jahres vielleicht wieder zu Hause fühlen würde. Dann ertappte sie sich dabei, dass sie sich fragte, was an diesem Leben so großartig war.

Es war normal, sagte sie sich. Eingerichtet und vorhersehbar, entspannend. Das Leben mit Sean und den Kindern war genau das Gegenteil, und das konnte nicht gut für sie sein.

Am Donnerstag vor dem Wochenende des Labor Day trafen sie sich mit Susie Shea, der Sozialarbeiterin, die zu Beginn des Leidenswegs für sie zuständig gewesen war. »Hut ab vor Ihnen«, sagte sie zu Lily und Sean. »Die Kinder kommen gut zurecht.« Sie schwieg kurz und schaute von einem zum anderen. »Was ist mit Ihnen beiden?«

Lily geriet in Panik. Sean räusperte sich. »Wir kommen auch zurecht«, sagte er befangen.

»Ja«, stimmte Lily zu. »Wir kommen zurecht.«

Susie klappte ihr Patientenbuch zu und schaute prüfend auf die Uhr. »Ich komme nächsten Monat wieder.«

Sobald sie gegangen war, wischte sich Sean mit übertriebener Geste über die Stirn. »Ich komme mir vor, als hätte ich gerade ein gutes Zeugnis nach Hause gebracht.«

»Das hast du auch«, sagte Lily. »Wir alle.«

Am nächsten Tag kam Violet mit ihrer Familie nach Comfort, um den Winnebago wieder in Besitz zu nehmen und zum jährlichen Golfturnier in Paradise Ridge zu gehen. Es war noch früh am Morgen, doch alle waren schon auf, als sie kamen.

Seans Haus, dachte Lily. Wann hatte sie aufgehört, es als Crystals Haus zu bezeichnen?

Sie warteten in der Auffahrt, die mit Eimern und Teppichen und einem Staubsauger gesäumt war. Das Womo glänzte, innen und außen. Die Werbung für Wonder Bread war vertragsgemäß entfernt worden. Lily stellte alle vor, und die jüngeren Kinder schlossen spontan Freundschaft und erfanden ein Spiel auf der Rückseite des Hauses mit Regeln, die selbst Ashley zu verstehen schien.

»Herzlichen Glückwunsch zu Ihrer Spielsaison«, sagte Rick und schüttelte begeistert Seans Hand. »Wirklich beeindruckend, echt. Ich habe für das Turnier jetzt am Wochenende einen Lieferantenvertrag ergattert, daher werden wir für Sie arbeiten.«

»Hey, danke. Das ist sehr wichtig.« Es war ein großer Wettkampf, in dem es um viel Geld ging. Das Turnier wurde auf dem legendären Golfplatz Paradise Ridge ausgetragen, und es war prestigeträchtig und mit hohen Einsätzen verbunden. Lily wusste, dass er bereit war. Sie wusste auch, dass er nervös war.

»Mein Gott«, murmelte Violet, trat zurück und beobachtete die beiden Männer, »er ist sogar noch umwerfender, als ich ihn in Erinnerung hatte.«

Du hast keine Ahnung, dachte Lily.

»Hast du es Mom und Dad schon gesagt?«, fragte Violet.

»Warum sollte ich?«

»Erstens sind sie immerhin Familie. Die Leute wollen im Allgemeinen, dass ihre Familie es weiß – schon gut.« Violet wedelte ungeduldig mit der Hand. »Du wirst noch dahinterkommen, Lily.«

Rick, Violet und ihre Kinder würden am Golfplatz im Womo übernachten. Violet lud Charlie und Ashley ein, den Tag mit ihr und den Kindern zu verbringen. Kurz darauf waren alle fort, einschließlich Cameron, der nach Portland fuhr, um Becky vom Bahnhof abzuholen.

Lily schaute Sean an. Sie senkte den Kopf, um das köstliche Gefühl der Vorfreude zu verbergen, doch es hatte keinen Sinn. Er durchschaute sie, jedes Mal.

Sean sagte kein Wort, sondern ging mit langen, eiligen Schritten ins Haus. Er schien beinahe wütend. Ein wenig argwöhnisch folgte sie ihm und erschrak, als er ihr Handgelenk fasste, sobald sie zur Tür hereinkam. Er wirbelte sie zu sich herum, drückte sie an sich und küsste sie hart, sein Mund verweilte, sie schmeckte ihn, bis ihr schwindelig wurde.

»Du hast mir gefehlt«, sagte er, presste sie rückwärts an die Wand in der Diele. Seine Hände lösten ihr Haar, setzten ihr die Brille ab, zogen ihr Bluse und Shorts aus, während sein Mund sie in Flammen aufgehen ließ.

Ganz flüchtig kam ihr in den Sinn, zu protestieren. Aber wogegen? Sie wollte es so dringend wie er, hatte ihn ebenso vermisst wie er sie, und sie wussten es beide. Die Art, wie sie zusammenkamen, hatte etwas Verwegenes, eine Gier, die sie hätte schockieren können, sie stattdessen aber in Fahrt brachte. Sie wollte es, verlangte nach ihm, und sie liebte dieses greifbare Gefühl der Dringlichkeit, mit der er sie anscheinend verschlingen wollte. Von ihm entkleidet zu werden, war aufregend und gefährlich zugleich, ihre Kleidung landete auf einem Haufen, seine Arme umschlangen sie besitzergreifend. Sie ließ sich an seine nackte, verschwitzte Schulter fallen, ein wenig erstaunt über sich selbst, über ihre Hemmungslosigkeit und Leidenschaft.

Sie atmeten schwer, und Sean lachte kurz auf, als sie sich wieder fingen. »Miss Robinson, ich muss eine ehrbare Frau aus dir machen. Ich hätte gerade meinen Rücken verrenken können, und mir steht ein Turnier bevor.«

»Ich werde es mir merken.« Sie knöpfte sich die Bluse zu. »Hast du heute nicht so einen Pressetermin?« In Verbindung mit dem Turnier hatte Reds Presseabteilung eine Reihe von Interviews vereinbart.

Er nickte. »Mehr als einen. Sie schicken einen Wagen her.«

Schicken einen Wagen. Das klang unwirklich in Lilys Ohren, beinahe so unwirklich wie ihn bei einem Interview im Fernsehen zu sehen.

Er brachte sie an die Tür und zog sie noch einmal an sich, um sie zu küssen. »Glaube nicht, dass ich vergessen werde, was ich vorhin gesagt habe, dass ich eine ehrbare Frau aus dir mache«, sagte er.

Ich bin eine ehrbare Frau, wollte sie ihm sagen. Ich liebe dich ehrlich.

Noch warm von Seans Umarmung und mit einem eigenartigen Gefühl der Zerbrechlichkeit ging Lily in den Raum 105 der Laurelhurst Country Day School und versuchte so zu verfahren, als wäre dies ein beliebiger Schultag. Sie wollte so tun, als wäre sie wieder die schlichte alte Miss Robinson, die nichts Dringenderes im Leben hatte, als ihr Klassenzimmer für den ersten Schultag herzurichten. Doch als sie frisches Papier neben dem Schwarzen Brett aufstapelte, als sie Plastikkörbe beschilderte und einen Unterrichtsplan für den kommenden Mittwoch aufstellte, war sie zerstreut und nervös.

Sie war nicht mehr dieselbe, nicht einmal annähernd. Und sie fühlte sich in ihrer neuen Haut überhaupt nicht wohl.

Es ging nicht ums Wohlfühlen, würde ihre Schwester sagen.

Das rhythmische Aufprallen eines Basketballs war zu hören. Sie schaute aus dem Fenster und sah einen großen Jungen, der auf dem Sportplatz einen Ball dribbelte. Es war Russell Clark, einer ihrer Lieblinge aus dem letzten Jahr. Wie groß er im Sommer geworden war, dachte sie. Hoffentlich war er noch immer der unverwüstliche Optimist. Hoffentlich würde er das nie verlieren.

Sie wandte sich vom Fenster ab und machte für jedes Kind eine Platzkarte, schrieb jeden Namen sowohl in Druckbuchstaben als auch in Schreibschrift: Loretta S., Deanna K., Pete M. … Die dritte Klasse bedeutete den Übergang von Druck- auf Schreibschrift.

Das Flipchart war bereit für die erste Lektion. »Was ich in den Sommerferien gemacht habe« lautete die Überschrift, wie immer.

Ohne nachzudenken, ertappte sie sich dabei, wie sie mit einem orangefarbenen Filzstift schrieb:

War in einem Winnebago campen.
Bin die ganze Nacht aufgeblieben.
Habe einen Golfball zweihundert Meter weit geschlagen.
Habe Line Dance gelernt.
Habe Drake's Devil Dogs gegessen.
Habe mich verliebt.

»So, so«, sagte Edna, die zur Tür hereinkam. Sie war ganz die Alte, heiter und gelassen in einem gebatikten Kleid und Perlensandalen.

»Du warst beschäftigt. Gibt es in Italien Winnebagos und Devil Dogs?«

Lilys Gesicht wurde heiß, als sie das Blatt vom Flipchart riss und mit beiden Händen zerknüllte. »Ich bin nicht gefahren.« Rasch erklärte sie, sie habe den Sommer damit verbracht, mit den Holloway-Kindern und ihrem Onkel kreuz und quer in einem Winnebago durch das Land zu fahren. Es klang verrückt, wenn man es laut aussprach, verrückt und wunderschön.

»Wie geht es ihnen?«, fragte Edna.

»Lichtjahre von dem Zustand entfernt, in dem sie sich zu Beginn des Sommers befanden. Trotzdem haben sie noch einen weiten Weg vor sich.« Sie lächelte flüchtig. »Es gibt Augenblicke, manchmal Stunden oder sogar Tage, an denen sie so sind wie andere Kinder. Dann passiert etwas – eine Postsendung kommt, die an Crystal adressiert ist, oder eins der Kinder findet eine alte Punktkarte von Derek –, und mir wird klar, dass sie nie ganz darüber hinwegkommen werden.«

»Es geht nicht darum, darüber hinwegzukommen. Es geht darum, zu heilen und weiterzumachen.« Sie warf ihr silbergraues Haar zurück. »Du warst also den ganzen Sommer über in ihn verliebt und hast es ihm noch nicht gesagt?«

Das nur zu ihrer Hoffnung, Edna hätte es nicht bemerkt. »Na ja, nicht in Worten.«

»Worte sind wichtig, Lily. Das weißt du.«

Sie dachte an ihre Eltern, daran, dass Worte verletzen konnten.

Sie konnten auch heilen; das wusste sie inzwischen. Doch sie reagierte nicht auf Ednas Vorschlag. Sie fühlte sich hier in ihrem Klassenzimmer wie eine Fremde, der Ort, der ihr immer so sicher und vertraut erschienen war. Das war ihre Welt gewesen, ihr Garten, die Kinder ihre Blumen. Jetzt war sie von Gedanken an Sean und die Kinder abgelenkt, und der Begriff Zuhause hatte eine andere Bedeutung.

»Ich fühle mich hin und her gerissen«, gestand sie Edna. »Zum ersten Mal kann ich endlich verstehen, was eine berufstätige Mutter Tag für Tag mitmacht.«

»Die meisten von uns schaffen es ganz gut«, versicherte Edna ihr. »Die Holloways jedoch befinden sich in einer außergewöhnlichen Situation. Ich habe nachgedacht … vielleicht solltest du dir eine Zeit lang frei nehmen, um ein Familienleben zu führen.«

Die Worte nahmen Lily den Atem. »Sie sind nicht meine Familie.«

»Ach, nein?« Sie deutete auf die zerknüllte Seite in Lilys Hand. »Sieh auf deine Liste. Ich mache diesen Vorschlag nicht leichtfertig. Du gehörst zu meinen besten Lehrerinnen, und ich bin dumm, dass ich es sage, aber solltest du ein Sabbatjahr oder Beurlaubung wünschen, wäre ich fraglos damit einverstanden. Die neue Bande Drittklässler wird sich auch ohne dich durchkämpfen. Die Holloways vielleicht nicht.«

»Das glaube ich jetzt nicht, was du da sagst.«

»Was sagt sie denn?« Trainer Greg Duncan betrat den Raum, hatte sein Klemmbrett dabei und grinste bis an beide Ohren.

»Das geht dich nichts an«, sagte Edna gar nicht unfreundlich. »Wie geht's dir, Greg? Schöne Ferien gehabt?«

»Der Sommer war gut«, sagte er. »Hey, Lily.«

»Hey, du.«

»Fragt mich doch mal, was ich an diesem Wochenende mache«, sagte er und grinste noch breiter. »Fragt einfach.«

»Na schön, was machst du?«

»Ich spiele im Paradise Ridge Turnier. Eine Stelle für einen ortsansässigen Amateur war frei, und ich habe den Schnitt gemacht.«

Lily strahlte ihn an. Im Lauf des Sommers hatte sie die

harte Arbeit, das Talent und die Konzentration zu schätzen gelernt, die dazu notwendig waren, ein Golfturnier zu gewinnen. »Greg, das ist ja toll.«

»Gratuliere«, sagte Edna. »Lily wird auch unter den Zuschauern sein, nicht wahr?«

»Ich werde mit den Mädchen der Holloways auf der Tribüne stehen. Ihr Bruder wird seinen Onkel als Caddie begleiten.«

»Ausgezeichnet«, sagte er. »Wünscht mir Glück, meine Damen.«

48

Cameron ging auf dem Bahnsteig auf und ab. Den ganzen Tag hatte er sich schon komisch gefühlt, seitdem er superfrüh aufgestanden war und seinem Onkel gesagt hatte: »Ich werde in die Stadt fahren und meine Freundin vom Bahnhof abholen.« Vor nicht allzu langer Zeit hätte er sich nicht vorstellen können, in den Subaru seiner Mutter zu steigen und allein nach Portland zu fahren. Er hätte sich nicht vorstellen können, jemandem zu verkünden, Becky Pilchuk sei seine Freundin. Doch er hatte beides gemacht, und die Welt war nicht untergegangen, immerhin.

Sean hatte einen zerstreuten Eindruck gemacht, als er Cameron erlaubte, den Wagen zu nehmen. Cameron war sich ziemlich sicher, dass sein Onkel und Lily Robinson miteinander schliefen. Seit dem Colonial-Turnier hatte er so seinen Verdacht. An dem Abend hatte Red ihm und seinen Schwestern im schicken Hotelrestaurant ein Festmahl aus Hochrippe, Backkartoffeln und einem Eisbecher mit Karamellsauce spendiert. Sie waren von den besten Golfspielern des Landes umgeben, und Cameron hatte sich wie ein totaler Trottel verhalten, aber er konnte nicht anders. Als Phil Mickelson ihm zu seiner guten Arbeit als Seans Caddie gratuliert hatte, war Cameron um zehn Zentimeter gewachsen.

Er bat jeden Spieler um dieselbe Widmung bei seinem Autogramm – für Becky.

Als sie an dem Abend wieder ins Womo kamen, saßen Lily und Sean am Tisch, sprachen nicht, sondern schauten sich nur an, eine halb leere Schachtel Devil Dogs zwischen sich. Lilys Haare waren gelöst, und ihre Brille lag vor ihr auf dem Tisch. Eine andere Energie umgab sie, und Cameron wusste Bescheid. Er wusste nicht wie, aber für ihn stand fest, dass sie jetzt zusammen waren. Ein Paar.

Cameron kam sich komisch dabei vor, aber es fühlte sich gut an, so wie er sich seit seiner Kindheit nicht mehr gefühlt hatte, als seine Eltern noch nett zueinander waren. Wenn er seinen Onkel und Lily so sah, hatte er wieder festen Boden unter den Füßen. Nachdem sie nach Hause zurückgekehrt waren, ging er davon aus, dass sie es offen ansprechen würden, doch das war noch nicht geschehen. Cameron konnte es nicht verstehen. Nach dem, was mit seinen Eltern passiert war, sah er keinen Grund, etwas hinauszuzögern, was man sich wünschte.

Trotzdem war er befangen und unsäglich nervös, während er darauf wartete, dass Becky aus dem Zug stieg. Zugleich kam er sich eigenartig erwachsen vor, denn Beckys Vater war damit einverstanden gewesen, dass er sie am Bahnhof abholte. Und wie immer lag eine Traurigkeit über allem, die ihn in jedem Augenblick wie leichtes Fieber begleitete. Seiner Mom und seinem Dad entging das hier. Sie hatten Becky nie kennengelernt, hatten nie gesehen, wie er sich für eine offizielle Tanzveranstaltung in Schale warf, oder wie er die Golfmeisterschaft errang. Sie würden nie erleben, wie er etwas aus seinem Leben machte, wären nie da, um ihm bei der Wahl eines College zu helfen, mit ihm zu feiern oder ihn zu kritisieren. Sie fehlten ihm so, dass er manchmal das Gefühl hatte, mit der Faust eine Wand einschlagen zu müssen.

Über den ganzen Bahnhof waren Sicherheitshinweise und Schilder »Zutritt nur für Passagiere« verteilt, doch er ignorierte sie, und man schien ihn zu übersehen, als er eine Treppe hinunter und die nächste wieder hinauf auf einen Bahnsteig ging. Der Teerbelag des Bahnsteigs war in rautenförmige Segmente eingeteilt mit Furchen, damit niemand ausrutschte. Er stand in einem Segment und dachte an seinen Vater. Dr. Sachs sagte, er solle es häufig tun, solle ganz konkret und mit voller Absicht an sie denken. Er solle jeden Gedanken in seinem Kopf einpacken und an einem ganz besonderen Platz ablegen.

Auch die schlechten?, hatte Cameron gefragt.

Auch die schlechten.

Cameron schaute auf seine Schuhe. Er dachte an den Streit, den er an dem letzten Tag mit seinem Vater hatte. Ich hasse dich, du Schweinehund. Ich will dich nie wieder sehen.

Hass du mich ruhig, du kleines Stück Scheiße. Sieh nur zu, dass du beim Turnier am Wochenende nichts vermasselst.

Wahrscheinlich bist du nicht mal da, um zu sehen, wenn ich Murks baue.

Und das sollte helfen?, fragte er sich und ging ins nächste Viereck. Wenn andere Väter ihren Kindern das Fahrradfahren beibrachten, lehrte Camerons Vater ihn, wie man einen elektrischen Golfcart fuhr. Er war noch so klein gewesen, dass er im Sitzen nicht an die Pedale heranreichte, daher stand er wie ein Straßenbahnfahrer. Beim ersten Mal draußen fuhr er direkt über einen Ballreiniger und ließ die Nylonborsten wie Kielwasser hinter sich. Dad war jedoch nicht durchgedreht. Er hatte gelacht und Cameron an dem Tag gezeigt, wie man puttet. Seither hatte Cameron seine Putts mit unglaublicher Genauigkeit geschlagen.

Du bist ein Naturtalent, hatte Dad immer gesagt. Lass dich davon nicht in die Irre führen. Zu wissen, dass man begabt ist, macht einen nur faul. In Wirklichkeit musst du doppelt so hart arbeiten.

Camerons Vater hatte so gelebt, hart gearbeitet, konzentriert, hatte sich nie allein auf seinem Talent ausgeruht. Onkel Sean wiederum war ein Beispiel für jemanden, bei dem nur das Talent zählte. Es war unberechenbar – in einem Jahr gewann er die Masters, im nächsten verlor er seine PGA-Karte. Allerdings hatte er sich verändert. Jetzt war er ein anderer Golfspieler, der sein Spiel im Griff hatte.

Cameron wusste nicht, welchem Bruder er ähnlicher war. Wahrscheinlich von beiden etwas. Vor allem aber war er Cameron. Er trat in das nächste Viereck.

Eine Frau, die einen Kinderwagen vor sich her schob, kam aus dem Aufzug. Das Kind war ungefähr so alt wie Ashley, hatte Grübchen und ein Lächeln, das der Welt zeigte, es war glücklich, ohne zu wissen, warum. Dad hatte immer mit Ashley auf dem Boden gesessen und Bauklötze aufgestapelt, die sie in einem vorgetäuschten Wutanfall umwerfen konnte. Dann musste sie immer unbändig kichern, und Dad hatte seine Freude daran.

Wusste er es? Diese Frage stellte Cameron sich immer wieder.

Wenn ja, hatte es seiner Liebe zu ihr keinen Abbruch getan, das stand fest. Und irgendwie wusste Cameron im Grunde seines Herzens, dass die Liebe seines Vaters zu der Kleinen sich nicht geändert hätte, wenn er die Wahrheit gekannt hätte.

Damit war die Liebe seiner Eltern erloschen, obwohl das wahrscheinlich schon längst der Fall gewesen war, bevor Ashley auf die Welt kam. Sein Vater war fremdgegangen, bevor seine Mutter es machte – mit Jane. Er gab sich nicht einmal die Mühe, es zu verbergen. Camerons Mutter ging einen Schritt weiter und bekam ein Kind von einem anderen Mann. Zu dem Zeitpunkt war die ganze Familie natürlich schon in die Brüche gegangen. Manchmal geht man mit dem falschen Menschen und macht einen Fehler, weil man nicht nachdenkt. Vielleicht war das bei seiner Mutter so gewesen.

Das war ziemlich mies, aber jetzt hatten sie Ashley. Und Ashley war … einfach ein Geschenk. Ein unverdientes Geschenk an diese ganze, vermurkste Familie.

Als er in ein anderes Viereck trat, bemerkte er, dass das Kind im Buggy ihn anschaute, und er zwinkerte ihm zu. Er begann Guck-Guck hinter seinen Händen zu spielen, doch die Mutter sah es nicht, sie schob den Kinderwagen vorbei. Cameron versuchte, sich seine Familie aus dem Kopf zu schlagen, doch überall gab es Hinweise – eine Zeitschrift, die als Aufmacher einen Sorgerechtsstreit unter Promis brachte. Ein Flugblatt, das eine Scheidung für 99 Dollar anbot. Bei dem Gedanken, dass Ashley in Gefahr war, verkrampfte sich sein Magen vor Angst. Wenn man sie ihnen wegnahm, würde die ganze Familie zusammenbrechen, das wusste er einfach. Sie hatten den Verlust der Eltern knapp überlebt. Aber die Jüngste zu verlieren …

Er fragte sich, wie er sich von einem Anwalt beraten lassen sollte, ohne durchblicken zu lassen, dass ein Problem existierte. Ob er einfach in ein Büro gehen und fragen konnte: »Die Situation ist rein hypothetisch, aber wenn ein Kind von seinem Onkel großgezogen wird, weil seine Eltern verstorben sind, und dann stellt sich heraus, dass er doch nicht der biologische Onkel ist, ändert das etwas daran, wer das Kind großzieht?«

Sollte das Gesetz so aussehen, dann war es falsch, dachte er. Sobald er achtzehn wäre, würde er die Idioten abwählen, die es verabschiedet hatten.

Cameron richtete sich gerade auf. Der Lärm und das Durcheinander des Bahnhofs schienen in den Hintergrund zu treten, als sich ein klarer, perfekter Gedanke in ihm festsetzte. In knapp zwei Jahren wäre er vor dem Gesetz erwachsen.

Und er war Ashleys Blutsverwandter. Er würde ihr Vormund sein. Niemand würde sie ihm wegnehmen, nie. Niemals.

Zum ersten Mal seit Wochen überkam ihn eine eigentümliche Ruhe. Ashley würde dableiben, wohin sie gehörte.

Zischend und ächzend fuhr der Zug in den Bahnhof ein, und Camerons Nerven bebten vor freudiger Erregung. Er war erstaunt, wie viele Menschen in dem Zug waren, und wie lange es dauerte, bis sie ausgestiegen waren. Schlimmer als in einem Flugzeug, in dem alle, die vor einem waren, ewig brauchten, um ihr Zeug aus den Fächern über den Sitzen zu holen. Eine sechsköpfige Familie aus Mexiko war verwirrt, aber vorsichtig optimistisch, als sie aus einem silbernen Wagen stiegen und im hellen Licht blinzelten. Ein Mann ohne Begleitung, in einem Anzug, der sauber und gebügelt wirkte, obwohl er vermutlich stundenlang im Zug gesessen hatte, trat auf den Bahnsteig, die perfekt polierten Schuhe glänzten. Eine Frau in einem Knüpfbatikkleid trug einen Vogelkäfig, und ein Pärchen mit Rucksäcken, offensichtlich im College-Alter, kam an ihm vorbei. Zum erstem Mal seit dem Unfall konnte sich Cameron vorstellen, dass er eines Tages auch so aussehen und in eine Zukunft schreiten würde.

Im vergangenen April hatte er überhaupt nicht über die Zukunft nachgedacht. Er hatte in den Tag hineingelebt, mit Typen herumgehangen, die er Freunde nannte. Jetzt wusste er, was ein wahrer Freund war – jemand, dem man so viel bedeutete, dass man ein besserer Mensch werden wollte, und neuerdings legte er darauf tatsächlich Wert. Besser zu sein. In der Schule sein Bestes zu geben, weil es eine Rolle spielte. Nur ungern gestand er sich ein, dass Schule wichtig war. Er wollte aufs College, wollte die Welt sehen, mit einem besonderen Menschen zusammen sein, auf seine Schwestern aufpassen.

Sobald er Becky mit einem vollgestopften Matschbeutel sah, wie sie durch die Zugtür spähte, ließ seine Anspannung nach. Die Art, wie sie den Bahnsteig absuchte, zeigte ihm, dass sie ihn noch nicht entdeckt hatte. Er wollte schon auf sie zulaufen, doch er zögerte noch. Sie sah … anders aus. Ganz anders. Im Sommer war etwas mit ihr vorgegangen, etwas Undefinierbares, aber sehr Greifbares. Er war etwas eingeschüchtert von dem großen Mädchen, das wie ein Supermodel mit seidig flatterndem Haar dem Ausgang zustrebte.

Dann erblickte sie ihn und lächelte, und ihre weißen Zähne blitzten in dem gebräunten Gesicht auf. Die Becky, die er kannte, kam zum Vorschein.

Durch das Gedränge eilte er auf sie zu. Und jetzt? Er fragte sich, ob er sie packen und umarmen, vielleicht sogar küssen sollte. Stattdessen stand er einfach wie ein Idiot vor ihr.

»Hey«, sagte er.

»Hey, du.« Unter der Bräune wurde sie rot. »Danke fürs Abholen.«

»Schon gut. Kann ich dir dabei helfen?« Er nahm ihren Matchbeutel und strebte dem Ausgang zu. Blöd, dachte er. Blöder geht's kaum.

Immer wieder warf er ihr verstohlene Blicke zu, und ihm fiel auf, dass es umgekehrt auch so war. Beide erröteten noch mehr. Seine Ohren waren so heiß, dass man die Flammen bestimmt sehen konnte.

Er bemerkte, dass ihr Haar von der Sonne fast weißblond gebleicht war. Beide wussten anscheinend nicht, was sie sagen sollten, wohin mit ihren Händen oder Füßen, ihren Gedanken oder ihrer Sehnsucht.

»Mein Wagen steht da drüben«, sagte er und ging voraus. Mein Wagen. Nicht der Wagen meiner Mutter, sondern meiner. Endlich passte es. Er öffnete den Kofferraum und stellte ihren Matchbeutel hinein. Und dann, aus irgendeinem Grund, hörte er auf, darüber nachzudenken, was als Nächstes zu tun oder zu sagen war. Er drehte sich um, sah sie an und legte ihr die Hände auf die Schultern. Sie fühlte sich genau richtig an. Perfekt.

»Du hast mir gefehlt«, sagte er, beugte sich vor und küsste sie, ganz einfach. Sie schmeckte angenehm, und ihre Lippen waren warm; eine Woge des Glücks kam über ihn, so rein und klar, wie er es sich nach dem Unfall nicht mehr hatte vorstellen können.

Sie lehnte sich zurück und schaute mit strahlenden Augen zu ihm auf. »Du hast mir auch gefehlt.«

Er ergriff ihre Hände. »Ich habe dich zum Abschied nicht geküsst«, sagte er. »Darüber habe ich den ganzen Sommer nachgedacht. Das hätte ich tun sollen. Ich wünschte, ich hätte es getan.«

»Du hast mich mit einem Kuss willkommen geheißen. Das ist eigentlich besser.«

Ein frischer Wind, der durch sein Schlafzimmerfenster hereinwehte, weckte Cameron. Er wusste, es würde bald regnen. Er hatte ein gutes Gespür für das Wetter, fühlte die Feuchtigkeit in der Luft und den Wind wie den Atem eines Phantoms im Nacken.

Er schlüpfte aus dem Bett und ging hinunter, beruhigte den Hund, der ihn mit begeistertem Jaulen und Schwanzwedeln begrüßte. Er öffnete die Tür in den feuchten Morgen und ließ den Hund voraustollen. Schwere, dunkle Wolken hingen niedrig über der Gegend, eine Brise tat sich auf, drehte die Blätter um und zeigte ihre helle Unterseite.

Komisch, als Erster aufzustehen. Für gewöhnlich war er der Langschläfer der Familie, vor allem, wenn er am Abend zuvor so lange unterwegs gewesen war. Mit Becky.

Unwillkürlich breitete sich ein Lächeln auf seinem Gesicht aus, und er versuchte nicht einmal, es zu unterdrücken. Er schauderte in der Morgenluft und beobachtete Babe, die den Rand des Gartens hinter dem Haus abschnüffelte. Mechanisch schaute er auf sein Handy. Noch zu früh, sie anzurufen. Er wollte unbedingt ihre Stimme hören, obwohl er wusste, was sie sagen würde. Sie würde ihn fragen, ob er schon mit seinem Onkel gesprochen hatte. So war Becky, geradeheraus und nüchtern. Als er ihr von seinem Problem mit Ashley und der Lösung erzählt hatte, die er anstrebte, sagte sie, je länger er es hinausschiebe, um so schwieriger werde es.

Aus den Augenwinkeln nahm er eine Bewegung wahr und drehte sich um. Charlie kam auf ihn zu. Sie trug das lange blaue Nachthemd ihrer Mutter, das sie seit dem vergangenen April jeden Abend angezogen hatte. Es wurde vom häufigen Gebrauch schäbig und war viel zu lang, doch niemand würde es Charlie sagen. Sie hielt den Saum mit beiden Händen hoch, wenn sie ging, und eine Sekunde lang, für einen komischen, träumerischen Augenblick, verschwamm Cameron alles vor den Augen, und die Gestalt, die zu ihm kam, war seine Mutter. Da bist du, Liebling. Ich habe dich überall gesucht.

Dann war die Vision verschwunden, und es war wieder Charlie, die klein und vielleicht ein wenig verloren wirkte. »Was machst du denn so früh schon hier?«, fragte er sie.

Babe kam angesprungen, um Charlie schnüffelnd zu begrüßen, dann entfernte sie sich wieder und strich durch das taufeuchte Gras, die Nase dicht am Boden.

Charlie zuckte mit den Schultern. »Meine Augen sind einfach aufgegangen.«

Der Hund kam in einem Kreisbogen zurück und senkte spielerisch den Kopf. Cameron fand einen faserigen grünen Tennisball im Gras. Er hob ihn mit zwei Fingern auf, schüttelte den Tau ab und warf ihn ans andere Ende des Gartens.

Babe setzte hinterher und brachte ihn zurück, ließ ihn vor seine Füße fallen und schaute mit hoffnungsvollem Blick zu ihm auf.

»Igitt, der ist ja ganz schleimig«, stellte Charlie fest.

»Das geht jetzt ab«, sagte er, warf den Ball erneut und wischte sich die Hand an seiner kurzen Hose ab.

»Warum bist du denn so früh schon auf?«, fragte sie.

»Ich denke nach.«

»Worüber?«

»Ashley«, sagte er schlicht. Er und Charlie erwähnten die Angelegenheit kaum. Jetzt, da er ihre sorgenvolle Miene sah, dachte er, es wäre vielleicht ein Fehler. In der Ferne grollte Donner. Sie rückte näher an Cameron heran. Ihre kleinen Flip-Flops klatschten an ihre Fersen. Sie erschien ihm wirklich klein, klein und ängstlich. Er nahm ihre Hand.

»Es ist Trainer Duncan, nicht?«, sagte Charlie leise, aber deutlich.

Cameron erstarrte. Es lag ihm auf der Zunge zu sagen, er wisse nicht, wovon sie spreche, aber er war es leid, zu lügen. Warum belogen die Leute kleine Kinder überhaupt? Sie bekamen am Ende immer alles heraus, oder sie ließen sich von Anfang an nicht an der Nase herumführen. Im Übrigen hatte Cameron es lange genug mit sich herumgetragen. Er liebte Golf, hasste aber, für Duncan zu spielen. Er konnte sich allerdings nicht vorstellen, wie er da herauskommen sollte. Was sollte er Sean sagen? »Ich will nicht für Duncan spielen, weil Mom mit ihm geschlafen hat.« Ja, toll, wenn er das dem Bruder seines Vaters sagen würde.

Seine Kehle trocknete aus und kratzte plötzlich. »Darüber musst du dir keine Gedanken machen«, sagte er.

Sie schaute zu ihm auf, dann in den vom Wind gebeutelten Garten. Die ersten dicken Regentropfen fielen und bespritzten die Auffahrt. Babe kam wieder mit dem Ball, und Cameron schleuderte ihn von sich, seine angestaute Wut suchte sich einen Weg nach draußen. Er warf ihn so weit, dass er im nächsten Garten landete, wo der Hund ihn nicht aufspüren konnte. Sein hoch aufgerichteter Schwanz bewegte sich im hohen Gras hin und her, während er suchte.

»Ich wusste, dass ich recht hatte«, sagte Charlie.

»Wie hast du es herausgefunden?«

»Mom hat es mir gesagt. Damals im April.«

Cameron fielen die Bluttestergebnisse ein, die er im Wagen gefunden hatte. Sie hatten das Datum vom ersten Montag im April getragen. Er vermutete, seine Mutter war einer Ahnung gefolgt. War sie erschrocken gewesen, oder hatte sie das Ergebnis erwartet?

»Soll das heißen, sie hat es dir gesagt?«, fragte er Charlie ungläubig.

»Sie wollte es wohl nicht, aber sie war total traurig und hat es mir gesagt.«

Cameron spürte Wut auf seine Mutter in sich aufwallen, wusste aber nicht wohin damit.

»Ich habe Angst, dass Trainer Duncan uns Ashley wegnehmen wird«, sagte Charlie.

»Das wird nicht passieren. Sie ist unsere Schwester, und ich werde mich um sie kümmern, koste es, was es wolle.«

Babe kam zurückgestürmt und ließ den Ball vor seine Füße fallen.

»Das ist nicht der Ball, den du geworfen hast«, bemerkte Charlie.

»Stimmt«, sagte er und bückte sich, um den glänzenden blauen Rakettball aufzuheben, den der Hund aufgetrieben hatte. »Egal. Ball ist Ball.« Er warf ihn nicht, sondern hielt ihn locker in einer Hand und packte Charlie mit der anderen. Babe sprang um sie herum, während sie wieder ins Haus gingen und die ersten dicken Hagelkörner auf das Dach schlugen. Fast im selben Augenblick, als sie drinnen waren, ging das Gewitter los. Als Cameron seiner Schwester eine Schale Müsli zubereitete, war er eigenartig entspannt. Im Frieden mit sich selbst. Sich jeden Augenblick im Leben Sorgen um diese Familie zu machen, war nicht seine Aufgabe. Er machte sich keine Sorgen mehr. Er hatte einen Plan.

49

Lily hatte Sean noch nie zu sich eingeladen. In Anbetracht dessen, was im Sommer geschehen war, schien das merkwürdig. Sie hatte diesen Mann so nah an sich herangelassen wie noch nie jemanden in ihrem Leben, vielleicht nicht einmal Crystal. Er wusste Dinge über Lilys Herz, die noch niemand entdeckt hatte, nicht einmal Lily selbst.

Es wurde Zeit. Violet hatte darauf bestanden, Charlie und Ashley an dem Abend zu übernehmen, und die Mädchen waren begeistert, wieder ins Womo zu ziehen, diesmal zu Kindern, mit denen sie spielen konnten. Cameron war mit Becky unterwegs; sie war jetzt offiziell seine Freundin. Als Sean daher angerufen hatte, weil er sie sehen wollte, hatte sie ihn zu sich eingeladen – in ihr Zuhause, in ihr Herz.

Und sie war fix und fertig. Den ganzen Nachmittag hatte sie aufgeräumt und geputzt. Viermal hatte sie sich umgezogen. Was trug man, wenn man einem Mann sagen wollte, dass man ihn liebte?

Sie gab sich mit einem rosa Sommerkleid und dazu passenden Sandalen zufrieden. Sie widerstand dem Drang, sich einen Pferdeschwanz zu binden, denn offenbar mochte er es, wenn ihre Haare lose herabhingen. Sie stellte ein Sechserpack Bier in den Kühlschrank. Dann ging sie händeringend auf und ab. Sie setzte sich allen möglichen Verletzungen aus, vielleicht sogar einer Abweisung. Er hatte ihr nie richtig gesagt, dass er sie liebte. Womöglich basierte ihre Beziehung auf der gemeinsamen Sorge für die Kinder. Und auf Sex natürlich. Wie ein hormongesteuerter Teenager konnte sie nicht aufhören, daran zu denken. Wahre Liebe musste doch mehr sein als das, dachte sie. Oder nicht?

Das Ganze war absurd. Sie sollte es nicht tun. Vor ein paar Monaten lief ihr Leben absolut nach Plan. Nach Crystals Tod und nachdem Sean und die Kinder ins Spiel gekommen waren, hatte sie die Kontrolle über die Zügel verloren. Und jetzt das? Jetzt wollte sie ihm ihr Herz öffnen? Hatte sie denn den Verstand verloren?

Plötzlich blieb sie wie angewurzelt vor dem gerahmten Foto von sich und Crystal in Haystack Rock stehen. Diese leuchtenden Augen und die lachenden Gesichter erschienen ihr so furchtbar jung, als gehörten sie Fremden. In dem Augenblick traf sie die Trauer wie ein Schlag aus dem Dunkeln, so stark wie an dem Morgen, als Sean ihr von dem Unfall berichtete. Lily schlang die Arme um ihre Taille und setzte sich, während die Wogen sie durchströmten. Das passierte hin und wieder; gerade wenn sie dachte, sie hätte sich allmählich mit ihrem Verlust abgefunden, schlug der Kummer wieder zu wie ein vernichtender Sturm, eine Naturkatastrophe.

An der Tür klopfte es, und sie schoss in die Höhe. Bevor sie aufmachte, wischte sie sich über die Augen. Sie war eine Närrin. Sie hatte kein Recht, diesem Mann zu sagen, dass sie ihn liebte. Damit würde die Lage nur noch komplizierter.

Er schien zerstreut, als sie ihn begrüßte; sein Kuss war

flüchtig, und er war offensichtlich mit den Gedanken woanders als bei ihr. Sie betrachtete sein Gesicht und merkte, dass es mehr als Zerstreutheit war. »Wir müssen reden«, sagte er und ging mit langen Schritten ins Wohnzimmer. Es war, als füllte er den gesamten Raum mit seiner Gegenwart.

Gut, dachte Lily. Das nur zur romantischen Erklärung. »Na schön«, sagte sie, fest entschlossen, sich von ihm nicht verunsichern zu lassen. »Setz dich, dann reden wir.«

Er setzte sich auf das Sofa, entspannte sich aber nicht. Stattdessen beugte er sich vor wie ein Trainer auf der Spielerbank, die Handgelenke auf den Knien, die Fingerspitzen berührten sich, ein düsterer Ausdruck lag auf dem Gesicht.

»Ist alles in Ordnung?«, fragte Lily. Dumme Frage. Sie wusste bereits, dass es nicht so war. Wahrscheinlich ließ er sie fallen, darum ging es. Er ließ sie für Automodels oder eine Kellnerin bei Hooters fallen. Sie schwelgte in dem durchgeknallten Gedanken und wartete.

»Cameron hat mir etwas gesagt, das du wissen solltest.«

Lily ging in Gedanken die Möglichkeiten durch. Davon gab es reichlich. »Und das wäre?«

»Er sagte … ich meine, er weiß seit geraumer Zeit, dass Derek nicht Ashleys Vater ist – war …«

Das war das Letzte, womit sie gerechnet hatte, und der Laut, der ihr entfuhr, drückte sprachlose Ungläubigkeit aus. Vor ihren Augen geriet die Welt aus den Fugen. Da saß der Mann, den sie liebte, und teilte ihr etwas mit, das alles verändern konnte. Nein, dachte sie. Nein.

»Wusstest du etwas davon?«, fragte Sean sie, kniff die Augen zusammen und sah sie in einer Weise an, die höchst unerfreulich war. Tatsächlich empfand sie es als ausgesprochen erniedrigend, derart argwöhnisch und misstrauisch beäugt zu werden.

»Bis auf die Tatsache, dass es offenkundig nicht stimmt? Nein.«

Er schob die Hände in die Taschen und sah sich im Zimmer um, sein Blick entzündete sich an dem Foto von ihr und Crystal, auf dem sie lachten und die Arme umeinander gelegt hatten. »Ich war auch überrascht«, gab er zu. »Egal, was ich von Crystal halte, ich hätte mir nie träumen lassen, dass Ashley zu einem anderen als zu Derek gehörte. Er auch nicht. Das weiß ich einfach.«

»Dafür gibt es einen Grund«, sagte Lily. »Sie ist Dereks Kind. Ich habe keine Ahnung, warum Cameron das Gegenteil behaupten sollte. Er muss sich irren, muss etwas missverstanden haben ...«

»Cameron ist nicht dumm. Er hat keinen Fehler gemacht, und er würde sich das nicht aus den Fingern saugen.«

»Es ist einfach nicht wahr«, entgegnete sie. »Er ist kein Lügner, aber er quält sich mit einer falschen Information ...«

»Ich bin nicht hier, um mit dir darüber zu streiten, verdammt.«

»Warum bist du dann gekommen?« Ihre Gereiztheit nahm in gleichem Maße wie die seine zu. Das war das Vertrackte an der Liebe. Mit einem Herzschlag konnte sie sich wenden. Sie hätte ihrem Instinkt folgen und ihrem Herzen nicht trauen sollen.

»Um dir etwas Wichtiges über eine Familie zu berichten, die dir angeblich am Herzen liegt.«

»Angeblich? Oh, du meinst die Familie, mit der ich den Sommer verbracht habe, in einem Wohnmobil, mit einem

Hund? Mann, wie kommst du nur auf die Idee, dass sie mir etwas bedeuten könnte?«

Er biss die Zähne zusammen und atmete durch die Nase ein. »Na schön, also steht deine Verpflichtung dieser Familie gegenüber außer Frage. Deshalb bin ich hier. Du hast ein Recht, Bescheid zu wissen. Und ich hätte es dir nicht gesagt, wenn ich keinen Beweis hätte.«

Lily setzte sich. »Einen Beweis?«

Er blieb stehen, als er ihr den Umschlag reichte. »Das ist die Kopie eines Bluttests, den Crystal am Montag vor dem Unfall hat machen lassen. Sobald Cameron es mir gesagt hatte, habe ich mir eine Kopie von ihrer Ärztin besorgt. Der Test beseitigt jegliche Zweifel. Derek hat die Blutgruppe AB, Crystal B. Ashley hat die Blutgruppe 0, und das heißt, Sie kann nicht Dereks Kind sein, was jeder Biologieschüler einer Highschool dir bestätigen kann.«

Lilys Hand zitterte, als sie den Laborbericht von sich warf. Leider kannte sie sich im Biologieunterricht der Highschool noch zu gut aus, und sie wusste, dass diese Ergebnisse keine Lüge waren. Sie würgte beinahe an der nächsten Frage: »Wer ist dann …?«

»Der Vater ist Greg Duncan, der Golftrainer«, beendete Sean ihren Satz, »und er weiß es nicht.«

Lily merkte, dass sie aufgehört hatte zu atmen. Als sie wieder anfing, kamen panische kleine Atemstöße heraus. Greg Duncan. Sie hatte mit ihm gearbeitet, sich mit ihm verabredet. Ein Mal hatte sie ihn sogar geküsst. Wie konnte ihr das entgangen sein? Crystal hatte sie vor ihm zu warnen versucht. Er ist ein Spieler, hatte sie gesagt. Ein Benutzer. Du hast Besseres verdient. Vermutlich hatte Crystal sich gewünscht, dass

Lily jemanden fand, mit dem sie ernsthaft zusammen sein konnte. Jetzt fragte sich Lily, ob Crystal sie gewarnt hatte, weil sie selbst mit Greg zusammen gewesen war.

Irgendwie fand Lily ihre Stimme wieder. »Das ist vollkommen absurd.« Bei diesen Worten verglich sie Ashley in Gedanken mit Greg. Braunes Haar, braune Augen – na und? Ashley sah aus, als hätte sie ebenso gut Keanu Reeves zeugen können, doch das bedeutete nicht, dass er auch ihr Vater war. Doch Sean hatte eine Tür aufgestoßen, und sie konnte nicht widerstehen, hineinzuspähen. Vor ihrem geistigen Auge erhaschte sie einen Blick auf Crystal, die drei Jahre hintereinander die Mutter der Mannschaft gewesen war. Lily fiel es ein, denn sie hatte Crystal gedrängt, es aufzugeben, als ihre Ehe auseinanderging und sie genug andere Dinge hatte, mit denen sie sich beschäftigen musste, doch Crystal hatte sich geweigert. Vielleicht, nur vielleicht … Sie sah Crystals konfuse Miene noch vor sich, als sie eines Abends vor Lilys Tür stand und sagte: »Derek hat eine andere. Und ich bin schwanger.«

»Sie hätte es mir erzählt«, sagte Lily. »Sie hat mir alles gesagt.«

»Offensichtlich nicht.«

»Selbst wenn es so gewesen ist, hätte sie es Greg gesagt.«

»Crystal nicht. Sie musste bei der Scheidung der verletzte Part sein. Das Sorgerecht für drei Kinder zu bekommen, bedeutete mehr Geld für sie, und sie wusste, sie würde von einem Golfprofi mehr bekommen als von einem Highschool-Trainer.«

»Das klingt entsetzlich bitter.«

»Nicht so schlimm, wie das Kind eines Mannes auszutragen und es einem anderen unterzuschieben.«

Lily wurde schlecht. »Das würde Crystal nicht tun. Das kann nicht sein.« Lily starrte auf die Testergebnisse und erinnerte sich mit kristallener Klarheit an den Tag. Ein Montag war es, der Tag, an dem Charlie angefangen hatte zu stehlen. Großer Gott, dachte sie. Könnte es sein, dass Charlie es erfahren hatte? Schlimm genug, dass Cameron eingeweiht war. Seine Mutter und sein Trainer. Kein Wunder, dass er den Golfplatz ruinierte.

»Was denkst du, Lily?«, fragte Sean.

»Offenbar war sie, wenn man vom Zeitpunkt des Tests ausgeht, selbst nicht sicher, bis kurz vor ihrem Tod. Vielleicht wollte sie es nicht wissen. Bis zum Bluttest dachte sie wahrscheinlich, Ashley sei Dereks Kind.«

»Kann sein, dass sie nicht wusste, wessen DNA das Kind hat, aber sie wusste, mit wem sie geschlafen hatte, verdammt.«

»Mein Gott, du hast sie wirklich gehasst, ja?«

Er schüttelte den Kopf. »Diese Unterhaltung bringt nichts«, sagte er. »Vielleicht hätten wir sie gar nicht führen sollen.« Er ging zur Tür.

»Warte«, sagte Lily mit sehr leiser Stimme. So leise vielleicht, dass er sie nicht hörte. Wenn er nichts hörte und weiterging, würde sie ihn nicht zurückrufen.

Er hörte. Er blieb stehen und drehte sich um.

Sie presste die Hände zusammen, bis sie schmerzten. »Wir müssen es ihm sagen.« Ihre eigenen Worte verblüfften sie, denn damit erkannte sie die Wahrheit an. Übelkeit stieg in ihr auf und verwob sich mit Fragen, auf die sie nie eine Antwort erhalten würde. Das Problem, wenn man über eine Verstorbene wütend war, überlegte sie, war, dass man sich nie mit ihr hinsetzen und sich aussprechen, eine Erklärung bekommen und etwas richtig stellen konnte.

»Das will ich nicht von dir hören«, sagte er.

»Meine Aufgabe ist nicht, dir zu sagen, was du hören willst. Das wird es nie sein, verstehst du?« In ihren Augen brannten Tränen der Wut. Was erwartete er denn, kam hierher und sagte ihr so etwas über ihre beste Freundin, eine Frau, die sie ihr Leben lang geliebt, respektiert, und der sie vertraut hatte?

»Cameron und ich haben bereits darüber gesprochen. Wir werden es ihm nicht sagen.«

Bei dem Gedanken, dass Cameron über die Untreue seiner Mutter redete, zuckte sie zusammen. Wie konntest du nur, Crystal?, hätte Lily am liebsten geschrien. Wie konntest du nur, mit dem Trainer deines Sohnes? »Sean, du kannst das nicht mit einer Lüge oder einer weiteren Täuschung aus der Welt schaffen. Greg hat das Recht, es zu erfahren, und auch Ashley, wenn sie alt genug ist, es zu begreifen.«

»Du denkst das nicht bis zu Ende durch, Lily«, sagte Sean. »Die Kleine ist bei mir, weil ich mit ihnen blutsverwandt bin. Wenn Duncan und nicht mein Bruder der Vater ist, bin ich mit Ashley überhaupt nicht verwandt. Er aber. Daher sag es ihm nicht.«

»Droh mir nicht.«

»Das ist keine Drohung. Du hast kein Recht. Du warst Crystals Freundin. Und wenn schon. Ich bin Vormund dieser Familie, und ich habe die Entscheidungen zu treffen.«

Sie fragte sich, was sie neben Wut noch in seinen Augen sah. Ob es Angst war? Dann sagte sie sich, dass es nicht ihre Sorge war, was er dachte oder fühlte. Die Unterhaltung war eine gänzlich andere, als die, die sie an diesem Abend erwartet hatte. Und dieser zornige, autokratische Mann war eine vollkommen andere Person, als die, die sie zu kennen glaubte. Offensichtlich war sie selbst nur Teil dieser Familie, solange sie mit Sean einer Meinung war. Sie erhob sich, durchquerte das Zimmer und hielt die Tür auf. »Du solltest jetzt gehen.«

»Gut.« Er schritt zur Tür hinaus, zögerte kurz und drehte sich um. »Wolltest du mir noch etwas sagen?«

Noch vor wenigen Minuten hatte sie ihm sagen wollen, dass sie ihn liebte. Sie hätten zusammen zu Abend gegessen, ein Glas Wein getrunken und sich bis tief in die Nacht geliebt. Sie schluckte einen galligen Knoten, der sich in ihrer Kehle festgesetzt hatte.

Gott sei Dank hatte sie ihm noch nichts gesagt. Wenigstens hatte sie ihm nicht den Hammer an die Hand gegeben, mit dem er sie zerschmettern konnte. Dann merkte sie, dass sie trotzdem niedergeschlagen war. »Eigentlich nicht. Jedenfalls nichts Wichtiges.«

Nachdem er fort war, saß Lily ganz still da. Dunkelheit kroch herein, aber sie machte sich nicht die Mühe, aufzustehen und Licht einzuschalten. Sie fragte sich, wie lange sie hier sitzen würde, einfach nur so, bevor jemandem ihre Abwesenheit auffiele. Wäre sie wie einer dieser vergessenen Menschen ohne Freunde, über den man hin und wieder in der Zeitung las? Sie hatte ihre Unabhängigkeit und Einsamkeit immer genossen. Jetzt, da sie das Familienleben gekostet hatte, wollte sie etwas anderes. Und es war so nah gewesen, in Reichweite. Sean hatte nur eines von ihr gewollt, nur ihre Zusammenarbeit im Umgang mit Greg Duncan. Warum hatte sie ihm die nicht gewährt? Liebe hatte angeblich mit Kompromissen zu tun. Bestimmt hätten sie eine Lösung finden können, die allen gerecht wurde.

Dutzend Mal griff sie zum Telefonhörer, überlegte es sich dann doch anders.

Darin war sie furchtbar. Sie konnte keine Frau sein, die liebte, und mit den Folgen eines Streits konnte sie schon gar nicht umgehen.

Als sie den Hörer zum dreizehnten Mal aufnahm, klingelte es an der Tür.

Lily sprang beinahe aus ihrer Haut. Dann lachte sie laut auf. Er würde zurückkommen.

Mit breitem Lächeln auf dem Gesicht machte sie das Licht auf der Veranda an und öffnete die Tür. »Oh«, sagte sie, und ihr Herz stürzte ab. »Hi, Mom und Dad.« Sie umarmte die beiden pflichtgemäß und bat sie hinein.

»Wir haben uns entschieden, zum Turnier herzukommen«, sagte ihr Vater. »Violet sagte uns, es sei eine große Sache.«

»Vi hat euch gesagt, ihr sollt kommen?«

Ihre Mutter stieß einen ungeduldigen Laut aus. »Nein, dein Vater hat gesagt, sie habe uns mitgeteilt, es sei eine große Sache – für dich. Daher haben wir uns entschlossen zu kommen.«

»Wir haben ein Zimmer im Hampton«, fügte ihr Vater hinzu. »Hast du schon zu Abend gegessen?«

Das Essen.

Sie hatte es für Sean vorbereitet, doch so weit waren sie an dem Abend nicht gekommen. »Hört zu«, sagte sie mit aufgesetzter Fröhlichkeit. »Wir wollen sehen, was wir hier zusammenstoppeln können.«

Zu dritt gingen sie in die Küche. Als Lily die Mahlzeit herausholte, die sie vorbereitet hatte – Caprese-Salat, Pasta mit einer Hummerrahmsoße – hob Sharon die Augenbrauen. »Das sieht mir nicht nach zusammenstoppeln aus.«

Lilys Vater nickte.

»Dafür bist du auch zu gut angezogen.«

Sie lachte kurz auf. »Ich kann kaum glauben, dass du mich deshalb kritisierst.« Vor zwei Jahren, als sie der Welt verkündete, sie werde nie heiraten, hatte sich Lily eine Sammlung aus buntem italienischem Geschirr aus Scala angelegt. Sie bediente ihre Eltern im Esszimmer und behandelte sie wie Ehrengäste.

Sie selbst hatte überhaupt keinen Appetit, und ihre Mutter brauchte nicht lange, bis es ihr auffiel.

»Was ist los?«, fragte sie.

»Nichts.« Lily bemühte sich, die alte Mauer aufzubauen, die sie immer geschützt hatte, doch es wollte ihr nicht mehr gelingen.

»Das hast du immer gesagt, dein ganzes Leben lang«, stellte ihr Vater fest.

»Weil ihr nie die Wahrheit hören wolltet«, platzte es aus Lily heraus mit einer Heftigkeit, die alle drei überraschte.

»Wie kommst du denn darauf, um Himmels willen?«, fragte ihre Mutter.

»Ihr wollt glauben, dass es mir gut geht, dass es Violet gut geht, dass alles in dieser Familie prima ist und immer war.«

Ihre Eltern tauschten verdutzte Blicke. »Das stimmt nicht«, sagte ihr Vater, und ihre Mutter ergänzte: »Wir sind immer realistisch mit allen Problemen umgegangen, die sich uns stellten.«

»Warum haben wir uns dann nie mit Evan beschäftigt?«, fragte Lily. So. Jetzt hatte sie es gesagt. Sie hatte gewagt, den Elefanten in der Ecke des Zimmers zu erwähnen, von dem alle wussten, dass er da war, über den man aber nicht sprach. Diesmal wollte sie nicht zulassen, dass sie das Thema wechselten.

»Damit muss man sich nicht ›beschäftigen‹«, sagte ihre Mutter. »Einen solchen Verlust überwindet man nie.«

»Und ihr habt eure Ehe zerstören und eure Kinder verkommen lassen«, machte Lily ihnen klar.

»Ich kann mir nicht vorstellen, wieso du darauf kommst«, sagte ihr Vater. »Wir sind seit fünfunddreißig Jahren verheiratet, und du und deine Schwester, ihr kommt doch gut zurecht.«

Lily drückte ihre verschwitzten Handflächen auf den Tisch, als wollte sie sich wappnen.

»Ich kann nicht für dich und Mom sprechen, auch nicht für Vi. Aber ich komme nicht gut zurecht. Wahrhaftig nicht. Ich kann dem Mann, den ich liebe, nicht einmal sagen, dass ich ihn liebe.«

»Wieso sind wir dafür verantwortlich?«

Ihr Vater nahm ein Taschentuch aus der Tasche und polierte seine Brille.

»Das seid ihr nicht, aber ich habe mir immer die Schuld an Evans Tod gegeben.« Lily hörte, wie sie die Worte flüsterte, dennoch konnte sie ihren Ohren nicht trauen. »Was meint ihr wohl, warum?«

Schockiertes Schweigen schien dem Raum die Luft zu

nehmen. Ihr Vater wollte etwas sagen, doch ihre Mutter streckte den Arm über den Tisch und berührte seine Hand, um ihm Einhalt zu gebieten. »Terence, ich will es ihr sagen. Sie hat recht, weißt du. Wir waren nie glücklich, nachdem Evan starb. Wir ... waren einfach nur. Aber Lily, ich habe dir nie die Schuld gegeben. Wie kommst du darauf? Mir habe ich die Schuld gegeben. Dir konnte ich verzeihen. Mir niemals. Und es gibt nichts Schlimmeres als eine Mutter, die sich nicht verzeihen kann.« Während sie sprach, hielt sie die Hand ihres Mannes fest.

Dann legte Lily, Tränen in den Augen, ihre Hand auf die ihrer Eltern.

50

Lily? Ich habe Angst, dass ich meine Mom vergessen werde.« Charlie stand in ihrer Unterwäsche vor ihr und hielt das Négligé in der Hand, in dem sie seit dem Unfall jede Nacht geschlafen hatte. Mit tragischer Miene hob sie das Kleidungsstück, und Lily konnte sehen, dass es sich am Saum auflöste und die Spitzeneinlagen voller Löcher waren.

Lily nahm es ihr ab und legte es beiseite, dann setzte sie sich aufs Bett und nahm Charlie auf den Schoß.

»Ich auch«, sagte Ashley und kletterte hoch.

Lily atmete den Geruch der beiden ein und spürte, wie ihren warmen Körper sich an ihrem entspannten. Wie habe ich so lange ohne das leben können?, fragte sie sich. Wie soll ich weitermachen ohne? Sie atmete tief durch und schob den Gedanken beiseite. Wie die Differenzen mit Sean auch aussehen mochten, sie würden ihre Hingabe an Crystals Kinder nicht verändern. Sie war an diesem Morgen eingetroffen und hatte festgestellt, dass er und Cameron bereits zum Turnier unterwegs waren. Mrs Foster passte auf die Mädchen auf.

Charlie rieb das abgetragene, seidige Gewebe zwischen Daumen und Zeigefinger. »Alles geht kaputt, und wenn es kaputt ist, werde ich sie vergessen.«

Lily nahm einen Spielzeugspiegel vom Nachttisch. »Herzchen, das ist unmöglich. Guck mal. Was siehst du hier?«

»Mein Gesicht.«

»Und an wessen Gesicht erinnert es dich?«

»Es ist einfach nur mein Gesicht.«

»Und das deiner Mutter.« Lily war verblüfft, dass sie es wirklich sah, ein Echo ihrer besten Freundin in Charlie. »Du hast ihre Augen und ihr Lächeln, und jeden Tag wirst du ihr ähnlicher werden. Vor allen Dingen trägst du sie in deinem Herzen. Die Liebe, die sie und dein Dad dir gegeben haben, ist dort, und sie wird nur größer werden. Du kannst sie bis in alle Ewigkeit behalten.«

Ashley brabbelte etwas und griff mit beiden Händen nach dem Spiegel.

Charlie sackte an Lily zusammen. »Ich hätte lieber meine Mom. Und meinen Dad.«

»Ich weiß, Schätzchen. Das hätten wir alle lieber.« Lily legte das Kinn auf ihren Kopf.

Charlie stand auf und faltete mit eigenartig erwachsenem Ernst das Nachthemd sorgfältig zusammen und legte es in eine untere Schublade. Ihre Bewegungen hatten die Feierlichkeit eines Rituals, und sie schob die Schublade entschlossen zu. »Vielleicht schlafe ich in etwas anderem«, sagte sie. »Onkel Sean hat mir ein American-Chopper-T-Shirt geschenkt.«

»Ich habe eine tolle Idee«, sagte Lily. »Wie wäre es, wenn ich euch mit zum Golfturnier nehme?«

»Onkel Sean hat gesagt, wir müssten bei Mrs Foster bleiben.«

Nach dem letzten Abend hatte er angenommen, Lily würde nicht kommen, um ihm beim Spiel zuzusehen. Was nur hieß, dass er sie immer noch nicht kannte. Natürlich hatte sie ihm den Laufpass gegeben, und er war bereitwillig gegangen, doch der Besuch ihrer Eltern hatte sie überzeugt, dass Liebe jeden Kampf wert war.

»Zieht euch fertig an«, sagte sie Charlie. »Ich werde Mrs Foster sagen, dass sie heute freinehmen kann.«

Das Spiel war anders, wenn Lily und die Mädchen nicht zusahen. Sean fiel es in dem Augenblick auf, als er seinen ersten Schlag ausführte, obwohl er versuchte, seine Leistung nicht durch ihre Abwesenheit beeinträchtigen zu lassen. Tatsache war, dass sie alles für ihn waren – sein Publikum, seine Bestimmung. Wenn er wusste, dass sie zuschauten, konnte er jeden Schlag so deutlich und klar sehen wie den Morgenhimmel.

Ohne sie war es nur ein Spiel, das er zufällig gut konnte, trotzdem nur eine Art, den lieben langen Tag rumzukriegen.

Cameron betrachtete die Lage des Balls im Fairway. Sie war perfekt, direkt in der Krümmung eines Dogleg, was ihm einen annehmbaren Schuss auf das Grün ermöglichte. »Stimmt was nicht?«, fragte er.

»Alles in Ordnung«, antwortete Sean. »Warum fragst du?«

»Dummkopf. Ich habe dich nur schlagen sehen.«

»Und ich bin gelandet, wo ich hinmuss.«

»Weil du gut bist und genauso viel Glück hast, aber du solltest lieber anfangen, dein Spiel zu spielen.«

Sean starrte ihn an, während sie zusammen zum Ball gingen. »Du klingst wie dein Vater.«

Cameron grinste leicht und streckte die Schultern. »Ach ja?« Als sie zum Ball kamen, kramte er in seiner Tasche und holte die Indian-Head-Münze heraus, Seans früheren Talisman. »Ich dachte, du könntest ihn gebrauchen. Nur für den Fall.«

Sean nickte und nahm das Andenken entgegen. Cameron wollte um jeden Preis, dass er gewann, also wollte er versuchen, seine Probleme mit Lily zu vergessen. Schrecklich, wie sie alles hingeworfen hatten. Vielleicht hätte er sie nicht anfahren dürfen. Angst, nicht Wut, hatte ihn getrieben – die Angst, Ashley zu verlieren. Wenn er nicht ihr Blutsverwandter war, hatte er überhaupt keinen Anspruch auf sie.

Damit fiel es noch schwerer, Greg Duncan zu vergessen. Sie gingen herzlich und professionell miteinander um, doch ihre Unterhaltung am Abend zuvor erhöhte die Anspannung zwischen ihnen.

Nachdem er Lilys Haus verlassen hatte, war Sean noch lange Zeit umhergefahren und hatte darüber nachgedacht, was sie gesagt hatte. Du kannst es nicht mit einer Lüge oder einer weiteren Täuschung aus dem Weg räumen. Er hatte jede innere Eingebung unterdrückt und Greg Duncan aufgesucht, mit dem er ein langes, schwieriges Gespräch geführt hatte.

Am Morgen hatte Sean seinem Neffen erzählt, was er mit Duncan ausgehandelt hatte. Das hielt ihn im heutigen Spiel aufrecht, merkte Sean – der Ausdruck auf Camerons Gesicht, nachdem die Last des Wissens um Ashley in andere Hände übergegangen war.

»Dann muss also nur noch das Turnier beendet werden«, hatte Cameron gesagt.

Wenn Sean jetzt auf Cameron schaute, konnte er sehen, wie sehr sein Neffe den Sommer über gereift war. Er war kein tobender Junge mehr, trug aber dennoch eine Last der Trauer, die immer zu ihm gehören würde, jetzt allerdings trug er sie als ein Mann.

»Was ist?«, fragte Cameron.

»Was meinst du damit?«

»Du siehst mich so komisch an. Was ist los?«

»Nichts«, antwortete Sean. Dann senkte er die Stimme und sagte die Wahrheit. »Ich bin stolz auf dich.«

Bei Camerons Reaktion fragte sich Sean, warum er es ihm nicht schon viel früher gesagt hatte. »Ja, gleichfalls«, erwiderte sein Neffe.

Obwohl Sean in Führung lag, hatte Duncan das letzte Loch gewonnen und ihm den Vortritt bei Nummer achtzehn gelassen. Es war ein schwieriges Par 4 von vierhundert Metern Länge, und der Druck lag auf Duncan, der zwei Schläge unter Par brauchte, um zu gewinnen, was fast unmöglich war.

Duncans Schlag trug den Ball dreihundertzwanzig Meter weit, sodass er mitten im Fairway landete.

Zum ersten Mal bei diesem Turnier verkrampfte sich Seans Magen. Der Zeitpunkt für eine Nervenkrise war denkbar schlecht. Mit zusammengekniffenen Augen nahm er das Loch ins Visier, maß es aus und dachte an die vielen Arten, wie er es in der Vergangenheit erfolgreich gespielt hatte. Er wünschte sich, Lily und die Mädchen wären da. Himmel, er wünschte sich auch Derek her. Derek war der Champion, nicht Sean. Es war dumm so zu tun, als könne er seinem Bruder das Wasser reichen.

Er wusste, dass er ein Problem hatte, sobald der gekerbte Metallkopf auf den Ball traf. Im Bruchteil einer Sekunde sah er, dass der Schlag schlecht lief, ein tödlicher Snap Hook, der außerhalb der Spielfeldgrenze im Rough landete.

»Zwei Strafschläge«, flüsterte der Kommentator weithin hörbar.

Duncan drängte auf seinen Vorteil, sein nächster Schlag schickte den Ball so weit, dass er wenige Zentimeter vor dem Loch liegen blieb. Die Zuschauer murmelten und veränderten wellenförmig ihre Position, ihre Emotionen schwankten zwischen den beiden Spielern hin und her.

Auf dem Rough wandte Sean sich dem Ball zu. Cameron sagte keinen Ton, doch Sean spürte die Anspannung, die von ihm ausging. Zweifel überkamen Sean. Was machte er nur, um Himmels willen, und für wen hielt er sich eigentlich? Für Derek Holloway?

Er senkte den Schläger ins grobe Gras neben dem Ball. Er sah, wie sich das Gras bog und der Ball sich bewegte – leicht, unmerklich – und die Spitze des Schlägers antippte. Nur eine winzige Berührung, wie ein flüchtiger Kuss. Aber eine Berührung.

Somit war es aus und vorbei. Die Regeln waren eindeutig. Er musste für sich selbst einen Strafschlag anzeigen.

Niemand hatte es gesehen. Nicht einmal Cameron war es aufgefallen. Falls Sean nichts sagte, falls er aus dem Rough schlüge und wieder ins Spiel zurückkäme, wäre auch niemand klüger.

Seine Hand wollte sich schon zum Signal an die Marshals heben.

»Onkel Sean«, wisperte Cameron. »Bitte.«

Sean wurde klar, dass auch der Junge gesehen hatte, wie der Ball sich bewegte. Anscheinend war es beim Golfspiel immer so wie im Leben. Kein Irrtum blieb unentdeckt. Wenn es Dereks Ruf war, würde er ihn bei sich behalten, denn Derek machte immer, was er tun musste, um zu gewinnen. Doch das war Dereks Spiel, überlegte Sean. Nicht das seine. Er schaute seinem Neffen direkt in die Augen und hob die Hand. Cameron sah aus, als wollte er weinen, doch zugleich spiegelte sich widerwillige Bewunderung auf seinem Gesicht.

Die Zuschauer explodierten, als er für sich selbst einen Strafschlag anmeldete. Selbst Duncan wirkte verblüfft. Unheimliche Ruhe hatte sich jetzt über Sean gelegt. Er stand kurz davor, das Turnier mit einem Schlag zu verlieren.

Dann sah er etwas auf der Tribüne – ein Aufblitzen von Weiß mit gigantischen, bunten Tupfern. Er stand stocksteif und lachte dann laut auf. »Besser spät als nie, Mädels«, sagte er, obwohl er wusste, dass sie ihn nicht hören konnten. Ihre Jacken und Hüte hoben sie aus der Menge heraus. »Besser spät als nie.«

Auch Cameron grinste. »Ich wusste, sie würden kommen.«

»Klar«, sagte Sean. »Und jetzt geh zur Seite. Ich muss den hier aufs Grün kriegen.«

Cameron war hoch anzurechnen, dass er sich keinerlei Zweifel anmerken ließ. Sean durchfuhr eine neue Woge der Energie. Nur zu wissen, dass Lily gekommen war, selbst nach ihren bitteren Worten am Abend zuvor, erfüllte ihn mit Zuversicht. Er trat wieder an den Ball.

Es war ein Wunderschlag, einer, der in den kommenden Jahren immer wieder gezeigt, der in aller Munde sein würde. Sein Schlag hob den Ball aus dem Rough, über das Wasserhindernis hinweg auf den hohen Rand des Grüns, bevor er den Hügel hinabrollte … ins Loch.

Die Menge brüllte erregt auf. Sean und Cameron begaben sich auf das Grün, schwenkten zu den Absperrseilen ab, um an Lily und den Mädchen vorbeizugehen.

Lily hielt ihren Blick auf Sean gerichtet. »Du könntest noch gewinnen«, sagte sie. »Er hat noch nicht getroffen.«

Er schaute auf Cameron, dann auf seine Mädchen, spürte, wie ihre Liebe ihn abhob, und er fragte sich, ob das Leben Schöneres bieten könnte. Wohl kaum. »Egal«, sagte er zu ihr über den Lärm der Menge hinweg. »Ich habe schon gewonnen.«

Im Lauf des Sommers hatte Lily Gefallen an Champagner gefunden, ebenso wie sie am Ende eines Turniers gern mit Sean Maguire anstieß. Sie hatte gelernt, dass Siege beim Golfspiel selten und flüchtig waren, und es war keine Schande, Zweiter zu werden. Heute jedoch murmelte sie »Nein, danke«, als die Kellner im Clubhaus ihr etwas anboten, und schlängelte sich auf der Suche nach ihm durch die Menge. Beim Ansturm der Pressefragen nach dem Turnier hatte er ungläubigen Sportreportern hastige Antworten hingeworfen. Sie konnten einfach nicht verstehen, warum er ein wichtiges Turnier einem vollkommen Unbekannten überlassen hatte.

»Ich habe ihm nichts gelassen«, versicherte Sean allen, die sich um ihn drängten. »Er hat hart gekämpft und hat genau das bekommen, was er verdient. Wenn Sie mich jetzt bitte entschuldigen, meine Damen und Herren …«

Lily sah zu, wie er sie verließ. Sie hatte ihren Stolz geschluckt, um hierher zu kommen, aber vielleicht reichte ihm das nicht. Mit großer Mühe behielt sie ein anmutiges Lächeln bei und begrüßte Leute im Empfangsraum. Ihre Eltern und Violet waren da und umkreisten unsicher das Büfett.

Ihre Mutter berührte sie an der Schulter. Nicht gerade eine Umarmung, aber nahe dran. Nach allem, was sie am Abend zuvor gesagt hatte, verstand Lily sie besser. Sie warf einen Blick über die Schulter, doch Sean war hinausgegangen. »Komm und begrüße Crystals Kinder«, fügte sie hinzu. Cameron hatte beide Schwestern bei sich, jede an einer Hand. Manchmal brachte ihre Bewunderung ihn in Verlegenheit, heute aber wirkte er absolut zufrieden. Lily sah den Grund – Becky Pilchuk, die zweifellos jede seiner Bewegungen beim Turnier beobachtet hatte. Sie sah wunderbar aus, fit und braun nach einem Sommer, in dem sie an der frischen Luft gearbeitet hatte. Ihr Umgang miteinander hatte etwas Angenehmes, obwohl Lily erkannte, dass Becky vorsichtig war. Am liebsten hätte sie dem Mädchen zugerufen: Halte dich nicht zurück. Du betrügst dich nur selbst. Hör auf, dir Sorgen darüber zu machen, was kommen könnte, und pack es an.

Sie erblickte Greg Duncan, der auf dem Parkplatz in sein Handy sprach, und eilte zu ihm. »Entschuldigung«, murmelte sie auf dem Weg durch das Foyer des Clubhauses. Sie wusste nicht, was sie ihm sagen wollte. Er hatte eine Affäre mit ihrer besten Freundin gehabt, hatte unwissentlich ein Kind mit Crystal gezeugt und brachte es noch immer fertig, sich mit einer Vielzahl von Frauen zu verabreden – darunter auch mit Lily. »Greg«, rief sie.

Er hatte ein Siegerlächeln aufgesetzt, als er das Handy wegsteckte, doch sein Ausdruck veränderte sich, als er sie sah. »Hey, Lily.«

»Herzlichen Glückwunsch zum Sieg.« Und jetzt?, fragte sie sich.

»Danke«, antwortete er. »Hör zu, Lily, ich …«

»Mr Duncan«, rief jemand und kam mit einem Mikrofon auf ihn zugeeilt. »Sagen Sie uns, wie es Ihnen mit Ihrem Sieg geht. Was haben Sie als Nächstes vor?« Noch mehr Menschen sammelten sich um ihn.

Lily trat zurück, denn sie hütete sich, es mit aggressiven Reportern aufzunehmen. Dennoch brannten hundert Fragen in ihr, Fragen, die mit denen der Sportreporter nichts zu tun hatten. Habt ihr beide, Crystal und du, euch geliebt? Hast du sie glücklich gemacht?

Als er antwortete, schien Greg sich an sie zu wenden. »Sieht so aus, als würde ich aus Comfort weggehen«, sagte er.

Lily hielt den Atem an. Weggehen?

»… Corliss hat sich bereit erklärt, mich zu vertreten, und ich werde den Herbst und Winter über in der Q-School kämpfen. Wenn alles gut geht, werden Sie mich im nächsten Jahr auf der Rangliste der PGA sehen.«

Sie ließ sich zurückfallen, damit er in der Aufmerksamkeit baden konnte. Weggehen. Noch mehr Fragen sammelten sich in ihrem Kopf an. Wie kannst du jetzt weggehen? Was ist mit dem Kind, das du gezeugt hast? Spielt es für dich überhaupt eine Rolle? Jetzt wusste sie hundertprozentig, dass man Greg Duncan die Wahrheit sagen musste.

Als sie sich umdrehte, um wieder ins Clubhaus zu gehen, stieß sie beinahe mit Cameron zusammen. »Wo sind die Mädchen?«, fragte sie ihn und versuchte gar nicht erst, ihre Sorge zu verbergen.

»Bei Becky«, antwortete er. »Es geht ihnen gut.«

»Und dein Onkel?« Cameron deutete hinter sich. In der Ferne bauten Arbeiter die Tribünen und Absperrseile ab und luden sie auf Lastwagen. Eine einsame Gestalt stand am Rand des letzten Fairways als Silhouette vor dem Sonnenuntergang.

Während sie noch unentschlossen zögerte, sagte Cameron: »Trainer Duncan weiß Bescheid. Mein Onkel hat es ihm gestern Abend gesagt.«

Sie holte tief Luft und hatte Mühe, ihre Stimme zu finden. Ungläubigkeit, dann freudige Erregung nahmen ihr im ersten Moment die Worte. Er hatte es also doch getan. Trotz allem, was sie am Abend zuvor gesagt hatten – oder vielleicht gerade deswegen –, hatte er Greg die Wahrheit gesagt, und Greg hatte sich trotzdem entschlossen, wegzugehen. Sie wusste nicht, warum Seans Wissen um die menschliche Natur sie immer wieder überraschte, aber es war so.

Sie nahm Camerons Hand, denn sie musste ihn berühren, als sie schließlich das Wort ergriff. »Ist alles in Ordnung mit dir?«

Mit eigenartig erwachsener Würde entzog er ihr sacht seine Hand. »Solange Ashley bei uns ist, wird es uns allen gut gehen.«

Wann war der Junge nur so groß geworden?, fragte sich Lily und schaute zu ihm auf. »Deine Mutter war die beste Freundin, die ich je hatte, und ich liebte sie von ganzem Herzen«, sagte sie. »Aber ich werde sie nicht in Schutz nehmen. Sie hat Fehler gemacht, so wie jeder andere auch. Und der hier war erste Sahne.«

»Lily, keiner sagt mehr ›erste Sahne‹.«

Sie versuchte zu lächeln. »Ich will damit nur sagen, dass

es keine gute Idee ist, wütend auf deine Mutter – und im Übrigen auch auf deinen Vater – zu sein.«

»Ich liebe sie, okay?«, sagte er leise. »Das wird sich nie ändern.«

Lilys Augen schwammen in Tränen. »Sie hatten so viel Gutes an sich, deine Mutter und dein Vater. So viel Liebe. Sie haben dich geliebt, sobald du den ersten Atemzug gemacht hast. Du bist das Beste von beiden, Cam, weißt du das?«

Er trat von einem Fuß auf den anderen. »Ja. Was immer das ist.«

»Schon gut. Ich will dich nicht länger in Verlegenheit bringen.« Sie schaute auf die Erhebung über dem Fairway. »Ich muss gehen«, sagte sie.

»Ich weiß. Wir passen auf die Mädchen auf.« Er lächelte kaum merklich.

Von den Farben des Sonnenuntergangs poliert, sah Sean wie eine Gestalt aus einem Traum aus, und im ersten Moment scheute sich Lily, etwas zu sagen aus Angst, sie würde aufwachen und er wäre auf Nimmerwiedersehen verschwunden. Dann drehte er sich zu ihr um, und sie kam sich albern vor. Nichts war in ihrem Leben je so real gewesen wie dieser Augenblick. »Du hast etwas unternommen«, sagte sie.

Er steckte die Daumen in die Gesäßtaschen. »Ja.«

»Du hättest es mir sagen können.« Sie versuchte, vorwurfsvoll zu klingen, konnte jedoch ihre Freude nicht verheimlichen.

»Ich wollte ja, aber da war noch diese Kleinigkeit eines Turniers …«

»Sean.«

Er breitete die Arme aus, und sie drückte sich an ihn, sicher und behütet, und ihr Herz war so voll, dass sie nicht sprechen konnte.

»Alles wird gut, Lily. Duncan will nichts von uns.«

Weil er schon hat, was er will, dachte sie. Einen flotten Sportagenten, eine Traumkarriere. »Du hast es ihm geschenkt«, sagte sie und lehnte sich zurück, um Seans Gesicht zu betrachten. »Du hast dafür gesorgt, dass er heute gewann.«

»Du«, sagte er und näherte sich mit dem Mund ihren Lippen, »hast eine blühende Fantasie.«

Ihr war klar, dass sie nie ein größeres Eingeständnis von ihm erhalten würde. Kurz darauf spielte es keine Rolle, denn sein Kuss besiegelte ein Versprechen, dass er ihr vor langer Zeit gegeben hatte.

Die abendliche Brise brachte unterschwellig herbstliche Kühle mit, sie presste sich noch enger an ihn und vernahm seinen stetigen Herzschlag. Sag es ihm, Lily, drängte sie sich, und es klang wie Crystals Stimme. Sag es ihm jetzt.

Sie hatte Angst, doch ausnahmsweise würde sie es diesmal ignorieren. Sie trat zurück und behielt seine Hände in den ihren. Sie stellte fest, dass übermütige Freude ihre Angst zu überwiegen vermochte. Ihre Liebe zu Sean hatte ihren Blick auf die Welt verändert. An manchen Tagen kam sie sich vor wie Dorothy in Oz und sah die Dinge zum ersten Mal in Farbe, und sie war endlich bereit, es ihm zu sagen. »Das ist nicht das Leben, das ich für mich geplant hatte«, sagte sie. »Ich bin immer eine Planerin. Manchmal plane ich alles bis auf den letzten Moment, und mit dir zusammen, mit dieser Familie, na ja, da geht meine sorgfältige Planung den Bach runter.«

»Ich habe noch nie etwas geplant, und sieh es dir an. Wir sind beide an derselben Stelle gelandet. Weil es so sein soll, Lily. Glaube es.«

»Womöglich sind wir zusammen eine Katastrophe.«

»Kann schon sein. Na und? Ich liebe dich, Lily. Ich gefalle mir, wenn ich mit dir zusammen bin, und mir gefällt, dass wir beide verrückt nach den Kindern sind.« Er beugte sich vor und küsste sie ausgiebig. »Eigentlich sollten wir mehr machen.«

Sie schnappte nach Luft. »Du bist mir zu schnell.«

»Willst du nicht noch mehr Kinder?«

Ach du große Güte, dachte sie. Ach, du große Güte. »Ich liebe dich so sehr, Sean.« In dem Augenblick, als sie die Worte aussprach, wurde ihr klar, dass sie seine Frage für sie beide beantwortet hatte. Die Angst war verschwunden. Stattdessen befand sich unter ihrem Herzen wie ein gut versorgtes Feuer ein beständiges Sehnen und eine Vorfreude auf alles, was das Leben zu bieten hatte. Sie wusste, es könnte Verletzung oder Glück sein, doch der Unterschied war, dass sie sich jetzt mit allem abfand. Sie hatte keine Angst, ihrem Herzen zu folgen.

»Das war aber verdammt höchste Zeit, dass du das sagst.«

»Ich wusste nicht, wie ich es dir sagen sollte«, erwiderte sie. »Es schien nicht … sicher.«

Darüber lachte er leise und berührte ihre Wange. »Ach, Lily. Das ist es nie, aber lass dich davon nie bremsen.«

51

Irgendetwas war im Busch, das wusste Lily einfach. Die Einladung, handgeschrieben von Charlie und persönlich von Cameron überreicht, gab nur einen Hinweis: »Bitte, iss mit uns am Freitag um 20 Uhr bei La Dolce Vita. Kleidung: halboffiziell.« Charlie hatte alles richtig geschrieben und die Nachricht mit einem Foto von ihnen allen verziert, wie die Orgelpfeifen nebeneinander. Am gegenüberliegenden Rand der Seite war ein Porträt von Lily, noch dazu ein schmeichelhaftes; Charlie hatte sie wie Malibu Barbie mit Brille gezeichnet.

Charlies Schreibschrift war deutlich und kühn, das Gegenteil zu der zittrigen, suchenden Art, in der sie in der dritten Klasse geschrieben hatte. Ihre Viertklasslehrerin berichtete, Charlie arbeite in den meisten Fächern auf Klassenniveau. Hin und wieder habe es den Anschein, als gehe das kleine Mädchen für eine Weile fort, verliere sich in Traurigkeit, aber sie komme immer wieder zurück. Kummer würde immer zu Charlie gehören, eine Facette der Person, die sie war, doch sie war nicht mehr so von Schmerz gehetzt, dass sie nicht wachsen und gedeihen konnte. Ihre natürliche Ausgelassenheit war im Lauf des Sommers zurückgekehrt, und Lily hatte das Privileg gehabt, diesen Prozess mit eigenen Augen verfolgen zu können.

Cameron trat wieder ins Golfteam ein und hatte bereits das erste Turnier des Jahres gewonnen. An den Wochenenden war er Caddie seines Onkels, und Lily genoss es, sie zusammen zu sehen, vereint in ihrer Zielstrebigkeit. Sean behandelte Cameron als einen Ebenbürtigen und als den Fachmann, der er war. Obwohl Sean einen wichtigen Titel gegen Ashleys Sicherheit eingetauscht hatte, stieg er in der Rangfolge auf. Nie würde er ein Champion wie sein Bruder sein, das wusste Lily. Der Unterschied war, jetzt wollte er Dereks Karriere nicht mehr. Er wollte seine eigene.

Lily steckte die Einladung in den Rahmen ihres Frisierspiegels und prüfte ihre Haare und ihr Make-up – noch einmal. Angesichts dieses Abends wurde ihr richtig feierlich zumute. Es war nicht nur ein Abendessen. La Dolce Vita war ein Luxusrestaurant am Fluss mit einem berühmten Chefkoch aus Sorrento. Mit seinen wundervoll angelegten Gärten und dem Hauch von Luxus war es ein Lokal, in dem man Meilensteine im Leben feierte – Geburtstage und Jahrestage, Bar Mitzwahs und … Verlobungen? Nach dem Turnier, nach allem, was sie sich gesagt hatten, war es der nächste Schritt. Das musste so sein. Dennoch waren sie an dem Abend getrennte Wege gegangen, weil Lily sich weigerte, bei ihm zu bleiben, um die Kinder nicht zu verwirren. Dann begann die Schule mit einem Wirbel an Aktivitäten, und anscheinend war nie genug Zeit herauszufinden, was an dem Abend zwischen ihnen begonnen hatte.

Es klingelte an der Tür, und sie erschrak so, dass sie den Lippenstift verschmierte. Rasch beseitigte sie den Schaden. Dann eilte sie mit angespannten Nerven zur Tür. Sie stürmten herein, füllten ihr kleines Haus mit ihrer Gegenwart, und sie starrte Sean mit offenem Mund an. Smoking. Er trug einen Smoking. Sie bekam weiche Knie. Hatte er auch nur die leiseste Ahnung, wie er sie umwarf? Und die Kinder sahen prächtig aus, Charlie mit Zöpfen, die ihr wie ein Heiligenschein um den Kopf gewunden waren, Ashley ganz in Rosa und Cameron in einer Smokingjacke, in der er erwachsen und verblüffend gut aussah. Sie warteten, poliert und glänzend wie neue Pennies, und lächelten sie an.

»Boah«, sagte Sean und ließ den Blick von Kopf bis Fuß über sie gleiten und wieder zurück. »Sieh dich an.«

»Ich sehe alle anderen an.«

»Komm, wir gehen. Worauf warten wir noch?« Charlie hüpfte vor Aufregung auf und ab, bis Cameron ihr die Hand auf die Schulter legte.

»Immer mit der Ruhe, Dumpfbacke«, sagte er. »Ist doch nur ein Abendessen.«

»Nein. Onkel Sean wird Lily fragen …«

»Lily, auf'n Arm«, sagte Ashley und zog an ihrem Kleid. »Bitte.«

Lily wandte den Blick nicht von Sean ab, als sie die Kleine aufnahm. Was will er von mir wissen?, fragte sie sich und warf ihm einen gezielten Blick zu, doch er gab sich ungezwungen und pfiff durch die Zähne. O bitte, dachte sie. Bitte.

»Hübsch«, sagte Ashley und zupfte an den Perlen an Lilys Kleid. Sie hatte es sich für diesen Abend gekauft, obwohl die schwarzen Lackschuhe und die mit Onyxperlen bestickte Tasche einmal Crystal gehört hatten. Sie steckte ihre Schlüssel in die Abendtasche und bemerkte ein Stück Papier, das sich an das Seidenfutter rollte. Sie konnte nicht widerstehen und nahm den Zettel heraus. Er stammte aus einem Glückskeks, und darauf stand: »Die Tide nimmt hinweg und bringt. Glückszahlen 44, 25, 61, 78, 99, 17.« Sie fragte sich, warum Crystal ihn aufgehoben hatte. Ein Bild von ihr entstand vor Lilys geistigem Auge. Du fehlst mir so, dachte sie. Und das wird auch so bleiben.

Diskret steckte sie den Glückszettel wieder in die Tasche. Dann tauschte sie einen Blick mit Sean und fragte sich, ob sie so aufgeregt und hilflos vor Liebe aussah, wie sie sich fühlte.

»Halte durch, Miss Robinson«, hänselte er. »Es tut nicht weh.«

»Bitte, können wir jetzt gehen?«, fragte Charlie gequält.

»Ich fahre«, sagte Cameron.

Auf der kurzen Fahrt zum Restaurant plauderten Charlie und Ashley unentwegt. Lily versuchte immer wieder, Seans Blick aufzufangen, doch er schenkte ihr nur ein heimliches, kokettes Lächeln. Sie gab sich damit zufrieden, die Landschaft draußen vor dem Fenster zu betrachten. Herbstfarben machten sich allmählich in der Natur breit – verfärbten Blätter, am Wasser standen ganze Felder gelbäugiger Gänseblümchen, Berge so steif und weiß wie Segel hoben sich vom topasfarbenen Himmel ab.

Vor dem Restaurant kümmerte sich ein als Gondoliere verkleideter Diener um den Wagen. »Wir sind früh dran«, sagte Lily nach einem Blick auf ihre Armbanduhr.

»Ja«, stimmte Charlie ihr zu und griff nach ihrem Pullover. »Wir wollten uns die Gärten ansehen. Onkel Sean hat es so geplant.« Vor Aufregung beinahe platzend ging sie ihnen voraus durch einen Lorbeerbogen in die architektonischen Gärten. Eine Tafel wies darauf hin, dass dies eine Kopie der Gärten der Villa d'Este in Italien sei. Lily war begeistert von den perfekt gestutzten Buchsbaumhecken, den symmetrisch angelegten Kieswegen und romantischen Bögen. Großblütige Verbenen verströmten ihren Duft, und am Fluss unten glitten Barkassen und Vergnügungsboote vorbei, vergoldet durch die Farben des Sonnenuntergangs.

»Enten«, sagte Ashley und zeigte auf das Ufer. »Will Enten.«

Cameron nahm seinem Onkel die Kleine ab. »Ich nehme sie mit, dann kann sie sich die Enten ansehen. Komm, Charlie.«

»Zieh dir deinen Pullover über«, sagte Sean zu ihr und bückte sich, um ihr beim Zuknöpfen zu helfen. Ein glänzender, rot-weiß-grüner Umschlag rutschte aus seiner Jackentasche und fiel den Weg. Charlie beugte sich vor, um ihn aufzuheben.

»Was ist das?«, fragte Lily.

»Es sollte eine Überraschung werden«, sagte Charlie und hüpfte wieder. »Es ist ...«

»Flugtickets nach Italien«, flüsterte Lily. Sie hatte das Logo von Alitalia erkannt. Verwundert starrte sie Sean an. »Das sind Flugtickets nach Italien«, wiederholte sie. Lily zählte sie, fünf insgesamt, und sah, dass das Abflugdatum Ende Oktober war, in einem knappen Monat.

Er verriet nichts, obwohl er rot wurde. Rot. Das war mit Sicherheit ein erstes Mal.

»Was ist los?«, fragte Lily. Sie fühlte sich unsicher, ihre hohen Absätze wackelten auf dem Weg. Sean streckte ihr eine Hand entgegen und zog sie zu einer halbrunden Steinbank.

Cameron hatte die kleine Schwester auf dem Arm, packte Charlie am Handgelenk und ging so mit den Mädchen näher an den Fluss, obwohl Charlie sich immer wieder zu ihnen umdrehte.

Lily fiel das Atmen schwer.

»Setz dich.«

Sean nahm ihr den Umschlag mit den Flugtickets aus der Hand und legte ihn beiseite.

»Was ist denn nun mit Italien?«, fragte sie.

»Wie klingt Weihnachten in Amalfi für dich?«, fragte er und lächelte auf sie herab. »In Brescia findet ein Turnier statt. Red hat alles in die Wege geleitet, einschließlich der Villa in Amalfi über Neujahr hinweg. Die Schule war einverstanden, dass die Kinder Fernunterricht nehmen, wenn du sie beaufsichtigst. Und Edna steht hundertprozentig hinter deinem Sabbatjahr. Ich habe mich vergewissert.«

Lily konnte die Information kaum verarbeiten. Sie war es nicht gewohnt, dass man etwas für sie arrangierte, dass sie in die Pläne anderer mit einbezogen wurde. »Wir können nicht einfach so nach Italien …«

»Stimmt. Ich muss dich zuerst etwas fragen.«

Das ist es, dachte Lily.

Bitte, lass es das sein.

Er sank vor ihr auf ein Knie, und ihr Herz bekam Flügel. Sie spürte, dass die Kinder sie beobachteten, und irgendwie hatte es seine Richtigkeit, dass sie Augenzeugen wurden. Lily wurde von einer Woge der Dankbarkeit an Crystal überflutet. Nicht nur für die Erinnerungen oder auch die Jahre der Freundschaft; ihre Hinterlassenschaft an Lily war noch kostbarer und unerwarteter. Familie musste nicht aus Fleisch und

Blut sein. Das hier war die Familie, die Sean und sie geschaffen hatten. Sie hatten alles rückwärts gemacht, hatten mit den Kindern begonnen und dann den Weg zueinander gefunden. Nicht perfekt, aber sie hatten sich die größte Mühe gegeben. Ich werde mich gut um sie kümmern, schwor Lily ihrer Freundin.

Ich werde jeden Zentimeter meines Herzens daransetzen und mich nie zurückhalten.

Ich schwöre.

»Lily, ich liebe dich«, sagte Sean. »Ich frage dich: Willst du mich heiraten?«

Die Stimme versagte ihr.

Sie wusste, wenn sie sich jetzt zwang, etwas zu sagen, würde sie alles vermasseln und den Augenblick mit Freudentränen zerstören.

Als sie nicht reagierte, ergriff er ihre Hand. Sie spürte die kühle Glätte des Rings, den er ihr über den Finger stülpte, doch sie wagte nicht, einen Blick daraufzuwerfen. Sie wagte nicht, Sean aus den Augen zu lassen, aus Angst, den Zauber zu durchbrechen.

»Ich spreche die Worte aus«, fuhr er fort, »aber nicht nur ich frage, sondern wir. Ich und die Kinder. Wir lieben dich, Lily. Wir wollen den Rest unseres Lebens mit dir verbringen.«

Ihre Brust zog sich unter dem Ansturm der Gefühle zusammen, als sie aufstand und ihn mit sich zog. »Ja scheint so ein kleines, banales Wort zu sein«, sagte sie.

»Mehr brauche ich von dir nicht zu hören.« Er beugte sich vor und küsste sie, verweilte nur kurz und trat dann einen Schritt zurück.

Er hielt den Daumen hoch, um den Kindern zu signalisieren, dass alles in Ordnung sei. Sie lachte laut auf und fühlte sich auf dem Weg zum Speiseraum leichter als Luft. Im Foyer hielten zwei Türsteher ihnen die Türen auf. Mit liebenswerter Unbeholfenheit legte Sean ihr eine Hand ins Kreuz und geleitete sie in das schummrig beleuchtete Restaurant.

»Nur Sie zwei?«, fragte die Kellnerin.

»Nein.« Sean drehte sich um und winkte die Kinder zu sich. »Wir brauchen einen Tisch für fünf.«

Dank

Ein besonderer Dank geht an Detective Scott Anderson vom Bainbridge Police Department, an Jay und die Bande im Meadowmeer Golf and Country Club und an Lori Cross mit den Adleraugen. Wie immer möchte ich dem Port Orchard Brain Trust and Test Kitchen meine Anerkennung aussprechen: Rose Marie, Anjali, Kate, Lois, P.J., Susan, Krysteen und Sheila für ihr Talent, ihre Großzügigkeit und ihr literarisches Urteilsvermögen. Ich bin meiner Agentin, Freundin und Fürsprecherin Meg Ruley zutiefst dankbar, und Martha Keenan und Dianne Moggy von MIRA Books. Schließlich, es sollte selbstverständlich sein, aber ich sage es trotzdem – danke an Jay, der weiß, dass das Leben wie bei einer guten Golfpartie ein Prozess der Erforschung und des Wandels ist, und man jede Chance hat, es hinzubekommen.